JULIA KELLY

Das Geheimnis des Wintergartens

Über die Autorin:

Julia Kelly war lange Jahre als Producerin und Journalistin tätig, bevor sie sich als Autorin selbstständig machte. Sie lebte in Los Angeles, Iowa und New York City. Inzwischen ist sie in London heimisch. Neben ihrer schriftstellerischen Tätigkeit engagiert sie sich bei Romance Writers of America, der britischen Romantic Novelists Association sowie der Historical Novel Society.

Julia Kelly

Das Geheimnis des Wintergartens

ROMAN

Aus dem amerikanischen Englisch von
Barbara Röhl

lübbe

Dieser Titel ist auch als E-Book erschienen.

MIX
Papier aus verantwortungsvollen Quellen
FSC www.fsc.org
FSC® C014496

Vollständige Taschenbuchausgabe

Deutsche Erstausgabe

Titel der amerikanischen Originalausgabe: »The Last Garden in England«
Originalverlag: Gallery Books, An Imprint of Simon & Schuster, Inc.

Textredaktion: Anne Schünemann, Schönberg
Titelmotive: © James Kerwin / Trevillion Images |
© Getty Images: Rosemary Calvert | ANGELGILD | jamielawton
Umschlaggestaltung: U1berlin / Patrizia Di Stefano
Satz: hanseatenSatz-bremen, Bremen
Gesetzt aus der Adobe Garamond Pro
Druck und Verarbeitung: GGP Media GmbH, Pößneck
Printed in Germany
ISBN 978-3-404-18513-9

2 4 5 3

Sie finden uns im Internet unter luebbe.de
Bitte beachten Sie auch: lesejury.de

Für Dad, von dem ich die Liebe zu Gärten geerbt habe

Darum soll'n alle Jahreszeiten dir willkommen sein.

Samuel Taylor Coleridge

Prolog

Januar 1908

In ihren festen Wanderstiefeln geht sie stetigen Schritts über die Steinplatten des Pfads, obwohl Eis unter ihren Füßen knirscht. Um sie herum biegen sich schneebedeckte Äste unter ihrer Last und drohen zu brechen. Alles ist still.

Sie schreitet tiefer in diesen Bereich des Gartens hinein, der mit winterlichen Pflanzen gestaltet ist. Karg und wunderschön ist er mit den silbrigen Birken, die sich mit Hornsträuchern abwechseln. Blutrote Zweige bilden einen starken Kontrast zu den Gräsern, die sich schwermütig im Wind wiegen. Die Rabatte ist mit reinweißen Christrosen übersät. Der Gedanke schmerzt sie, dass in einem Monat die ersten grünen Spitzen der Schneeglöckchen, die später elegante weiße Blüten ausbilden werden, durch den Schnee stoßen werden, bevor lilafarbene Krokusse mit leuchtend gelben Staubgefäßen folgen. Sie wird diese Frühlingsboten nicht mehr sehen. Andere werden die Zeichen dafür deuten müssen, dass der Winter bereit ist, von seinem Thron abzudanken.

Am Rand des Steinwegs hält sie inne. Ihr Kummer schlägt sie mit Klauen wie ein wildes Tier, das sich verzweifelt zu befreien versucht, und sie wischt eine Träne weg. Sie dürfte nicht hier sein, doch sie kann nicht fortgehen, ohne diesem Ort, an dem sie geliebt und alles verloren hat, ein letztes Lebewohl zu sagen.

Nein. Sie wird nicht lange bleiben. Nur lange genug, um Abschied zu nehmen.

WINTER

Emma

Februar 2021

Selbst wenn Emma nicht Ausschau nach der Abzweigung gehalten hätte, wäre es ihr schwergefallen, Highbury House zu übersehen. Aus einer Lücke in der Hecke ragten zwei aus Backstein gemauerte und von steinernen Löwen gekrönte Säulen auf, die aus einer Zeit stammten, als es noch Kutschen, Treibjagden, Jagdbälle und prachtvolle Gesellschaften gegeben hatte.

Sie bog in die mit Schotter bestreute Auffahrt ein und wappnete sich für die Begegnung mit ihren Auftraggebern. Normalerweise hätte sie keinen Job unbesehen angenommen, aber sie war zu beschäftigt mit dem Restaurationsprojekt in Mallow Glen gewesen, um aus Schottland anzureisen und sich vor Ort einen Eindruck zu verschaffen. Stattdessen war Charlie, ihr bester Freund und Leiter ihres Teams bei *Turning Back Thyme*, vorab zum Anwesen gefahren und hatte die Maße genommen, und Sydney Wilcox, die Besitzerin von Highbury House, hatte eine Reihe Videochats arrangiert, um ihr zu erklären, worum es bei dem Projekt ging: Sie hatte vor, dem einst spektakulären Garten seine alte Pracht zurückzugeben.

Die kurze Auffahrt mündete in einen Hof, um den sich ein U-förmiges Haus erstreckte, dessen Eleganz allerdings durch mehrere Bauschutthalden verschandelt wurde.

Emma parkte hinter einem stahlgrauen Range Rover, stieg aus dem Auto und hängte sich ihre schwere Arbeitstasche aus Segeltuch über eine Schulter. Das grelle Jaulen elektrischer Werkzeuge durchschnitt die Luft und Hundegebell folgte. Aus dem Augenwinkel erhaschte sie einen Blick auf einen rötlichen Schimmer. Zwei Irish Red Setter waren aus der Haustür gesprungen und hielten schnurgerade auf sie zu.

Sie hob die Hände, um den kleineren der beiden Hunde abzuwehren, der immerhin groß genug war, um ihr die Vorderpfoten auf die Schultern zu legen und ihr das Gesicht abzulecken. Das andere Tier tänzelte um ihre Füße herum und bellte freudig.

Emma versuchte, die Hunde wegzuschieben, und entdeckte Sydney, die aus der Tür hastete und den Hof fast im Laufschritt überquerte. »Platz, Bonnie! Lass Emma vorbei, Clyde!«

»Ist schon in Ordnung«, erklärte Emma, während Bonnie sie noch einmal abschlabberte, und hoffte, dass sie wenigstens ein bisschen überzeugend klang. »Sie wären erstaunt, wie viele meiner Jobs so anfangen, besonders auf dem Land, wo jeder Hunde hält.«

»Es tut mir wirklich schrecklich leid. Wir haben eine Menge Zeit und Geld in ihre Ausbildung gesteckt, und trotzdem haben wir zwei der ungezogensten Hunde in ganz Warwickshire.« Sydney packte Bonnie am Halsband und zerrte sie weg, während Clyde sich gehorsam zu Füßen seiner Herrin setzte.

»Tu nicht so, als wärest du nicht genauso schlimm wie sie«, schimpfte Sydney mit Clyde. Ihre Stimme klang nach guten Schulen, Stunden im hiesigen Reitclub und samstäglichen Kricketpartien auf dem Dorfanger.

Sydney richtete sich auf und steckte ihr lockiges rotes Haar wieder fest.

»Tut mir leid. Die beiden laufen den ganzen Tag hinter den Bauarbeitern her. Jemand muss die Tür offen gelassen haben. Haben Sie problemlos hergefunden? War auf der M40 viel Verkehr? Manchmal ist sie ein wahrer Albtraum. Haben Sie die Abzweigung gut gefunden?«

Emma blinzelte und fragte sich, welche Frage sie zuerst beantworten sollte. Die Besitzerin von Highbury House schien ein fröhliches Chaos um sich zu verbreiten. Das war Emma schon bei ihren Telefonaten aufgefallen, aber nun, da Sydney ihr gegenüberstand, umgeben von ihren beiden Hunden und im Schatten eines Hauses, das gerade restauriert wurde, nahm das noch einmal eine ganz andere Dimension an. »Ich hatte keine Probleme, das Haus zu finden«, erklärte sie schließlich.

»Ich bin so froh, dass Sie gerade jetzt ankommen. Heute Morgen hat es geregnet, und ich habe noch zu Andrew gesagt, es wäre nicht gut, wenn Sie den Garten zum ersten Mal mitten in einem Unwetter sehen. Aber dann hat es aufgeklart, und nun sind Sie da!« Sydney setzte sich in Richtung Haus in Bewegung und bedeutete Emma, ihr zu folgen. »Sie müssen den Lärm entschuldigen.«

»Bewohnen Sie das Haus während des Umbaus?« Emma sprach lauter, um die Baugeräusche zu übertönen. Sie sah sich in der Eingangshalle um, die mit Planen verhängt war. Neben einer Freitreppe mit handgeschnitztem Geländer stand eine Leiter, und der Geruch von frischer Farbe hing in der Luft, obwohl die Wände aussahen, als wäre gerade erst die Tapete abgelöst worden.

»Ja«, sagte eine Männerstimme hinter Emmas Schulter. »Ich bin Andrew. Es ist mir ein Vergnügen, Sie persönlich kennenzulernen.«

Emma wandte sich um, schüttelte Andrew die Hand und blickte zwischen ihm und seiner Frau hin und her. Er überragte die lebhafte Sydney um einiges. Seine Clark-Kent-Brille war ihm auf der Nase heruntergerutscht, und das kurze braune Haar trug er ordentlich zur Seite gekämmt. Er schlang einen Arm um die Taille seiner Frau, als wäre es das Selbstverständlichste auf der Welt, und schaute mit einer Mischung aus Belustigung und Anbetung auf sie hinunter.

Sogar mitten im Staub eines halbfertigen Hauses strahlten die

Wilcox' Raffinesse, Bildung und Klasse aus. Sie waren das perfekte Paar, was es – zumindest Emmas Erfahrung nach – umso wahrscheinlicher machte, dass sie sich als gewaltige Nervensägen erweisen würden. Andererseits waren sie zahlende Kunden, die ein Restaurationsprojekt und keinen brandneuen Garten wollten. Und sie hatten angesichts von Emmas Kostenvoranschlag nicht mit der Wimper gezuckt.

»Andrew hat sich von mir überreden lassen, während der Renovierungsarbeiten vor Ort zu sein.« Sydney biss sich auf ihre volle Unterlippe. »Das Projekt hat sich als umfangreicher herausgestellt, als wir erwartet hatten.«

Andrew schüttelte den Kopf. »Sechs Monate, haben sie gesagt.«

»Und wie lange dauern die Arbeiten jetzt schon?«, erkundigte sich Emma.

»Achtzehn Monate, und wir haben erst einen Flügel des Hauses abgeschlossen. Es ist noch so viel zu tun«, sagte Sydney. »Schatz, ich wollte gerade mit Emma einen Rundgang durch den Garten unternehmen.«

»Ich will Ihnen keine Mühe machen«, warf Emma schnell ein. »Bisher habe ich mit Charlies Daten gearbeitet. Ich bin mir sicher, dass ich mich zurechtfinde.«

»Aber nein, ich bestehe darauf«, gab Sydney zurück. »Ich würde zu gern Ihren ersten Eindruck hören, und ich habe auch ein paar Ideen.«

Ideen. Ihre Kunden besaßen alle eigene Vorstellungen, aber nur sehr wenige davon waren gut. So hatte ein Mann aus der Nähe von Glasgow darauf bestanden, dass sie ihm mitten in Schottland einen tropischen Garten anlegte, obwohl sie ihn gewarnt hatte, dass es intensive Arbeit kosten würde, ihn zu erhalten. Sechs Monate nachdem das Team von *Turning Back Thyme* zusammengepackt und einen neuen Auftrag übernommen hatte, hatte er sie angerufen, sich beklagt, jede einzelne seiner Bananenpflanzen sei über den Winter eingegangen, und verlangt, dass sie sie ersetzte, kostenlos. Sie hatte ihn höflich auf ihren Vertrag verwiesen, in dem stand, dass sie keine Verantwortung für Schäden übernahm, die durch Versäumnisse des Besitzers entstünden.

Wenigstens in dieser Hinsicht würde Highbury House etwas anderes sein – eine Erholung von all den modernen Designprojekten, die sie annahm, um ihren Betrieb über Wasser zu halten. Die Wilcox' wollten einen bedeutsamen historischen Garten, der seit Jahren brachlag, so wieder aufleben lassen, wie er 1907 angelegt worden war.

Nichts liebte Emma mehr, als sich in eine Restauration zu vertiefen, obwohl diese Projekte viel mehr Zeit und Recherche erforderten als ihre modernen Planungen. Sie führte einen verbissenen Kampf gegen Terrassen aus gegossenem Beton und die zahlreichen Rasenflächen, die ehemalige Besitzer angelegt hatten, weil das »einfacher« war als richtiges Gärtnern. In einem besonders erschreckenden Fall hatte sie zweitausend Quadratmeter Kunstrasen aus den 1970ern herausgerissen und den französischen Knotengarten aus dem achtzehnten Jahrhundert restauriert, durch den einst feine Damen mit gepuderten Perücken geschlendert waren. Sie konnte auf Weiden und Koppeln lange vergessene Gärten auferstehen lassen. Sie konnte die Zeit zurückdrehen. Alles wieder in Ordnung bringen.

Trotzdem konnte sie von Herausforderungen allein nicht leben, und da Sydney fast ein Jahr lang ihre Rechnungen bezahlen würde, würde sie auf ihre Ideen eingehen. Soweit sie vertretbar waren. »Ich würde mich über Ihre Gesellschaft freuen«, sagte sie und legte so viel Begeisterung in ihre Stimme, wie sie konnte.

Sydney wandte sich an ihren Mann. »Kommst du mit, Liebling?«

»Ich würde gern, aber Greg hat vorhin etwas von Bodenbalken gesagt«, erklärte er.

»Was ist mit ihnen?«, erkundigte sich Sydney.

Andrew lachte ironisch und schob seine Brille wieder auf ihre korrekte Position. »Anscheinend haben wir im Musikzimmer keine. Komplett durchgefault.«

Überrascht zog Emma die Augenbrauen hoch, und Sydney riss den Mund zu einem »O« auf.

Andrew winkte ihnen zum Abschied, huschte um die Leiter herum und verschwand durch eine der Türen im Eingangsbereich.

»Das passiert in letzter Zeit leider öfter.« Sydney wies auf ein Paar Glastüren, von denen die Farbe abgebeizt worden war und die aussahen, als warteten sie darauf, ordentlich abgeschliffen zu werden. »Am einfachsten geht es hier entlang in den Garten.«

Emma folgte ihr hinaus auf eine breite Veranda. Einige der großen Bodenplatten aus Schiefer waren gesprungen, und in den Rissen wuchs Unkraut, aber die Aussicht war unbestreitbar schön. Eine lang gestreckte Rasenfläche verlief über sanft abfallendes Gelände bis zu einem ruhigen See. Sie kniff die Augen zusammen und beschwor das alte Foto herauf, das sie im Archiv der Universität Warwick gefunden hatte und das eine Gartenparty in den 1920er-Jahren zeigte. Einst hatte eine kurze Treppe zu einem spiegelglatten Teich hinuntergeführt, der von zwei Viertelkreisen Buchsbaumhecke sowie einer langen Rabatte umgeben gewesen war, die an der östlichen Seite des Rasens verlief. Heute war nur eine ununterbrochene Rasenfläche zu sehen, die nichts von dem Charme ausstrahlte, den Venetia Smiths ursprünglicher Entwurf besessen haben musste.

Vor Aufregung kribbelte es in Emmas Nacken. Sie würde einen Garten von Venetia Smith restaurieren. Lange bevor sie in Amerika berühmt geworden war, hatte die Landschaftsgärtnerin im ersten Jahrzehnt des zwanzigsten Jahrhunderts hier in Großbritannien eine Handvoll Gärten entworfen. Emma verdankte ihren Berufsweg einer BBC-Dokumentation über die Restaurierung eines von Venetias Gärten, der zu Longmarsh House gehörte. Damals war sie siebzehn gewesen und hatte darauf bestanden, dass ihre Eltern in den Ferien mit ihr zu dem Anwesen fuhren. Während die meisten ihrer Freundinnen überlegten, an welcher Uni sie studieren sollten, hatte sie in diesem restaurierten Garten gestanden, und ihr war klar geworden, was sie mit ihrem Leben anfangen wollte.

Während sie die Verandatreppe hinuntergingen, wies Sydney auf den westlichen Rand des Rasens. »Vom Rand des Schattengartens ist nicht mehr viel übrig.«

Emma trat an einen der knorrigen Stämme heran, die den langen, geraden Weg an der Westseite der großen Grünfläche säumten. Die kalte, raue Rinde fühlte sich unter ihrer Hand beruhigend und vertraut an. »Die Bäume am Lindenweg wirken gut gepflegt.«

»Das ist wohl den Gärtnern zu verdanken. Dad hat dieselbe Firma behalten, die Granddad beschäftigt hatte. Die Leute tun, was sie können, um alles in Ordnung zu halten«, erklärte Sydney.

In Ordnung, aber nicht mehr.

»Dieser ganze Bereich muss viel farbenprächtiger gewesen sein, als er damals angelegt wurde«, meinte Emma.

»Sogar im Schatten?«

Sie lächelte. »Dass Schattengärten langweilig sind, ist ein verbreitetes Missverständnis. Ich habe im Archiv kein Foto davon gefunden, wie er aussah, als Venetia ihn gepflanzt hat, aber sie liebte Farben, daher können wir davon ausgehen, dass sie auch welche eingesetzt hat.«

»Nach unserem letzten Videotelefonat habe ich ein paar Sammlungen ihrer Schriften und Tagebücher gekauft«, erklärte Sydney. »Sie hat so viel geschrieben, dass ich beinahe nicht wusste, wo ich anfangen soll.«

»Ich mag ihre Tagebücher am liebsten. Zwischen den zwei Weltkriegen hat sie ein paar veröffentlicht, aber vor ungefähr zwanzig Jahren hat jemand ihr ehemaliges Haus in Wimbledon gekauft und zwei über ihre allerersten Projekte gefunden.«

»Aber nicht über Highbury.«

Sie schüttelte den Kopf. »Sonst hätten wir schon einen fertigen Projektplan für Highbury. Zum Teegarten geht es dort entlang?«, fragte sie und wies mit einer Kopfbewegung auf einen Durchgang zwischen den Linden, den ein Tor verschloss.

»Ja«, sagte Sydney.

Als sie den Teegarten betraten, ließen sie auch den gepflegten Zustand des Lindenwegs hinter sich. Einst war er als geschlossener Raum geschaffen worden – eine Zuflucht für die Damen der feinen Gesellschaft, ein Ort, an dem sie zwischen den weichen Pastellfarben origineller Blumen plaudern konnten. Jetzt herrschte hier Chaos.

»Die Gärtner waren nicht oft in diesem Teil des Grundstücks«, erklärte Sydney mit entschuldigendem Unterton. »Dad meinte immer, es sei teuer genug, die Rasenfläche und die Bereiche, die man vom Haus aus sehen kann, zu pflegen.«

Das sah man auch. Ein Büschel abgestorbener Prachtkerzen war verflochten mit Wiesenkerbel, der ausgetrocknet und umgefallen war. Mehrere jämmerliche Gruppen von Rosenbüschen, die schwer mit Hagebutten beladen waren, wucherten wild nach zu vielen Wintern, in denen sie nicht ordentlich zurückgeschnitten worden waren, und Emma bezweifelte, dass sie im Juni mehr als ein Dutzend Blüten ausbilden würden. Alles andere war ein einziger Dschungel aus längst eingegangenen Blumen und Unkraut.

»Nach der Restauration kann ich Ihnen gern dabei helfen, eine Firma zu finden, die sich um den Garten kümmert«, bot sie an.

»So schlimm, ja?«, fragte Sydney und lachte.

»Wenn ich Ihr Dad wäre, würde ich mein Geld zurückverlangen. Das Ganze sieht aus, als bestünde es nur aus Unkraut«, erklärte sie und wies auf eine merkwürdige Stelle festgestampfter Erde, auf der eine einsame, mit Zaunwinden überwucherte Bank aus Teakholz stand. »Dort befand sich wahrscheinlich einmal eine Art Pavillon oder Pergola.«

»Eines der Opfer des großen Orkans von 1987. Ich weiß, dass wir damals auch einige Bäume am Seeufer und im Waldgarten verloren haben. In Granddads Unterlagen habe ich Quittungen der Baumchirurgen entdeckt.«

»Hatten Sie das Glück, etwas aus dem Jahr zu finden, in dem der Garten angelegt wurde?«, fragte Emma.

»Noch nicht, aber machen Sie sich keine Sorgen. Granddad hat nie etwas weggeworfen. Ich trage immer noch Kartons mit Papieren aus dem Arbeitszimmer, und mit den Dachböden habe ich noch nicht einmal angefangen. Wenn da etwas ist, finde ich es«, versicherte Sydney.

Emma folgte ihr durch eine Taxushecke in den Liebesgarten, wo sie kahlen Boden und kränkelnde tropische Pflanzen vorfand, zu denen Venetia zu ihrer Zeit mit Sicherheit keinen Zugang gehabt hätte. Der Garten der Kinder dahinter war wenig mehr als eine Ansammlung von Wildblumen überschattet von vier großen Kirschbäumen, die dringend beschnitten werden mussten, und der Lavendelweg war schrecklich überwuchert, gedieh aber. Der Skulpturengarten bestand größtenteils aus Rasen und ein paar zerbrochenen, verwitterten Statuen. Daran schloss sich ein Gartenbereich an, der nicht zu den anderen zu passen schien und dessen Bestimmung Emma trotz ihrer Recherchen nicht einordnen konnte, sowie ein Stück, das einmal ein weißer Garten hatte sein sollen. Doch die Pflanzen hatten sich selbst weiter ausgesät, und Emma war sich sicher, dass er im Frühling in einer Vielzahl von Farben erblühen würde. Weiter ging es in ein Areal, von dem sie vermutete, dass es sich um einen lange brachliegenden Wassergarten handelte, obwohl das seichte Becken in seiner Mitte inzwischen von Unkraut verstopft war, bei dem es sich nicht um Wasserpflanzen handelte. Das Ganze kam ihr … traurig vor, wie eine wild wuchernde, vernachlässigte Masse.

»Und da sind wir nun«, verkündete Sydney, während sie den Weg zwischen dem Wassergarten und dem weißen Garten entlangliefen.

Zuerst konnte Emma oberhalb der Backsteinmauer nur die hohen Baumkronen und die langen Zweige einer Kletterrose erkennen, die um Vorherrschaft und Sonnenlicht kämpften. Doch als sie um die sanft gewölbte Ziegelmauer herumgingen, die einen Kreis bildete, kamen sie zu einem eisernen Tor, das von Rost in unterschiedlichen Rot- und Orangetönen überzogen war. Kletterpflanzen rankten sich um die Eisenstangen und reckten beinahe frech ihre Stängel hervor. Alles in diesem Gartenbereich schien verzweifelt auf Flucht zu sinnen.

»Das muss der Teil sein, vor dem Charlie mich gewarnt hat«, gestand sie.

»Der Garten des Winters«, erklärte Sydney. »Als ich klein war, sind wir nur zweimal im Jahr nach Highbury gekommen – zu Granddads Geburtstag und am zweiten Weihnachtstag –, aber ich weiß noch, dass Dad jedes Mal mit mir durch den Garten gegangen ist. Ende Dezember hatte man nur hier den Eindruck, dass etwas lebendig war.«

»Also waren Sie schon einmal drinnen?«, fragte Emma, schlang die Hände um die Eisenstangen und versuchte vergeblich, durch das dichte Laub zu spähen.

»Nein, es ist abgeschlossen, solange ich denken kann.«

Emma fuhr mit einem Finger über das riesige Schlüsselloch, das in das Eisen eingeschnitten war. »Dann nehme ich an, dass es keinen Schlüssel zu dem Tor gibt.«

Sydney schüttelte den Kopf. »Noch etwas, nach dem ich auf der Suche bin. Andrew hat vorgeschlagen, einen Schlosser zu rufen, aber ich habe mit zweien telefoniert, und beide meinten, angesichts des Zustands und des Alters des Tors müsste man vielleicht die Angeln durchtrennen, um es zu öffnen. Und das fühlt sich … verkehrt an.«

»Verkehrt?«, fragte Emma und trat ein Stück zurück.

»Ich könnte nicht guten Gewissens einen Teil der Geschichte des Gartens auslöschen, während ich so schwer daran arbeite, das Haus zu restaurieren. Außerdem –« Sydney unterbrach sich. »Der Garten des Winters hat so eine besondere Ausstrahlung. Er wirkt so verlassen.«

Der ganze Garten war geradezu ein Sinnbild von Vernachlässigung, aber Emma verstand, was sie meinte. Sie vermutete, dass Sydney ungefähr in ihrem Alter war, und bei der Vorstellung, dass fünfunddreißig Jahre lang niemand diesen Garten angerührt oder gepflegt hatte, überlief sie ein kalter Schauer. Das war so … unheimlich? Pathetisch?

Geheimnisvoll.

Nichts an diesem Auftrag würde einfach werden. Es gab keine Pläne und nur wenig Archivmaterial, und ein großer Teil der ursprünglichen Gartenstruktur war dem Zahn der Zeit zum Opfer gefallen. Das hätte vielleicht einige ihrer Kollegen abgeschreckt, die einfache Aufträge vorzogen und lieber nach genauen Vorgaben ihrer Kunden einen modernen Garten anlegten. Doch Emma überlief ein Schauer freudiger Aufregung, wenn sie diesen hoffnungslosen Wirrwarr betrachtete. Highbury House war ein Projekt, wie sie es liebte.

»Tja, wir könnten uns eine Leiter holen und über die Mauer steigen«, schlug Emma vor.

»Das hat Andrew schon versucht«, erklärte Sydney. »Er ist hochgeklettert und hat festgestellt, dass man auf der anderen Seite nirgendwo eine Leiter sicher abstellen kann.«

»Wann war das?«, erkundigte sich Emma.

»Gleich nachdem wir unsere Firma verkauft hatten. Wir haben Mum und Dad angeboten, ihnen das Haus abzukaufen. Granddad hatte ihnen etwas Geld hinterlassen, aber der größte Teil ist dafür draufgegangen, Löcher im Dach zu reparieren und das Haus so weit zu heizen, dass die Wände nicht feucht wurden.

Im Lauf der Jahre ist es zu einem ziemlichen Klotz am Bein geworden, aber Dad hat es nie übers Herz gebracht, es zu verkaufen«, erklärte Sydney.

Emma warf ihr ein leises Lächeln zu. »Und jetzt haben Sie beschlossen, es wieder zu seiner alten Pracht zu bringen.«

»Richtig. Wir sind Sydney und Andrew Wilcox, die Retter alter Häuser.«

»Und ihrer Gärten«, setzte Emma hinzu.

»Ich hoffe, die Größenordnung des Projekts schreckt Sie nicht ab«, sagte Sydney.

Emma hätte das Projekt auch übernommen, wenn die Größe von Highbury sie eingeschüchtert hätte. Bei Mallow Glen hatten sie einen Monat überzogen, weil sie drei unterschiedliche Probleme mit Zulieferern gehabt hatten. Außerdem war sie gezwungen gewesen, einen kleineren Auftrag in einem Cottage-Garten in Leicestershire zu opfern, um sich auf Highbury House vorzubereiten. Der Verlust dieser zusätzlichen Finanzspritze schmerzte, aber Highbury wäre ein viel größerer Gewinn.

»Es ist knifflig«, räumte sie ein. »Wir haben nicht viele Originaldokumente oder Fotos, an die wir uns halten könnten. Daher habe ich Pläne gezeichnet, die auf Venetias anderen Entwürfen aus derselben Zeit basieren.«

»Ich sichte diese Kisten, versprochen«, sagte Sydney. »Und was passiert jetzt als Nächstes?«

»Meine Leute treffen ein. Charlie kennen Sie ja schon, aber zum Team gehören auch Jessa, Zack und Vishal. Als Erstes werden sie die verwilderten Pflanzen abtragen, damit wir einschätzen können, womit wir es zu tun haben. Ich sollte Ihnen noch diese Woche die endgültigen Pläne zeigen können.«

Sydney faltete die Hände vor dem Körper und sah aus, als wollte sie einen Song schmettern wie ein Musicalstar. »Ich kann es kaum abwarten«, sagte sie jedoch stattdessen.

Ich auch nicht, dachte Emma. *Ich auch nicht.*

Emma hievte die Einkäufe von einem Arm auf den anderen und zog die Schlüssel aus der Tasche. Der Makler hatte ihr einen Rundgang durch Bow Cottage angeboten, doch sie hatte höflich abgelehnt. Nachdem sie den ganzen Tag hinter Sydney hergelaufen war, sehnte sie sich nach Ruhe und Frieden in ihrem gemieteten Häuschen.

Nach zwei Versuchen gelang es ihr, die rote Vordertür aufzuschließen und das Licht in der Diele einzuschalten. Sie ließ die Tür hinter sich zufallen und stieß einen Seufzer der Erleichterung aus. Dann machte sie sich in dem Haus, das während der nächsten neun Monate ihr Heim sein würde, auf die Suche nach der Küche. Um ihr Gepäck würde sie sich später kümmern, das wartete auf dem Rücksitz ihres Wagens. Zuerst brauchte sie eine Tasse Tee und musste ihr Handy aufladen.

Rechts der Diele entdeckte sie ein geräumiges Wohnzimmer und daneben ein kleines Arbeitszimmer. Auf der anderen Seite des Gangs lag das Esszimmer. Dort stand ein großer Tisch mit massiver Holzplatte, den sie wahrscheinlich eher zum Zeichnen von Entwürfen als zum Bewirten von Gästen nutzen würde. Nebenan befand sich die Küche – einfach, aber hübsch und mit Gazevorhängen vor den breiten Fenstern, durch die man auf eine mit Backstein gepflasterte Terrasse, einen Rasen aus Weidelgras und im Hintergrund eine ausgewachsene *Magnolia grandiflora* hinaussah. Emma stellte ihre Einkaufstaschen auf der Arbeitsfläche ab, schloss ihr entladenes Handy an und füllte den elektrischen Wasserkocher. Dann räumte sie den Kühlschrank ein, der für einige Zeit ihr gehören würde.

Sie hatte gerade Joghurt und Milch weggestellt, als ein Signalton eine neue Nachricht ankündigte. Als sie sah, wie viele Textnachrichten in der Zwischenzeit auf ihrem Smartphone eingegangen waren, zuckte sie zusammen. Darunter waren mehrere von Charlie, der sie fragte, ob er am nächsten Morgen, wenn sie sich vor Ort treffen würden, etwas Besonderes mitbringen solle. Außerdem amüsierte er sich darüber, dass sie es wieder einmal geschafft hatte, mit leerem Akku unterwegs zu sein.

Als sie weiterscrollte, entdeckte sie einen entgangenen Anruf von ihrem Dad. Sie rief ihn zurück und stellte das Handy auf laut, damit sie nebenbei ihre Vorräte weiter einräumen konnte.

»Geht's dir gut, Emma?«, ertönte die Stimme ihres Dads. Sein Südlondoner Akzent war wie immer nicht zu überhören.

»Du klingst munter«, entgegnete Emma und lächelte vor sich hin.

»Ich habe den ganzen Tag am Telefon gewartet, um zu hören, wie dein erster Tag gelaufen ist.«

»Hallo, Schatz!«, rief ihre Mutter irgendwo im Hintergrund. »Freut mich zu hören, dass du deine dich liebenden Eltern nicht vergessen hast.«

»Deine Mutter lässt dich grüßen«, erklärte ihr Vater und entschärfte sogleich die Begrüßung ihrer Mum.

Emma seufzte. »Tut mir leid, dass ich nicht eher angerufen habe. Mein Handy hatte den Geist aufgegeben.«

Er lachte. »Dein Akku ist immer leer. Wie war der Garten?«

»Ein Trauerspiel«, sagte sie und legte einen Brotlaib auf die Arbeitsfläche. »Die aktuellen Besitzer, Sydney und Andrew, haben das Anwesen von Sydneys Eltern gekauft, die es von ihrem Großvater geerbt hatten. So wie es klingt, haben Sydneys Eltern getan, was sie konnten, um das Haus zu erhalten, aber viel mehr war für sie nicht machbar. Da kannst du dir vorstellen, in welchem Zustand der Garten ist.«

»So schlimm?«, fragte er.

»An manchen Stellen ist er vollkommen umgegraben worden, aber andere Teile sind einfach überwuchert. Es gibt vier Sauerkirschbäume, die wirken, als hätte sich seit dreißig Jahren niemand mehr richtig um sie gekümmert. Und dann ist da der hintere Teil des Gartens. Alles ist ein einziges Chaos, und in einem

Bereich kann man nicht einmal erahnen, nach welchem Thema er gestaltet wurde.«

»Klingt, als wüsstest du, was du zu tun hast«, meinte er.

»Ja. Der Garten muss, schon fünf Jahre nachdem Venetia die Arbeit daran abgeschlossen hatte, wundervoll ausgesehen haben.« Sie bezweifelte allerdings, dass Venetia Smith die Früchte ihrer Arbeit je zu Gesicht bekommen hatte. Soweit Emma wusste, hatte sie Großbritannien damals verlassen und war nie zurückgekehrt.

»Da bin ich mir sicher.« Die Stimme ihres Dads drang plötzlich nur gedämpft und unverständlich durchs Telefon, und sie vermutete, dass er das Mikrofon seines Handys zuhielt. Sie wappnete sich für den Moment, in dem er wieder ans Telefon kommen würde. »Deine Mum will mit dir sprechen«, erklärte er kurz darauf.

Bevor sie eine Ausrede vorbringen konnte – dass sie müde war und das Abendessen zubereiten musste –, hörte sie, wie er das Handy an ihre Mum weiterreichte. »Hast du etwas von der Stiftung gehört?«

»Hallo, Mum. Mir geht's gut, danke der Nachfrage.«

»Wir sitzen hier wie auf glühenden Kohlen, Emma. Du brauchst diese Stelle als Leiterin der Naturschutzabteilung unbedingt«, gab ihre Mutter zurück und ignorierte sie.

Brauchen – so hätte Emma es nicht ausgedrückt, doch sie gab sich die größte Mühe, ihre Verärgerung zu unterdrücken. Ihre Mum wollte nur das Beste für sie. Und eine Festanstellung bei der renommierten Royal Botanical Heritage Society war in den Augen ihrer Mutter das Beste, was sich ein Mädchen aus Croydon ohne akademischen Abschluss erhoffen konnte.

»Ich weiß noch nichts. Sie haben gesagt, sie melden sich, falls ich bei den Vorstellungsgesprächen in die nächste Runde komme«, erklärte sie.

»Natürlich wollen sie noch einmal mit dir sprechen. Sie könnten niemand Besseren finden, um ihre Naturschutzabteilung zu leiten. Und du hättest einmal in deinem Leben ein regelmäßiges Gehalt.«

»Ich habe ein regelmäßiges Einkommen«, gab sie zurück. *Meistens.*

»Hast du nicht den ganzen letzten Sommer diesem schrecklichen Ehepaar im Nacken gesessen, das sich geweigert hat, dich zu bezahlen?«, fragte ihre Mutter.

Genauer gesagt war es eher ihr Anwalt gewesen, der dem Paar zugesetzt hatte. Die beiden hatten sich geweigert, die zweite Hälfte ihres Honorars zu zahlen, und versucht, sie auf einer Rechnung über zehntausend Pfund für seltene Pflanzen und Landschaftsgestaltung sitzenzulassen, obwohl sie selbst darauf bestanden hatten, dass sie diese in ihren Garten einarbeitete.

»Am Ende haben sie ja gezahlt«, sagte sie und seufzte bei der Erinnerung an die Anwaltskosten, die das Honorar, das sie schließlich erhalten hatte, deutlich geschmälert hatten.

»Nachdem du ihnen mit einem Gerichtsverfahren gedroht hast.«

»Das kommt nicht so häufig vor«, beteuerte sie.

»Gib es doch zu, Schatz. *Turning Back Thyme* ist eine nette kleine Firma, aber reich wirst du damit nicht.«

»Mum …«

»Wenn du den Job bei der Stiftung annehmen würdest, könntest du endlich ein Haus kaufen. Die Preise sind gar nicht so übel, wenn man sich weit genug südlich der Themse umsieht. Du hättest deinen eigenen Garten und wärst so viel näher bei deinem Vater und mir, statt dich im ganzen Land herumzutreiben.«

»Ich ziehe gern öfter um«, hielt Emma dagegen.

»Dein Vater und ich haben nicht deine Schulgebühren bezahlt, damit du obdachlos bist«, legte ihre Mutter noch einmal nach.

»Ich bin nicht obdachlos! Ich wohne einfach dort, wo ich

arbeite. Außerdem, *selbst wenn* die Stiftung mir den Job anbietet – für den sie noch nicht einmal die zweite Vorstellungsrunde abgehalten hat –, müsste ich immer noch überlegen, was ich mit meiner Firma anfange. Das ist keine leichte Entscheidung.«

»Du könntest sie verkaufen.«

»Mum.«

»Wäre das denn so schlimm?«

Sie widersprach nicht so schnell, wie sie eigentlich sollte. Sie liebte *Turning Back Thyme*, aber es war schwer, allein eine Firma zu führen. Ständig fühlte sie sich gestresst durch den Gedanken, ob dies das Jahr sein würde, in dem alles zusammenbrach. Ein paar schlechte Jobs oder eine längere Auftragsflaute genügten, damit nicht nur ihre Lebensgrundlage auf dem Spiel stand, sondern auch die ihres gesamten Teams.

Hätte sie nur Gärten entwerfen müssen, wäre ihre Arbeit ein wahrer Traum gewesen – aber es steckte noch so viel mehr dahinter. Sie war gleichzeitig auch Buchhalterin, Personalleiterin, rechnete die Gehälter ab und kümmerte sich um das Marketing und den Kundenkontakt. An manchen Tagen kam sie von der Arbeit bei einem Kunden hereingestolpert, um den Abend vor ihrem Laptop zu verbringen und die Berge an digitalem Papierkram abzuarbeiten, die das Betreiben einer kleinen Firma mit sich brachte. Dann fiel sie für gewöhnlich völlig erschöpft ins Bett, nur um keuchend aus einem immer wiederkehrenden Albtraum hochzufahren, in dem sie sich ins Bankkonto der Firma einloggte und feststellte, dass es um fünfundsiebzigtausend Pfund überzogen war.

An solchen Tagen – und bei solchen Gesprächen – fragte sie sich, ob sie sich nur selbst zum Narren hielt, wenn sie glaubte, sie könne den Rest ihres Lebens so weitermachen.

Sie räusperte sich. »Ich muss mir etwas zum Abendessen machen und alles für morgen vorbereiten.«

»Du hast so viel Potenzial, Emma.«

»Ich habe dich nicht großgezogen, damit du den ganzen Tag im Dreck wühlst.«

»Das hättest du besser machen können.«

»Du hast alles weggeworfen, Emma.«

»Was für eine Enttäuschung!«

Emma konnte diese Worte nicht vergessen, die ihre Mutter ihr bei jedem Streit an den Kopf geworfen hatte, als sie sich damals gegen ein Studium und für dieses Leben entschieden hatte. Ein Leben, das sich ihre Mum, die sich aus der Arbeiterklasse hochgekämpft hatte, für sie nicht gewünscht hatte.

»Ich muss Schluss machen, Mum«, erklärte sie lahm.

»Schick uns Fotos von dem Haus, in dem du wohnst«, sagte ihre Mutter. Jetzt klang sie fröhlich, nachdem sie ihre spitzen Anspielungen losgeworden war.

»Und von dem Garten!«, rief ihr Vater aus dem Hintergrund.

»Mache ich«, versprach sie und beendete das Gespräch. Sie wandte sich wieder ihren Einkäufen zu und versuchte, den nagenden Verdacht abzuschütteln, dass ihre Mum recht hatte.

Venetia

Dienstag, 5. Februar 1907
Highbury House
Sonnig, Ostwind

Jeder neue Garten ist wie ein ungelesenes Buch, dessen Seiten vor Verheißungen überquellen. Heute Morgen, als ich auf der Schwelle von Highbury House stand, hätte ich beinahe vor Aufregung gebebt. Jeder Garten – jeder schwer erkämpfte Auftrag – fühlt sich wie ein Triumph an, und ich bin entschlossen, auf Highbury House mein bisher größtes Werk zu vollbringen.

Aber ich greife vor.

Als ich läutete, bellte irgendwo im Haus ein Hund. Während ich wartete, zupfte ich am Revers meines marineblauen Wollmantels, der zusammen mit meiner weißen Bluse sehr adrett wirkte. Adam hatte meine Erscheinung abgesegnet und mich dann mit dem Versprechen, sich während meines Aufenthalts in Warwickshire um Haus und Garten zu kümmern, zum Zug gebracht.

Ich blickte mich um und staunte darüber, wie kahl Highbury House ohne die fröhlichen Kränze und Girlanden wirkte, die bei meinem Besuch im Dezember an den Türen und Fenstern gehangen hatten. Mrs. Melcourt, die Dame des Hauses, war an jenem Tag unterwegs gewesen, aber Mr. Melcourt hatte sich ausführlich mit mir unterhalten und mich dann an dem lang gezogenen Rasenstück und den altmodischen Beeten vorbeigeführt, die so fantasielos wirkten, dass es mich bedrückte. Er hat das Haus vor drei

Jahren erworben. Nachdem er alle Räume renovieren ließ, hat er nun seine Aufmerksamkeit der Gestaltung des Außenbereichs zugewandt und mich auf Empfehlung mehrerer ehemaliger Klienten beauftragt, die er zweifellos beeindrucken will. Er wünscht sich einen Garten, der Eleganz und hohe Ambitionen ausstrahlt, einen, der aussieht, als sei er seit Jahren Teil eines Familienanwesens und keine Neugestaltung, die er mit dem vor Kurzem geerbten Vermögen finanziert, das aus einer Fabrik für Seifenproduktion stammt.

Knarrend öffnete sich die gewaltige Haustür und ließ eine Hausdame in einer düsteren schwarzen Dienstkleidung mit hohem Kragen erblicken. An ihrem Gürtel hing ein Schlüsselbund, wie bei einer mittelalterlichen Burgherrin.

»Guten Morgen«, sagte sie feierlich. Ihr gemessener Ton ließ einen Birminghamer Akzent erkennen.

Ich umfasste die Papprolle ein wenig fester, in der ich Papiere und Unterlagen aus London mitgebracht hatte. »Guten Morgen. Ich bin Miss Venetia Smith. Mr. Melcourt erwartet mich.«

Die Hausdame musterte mich von der Hutkrempe bis zur Stiefelspitze. Sie kniff die Lippen scharf zusammen, als sie den verkrusteten Schlamm entdeckte, in den ich getreten war, als ich heute Morgen zum letzten Mal nach meinen Rosen gesehen hatte.

»Ich kann die Schuhe ausziehen, wenn Sie möchten«, erklärte ich mit herausforderndem Unterton.

Die Hausdame erstarrte und versteifte den Rücken, als hätte ich sie mit einer Hutnadel gestochen. »Das wird nicht nötig sein, Miss Smith.«

Sie führte mich zu einem Doppelsalon und bedeutete mir, vor der Tür zu warten. Ich konnte erkennen, dass der Raum unbestreitbar herrschaftlich wirkte. Mit den jetzt halb geöffneten Schiebetüren hätte man ihn bis zu den handgeschnitzten Wandpaneelen teilen können. An einem Ende hütete ein aus Marmor gehauener Kaminrahmen ein loderndes, knisterndes Feuer. An der Decke hing ein großer Kronleuchter, an dem in Dutzenden

Glasschirmen elektrische Birnen glitzerten und Wandteppiche und Gemälde beschienen. Doch der schönste Schmuck befand sich in der Mitte des Raums – dort saß eine zierliche blonde Frau, die ein Tageskleid aus weißem Wollstoff mit einem schwarzen Gürtel trug. Ihr gegenüber saßen in einer Reihe drei Kinder. Die Nanny betrachtete das älteste Mädchen, das vorlas. »›Du eleganter Vogel‹, sagte die Miezekatze zu der Eule. ›Wie bezaubernd und lieblich du singst!‹«

»Meine Liebe«, sagte die Frau in Weiß, von der ich annahm, dass es sich um Mrs. Melcourt handelte.

Sofort verstummte das Kind. Aus dem Lehnsessel erhob sich die breitschultrige Gestalt von Mr. Melcourt, der in einen pechschwarzen Anzug gekleidet war.

»Miss Smith«, kündigte die Hausdame mich an.

»Danke, Mrs. Creasley. Bitte lassen Sie sie eintreten«, sagte Mrs. Melcourt.

Mrs. Creasley wich zurück, damit ich ihren Platz einnehmen konnte.

»Ich hoffe, Ihre Reise war nicht allzu beschwerlich, Miss Smith«, begrüßte mich Mr. Melcourt und nickte knapp.

Fasziniert sah ich zu, wie sein Adamsapfel gegen seinen steifen Hemdkragen stieß. War denn jedes Mitglied dieses Haushalts in gestärkte Kleidungsstücke gezwängt?

»Sie war sehr angenehm, danke«, gab ich zurück.

»Meine Gattin, Mrs. Melcourt«, erklärte er.

Ich deutete einen kleinen Knicks an, den seine Frau mit einem leichten Nicken quittierte. Sie stand nicht auf.

»Sind das die Pläne?«, erkundigte sich Mr. Melcourt eifrig.

Ich hob meine Papprolle an. »Ja.«

»Ich hoffe, die Korrespondenz mit Mr. Hillock war hilfreich«, meinte er.

»Er ist sehr bewandert.« Ein guter Obergärtner kann bei der Gestaltung eines neuen Entwurfs eine große Hilfe sein. Mr. Hillock wird, noch lange nachdem ich Highbury verlassen habe, die Aufgabe haben, den Geist meines Werks zu bewahren.

»Würden Sie gern die neuesten Zeichnungen sehen?«, fragte ich.

Mr. Melcourt nickte. Mrs. Melcourt rang sich nur ein leises Lächeln ab, schickte die Kinder fort und erhob sich, um zu ihrem Mann zu treten.

Während ich meine Pläne auf einem Palisandertisch ausrollte, beobachtete ich meine Auftraggeber über den Rand meines Brillengestells hinweg. Eigentlich benötige ich die Gläser nur, um winzige Details zu zeichnen, doch ich habe festgestellt, dass die Leute eine Frau, die eine Brille trägt, erheblich unterschätzen, was sich meist zu meinem Vorteil auswirkt.

»Wir beginnen mit einer Gesamtbetrachtung des Geländes. Sie haben mir erklärt, Sie wollen förmliche und natürliche Stilelemente kombinieren, um eine elegante Optik zu erzielen und Erstaunen im Betrachter hervorzurufen. Die große Rasenfläche ist Ihr förmlicher Teil.« Ich wies auf den rechteckigen Umriss, der den auf Highbury schon existierenden, lang gestreckten Rasen darstellte. »Die Aussicht von Ihrer Veranda bis hinunter zum See ist wunderschön, doch ihr fehlt ein Blickfang. Etwas Dramatisches. Wir werden Stufen in die schräge Ebene einlassen und eine kleine, von Pflanzen gesäumte Mauer errichten. Diese Treppe wird zu einem breiten, flachen Spiegelteich führen, und dann setzt sich der Rasen kontinuierlich bis hinunter zum See fort.«

»Wollen Sie die Bäume am Seeufer fällen?«, fragte er.

Ich schüttelte den Kopf. »Sie haben dort ausgewachsene Buchen, Birken und Weißdorne, die dem Anwesen ein geschichtsträchtiges Ambiente verleihen. Sie werden feststellen, dass die förmlichen Teile des Gartens zugleich die sind, die dem Haus am nächsten liegen. Dort werden Sie auch am wahrscheinlichsten Gäste empfangen.« Ich blickte zu Mrs. Melcourt auf. »Ihre Gäste werden vielleicht picknicken oder auf dem Rasen Krocket spielen und dann an der langen Rabatte entlangspazieren, die am östlichen Rand des Rasens verlaufen wird, oder über den Lindenweg und vorbei an den gegenüberliegenden Schattenbeeten. Je weiter sie sich dem See nähern, umso stärker wird der Garten einen freieren, ungezähmteren Stil annehmen.«

Mrs. Melcourt verzog den Mund. »Ungezähmt.«

»Mr. Cunningham und Mr. McCray haben beide gezögert, als ich einen solchen Schritt vorschlug, doch ich kann Ihnen versichern, dass sie mit dem Ergebnis zufrieden sind«, erklärte ich. Mit Bedacht hatte ich die zwei reichen Fabrikanten erwähnt, die demselben Londoner Club angehörten wie Mr. Melcourt.

Ich hielt den Atem an, denn dies war der entscheidende Moment. Würden sich die Melcourts als die Art von Klienten erweisen, die glaubten, sich etwas Neues, Schönes und Innovatives zu wünschen, aber in Wahrheit die bequeme Vertrautheit der streng manikürten, förmlichen Gärten des vergangenen Jahrhunderts suchten? Oder würden sie mir erlauben, ihnen etwas zu schenken, was so viel mehr war – ein bewohnbares, üppiges Kunstwerk, farbenprächtiger als jedes Gemälde?

»McCray hat in der Tat erwähnt, dass Sie einige radikale Ideen hegen«, sagte Mr. Melcourt. »Er hat mir aber auch erklärt, dass die Wirkung ihm nichts als Lob eingetragen hat.«

Als seine Frau keine Einwände erhob, lächelte ich. »Das freut mich zu hören.«

Rasch zog ich eine Detailzeichnung der langen Rabatte hervor und ließ ihn sehen, wie hohe Säulen aus Clematis über Rosen, Kugeldisteln, Glockenblumen, Allium und Rittersporn in weichen Rosa-, Weiß-, Silber- und Lilatönen aufragen würden. Ich zeigte den beiden, wie Trennwände aus Hecken und Backstein unmittelbar westlich der Schattenrabatte Gartenbereiche mit unterschiedlichen Themen schaffen würden. Außerdem machte ich sie darauf aufmerksam, dass einige Elemente des Gartens Zeit brauchen würden: So würde man die Linden Jahr für Jahr sorgfältig verflechten müssen, indem man die biegsamen jungen Schösslinge aneinander festband, um den Eindruck von lebenden Wänden zu erzeugen. Wir sprachen darüber, welche Stücke aus der wachsenden Sammlung der Melcourts im Skulpturengarten am besten aussehen würden und wo die Kinder spielen könnten.

Irgendwo im Haus läutete eine Glocke, doch die Melcourts blickten kaum auf.

»Ich habe den Küchen- und den Kräutergarten neben dem Haus belassen. Es wäre unnötig, sie zu versetzen, und der Obstgarten ist schon ausgewachsen und trägt Früchte«, erklärte ich.

»Aber er liegt so nah am Haus«, murmelte Mrs. Melcourt.

Ich verstand den Einwand der Dame sofort. »Im Moment trennt nur eine Taxushecke den Küchengarten vom Rest des Anwesens. Ich würde empfehlen, zwischen dem Küchengarten und den anderen Gartenbereichen eine Mauer zu errichten, um die Trennung von Arbeits- und Vergnügungsgarten zu betonen. Wenn Sie möchten, zeige ich es Ihnen.«

Schwere Männerschritte erklangen, und wir hoben allesamt die Köpfe, als sich ein Neuankömmling zu uns gesellte. Im Unterschied zu Mr. Melcourts akkurat gerichteter Krawatte saß die des soeben eingetroffenen Mannes ein wenig schief, und sogar von meinem Platz aus konnte ich die Schlammspritzer an seinen Hosenaufschlägen erkennen.

»Matthew!«, rief Mrs. Melcourt aus, und ihre kühle Art wich aufrichtiger Zuneigung.

»Hallo, Helen. Du siehst heute reizend aus«, erklärte er, küsste sie auf die Wange und schüttelte dann Mr. Melcourt die Hand.

»Miss Smith, darf ich Ihnen meinen Bruder vorstellen, Mr. Matthew Goddard?«, sagte Mrs. Melcourt.

»Wie geht es Ihnen, Miss Smith?«, fragte Mr. Goddard und nahm meine Hand. Seine war trotz der eisigen Temperaturen warm und für einen Gentleman unerwartet rau. »Ich muss gestehen, Miss Smith«, fuhr er fort, »dass ich heute in der Hoffnung,

Ihnen zu begegnen, nach Highbury gekommen bin. Ich bin ein großer Bewunderer Ihrer Arbeit.«

Ich fuhr ein wenig zurück und entzog ihm meine Hand. »Tatsächlich?«

»Letztes Jahr habe ich Longmarsh House besucht. Die Gärten sind exquisit«, erklärte er.

Ich entspannte mich ein wenig und dachte voller Nostalgie an Longmarsh und Lady Mallory zurück, eine Witwe mit einer Leidenschaft für die Natur und einem schwierigen, hoch auf einem Hügel gelegenen Grundstück. Sie war nach dem Tod meines Vaters meine erste bedeutende Klientin gewesen. Das Projekt war überaus ehrgeizig gewesen. Ich hatte Terrassen auf den Hügelhängen anlegen und sieben Ebenen bepflanzen lassen. Im Lauf der Arbeiten beging ich Fehler wie jeder angehende Landschaftsgärtner, doch als ich fertig war, hatte Lady Mallory erklärt, sie besitze nun ihre eigenen Hängenden Gärten von Babylon.

»Es ist sehr freundlich von Ihnen, das zu sagen, Sir«, erklärte ich.

Mrs. Melcourt blickte zwischen uns hin und her, als suche sie etwas. »Das ist in der Tat ein großes Lob, Miss Smith«, sagte sie schließlich. »Matthew ist ein begabter Botaniker und hat ein Auge für diese Dinge.«

Mir wurde unwohl in der Magengrube. Nichts bereitet mir weniger Freude als ein Amateur, der sich bei einem meiner Aufträge herumdrückt. Häufig ist es der Hausherr, der vermögend geboren ist und beschließt, einem neuen Hobby nachzugehen. Er widmet sich der ausgiebigen Lektüre über Pflanzen und versucht sogar von Zeit zu Zeit, ein Loch zu graben, aber der Großteil der Arbeit bleibt an seinem oft überlasteten Gärtner hängen. Bäume beschneiden im Winter, wenn der scharfe Wind einem die Gesichtshaut wund reibt. In der prallen Sonne Entwässerungsgräben ausheben. Mit einem Setzholz und auf allen vieren Hunderte von Zwiebeln einpflanzen, damit die Wiesen im April mit Glockenblumen übersät sind. Damit will der gärtnernde Gentleman nichts zu tun haben, ganz gleich wie sehr er darauf besteht, dass man seine Ansichten berücksichtigt.

»Miss Smith zeigt uns gerade ihre Pläne für Highbury House, Matthew. Du solltest dich zu uns gesellen«, sagte Mrs. Melcourt.

Mr. Goddard verbeugte sich leicht. »Ich möchte mich auf keinen Fall aufdrängen.«

Ich wahrte mit Mühe mein Lächeln. »Das tun Sie nicht.«

Mrs. Melcourt rief nach einem Dienstmädchen und bat es, allen die Mäntel zu holen. Obwohl die Sonne schien, war der Februartag bitterkalt, sodass wir uns dick einmummten.

Auf der Veranda erläuterte ich kurz, wo der Spiegelteich, der Lindenweg und die Rabatten liegen würden. Mr. Goddard lauschte aufmerksam und verschränkte die behandschuhten Hände hinter dem Rücken. Hier und da stellte er eine Frage, blieb ansonsten aber still.

Dann gingen wir zu der Stelle, an der die Rasengrenze auf das Haus traf. »Hier möchte ich ein Tor einsetzen«, sagte ich und wies über den Küchengarten hinaus, wo sich jetzt nur ein kiesbestreuter Weg befand. »Wenn wir es durchschreiten, wird dies der erste Gartenbereich sein.«

»Was ist das Thema dieses Bereichs?«, fragte Mrs. Melcourt.

»Das wird der Teegarten. Ein Pavillon wird Ihnen und Ihren Gästen ein wenig Zuflucht vor der Sonne oder einem plötzlichen Wetterumschwung bieten.«

Zum ersten Mal, seit ich begonnen hatte, den Garten zu beschreiben, verzog Mrs. Melcourt die Lippen zu einem Lächeln. »Wie umsichtig!« Dann glitt ihr Blick zu mir. »Werden Sie Rosen in diesen Garten pflanzen?«

»Ich hatte überlegt, sie vor die Säulen des Pavillons zu setzen«, erklärte ich und wies auf die Pläne, die wir mitgenommen hatten.

»Matthews Rosen natürlich«, sagte Mrs. Melcourt.

»Helen, ich bin mir sicher, Miss Smith hat ihre eigenen Lieferanten.« Mr. Goddard warf mir ein entschuldigendes Lächeln zu. »Ich versuche mich ein wenig an der Rosenzucht. Fühlen Sie sich bitte nicht genötigt, Ihre Pläne zu ändern.«

»Er ist zu bescheiden. Ich würde mich freuen, wenn Sie Matthews Rosen verwenden.« Trotz der höflichen Fassade wusste ich, dass dies vielmehr ein Befehl denn eine Bitte war.

Das widerstrebte mir ganz und gar. Bei den Rosen, die ich für den Teegarten eingeplant hatte, handelte es sich um eine blassrosafarbene Moosrosensorte namens »Madame Louis Leveque«, die vor nicht einmal zehn Jahren gezüchtet worden war. Es würde mir nicht schwerfallen, sie durch etwas Ähnliches zu ersetzen, aber Mrs. Melcourts Einmischung missfiel mir.

Denk immer daran, dass ein Garten ein Gemeinschaftswerk ist. Der Rat meines Vaters hallte in meinem Kopf wider. *Er soll das Beste von dir und deinen Klienten vereinen. Aber vergiss nie, dass du dich zu jeder Zeit der Natur beugen musst.*

Also unterdrückte ich ein Seufzen. »Ich bin mir sicher«, erklärte ich, »dass wir uns auf eine passende Rose für den Teegarten einigen können.«

»Und die anderen, in den anderen Gartenbereichen?«, fragte Mrs. Melcourt.

»Vielleicht könnten Sie mir ein Inventar Ihres Lagerbestands verschaffen?«, fragte ich und musste mir Mühe geben, nicht mit den Zähnen zu knirschen.

Mr. Goddard sah mich betreten an. »Am besten kommen Sie und schauen sie sich selbst an. Wilmcote liegt nur sechs Meilen entfernt.«

»Nachdem das nun geklärt ist, wie verhält es sich mit den anderen Unterteilungen?«, fragte Mr. Melcourt.

Ich war entschlossen, die Kontrolle über meine Planungen zurückzuerlangen, und holte tief Luft. »Vom Teegarten aus betritt man den Liebesgarten, der in kräftigen Farben gehalten ist, mit Ihrer Eros-Statue in der Mitte, und dann den in Pastellfarben gehaltenen Garten der Kinder mit Kirschbäumen, gefolgt von dem ganz in Weiß gehaltenen Brautgarten. Dann schließt sich ein Wassergarten an, der zur inneren Einkehr anregt. Soweit ich weiß, sind Sie so etwas wie ein Dichter, Mr. Melcourt?«

Er strahlte. »Ich habe erst letztes Jahr einen Band veröffentlicht.«

Adam stellt ausgezeichnete Nachforschungen über unsere Klienten an, daher wusste ich das bereits. Trotzdem täuschte ich Überraschung vor. »Dann freut es Sie vielleicht zu hören, dass ich einen Dichtergarten mit Anspielungen auf viele große Poeten geplant habe. Von dort aus gelangt man in einen Skulpturengarten, in dem Ihre Sammlung ausgestellt wird, einen Garten des Winters und zu einem Lavendelweg. Am Ende liegt ein kiesbestreuter Pfad, der auf der Südseite von Bäumen gesäumt wird. Jenseits der Bäume und bevor man zum See kommt, folgt der Waldgarten. Dort werde ich Wege anlegen und Frühlingszwiebeln pflanzen. Dieser Bereich geht dann langsam in den Wald über, der sich bis zum Seeufer erstreckt und dann den Feldern von Highbury weicht.«

Ich beobachtete, wie die drei zwischen den Plänen und den ziemlich uninspirierten, sich immer wiederholenden Kästen mit Beetpflanzen hin- und hersahen, aus denen der Garten gerade bestand. Ich wünschte mir, sie könnten ihn so sehen wie ich. Begreifen, was man daraus machen konnte.

»Das wird erstaunlich werden, unerwartet«, fügte ich hinzu und warf einen Blick auf die Ringe an Mrs. Melcourts Fingern und die mit Perlmutt besetzte Krawattennadel am Hals ihres Mannes. »Und beeindruckend. Der Garten wird eine Geschichte erzählen, die Ihre Gäste wieder und wieder erleben können.«

Die Eheleute wechselten einen Blick. »Ich glaube, Sie haben da eine große Aufgabe vor sich, Miss Smith«, erklärte Mr. Melcourt schließlich. »Wir freuen uns darauf mitzuerleben, wie der Garten zum Leben erwacht.«

Beth

21. Februar 1944

Liebste Beth,
immer noch fühlt es sich eigenartig an, Dich als »Liebste« anzusprechen, aber ich glaube, ich werde Gefallen daran finden. Die letzten zwei Tage sind wir marschiert, daher wird Dich dieser Brief ein paar Tage später erreichen. Ich hoffe, Du glaubst nicht, dass ich Dich jetzt schon vernachlässige.

Sogar im Februar steht hier die Sonne höher am Himmel als zu Hause, und ich stelle fest, dass mir der Nebel eines englischen Winters fehlt. Ein merkwürdiger Gedanke, dass die Männer meiner Einheit und ich alle über den Schlamm geflucht haben, der sich beim Exerzieren an unsere Stiefel geheftet hat. Der Krieg ist realer, als ich ihn je beschreiben könnte – und das würde die Zensur auch gar nicht zulassen.

Jeden Tag denke ich an unser letztes Gespräch. Vielleicht sollte ich ein schlechtes Gewissen haben, weil ich Dich so mit der Frage überfallen habe, ob Du mein Mädchen sein möchtest, wie die amerikanischen GIs sagen würden. Ich hatte nicht vorgehabt, es am Telefon zu tun, aber ich wollte Deine Stimme hören.

Das Wissen, dass Du zu Hause bist und auf mich wartest, schenkt mir die Kraft, mich allem zu stellen, was mich im Kampf erwarten mag.

Dein Dir stets gewogener
Colin

Ruckelnd kam der Zug am Bahnhof von Royal Leamington Spa zum Halten, und aus sämtlichen Türen strömten Passagiere auf den Bahnsteig. Beth hielt sich am Griff der Zugtür fest und bemühte sich, die Segeltuchtasche, die über ihrer Schulter hing, auszubalancieren und nicht zu stolpern, während sie die Stufen hinunterkletterte. Als ihre praktischen Schuhe mit dem niedrigen Absatz den Beton berührten, stieß sie den Atem aus.

Endlich.

Die Zugfahrt von London hierher hatte doppelt so lange gedauert wie normalerweise, denn das Reisen in Kriegszeiten bedeutete vor allem unregelmäßigen Betrieb. Und dabei war noch nicht einmal die erste, frühmorgendliche Etappe ihrer Fahrt von dem Landwirtschaftscollege, an dem sie ihre Ausbildung absolviert hatte, in die Hauptstadt eingerechnet. Doch jetzt hatte sie die Temple Fosse Farm, die in absehbarer Zukunft ihr Zuhause sein würde, beinahe erreicht.

Sie rückte ihre Tasche zurecht, ging den Bahnsteig entlang und hielt Ausschau nach Mr. Penworthy, dabei wusste sie nicht einmal, wie er aussah oder ob er in der Lage sein würde, sie unter all den anderen Reisenden zu erkennen. Sie hätte sich auf der Bahnhofstoilette von Marylebone umkleiden und ihre Uniform anziehen sollen, wie es das Handbuch der Frauenlandarmee vorschlug, doch diese Zugfahrt war für unbestimmte Zeit die letzte Gelegenheit, ihre eigene Kleidung zu tragen.

Ihr Leben würde von jetzt an aus Erde, Feldfrüchten, Wetter und Ernte bestehen. Während ihrer Ausbildung hatte sie gehört, die Isolation des Landlebens könne für Mädchen aus der Stadt schwierig werden, aber sie hatte ihre Kindheit auf dem Land verbracht. Sie war sich sicher, dass sie das Gefühl haben würde, nach Hause zu kommen. Außerdem veranstalteten die Mädchen von der Landarmee in manchen Grafschaften gelegentlich abendliche Tanzveranstaltungen in nahen Dörfern und Städten. Sie hoffte, dass Warwickshire ebenso gut organisiert sein würde.

Die Menge auf dem Bahnsteig verlief sich langsam, als die Menschen in die Bahnhofshalle strömten. Der Wind erfasste Beths blonde Locken, die sie mit Nadeln eingedreht und dann ausgebürstet hatte, und sie drückte sie hastig wieder zurecht. Da entdeckte sie einen älteren Mann, der an der Tür zum Wartesaal stand. Er hielt eine flache Wollkappe in den Händen und trug eine olivgrüne gewachste Jacke, die ihm lose um die Schultern hing. Beth legte die Hand auf den Riemen ihrer Tasche, schluckte gegen ihre aufsteigende Furcht an und trat direkt auf ihn zu.

»Mr. Penworthy?«, fragte sie. Trotz ihres aufgesetzten Selbstbewusstseins zitterte ihre Stimme ein wenig.

Er musterte sie, wie ein Mann vermutlich eine Kuh auf dem Viehmarkt begutachten würde. »Dann sind Sie das Mädchen von der Landarmee?«

Sie nickte. »Mein Name ist Elizabeth Pedley.«

»Das ist ein langer Name für so ein kleines Ding«, meinte er.

»Meine Eltern haben mich Beth gerufen, und ich bin vielleicht klein, aber stark.«

Seine Mundwinkel zuckten. »Ist das so? Das letzte Mädchen, das man uns geschickt hat, war nicht gerade zu viel zu gebrauchen.«

»Was ist aus ihr geworden?«, fragte sie.

»Arbeitet immer noch auf der Farm. Wir können uns nicht leisten, allzu wählerisch zu sein. Mrs. Penworthy hatte die Idee, ein zweites Mädchen zu holen.« Er fuhr sich mit einer Hand übers Gesicht und setzte seine Kappe auf. »Und wenn Mrs. Penworthy sich etwas in den Kopf setzt, spielt man besser mit. Kommen Sie jetzt. Bald wird es dunkel.«

Er streckte die Hand aus, um Beths Tasche zu nehmen, doch sie hielt sie entschlossen fest.

»Wie Sie wollen«, brummte er.

Beth folgte dem Farmer die Bahnhofstreppe hinunter und zu einem Pferdekarren, der am Tor festgebunden war. »Sind Sie schon einmal in einem Karren gefahren?«

»Schon lange nicht mehr«, antwortete sie ehrlich. »Aber meine Eltern hatten eine Farm.«

»Haben sie die nun nicht mehr?«

»Sie sind gestorben.« Kurz trat Stille zwischen ihnen ein wie so oft, wenn sie erwähnte, dass sie eine Vollwaise war. »Ich habe bei meiner Tante in der Stadt gelebt, bis ich achtzehn geworden und zur Frauenlandarmee gegangen bin.«

»Benzin gibt es jetzt nur noch für Landmaschinen, also fahren wir mit dem Pferdewagen«, erklärte Mr. Penworthy.

Dankbar dafür, dass er keine platten Beileidsbekundungen von sich gab, nickte sie.

Als er ihr die Klappe öffnete, hievte Beth ihre Tasche auf die Ladefläche des Karrens.

»Wo wollen Sie sitzen, hinten oder vorn?«, fragte er.

»Vorn bitte.«

»Wie Sie wollen«, sagte er wieder.

Sie kletterte auf den Kutschbock und setzte sich. Mr. Penworthy tat es ihr gleich und griff dann nach den Zügeln. Er schnalzte, und das Pferd setzte sich in Bewegung.

Falls Beth geglaubt hatte, sie würden sich auf der Fahrt zur Farm unterhalten, hatte sie sich geirrt. Die Straße wies tiefe Spurrillen auf, und die Februarluft war schneidend kalt. Die Hälfte der Zeit brachte sie damit zu, ihre Zähne am Klappern zu hindern, und den Rest damit, ihre Mütze festzuhalten. Als Mr. Penworthy endlich an einem Schild, auf dem *Temple Fosse Farm* in gemalten Lettern stand, von der Straße abbog, hatte sie das Gefühl, ihre Finger würden gleich abfallen.

Sobald Pferd und Karren langsamer wurden, wurde die Tür am schmalen Ende des Farmhauses aufgerissen. »Len Penworthy, wieso lässt du das Mädchen den langen Weg vom Bahnhof nur in diesem dünnen Mantel fahren?«, verlangte eine hochgewachsene Frau in einer Drillichschürze zu wissen. »Sie holt sich noch den Tod.«

»Das wäre dann Mrs. Penworthy«, murmelte er.

Beth warf ihm einen Blick zu, doch sie sah erstaunt, dass in seinen Augen weder Ärger noch Überdruss standen, sondern nur Zuneigung.

»Sie müssen Miss Pedley sein«, mutmaßte Mrs. Penworthy und wuselte geschäftig auf sie zu.

»Bitten nennen Sie mich Beth«, entgegnete sie.

»Also dann Beth.«

Die Frau legte ihr die Hände auf die Schultern, sobald sie vom Karren geklettert war, und schob sie schnurstracks in die Küche. Ein großer schwarzer Eisenofen, der in einer Ecke des Raumes stand, strahlte eine angenehme Wärme aus, und auf dem Tisch lag diverses Gemüse. Offensichtlich war sie dabei gewesen, es kleinzuhacken. Der Duft eines herzhaften Eintopfs drang Beth in die Nase, und sie hätte beinahe aufgestöhnt. Es war so lange her, dass sie eine gute, frisch gekochte Mahlzeit zu sich genommen hatte.

»Setzen Sie sich, und ich mache Ihnen eine Tasse Tee«, befahl Mrs. Penworthy.

Ihr Mann machte Anstalten, am anderen Ende des Tischs Platz zu nehmen, aber sie sprach ihn über die Schulter an. »Sag Ruth, sie soll kommen, um Beth kennenzulernen.«

Mr. Penworthy stieß einen tiefen Seufzer aus. »Ich frage sie.«

»Achten Sie gar nicht auf ihn«, erklärte seine Frau, sobald er den Raum verlassen hatte. »Das Leben auf einer Farm ist nichts für jeden, und Ruth fällt es schwer, sich daran zu gewöhnen. Sie würde es sich allerdings leichter machen, wenn sie sich klarmachen würde, dass sie nicht mehr in Birmingham ist.«

»Ich hoffe, mir wird es leichter fallen. Seit ich zehn bin, habe ich bei meiner verwitweten Tante Mildred in Dorking gelebt.«

Falls es Mrs. Penworthy merkwürdig vorkam, dass Beth bei ihrer Tante und nicht bei ihren Eltern wohnte, ließ die Bauersfrau nichts darüber verlauten. »Wird sie Sie in Dorking nicht vermissen?«, fragte sie stattdessen.

Beth zögerte. »Ich glaube, sie ist froh darüber, dass ich meinen Beitrag zu den Kriegsanstrengungen leiste.«

»Nahrung für das hungrige Großbritannien?«, fragte jemand scharf. Beth sah auf und erblickte eine Frau mit üppigen Rundungen und einer Wespentaille, die in die Küche trat. Perfekte rote Locken umspielten ihre Schultern. Obwohl Kleidung rationiert war und Coupons beschränkten, was man kaufen konnte, war diese Frau überaus ansehnlich in einen gerippten cremefarbenen Rollkragenpullover und einen Tweedrock gekleidet. An jemand anderem hätte das vielleicht bieder ausgesehen, doch sie wirkte, als wollte sie ihren Gästen gleich nach einem langen Tag auf der Jagd eine Runde Drinks servieren.

»Seien Sie nett, Ruth«, wies Mrs. Penworthy sie an.

Ruths Blick huschte von der Bauersfrau zu Beth und wieder zurück. Dann trat ein Lächeln auf ihr Gesicht. »Ich scherze nur, Mrs. P. Hallo, ich bin Ruth Harper-Greene.«

Beth runzelte die Stirn über Ruths Doppelnamen. Mädchen wie Ruth wurden für gewöhnlich Sekretärinnen oder arbeiteten bei der Telefonvermittlung, wo ihr gestochen scharfer Akzent am besten zur Geltung kam.

Sie schüttelte Ruth die Hand. »Ich freue mich, dich kennenzulernen.«

»Lassen Sie uns alle eine Tasse Tee trinken«, sagte Mrs. Penworthy munter. »Leider nur Kamille, aber wir haben nun einmal Krieg.«

Mr. Penworthy gesellte sich erst zum Abendessen wieder zu ihnen, das zwar komplett aus Wurzelgemüse bestand, aber bei Weitem die beste Mahlzeit war, die Beth seit Monaten gekostet hatte. Anschließend führte Ruth sie zu dem Zimmer, das die beiden sich teilen würden.

Sobald die Tür hinter ihnen geschlossen war, ließ Ruth sich aufs Bett fallen. »Wie schrecklich langweilig! Ich schwöre dir, wenn nicht bald etwas Interessantes passiert, schreie ich.«

»Die Penworthys scheinen sehr nett zu sein. Bestimmt wird es mir hier gefallen«, sagte Beth.

Ruth stützte sich auf einen Ellbogen und musterte sie. »Na ja, wahrscheinlich warst du noch nie in London. Oder wenigstens in Birmingham. Warwickshire ist, gelinde gesagt, ziemlich enttäuschend.«

Beth schürzte die Lippen und begann, ihre Tasche auszupacken.

»Oh, ich habe dich beleidigt«, sagte Ruth und stand auf, damit sie in Beths Blickfeld kam.

»Du hast mich nicht beleidigt«, gab sie zurück. »Ich bin nur froh, mich nützlich machen zu können.«

»Na schön, wir müssen alle ›von Nutzen‹ sein, nicht wahr?«, schnaubte Ruth, zog eine Schublade auf und holte ein zerknittertes Päckchen Zigaretten und ein Streichholz daraus hervor.

»Bitte rauch hier drinnen nicht«, sagte Beth ein wenig schärfer als beabsichtigt.

Mit der Zigarette im Mundwinkel blickte Ruth auf. »Das Mäuschen ist ja bissig.«

»Ich bin keine Maus. Und ich würde es zu schätzen wissen, wenn du in diesem Zimmer nicht rauchst.«

»Warum nicht?«, erwiderte Ruth.

»Weil meine Tante Mildred raucht, und ich konnte das noch nie ausstehen.« Beth drehte sich zu ihrer Mitbewohnerin um und verschränkte die Arme vor der Brust. »Wir brauchen einander nicht zu mögen, aber wir müssen einigermaßen miteinander auskommen. Es wäre einfach, wenn wir uns von Anfang an darauf einigen.«

Das Schweigen zwischen ihnen zog sich in die Länge. Da Beth nicht viel Erfahrung mit derartigen Dingen hatte, war sie noch nie gut darin gewesen, solche Konflikte einzuschätzen. Vielleicht war sie zu weit gegangen. Sie wollte sich ihre Zimmergenossin nicht in den ersten paar Stunden nach ihrem Kennenlernen zur

Feindin machen. Aber dann nahm Ruth die Zigarette aus dem Mund und steckte sie langsam wieder in das Päckchen.

»Tut mir leid. Ich kann schrecklich kindisch sein, wenn ich meinen Willen nicht kriege, und in den letzten Monaten scheint nichts so zu laufen, wie ich es will«, erklärte Ruth.

»Du meinst bei der Landarmee?«

Ruth lachte. »Du bist nicht nur hübsch, sondern hast auch Köpfchen, was, Bethy?«

»Nenn mich nicht Bethy. Das klingt scheußlich.«

»Ich hasse es hier, Beth. Ich hasse die Arbeit und das frühe Aufstehen und dass es hier verdammt noch mal nichts gibt, um sich zu amüsieren. Und ich hasse es, dass ich es hasse, denn Mr. und Mrs. Penworthy sind mir gegenüber immer nur freundlich und geduldig gewesen, und ich war absolut garstig.«

»Warum bewirbst du dich nicht um eine Versetzung? Oder gehst zu den ›Wrens‹ oder zur Air Force?«, fragte Beth, überzeugt davon, dass Ruth bei der Frauenabteilung der Marine oder den weiblichen Hilfstruppen der Royal Air Force weitaus besser aufgehoben wäre.

Ruth ließ sich wieder auf ihr Bett fallen. »Die Wrens nehmen mich nicht, weil ich aus dem Frauencorps der Armee geflogen bin.«

Unwillkürlich ließ Beth den Blick zu Ruths Bauch wandern. »Geflogen?«

»Nicht, weil ich schwanger war oder so etwas, du Gans«, gab Ruth lachend zurück. »Ich habe auf der Basis getrunken und das Auto eines Offiziers gestohlen. Dachte, ich könnte einfach über die Straße tuckern und etwas Spaß haben, aber stattdessen bin ich damit in ein Tor gekracht. Wirklich dumm von mir. Danach wollte mich keine der weiblichen Hilfstruppen mehr. Zur Landarmee zu gehen war meine beste Option unter einer Menge mieser Möglichkeiten. Schließlich gilt die Dienstpflicht für alle Frauen.«

»Und jetzt sitzt du hier fest«, folgerte Beth.

»So lange, bis ich jemanden zum Heiraten finde, obwohl nicht einmal das reicht. Ich muss auch schwanger werden, damit sie mich laufen lassen.«

»Klingt nicht nach einem Plan, der sich schnell umsetzen lässt.«

»Was ist mit dir?«, fragte Ruth zurück. »Hast du einen Verehrer?«

»Ja, doch.« Wie eigenartig das klang!

Grinsend wälzte Ruth sich auf den Bauch. »Erzähl mir von ihm.«

Beth holte tief Luft. »Sein Name ist Colin. Er ist auf dem Hof neben der Farm meiner Eltern aufgewachsen. Als ich nach Dorking gezogen bin, haben wir angefangen, einander zu schreiben. Albern eigentlich – wir waren erst zehn –, aber nun sind acht Jahre vergangen und wir schreiben uns immer noch.«

Sie schrieben einander Briefe und waren irgendwie … ein Paar? Sie war sich nicht ganz sicher, wie das passiert war. Eines Tages kurz nach Weihnachten hatte Colin sie bei ihrer Tante angerufen, wo Beth auf die Anweisungen der Landarmee wartete.

»Ich habe nachgedacht. Wir mögen einander doch gern, oder?«, hatte er gefragt.

»Natürlich. Wir sind schon ewig befreundet«, hatte sie lachend erwidert.

»Willst du mein Mädchen sein?«

Der Hörer fiel ihr aus der Hand, und sie fing ihn mit knapper Not auf, bevor er auf den Boden knallte. »Wie bitte?«

»Denk darüber nach. Du fängst bald mit deiner Ausbildung an, und ich werde in ein paar Tagen nach Italien geschickt. Wäre es nicht besser, wenn wir beide jemanden hätten, der auf uns wartet?«

»Aber Colin, wir treffen uns doch nur ganz selten.«

»Wir schreiben uns schließlich. Manchmal telefonieren wir auch«, meinte er.

»Aber liebst du mich wirklich?«, fragte sie.

»Mehr als jedes andere Mädchen, das ich je gekannt habe«, erklärte er. »Außerdem, wer würde jemanden wie mich lieben, den Sohn eines Farmers, wenn nicht ein Mädchen, das ich schon mein ganzes Leben lang kenne?«

Er tat ihr leid, und ihr schlechtes Gewissen regte sich. »Das ist albern, und das weißt du ganz genau, Colin. Du siehst gut aus.«

Doch trotz ihrer Einwände hatte sie sich, als sie das Gespräch beendete, einen Freund zugelegt.

»Hast du ein Bild?«, fragte Ruth.

Beth griff in ihren Koffer und nahm das Skizzenbuch heraus, das sie sorgfältig auf ihre Kleidung gelegt hatte. Daraus zog sie ein Foto von Colin in seiner Uniform hervor, in der er stattlich und immer noch sehr fremd wirkte.

Ruth musterte das Bild mit so sachverständiger Miene, dass Beth errötete.

»Nicht übel«, erklärte ihre Zimmergenossin schließlich. »Welches Regiment?«

»Erstes Bataillon, East Surrey Regiment.«

»Wo ist er jetzt gerade?«

»Irgendwo in Italien. Mehr darf er nicht verraten.«

»Muss schön sein zu wissen, dass es einen Mann gibt, der sich auf deine Briefe freut«, meinte Ruth ein wenig wehmütig. »Ich bin entschlossen, mir auch einen zu suchen, entweder auf der Luftwaffenbasis oder in Highbury House.«

»Was ist Highbury House?«, fragte Beth.

»Sie haben dir noch nicht davon erzählt?«

»Nein.«

Ruth grinste. »Dann findest du es besser selbst heraus.«

Am nächsten Morgen stöhnten sie beide auf, als um halb fünf der Wecker auf Ruths Nachttisch klingelte. Um fünf waren sie angezogen und beendeten an Mrs. Penworthys großem Küchentisch ihr Frühstück. Um halb sechs erteilte Mr. Penworthy Beth ihre erste Lektion darüber, was es bedeutete, bei der Landarmee zu sein.

Sie verteilten Gülle auf den Feldern, was selbst mithilfe des Traktors, den Mr. Penworthy steuerte, eine schmutzige, von Gestank begleitete Aufgabe war. Bis zum Vormittag waren die Gummistiefel, die Beth von der Landarmee erhalten hatte, und der untere Teil ihrer Hosen mit Mist bespritzt. Sie hatte beide Pullover und die Jacke ausgezogen, die sie heute Morgen übergeworfen hatte, und trug nur noch eine Bluse. Zwischen ihrem Daumen und ihrem Zeigefinger bildete sich bereits eine Blase.

Ganz merkwürdig aber war, dass sie sich trotz der beschwerlichen Umstände ungeheuer wohlfühlte. Sie war an der freien Luft. Jeder Atemzug war kalt und erfrischend – wenn auch mit dem Mistgeruch behaftet. Ihre Muskeln brannten, aber Mr. Penworthy hatte ihnen erlaubt, Pause zu machen, um den Sonnenaufgang über den kahlen Bäumen am Rand des Felds zu bewundern. Sie fühlte sich lebendig und hatte zum ersten Mal seit langer Zeit das Gefühl, von Nutzen zu sein.

Ruth dagegen war sterbensunglücklich.

»Können wir nicht eine Pause für ein zweites Frühstück einlegen?«, rief Ruth aus.

Mr. Penworthy sah stirnrunzelnd von seinem Traktor herunter. »Zweites Frühstück? Es ist halb zehn.«

»Spät genug«, murrte Ruth.

»Wir sind doch fast fertig«, erklärte Beth und blickte zurück auf das Feld, das sie schon zu drei Vierteln gerecht hatten.

Mr. Penworthy zupfte an seiner Kappe. »Danach haben wir noch ein Feld zu bearbeiten.«

»Noch eins?«, kreischte Ruth.

Beth stieß lange den Atem aus. »Mr. Penworthy, hatte Mrs. Penworthy nicht gesagt, dass sie heute einen Teil der Scheune streichen will?«

Der Farmer schaute lange auf sie hinunter und nickte dann. »Dann laufen Sie zu, Ruth.«

Ruth ließ ihren Rechen fallen und rannte zum Rand des Felds, so schnell ihre schlammverkrusteten Stiefel sie trugen.

Beth rechte weiter, doch Mr. Penworthy ließ den Traktor nicht wieder an.

»Sind Sie denn gar nicht müde?«, fragte er.

Sie hielt inne und stützte sich auf ihren Rechen. »Ich bin erschöpft. Ich glaube, ich habe noch nie an einem einzigen Tag so viel gearbeitet wie heute Morgen.«

»Wollen Sie denn auch beim Streichen der Scheune mithelfen?«, erkundigte er sich.

»Wenn Sie mich dort brauchen. Aber wenn Sie mich hier brauchen, um Gülle zu harken, bleibe ich hier und harke Gülle.«

Zum ersten Mal während ihrer kurzen Bekanntschaft lächelte Mr. Penworthy. »Kommen Sie nach oben.«

»Nach oben?«

Mit einer Kopfbewegung wies er auf den Traktor. »Irgendwann müssen Sie ohnehin Fahren lernen. Wir pflanzen bald Rote Beete und säen Weizen.«

Sie würde lernen, den Traktor zu fahren? Colin würde das nicht glauben können. Wie oft hatte er sie in seinen Briefen damit aufgezogen, seit sie in der Stadt lebe, habe sie ihre ländlichen Gepflogenheiten verloren?

Ein aufgeregtes Kribbeln überlief sie, als sie sich hochhievte und Mr. Penworthy zur Seite rutschte, um ihr Platz zu machen. Durch den Schlamm an ihren Stiefeln rutschte sie fast aus, doch sie schaffte es auf die breite Sitzbank.

»Gut«, sagte sie und legte die Hände auf das Lenkrad.

»Was sind Sie denn bisher schon gefahren?«, fragte er.

»Überhaupt nichts«, sagte sie grinsend.

Er stieß den Atem aus. »Was bringt man euch Stadtbewohnern eigentlich bei?«

Verblüfft lachte sie auf. »Dorking ist keine richtige Stadt.«

»Noch schlimmer, Mädel«, meinte er.

»Na ja, ich lerne es ja jetzt.«

Er brummte etwas und fing dann mit den Grundlagen an. Zündschlüssel, Kupplung, Gaspedal, Bremse, Schaltung. Geduldig erklärte er, wie man die Kupplung trat, den Gang wechselte und den Koloss von einer Maschine in Bewegung setzte. Er ließ es sie immer wieder nachsprechen, bis ihr die Reihenfolge flüssig über die Lippen kam.

»Schön«, sagte er und lehnte sich zurück. »Versuchen Sie es.«

Beth hatte bemerkt, dass Mr. Penworthy sich am Rand seines Sitzes festklammerte, und holte tief Luft. Sie trat die Kupplung fest bis auf den Boden durch, drehte den Zündschlüssel, legte den Gang ein und nahm dann langsam den Fuß von der Kupplung. Der Traktor stieß ein lautes Röhren aus. Sie schreckte zurück und zog den Fuß weg. Die riesige Maschine erbebte heftig und verstummte.

»Tja, Sie haben den Motor abgewürgt.«

Sie sah in Mr. Penworthys ernste, resignierte Miene und musste mit einem Mal lachen. Sie lachte immer weiter und hielt sich die Rippen. Neben sich hörte sie das leise, trockene Kichern des Bauern, das klang, als müsste er seinen Sinn für Humor zuerst abstauben.

»Was ist denn das? Farmer Penworthy lacht mit einem Mädchen von der Landarmee? Ich hätte nie gedacht, dass ich das noch erlebe!«, rief eine Männerstimme.

Ruckartig wandte Beth den Kopf und erblickte einen Mann im Uniformmantel eines Offiziers, der am Rand des Feldes stand.

»Captain Hastings!«, brüllte Mr. Penworthy. »Bleiben Sie, wo Sie sind.« Er nickte Beth zu. »Steigen Sie ab.«

Sie kletterte an der Seite hinunter und landete mit beiden Beinen sicher in der weichen Mischung aus Erde und Dung. Der Offizier sah zu, wie der Farmer und sie gemeinsam zum Rand des

Felds stapften. Erst als sie nur noch ein halbes Dutzend Meter entfernt war, erkannte sie, warum der Mann so breit wirkte. Er hatte nur einen Arm durch einen Ärmel gesteckt. Der andere lag in einer Schlinge, die um seinen Hals hing, und den Mantel hatte er darüber drapiert.

»Sie haben Gesellschaft«, sagte der Unbekannte zu Mr. Penworthy, als sie vor ihm stehen blieben.

»Miss Pedley, das ist Captain Hastings«, stellte Mr. Penworthy ihn vor.

»Graeme Hastings vom 2. Bataillon, Königlich-schottische Füsiliere. Es ist mir ein Vergnügen, Sie kennenzulernen, Miss Pedley«, erklärte Captain Hastings.

»Ebenfalls, Sir«, erwiderte sie.

»Sie sind sicher erst seit Kurzem hier, oder?«, fragte Captain Hastings.

»Ja, ich bin gestern angekommen. Mr. Penworthy war gerade dabei, mir zu erklären, wie man den Traktor fährt.«

»Und?«, erkundigte sich Captain Hastings.

»Ich habe ihn beim ersten Versuch abgewürgt«, gestand sie.

Er lachte. »Das ist uns allen so ergangen. Glauben Sie niemandem, der etwas anderes behauptet. Sie kriegen den Bogen schon noch heraus.«

»Ja, ich glaube, sie schafft das«, meinte Mr. Penworthy.

Bei seinem Lob breitete sich ein warmes Gefühl in ihrer Brust aus. Sie konnte – sie würde – das hinbekommen.

»Darf ich fragen, was mit Ihrem Arm passiert ist?«, erkundigte sich Beth.

»Ach, das?« Er warf einen Blick auf seinen Verband, als sähe er ihn zum ersten Mal. »Bin einer deutschen Kugel in die Quere gekommen. Ziemlich ungeschickt von mir.«

Sie konnte sich eines Lächelns nicht erwehren. »Ich nehme an, die Ärzte haben Sie ermahnt, das nicht wieder zu tun?«

Captain Hastings stieß ein raues Lachen aus. »Ja, die Schwestern haben mich gescholten, bis mir die Ohren geklungen haben. Kann nicht behaupten, dass ich Lust habe, das Erlebnis zu wiederholen. Die Kugel hat mir ordentlich die Schulter zertrümmert.«

»Tut mir leid, das zu hören«, sagte sie ernüchtert.

»Ach, das ist nicht nötig. Hat mir eine sehr schöne Erholungskur und die gute Gesellschaft meines Freundes Mr. Penworthy eingebracht.«

»Captain Hastings interessiert sich für die Landwirtschaft«, erklärte Mr. Penworthy.

»Tatsächlich?«, fragte Beth.

»Eigentlich habe ich nicht die geringste Ahnung davon, aber ich gehe gern in den Feldern spazieren. Wenn man sich im Haus einigelt, fühlt man sich erst recht wie ein Invalide. Und die Ärzte scheinen nichts dagegen zu haben, dass ich mich bewege, solange ich vorsichtig bin.« Er wandte sich an Mr. Penworthy. »Wird Miss Pedley Ihre Lieferungen an das große Haus übernehmen?«

Beth warf dem Farmer einen Blick zu und sah, wie seine Lippen zuckten. »Kann schon sein«, sagte er nur.

»Was für ein großes Haus?«, fragte sie.

»Highbury House. Es ist beschlagnahmt worden und wird als Genesungsheim genutzt. Man ist dort auf Knochen spezialisiert, deswegen hat es mich dorthin verschlagen. Und jetzt«, Captain Hastings tippte sich an seine Schirmmütze, »muss ich weiter. Die Schafe sind äußerst pikiert, wenn ich auf meiner Runde nicht pünktlich bei ihnen vorbeikomme. Farmer Penworthy. Miss Pedley.«

Er schlenderte davon, als hätte er trotz seines verbundenen Arms keine Sorge auf der Welt.

»Er scheint sehr nett zu sein«, meinte sie.

»Captain Hastings ist besser als die meisten. Ich will nichts gegen die Männer in Highbury House sagen. Sie haben alle ihren

Beitrag für Großbritannien geleistet. Trotzdem können manche von ihnen ziemliche …«

»Flegel sein?«, warf sie hilfsbereit ein.

Mr. Penworthy schnaubte verächtlich. »Flegel trifft es ziemlich gut, Miss Pedley.«

»Ich verstehe das mal als Warnung«, sagte sie.

Wieder lächelte er. Unwillkürlich musste Beth an Tante Mildred denken. Sie war keine boshafte Frau, aber warmherzig war sie auch nie gewesen. Beth hatte ein Dach über dem Kopf und Essen auf dem Tisch gehabt, aber nicht viel mehr. Keine Freundlichkeit, keine Anerkennung, keine Liebe. Lange Zeit war Colin ihr Rettungsanker gewesen, aber jetzt war er im Krieg. Und sie hätte sich stundenlang im Lächeln des Farmers sonnen können.

»Also wieder auf den Traktor«, sagte Mr. Penworthy. »Sie versuchen es weiter, bis Sie es hinbekommen.«

Beth nickte und folgte ihm zurück zum Traktor. Dabei warf sie noch einen letzten Blick auf die sich entfernende Gestalt von Captain Graeme Hastings.

Venetia

Montag, 18. Februar 1907
Highbury House
Nasskalt

Papa pflegte mir zu erklären, je rauer das Wetter an dem Tag sei, an dem man pflanze, umso kräftiger werde später die Blüte. Nach dem heutigen Wetter zu urteilen, sollte der Garten von Highbury House allerdings prächtig gedeihen.

Ich bin gestern auf dem Anwesen eingetroffen und habe mich bereits in dem alten Gärtnerhäuschen am südlichen Rand des Besitzes eingerichtet. Mrs. Melcourt bot mir an, mir eines der Gästezimmer im Ostflügel herrichten zu lassen. Doch als ich erfuhr, dass der Gärtner, Mr. Hillock, über dem Dorfladen wohnt, den seine Frau führt, habe ich darauf bestanden, in das Cottage zu ziehen.

Ich gab vor, ich müsse die vielen Pflanzen, die ich hier auf Highbury aus Stecklingen und Samen ziehen würde, genau im Auge behalten. In Wahrheit bin ich daran gewöhnt, meine Freiheit zu haben. Ich lebe zwar mit Adam zusammen, aber er lässt mich in Ruhe, wenn ich arbeite.

An diesem Morgen, meinem ersten richtigen Arbeitstag auf Highbury, zog ich mich warm an und wagte mich auf eine Erkundungstour nach draußen. Bei meinem letzten Besuch vor zwei Wochen hatte ich Mr. Hillock die Anweisung hinterlassen, das Gelände zu roden, auf dem die unterschiedlichen Gartenbereiche errichtet werden sollten. Zudem hatten Mr. Hillocks Männer Teile des Rasens aufgegraben, um die Rabatten zu schaffen, und es war karrenweise Erde herangeschafft worden, um den Boden zu verbessern.

Mr. Hillock erwartete mich am Tor, das zum Teegarten führte. Wir diskutierten gerade über die Linden, die Ende der Woche geliefert werden würden, als ein »Hallo« von der Veranda zu uns herübertönte. Unter der breiten Krempe meines Gartenhuts blickte ich auf und sah Mr. Goddard, der winkte und dann die Stufen heruntergesprungen kam.

»Dann haben Sie den Bruder schon kennengelernt«, meinte Mr. Hillock und schob seinen Filzhut mit dem Daumen ein Stück weiter zurück.

»Ja, als ich Anfang des Monats aus London gekommen bin«, sagte ich.

»Er hat ein Talent für Rosen. Als Mr. und Mrs. Melcourt Highbury House gekauft haben, hat er mir ein paar Sorten vorbeigebracht. Sagte, ich solle sehen, wie sie sich schlagen.«

»Und?«

Mr. Hillock rieb sich über das bärtige Kinn. »Sie wuchern wie Unkraut«, erklärte er, kurz bevor Mr. Goddard vor uns stehen blieb.

»Miss Smith, Mr. Hillock. Schön, Sie beide zu sehen. Ich bin in geschäftlichen Angelegenheiten auf dem Weg nach Warwick und wollte meiner Schwester einen kurzen Besuch abstatten, aber sie ist nicht da.« Mr. Goddard schaute sich um. »Sie haben schon außerordentliche Fortschritte gemacht.«

»Je schneller die Grundstruktur des Gartens fertiggestellt ist, desto schneller kann ich auch Anweisungen für die Bepflanzung geben«, erklärte ich.

»Sieht aus, als hätten Sie bereits begonnen.« Mit einer Kopfbewegung wies er auf die dicken Lederhandschuhe in der Tasche meiner Schürze, die ich über dem langen braunen Kleid trug. Sie waren schlammverkrustet, genau wie meine schweren Gartenstiefel.

»In der Nähe der Treibhäuser stehen ein paar schöne Sommerflieder. Ich habe sie vorhin zurückgeschnitten, damit es später einfacher wird, sie zu versetzen«, erklärte ich.

»Wann werden Sie mit der Bepflanzung beginnen?«, wollte er wissen.

»Im April«, entgegnete ich, »vielleicht auch früher, wenn das Wetter mild ist.«

Mr. Goddard räusperte sich. »Ich wollte mich für Helen entschuldigen. Die Hälfte der Zeit erzählt sie mir, dass ich mit dem Rosenzüchten meine Zeit vergeude. Die andere Hälfte preist sie mein gärtnerisches Genie.«

»Die Beziehung zwischen Brüdern und Schwestern kann kompliziert sein, wie mein Bruder Adam gewiss bestätigen würde. Ich gebe gern mein Möglichstes, um einige Ihrer Rosen in meine Pläne zu integrieren«, bot ich an.

Er legte eine Hand aufs Herz. »Es wäre mir eine große Ehre, eine kleine Rolle in einem Ihrer Entwürfe zu spielen, Miss Smith.« Dann verneigte er sich und ging.

Erst Stunden später, als ich meine schmerzenden Füße in ein Bad mit Salz und Lavendel tauchte, hatte ich erneut einen Grund, an Mr. Goddard zu denken. Es klopfte scharf an meiner Tür.

Hastig trocknete ich mir die Füße ab und schlüpfte in ein Paar alter Hausschuhe. Dann öffnete ich die Tür einen Spaltbreit und spähte hinaus.

Ein Hausmädchen stand vor der Schwelle. Sie knickste. »'n Abend, Miss.«

»Guten Abend. Wie heißt du?«, fragte ich.

Das Mädchen senkte den Kopf. »Clara, Miss Smith.«

»Also, Clara, was kann ich für dich tun?«

»Mrs. Melcourt bittet Sie zum Dinner. Wenn Sie wünschen«, erklärte Clara.

Wenn ich wünsche. War das eine Bitte oder ein Befehl? Und hatte sie die Einladung bereitwillig ausgesprochen oder auf Drängen von Mr. Melcourt, der sich mehr für meine Arbeit auf Highbury zu interessieren schien als seine Frau? Denn ich war zwar die Tochter eines Gentlemans, doch mir war klar, dass die Dame sicherlich nicht daran gewöhnt war, berufstätige Frauen an ihre Tafel einzuladen.

»Bitte sag Mrs. Melcourt, dass ich sehr gern zum Essen komme«, erwiderte ich.

Ich wollte schon die Tür schließen, als Clara einen Brief aus der Tasche ihrer ordentlich geplätteten Schürze fischte. »Das hier ist noch mit der Nachmittagspost gekommen, Miss.«

Ich nahm den Brief dankend entgegen. Sie knickste noch einmal und rannte förmlich über den Weg davon. Ich fragte mich, ob sie in die Küche stürzen würde, um den anderen Dienstmädchen von der exzentrischen Frau zu erzählen, die nach einem ganzen Tag Arbeit von oben bis unten dreckverkrustet war und heute Abend mit der Herrschaft essen würde.

Ich schob einen Finger unter das Siegel des Briefs. Die Nachricht war direkt auf die Rückseite des Papiers geschrieben, das dann zu einem Umschlag gefaltet worden war.

Verehrte Miss Smith,
ich hoffe, Sie finden es nicht unverfroren von mir, wenn ich Sie einlade, mich nächsten Freitagvormittag in meiner Gärtnerei zu besuchen. Es geschieht selten, dass ich jemandem begegne, der meine Leidenschaft für Pflanzen teilt, und ich würde mich über eine Gelegenheit freuen, Ihnen meine Sammlung zu zeigen.

Ihr ergebener
Matthew Goddard
Wisteria Farm, Wilmcote

Einen Moment lang starrte ich den Brief an. Was könnte harmloser sein als eine Einladung, Rosen anzusehen?

Ich schüttelte den Kopf und legte den Brief zur Seite, um mich auf die Suche nach meinem drittbesten Kleid und einem salonfähigen Paar Schuhe zu begeben.

Emma

Die Hände in die Hüften gestemmt stand Emma da und starrte etwas an, das wahrscheinlich einst ein hübscher, mit Seerosen bepflanzter Teich gewesen war.

»Wir müssen ihn komplett ausgraben, neu gießen und wieder abdichten«, erklärte sie.

»Es sieht nicht aus, als hätte es hier Wasserspiele gegeben«, stellte Charlie fest und tippte eine Notiz in sein Handy.

Sie runzelte die Stirn. »Ich habe noch nie gehört, dass Venetia in ihren Gärten Wasserpumpen eingesetzt hätte, aber ohne Pläne …«

»Kann man sich unmöglich sicher sein.« Ihr bester Freund nickte. »Hast du Sydney dazu gebracht, sich durchs Familienarchiv zu wühlen?«

Sie lachte. »Du kennst mich gut.«

»Ich glaube, ich habe noch nie erlebt, dass du bei einer Restaurierung die Besitzer vom Haken lässt.«

»Schließlich ist es ihr Garten. Sie müssen sich auch engagieren. Komm her, ich will dir etwas zeigen.«

»Wäre nett, wenn Sydney ein lange verschollenes Tagebuch und versteckte Briefe von Venetia finden würde«, meinte Charlie, während sie den von einer verwilderten Taxushecke gesäumten Pfad entlanggingen, der die obere Grenze des Wassergartens und des geheimnisvollen Bereichs neben ihm bildete.

»Mit einer genauen Beschreibung, wo alles gepflanzt wurde und warum. Man darf ja träumen.«

»Weißt du, wir haben wirklich schon in Gärten gearbeitet, die in schlechterem Zustand waren«, beharrte er.

»Wenn du das hier gesehen hast, änderst du vielleicht deine Meinung«, sagte sie, während sie sich durch eine Lücke in der Hecke zwängten und die verworrene Masse aus Dornenzweigen und Ästen in Sicht kam, die über die Backsteinmauer des Winter-Gartens ragte.

Charlie stieß einen leisen Pfiff aus. »Wenn das von hier aus schon so schlimm aussieht …«

»Kann ich mir nicht einmal vorstellen, was wir drinnen vorfinden«, beendete sie seinen Satz.

»Was weißt du darüber?«

»Sydney sagt, es ist ein Garten des Winters«, erklärte sie.

»Warum wächst dann aus seiner Mitte ein sechs Meter hoher Sommerflieder? Das ist keine winterliche Pflanze«, wandte er ein.

»Weil Sommerflieder sich selbst aussät, wo immer er kann. Es wird sogar noch besser«, sagte sie und führte ihn an der geschwungenen Mauer entlang, bis sie zum Tor kamen. »Solange Sydney sich erinnern kann, soll es noch nie aufgeschlossen worden sein.«

»Unheimlich«, meinte Charlie und rüttelte am Tor. Rostflocken schwebten hinab und legten sich leuchtend orange auf seine dunkelbraune Haut. »Es ist stabil, aber es kann unmöglich seit über hundert Jahren in diesem Zustand sein.«

Sie kniff die Augen zusammen und versuchte, durch die ineinander verschlungenen Äste hindurchzusehen. Sogar Ende Februar versperrte dichter Pflanzenwuchs die Sicht. Die ausgewucherten Kletterrosen und die leuchtend rote Rinde von Hornsträuchern waren leicht zu erkennen. Und war das eine Christrose, die sich unter einer nicht zurückgeschnittenen Kamelie hervorkämpfte? Schwer zu sagen.

»Sieht nach mindestens zwanzig, dreißig Jahren Wildwuchs aus. Jemand hat wahrscheinlich von einer Leiter aus versucht, das Gröbste wegzuschneiden, wenn es in den Rest des Gartens vordrang. Schau, da ist einer der Hornsträucher gestutzt worden«, sagte Charlie und wies zu dem Baum hinauf, der sich in einem eigenartigen Winkel neigte.

»Die Gärtner schneiden alles einmal im Jahr zurück, so hat Sydney es mir jedenfalls erzählt.« Charlie warf ihr einen bedeutungsvollen Blick zu. »Bevor wir abreisen, überrede ich sie, sich andere zu suchen«, setzte sie daraufhin hinzu.

»Und wie kommen wir nun in den Garten des Winters? Und was werden wir dort wohl vorfinden, wenn wir hineingelangen?«

Und warum ist er schon so lange abgeschlossen?

Charlie schob die verschossene Kappe mit dem Logo der New York Mets, die er vor Jahren von einer Reise mitgebracht hatte, nach hinten und kratzte sich die Stirn. »Von der rabiatesten zur sanftesten Methode?«

»Klar«, sagte sie.

»Wir besorgen uns einen Schweißbrenner und schneiden das Tor auf«, sagte er.

»Ich spiele genauso gern mit einem Schweißbrenner herum wie du, aber das steht nicht zur Debatte. Die Besitzer ziehen es bei Weitem vor, die Geschichte des Gartens zu restaurieren, statt sie zu zerstören.«

»Wir stellen eine Hebebühne auf und hacken uns den Weg frei, um eine Leiter hinunterzulassen. Macheten im Morgengrauen«, erklärte er und ließ seinen schottischen Akzent stärker durchklingen, um dramatischer zu wirken.

Über die Schulter warf sie einen Blick zu der Lücke im Tor. »Vielleicht, aber die Pflanzen könnten wertvoll sein.«

»Es muss doch eine andere Möglichkeit geben.«

»Ja, einen Schlüssel, aber bis der auftaucht, müssen wir uns etwas einfallen lassen«, sagte sie.

»Hey, hast du von dem Job bei der Royal Botanical Heritage Society gehört?«, fragte Charlie.

Sie erstarrte. »Was?«

»Sie suchen jemanden für die Leitung ihrer Abteilung für Naturschutz.«

»Okay«, sagte sie gedehnt.

»Du wärest gut darin.«

»Warum sollte ich einen Job brauchen? Ich habe doch *Turning Back Thyme*«, gab sie scharf zurück.

Abwehrend hob er die Hände. »Hey, hey, ich dachte nur, dass der Job gut zu dir passen würde.«

»Ich habe diese Firma sechs Jahre lang aufgebaut.«

»Komm schon. Tu doch nicht so, als hätte es keine Tage gegeben, an denen du am liebsten alles hingeworfen hättest. Ich weiß, dass du manchmal gestresst bist. Und dass du meistens nicht begeistert davon bist, dich mit den Kunden herumzuschlagen.«

Oder der Logistik, den Personalangelegenheiten, den Steuern … Sie hätte die Liste ins Unendliche fortführen können.

»Ich liebe unsere Klienten«, erklärte sie bestimmt.

Wie aufs Stichwort klingelte ihr Handy. Sie zog es aus der hinteren Hosentasche und verzog das Gesicht. »Will Frayn.«

»Der Mann dieser Influencerin?«, fragte Charlie. »Hat er nicht schon letzte Woche angerufen?«

Seufzend wischte sie über den Bildschirm, um den Anruf anzunehmen. »*Turning Back Thyme*, Sie sprechen mit Emma.«

»Emma«, erschallte Wills dröhnende Stimme. »Gillian ist auch hier. Ich schalte Sie auf laut.«

»Emma«, gurrte Gillian ins Telefon, »wir vermissen Sie.«

»Wie kann ich Ihnen behilflich sein?«, fragte sie.

»Wir haben ein Problem mit dem Garten«, erklärte Gillian.

Der Garten bestand aus einer Abfolge traditioneller englischer Rabatten, die so bepflanzt waren, dass sie einen Farbverlauf von Dunkellila über Fliederfarben bis zu Blassweiß bildeten. Alles wurde durch einen sich in Serpentinen schlängelnden Weg verbunden und lief auf eine mit Redwood-Holz ausgelegte und von Kirschbäumen umgebene Terrasse zu. Das Ganze würde schon diesen Frühling gut aussehen, aber in ein paar Jahren, wenn sich alles gut etabliert hatte, würde das Ensemble überwältigend wirken.

»Hatten Ihre Gärtner Probleme mit den Notizen, die ich bei der Übergabe hinterlassen habe?«, fragte sie.

»Oh nein, nichts dergleichen«, antwortete Gillian.

»Was ist es dann?«

»Es blüht einfach nichts!«

»Das ist wirklich ein Problem«, warf Will ein. »Gilly hat morgen ein Fotoshooting, und keine einzige Blume ist zu sehen.«

Emma presste die Fingerspitzen an die Stirn. »Wir haben Februar. Bis mindestens April wird in diesem Garten gar nichts blühen, aber die Bäume setzen bald Knospen an.«

»Aber Emma, wozu ist ein Garten ohne Blumen gut?«, wollte Gillian wissen.

»Gärten haben Wachstumszyklen. Man muss mit den Jahreszeiten arbeiten, deswegen hatte ich ja vorgeschlagen, Pflanzen zu setzen, die sukzessive blühen. Dann hätten Sie während des größten Teils des Jahres etwas Interessantes zum Anschauen gehabt«, erklärte sie.

Ein paar Schritte entfernt schnaubte Charlie verächtlich.

»Und was haben wir?«, fragte Will.

»Sehr viele Pflanzen, die im späten Frühling und im Frühsommer blühen. Im Juni wird der Garten überwältigend aussehen.« Genau davor hatte sie die Frayns gewarnt. Doch als die beiden gehört hatten, dass das bedeutet hätte, die Blütezeiten zu staffeln, was den Effekt, alle Beete auf einmal in voller Blüte zu sehen, ein wenig verringert hätte, waren sie zurückgerudert. Da sie die Rechnungen bezahlten, hatte Emma nachgeben müssen.

»Der Garten muss aber jetzt großartig aussehen. Wir haben eine Anzeigenkampagne, die sich darum dreht«, erklärte Gillian, in deren Stimme sich Panik schlich.

»Was ist das für eine Firma?«, erkundigte sich Emma.

»Es geht um ein Abo für eine Bio-Kochbox«, sagte Gillian.

»Dann erzählen Sie davon, dass Gärten Jahreszeiten haben und Gemüse ebenfalls. Wenn man isst, was gerade Saison hat, senkt man seine CO_2-Bilanz. Wenn diese Leute Bio-Mahlzeiten vertreiben, werden sie die Idee von saisonalen und nachhaltigen Lebensmitteln lieben«, erklärte sie.

Am anderen Ende wurde geflüstert. »Das kriegen wir hin«, erklärte Gillian schließlich.

»Viel Glück für das Shooting«, sagte Emma.

Als sie sich wieder umdrehte, lachte Charlie schallend.

»Irgendwann demnächst lasse ich mir ›Gärten sind nicht nur für Blumen gut‹ auf die Stirn tätowieren«, murrte sie ärgerlich.

»Ich wette, die Royal Botanical Heritage Society braucht sich nicht mit Gillian Frayn herumzuschlagen.« Er zuckte mit den Schultern, als sie ihm einen finsteren Blick zuwarf. »Ich mein ja nur.«

Jetzt konnte sich auch Emma ein Lächeln nicht länger verkneifen. »Komm, lass uns die lange Rabatte abstecken.«

»Alles klar, Chefin.«

Stella

Februar 1944

Stella knallte die Tür der Speisekammer so fest zu, dass die Wanduhr bebte und drohte zu Boden zu fallen.

»Mrs. George«, blaffte sie die Oberköchin des Highbury-House-Hospitals an. »Sie haben jetzt zum zweiten Mal innerhalb von zwei Wochen meine Milch genommen.«

»Bitte, Miss Adderton«, keuchte Mrs. Dibble, die Hausdame von Highbury House und wie Stella ein Mitglied des regulären Personals.

Mrs. George, die in blauen Sergestoff und weißes Leinen gekleidete Missetäterin, wischte sich langsam die Hände an ihrer Schürze ab, während die beiden ihr unterstellten Küchenmädchen großäugig und fasziniert zusahen. Ihre Hände, in denen sie Kartoffeln und Schälmesser hielten, waren in der Luft erstarrt.

»Überlegen Sie, was Sie sagen, Miss Adderton. Wollen Sie mir wirklich vorwerfen, Sie bestohlen zu haben?«, wollte Mrs. George wissen.

»Ich bin mir sicher, Miss Adderton wollte nichts dergleichen –«

»Ich mache Ihnen keine Vorwürfe«, unterbrach Stella Mrs. Dibble. »Ich teile Ihnen lediglich mit, dass ich weiß, dass Sie wieder die Milch aus der Vorratskammer gestohlen haben. Und Eier. In der grünen Schüssel lagen heute Morgen noch sechs Stück. Jetzt sind es nur noch vier.«

Die vier Hühner, die sie mit Mrs. Symonds' Erlaubnis in einer Ecke des Küchengartens hielt, legten nicht mehr so zahlreich wie noch vor einem halben Jahr. Eier wurden immer kostbarer. Und richtige Milch, die nicht mit Pulver aus der Dose angerührt wurde, war flüssiges Gold. Stella mochte sich nicht ausmalen, welche Verbrechen sie begehen würde, um ein wenig echte Sahne in richtigem Bohnenkaffee zu kosten.

»Dieses Hospital braucht Ihre Eier und Ihre Milch nicht. Wir haben unsere eigenen Rationen«, erklärte Mrs. George.

»Was ist mit der Gelegenheit, bei der ich Sie auf frischer Tat mit meinem Mehl erwischt habe?«

Die Frau sah auf den Berg Möhren hinunter, der vor ihr lag. »Das war ein Notfall beim Plätzchenbacken. Ich hatte vor, das Mehl, das ich benutzt hatte, zu ersetzen.«

»Wer's glaubt …«, murrte Stella.

»Entschuldigen Sie, Miss Adderton«, meldete sich eine leise Stimme auf der anderen Seite des Raums.

Stella fuhr auf dem Absatz herum und sah Miss Grant an, die kleine Hilfsköchin, die nicht älter als neunzehn sein konnte. »Was?«, fragte sie.

Miss Grant öffnete und schloss den Mund wie ein Fisch auf dem Trockenen.

»Was ist, Miss Grant?«, hakte sie nach und versuchte, weniger schroff zu klingen.

»Ich habe die Eier heute Morgen zerbrochen. Ich bin rückwärts gegen die Arbeitsplatte gestoßen, da ist die Schüssel umgekippt, und zwei Eier sind herausgerollt und auf den Boden gefallen. Es tut mir sehr leid, Miss.« Die junge Frau sprudelte ihr Geständnis heraus wie ein Wasserfall, bis sie schließlich erschöpft die Schultern nach vorn sacken ließ.

Mrs. George warf ihr einen vernichtenden Blick zu.

Oh, warum tut sich nicht der verdammte Boden auf und verschlingt mich?

Mrs. George pflegte zu sagen, ihre Köchinnen hätten mehr Angst vor Stella als die verwundeten Soldaten oben im Haus vor den Deutschen – und jetzt würde Miss Grant noch schneller vor ihr davonhuschen. Denn sosehr sie es missbilligte, dass ihre Küche von Köchinnen des Freiwilligencorps überrannt wurde, verärgerte es sie noch mehr, wenn diese nicht mit ihr redeten.

Sie legte eine Hand an das kunstseidene Tuch, das sie stets um ihr Haar wand, um es aus dem Weg zu halten, und schickte sich an, Wiedergutmachung zu leisten, soweit sie konnte. »Unfälle passieren nun einmal, Miss Grant.«

»Ich ersetze die Eier. Ich … ich finde schon einen Weg«, versprach Miss Grant.

Aber nicht bis heute Abend, und Stella brauchte sie bis dahin. Sie waren für einen Vanillepudding vorgesehen, den sie Mrs. Symonds, Pater Bilson – dem Pfarrer von Highbury – und dessen Frau, Mrs. Bilson, servieren sollte. Mr. Hyssop, ein Anwalt aus dem übernächsten Dorf, würde die Gesellschaft komplettieren. Der Krieg dauerte schon so lange, dass sich nicht mehr viele Menschen der Illusion hingaben, ein Essen könnte auch nur annähernd an die Dinnerpartys heranreichen, die sie vor 1939 veranstaltet hatten, doch Mrs. Symonds gehörte zu den wenigen Standhaften. Kein Dessert zu servieren war sogar in Kriegszeiten für sie undenkbar.

»Ich behelfe mich auch mit vier Eiern, Miss Grant«, erklärte Stella.

Die junge Frau nickte hastig mehrmals hintereinander und huschte dann über den Flur davon.

»Aber Miss Adderton, Mrs. Symonds hat den Pudding extra bestellt, weil er die Lieblingsspeise des Pfarrers ist«, sagte Mrs. Dibble und verschlang nervös die Hände.

»Dann muss Pfarrer Bilson sich wohl mit einer anderen Süßspeise begnügen«, gab Stella zurück und ging im Kopf ihre Rezeptliste durch, um sich etwas einfallen zu lassen, das sie aus vier Eiern, ein wenig Milch und nicht viel anderem zubereiten könnte.

»Ich sage Mrs. Symonds Bescheid«, erklärte Mrs. Dibble.

»Tun Sie das«, antwortete Stella der Hausdame, die sich schon abgewandt hatte. Sie wusste, dass ihr die Nachricht die Missbilligung ihrer Dienstherrin einbringen würde. Andererseits wäre das momentan keine Neuigkeit.

Mrs. George winkte ihrer anderen Küchenhilfe. »Miss Parker, sehen Sie nach Miss Grant.«

Das größere der Mädchen legte sein Messer weg und verließ den Raum fast im Laufschritt.

»Miss Adderton«, begann Mrs. George, als sie allein waren.

Stella hob eine Hand, um ihr Einhalt zu gebieten. »Es tut mir leid, dass ich Miss Grant bestürzt habe. Ich werde mich entschuldigen.«

»Wir müssen uns diese Räumlichkeiten teilen, so gedrängt es auch zugeht«, sagte Mrs. George.

»Es würde sich nicht ganz so eng anfühlen, wenn Sie Ihren Arbeitsplatz ordentlicher halten würden«, bemerkte Stella spitz und ließ den Blick über die mit Möhrenschalen bedeckte Arbeitsfläche gleiten.

Bevor sie ihren Angriff fortsetzen konnte, wurde sie von einem Klopfen an der Küchentür unterbrochen. Stella marschierte hinüber und riss sie auf. Vor ihr stand ihre Schwester Joan, die ihren Neffen Bobby im Schlepptau hatte.

»Hallo, Estrella«, begrüßte Joan sie mit dem Spitznamen, den sie immer verwendete, wenn sie etwas von ihr wollte.

»Was machst du denn hier, Joanie?«, fragte sie und musterte den tiefblauen Wollmantel ihrer Schwester mit dem breiten Revers aus schwarzem Filz, der ihre cremeweiße Haut und ihr üppiges kastanienbraunes Haar äußerst vorteilhaft zur Geltung brachte. Ein schicker kleiner schwarzer Hut, mit dem sie Joan zuletzt bei der Beerdigung von deren Mann gesehen hatte, saß in einem kecken Winkel auf ihrem Scheitel. Der zinnoberrote Lippenstift auf ihren Lippen war eine Nuance zu grell, um respektabel zu wirken.

»Willst du uns nicht hereinbitten? Hier draußen ist es eiskalt.« Als Stella keine Anstalten machte, legte Joan eine Hand auf Bobbys Kopf. »Du willst doch nicht, dass dein Neffe sich in dieser Kälte den Tod holt, oder?«

Widerwillig machte sie die Tür frei.

»Was für eine schöne große Küche ihr hier habt«, meinte Joan, schaute sich um und nickte Mrs. George und den anderen Köchinnen, die sich wieder hereingeschlichen hatten, grüßend zu.

»Sie gehört nicht mir. Warum bist du nicht in Bristol?« Sie sah auf Joans Hand hinunter, in der ihre Schwester einen kleinen, ziemlich ramponierten braunen Koffer trug. »Und wieso hast du Gepäck dabei?«

Sofort setzte Joan eine zerknirschte Miene auf. »Du wirst böse mit mir werden.«

»Was hast du getan?«

»Ich wollte nicht schreiben, damit du nicht doch Nein sagst …«

»Joan …« Stellas Stimme klang warnend.

Ihre Schwester holte tief Luft. »Du musst Bobby nehmen.«

Sie blinzelte. »Wie bitte?«

»Er ist dein Neffe. Du muss ihn zu dir nehmen. Die Luftangriffe haben wieder angefangen«, erklärte Joan.

»Dann lasst euch evakuieren wie zu Anfang des Kriegs«, sagte sie.

»Ich habe jetzt einen Job in der Munitionsfabrik. Das ist kriegswichtige Arbeit«, entgegnete Joan.

Das war Stella neu. Ihre Schwester hatte Arbeit immer wie die Pest gehasst, aber wahrscheinlich war das gewesen, bevor ihr Mann gefallen war.

»Außerdem kann ich mich nicht wieder mit Bobby evakuieren

lassen«, fuhr Joan fort. »Wenn sie mich aufs Land schicken, werde ich verrückt, aber du lebst sowieso hier. Du kannst ihn nehmen.«

Stella sah ihren Neffen an, der aus weit aufgerissenen haselnussbraunen Augen zu ihr aufschaute und dann den Kopf senkte.

»Ich kann nicht. Ich bin Köchin. Ich arbeite den ganzen Tag.«

Sie führte die Küche von Highbury House allein und ohne Hilfe, leistete zweimal die Woche freiwillig Dienst beim Luftschutz und beugte sich jeden Abend viele Stunden über den kleinen Schreibtisch in ihrem Zimmer und plagte sich mit ihren Studien. Sie gab ihr Bestes, um im Leben etwas zu erreichen.

Doch als sie auf den dünnen kleinen Jungen in seiner Schuluniform hinunterblickte – er trug einen Mantel, Hosen und eine Krawatte, die an ihm so breit aussah, dass es fast komisch wirkte –, stiegen Schuldgefühle in ihr auf. Wie könnte sie ihren Neffen abweisen?

»Wie lange?«, fragte sie.

»Oh, danke, Estrella!«, rief ihre Schwester und umarmte sie stürmisch.

»Ich habe mich noch mit gar nichts einverstanden erklärt. Zuerst muss ich Mrs. Symonds fragen, und –«

»Was wollen Sie mich fragen?«

Stella erstarrte, drehte sich um und stellte fest, dass Mrs. Symonds makellos gekleidet durch die Tür getreten war.

»Na, das ist ja ein Bild. Mrs. Dibble hat mir mitgeteilt, dass es heute Abend keinen Vanillepudding geben wird. Aber ich hatte nicht damit gerechnet, dass Sie hier eine Party feiern, Miss Adderton.«

»Das sind mein Neffe Bobby und meine Schwester Joan«, erklärte sie.

Mrs. Symonds sah zwischen den beiden Frauen hin und her, als versuche sie, eine Ähnlichkeit zwischen der unscheinbaren Stella und der auffällig glamourösen Joan zu entdecken. »Ihre Schwester?«

»Es ist mir ein großes Vergnügen, Sie kennenzulernen, Mrs. Symonds«, erklärte Joan und streckte die Hand aus.

Stella wäre fast zusammengezuckt. Die Schwester einer Köchin wollte einer Lady die Hand schütteln. Als Tochter und Schwester von Hausangestellten hätte Joan es besser wissen sollen.

Mrs. Symonds sah Joans Hand an und ließ dann den Blick durch den Raum schweifen, als suche sie nach jemandem, dem sie die Schuld geben konnte. »Kann mir das bitte jemand erklären?«

»Joan lebt in Bristol und sorgt sich wegen der Luftangriffe. Sie fürchtet um Bobbys Sicherheit, daher hat sie ihn hergebracht. Wir sind alle ziemlich überrascht«, erklärte Stella und hoffte, dass ihre Dienstherrin diese äußerst vagen Worte deuten konnte.

In Mrs. Symonds' Augen blitzte etwas auf, und sie sah Joan an. »Und was hatten Sie gedacht, wo Bobby schlafen soll, Mrs. …?«

»Reynolds, Ma'am«, antwortete Joan. Gegenüber der Hausherrin verflog ein Teil ihrer Forschheit von eben. »Ich hatte gedacht, vielleicht könnte Stella etwas Platz für ihn machen. Sie hat mir erzählt, dass sie ein eigenes Zimmer hat.«

»Ach ja? Tja, dann müssen wir wohl ein Bettchen für Bobby auftreiben, oder?«

»Er wird Ihnen keine Mühe machen. Er kann kleine Aufgaben in der Küche für mich übernehmen.«

»Seien Sie nicht albern. Er ist ein Kind«, sagte Mrs. Symonds.

»Er geht seit diesem Jahr in Bristol zur Schule«, fügte Joan hinzu.

Mrs. Symonds trat vor, blieb vor Bobby stehen und beugte sich ein wenig zu ihm hinunter. »Wie alt bist du denn, Bobby?«

Der Junge klammerte sich mit seiner kleinen Hand am Mantel seiner Mutter fest und starrte die fremde Dame hingerissen und schweigend an.

»Mach schon, Bobby«, sagte Joan und schüttelte seine Hand

ab. »Er kann zu Anfang ein wenig schüchtern sein, aber wenn er erst einmal in Fahrt kommt, ist er ein richtiges Plappermaul.«

Mrs. Symonds beachtete die Mutter nicht, sondern richtete den Blick auf den Jungen. »Ich habe auch einen kleinen Sohn. Er heißt Robin, und er hat ein ganzes Zimmer voll mit wunderbarem Spielzeug. Möchtest du es sehen?«

»Ja«, flüsterte Bobby.

Ja, Ma'am, schalt Stella ihn im Stillen.

»Gut. Und vielleicht können wir es ja einrichten, dass du auch mit Robin zur Schule gehst. Gehst du gern zur Schule?«

Bobby nickte.

»Das freut mich zu hören.« Mrs. Symonds richtete sich auf. »Ich bringe ihn morgen zusammen mit Robin dorthin und sorge dafür, dass er aufgenommen wird.«

Das war eine großzügige Geste – ein Kind mitten im Schuljahr anzumelden wäre für jeden außer einer Lady von Mrs. Symonds' Einfluss schwierig gewesen –, aber dennoch knirschte Stella innerlich mit den Zähnen. Die hochfahrende, selbstverständliche Art, mit der sie eingeschritten war und Stella übergangen hatte, widerstrebte ihr.

»So, warum gehst du nicht mit Mrs. Dibble, um Robin und sein Kindermädchen zu besuchen? Bestimmt haben deine Mutter und deine Tante noch viel zu besprechen«, sagte Mrs. Symonds.

Bobby sah zu seiner Mutter auf, die nickte. »Lauf schon. Wir sehen uns noch einmal, bevor ich fahre.«

Sobald der Junge gegangen war, wandte Mrs. Symonds sich an Stella. »Dann ist da noch die Sache mit dem Menü, Miss Adderton. Wir haben das vor Stunden besprochen.«

»Ja, Ma'am. Es war nur so, dass es einen Unfall mit den Eiern gab und …«

»Einen Unfall? Ich brauche Sie ja wohl nicht daran zu erinnern, wie kostbar Nahrungsmittel derzeit sind. Das sollten Sie besser wissen als die meisten Menschen.«

»Es war meine Schuld, Mrs. Symonds«, erklärte Mrs. George. »Ich entschuldige mich aufrichtig, und ich habe Miss Adderton gesagt, dass ich ihren Vorrat aus meinen eigenen Rationen wieder aufstocke.«

Stella zog die Augen zusammen und fragte sich, was die Frau im Schilde führte.

»Ihre Schuld, Mrs. George?«, hakte Mrs. Symonds nach.

»Ja, ich habe beim Hin- und Herräumen zwei Eier fallen lassen. Es wird ein Leichtes sein, sie zu ersetzen, das versichere ich Ihnen«, erklärte sie.

»Sie haben hin- und hergeräumt?«, fragte Mrs. Symonds in gefährlich gleichmütigem Ton. Wäre Mrs. George ihre Verbündete gewesen, hätte Stella sie vielleicht gewarnt und ihr erklärt, dass ihre Dienstherrin am gefährlichsten war, wenn sie diesen Ton anschlug. Feine Damen erhoben niemals die Stimme, aber Mrs. Symonds' durchdringender Blick konnte einen General einschüchtern.

Mrs. George war wenigstens so klug, die Hände hinter dem Rücken zu verschränken und zerknirscht dreinzuschauen. »Ich entschuldige mich noch einmal.«

»Mrs. George, ich möchte Sie daran erinnern, dass Sie und das Hospital, für das Sie arbeiten, Gäste in diesem Haus sind. Ich erwarte, dass mein Eigentum mit Respekt behandelt wird. Dazu gehört auch das Inventar meiner Küche. Es gibt keinen Grund für Sie oder eine Ihrer Köchinnen, die Nahrungsmittel anzurühren, die für Highbury House bestimmt sind. Denn diese sind dazu da, mich, meinen Sohn und unser Personal zu ernähren. Habe ich mich klar ausgedrückt?«

Mrs. George setzte eine steinerne Miene auf. »Ich habe Sie vollkommen verstanden, Mrs. Symonds.«

»Gut. Und ich hoffe, die Leiterin wird das ebenfalls«, erklärte Mrs. Symonds und marschierte aus dem Raum.

Hinter Stella atmete Joan hörbar ein. »Die ist aber nicht einfach, oder?«

»Ich würde ja sagen, dass sie nach dem Tod ihres Mannes strenger geworden ist«, begann Stella.

»Aber …?«

»Sie war schon immer so, seit meinem ersten Tag in Highbury House. Komm, wir bringen Bobbys Sachen hinauf in mein Zimmer.«

Diana

Diana Symonds ballte die Fäuste so fest zusammen, dass sich die Nägel in ihre Handflächen bohrten, als sie die Treppe hinaufging, die von der Küche im Untergeschoss in den Dienstbotengang im Erdgeschoss führte. Sie trat aus der in der Wandtäfelung verborgenen Tür neben der Prachttreppe und hielt geradewegs auf ihren Morgensalon zu. Stolz hielt sie das Kinn gereckt, während die Tür hinter ihr zufiel, und ging dann methodisch von Fenster zu Fenster, um die rotgoldenen bestickten Vorhänge zuzuziehen. Erst als der Raum im Halbdunkel lag, sank sie aufs Sofa und stützte den Kopf in die Hände.

Sie hasste es, bei Streitigkeiten zwischen ihrer Köchin und dem Personal des Genesungsheims zu vermitteln, das ihr Haus überrannt hatte. Andererseits war überhaupt wenig von dem Traum, den Murray ihr verheißen hatte, Wirklichkeit geworden.

Sie hatten Highbury House gerade erst renoviert, als Deutschland Polen angriff und Premierminister Chamberlain den Krieg erklärte. Weniger als einen Monat später war Murray mit dem Zug aus London nach Hause gekommen und hatte ihr erklärt, er habe sich als Arzt freiwillig zur Armee gemeldet. Sie hatte ihren Sohn Robin in den Armen gehalten und geweint, doch Murray hatte sie davon überzeugt, dass er doppelt zum Dienst verpflichtet war – als Arzt und als Gentleman. Dann hatte er ihr versprochen, auf sich aufzupassen.

»Was hätte es denn genützt, drei Jahre auf einer Baustelle zu leben, wenn ich nicht zurückkommen würde, um mich an dem Zuhause zu erfreuen, das ich mir mit meiner schönen Frau aufgebaut habe?«, hatte er lachend gefragt und sie geküsst. Und da sich das Leben meist Murrays leutseligen Wünschen beugte, hatte sie ihm geglaubt.

Wie naiv sie gewesen war!

Diana strich sich das Haar aus dem Gesicht und stand auf. Genauso gewissenhaft wie sie die Vorhänge zuvor verschlossen hatte, öffnete sie diese nun wieder und hielt nur inne, um ihr Gesicht im Spiegel zu überprüfen und den feinen pflaumenfarbenen Kaschmirpullover zurechtzuziehen, den sie wie einen Schatz hegte, seit die Regierung Coupons für Kleidung ausgab. Sie hatte schon eine Menge gelernt seit jenem furchtbaren Tag, an dem zwei Offiziere auf dem Hof vorgefahren waren und ihr mitgeteilt hatten, ihr Murray sei auf dem Weg zu einem Feldlazarett gefallen.

Sie verließ den Schutz ihres Morgensalons und trat in das Foyer, das die beiden Flügel des Gebäudes verband. Auf dem Korridor steckten zwei Schwestern in weißen Uniformen, die auf der Brust mit dem Roten Kreuz bestickt waren, kichernd die Köpfe zusammen. Doch in dem Moment, als sie Diana entdeckten, eilten sie davon.

Sie ignorierte die beiden. Als die Regierung nur Wochen nach Murrays Begräbnis erklärt hatte, Highbury House sei beschlagnahmt, hatte das Freiwilligenkorps innerhalb weniger Wochen den Großteil des Haupthauses und der Außengebäude belegt, sodass für die Familie nur eine kleine Suite im Westflügel übrig geblieben war. Diana, die immer noch in tiefer Trauer war, hatte die Räume eines Tages verlassen und festgestellt, dass ihr liebevoll renoviertes Heim sich verwandelt hatte und jetzt Krankenstationen mit ordentlichen Reihen von Betten, einen Operationssaal und die Quartiere der Schwestern und Ärzte beherbergte.

Das alles war ohne sie geschehen, da Murrays Schwester Cynthia aus London angereist war, um das neue Hospital auf Highbury zu leiten. Da der Schmerz um den Verlust ihres Mannes Diana noch fest im Griff hielt, hatte sie es zuerst als freundliche

Geste empfunden, dass Cynthia die Verantwortung übernahm. Bald jedoch erkannte sie, was wirklich dahintersteckte: Für Cynthia war das eine Art, sich wieder in ihr Elternhaus zu drängen, das an Murray übergegangen war, als ihre Mutter erneut geheiratet hatte. Doch falls ihre Schwägerin gehofft hatte, Diana werde, in schwarzen Crêpestoff und Trauer gehüllt, in ihren Räumen bleiben und sich nie im Hospital blicken lassen, dann hatte sie sich gründlich geirrt.

Entschlossen durchschritt Diana das Erdgeschoss und ging durch den östlichen Salon, die lange Galerie und den Ballsaal. In jedem Raum war eine eigene Krankenstation eingerichtet, in denen jeweils zwei Reihen weiß emaillierter Betten standen.

Zu Anfang hatte Oberschwester McPherson, der die medizinische Seite des Hospitals unterstand, versucht, Diana jedes Mal, wenn sie auftauchte, mit einem scharfen »Mrs. Symonds!« von den Stationen fernzuhalten.

Doch schließlich hatte Diana genug gehabt. »Das hier ist immer noch mein Zuhause, und ich gehe, wohin ich will«, hatte sie mitten in ihrem Ballsaal argumentiert, während acht Verwundete sie von ihren Betten aus mit einem gewissen Respekt beobachtet hatten.

»Ich kann nicht zulassen, dass Leute durch meine Stationen spazieren«, hatte die Oberschwester zurückgeschossen.

»Abgesehen davon gehört es sich nicht, Diana«, hatte Cynthia bei einer der wenigen Gelegenheiten, bei denen sie einer Meinung mit der Oberschwester war, erklärt. »Die Männer sind nicht an weibliche Gesellschaft gewöhnt.«

»Sie sind von Frauen umgeben«, wandte Diana ein.

»Schwestern«, verbesserte die Oberschwester sie.

»Sie sind eine Frau«, gab Diana zu bedenken. »Und du bist es auch, Cynthia.«

»Ich leite dieses Hospital«, erklärte ihre Schwägerin, als ob das ihr Geschlecht neutralisiere.

»Nichtsdestotrotz werde ich mich in meinem eigenen Heim frei bewegen«, erklärte Diana bestimmt und rückte nicht davon ab, bis die Oberschwester und Cynthia nachgaben. Die Welt mochte im Krieg sein, aber sie würde sich nicht in ihrem eigenen Haus herumkommandieren lassen wie ein Infanterist.

Als sie jetzt Station B betrat, blickte Schwester Wharton, die diensthabende Oberschwester, auf. Sie hatte zugesehen, wie eine Lernschwester dem Gefreiten Beaton, der fest schlief, eine Spritze gab.

»Mrs. Symonds«, sagte Schwester Wharton und nickte.

Diana hielt inne. »Wie geht es Ihren Patienten heute, Schwester Wharton?«

»Manchen besser als anderen. Er hat mich gebeten, Ihnen noch einmal dafür zu danken, dass Sie ihm bei seinem Brief an seine Mutter geholfen haben.« Mit einer Kopfbewegung wies Schwester Wharton auf den Gefreiten Beaton.

Granatsplitter hatten dem Mann die rechte Hand zerfetzt. Das Schreiben mit der Linken beherrschte er noch nicht, außerdem wollte er seine Mutter nicht mit einem Brief in einer anderen Handschrift erschrecken. Diana hatte Murrays alte Schreibmaschine auf die Station geschleppt und auf ein Tischchen neben dem Bett des Gefreiten gestellt. Daraufhin hatte er ihr den ersten von insgesamt drei Briefen diktiert, die sie an jenem Tag getippt hatte.

»Ich hoffe, dass seine bevorstehende Operation erfolgreich ist«, meinte Diana. »Ich hatte mich gefragt, ob Sie wissen, wo ich Miss Symonds finden kann.«

»In ihrem Büro, glaube ich«, sagte Schwester Wharton.

Diana wies sie nicht darauf hin, dass Cynthias Büro eigentlich das Billardzimmer war. Das war eine der Schlachten, die sie verloren hatte. Stattdessen bedankte sie sich bei Schwester Wharton.

An der Tür zum Billardzimmer holte Diana tief Luft und

klopfte dann an. Mit größter Mühe ignorierte sie den bitteren Beigeschmack, den es hatte, in seinem eigenen Heim an Türen klopfen zu müssen.

»Ja?«, ließ sich von der anderen Seite eine dünne Stimme vernehmen.

Diana drehte den Türknauf aus Messing, trat ein und sah auf Cynthias Hinterkopf. Man hätte leicht auf den Gedanken kommen können, diese Frau mit dem leicht ergrauten Blondschopf, die sich sittsam in Pastelltöne kleidete und hohe Spitzenkragen trug, sei sanft und mitfühlend. Doch fünf Minuten in Cynthias Gesellschaft hätten jeden eines Besseren belehrt. Diese Frau war brandgefährlich und vertrat felsenfest ihre Glaubenssätze.

Langsam drehte Cynthia sich auf Murrays altem Bürostuhl um. Ihre scharfen, vogelähnlichen Züge verrieten ihre kaum verborgene Verärgerung. »Wie nett von dir, meine liebe Schwägerin, dass du vorbeischaust. Hast du nichts zu tun?«

»Du weißt, dass ich mehr als genug Arbeit damit habe, dieses Haus mit einem Viertel des Personals zu führen – ganz gleich, ob es noch zusätzlich von dreiundvierzig Patienten, drei Ärzten, sechs Schwestern, drei Hilfskräften, einer Oberschwester, einer Quartiermeisterin und dir selbst bewohnt wird.«

»Das erzählst du mir oft genug.« Cynthia seufzte. »Was gibt es heute?«

»Wir bräuchten nicht jeden Tag darüber zu reden, wenn das Personal und die Patienten dieses Haus und meine Familie, die darin lebt, ein wenig respektieren würden«, erklärte Diana und setzte sich, ohne dazu aufgefordert worden zu sein.

»Wenn du die Überschwemmung im grünen Schlafzimmer meinst …«

»Die ist behoben. Ein Glück, dass Mr. Gilligan die Wasserleitung zum Waschbecken so schnell abstellen konnte, sonst wäre es durch die Decke gelaufen«, sagte sie.

Cynthia presste die Lippen zusammen und schob auf ihrem

Schreibtisch ein paar Papiere herum. »Nun, das war ein unglücklicher Zufall.«

»Er war vollkommen vermeidbar«, beharrte Diana.

»Ich habe mit den Schwestern im zweiten Stock gesprochen und sie gebeten, dafür zu sorgen, dass die Patienten im Haus keine Kricketbälle werfen, aber du musst verstehen, dass den Männern mitunter langweilig wird.«

»Vielleicht könntest du diese Warnung auch auf den Rest des Hauses ausweiten. Mrs. Dibble hat festgestellt, dass die Seidentapete im blauen Schlafzimmer beschädigt ist, nachdem jemand einen Gummiball dagegen geworfen hat«, sagte sie.

Cynthia zögerte, doch dann runzelte sie die Stirn, griff nach einem Bleistift und machte sich in dem kleinen Buch, das sie immer zur Hand hatte, eine Notiz. »Ich rede mit der Oberschwester.«

Diana stieß den Atem aus. »Danke.«

»Ist das alles?«, fragte ihre Schwägerin.

»Nein. Heute früh hat eine deiner Köchinnen mehrere Eier zerbrochen, die dem Haushalt gehören. Wie du weißt, habe ich heute Abend den Pfarrer und einige weitere Personen zu Gast.«

»Pfarrer Bilson wird Verständnis dafür haben, wenn sein Vanillepudding mit Eipulver zubereitet ist.«

»Ich kann Pfarrer Bilson keinen Pudding aus Eipulver servieren«, erklärte Diana.

»Warum nicht? Ich bin mir sicher, dass er so etwas schon an seinem eigenen Tisch gegessen hat.«

»So gehört sich das aber nicht.«

Cynthia stieß ein entnervtes Schnauben aus, setzte aber erneut den Bleistift an. »Ich sorge dafür, dass die Eier ersetzt werden. Wie viele?«

»Zwei.« Als Cynthia zu ihr aufsah, sprach sie eilig weiter. »Aber das ist nur ein Symptom des eigentlichen Problems.«

»Und das wäre?«

»Dies ist nicht das erste Mal, dass meine Köchin sich mit der Beschädigung oder dem Verschwinden von Rationen herumschlagen muss, seit das Hospital auf Highbury eingezogen ist. Das Freiwilligenkorps hat ausdrücklich zugesichert, dass ihr euch an eure eigenen Rationen halten und unsere nicht anrühren würdet.«

»Unsere? Ich bin auch ein Mitglied dieser Familie, falls du das vergessen hast«, wies Cynthia sie zurecht.

Falls sie es vergessen hatte? Wie könnte sie, da Cynthia das so oft erwähnte? Aber Murray hatte das Anwesen und alles, was dazugehörte, Diana hinterlassen, nicht seiner Schwester.

»Die Köchinnen des Hospitals sollen die Rationen der Familie nicht anrühren«, erklärte Diana langsam. »Das ist die Nahrung, die dein Neffe isst.« *Außerdem isst du jeden Abend davon, denn du willst die Schwestern zwar herumkommandieren, aber nicht mit ihnen speisen.*

»Ich rede mit Mrs. George«, sagte Cynthia schließlich.

»Danke«, gab Diana zurück.

Cynthia sah auf ihr Notizbuch hinunter. »Bevor du gehst, wollte ich mit dir noch über das Kinderschlafzimmer sprechen. Ist es wirklich nötig, dass Robin dort nächtigt?«

»Wo soll er denn sonst schlafen, wenn nicht im Kinderschlafzimmer?« Das Spielzimmer hatte das Hospital schon beschlagnahmt, um dort vier Patientenbetten aufzustellen.

Cynthia blickte auf. »Nun ja, er könnte bei dir schlafen.«

»Nein«, erklärte Diana.

»Oder du könntest ihn ins Internat schicken«, sagte Cynthia.

»Er ist noch keine fünf.«

»Ich habe mir die Freiheit genommen, an Mr. Keen von der Charleton Preparatory School zu schreiben, und er hat geantwortet, er sei angesichts der außerordentlichen Umstände, unter denen wir leben, bereit, Jungen ab sieben aufzunehmen.«

»Er ist erst vier.«

Cynthia wedelte mit der Hand. »Eine unbedeutende Angelegenheit, die geregelt werden kann. Wenn Robin nach Charlton geht, ist er gut darauf vorbereitet, später das Winchester College zu besuchen wie sein Vater ...«

»Ich schicke Robin nicht aufs Internat«, entgegnete Diana.

»Sei doch vernünftig, Diana«, sagte ihre Schwägerin.

»Das bin ich.«

»Wenn das wegen seines Leidens ist –«

»Seines Asthmas«, verbesserte sie. »Nein, das ist nicht der Grund.«

»Der Junge war schon immer kränklich.«

»Er ist nicht mehr krank«, widersprach Diana. »Er ist gesund und kaum in Gefahr, solange er seinen Inhalator bei sich hat.«

»Er ist so dünn«, meinte Cynthia.

»Das darfst du gern beim Ernährungsministerium vorbringen, das seine Rationierungsbücher druckt.«

»Robin ist ein Symonds, Diana. Die männlichen Symonds besuchen seit Jahrzehnten das Winchester College.«

»Robin ist mein Sohn, und ich entscheide, wie er aufwächst. Er bleibt zu Hause«, erwiderte sie.

»Ist das in Anbetracht der Umstände wirklich klug? All diese Männer, die im Hospital ein- und ausgehen ... Einige von ihnen haben ziemlich raue Umgangsformen. Und dann noch das Platzproblem. Ein Drittel meines Personals lebt in kalten Dachzimmern, ein Drittel in kaum bewohnbaren Cottages und ein Drittel im Dorf. Das Royal Army Medical Corps hat letzte Woche geschrieben und angekündigt, dass wir Mitte des Monats noch weitere Männer erwarten, und der Chirurg verlangt, dass wir ihm einen neuen Operationsraum suchen, weil in dem alten Lagerraum das Licht zu schlecht ist. Wenn Robin fort wäre, könnten wir auch das Kinderschlafzimmer nutzen.«

»Nein«, stieß sie hervor.

»Wir müssen alle Opfer –«

»Erzähl mir nichts über Opfer«, gab Diana heftig zurück. »Wage es bloß nicht.«

Ihre Schwägerin faltete die Hände zusammen. »Ich sehe, dass du immer noch um meinen Bruder trauerst.«

Diana erhob sich von ihrem Stuhl. »Erinnere bitte Mrs. George daran, dass sie und ihre Köchinnen Miss Adderton aus dem Weg gehen sollen.«

Als sie schon fast an der Tür war, rief Cynthia ihr nach: »Ich finde, du solltest wissen, dass wir auf Station C einen Geistlichen haben. Ich dachte, du möchtest Pater Devlin vielleicht kennenlernen.« Kurz zögerte sie. »Vielleicht könntest du mit ihm über Murray sprechen.«

Ein langes Schweigen breitete sich zwischen ihnen aus, und Diana ballte die Fäuste. »Cynthia«, sagte sie schließlich, »meine Bitte, dich aus meinen Rationen herauszuhalten, gilt ebenso für mein Privatleben.«

Ausnahmsweise schwieg Cynthia, während Diana die Tür des Billardzimmers hinter sich schloss.

Diana kochte immer noch vor Wut, als sie in den kleinen Abstellraum neben der Küche trat, durch den man in den Garten gelangte. Er zählte zu den wenigen Räumen, die ihr geblieben waren, denn er war zu klein, um von dem Genesungsheim requiriert zu werden. Sie schlüpfte in Murrays betagte Wachsjacke und seine ausgetretenen Lederschlappen. Dann band sie sich einen alten Schal ums Haar, der immer an einem Haken neben der Tür hing, und griff nach ihrem Gartenkorb und der Rosenschere.

Sie riss die Seitentür auf, die in den Küchengarten führte, und ging über den knirschenden Kies zum Tor. Noch war es trocken, doch der Geruch des nahenden Regens lag schon in der Luft. Bei diesem Wetter hielt sie sich am liebsten im Garten auf – wenn der unmittelbar bevorstehende Niederschlag sie zur Eile antrieb.

Sie war keineswegs eine großartige Gärtnerin. Doch keine der

Frauen aus Murrays Familie war dies bisher gewesen. Murrays Großvater Arthur Melcourt hatte für die Gestaltung der Außenanlagen des Anwesens eine gewisse Venetia Smith hinzugezogen. Noch Jahrzehnte später wirkte der Garten in jedem Monat des Jahres atemberaubend, und Diana war entschlossen gewesen, sich exzellent um das Gelände zu kümmern. Doch nach viereinhalb Jahren musste sie zugeben, dass sie realistisch gesehen höchstens die Grundlagen der nötigen Fachkenntnisse beherrschte.

Als Murray noch lebte, waren unter dem Obergärtner John Hillock sechs Gärtner angestellt gewesen. Nachdem im Land der Kriegszustand ausgerufen worden war, hatte sich jedoch die Hälfte der jungen Männer zur Armee gemeldet, und die anderen waren nach und nach eingezogen worden. Dann war Mr. Hillock, der nach den Anweisungen von Murrays Vater und Venetia Smiths Entwürfen gearbeitet hatte, an einem Herzanfall gestorben, während er im Liebesgarten eine Staude Tränende Herzen teilte.

Jetzt kamen jeden zweiten Tag zwei Männer, die zu alt für den Krieg waren, aus dem Dorf zum Anwesen und pflegten den Garten, so gut sie konnten. Und wenn sie zu schwer heben mussten, holten sie sich zwei junge Burschen hinzu. Der Garten strahlte inzwischen etwas Verlassenes, Wildwucherndes aus, und seine verwelkten Blüten hätten dringend entfernt werden müssen. Sogar die Taxushecke wirkte mehr wie ein verwilderter Busch, der unbedingt gestutzt werden musste.

Trotzdem liebte Diana den Garten, weil er ganz allein ihr gehörte. Eine Zeit lang hatte Murray Interesse daran gezeigt, das Haus zu renovieren, doch die Außenbereiche hatte er ihr überlassen und gemeint, das sei ein gutes Hobby für eine Dame. Wenn ihr jetzt alles zu viel wurde, konnte sie sich in den verschiedenen Gärten verkriechen und so tun, als wäre ihr Heim nicht von Fremden belagert und ihr Mann nicht tot … als rinne ihr das Leben nicht durch die Finger.

An diesem Nachmittag ging sie zum Wassergarten. Sie mochte die kühle, ruhige Stimmung, die dort herrschte, sogar mitten im Winter. Vor dem Frühling sollte sie den Teich noch reinigen, doch das musste sie auf einen Tag verschieben, an dem sie keine Gäste erwartete. Ein Krieg war kein Grund, seine Ansprüche herunterzuschrauben, doch falls sie sich schmutzig machte, müsste sie sich ein kaltes Bad zumuten, bevor ihr Besuch eintraf.

Sie begann mit der Arbeit, beschnitt die spät blühende Clematis, stutzte die langen Ranken bis auf gesunde Augen zurück und riss das alte Pflanzenmaterial ab. Die Stücke legte sie in ihren Gartenkorb – sie waren für die großen Komposthaufen in der Nähe der Treibhäuser im hinteren Teil des Areals bestimmt.

Nach zehn Minuten vernahm sie von der anderen Seite der Gartenmauer ein unregelmäßiges Schlurfen. Als sie sich aufrichtete, trat ein großer Mann in Uniform, der an Krücken ging, durch eine Lücke in der Backsteinmauer.

»Mrs. Symonds, nehme ich an?«, fragte er schnaufend und keuchend.

»Sie sind nicht zufällig Pater Devlin, oder?«, fragte sie und steckte ihre Gartenschere in die Tasche von Murrays Jacke.

Er lächelte. »Miss Symonds hat Ihnen von mir erzählt, oder?«

»Sie werden feststellen, dass man auf Highbury momentan nicht viel geheim halten kann.« Sie wies auf eine Gartenbank aus Teakholz. »Möchten Sie sich setzen?«

»Gern, danke«, sagte er.

Sie sah zu, wie er sich langsam auf der Bank niederließ und seine Krücken neben sich anlehnte.

»Was haben Sie, wenn ich fragen darf?« Mit einer Kopfbewegung deutete sie auf die Krücken.

»Meine Hüfte. Ich habe sie mir leider zerschmettert. Äußerst lästig.«

Sie lächelte leise. »Gebrochene Knochen scheinen eine Spezialität dieses Hauses zu sein. Wie ist es passiert?«

Er wirkte verlegen. »Ich fürchte, ich kann nicht von einer Heldentat berichten.«

»Davon haben wir hier reichlich.«

»Allerdings. Die Wahrheit ist, dass ich von einem Panzer gefallen bin, und der Boden war im Weg. Und hat mir die Hüfte gebrochen.«

»Wie rücksichtslos von ihm«, meinte sie.

»Das fand ich auch. Also, was hat unsere liebe Leiterin Miss Symonds Ihnen nun über mich erzählt?«

»Sie hat vorgeschlagen, dass ich mit Ihnen reden soll«, erklärte Diana.

»Tja, da wir uns nun unterhalten, hatten Sie offensichtlich nichts gegen die Idee einzuwenden.«

Sie zog eine Augenbraue hoch.

»Ah, ich verstehe. Es war wohl einer dieser Vorschläge, mal mit einem Mann Gottes zu sprechen. Haben Sie denn das Bedürfnis, mit einem alten Feldgeistlichen zu reden?«

»Nein«, sagte sie.

»Wissen Sie, ich finde immer, dass viele Menschen gar nicht reden müssen, häufig brauchen sie bloß einen Freund.«

Einen Freund. Wie lange hatte sie schon keinen mehr gehabt? Als Mädchen war sie nie besonders beliebt gewesen. Sie hatte sich viel zu sehr auf ihr Harfenspiel konzentriert und war sogar für die Sängerinnen und anderen Musiker, die sie begleitete, einen Hauch zu schüchtern gewesen. Doch all das hatte sich nach ihrer Verlobung mit Murray geändert. Er war wie ein Wirbelwind gewesen, hatte sich in einen Raum gestürzt und die Menschen mitgerissen. Ihre ersten Ehejahre hatten aus einem Meer von Partys bestanden, und die Frauen seiner Freunde waren ihre Freundinnen geworden. Aber wie lange hatte sie Gladys, Jessica und Charlotte schon nicht mehr gesehen?

Als sie ihm keine Antwort gab, lehnte der Geistliche sich zurück und faltete die Hände vor dem Körper. »Ich gebe zu, ich könnte selbst etwas Gesellschaft gebrauchen. Das Unangenehmste daran, in einem Genesungsheim zu landen, ist, dass man von einem Haufen kranker Männer umgeben ist.«

»Ich hätte gedacht, dass Ihre Tätigkeit als Feldgeistlicher Sie darauf vorbereitet hätte«, meinte sie.

»Das hat sie. Aber ab und zu tut es auch gut, etwas Zeit im Land der Lebenden zu verbringen.«

Sie warf ihm einen scharfen Blick zu, zuckte dann aber mit den Schultern. Wenn der Mann in einem halb verwilderten Garten sitzen und ihr beim Stutzen einer Pflanze zuschauen wollte, war das sein gutes Recht.

Sie wies auf die Clematis. »Ich werde jetzt hier weiterarbeiten.«

»Bitte. Es würde mir nicht einfallen, Sie zu stören«, sagte er und legte den Kopf zurück, um den schwachen Sonnenschein zu genießen.

Kopfschüttelnd machte Diana sich wieder daran, den Wuchs der Clematis unter Kontrolle zu bringen. Dabei stellte sie fest, dass ein kleiner Teil des Zorns, der sie in den Garten hinausgetrieben hatte, verflogen war.

Emma

März 2021

»Den hier auch!«, rief Emma zu Charlie hinunter. Sie stand auf einer Leiter und betrachtete die Struktur eines Baums in dem Bereich, den Sydney den Waldgarten nannte. Es war lange her, dass sich jemand um diese Bäume gekümmert hatte, und ein paar mussten gefällt werden – entweder, weil sie verrottet waren, oder um Inseln zu schaffen, wo Licht und Luft auf den Waldboden gelangen konnten.

»Verstanden!«, schrie Charlie zurück.

»Wie viele macht das?«, fragte sie, während sie hinunterkletterte.

Charlie addierte die Notizen des Vormittags. »Sieben, wenn wir die Ulme in der Nähe des Cottages mitrechnen.«

»Ich hoffe, die Wilcox' brauchen Feuerholz«, meinte sie.

Als es in den Ästen der Taxushecke hinter ihnen raschelte, drehten sie sich um, und Bonnie und Clyde kamen herbeigerannt.

Sofort ließ sich Charlie auf die Knie fallen und kraulte Bonnie hinter den Ohren. »Sei gegrüßt, mein wunderschönes Mädchen«, gurrte er und rollte in seinem schottischen Akzent jedes einzelne »R«.

»Wann schaffst du dir einen Hund an?«, erkundigte sie sich.

»Das Gleiche könnte ich dich fragen«, sagte er.

»Ich bin zu viel unterwegs für einen Hund. Du hast wenigstens das Kanalboot.«

Als Sydney auf die Lichtung stürmte, stöhnte Charlie auf.

»Oh, gut, Sie sind beide hier. Ich habe ein paar Dinge durchgesehen, und ich glaube, ich habe etwas Aufregendes entdeckt!«, stieß Sydney hervor.

»Und was?«, fragte Emma.

Doch Sydney grinste nur und kehrte wieder um.

Das könnte alles Mögliche sein, rief sich Emma ins Gedächtnis, während Charlie und sie Sydney zurück ins Haus und über mit Planen abgedeckte Treppen in den schon fertigen Flügel des Hauses folgten. Emma bat ihre Auftraggeber immer, alle Papiere durchzugehen, die zu deren Haus und Grundstück gehörten, doch es kam selten vor, dass sie etwas Neues und Bedeutsames entdeckten.

»Nachdem ich mit Ihnen gesprochen hatte, war ich ganz aufgeregt, und der arme Andrew und ich haben jeden Abend oben auf dem Dachboden Kisten durchgesehen. Granddad konnte einfach nichts wegwerfen, aber wenigstens war er einigermaßen organisiert. Die Kisten sind alle mit ›Haus & Garten‹ beschriftet«, plapperte Sydney und öffnete dabei die Tür zu einem Arbeitszimmer. In der Mitte befand sich ein großer Mahagonischreibtisch, und an zwei Wänden erhoben sich Bücherregale. Mitten im Raum standen mehrere offene Kisten.

»Zuerst war ich enttäuscht. Es schien sich um einen Haufen Quittungen für Dachreparaturen und einen neuen AGA-Herd aus den Siebzigern zu handeln, aber dann bin ich auf das hier gestoßen.« Sydney wies auf eine Papprolle und einen sehr alt wirkenden Aktenordner. »Wollen Sie das übernehmen?«

Emma griff nach der Rolle, hob den Deckel ab und ließ ein Bündel gerollter Papiere herausgleiten. Sydney und Charlie räumten den Schreibtisch frei, und sie breitete sie aus.

»Sieht nach den Bauplänen des Hauses aus«, meinte sie.

»Das sind keine Originale. Ich glaube, sie stammen aus dem Ende der 1930er-Jahre, kurz vor dem Krieg. Sie können sehen, dass ein Architekt in diesem Stockwerk eine Wand versetzt hat, um ein Badezimmer zu vergrößern«, erklärte Sydney und wies auf die blaue Tinte.

Emma blätterte die Seiten durch. Zuerst kam eine Ansicht des Hauses, dann wurde jede einzelne Etage dargestellt, einschließlich des Kellers, in dem früher einmal die Küche, die Speisekammer und ein altmodischer Vorratsraum gelegen hatten. Doch als sie die nächste Seite aufschlug, stockte ihr der Atem. Auf dem großen, vergilbten Stück Papier befand sich eine Bleistiftzeichnung des Gartens, und darüber hatte jemand *Highbury House* geschrieben.

Ihre Augen weiteten sich. »Das ist Venetia Smiths Handschrift.«

»Sind Sie sich sicher?«, fragte Sydney hoffnungsvoll.

»Ist sie«, erklärte Charlie. »Seit ich sie kenne, ist sie besessen von dieser Frau.«

»Sogar noch länger«, murmelte sie. »Ich müsste Baumwollhandschuhe tragen.« Das würde sie aber nicht davon abhalten, die Pläne zu untersuchen.

»Als ich sie zum ersten Mal gesehen habe, war ich verwirrt, denn der Garten ist vollkommen anders ausgelegt als heute«, meinte Sydney.

»Das ist die ursprüngliche Anlage, die Venetia ersetzt haben muss. Dieser Garten ist förmlich gestaltet.« Sie wies auf die symmetrischen, in einem Knotenmuster angelegten Beete. »Hier könnte eine niedrige Eingrenzung aus Beetpflanzen gestanden haben, oder vielleicht war er auch von einer Hecke umgeben.«

»Aha, das ergibt Sinn. Aber schauen Sie sich das nächste Blatt an«, sagte Sydney.

Emma hob den Gartenplan hoch und entdeckte ein Blatt aus dünnem, fast durchsichtigem Transparentpapier. Behutsam hob sie es an und legte es über den Originalplan. Sie legte die beiden Skizzen vom Haus, Küchengarten und Obstgarten übereinander und trat zurück. »Da.«

»Das ist es«, sagte Charlie. »Das ist der Garten.«

»Und es ist beschriftet!«, stieß Sydney hervor.

»Der Teegarten, der Liebesgarten, der Garten der Kinder, der Brautgarten«, las Emma vor.

»Ach, deswegen ist er ganz in Weiß gehalten«, meinte Sydney.

»Schauen Sie. Der Teil neben dem Wassergarten ist ein Dichtergarten«, sagte Charlie.

»In der Bibliothek steht ein Buch mit Gedichten meines Urgroßvaters Arthur Melcourt. Er war derjenige, der den Garten in Auftrag gegeben hat.«

»Vielleicht hat Venetia versucht, ihm zu schmeicheln, damit er den Rest ihrer Entwürfe absegnete«, erklärte Emma.

»Warum sollte sie das nötig haben?«, wollte Sydney wissen.

»Sie war ihrer Zeit voraus. Es gab nur sehr wenige Landschaftsgärtner in England, die den englischen Garten mit Rabatten erschufen, wie wir ihn heute kennen. Man wird Venetia teils als Künstlerin und teils als Revolutionärin empfunden haben«, erklärte sie.

»Und wie sind Arthur Melcourts Gedichte?«, fragte Charlie.

»Ziemlich grauenhaft, soweit ich mich erinnere«, gab Sydney zurück.

Emma hob die Seite vorsichtig ab, und eine weitere Zeichnung kam zum Vorschein. »Das hier sieht aus, als wäre es etwas später im Verlauf des Projekts entstanden. Sie sehen, dass sie im Garten der Kinder noch einige Wege hinzugefügt hat.«

»Die Wege sehen aus wie der Union Jack«, meinte Charlie.

»Vielleicht eine spielerische Verneigung vor den Kindern der Melcourts. Und es schaut aus, als wäre hier etwas im Garten des Winters«, sagte sie und wies auf einen Kreis. »Möglicherweise ein Teich oder ein kleiner gepflasterter Bereich.«

»Es muss eine Ausführungszeichnung gewesen sein. Sie können sehen, wo sie einen Teil der Bleistiftnotizen ausradiert hat.«

»Moment mal.« Emma hob das Blatt ans Licht. »Hier steht

etwas über dem Garten des Winters. Es ist nur schwach zu erkennen …«

Charlie und Sydney beugten sich über ihre Schultern und musterten die Stelle. »Ich glaube, da steht *Cecils Garten*«, meinte Sydney einen Moment später.

»Nein, dazu sind es zu wenige Buchstaben«, sagte Charlie, schob seine Baseballkappe zurück und kratzte sich die Stirn.

»Celeste«, sagte Emma. »Celestes Garten.«

»Wer war Celeste? Und warum ist das in einer anderen Handschrift geschrieben?«, fragte Sydney.

Emma richtete den Blick wieder auf die undeutliche Schrift. »Ich weiß nichts von einer Celeste. Und Sie haben recht. Das hat jemand anders geschrieben.«

»Taucht die Handschrift noch anderswo auf?«, fragte Sydney.

Methodisch ging Emma die Blätter durch, die alle wichtigen Teile des Gartens detailliert darstellten. Einige beinhalteten sogar Pflanzlisten und Diagramme der Rabatten. Der Garten der Kinder – inzwischen mit Wildblumen überwuchert, die sich selbst ausgesät hatten – hatte einst Springkraut, Fingerhut, Mohn und Gerbera beherbergt. In der Darstellung des Dichtergartens stand am Rand eine Liste von Blumen mit den dazugehörigen Dichtern. Ein Teil des Winter-Gartens war auf ein kleineres Blatt Papier gezeichnet, das aussah, als sei es aus einem Notizbuch gerissen worden.

»Hier steht nichts von einer Celeste«, sagte Sydney. »Hatte Venetia eine Schwester?«

»Nur einen Bruder, Adam«, erklärte Emma.

»Was ist mit ihrer Mutter?«, fragte Charlie.

Emma schürzte die Lippen und versuchte sich zu erinnern. »Ihre Mutter hieß Julie. Ihr zweiter Vorname war Caroline.«

Emma sah auf die leichten Bleistiftmarkierungen hinunter. *Wer ist Celeste?*

»Es ist aber trotzdem gut, dass wir die Pläne haben, oder?«, erkundigte sich Sydney und unterbrach Emmas Gedankengang.

Emma blickte auf. »Haben Sie eine Ahnung, wie selten es ist, eine so bedeutende Sammlung von Zeichnungen zu entdecken?«

»Nein«, gab Sydney fröhlich zurück. »Meine Welt ist die IT.«

»Diese Zeichnungen müssten eigentlich irgendwo in einem Archiv liegen oder wenigstens korrekt konserviert werden«, sagte Emma.

»Falls Sie sie einem Archiv überlassen wollen, entweder als Leihgabe oder Spende. Das ist natürlich Ihre Entscheidung, Sydney«, fügte Charlie hinzu.

»Aber erst einmal wollen wir sie hierbehalten, stimmt's?« Sydney sah zwischen ihnen hin und her. »Damit können Sie sichergehen, dass Sie den Garten von Highbury House genauso restaurieren, wie er war.«

Emma nickte, obwohl die richtige Konservation der Papiere eigentlich ihre oberste Priorität hätte sein sollen. Es war einfach außerordentlich, zu den ersten Menschen auf der Welt zu gehören, die von einer neu entdeckten Serie Zeichnungen von Venetia Smith wussten.

»Nun ja, vielleicht können wir sie ja behalten, bis die richtige Zeit gekommen ist, und dann können Sie mir helfen, die richtigen Leute zu finden, die sich darum kümmern können«, meinte Sydney mit einem listigen Lächeln.

Emma nickte. »Ich kenne jemanden, Professor Wayland, der Ihnen wahrscheinlich Balladen schreiben würde, wenn er wüsste, dass Sie Originalzeichnungen von Venetia Smith besitzen – besonders von einem Garten, über den wir so wenig wissen.«

»Dann warten Sie erst ab, bis Ihr Freund das hier sieht«, erklärte Sydney und reichte ihr den Ordner.

Emmas Herz schlug ein wenig schneller, als sie die Mappe aufschlug. Anstelle von Venetias Handschrift stieß sie auf einen Brief, der in einer anderen – schwungvolleren und kräftigeren – Schrift verfasst war. Sie drehte ihn um. Er war mit *Adam Smith* unterzeichnet.

»Das hier stammt von Venetias Bruder. Er fungierte als ihr Bevollmächtigter, wenn sie in Großbritannien arbeitete«, erklärte sie.

Charlie beugte sich über ihre Schulter und las vor. »›Sehr geehrter Mr. Melcourt, als Anlage zu diesem Brief erhalten Sie die Rechnung über den Kauf von sechsunddreißig vier Jahre alten Linden, die für die Bepflanzung des Lindenwegs vorgesehen sind.‹«

»Der nächste beginnt mit: ›Sehr geehrter Mr. Melcourt, als Anlage zu diesem Brief erhalten Sie die Rechnung über zwölf wurzelnackte Pfingstrosen in drei Varianten.‹« Emma schaute zu Charlie auf. »Im Teegarten stehen Pfingstrosen.«

»Dann sind diese Papiere hilfreich?«, fragte Sydney.

»Es ist unglaublich«, meinte Emma. »Näher könnten wir dem Wissen darüber, was Venetia geplant hat, nur kommen, wenn sie selbst eine Abhandlung über das Thema geschrieben hätte.«

Es klopfte an der Tür zum Arbeitszimmer. Andrew schob sie auf und kam mit einem Teetablett herein. »Hallo. Wieso habe ich das Gefühl, dass hier eine Party stattfindet, zu der ich nicht eingeladen bin?«

»Oh, Andrew, du bist großartig. Würdest du das Tablett dort abstellen?« Sydney wies auf eine Anrichte. Emma wollte sie schon davor warnen, auf keinen Fall Flüssigkeiten in die Nähe der Zeichnungen und Quittungen zu bringen, doch Sydney kam ihr zuvor. »Vielleicht müssen wir den Tee im Stehen trinken, um die Dokumente zu schützen.«

Während Andrew Wünsche bezüglich Milch und Zucker entgegennahm und den Tee einschenkte, brachte seine Frau ihn auf den neusten Stand. »Du solltest Henry fragen, ob seine Großmutter den Garten gezeichnet hat«, meinte Andrew dann, als sie alle Tassen in den Händen hielten.

»Oh, das ist eine gute Idee. Henry Jones gehört die Highbury House Farm. Seine Großmutter Beth hat auf einer anderen Farm in der Nähe bei der Landarmee gearbeitet. In den Sechzigern war sie eine recht anerkannte Künstlerin, die Landschaften aus Warwickshire gemalt hat.«

»Wir müssten Henry diese Woche beim Pub-Quiz treffen. Sie sind dazu ebenfalls herzlich eingeladen«, sagte Sydney.

»Oh, nein danke«, gab Emma schnell zurück. »Wenn Sie bei der Neuanlage des Gartens immer noch historische Korrektheit anstreben, werde ich den größten Teil meiner Pläne einstampfen müssen.«

»Ja«, erklärte Sydney bestimmt. »Lassen Sie uns den Garten so, wie er war, neu erschaffen.«

»Das wird das Projekt aber in die Länge ziehen«, warnte Emma.

»Dieses ganze Haus ist eine einzige Verzögerung«, sagte Sydney.

»Da hat sie nicht unrecht«, pflichtete Andrew ihr bei.

»Okay. Dann sollte ich lieber anfangen. Ich werde einige Zeit brauchen, um das alles durchzugehen«, erklärte Emma.

»Brauchen Sie Hilfe?«, fragte Andrew. »Ich kann nicht versprechen, dass ich weiß, was ich vor mir habe, aber ich habe ein Händchen für systematische Ordnung.«

Emma nickte. »Gern.«

»Sydney, vielleicht könnten Sie mir bei ein paar Fragen bezüglich der Zufahrt zum Anwesen behilflich sein«, bat Charlie. »Wir müssen große Mengen Kompost anliefern lassen, um den Boden zu verbessern.«

»Es gibt eine Zufahrt über den Feldweg und das Tor im hinteren Teil, in der Nähe der Treibhäuser. Ich kann sie Ihnen zeigen«, bot Sydney an.

»Perfekt«, entgegnete Charlie.

Sobald die beiden gegangen waren, verfielen Emma und Andrew in freundschaftliches Schweigen. Emma widmete sich Adam Smiths Briefen und hätte fast vergessen können, dass Andrew anwesend war. Es fiel leicht, vollkommen in den Briefen und Zeichnungen zu versinken.

Sie las gerade eine dreiseitige Auflistung von Pflanzen, als Andrew sich räusperte. Sie blickte auf. »Haben Sie etwas entdeckt?«

»Nein, außer Sie interessieren sich für das Bewässerungssystem, das 1976 im Küchengarten installiert wurde«, sagte er.

»Nicht wirklich.«

»Dachte ich mir. Nein, ich wollte nur sagen, dass ich hoffe, Sydneys Einladung zum Pub-Quiz hat Sie nicht allzu sehr überrumpelt.«

»Überrumpelt?«, wiederholte sie.

»Das war keine reine Höflichkeit. Sie würde sich aufrichtig freuen, wenn Sie kommen würden. Wenn Sie wollen.«

»Ich wollte nicht unhöflich sein«, versicherte sie hastig.

Er lachte. »Glauben Sie mir, das waren Sie nicht. Sie sollen nur wissen, dass Sie jederzeit willkommen sind.«

Einen Moment lang überlegte sie, wie es wohl sein würde, einen Dorfpub zu betreten, in dem freundliche Menschen sie erwarteten. Einem winzigen Teil von ihr gefiel der Gedanke, dass vielleicht jemand schon einen Drink für sie bestellt hätte. Dass sie ein Teil von etwas sein könnte. Aber genau darin lag die Gefahr. Sie pflegte keinen privaten Kontakt zu Klienten – nicht einmal zu denen, die sie gut leiden konnte –, weil es dadurch nur schwerer wurde, ihr provisorisches Leben zurückzulassen und weiterzuziehen, wenn ein Auftrag beendet war.

»Danke«, sagte sie schließlich. »Ich werde daran denken.«

Venetia

Freitag, 8. März 1907
Highbury House
In der Nacht Regen, bewölkt

Heute Morgen lieh ich mir ein Pferd aus Mr. Melcourts Stallungen und ritt nach Wilmcote, nachdem ich das endgültige Abstecken des Lindenwegs beaufsichtigt hatte. Die Bäume wurden gestern geliefert, und ich habe schon an Adam geschrieben und ihn gefragt, wie in aller Welt es ihm gelungen ist, so kurzfristig sechsunddreißig vierjährige Linden aufzutreiben. Er wird mich nur aufziehen und mich daran erinnern, dass er mit Papier und Feder ebenfalls Wunder wirken kann.

Ich gestehe, dass ich meine Auftraggeber als genauso schwierig empfinde wie die meisten Menschen ihresgleichen, aber nicht so sehr, dass ich sie verabscheuen würde. Ich esse jeden Abend mit den Melcourts, falls ich mich nicht mit Kopfschmerzen entschuldige. Doch Mrs. Melcourt behandelt mich immer noch von oben herab. Erst vor zwei Tagen hat sie den ganzen Suppen- sowie den Fischgang damit zugebracht, die Tugenden ihres Bruders zu rühmen.

»Größtenteils ist er Sammler, aber manchmal verkauft er auch Pflanzen an eine exklusive Auswahl von Gärtnern, zum Beispiel Mr. Johnston«, erklärte sie mir. Die Diamanten an ihren Fingern glitzerten im Kerzenschein, als sie ihren Silberlöffel in die Brühe tauchte. »Kennen Sie Mr. Johnston?«

»Ich hatte noch nicht das Vergnügen«, sagte ich.

»Er ist ein reicher Amerikaner, der soeben ein Haus in der Nähe von Chipping Campden erworben hat – obwohl Gerüchte besagen, seine Mutter habe ihm die Mittel dafür zugeschossen. Ich kann mir nicht vorstellen, wie Matthew seine Bekanntschaft gemacht haben mag.«

»Hat Mr. Goddard schon einmal überlegt, ins Gartenbaugeschäft einzusteigen?«, fragte ich.

Mrs. Melcourt sah auf und warf mir einen scharfen Blick zu. »Mein Bruder ist ein Gentleman, Miss Smith. Er hat kein Interesse an einem Gewerbe.«

Mir fiel auf, dass sie dabei ihren Mann nicht ansah, der sein Vermögen dem Geschäftssinn seines Vaters verdankte, eines so tüchtigen Unternehmers, dass in meinem Bad zu Hause ein Stück »Melcourts Seife für einen reinen Teint« liegt.

Den größten Teil meines Ritts zu Mr. Goddards Haus an diesem Vormittag dachte ich darüber nach, wie sehr dem jüngeren Mr. Melcourt und seiner Frau daran gelegen war, von dem Umstand abzulenken, dass sie ihr Vermögen erst kürzlich erworben hatten. So versunken war ich, dass ich beinahe den Wegweiser zur Wisteria Farm verpasste. Doch als ich durch das Tor schaute, war unverkennbar, dass ich mein Ziel erreicht hatte: Eine mächtige Wisteria – auch Blauregen genannt –, die kurz davorstand, in ein farbenfrohes Schauspiel aus Blättern und Blüten auszubrechen, rankte über die Fassade eines einstöckigen Farmhauses.

»Miss Smith!«

Ich drehte mich im Sattel um und erblickte Mr. Goddard, der etwa hundert Meter entfernt durch eine Lücke in der Hecke trat.

»Der Eingang zur Gärtnerei liegt ein kleines Stück weiter an der Straße. Sollen wir zu Fuß gehen?«

Ich überließ ihm die Zügel meines Pferds, damit ich absteigen konnte. Dann führten wir das Tier zu einem breiten Holztor. Dahinter erstreckte sich ein Hof, der auf zwei Seiten von Treibhäusern gesäumt wurde. Hinter einer Scheune verlief der Feldweg. Rosen, wohin ich auch sah. Sie kletterten an der Mauer hoch, die den Hof umgab, und warteten mit nackten Zweigen auf den Frühling. Sie wuchsen in Terrakottatöpfen, die groß genug waren, um jeweils drei Pflanzen zu beherbergen. In einer Rabatte, die in einen anderen Teil des Gartens führte. In den Treibhäusern, wo lange Reihen von Pflanzen aufgepfropfte, fein säuberlich umwickelte Triebe trugen.

»Willkommen in meinem Laboratorium«, sagte er lächelnd. »Ein Jammer, dass das Jahr nicht schon fortgeschrittener ist, sonst könnten Sie die Rosen in voller Blüte sehen.«

»Der Hof allein muss im Juni spektakulär sein.«

»Das ist er, wenn ich so vermessen sein darf, das selbst zu behaupten. Dennoch finde ich, dass auch ein Garten im Winter etwas Schönes an sich hat«, sagte er.

»Alles ist kahl und nackt. Man kann die Struktur des Gartens erkennen«, ergänzte ich.

»Genau. Allerdings heißt das auch, dass man die Makel eines Gartens kaum verbergen kann.«

»Wie kam es denn dazu, dass Sie Rosen züchten?«, fragte ich, während wir in eines der Treibhäuser traten und mir eine verlockende Wärme entgegenschlug.

Er legte eine Hand in den Nacken und sah sich unter den Tischen mit Pflanzenreihen in unterschiedlichen Wachstumsstadien um. »Wie viele junge Männer war ich in meiner Jugend so etwas wie ein Nichtsnutz. Meine Mutter und mein Vater hofften immer, aus mir würde etwas werden, aber ich war anscheinend entschlossen, ihnen das Gegenteil zu beweisen. In Cambridge habe ich absichtlich wenig mehr getan, als meine Lehrer zu ärgern. Und eines Abends wurde ich in einem ziemlich peinlichen Zustand erwischt.«

»Wie peinlich?«, fragte ich.

»So sehr, dass ich mir nicht sicher bin, ob meine Schwester

damit einverstanden wäre, dass ich einer jungen Dame davon erzähle.«

Ich zog eine Augenbraue hoch. »Ich bin eine eingefleischte alte Jungfer von fünfunddreißig, Mr. Goddard.«

»Gewiss sind Sie nicht … Ich meine, Sie sehen nicht aus wie …«

Mit einem Lächeln erlöste ich den armen Mann aus seinem Elend. »Danke, aber ich bin ganz versöhnt mit meinem Alter. Ich empfinde es eher als befreiend. Heute zum Beispiel konnte ich mir von Ihrem Schwager ein Pferd leihen und damit durch mehrere Dörfer reiten, um einen Gentleman aufzusuchen und mit ihm über Rosen zu diskutieren. Eine errötende Debütantin hätte das nicht gekonnt.«

Er nickte und blieb dann vor einer Reihe von Töpfen stehen, um die Stelle zu überprüfen, an der er einen Steckling auf einen Wurzelstock aufgepfropft hatte. »Das ist eine ›Souvenir de la Malmaison‹. Kennen Sie sie?«

Ich schüttelte den Kopf.

»Sie ist eine Bourbon-Rose und bringt üppige Blüten in allerzartestem Rosa hervor, die den Strauch, auf dem sie wachsen, beinahe zu überwältigen scheinen, und ihr Duft ist … süßer als Parfüm.«

»So süß, dass er eine willkommene Begleitung für eine Gruppe von Damen wäre, die zusammen an der frischen Luft Tee trinken?«, fragte ich.

»Vielleicht«, meinte er lächelnd und trat dann an einen Tisch hinter uns. »Oder vielleicht wünschen Sie einen purpurroten Farbfleck, um einen dramatischen Effekt zu erzeugen. Dann könnte ›Madame Isaac Pereire‹ genau das sein, was Sie brauchen.«

Ich dachte an den Liebesgarten, den ich gleich westlich des Teegartens geplant hatte. Ich wollte jedem Besucher einen Schock versetzen, wenn dieser nach den beruhigenden, femininen Pflanzen – blassrosafarbenem Heliotrop, hellrosafarbenem Sonnenhut und cremeweißen Pfingstrosen – in einen Teil des Gartens treten würde, in dem eine fast schon obszöne Farbenpracht herrschte. Tiefrote Rosen, dunkel purpurner Salbei und die hohen roten Blütenstände von Knöterich. Bananenpflanzen, Japanischer Fächerahorn, Dahlien, Tulpen – ich wollte, dass die Besucher nach Luft schnappten.

»Vielleicht ist es einfacher, wenn wir damit beginnen, was ich brauche«, erklärte ich und zog mein Notizbuch aus der Rocktasche. Es klappte von selbst auf und zeigte den gesamten Garten aus der Vogelperspektive.

»Und was wäre das?«, fragte er und drehte das Notizbuch so, dass er besser sehen konnte. Mit der Spitze seines kleinen Fingers streifte er meine Hand. Meine Wangen liefen heiß an, und ich räusperte mich.

»Ich brauche Juwelentöne für den Liebesgarten, ganz blasses Rosa für den Kinder- und den Teegarten und reines Weiß für den Brautgarten.«

Er tippte auf die Stelle auf der Seite, an der ich *Dichtergarten* geschrieben hatte. »Eine kluge Hommage an das Hobby meines Schwagers«, meinte er. »Ich glaube, Sie werden feststellen, dass Arthur stets am zugänglichsten ist, wenn er glaubt, dass die Person, mit der er spricht, seine Stellung zu schätzen weiß.«

»Dann mögen Sie Mr. Melcourt nicht?«

Mr. Goddard lachte. »Ganz im Gegenteil. Ich finde, er ergänzt meine Schwester perfekt. Helen kann eine der dickköpfigsten, resolutesten Frauen sein, denen ich je begegnet bin. Sie hat eine gewisse Vorstellung davon, wie die Welt sein soll, und findet es äußerst irritierend, wenn wir uns ihr nicht alle anständig fügen.«

»Sie scheint von allen in ihrer Umgebung Großes zu erwarten«, räumte ich ein.

»Ich gestehe, dass das manchmal lästig werden kann. Als Junggeselle bin ich in meinen Gewohnheiten ziemlich festgefahren, daher bin ich manchmal gereizt, wenn ich zu langen Abendessen nach Highbury zitiert werde. Ich wage zu behaupten, dass Sie sich schon selbst davon überzeugt haben: An der Tafel meiner Schwester wird man nie einen ruhigen Abend bei kaltem Fleisch und einem schlichten Wein erleben.«

»Allerdings«, sagte ich. »Ich selbst führe im Vergleich ein recht einfaches Leben. Mein Bruder Adam ist vor zwei Jahren nach Wimbledon gezogen, als ich wegen meiner Arbeit immer öfter reisen musste. Wir stellen häufig fest, dass wir abends lieber noch einmal von dem essen, was die Köchin zu Mittag bereitet hat, als fünf komplette Gänge abzusitzen.«

»Auf Highbury werden Sie keine solchen Zugeständnisse an Sparsamkeit oder Praktikabilität antreffen. Sagen Sie, Miss Smith, haben Sie schon einmal Rosen gekreuzt?«, fragte er.

»Das … das kann ich nicht behaupten«, sagte ich, verunsichert durch den abrupten Themenwechsel. »Ich habe andere Pflanzen gekreuzt. Mein Vater hat mich anhand von Gregor Mendels Experimenten mit Erbsenpflanzen über rezessive und dominante Merkmale unterrichtet.«

»Bei Rosen spielt sich das größtenteils genauso ab. Farbe, Duft, Blattwerk, Blütenform – das sind alles Eigenschaften, die über Generationen weitergegeben werden können. Wenn Sie mit mir kommen wollen …«, sagte er und wies auf eine Vitrine. »Ich habe Pollen von verschiedenen Rosen, deren Eigenschaften ich züchten will, gesammelt und getrocknet.« Mit einem kleinen Schlüssel, der an seiner Uhrkette hing, schloss er den Schrank auf. Dann hielt er die Türen für sie auf. »Möchten Sie eine aussuchen?«

Ich spähte um ihn herum und fand mich Dutzenden von Rosen gegenüber, deren Blütenblätter abgenommen worden waren. Jede lag auf einer kleinen Karte, die sorgfältig mit Bleistift beschriftet war.

»›Souvenir de Madame Auguste Charles‹, ›Alfred de Dalmas‹, ›Shailier's White Moss‹, ›Gloire des Mousseux‹.« Ich richtete mich auf. »Ich weiß nicht, was ich wählen soll.«

»Was brauchen Sie denn für Ihren Teegarten?«, fragte er.

Ich schloss die Augen und stellte mir den Garten so vor, wie er in fünf Jahren aussehen würde – vielleicht sogar erst in zehn. Dicht bepflanzt und voll üppiger, aber eleganter Blüten, die sanft die Köpfe neigen würden. Eine leise Brise, die durch die Luft tanzt und nur ein paar Schritte weiter die Blätter der Linden rauschen lässt.

»Ich glaube, ich hätte gern das Blassrosa der ›Alfred de Dalmas‹, kombiniert mit den vollen Blüten der ›Gloire des Mousseux‹«, erklärte ich.

»Eine ausgezeichnete Wahl«, meinte er und griff nach dem Papier, auf dem ›Alfred de Dalmas‹ stand. »Wir werden das hier nehmen, weil die Mutterpflanze für gewöhnlich die Blütenfarbe beeinflusst.«

»Für gewöhnlich?«, fragte ich.

»Man kann sich nie sicher sein. Rosen sind manchmal launischer als eine gelangweilte Geliebte.« Rote Flecken traten hoch oben auf seine Wangenknochen. »Was ich damit meine, ist, dass die ›Gloire des Mousseux‹ von einem so viel satteren Rosa ist, dass ich mir Sorgen machen würde, die Zartheit der ›Alfred‹ könne verloren gehen.«

Er führte mich aus dem Treibhaus und in das nächste, wobei er den Zettel mitnahm. Das Gebäude, das wir gerade verlassen hatten, war voller Tische gewesen, doch dieses wirkte, als wäre hinter dem Glas der Frühling eingefangen. In Terrakottatöpfen wuchsen fröhlich blühende Rosenbüsche. Bei vielen waren die Blüten mit braunem Papier abgedeckt, das mit einer Schnur festgebunden war.

»Da sind wir«, verkündete er, als wir zu einem Busch ohne Papier kamen. Mehrere Blüten waren gerade dabei, sich zu öffnen und ihre vielen leuchtend rosafarbenen Blütenblätter zu zeigen. »›Gloire des Mousseux‹.«

»Sie ist wunderschön«, sagte ich.

»Eine meiner Lieblingsrosen. So, wollen Sie die Honneurs machen?« Er griff in seine Tasche, zog einen Pinsel mit feiner Spitze hervor und reichte ihn mir. Dann zeigte er mir, wie man die Blütenblätter und Staubgefäße entfernte, bevor man den Pollen damit aufnahm und vorsichtig auf den Stempel tupfte. Aus seiner Tasche holte er Papier und Schnur hervor, damit die Kreuzung nicht gestört wurde. Das wiederholten wir fünfmal an fünf verschiedenen Blüten, bis er schließlich erklärte, unser Werk sei vollbracht.

»Und jetzt warten wir«, sagte er.

Ich gab ihm den Pinsel zurück. »Das einzige Problem ist, dass ich nicht viel Zeit zum Abwarten habe. Mrs. Melcourt fragt schon jetzt, ob die Rabatten zu beiden Seiten der großen Rasenfläche rechtzeitig für eine Gesellschaft im Frühling fertig sein werden.«

»Und es wird weit länger dauern, bis wir wissen, ob unser Experiment erfolgreich war«, ergänzte er. »Gut also, dass diese Rose nicht für die Melcourts bestimmt ist.«

»Nicht?«, fragte ich überrascht.

»Wenn es Ihnen reicht, die ›Alfred de Dalmas‹ in Ihren Teegarten zu pflanzen, kann ich sie Ihnen zur Verfügung stellen. Sie können überlegen, was Sie für die anderen Gartenbereiche brauchen.«

»Die ›Madame Isaac Pereire‹ wäre perfekt für den Liebesgarten«, sagte ich.

»Dann sollen Sie sie bekommen. Aber diese Rose«, er wies auf die Blüten, die wir gerade gekreuzt hatten, »gehört Ihnen, und Sie können damit tun, was Sie wünschen.«

Ich fühlte mich seltsam gerührt von seiner Aufmerksamkeit. »Noch nie hat jemand eine Rose für mich erschaffen.«

»Betrachten Sie sie als Geschenk – eine Erinnerung an Ihre Zeit in Warwickshire.«

Ein merkwürdiges Gefühl schnürte mir die Kehle zu, sodass ich kaum dagegen anschlucken konnte. »Danke«, brachte ich heraus.

»Es ist mir ein Vergnügen, Miss Smith. So, sollen wir jetzt hineingehen und schauen, was meine Haushälterin in der Küche für uns zusammengestellt hat? Ich kann Ihnen allerdings nicht mehr als ein einfaches Mahl versprechen.«

»Klingt wunderbar.«

Er bot mir seinen Arm. »Wenn Sie so nachsichtig sein wollen, erzähle ich Ihnen beim Essen von einem außergewöhnlichen Gentleman, den ich kürzlich kennengelernt habe, einem Mr. Lawrence Johnston, der versessen darauf ist, die Felder, die sein neues Heim umgeben, in ein Gartenparadies zu verwandeln.«

»Ihre Schwester hatte seinen Namen erwähnt. Sie sagte, Sie hätten ihm einige Rosen zukommen lassen.«

»In der Tat. Zudem hatte ich das Glück, mir seine Pläne ansehen zu dürfen. Ich dachte, Sie könnten seine Arbeit vielleicht interessant finden, da er ebenfalls eine Abfolge unterschiedlicher Gartenbereiche entworfen hat«, sagte er.

»Ich würde ihn sehr gern kennenlernen«, sagte ich.

»Dann werde ich ein Treffen arrangieren«, erklärte er und hielt mir eine Seitentür auf, die ins Haus führte.

Drinnen dirigierte seine Haushälterin uns umständlich in ein kleines, von einem lodernden Kaminfeuer gewärmtes Esszimmer. Mr. Goddard und ich nahmen einander gegenüber Platz. Zwischen uns standen Brot, Käse, kaltes Fleisch und eingelegtes Gemüse, und bald waren wir tief ins Gespräch versunken.

Ich kann aufrichtig behaupten, nie ein köstlicheres Mahl zu mir genommen zu haben.

Emma

Die Entdeckung von Venetias Zeichnungen hatte Emmas Projekt vollkommen über den Haufen geworfen. Zwei Wochen lang hatte sie jedes relevante Stück Papier gesichtet, das sie finden konnte, Fotos gemacht und Notizen angelegt. Die Frage, wer Celeste war, ließ sie nicht los, aber trotzdem arbeitete sie daran, ihre eigenen Pläne an Venetias Entwürfe anzupassen. Dann kam der schwierige Teil – Bestellungen abzusagen und neue aufzugeben, große Mengen an Pflanzen aufzutreiben und alles so zusammenzubringen, dass es Sydneys und Andrews Budget und Zeitrahmen nicht überschritt.

Nicht weniger stressig waren die Tage, an denen sie ihre Leute dabei anleitete, die wild wuchernden Pflanzen aus dem Garten zu entfernen und die Gartenbereiche für das Pflanzen vorzubereiten. Jeden Abend kam sie hundemüde nach Hause und schlief nicht selten am Esstisch von Bow Cottage neben ihrem Laptop ein.

Endlich, an einem Nachmittag, an dem anscheinend alle mit ihren jeweiligen Aufgaben beschäftigt waren, konnte Emma ihre Gartenhandschuhe für einen Moment beiseitelegen. Zu Fuß machte sie sich auf den kurzen Weg von Highbury Hall zur benachbarten Farm, um mit dem Besitzer zu sprechen. Bei jedem Schritt, den sie auf der Auffahrt zum Farmhaus tat, saugten sich ihre stabilen Stiefel im Schlamm fest, denn die von Traktorreifen tief ausgefahrenen Rinnen standen halb voll mit Wasser. Der Nebel kroch unter den Kragen ihrer gewachsten Jacke, in ihren cremeweißen Fischerpullover und bis in ihre Knochen.

Sydney hatte ihr erklärt, Henry Jones stamme von einer langen Ahnenreihe von Bauern ab, die auf der Farm von Highbury House gearbeitet hätten. Der Hof hatte einst den ursprünglichen Eigentümern des Hauses, den Melcourts, gehört und war dann in den 1920er-Jahren an die Jones' verkauft worden. Er hatte einen Weltkrieg, die Industrialisierung der Landwirtschaft und zahllose andere Veränderungen überstanden und befand sich bis zum heutigen Tag im Familienbesitz.

Das Farmhaus kam in Sicht. Sie fuhr mit den Händen über ihre Schläfen und stellte fest, dass sich dort die feinen braunen Härchen aus ihrem Pferdeschwanz gelöst hatten. Als sie das Haargummi abnahm, um sich schnell einen neuen Zopf zu binden, fiel ihr Blick auf den Dreck unter ihren Fingernägeln, der sich dort ansammelte, obwohl sie bei der Arbeit gewissenhaft Handschuhe trug. Dieser Henry Jones würde sich eben der Realität stellen müssen, dass eine Frau, die den ganzen Tag im Dreck wühlte, schmutzig sein könnte.

Der Himmel verdunkelte sich bereits, daher erstaunte es sie nicht, ungefähr hundert Meter vom Haus entfernt geparkte Landmaschinen zu sehen. Da sie draußen niemanden entdeckte, ging sie auf ein rotes Backsteinhaus zu, in dem die Fenster im Erdgeschoss erleuchtet waren.

Als sie näher kam, hörte sie Musik – etwas mit einem guten Beat und Bläsern im Hintergrund. Je weiter sie ging, desto lauter wurde der Song, und als sie an die blassgrüne Tür klopfte, überraschte es sie nicht, dass niemand reagierte.

Während um sie herum der Nebel in einen gleichförmigen Regen überging, hämmerte sie ungeduldig mit der Faust an die Tür. Einen Moment später wurde die Musik leiser. Sie trat zurück. Die Tür schwang auf, und da stand ein Mann, der über einem weißen Thermo-Shirt ein Band-T-Shirt von *James Brown with the Dramatics* trug. Sein dunkles Haar war zerzaust und stand an einer Seite ab, als hätte er den ganzen Tag eine Mütze getragen.

»Hi«, sagte er.

»Hallo. Ich suche Henry Jones«, erklärte sie.

»Sie haben ihn gefunden.«

»Ich bin Emma Lowell. Vielleicht hat Sydney Wilcox Ihnen schon von mir erzählt.«

Seine Miene hellte sich auf. »Die Gärtnerin. Sie hat Sie erwähnt. Sie wollen sehen, ob ich noch alte Zeichnungen von meiner Großmutter habe, richtig?«

»Richtig.«

»Mist, tut mir leid. Ich sollte Sie nicht draußen im Regen stehen lassen. Kommen Sie herein«, sagte Henry und machte ihr Platz.

»Danke.« Sie bemerkte, dass er nur Socken trug. »Soll ich meine Stiefel ausziehen?«

Er rieb sich mit der Hand über den Kopf und brachte sein Haar noch stärker durcheinander. »Würde es Ihnen etwas ausmachen? Normalerweise würde ich nicht darum bitten, aber Sue war gerade erst da und hat das Büro sauber gemacht. Sie bringt mich um, wenn sie, weniger als vierundzwanzig Stunden nachdem sie gewischt hat, Schlammspuren auf dem Boden vorfindet.«

»Wer ist Sue?«, fragte sie und streifte die Stiefel ab.

»Sie kümmert sich um die Buchführung der Farm. Ab und zu wird sie mein Durcheinander leid und macht sauber. Hier entlang«, sagte er.

Emma folgte ihm durch eine kurze Diele und in ein Büro mit zwei Schreibtischen. Einer war blitzsauber aufgeräumt. Der andere das ganze Gegenteil.

Henry setzte sich hinter den unordentlichen Schreibtisch, nahm einen Stapel Saatgutkataloge von einem zweiten Stuhl und schob ein paar vergessene Teebecher beiseite. Auf dem Schreibtisch lag ein Laptop, doch der war halb unter einem Papierstapel begraben, der unter anderem aus chemischen Analysen, einer alten Samstagsausgabe des *Telegraph* und einem flach aufgeklappten Taschenbuch zu bestehen schien.

»Ich schätze, Sie können erraten, welche Seite Sue gehört«,

erklärte er, während im Hintergrund ein klassischer Soul-Song spielte.

»Ich glaube schon. Sue würde sich wahrscheinlich gut mit Charlie verstehen, dem Leiter meines Teams.«

»Dann ist er der Ordentlichere von Ihnen, was?«, fragte Henry.

»Vergleichsweise, obwohl ich nicht so schlimm bin wie Sie.«

Henry lachte. »Niemand ist so schlimm wie ich. Aber jetzt verraten Sie mir mehr darüber, was Sie in den Zeichnungen meiner Nan zu finden hoffen.«

Sie erzählte ein wenig von ihrem Projekt und erklärte, was sie in den alten Skizzenbüchern seiner Großmutter vermutete. »Zeichnungen können manchmal die Lücke zwischen Vorhaben und Realität schließen.«

»Wären Fotos nicht hilfreicher?«, fragte er.

»Ja, idealerweise schon, aber das war 1907. Da war es noch ziemlich selten, dass jemand einen Garten detailliert dokumentierte, wenn er nicht wusste, dass er bedeutsam war. Venetia Smith wurde erst Jahre später berühmt.«

»Sie hat Bücher geschrieben, nicht wahr?«, erkundigte er sich.

»Wie bitte?« Sie beugte sich vor, um ihn verstehen zu können, obwohl die Musik gerade zu lautem Horngeschmetter ansetzte.

Er griff nach seinem Handy und stellte die Lautsprecher, die auf einem Bücherregal standen, leiser. »Tut mir leid.«

»Was war das für ein Song?«, fragte sie.

»Jackie Wilson. Er heißt *The Who Who Song*. Bevor Dad die Farm von Granddad übernahm, fuhr er immer nach Stoke-on-Trent, um im Golden-Torch-Club Northern Soul zu tanzen. Soul, Mowtown, Stax. Das hat er alles gehört, wenn er die Buchführung gemacht hat, und ich habe das irgendwie nach seinem Tod beibehalten.«

Das erklärte das James-Brown-Shirt.

»Ich hatte gefragt, ob Venetia Smith Bücher geschrieben hat. Der Name kommt mir bekannt vor«, sagte er.

»Das stimmt. Sie ist nach Amerika gezogen, hat geheiratet und bis zu ihrem Tod dort gelebt. Highbury House war ihr letzter Auftrag in Großbritannien.«

»Tja, das war Jahrzehnte später, aber Nan hat während des Krieges auf der Temple Fosse Farm gelebt und Waren an das große Haus geliefert. Ernsthaft mit Kunst beschäftigt hat sie sich erst in den Fünfzigern, nach der Geburt meiner Mutter.«

»Sydney sagte, Ihre Großmutter sei eine sehr angesehene Künstlerin gewesen.«

Er grinste. »Nicht so bekannt, dass ich die Landwirtschaft aufgeben und ein Luxusleben führen könnte, aber sie hat eine Zeit lang an einige Galerien in London verkauft. Anfang der Neunziger fuhr sie oft mit mir hin, um alte Lieblingsstücke anzusehen. Eine Freundin von ihr war ständig auf Reisen, sodass wir in ihrer Wohnung in Maida Vale unterkommen konnten.«

»Falls Sie Skizzen finden, hoffe ich, dass mir diese einigen Aufschluss geben werden«, meinte sie.

Er lehnte sich auf seinem Stuhl zurück. »Meine Schwester Tif und ich haben nach Nans Tod ihr Haus geräumt. Tif hat nicht viel mitgenommen – sie lebt in London und hat überhaupt keinen Platz. Daher sind die meisten Besitztümer bei mir gelandet. Ich bin mir sicher, dass ich wenigstens ein paar ihrer Skizzenbücher habe.«

Emma setzte sich auf. »Können Sie sie heraussuchen? Ich will Ihnen nicht die Zeit stehlen, denn Sie haben offensichtlich zu tun, aber …«

Er lachte. »Aber Sie bitten mich trotzdem. Machen Sie sich keine Gedanken. Ich freue mich immer, wenn ich Sydney und Andrew helfen kann.«

»Kennen Sie die beiden schon lange?«, erkundigte sie sich.

»Ungefähr ein Jahr. Sydneys Großvater Rob habe ich ziemlich

oft getroffen. Er war nicht sehr gesprächig, aber wir haben uns gegrüßt, wenn wir uns begegnet sind.«

Sie runzelte die Stirn. »Ich hätte gedacht, dass Sie sich schon länger kennen. Sydney hat etwas von einem Pub-Quiz erwähnt.«

»Sind Sie schon für ›Menace to Sobriety‹ rekrutiert worden?«

»Wie bitte?«

»*Die Bedrohung der Nüchternheit* – der Name des Teams. Ich komme in den meisten Wochen mit, obwohl ich nicht besonders hilfreich bin, außer die Themen sind Landwirtschaft, klassischer Soul oder britische Militärgeschichte«, erklärte er.

»Bei mir wären es Gartenarbeit, Autoren, die darüber schreiben, und historische Gärten. Da haben Sie ein breiteres Wissensspektrum als ich«, gestand sie.

»Wir müssen die Quizmasterin bestechen, damit sie Gartenarbeit als Thema aufnimmt. Ihre Chancen erhöhen, damit Sie, wenn Sie dabei sind, Fragen bekommen, die Sie aus dem Stegreif beantworten können.«

»Oh, ich gehe nicht mit zum Quiz«, gab sie schnell zurück.

»Warum nicht?«

»Ist nicht wirklich mein Ding.«

Er neigte den Kopf zur Seite. »Sie brauchen nichts zu trinken, falls Sie sich deswegen Gedanken machen. Eigentlich brauchen Sie nicht einmal bei den Fragen zu helfen. Es gewinnt sowieso jede Woche dasselbe Team. Wir haben nie eine Chance.«

»Abends bin ich meist todmüde.« Die Ausrede klang selbst in ihren eigenen Ohren lahm.

»Verstehe. In der Landwirtschaft steht man auch früh auf. Aber falls Sie Ihre Meinung noch ändern, wissen Sie ja, wo Sie uns finden«, sagte er.

Das wusste sie eigentlich nicht, aber da sie bisher in Highbury nur einen einzigen Pub gesehen hatte – das *White Lion* –, hegte sie eine begründete Vermutung. Aber hingehen würde sie trotzdem nicht.

Ihr Telefon meldete sich. Sie zog es hervor und warf einen Blick darauf. Auf dem Display leuchtete eine Textnachricht von Charlie auf.

Rosewood's hat das Falsche geschickt. Alles muss zurückgehen.

»Verdammt«, fluchte sie leise. Wenn noch weitere Verzögerungen auftraten, bestand die Gefahr, dass sie so weit in Verzug geriet, dass sie die ganze Schonfrist, die sie in den Vertrag eingebaut hatte, aufbrauchen würde.

»Probleme bei der Arbeit?«, fragte Henry.

Sie schob das Handy zurück in die hintere Hosentasche. »Nichts, womit ich nicht fertigwerde.«

»Betreiben Sie die Firma ganz allein?«, wollte er wissen.

»Ja. Ich habe sie gegründet, als ich es leid war, für andere Leute zu arbeiten.«

Er stieß einen leisen Pfiff aus. »Beeindruckend, wie Sie das allein stemmen.«

»Danke … glaube ich«, sagte sie.

Er grinste. »Das sollte ein Kompliment sein. Mögen Sie mir Ihre Nummer geben? Ich schaue mich am Wochenende nach diesen Skizzenbüchern um und melde mich bei Ihnen, wenn ich sie finde.«

Er schnappte sich sein Smartphone vom Schreibtisch und streckte es ihr entgegen. Sie zögerte. Es war Ewigkeiten her, dass sie einem Mann ihre Nummer gegeben hatte. Aber sie befanden sich schließlich nicht in einer Bar oder einer Dating-App. Hier ging es um die Arbeit.

Sie tippte ihre Nummer ein, und als er das Handy zurücknahm, schickte er ihr eine kurze Nachricht.

»Jetzt können Sie mich anschreiben, falls Sie einmal etwas brauchen«, erklärte er.

»Von einer Farm?«, fragte sie, und ihre Mundwinkel zuckten.

»Man weiß nie. Vielleicht wachen Sie ja eines Tages auf und

denken: ›Jetzt könnte ich Henrys Heuballenpresse gut gebrauchen.‹«

»Ich werde daran denken. Danke«, sagte sie an der Tür seines Büros.

»Vielleicht sehen wir uns ja im *White Lion*. Es ist Tradition, neue Nachbarn auf einen Drink einzuladen.«

»Ach ja?«

»Klar«, sagte er.

Sie musste zugeben, dass sein Angebot verlockend klang. Es wäre neu und aufregend, sich mit einem netten Mann, der eine so ungezwungene Art an sich hatte, auf einen Drink zu treffen. Doch sie verwarf die Idee sofort wieder. Wenn sie sich in Highbury mit jemandem anfreundete, würde das den unvermeidlichen Abschied nur noch schwerer machen.

»Irgendwann vielleicht«, sagte sie.

Draußen auf dem regnerischen Hof zog sie sich den Kragen ihrer Jacke enger um den Hals. Obwohl der Schlamm sich klebriger denn je an ihre Stiefel haftete, fühlte sie sich wider Willen ein wenig leichter.

Beth

19. März 1944

Liebste Beth,
wenn ich Deine Briefe lese, sehne ich mich auf die Farm zurück. Ich freue mich zu hören, wie viel Spaß Dir Deine Arbeit bereitet. Als Farmer wärmt es mir das Herz zu wissen, dass Du Dich auf den Feldern bald so wohl fühlen wirst wie nur irgendjemand.

Ich habe achtundvierzig Stunden Ausgang, und ich werde sie mit Clifton, Macintyre und Bates verbringen. Ich kann noch nicht sagen, wann ich genug Urlaub bekomme, um nach England, nach Hause, zu reisen. Aber wenn, dann gehen wir, wohin du willst: essen, tanzen, ganz gleich, was Du Dir wünschst. Ein merkwürdiger Gedanke, dass das unsere erste Verabredung sein wird.

Dein Dir stets gewogener
Colin

»Also, wissen Sie auch sicher, wo Sie hinmüssen?«, fragte Mrs. Penworthy, während Beth noch einmal das Geschirr an Pferd und Wagen überprüfte.

»Den Fosse Way entlang, an der Brücke über den Fluss links, und dann zwei Meilen südwärts bis zur Highbury Road. Es ist das große Haus zur Linken, eine halbe Meile weiter«, antwortete sie.

»Und vergessen Sie nicht, das Tor ist abgebaut worden und –«

»Zur Metallsammlung gebracht worden«, beendete Beth ihren Satz lächelnd.

Mr. Penworthy schleppte die zweite der für Highbury House bestimmten Holzkisten heran. »Nun lass sie doch in Ruhe. Das Mädel ist aufgeweckt.«

Mrs. Penworthy werkelte noch ein wenig um sie herum, dann stieg Beth auf den Bock des Karrens und ließ die Zügel knallen. Zum Abschied drehte sie sich noch einmal um und winkte dem Ehepaar zu.

Auf der Straße konnte sie sich eines breiten Lächelns nicht erwehren, als ihr der kalte Wind durchs Haar fuhr. In ihrer Freizeit ging sie meist mit Ruth und zwei Mädchen, die in einem Milchviehbetrieb in Combrook arbeiteten, ins Kino und war selten allein. Und wenn, dann hatte sie ein schlechtes Gewissen, weil sie die Zeit nicht nutzte, um den stetigen Strom von Briefen zu beantworten, die alle paar Tage von Colin eintrafen. Doch mit den Zügeln in der Hand hatte sie nichts anderes zu tun und konnte sich in Frieden an ihrer eigenen Gesellschaft erfreuen.

Ihre gute Laune begleitete sie auf dem ganzen Weg nach Highbury House. Sie passierte die Lücke in der Mauer, wo einst das eiserne Tor gestanden haben musste, und fuhr zum Dienstboteneingang, wie Mr. Penworthy es ihr eingeschärft hatte. Sie sprang vom Karren und machte das Pferd fest. Dann ließ sie die Ladeklappe herunter und stapelte die beiden Kisten übereinander.

Vorsichtig manövrierte sie die Fracht um den Karren herum und zur Küchentür. Dahinter hörte sie Töpfe klappern und Wasser rauschen. Sie klemmte die Kisten zwischen ihren Körper und die Tür und klopfte.

Kurz darauf wurde die Tür geöffnet, und eine Frau mit einer Schürze stand ihr gegenüber, die sich ihr kastanienbraunes Haar mit einem Tuch hochgebunden hatte. Blinzelnd sah die Frau sie an und schaute dann auf die Kisten hinunter. »Kommt Mr. Penworthy heute nicht?«

»Nein, er hat es nicht geschafft«, erklärte sie.

Die Frau trat beiseite. »Dann kommen Sie besser herein.«

»Wo soll ich die Kisten abstellen?«, fragte Beth.

Mit einer Kopfbewegung wies die Frau auf einen großen Arbeitstisch in der Mitte des Raums. »Gleich dort ist es gut. Ich habe gerade Wasser aufgesetzt. Haben Sie eine Minute Zeit?«

Beth zögerte, nickte aber.

»Gut, dann koche ich Ihnen eine Tasse Tee.«

»Oh, das ist nicht nötig«, gab sie schnell zurück.

»Ich muss sowieso die Lieferung überprüfen und Ihnen eine Liste für nächste Woche mitgeben. Dabei können Sie ebenso gut Ihren Tee trinken. Es sind erneut aufgegossene Teeblätter von heute Morgen, aber wenigstens ist er heiß.« Die Frau nahm Steingutbecher von einem Regal herunter. »Wie heißen Sie?«

»Beth Pedley.«

»Ich bin Stella Adderton. Wie gefällt es Ihnen bei der Landarmee?«, fragte Miss Adderton sie über die Schulter hinweg.

»Oh, es gefällt mir sehr gut.«

»Dann ist die Arbeit nicht zu schwer?«

»Wenn man sich erst daran gewöhnt hat, ist es nicht so schlimm. Aber man muss viel lernen«, erklärte sie und rieb sich nachdenklich eine aufgesprungene Stelle an der Hand.

Miss Adderton stellte einen Becher vor sie hin. »Wahrscheinlich mögen Sie keine Trockenmilch, oder? Nein, natürlich nicht. Wem schmeckt die schon?«

Sie sah zu, wie Miss Adderton in eine der Kisten griff, herumtastete und eine Flasche hervorzog. »Ah, da ist sie ja.«

»Wir haben Milch geschickt?« Milch war doch angeblich rationiert.

»Mr. Penworthy beliefert Highbury House schon so lange, dass er Mrs. Symonds die richtige Milch nie berechnet. Ich finde nicht, dass das gegen die Rationierungsbestimmungen verstößt. Sie ist ein Geschenk und wird abgezweigt, bevor die Milch überhaupt auf den Markt kommt.« Miss Adderton unterbrach sich. »Ich habe Sie doch jetzt nicht schockiert, oder?«

Beth lachte. »Nein. Ich finde, es gibt viel schlimmere Arten, bei den Rationen zu betrügen.«

»Das ist die richtige Einstellung«, meinte Miss Adderton und gab einen winzigen Schuss Milch in ihre Becher. »Wie war noch mal Ihr Name?«

»Beth Pedley.«

Miss Adderton reichte ihr einen Becher. »Ich mag Sie gut leiden, Miss Pedley.«

Dieser einfache Satz brachte Beth beinahe aus der Fassung. Sie starrte in den Becher, den sie in den Händen hielt, denn sie fürchtete, sie könnte in Tränen ausbrechen, wenn sie Miss Adderton ansah. Sie konnte sich nicht erinnern, wann ihr zuletzt eine Altersgenossin so unbefangen begegnet war.

»Bitte nennen Sie mich Beth«, brachte sie nach kurzem Schweigen heraus.

»Dann musst du mich Stella nennen«, sagte Miss Adderton und nickte. »Viel besser, als nur die Köchin zu sein.«

»Ich hoffe, die Frage macht dir nichts aus, aber du siehst viel zu jung für eine Köchin aus«, meinte Beth mutig.

Stella seufzte und machte sich daran, sandverkrustete Porreestangen aus einer der Holzkisten zu räumen. »Ich bin in Highbury aufgewachsen und war vor dem Krieg das ranghöchste Küchenmädchen. Dann hat sich ein Mädchen nach dem anderen dienstverpflichtet. Auch ich hatte das vor. Ich wollte zu den weiblichen Hilfskräften der Air Force, weil ich die Idee großartig fand, um die Welt zu fliegen.«

»Was ist passiert?«, fragte Beth.

»Ich wurde aus medizinischen Gründen für dienstunfähig erklärt – Asthma, genau wie Master Robin –, da war es aus mit diesem Traum.« Stella lächelte schief. »Egal, es war das Beste so, weil jetzt mein Neffe Bobby bei mir lebt.«

»Gefällt dir die Arbeit auf Highbury House?«, wollte Beth wissen.

»Mir gefällt das Geld, das ich verdiene. Mir gefällt, dass ich ab und zu einen Schuss Milch trinken darf, den andere momentan vielleicht nicht genießen können. Und dienstags und samstags ziehe ich eine Uniform an und arbeite für die Zivilverteidigung. So habe ich das Gefühl, meinen Beitrag in diesem Krieg zu leisten. Aber nein, ich glaube, die Arbeit auf Highbury House gefällt mir überhaupt nicht.«

»Warum gehst du dann nicht fort?«, fragte Beth.

Stella lächelte. »Eines Tages werde ich das.«

»Klingt, als hättest du einen Plan.«

»Ich nehme Fernkurse. Ich kann Stenografie und nach Diktat schreiben. Gerade lerne ich zu tippen, aber da ich keine Schreibmaschine habe, muss ich eine Schautafel benutzen und so tun, als ob.«

»Wirst du nach London gehen?«, wollte Beth wissen.

»Für den Anfang«, sagte Stella. »Und dann überall hin, wo ich kann. Ich sammle Ansichtskarten und Fotos von allen Orten, die ich irgendwann einmal besuchen will.«

»Was steht ganz oben auf deiner Liste?«, fragte Beth fasziniert.

»Tahiti. Dort liegt eine Insel namens Moorea. Da möchte ich hin.« Stella zog eine betrübte Miene. »Nun, da ich Bobby habe, ist das natürlich komplizierter.«

Die Köchin wirkte so traurig, dass Beth hastig das Thema wechselte.

»Und Mrs. Symonds?«, fragte sie.

»Was ist mit ihr?«

»Mr. Penworthy hat mit großem Respekt von ihr gesprochen.«

Stella schnaubte verächtlich, warf über die Schulter einen Blick zur Tür und senkte die Stimme. »Sie ist sehr herrschaftlich. Seit die Regierung direkt nach dem Tod ihres Mannes dieses Haus beschlagnahmt hat und das Hospital eingezogen ist, tut Madam alles, um weiterzumachen, als hätte sich nichts geändert. Sie empfängt immer noch Gäste. Kleidet sich weiter zum Dinner um, sogar an Abenden, wenn sie allein in ihrem Morgensalon sitzt, weil das Hospital Betten in das offizielle Esszimmer gestellt hat. Zwar leistet sie den Soldaten Gesellschaft, aber meistens hält sie sich im Garten auf.«

»Der Garten muss wunderschön sein«, meinte Beth.

Stella zuckte mit den Schultern. »Wenn man Gärten mag. Du kannst ihn dir auf dem Weg nach draußen anschauen, wenn du willst.«

»Oh, das geht doch nicht«, sagte sie hastig.

»Niemand wird es mitbekommen, falls du dir deswegen Sorgen machst. Mrs. Symonds ist heute Morgen nach London gefahren, um sich um irgendwelche geschäftlichen Angelegenheiten zu kümmern, und die Patienten werden dich gar nicht beachten. Du gehst einfach durch den Seiteneingang im Küchengarten hinein.«

»Wenn du dir sicher bist, dass das in Ordnung ist«, sagte Beth.

»Eines muss ich Mrs. Symonds allerdings lassen«, fügte Stella hinzu. »Sie liebt ihren Sohn. Master Robin ist ein lieber, hübscher Junge, obwohl er nicht die Konstitution seines Vaters hat. Als kleines Kind war er kränklich, aber vielleicht wächst sich das irgendwann noch aus.« Stella legte die flachen Hände auf die Arbeitsplatte. »Tja, die Lieferung scheint in Ordnung zu sein. Bitte richte Mr. Penworthy unseren Dank aus. Er hat uns Blumenkohl geschickt, den haben wir seit letztem Jahr nicht mehr gesehen.«

»Ich soll Bescheid geben, dass da noch mehr kommt. Wir haben erst die ersten Köpfe geerntet.«

Stella nickte und beugte sich dann vor, um ein paar Wörter auf einen Zettel zu kritzeln. »Das wäre für nächste Woche.«

Beth griff nach dem Papier, doch Stella nahm ihre Hand und drehte sie um, sodass sie einen der Hautrisse betrachten konnte, die Beth schon ein paar Tage lang quälten.

»Das muss wehtun«, meinte Stella.

»Das Brennen hat seit gestern fast aufgehört. Jetzt ist es nur noch unangenehm, wenn ich einen Bleistift halte«, räumte Beth ein.

»Beim Briefeschreiben?«, fragte Stella.

Das tue ich weniger, als ich sollte. Wenn Colin drei Briefe schrieb, brachte sie dafür nur einen einzigen zustande.

»Ich zeichne auch«, sagte Beth. »Nur zum Spaß.«

»Dann dürfen wir nicht zulassen, dass raue Hände dich davon abhalten. Warte einen Moment.«

Beth blieb gehorsam vor ihrem leeren Becher sitzen, bis Stella mit einem kleinen, in sauberen Stoff gewickelten Päckchen zurückkehrte. »Hier. Das hilft.«

»Was ist das?«, fragte Beth und wickelte eine Ecke ab. Darunter kam eine harte Kugel aus cremefarbenem Wachs zutage.

»Bienenwachs und Olivenöl, zusammen erhitzt und dann abgekühlt. Wenn du deine Hände immer damit einreibst, nachdem du sie gewaschen und abgetrocknet hast, wird es helfen«, erklärte Stella.

»Danke«, sagte Beth aufrichtig.

Stella wedelte wegwerfend mit der Hand. »Ein alter Trick, den man als Erstes lernt, wenn man in einer Küche arbeitet. Nachdem man ein paar Tage ständig die Hände in heißes Wasser getaucht hat, möchte man nur noch heulen. Du kannst mir erzählen, ob es gewirkt hat, wenn du nächste Woche wiederkommst.«

»Das wird es bestimmt«, sagte Beth.

Sie verabschiedete sich von der Köchin und schloss die Küchentür hinter sich. Sie hatte die volle Absicht gehabt, auf ihren Karren zu klettern und wieder davonzufahren, doch dann fiel ihr Blick auf das Tor, das in den Küchengarten führte. Nach kurzem Zögern stellte sie die leeren Kisten, die Stella ihr zurückgegeben hatte, auf die Ladefläche des Wagens und trat durch das Tor in den Küchengarten.

Ein eisernes Tor, das bei der Metallsammlung übersehen worden sein musste, verband den Küchengarten mit einer Taxushecke. Beth öffnete es, zuckte zusammen, als es quietschte, und blickte sich um. Niemand war zu sehen. Sie huschte an der Hecke entlang und fand sich in einem runden Gartenbereich wieder, in dessen Mitte die Statue eines geflügelten Gottes stand. Zu dieser Jahreszeit war alles kahl, doch sie sah, dass der Garten im Frühling üppig grün sein musste.

Sie entdeckte eine Lücke in der verwilderten Hecke und trat durch sie hindurch in einen weiteren Gartenbereich, und dann noch einen. Es juckte sie in den Fingern nach einem Aquarellfarbkasten und dickem Papier, aber ein Bleistift würde ausreichen müssen, um diesen Ort für ihre Erinnerung festzuhalten. Sie konnte nachvollziehen, warum Mrs. Symonds sich gern hier aufhielt. In diesen Gärten konnte man in einer Zeit, in der kein Frieden existierte, etwas finden, was ihm nahekam.

Beth bog um die Ecke einer Mauer – diese war aus Backstein erbaut – und stellte fest, dass sie vor einem weiteren Tor stand. Die Gartenbereiche, durch die sie gerade spaziert war, lagen noch im Winterschlaf, doch dieser wirkte kühn und lebendig und war von Grün-, Silber- und Rottönen erfüllt.

Sie blickte nach rechts und links über die Schulter und versuchte, das Tor zu öffnen. Abgeschlossen. Nun stand sie da, schlang die Hände um die Gitterstäbe und wünschte, sie könnte hinein. Zu sehen, wie in den ersten Märzwochen das Leben so energisch hervorsprang, fühlte sich beinahe … obszön an.

Sie wollte schon gehen, als unter einem Busch gleich rechts vom Tor etwas ihren Blick auf sich zog. Sie kauerte nieder, wand ihre Hand zwischen den Gitterstäben hindurch und schaffte es gerade eben, den Gegenstand zu fassen – einen Spielzeugzug. Seine Farbe war ein wenig abgeplatzt, doch sonst war er in gutem Zustand. Sie neigte den Kopf und erspähte noch anderes Spielzeug, das unter demselben Busch abgelegt worden war. Ein Lächeln trat auf ihre Lippen. Hier spielte sicherlich Mrs. Symonds' Sohn.

Irgendwo aus ihrer Nähe drangen Stimmen zu ihr. Rasch legte sie den Zug zurück, verließ auf dem Weg, auf dem sie gekommen war, eilig den Garten und schloss leise das Tor hinter sich.

Stella

Stella hastete die Church Street entlang. Mit einer Hand hielt sie ihren grünen Filzhut auf dem Kopf fest, damit er nicht davonwehte. Um diese Tageszeit hätte sie eigentlich nicht unterwegs sein dürfen. Stattdessen sollte sie in der Küche stehen und versuchen, den widerspenstigen Teig für das Brot, das sie für das Abendessen des Personals backte, noch ein letztes Mal zum Aufgehen zu bewegen. Auf ihre eigene stille, aber quälende Art bestand Mrs. Dibble genauso pedantisch auf der Tradition wie ihre Dienstherrin und hatte sich geweigert, ihre Standards für die Mahlzeiten am Dienstbotentisch schleifen zu lassen, obwohl der Haushalt auf Highbury House nur noch aus einem Bruchteil des Personals aus der Vorkriegszeit bestand. Diese strenge Tradition bedeutete allerdings, dass Stellas Zeitplanung für Mrs. Symonds' Dinner vollkommen durcheinandergeraten würde, wenn sie das Abendessen nicht um halb sechs auftrug. Und nun, nachdem sie von ihren Pflichten weggerufen worden war, würde sie beinahe mit Sicherheit zu spät sein.

Der Grund war natürlich Bobby. Vor einer halben Stunde war einer der Büroangestellten des Hospitals die Dienstbotentreppen heruntergepoltert und hatte erklärt, die Dorfschule sei am Telefon. Es habe eine Prügelei gegeben.

Immer noch ungläubig hastete Stella nun die Schultreppe hinauf. Bobby hatte sich geprügelt? Ihr lammfrommer kleiner Neffe, der nur etwas sagte, wenn er angesprochen wurde?

Im Gebäude blieb Stella vor einem verkratzten Schreibtisch aus Kiefernholz stehen, hinter dem ein uralter Mann saß.

»Kann ich Ihnen helfen?«, fragte er.

Sie nickte. »Könnten Sie mich zum Büro des Direktors bringen?«

Der Mann stand auf und schlurfte langsam den Flur entlang. »Dann sind Sie sicher die Mutter des anderen Jungen.«

Das hatte ihr gerade noch gefehlt. Nun würde sie wohl oder übel der Mutter des anderen Kindes begegnen, die sicherlich toben, sich grämen oder weinen würde.

»Da sind wir«, erklärte der Mann.

Sie dankte ihm und trat durch die Tür mit dem Schild *Mr. Evans, Schulleiter*. Sobald sie in den kleinen Empfangsraum trat, fiel ihr Blick auf Bobby, über dessen rechtem Auge ein Pflaster klebte – und war das unter all dem Dreck etwa Robin Symonds?

»Was ist passiert, Bobby?«, fragte sie und warf Robin einen forschenden Blick zu. Er hatte keine sichtbaren Verletzungen, nur einen eingerissenen Hemdkragen, und war ebenfalls schmutzverschmiert. *Gott sei Dank.*

Hinter ihr öffnete sich knarrend eine Tür. »Würden Sie zu uns kommen, Miss Adderton?«, rief jemand.

Sie schluckte heftig, als wäre sie diejenige, die ungezogen gewesen war.

»Geht's dir auch gut?«, fragte sie ihren Neffen.

Er sah weiter zu Boden und nickte. »Ja, Tante Stella.«

»Gut. Rühr dich bloß nicht von der Stelle.« Sie zögerte und küsste ihn dann auf die Stirn.

Ihr Neffe protestierte nicht. Er tat gar nichts.

Sie richtete sich auf, wappnete sich und drehte sich zum Direktor um.

»Miss Adderton, ich bin Mr. Evans. Würden Sie sich setzen?«, bat der Mann.

Als sie Mrs. Symonds erblickte, die bereits vor dem großen Eichenschreibtisch des Schulleiters Platz genommen hatte, umfasste sie den Riemen ihrer Handtasche ein wenig fester.

Mrs. Symonds drehte sich um und sah zu, wie sie sich auf dem

Stuhl neben ihr niederließ. Der Ausdruck ihrer Augen, die von der Krempe eines adretten taubengrauen Huts beschattet wurden, verriet keine Gefühlsregung.

Mr. Evans verschränkte die Hände auf seiner ledernen Schreibunterlage und sah die beiden Frauen eindringlich an. »Mrs. Symonds, Miss Adderton, Sie können sich sicher vorstellen, dass wir an der Highbury Grammar School grundsätzlich keine Raufereien auf dem Schulhof dulden.«

»Selbstverständlich«, murmelte sie. Mrs. Symonds sagte nichts.

»Dies ist kein Ort zum Toben und Spielen«, fuhr er fort. »Ich weiß, wir haben Robin und Bobby aufgenommen, obwohl sie jünger als üblich sind, aber wir erwarten von ihnen, dass sie sich benehmen, ebenso wie die älteren Jungen. Ich habe schon einzeln mit den beiden gesprochen, aber ich werde sie hereinrufen, damit sie uns erzählen, was passiert ist. Sie müssen lernen, dass Taten Konsequenzen haben.«

Konsequenzen. Stella wusste, was das bedeutete. Schläge auf die Hand mit einem Lineal. Stockschläge auf den Po. Solche »Konsequenzen« waren der Grund dafür gewesen, dass sie die Schule nur zu gern so früh wie möglich verlassen hatte.

Mr. Evans stand auf und kehrte kurz darauf mit den Jungen zurück. Während er sie hereinführte, hatte er beiden eine Hand fest auf die Schulter gelegt. Er steuerte sie hinter seinen Schreibtisch und nahm dann wieder Platz.

»Reynolds, warum erzählst du uns nicht, was passiert ist?«, forderte er Stellas Neffen auf.

Nachdenklich verzog Bobby das Gesicht.

Robin meldete sich mit fröhlicher, munterer Stimme zu Wort. »Wir haben darüber gestritten, wer schneller rennen kann.«

»Symonds«, unterbrach ihn der Direktor.

»Das stimmt«, sagte Bobby leise. »Wir sind alle zum Rand des Schulhofs und zurück gelaufen.«

»Du bist gerannt, Robin?«, fragte Mrs. Symonds.

»Ich habe viel geübt, Mum! Ich bin wirklich gut und habe meinen Inhalator kein einziges Mal gebraucht«, erklärte Robin.

»Robin und ich haben alle anderen besiegt«, setzte Bobby hinzu.

»Und dann waren nur noch Bobby und ich übrig«, warf Robin ein.

»Symonds«, warnte Mr. Evans ihn noch einmal.

»Lassen Sie ihn reden«, sagte Mrs. Symonds in dem leisen, bestimmten Tonfall, den Stella nur zu gut kannte.

»Wir haben um ein Sixpence-Stück gewettet, wer schneller rennen kann«, erklärte Robin.

Stella biss sich auf die Unterlippe. Sie wusste ganz genau, dass Bobby keine Münze zum Verwetten hatte, denn Joan hatte ihm zwar sein Rationierungsbuch in den kleinen Koffer gepackt, aber keinen Penny, um für Dinge wie seine Bücher aufzukommen. Dieses Geld hatte sie selbst aus ihren Ersparnissen aufgebracht.

»Ich war dabei zu gewinnen«, verkündete Bobby mit einem Hauch von Stolz.

»Dann habe ich ihm ein Bein gestellt«, schloss Robin nüchtern.

»Du hast ihn zu Fall gebracht? Warum in aller Welt hast du das getan, Robin?«, fragte seine Mutter.

Robin zuckte mit den Schultern. »Er hätte sonst gewonnen.«

»Ein Gentleman würde so etwas niemals tun«, schalt Mrs. Symonds.

»Er hat mir kein Bein gestellt, ich bin hingefallen«, wandte Bobby hastig ein.

»Nein. Ich habe dir ein Bein gestellt, und dann hast du mich geboxt«, sagte Robin, als erkläre das alles.

»Zwei Lehrer mussten die Jungen voneinander trennen«, berichtete der Schulleiter.

»Es tut mir sehr leid, Mr. Evans. Bobby ist normalerweise ein sehr braver Junge«, entschuldigte Stella sich.

»Robin ebenfalls«, setzte Mrs. Symonds hinzu.

»Dennoch fürchte ich, die Jungen müssen bestraft werden«, erklärte Mr. Evans.

»Falls Sie glauben, dass Sie diese Strafe austeilen werden, dann irren Sie sich gewaltig, Mr. Evans«, sagte Mrs. Symonds mit stahlharter Stimme.

Mr. Evans seufzte. »Mrs. Symonds, in solchen Angelegenheiten ist es fehl am Platz, Milde walten zu lassen. Jungen müssen lernen –«

»Ich werde nicht zulassen, dass Sie oder sonst jemand meinen Sohn schlägt.« Mrs. Symonds warf Stella einen Blick zu. »Und da ich an Fairness glaube, wird auch Bobby nicht auf diese Weise bestraft werden.«

»Mrs. Symonds, beide Jungen –«

»Werden ihre Strafe erhalten, das versichere ich Ihnen. So, wenn das alles wäre …«

Schnaubend stand Mr. Evans von seinem Schreibtisch auf, doch Mrs. Symonds hatte schon die Hand ihres Sohns ergriffen und führte ihn hinaus. Stella verabschiedete sich hastig von dem Direktor und packte Bobby am Ellbogen.

»Geht es dir wirklich gut?«, flüsterte sie, während sie Bobby im Vorraum half, sich vorsichtig den Mantel anzuziehen und seinen Ranzen einsammelte.

»Ja«, sagte Bobby und klang fröhlicher, als sie ihn seit seiner Ankunft in Highbury House erlebt hatte.

»Magst du Master Robin gut leiden?«

»Wir sind Freunde. Er lässt mich mit seinen Sachen spielen, und ich helfe ihm beim Laufen. Er muss gar nicht mehr stehen bleiben. Die Nanny weiß noch nichts davon, aber wir werden es ihr zeigen.«

Draußen traf Stella auf Mrs. Symonds, die mit Robin auf sie wartete. Der Junge hockte auf dem Boden und beobachtete einen Käfer, der über die Backsteinmauer der Schule krabbelte.

Wieder schnürte es Stella den Hals zu. Obwohl es nicht fair war, wusste sie, was von ihr erwartet wurde – es interessierte nicht, dass Robin es gewesen war, der die Prügelei begonnen hatte. Er war der rechtmäßige Erbe von Highbury House und Bobby nur ein kleiner Junge, dessen Tante als Köchin arbeitete.

Sie legte ihrem Neffen eine Hand auf die Schulter. »Bobby, du musst dich bei Master Robin und Mrs. Symonds entschuldigen.«

»Wir sind Freunde«, gab Robin zurück. »Ich werde ihm beibringen, wie man beim Kricket den Ball wirft.«

»Das stimmt, Tante Stella«, bekräftigte Bobby.

»Na, wenn das so ist, wird es euch ja umso leichter fallen, euch beieinander zu entschuldigen, oder?«, beharrte Mrs. Symonds.

Hastig murmelten die Jungen eine unaufrichtige Entschuldigung. Es war offensichtlich, dass sie nicht bereuten, was sie getan hatten. Sie hatten sich einfach wie kleine Jungen benommen.

Stella wollte Bobby gerade an der Hand nehmen und sich verabschieden, um den langen Rückweg zum Haus anzutreten. Doch Mrs. Symonds kam ihr zuvor. »Robin«, sagte sie, »warum läufst du nicht mit Bobby voraus? Miss Adderton und ich haben etwas zu besprechen.«

Schon riss Bobby sich von Stella los und rannte mit Robin lachend über das Straßenpflaster davon. Der Vorfall hatte ihre Freundschaft nur noch gestärkt.

Stella ließ die Hand sinken. Das Pflegekind einer Köchin erhob nicht die Hand gegen den Erben der Herrschaft. Sie hätte Bobby daran erinnern sollen, aber sie hatte das nicht für nötig gehalten. Der gesellschaftliche Abstand zwischen einem Jungen wie Bobby und einem solchen wie Robin war so groß, dass die Regeln sich von selbst zu verstehen schienen.

Mrs. Symonds räusperte sich. »Miss Adderton«, begann sie langsam, »ich glaube, ich muss mich bei Ihnen entschuldigen, obwohl mein Sohn nicht zu glauben scheint, dass eine Abbitte notwendig ist.«

»Sie? Bei mir?«, stotterte sie schockiert.

»Ich verstehe, in welch schwierige Position Robin Sie gebracht hat, indem er sich Bobby gegenüber so schändlich verhalten hat. Ich kann Ihnen versichern, dass er eine angemessene Strafe erhalten wird.« Mrs. Symonds neigte den Kopf und sah den Jungen zu, die vor ihnen in Schlangenlinien die Straße hinunterliefen. »Ich finde, es würde reichen, ihn einige Zeit im Garten Unkraut jäten zu lassen. Zwei Wochen lang jeden Tag nach der Schule sollten genügen. Robin hasst es so sehr, wenn es nass ist, und dies ist eine sehr feuchte Jahreszeit.«

»Könnte Bobby ihm vielleicht Gesellschaft leisten?«, fragte Stella.

Mrs. Symonds lächelte kaum wahrnehmbar. »Ich bin mir sicher, dass Highbury mehr als genug Unkraut für zwei Missetäter hat.«

Mrs. Symonds setzte sich in Bewegung und sah zu Stella zurück, als erwartete sie, dass sie sich ihr anschloss. Stella runzelte die Stirn. Die hochnäsige, pedantische Lady, die so häufig unsinnige Speisen wie ein Käsesoufflé für irgendeinen Sir und dessen Gattin von ihr verlangte, wollte, dass sie an ihrer Seite ging.

Vorsichtig folgte Stella ihr, und Mrs. Symonds verhielt den Schritt, um ihr Tempo dem von Stella anzupassen.

Ein paar Minuten gingen sie schweigend einher. »Wenn ich mir die Frage erlauben darf, Mrs. Symonds, haben Sie etwas gegen den Rohrstock?«

»In Schulen, zu Hause, überall. Ich weiß, dass er häufig benutzt wird, aber ich möchte, dass Robin ihn niemals kennenlernt.«

Warum?, hätte Stella am liebsten gefragt. Schließlich schien Mrs. Symonds auf vielen anderen Gebieten traditionell bis ins Mark zu sein.

»Das war der Wunsch meines verstorbenen Mannes«, erklärte die Lady, als hätte sie Stellas Gedanken gelesen. »Auf dem Internat ist er einmal außerordentlich brutal geschlagen worden. Daher habe ich beschlossen, Robin nicht auf solch eine Schule zu schicken, sosehr meine Schwägerin das auch missbilligen mag.«

»Verstehe«, sagte Stella vorsichtig.

»Und wie hat sich Bobby auf dem Land eingelebt?«, erkundigte sich Mrs. Symonds.

Stella seufzte. »Er klebt buchstäblich an mir. Ich glaube, er ist schüchtern.«

»Bei Robin scheint er das aber nicht zu sein.«

Er ist noch nicht alt und verständig genug, um es besser zu wissen.

Sie blickte die Straße hinunter, wo die Jungen mit ausgebreiteten Armen im Zickzack umherrannten, als wären sie Spitfire-Flieger. »Nein.«

»Sie haben Asthma, nicht wahr? Können Sie sich deswegen nicht zum Dienst verpflichten?«, fragte Mrs. Symonds.

»Ja«, entgegnete sie und wartete darauf, dass die Lady sie verurteilen würde.

»Ich habe es noch nie erlebt, dass Robin gerannt wäre, ohne in Luftnot zu kommen.«

»Vielleicht haben seine Lungen sich ja ausgewachsen«, meinte sie.

Mrs. Symonds murmelte etwas Unverbindliches. »Hat Ihre Schwester erwähnt, wie lange sie Bobby auf Highbury lassen möchte?«

Ungeachtet dieser Frage war sich Stella sehr wohl bewusst, dass allein Mrs. Symonds darüber entscheiden konnte. »Nein«, entgegnete sie. »Joan ist keine große Briefeschreiberin, außer sie hat ein Anliegen. Seit Februar habe ich nur zwei Briefe von ihr erhalten.« Sie hielt inne. »Davor hatte ich sie seit dem Begräbnis ihres Mannes nicht mehr gesehen.«

»Und trotzdem haben Sie ihren Sohn aufgenommen«, bemerkte Mrs. Symonds.

»Wo hätte er sonst bleiben sollen?«

Doch noch während sie die Worte aussprach, wurde ihr bewusst, dass dies nur ein Teil der Wahrheit war. Ja, bis auf sie hatte Bobby keine Familie. Und ja, er war noch ein Kind. Dennoch stellte sich die Sache weitaus komplizierter dar. Wenn sie gekonnt hätte, wäre sie aus Highbury weggegangen. Sie wäre nach London, New York oder Shanghai gereist – egal wohin, Hauptsache es war nicht Highbury, wo sie jeder kannte und es kein Entkommen gab.

Sie hatte keine Ahnung, was sie tun würde, wenn sie dort ankäme.

»Dieser Krieg hat so viel Unglück gebracht, da müssen wir tun, was wir können, um unsere Kinder davor zu schützen«, meinte Mrs. Symonds.

Als sie sich der Lady zuwandte, sah sie, dass die ihren Sohn mit leerem Blick anschaute – fast, als wäre sie gar nicht anwesend.

»Master Robin sieht seinem Vater sehr ähnlich«, befand Stella.

»Ja.«

»Mr. Symonds war ein freundlicher Mann«, fügte sie dann hinzu.

»Ja«, sagte seine Witwe wieder, mit einem Nicken. »An dem Tag, an dem er gefallen ist, hat ein Stück Anstand die Welt verlassen, und die Welt braucht jetzt Anstand. Zum Beispiel das Genesungsheim. Er wäre entzückt darüber gewesen, dass das Haus so vielen Männern einen Ort bietet, wo sie Ruhe finden und genesen können. Aber ich sehe nur die Invasion meines Heims. Übrigens habe ich mit Cynthia darüber gesprochen, dass Mrs. George Ihre Anweisungen respektieren soll.«

Verblüfft fuhr Stella zurück. »Das haben Sie getan?«

Mrs. Symonds warf ihr ein leises – aber listiges – Lächeln zu. »Manche Schlachtfelder darf man nicht verloren geben. Angesichts der knappen Rationen momentan erkläre ich die Küche gern zu einem.«

Mrs. Symonds warmherzige Geste rührte Stella.

»Mr. Symonds würde wollen, dass Sie glücklich sind, Madam, falls ich mir die Bemerkung erlauben darf.«

Mit einem Mal schlug die Atmosphäre um, und sie sah, wie Mrs. Symonds die Schultern straffte.

»Sie nehmen sich zu viel heraus, Miss Adderton«, zischte sie. Und wieder waren die Grenzen zwischen ihnen klar gezogen. Eine von ihnen war die Dienstherrin, und die andere die Köchin.

»Ich entschuldige mich. Ich … Es ist nur so, dass ich …« Sie versuchte, die richtigen Worte zu finden.

»Ich rechne damit, dass das Dinner um halb acht serviert wird wie üblich«, erklärte Mrs. Symonds. Dann marschierte sie davon und ließ Stella ganz allein auf dem letzten Stück der gepflasterten Straße stehen, die aus dem Dorf herausführte und in den Weg nach Highbury House überging.

FRÜHLING

Emma

April 2021

Aufgrund notwendiger Mittelkürzungen in allen Bereichen der Stiftung haben wir beschlossen, die Stelle der Leitung der Abteilung für Naturschutz auf unbestimmte Zeit unbesetzt zu lassen. Dies spiegelt in keiner Weise die Meinung der Auswahlkommission bezüglich Ihrer Eignung wider. Erlauben Sie mir bitte, mich persönlich bei Ihnen zu entschuldigen …

Emma überflog die E-Mail des geschäftsführenden Direktors der Royal Botanical Heritage Society ein letztes Mal und sperrte dann ihr Handy. Nach fast drei Monaten, während denen sie kein Wort gehört hatte, erstaunte es sie nicht gerade, dass die Stelle gestrichen worden war. Trotzdem wurmte es sie, dass man sie so lange hingehalten hatte. Sie wusste, dass sie eine gute Kandidatin gewesen war.

Je länger sie darüber nachdachte, umso klarer sah sie alle Vorteile, die der Etat und das Renommee der Royal Botanical Heritage Society für sie bereithalten würden. Da war es auch nicht hilfreich, dass sie heute Morgen das Geschäftskonto von *Turning Back Thyme* überprüft und erkannt hatte, dass sie, falls die Arbeit auf Highbury House noch weiter in Verzug geriet, am Ende des Jahres weniger finanzielle Reserven haben würde, als ihr lieb war. Ganz zu schweigen davon, dass ihr Steuerberater ihr bald wegen der Vorauszahlung im Nacken sitzen würde.

»Du brauchst keinen Job. Du hast eine Firma«, murmelte sie, steckte ihr Handy in die Stofftasche, die auf dem Vordersitz von Charlies amerikanischem Pick-up lag, und zog den Zündschlüssel. Martha Reeves and the Vandellas, die über eine Hitzewelle sangen, verstummten mitten im Vers, und im Truck wurde es still.

Sie würde tun, was sie immer tat. Kopf einziehen. Weitermachen. Nicht zurücksehen.

Emma stieß die Fahrertür auf und wappnete sich gegen den kalten, prasselnden Aprilregen, der in ihrem Gesicht brannte, als sie die kurze Strecke zur Eingangstür von Highbury House rannte. Die dreißig Clematis, die sie für die lange Rabatte und den Teegarten brauchte, würden das Wetter auf der Ladefläche des Trucks gut überstehen, aber wenn das Wasser durch die Klappe ihrer Tasche drang, war sie erledigt.

Wie durch Zauberei schwang die Tür auf, und sie stürzte an Sydney und Bonnie und Clyde vorbei ins Innere des Herrenhauses. Schlitternd kam sie auf den schwarzen, weißen und grauen Fliesen des Foyers zum Stehen. Die Planen, die überall herumgelegen hatten, als sie zum ersten Mal das Haus betreten hatte, waren verschwunden, aber in der Luft hing immer noch ein Geruch nach frischer Farbe. Highbury machte Fortschritte, und sie ebenfalls.

»Ich habe gesehen, wie Sie vorgefahren sind«, erklärte Sydney.

»Danke«, sagte sie und hielt ihre Tasche hoch, während sie versuchte, mit einer Hand ihr Haar auszuwringen. Die Hunde sprangen wie immer entzückt um sie herum.

»Sitz, Bonnie und Clyde. Wo steckt Charlie?«, fragte Sydney und spähte hinaus zu dem Truck.

»Er repariert sein Kanalboot. Das Dach hat ein Leck«, erklärte sie.

»Er wohnt auf einem Kanalboot?«, erkundigte Sydney sich stirnrunzelnd.

»Er lebt dort, wenn ein Auftrag ihn in die Nähe des Grand Union Canal führt, sonst mietet er sich genau wie ich ein Cottage.«

»Gefällt es ihm?«, fragte Sydney.

»Bei schönem Wetter schon.«

»Wir sind hier in England …«

»Und das Wetter bleibt nie lange schön. Ich weiß. Er hat es im Hochsommer gekauft und konnte nur noch davon schwärmen, im Sonnenschein über die Kanäle zu tuckern.« Der lebenslustige, unbekümmerte Charlie war brillant, wenn es um schnelle Problemlösungen und Logistik ging. Längerfristige Planungen lagen ihm hingegen nicht sonderlich.

»Ich hole Ihnen ein Handtuch«, sagte Sydney.

Emma protestierte nicht, als ihre Auftraggeberin über die Treppe ins Untergeschoss vorging. Oft war es einfacher, sich Sydney zu fügen, als sie davon zu überzeugen, dass sie keine Hilfe benötigte. Doch zu ihrer eigenen Überraschung hatte sie sich rasch daran gewöhnt, Sydneys Launen nachzugeben. Außerdem schien diese Freude daran zu finden, das Leben anderer ein wenig leichter, heiterer oder angenehmer zu gestalten.

»Waren Sie schon einmal hier unten?«, rief Sydney ihr über die Schulter zu.

»Nein, noch nicht.«

»Das war früher der Dienstbotenbereich.« Sie hatten den Fuß der Treppe erreicht, und Sydney wies nach links. »Zur Küche geht es dort entlang. Den Weinkeller haben wir erhalten, aber irgendwann in den letzten fünfzig Jahren hat jemand in der alten Speisekammer eine Waschmaschine und ein Trockengestell installiert.«

Emma folgte Sydney in einen geräumigen Hauswirtschaftsraum mit Waschmaschine und Trockner, einem Küchenbüffet und einer Reihe Einbauschränke. Sydney öffnete einen davon und nahm ein ordentlich gefaltetes elfenbeinfarbenes Handtuch heraus.

»Danke«, sagte Emma.

»Ich wollte gerade Tee aufsetzen, falls Sie auch welchen wollen.«

Angesichts des Regens hatte sie es nicht eilig, in den Garten hinauszukommen. »Klar.«

»Wunderbar!« Sydney strahlte so sehr, dass Emma ein schlechtes Gewissen bekam, weil sie ihre Einladung zum Tee schon häufiger ausgeschlagen hatte.

Während sie den Korridor, der zur Küche führte, entlangging, drückte Emma Wasser aus ihrem langen Pferdeschwanz in das Handtuch. Doch als sie über die Schwelle trat, blieb sie wie angewurzelt stehen.

»Wow.«

Das musste die schönste Küche sein, die sie je gesehen hatte. Die Mitte nahm eine riesige Kücheninsel aus steingrau lackiertem Holz und Granit ein. In deren Zentrum war ein Gasherd eingelassen. Die hintere Wand wurde von einem großen, dunkelgrünen AGA-Herd beherrscht, neben dem ein konventioneller Backofen stand. Dazu kamen geräumige Arbeitsflächen, ein tiefes Keramikspülbecken, das groß genug aussah, um Bonnie oder Clyde hineinzusetzen, und Schränke, die ein wenig heller lackiert waren als die Kücheninsel. Emma wusste, dass sie sich hier größtenteils unter der Erde befanden und nur winzige Fenster unter der Decke Tageslicht einließen. Dennoch fühlte sich der Raum luftig an. Und ein Strauß Vergissmeinnicht, die in natürlicher Eleganz aus einem blauweißen Krug quollen, bildete das i-Tüpfelchen.

»Das ist unglaublich«, sagte sie.

Sydney errötete. »Danke. Ich koche leidenschaftlich gern, und als wir eingezogen sind, wollte ich sichergehen, dass wir eine brauchbare Küche hatten.«

»Sie wirkt mehr als brauchbar. Ich möchte am liebsten gleich loslegen, dabei koche ich nicht einmal gern.«

Sydney lachte. »Das Gleiche hat Andrew gesagt, als er die

Pläne des Architekten gesehen hat. Lassen Sie mich den Tee machen. Warum setzen Sie sich nicht?«

Emma trat um die Insel herum zu der Stelle, auf die Sydney gedeutet hatte, und stellte fest, dass schwarze Barhocker unter der Tischkante standen. Sie zog einen hervor, setzte sich und sah zu, wie Sydney den Wasserkocher füllte und einschaltete, dann eine Teekanne, Teebeutel und zwei Tassen aus dem Schrank nahm und zum Kühlschrank ging, um die Milch zu holen.

Als das Wasser kochte, stellte Sydney gerade ein Stück Zitronenkuchen mit Guss vor sie hin. »Falls Sie möchten. Nur ein Backexperiment.«

»Ihr eigenes Rezept?«, fragte sie.

»Zitronenkuchen mit Pistazien und Mohn«, erklärte Sydney, während sie das Wasser in die Kanne goss. »So ganz überzeugt bin ich davon noch nicht, aber ich schäme mich auch nicht, Ihnen etwas davon anzubieten.«

»Ich habe schon seit Ewigkeiten nichts Selbstgebackenes mehr gegessen. Danke«, sagte Emma.

»Wie kommen Sie voran? Ich weiß, ich war diese Woche nicht oft hier.«

Sie richtete sich auf. Normalerweise führten sie dieses Gespräch im Garten, wo sie Sydney und Andrew alles zeigen konnte, was das Team geschafft hatte.

»Wir wollten vor zwei Tagen anfangen, die lange Rabatte zu bepflanzen, aber es hat so stark geregnet, dass sich der Boden in eine einzige Schlammgrube verwandelt hat«, erklärte sie.

»Gut für den Garten, aber schlecht für die Gärtner«, meinte Sydney.

»So ungefähr. Charlie und Zack haben einige Zeit darauf verwendet, die Äste der Linden miteinander zu verflechten. Bis sie richtig gut aussehen, wird es ein paar Jahre dauern, aber der kräftige Rückschnitt wird sich auszahlen. Jessa und Vishal haben an dem Pavillon gearbeitet.«

»Und die Arbeit daran ins Haus verlegt«, ergänzte Sydney, goss Tee in den Becher, der vor Emma stand, und schob ihr die Milch zu.

»Danke. Genau. Sie werden so viel erledigen, wie sie können, bis er nach draußen gebracht und zusammengebaut werden muss.«

»Und was ist mit dem Garten des Winters?«, fragte Sydney.

Das war die Frage, die Emma im Hinterkopf herumging, seit sie den Garten zum ersten Mal gesehen hatte. Was lag hinter dieser unüberwindbaren Backsteinmauer? Was versteckte sich dort?

»Wir haben die Kletterrosen dort, wo sie in den Rest des Gartens gewuchert sind, zurückgeschnitten. Aber davon abgesehen …« Emma zuckte mit den Schultern. »Wir werden warten, bis sie eingehen, und anschließend sehen, ob es dann einfacher wird, sicher hinunterzusteigen, ohne dass etwas Wertvolles zu Schaden kommt.«

»Pflanzen oder Menschen«, meinte Sydney.

Emma war noch nie ein Fan von zu viel Süßem zum Tee gewesen, nahm aber der Höflichkeit halber einen Bissen von dem Zitronenkuchen. Eine Geschmacksexplosion entfaltete sich auf ihrer Zunge, und sie warf ihrer Auftraggeberin einen anerkennenden Blick zu. »Das schmeckt so viel besser, als ich dachte.«

Sydney lachte. »Oh, danke.«

»Tut mir leid, ich meinte –«

»Ich ziehe Sie nur auf«, erklärte Sydney und steckte sich ebenfalls ein Stück Kuchen in den Mund. »Ich nehme nur Leute auf den Arm, die ich gut leiden kann …«, fuhr sie fort, als sie den Bissen hinuntergeschluckt hatte. »Ich wollte Ihnen gestern schon eine Nachricht schicken. Ich habe noch weitere Fotos des Gartens gefunden.«

»Von wann?«, fragte Emma und hatte ihren Fauxpas sofort vergessen.

»Also, sie steckten in einem alten Gästebuch, dessen Einträge alle an Claudia und John Symonds gerichtet sind. Ich habe in der Familienbibel nachgeschlagen. Arthur Melcourt ist 1921 gestorben. Das Haus wäre an seine älteste Tochter Claudia übergegangen, da sein Sohn im Ersten Weltkrieg gefallen war. Als sie es erbte, war sie verheiratet, aber sie hat sich 1923 von ihrem Mann John Symonds scheiden lassen.«

»Sie haben eine Familienbibel?«, fragte Emma und sah zu, wie Sydney den Raum durchquerte und vor einem kleinen Tisch stehen blieb.

»Auf einem Pult in der Bibliothek. Ich glaube, sie ist seit Jahren nicht mehr aufgeschlagen worden. Sie wiegt eine Tonne, aber auf den ersten Seiten steht die ganze Familiengeschichte.« Sydney hielt einen vergilbten Umschlag hoch. »Hier.«

Emma nahm ihn entgegen und zog eine Reihe Fotos heraus. Die meisten waren Gruppenaufnahmen, auf denen Menschen in verschiedenen Teilen des Gartens posierten.

»Das sieht aus wie die Schattenrabatte, oder?«, fragte Sydney und zeigte über Emmas Schulter hinweg auf das oberste Foto.

»Ja. Ich hatte recht mit meiner Vermutung, dass Venetia dort Astilbe – Prachtspiere – eingesetzt hat. In ihren späteren Schattengärten war das eine Art Markenzeichen ihrer Gestaltung, aber ich habe die Pflanzen nicht in den Quittungen oder in ihren anfänglichen Plänen gesehen. Möglich, dass sie Pflanzen genutzt hat, die auf dem Gelände von Highbury bereits vorhanden waren.«

»Sehr wirtschaftlich«, meinte Sydney.

Emma steckte das Foto hinter die anderen und spähte auf das nächste hinunter. Es zeigte eine Gruppe von Frauen, die in einem Pavillon Tee tranken. »Das sollten Jessa und Vishal sich ansehen. Sie werden sich freuen, dass sie mit ihrer Konstruktion nicht weit vom Original abweichen.« Sie schaute ein wenig genauer hin. »Und das hier sieht aus wie Rosen, die an den Pfosten des Pavillons hinaufranken. Charlie schuldet mir zehn Pfund. Er meinte, es wären Clematis und Jasmin, aber ich dachte gleich an Rosen. Alle drei standen auf einer Pflanzliste für den Teegarten, aber Venetia hat keine Pläne für die Beete hinterlassen.«

»Dann sind die Fotos eine Hilfe?«, fragte Sydney eifrig.

»Und ob«, entgegnete Emma.

»Gut.«

Emma lehnte sich zurück, so weit es auf dem Barhocker möglich war. »Darf ich fragen, warum Sie so bedacht darauf sind, den Garten so zu restaurieren, wie er war? Die meisten Leute würden es einfacher finden, alles herauszureißen und Fertigrasen zu verlegen.«

»Sollte man Ihnen für einen solchen Vorschlag nicht Ihren Berufsabschluss aberkennen?«, witzelte Sydney.

»Das ist mein Ernst. Den meisten Menschen ist es egal.«

Sydney überlegte einen Moment lang. »Haben Sie jemals einen Ort so geliebt, dass das Gefühl Ihnen bis tief in die Knochen gedrungen ist?«

Emma schüttelte den Kopf. »Seit ich arbeite, bin ich dafür nie lange genug an einem Ort geblieben.«

»Ich finde, es kommt nicht unbedingt auf die Länge der Zeit an, die man irgendwo verbringt. Es geht vielmehr um ein Gefühl. Ich kann mich an keine Zeit erinnern, in der ich Highbury nicht geliebt hätte. Vielleicht, weil es schon so lange in der Familie ist. Granddad hat es von seiner Mutter Diana geerbt, als Dad ungefähr zehn war. Anscheinend war Granddad immer schon ein wenig seltsam, aber nach dem Tod seiner Mutter wurde er nur noch übellauniger und schwieriger. Die Ehe meiner Großeltern schleppte sich noch ein paar Jahre dahin, aber schließlich hat Grandmama ihn mit den Kindern verlassen.

Dad denkt, dass mein Großvater unter Depressionen litt, aber ich schätze, damals hat man über so etwas nicht gesprochen. Ich glaube, als mein Vater erwachsen war, hat er um meinetwillen versucht, eine Art Beziehung zu meinem Großvater zu pflegen.

Zweimal im Jahr haben meine Mum und er mich zu einem Besuch nach Highbury geschleppt. Das war jedes Mal scheußlich, aber trotzdem habe ich es geschafft, mich in den Ort zu verlieben. Er war für mich so etwas wie ein viktorianisches Märchenland, sogar noch als ich älter wurde und sehen konnte, wie heruntergekommen es mittlerweile war. Ich glaube, das Haus war zu groß für Granddad, aber er hat sich geweigert, sich davon zu trennen.«

»Und Sie wollen es wieder zum Leben erwecken«, meinte Emma.

»Das Haus hat es verdient, wieder von Menschen, Liebe und Gelächter erfüllt zu sein. Und der Garten ebenso.«

Emma griff nach den Fotos. »Wenn es Ihnen nichts ausmacht, zeige ich Charlie diese Bilder, und wir werden sie in unsere Planungen einbeziehen. Sobald der Regen nachlässt, fangen wir an, die Gartenbereiche und Rabatten zu bepflanzen.«

»Hatten Sie eigentlich bei Henry Glück?«, fragte Sydney unvermittelt.

Emma rutschte auf ihrem Platz herum und dachte daran, wie oft sie in der Woche nach ihrem Kennenlernen auf ihr Handy gesehen hatte. »Wir haben uns unterhalten, aber er hat sich nicht bei mir gemeldet«, erklärte sie. Er war eine Informationsquelle, nichts weiter. Aber das erklärte nicht, warum sie neuerdings Motown-Alben hörte, seit sie ihm begegnet war.

»Ich spreche mit ihm und lasse mir berichten, ob er Fortschritte macht. Oder besser noch, Sie könnten ihn selbst fragen. Er ist morgen beim Pub-Quiz mit von der Partie«, sagte Sydney.

»Ich –«

»Und bevor Sie mir – wieder einmal – erklären, dass Sie an dem Abend zu tun haben, sollten Sie wissen, dass wir keinerlei Druck auf Sie ausüben wollen. Wir werden Ihnen kein Initiationsritual aufzwingen oder so etwas. Sie können Charlie fragen. Er war vor ein paar Wochen mit dabei.«

Am Tag darauf war Charlie mit brummendem Schädel zur

Arbeit gekommen und hatte behauptet, er habe sich in eine Diskussion mit einem Philosophieprofessor von der Universität Warwick verwickelt und nicht bemerkt, dass die Barkeeperin sein leeres Glas immer wieder gegen ein volles ausgetauscht hatte.

Dennoch erwiderte Emma Sydneys Lächeln. »Das weiß ich zu schätzen, aber ich bin mir nicht sicher, ob ich Zeit habe.«

»Irgendwann in den nächsten Wochen erwische ich Sie zur rechten Zeit in der richtigen Stimmung, und dann werden Sie mitkommen und sich prächtig amüsieren.«

»Irgendwann in den nächsten Wochen«, wiederholte sie. Vielleicht würde es ihr doch guttun, ein wenig Zeit im Pub zu verbringen.

Beth

12. April 1944

Liebste Beth,

Du ahnst ja nicht, wie sehr ich mich auf Deine Briefe freue. Sie erinnern mich daran, dass außer Ma und Dad noch jemand zu Hause auf mich wartet und für meine Rückkehr betet.

Deine kleinen Zeichnungen von all den Mädchen der Landarmee und den Penworthys sind Dir hervorragend gelungen. Ich habe fast das Gefühl, sie zu kennen. Mein Lieblingsbild ist das von Stella, wie sie die Boches mit einem Nudelholz jagt. Wenn wir solche Frauen an der Front hätten, würden wir den Krieg schneller gewinnen.

Merkwürdig, dass Du so wenige der Soldaten auf Highbury House kennengelernt hast, aber vielleicht ist es besser so. Ich möchte Dich lieber ganz für mich haben.

Dein Dir stets gewogener
Colin

Die Sonne schien so stark und heiß vom Himmel herab, dass Beth ihre Mütze abnahm, als sie durch das Tor der Highbury House Farm trat. Letzte Woche hatte der hier ansässige Farmer, ein Mr. Jones, Mr. Penworthy aufgesucht und gefragt, ob er sie sich als Hilfskraft ausborgen dürfe, da sie einen Traktor fahren konnte. Ihr Arbeitgeber hatte sie gehen lassen, aber nur unter strengen Bedingungen.

»Unsere Beth ist ein gutes Mädchen. Genauso tüchtig wie

alle Männer, die hier schon für mich gearbeitet haben«, hatte sie Mr. Penworthy sagen hören, während sie, hinter der Ecke der Scheune verborgen, Schlamm vom Traktor abgewaschen hatte. »Ich werde sehr ungehalten, wenn ich auch nur ein Wort darüber höre, dass sie schlecht behandelt worden ist.«

Vor Rührung schwoll Beth das Herz auf das Doppelte seiner Größe an, und als sie Mr. Penworthy das nächste Mal sah, hatte sie strahlend gelächelt, worauf er etwas über aufgekratzte junge Mädchen gemurmelt hatte.

Anscheinend war sie an diesem Tag nicht als Einzige ausgeliehen worden. Sie sah ein Dutzend Mädchen von der Landarmee, die im Halbkreis auf Mr. Jones' Hof standen. Eilig lief sie zu ihnen und nickte Christine und Anne von der Milchfarm in Combrook und Alice, einem Mädchen, das gerade achtzehn geworden war und bei den Schafen in Alderminster aushalf, zur Begrüßung zu. Das letzte Mal hatte sie die anderen Ende März bei einem Tanz auf dem Land gesehen. Da hatten sich alle mit ihren besten Kleidern herausgeputzt, sich mit Kajalstiften Strumpfnähte auf die Waden gemalt und den kostbaren Lippenstift aufgetragen, den sie für die Gelegenheiten aufsparten, bei denen die Männer vom Luftwaffenstützpunkt Wellesbourne Mountford ihre Basis verlassen durften. Jetzt waren dieselben Mädchen ungeschminkt und trugen dicke grüne Pullover und weite, strapazierfähige Hosen. Ohne Make-up und mit zurückfrisiertem Haar wirkten sie alle erstaunlich jung, doch das lag vermutlich daran, dass sie es auch waren.

»Willkommen auf der Highbury House Farm, Ladys«, sagte Mr. Jones und musterte jede von ihnen skeptisch. »Ich weiß nicht, wie es auf Ihren Farmen zugeht, aber ich möchte deutlich machen, dass ich hier kein Gejammer dulde. Wenn Sie die Arbeit nicht schaffen, schicke ich Sie zurück. Ist das klar?«

»Und was für Arbeit sollen wir erledigen?«, fragte ein kräftiges Mädchen mit einem schiefen Lächeln. Ihr vornehmer Akzent trug ihr ein paar Blicke ein, und sogar Beth schaute noch einmal hin. Doch das Mädchen lehnte sich beim Sprechen nach vorn, als könne sie nicht abwarten, sich in die Arbeit zu stürzen.

Mr. Jones brummte etwas. »Das Land am großen Haus roden. Wir haben eine Woche Zeit, um den Boden vorzubereiten und zu bepflanzen.«

Bei der Vorstellung, dass all diese Schönheit für die Kriegsanstrengungen geopfert werden sollte, wurde Beth das Herz schwer. Jedes Mal, wenn sie Mr. Penworthys Waren auslieferte, riskierte sie einen kleinen Blick in den Garten. Sie wagte nicht, bis zum See zu gehen, um nicht vom Personal des Hospitals oder den Dienstboten des Hauses entdeckt zu werden, aber sie liebte die Gartenbereiche mit ihren verblüffenden kleinen Ecken und Winkeln. Sie hatte Stella nach ihnen ausgefragt, aber ihre Freundin hatte erklärt, sie habe jeden Tag zu viel zu tun, um Zeit im Garten zu verbringen.

»Wer von Ihnen kann fahren?«, fragte Mr. Jones. Beth und Christine meldeten sich. »Die Zündschlüssel stecken. Die anderen können laufen.«

»Etwas dagegen, wenn ich mich zu dir setze?«, rief jemand von der anderen Seite.

Beth spähte über den Sitz und sah, dass das vornehme Mädchen sie anstarrte und die Hände in die Hüften stemmte. »Steig auf.«

Das Mädchen hievte sich hoch, und Beth trat die Kupplung und drehte den Zündschlüssel. Röhrend erwachte der Traktor zum Leben.

»Fährst du schon lange?«, fragte ihre Begleiterin.

»Zwei oder drei Monate.«

Das Mädchen nickte. »Das reicht mir. Ich bin Petunia Brayley-Hawthorn.« Beth starrte sie an, und Petunia lachte. »Ein schrecklicher Name, ich weiß, aber besser als der, mit dem Mummy mich ruft.«

Beth konnte nicht widerstehen. »Und wie lautet der?«, fragte sie.

Petunia zog eine Grimasse. »Blümchen.«

Sie lachte. »Du hast recht. Petunia ist besser. Ich bin Beth Pedley.«

»Ich bezahle Sie nicht fürs Plaudern, Ladys!«, brüllte Mr. Jones ihnen zu.

»Er bezahlt uns überhaupt nicht, der miese Kerl. Das tut die Regierung«, erklärte Petunia nüchtern.

Beth biss sich auf die Unterlippe und verkniff sich ein Grinsen. Die Highbury House Farm lag in unmittelbarer Nachbarschaft von Highbury House, was wenig überraschend war, denn es hatte früher einmal zum Herrenhaus gehört. Auf dem Land bedeutete »nebenan« allerdings etwas ganz anderes als in der Stadt, und der Traktor brauchte in seinem langsamen Tempo zehn Minuten bis zu den Feldern, die das Herrenhaus umgaben.

Während dieser ganzen Zeit hatte Beth Gelegenheit herauszufinden, dass Petunia keine piekfeine Dame war. Eine echte Adlige war sie aber schon – die Tochter des zweitältesten Sohns eines Barons, der aus einem bescheidenen Erbe einer geliebten Tante ein riesiges Vermögen aufgebaut hatte.

»Vor dem Krieg war Papa Bankier, aber er arbeitet jetzt beim Finanzministerium. Kriegsanleihen wahrscheinlich. Mummy saß früher bei mehreren wohltätigen Organisationen im Vorstand, aber als Deutschland nach Polen einmarschiert ist, hat sie sich sofort kriegswichtigen Tätigkeiten zugewandt«, erklärte Petunia.

»Wie bist du denn zur Landarmee geraten?«, fragte Beth und steuerte auf die Gewächshäuser am Rand des Anwesens zu.

»Du meinst, warum ich hier bin und nicht bei den ›Wrens‹?« Petunia lachte.

Beth errötete. »Tut mir leid. Es ist nur so, dass beim Dienst bei der Marine …«

»… alle feinen Ladys landen?«, schloss Petunia freundlich lächelnd. »Ich bin eben gern an der frischen Luft.«

Sofort trat Beth ein Bild von Petunia vor die Augen, wie sie in roter Jacke und Reithosen bei einer Jagd mit ihrem Pferd über Bäche setzte.

»Und nicht nur zum Reiten und Jagen«, fügte Petunia hinzu, als hätte sie Beths Gedanken gelesen. »Ich fische, rudere, zelte und wandere gern. Daran sind meine Brüder schuld.«

»Wie viele Brüder hast du denn?«

»Drei, und jeder ist so nervtötend und wundervoll wie der andere.«

»Ich wünschte, ich hätte einen Bruder. Oder eine Schwester«, meinte Beth. Dann wäre vielleicht alles anders gekommen. Ihre Eltern wären trotzdem tot, und sie wäre auch zu Tante Mildred gezogen, aber vielleicht wäre sie nicht ganz so einsam gewesen.

Petunia plauderte munter weiter: »An der frischen Luft bin ich glücklich. Die Landarmee schien mir die beste Möglichkeit zu sein, um mich im Freien aufhalten zu können und trotzdem meine Dienstpflicht zu erfüllen. Ich glaube, Daddy hatte kurz Bedenken, aber Mummy ist nur froh, dass ich ihr aus dem Weg bin.«

Sie durchquerten den Waldsaum, und Petunia keuchte auf.

»Es ist wunderschön, nicht wahr?«, fragte Beth, und ein merkwürdiger Stolz erfüllte ihre Brust, als sie auf die Aussicht blickte, die sich vom Rand des Sees bis hinauf zum Haus erstreckte. »Das ist vielleicht der schönste Ort, den ich je gesehen habe.«

»Kommt mir wie eine Schande vor, das alles umzugraben, um Saubohnen anzupflanzen oder was immer sie hier anbauen wollen«, meinte Petunia.

Sie hielten hinter dem anderen Traktor an, und Beth drehte den Zündschlüssel. Näher am Haus bewegten sich ein paar Patienten in Rollstühlen oder mit Krücken vorwärts, und sie spürte ihre Blicke. Sie waren neugierig – nicht feindselig –, und sie verstand, warum die Männer sie ansahen. Sie erlebten nicht jeden Tag, dass Frauen riesige Traktoren fuhren.

Sie wollte gerade vom Sitz klettern, als die ausgestreckte Hand eines Mannes in Hemdsärmeln und ohne Jackett vor ihr auftauchte. Als sie einen Blick über die Schulter warf, stellte sie fest, dass Captain Hastings zu ihr heraufgrinste.

»Sie sehen aus, als hätten Sie alles fest im Griff, aber ich dachte, ich könnte Ihnen meine Hilfe anbieten. Nur für alle Fälle«, erklärte er.

Ihre Arbeit auf der Temple Fosse Farm hatte sie an die Scheune gefesselt, sodass sie nicht auf den Feldern gewesen war, daher war es eine ganze Woche her, seit sie zuletzt miteinander gesprochen hatten, und sie stellte erstaunt fest, wie sehr sie sich freute, ihn zu sehen. Außerdem fühlte sie sich ein wenig … schuldbewusst, weil sie Colin in ihrem letzten Brief versichert hatte, sie spreche kaum mit den verwundeten Soldaten in Highbury House.

Aber als sie Captain Hastings' Grinsen erwiderte, war ihr nur zu bewusst, wie attraktiv er war, und sie spürte ein leises Ziehen in der Magengrube. Sie nahm seine Hand, obwohl sie mühelos allein hinunterspringen könnte. Doch als sie auf dem Boden aufkam, zuckte er zusammen.

»Meinetwegen schmerzt jetzt Ihre Schulter«, sagte sie besorgt.

»Es ist nichts.«

»Captain Hastings.«

»An dem Tag, an dem ich zulasse, dass eine lästige Verletzung mich daran hindert, Kavalier zu sein, gebe ich auf, Miss Pedley«, erklärte er.

»Na, das können wir nicht zulassen. Petunia«, wandte sie sich an ihre neue Freundin, »das ist Captain Hastings. Er spaziert manchmal an Mr. Penworthys Feldern entlang und bleibt stehen, um zu plaudern.«

»Hübscher Name«, meinte er.

Petunia musterte ihn von oben bis unten und lachte dann. »Der Name ist schrecklich, aber so heiße ich nun einmal.«

»Was führt die Landarmee heute nach Highbury House?«, erkundigte er sich.

Beth wurde ernst. »Wir sollen den Garten umgraben.«

Ruckartig zog er die Augenbrauen hoch. »Wirklich?«

»Das Land ist beschlagnahmt«, erklärte Petunia.

Sie runzelte die Stirn. »Sie wirken überrascht.«

Mit der gesunden Hand rieb er sich den Nacken. »Nicht von der Sache selbst. Es ist nur so, dass ich heute Vormittag Mrs. Symonds gesehen habe, nachdem sie aus London zurückkam. Sie hat erwähnt, dass sie am Nachmittag etwas Zeit im Garten verbringen will, nachdem sie ein paar Männern geholfen hat, nach Hause zu schreiben.«

Beth runzelte die Stirn. »Die Eigentümer müssen doch eigentlich benachrichtigt werden, wenn ihr Land beschlagnahmt wird, oder?«

»Ja«, sagte Captain Hastings.

»Was, wenn Mr. Jones sich irrt? Oder seine Befugnisse überschreitet? Mrs. Symonds muss davon erfahren«, sprudelte sie hervor, und ihre Gedanken überschlugen sich. Aber sie konnte sich einfach nicht bremsen. Wenn es eine Chance gab, diesen wunderschönen Ort noch ein wenig länger zu erhalten, dann musste sie es versuchen.

»Danke, Captain Hastings.« Beth wandte sich an Petunia. »Tu dein Bestes, um Mr. Jones hinzuhalten. Stell jede Menge Fragen. Sei ein Quälgeist.«

»Das dürfte mir nicht allzu schwerfallen. Wohin willst du?«, rief Petunia ihr nach.

»Mrs. Symonds suchen!«

Beth konnte nicht einfach auf Highbury House hereinplatzen und verlangen, die Hausherrin zu sprechen. Mrs. Symonds hatte keine Ahnung, wer sie war.

Aber eine Person kannte sie.

Als Beth die Küchentür aufriss, fuhr Stella herum, und ein Holzlöffel fiel klappernd neben ihr auf die Arbeitsfläche. Die Köchin presste eine Hand aufs Herz. »Du meine Güte, ich dachte schon, die Invasion ist da.«

Beth rang nach Luft. »Sie steht vor dem Haus. Wir müssen sofort Mrs. Symonds suchen.«

»Mrs. Symonds?«

»Wo ist sie? Ich muss mit ihr reden.«

»Du bist ihr noch nicht einmal vorgestellt worden.«

»Stella!«, schrie sie. »Die Landarmee ist hier, um Mrs. Symonds' Garten umzugraben.«

Stella zog sich die Schürze so schnell herunter, dass es ihr das Tuch vom Kopf riss. »Komm mit.«

Stella nahm sie an der Hand, zog sie eine Dienstbotentreppe hinauf, durch eine in den Wandpaneelen verborgene Tür und in ein großes, mit chinesischen Motiven tapeziertes Foyer. Ein dicker smaragdgrüner Teppich dämpfte ihre Schritte, als sie an einer Standuhr vorbeirannten, die gerade elf schlug.

»Wir versuchen es auf den Krankenstationen!«, rief Stella ihr über die Schulter hinweg zu.

»Auf welcher?«

Vor einer Schwester kam Stella schlitternd zum Stehen. »Wo ist Mrs. Symonds?«, verlangte sie zu wissen.

»Station B«, entgegnete die Schwester und zeigte über ihre Schulter. Dann fiel ihr Blick auf Beths Stiefel. »Sie kann dort nicht hinein.«

»Und wenn ich meine Stiefel ausziehe?«, fragte Beth.

Die Schwester zögerte lange genug, dass Beth ungelenk die Stiefel abstreifen und hinter Stella durch eine breite Tür stolpern konnte.

»Miss!«, schrie die Schwester ihnen nach.

Station B war eindeutig einmal ein Salon gewesen, doch bis auf einen großen Kronleuchter war fast die gesamte Einrichtung entfernt worden. Ungefähr ein Dutzend Männer saßen in ihren Betten. Einige trugen einen Arm in einer Schlinge wie Captain

Hastings, andere lagerten ein Gipsbein hoch. An einer Schreibmaschine, die auf einem kleinen Tisch stand, saß eine Dame in einem dunkelgrünen Kleid mit Bubikragen.

»Mrs. Symonds!«, rief Stella.

Die Frau blickte auf – und alle Soldaten und Schwestern auf der Station ebenfalls.

»Was haben Sie hier zu suchen, Miss Adderton?«, fragte Mrs. Symonds in scharfem Ton. Ihre Finger ruhten auf den Schreibmaschinentasten. Der junge Mann in dem Bett neben ihr, dessen Hand eingegipst war, beobachtete die Szene interessiert.

»Es tut mir leid, Mrs. Symonds, aber Miss Pedley muss Ihnen dringend etwas sagen«, erklärte Stella.

Beth trat vor und war sich dabei nur allzu bewusst, dass sie in ihren dicken Socken dastand.

»Miss Pedley?«, forderte Mrs. Symonds sie auf und klang dabei ebenso bestimmt wie erschöpft.

»Es tut mir leid, Sie zu stören, Mrs. Symonds. Es ist nur so … ich bin bei der Landarmee«, begann sie.

»Ja, das hatte ich schon vermutet«, sagte Mrs. Symonds.

»Heute Morgen hat man uns befohlen, nach Highbury House zu kommen«, erklärte sie.

Mrs. Symonds hob ruckartig das Kinn. »Warum?«

»Mr. Jones hat gesagt, Ihr Land sei beschlagnahmt. In diesem Moment stehen Traktoren am Fuß der Rasenfläche«, sagte sie.

»Das ist absurd. Er kann nicht einfach hier angefahren kommen und meinen Garten umpflügen. Ich habe keinen Befehl erhalten, das Gelände abzutreten.«

»Beth sagt, er hätte einen«, ergänzte Stella.

»Mr. Jones wird jeden Moment anfangen, falls er das nicht schon getan hat. Er will das Gelände innerhalb einer Woche vorbereiten und bepflanzen.«

»Ich kann sie sehen, Mrs. Symonds!«, rief ein Mann, der im Bett hochgerutscht war, um durch das Fenster hinter ihm zu spähen.

»Setzen Sie sich wieder, Second Lieutenant Wilkes«, blaffte eine Schwester.

»Versuche ja nur, behilflich zu sein«, murrte der Mann.

Mrs. Symonds zog sich von der Schreibmaschine zurück. »Bringen Sie mich bitte zu Mr. Jones, Miss Pedley.«

Eine Woge der Erleichterung stieg in ihr auf. »Ja, Mrs. Symonds.«

Diana

In den Monaten nach Murrays Tod hatte Diana gelernt, wie stark Wut einen motivieren konnte. Mit Trauer gemischt, hatte sie sie durch die dunkelsten Tage getragen, als die Regierung weiß emaillierte Bettgestelle, Matratzen, chirurgische Instrumente und Rollstühle herangekarrt hatte.

Als sie jetzt aus dem Salon im Westflügel stürzte, trieb erneut der Zorn sie voran. Hinter sich hörte sie, wie Miss Adderton und das Mädchen von der Landarmee sich beeilten, um mit ihr Schritt zu halten.

In dem großen Foyer in der Mitte des Hauses entdeckte sie Mrs. Dibble, die sich mit der Oberschwester unterhielt.

»Mrs. Dibble«, rief sie, »ich brauche die Post von gestern – die vom Vor- und vom Nachmittag –, und auch die von heute Morgen!«

»Ja, Mrs. Symonds. Ich hole sie gleich«, gab die Hausdame zurück.

»Sofort, Mrs. Dibble!«, rief sie.

Aus dem Stimmengewirr hinter sich hörte Diana die Worte »Garten« und »requiriert« heraus. Mit geballten Fäusten stürzte sie durch die Glastür zur Veranda.

Als sie hörte, wie unten am See ein Motor röhrte, beschleunigte sie ihren Schritt und rannte über die weitläufige Rasenfläche bis zum Spiegelteich, wo sich eine große Zahl in Oliv- und Brauntöne gekleidete Mitglieder der Landarmee um einen Traktor drängten. Darauf saß mit rot angelaufenem Gesicht Mr. Jones. Wütend starrte er einen Mann in Uniform an, der einen Arm in einer Schlinge trug, halb in der riesigen Schaufel des Traktors lag und wirkte, als hätte er sich in der Vormittagssonne auf einem Sofa ausgestreckt.

»Mr. Jones!«, schrie sie zu dem Farmer hoch, als sie näher kam.

Der Farmer schob sich den Schirm seiner flachen Mütze auf die Stirn und blinzelte ihr entgegen. »Sie haben die Kavallerie mitgebracht, was, Mrs. Symonds?«

Sie warf einen Blick über die Schulter und sah, dass Miss Adderton, Miss Pedley, Cynthia und die Oberschwester ihr folgten. Ein Dutzend Meter dahinter kam schnaufend und keuchend Mrs. Dibble heran, die einen weißen Umschlag schwenkte.

»Wahrscheinlich ist meine Arbeit hier getan«, erklärte der Offizier und glitt elegant aus der Schaufel.

»Wie heißen Sie?«, fragte Diana.

»Captain Graeme Hastings, zu Ihren Diensten, Madam«, erklärte er und verbeugte sich, so gut er konnte.

»Danke, Captain Hastings«, sagte sie. »Mr. Jones, ich habe keine Mitteilung darüber erhalten, dass mein Land requiriert ist, daher würde ich sehr gern wissen, was Sie auf meinem Besitz zu suchen haben.«

Der Mann griff in seine Jackentasche, zog ein zusammengefaltetes Stück Papier heraus und hielt es ihr hin.

»Soll ich etwa hinaufklettern und es mir holen?«, fragte sie.

Verärgert stieg der Farmer vom Sitz seines Traktors. »Hier, Ma'am. Da steht es, sonnenklar.«

Er hatte recht. Das ordnungsgemäß getippte Schreiben erklärte, sämtlicher ungenutzter Boden auf Highbury House sei für die Landwirtschaft requiriert.

Ihr Garten. Eines der wenigen Besitztümer, die ihr noch gehörten – sie hatte ihr Bestes getan, um ihn in diesem verdammten Krieg zu erhalten, und jetzt wollte man ihn ihr wegnehmen.

»Ich befolge nur Anweisungen«, erklärte Mr. Jones.

Mrs. Dibble, die außer Atem und verschwitzt war, reichte

Diana den Umschlag, mit dem sie ihr auf dem Rasen zugewinkt hatte. Langsam riss Diana ihn auf und zog ihr Exemplar der Anordnung hervor.

»Das war gestern in der Morgenpost«, erklärte die Hausdame.

»Verstehe.« Aber andererseits, was hätten vierundzwanzig Stunden schon ausgemacht? Man konnte sich nicht weigern, im Krieg seinen Beitrag zu leisten.

Sie gab sich große Mühe, das Zittern ihrer Hand zu unterdrücken, faltete Mr. Jones' Exemplar des Briefs zusammen und gab es ihm zurück. »Ich kann verstehen, dass der große Rasen geopfert werden muss.«

Er steckte die Anweisung wieder in seine Jackentasche. »Ja, und der Garten.«

»Nein«, erklärte sie bestimmt. »Nicht die bepflanzten Bereiche.«

»Sei doch vernünftig, Diana. Befehl ist Befehl«, meinte ihre Schwägerin tadelnd. »Ich bin mir sicher, dass du deinen Küchengarten behalten darfst.«

»Ich bin äußerst vernünftig. Der Garten ist nützlich und wird *genutzt*. Er darf nicht umgepflügt werden.«

»Wozu sollen Blumen im Krieg gut sein?«, fragte Mr. Jones

Sie reckte die Schultern. »Sie sind für die Männer.«

»Für die Männer?«, wiederholte er.

»Ja«, erklärte sie. »Der Garten hat eine therapeutische Wirkung.«

»Ich bin ganz Mrs. Symonds' Meinung«, sagte Captain Hastings und trat neben sie. »Ich kann bestätigen, welch heilende Wirkung er ausübt, nachdem man auf dem Schlachtfeld war.«

»Captain Hastings hat recht«, erklärte die Oberschwester. Diana warf ihr einen Blick über die Schulter zu, doch die Miene der Oberschwester war so streng wie immer – nur schienen sie dieses Mal auf derselben Seite zu stehen. »Wir haben es mit Männern zu tun, die Schlimmes, kaum Vorstellbares durchgemacht haben.

Sie finden im Garten Frieden. Dorthin können sie sich flüchten, wenn auch nur für kurze Zeit.«

»Wirklich?«, hörte Diana ihre Schwägerin murmeln.

»Sie würden doch keinem Genesenden die Möglichkeit verwehren, Frieden zu finden, oder, Mr. Jones?«, fragte Diana.

Der Farmer runzelte die Stirn und schüttelte den Kopf. »Der Requisitionsbefehl –«

»Das Land wird genutzt. Der Befehl gilt für ungenutztes Land. Falls eine zweite Anordnung eintrifft, die mir befiehlt, den Garten herauszureißen, dann soll es eben so sein. Einstweilen können Sie den Rasen haben.«

Mr. Jones sah in all die erwartungsvollen Gesichter, die ihn umgaben, und brummte. »Ich habe meine Anweisungen bezüglich der Mengen, die ich zu pflanzen habe. Der Rasen allein reicht nicht aus. Ich brauche auch das Stück da«, erklärte er und wies auf die lange Rabatte.

Diana zögerte, doch sie wusste, dass sie sich womöglich auf eine Regierungsuntersuchung auf Highbury einstellen musste, wenn Mr. Jones nicht produzierte, was von ihm erwartet wurde.

Sie nickte knapp. »Sie können die lange Rabatte und die Rasenfläche haben. Nichts weiter.«

Kurz schwieg Mr. Jones. »Na schön. Zurück an die Arbeit, Ladys!«, rief er dann über die Schulter.

Sobald er sich umgedreht hatte, stieß Diana lange den Atem aus. Vorerst war der Garten sicher.

»Danke, Captain Hastings«, sagte sie.

»Nicht der Rede wert«, entgegnete er und neigte den Kopf. »Es erschien mir eine Schande, so viel Schönheit zu verlieren, selbst wenn es für eine gute Sache wäre.«

»Ihre Unterstützung weiß ich ebenfalls zu schätzen, Oberschwester McPherson.«

»Ich habe es ehrlich gemeint. Der Garten hilft den Männern«, erklärte die.

»Dann ermuntern Sie sie bitte, ihn zu nutzen. Und falls jemand Lust bekommt, eine Gartenschere in die Hand zu nehmen, gebe ich ihm gern Arbeit«, sagte Diana.

Die Oberschwester nickte. »Ich bin mir sicher, dass einige willens und in der Lage dazu sind.«

»Und Miss Pedley, ich kann Ihnen nicht genug für Ihren Einsatz danken. Der Garten bedeutet mir sehr viel.« Diana unterbrach sich und kämpfte gegen den Kloß in ihrem Hals an. »Sie dürfen sich dort gern aufhalten, sooft Sie wollen.«

»Oh, das kann ich doch nicht –«

»Beth ist Künstlerin«, fiel Miss Adderton ihr ins Wort.

Diana zog überrascht eine Augenbraue hoch. »Ach ja?«

»Ich zeichne gelegentlich ein wenig. Nichts weiter«, erklärte Miss Pedley.

»Sie hat mich auf der Rückseite eines Stücks Pappe gezeichnet, blitzschnell. Ich konnte es gar nicht glauben. Das Bild glich mir aufs Haar«, sagte Miss Adderton.

»Ich dilettiere nur ein wenig«, beharrte Miss Pedley.

»Nun, ich hoffe doch, Sie gehören nicht zu den Frauen, die sich weigern, an ihr eigenes Talent zu glauben«, meinte Diana.

Begehen Sie nicht denselben Fehler wie ich.

Die junge Frau öffnete die Lippen einen Spaltbreit, schüttelte dann aber nur den Kopf.

»Gut«, sagte Diana.

Du hast nicht an dich geglaubt. Du hast alles aufgegeben.

»Miss Adderton, ich denke, Sie haben Pflichten in der Küche zu erledigen«, setzte sie hinzu.

Ohne die Antwort ihrer Köchin abzuwarten, drehte sie sich um und ging schnurgerade über den schönen grünen Rasen, der den nächsten Sommer auf Highbury nicht mehr erleben würde. Dabei verbarg sie ihre Hände tief in den Taschen ihrer langen Wolljacke, denn sie wollten einfach nicht aufhören zu zittern.

Bevor sie sich jedoch in einen der wenigen Räume, die immer

noch ihr gehörten, flüchten konnte, entdeckte sie Pater Devlin. Er saß in einem Liegestuhl, hatte das verletzte Bein vor sich ausgestreckt und seine Krücken in der Nähe angelehnt.

»Von Ihrem energischen Auftreten könnte sich manch ein General eine Scheibe abschneiden, Mrs. Symonds«, sagte er ohne eine Begrüßung.

»Woher wissen Sie, worum es ging?«, fragte sie und nahm vorsichtig die Hände aus den Taschen.

Er wies in Richtung Rasen. »Leider fällt es nur allzu leicht, eins und eins zusammenzuzählen. Eine so ausgedehnte Rasenfläche musste irgendwann von der Landwirtschaft beansprucht werden. Die Mädchen von der Landarmee und die Traktoren haben meinen Verdacht bestätigt.«

»Immerhin kann der größte Teil des Gartens erhalten bleiben. Wenigstens das«, sagte sie.

»Er ist Ihnen sehr wichtig.«

Sie spürte, wie ihre Schultern sich verkrampften. »Die Männer nutzen ihn.«

»Aber da steckt noch mehr dahinter, nicht wahr, Mrs. Symonds?« Als sie keine Antwort gab, wies er auf den leeren Stuhl neben sich. »Setzen Sie sich doch bitte.«

»Ihnen ist sicherlich bewusst, dass Sie mir in meinem eigenen Garten einen Platz anbieten«, bemerkte sie.

Doch er überging ihren Einwand ungerührt. »Haben Sie sich je gewünscht, jemand würde Ihnen erlauben, sich kurz auszuruhen?«

Ihre Brust zog sich zusammen. Warum traf sie diese einfache Vorstellung so tief? Warum ängstigte sie die Idee so sehr, jemand könne geradewegs in den zornigen, verbitterten Kern ihrer Seele sehen?

»Ich kann mich nicht ausruhen«, erklärte sie, während sie sich setzte. »Highbury braucht mich.«

»Highbury ist ein Haus«, gab er zurück.

»Robin braucht mich«, sagte sie.

»Natürlich braucht Robin Sie, aber er ist mit Sicherheit alles andere als vernachlässigt.«

»Früher war er krank.«

»Und trotzdem habe ich ihn neulich mit Bobby Reynolds um die Wette rennen sehen. Wenn das so weitergeht, wird er vielleicht eines Tages Kapitän der Rugbymannschaft seines Internats.«

»Ich schicke ihn nicht aufs Internat.«

»Nicht?«, fragte Pater Devlin erstaunt. »Wie dem auch sei, wir wissen beide, dass Robin nicht der Grund dafür war, dass sie heute Morgen so aufgebracht über die Wiese gerannt sind.«

Sie warf ihm einen scharfen Blick zu. »Was dann?«

»Was glauben Sie?«

Murray.

Einst war sie sich nicht sicher gewesen, ob sie Highbury lieben würde, diesen fremden Ort so weit fort von ihren wenigen Freundinnen, ihren Eltern und ihrer geliebten Harfenlehrerin. Doch Murray hatte darauf bestanden, es sei das Beste, ihre zukünftigen Kinder auf dem Land großzuziehen. Er würde zu seiner Praxis in London pendeln. Sie würde auf dem Land bleiben und ihnen ein wunderschönes Heim einrichten.

»Du bräuchtest dir um nichts Sorgen zu machen, Liebling«, hatte er ihr ins Ohr geraunt, während er sie von hinten umschlang und das Kinn auf ihre Schulter legte. »Denk doch daran, wie viel Platz wir haben werden. Kinderzimmer für unsere Kleinen. Gästezimmer. Und du bekommst ein Musikzimmer für deine Harfe, ganz für dich allein. Du wirst dich in das Haus verlieben.«

Mit halb gelöstem Haar hatte sie sich auf dem Schemel vor ihrem Schminktisch umgedreht und ihn geküsst. Dann hatte sie Ja gesagt.

Er sollte recht behalten. Sie hatte sich in Highbury verliebt. Alles andere war an jenen ersten wunderschönen Sommertagen unmöglich gewesen. Für gewöhnlich nahmen sie eine Decke und einen Stapel Kissen mit in den Garten des Winters, um vor den Bauarbeiten zu flüchten. Sie nannten ihn ihren Garten, und sie hätte beinahe glauben können, dass sie die Einzigen waren, die von ihm wussten. Dann fuhr er ihr müßig mit den Fingern durchs Haar und zerstörte die Locken, die sie sich über Nacht sorgfältig mit Haarnadeln gedreht hatte, doch das machte ihr kaum etwas aus.

»Was weißt du über den Garten?«, hatte sie ihn einmal gefragt.

»Nur, was ich in den Papieren im Arbeitszimmer gefunden habe.«

Sie drehte sich auf den Bauch, schlang eine Hand um seinen Hals und zog seine Lippen zu sich herunter. »Erzähl mir davon«, murmelte sie an seinem Mund.

Er küsste sie. Sie hätte in seinen Küssen versinken können. Jetzt wünschte sie sich ständig, sie hätte es getan.

Als er sich zurückzog, ließ er die Hand am Saum ihres Strumpfs ruhen. »Es war einmal –«

Sie lachte. »Ist das ein Märchen?«

»Wer erzählt diese Geschichte?«, fragte er und schnipste spielerisch mit ihrem Strumpfband.

»Du. Entschuldige.«

»Es war einmal«, begann er noch einmal, »eine Frau namens Venetia, die eine sehr talentierte Gärtnerin war. Mein Großvater hatte sie beauftragt …«

Die Geschichte ging weiter, doch Dianas Aufmerksamkeit ließ nach, als ihr Mann ihr wieder über das Haar strich, bis sie mit dem Kopf in seinem Schoß einschlief.

Nach Murrays Tod hatte sie die beiden Schlüssel zum Garten des Winters – ihrem gemeinsamen Garten – in eine Schale gelegt, die auf dem Kaminsims in der Bibliothek stand. Seitdem konnte sie sich nicht überwinden, ihn zu betreten. John Hillock, der Gärtner, oder später einer der Dorfjungen baten Mrs. Dibble regelmäßig um einen der Schlüssel, damit sie den Garten in Ordnung bringen konnten. Nach getaner Arbeit schlossen sie fest ab und gaben den Schlüssel zurück, und sie kümmerte sich nicht weiter darum.

»Trauer kann ein überwältigendes Gefühl sein«, meinte Pater Devlin und unterbrach sie in ihren Erinnerungen.

»Wie bitte?«

»Sie dürfen um Ihren Mann trauern, Mrs. Symonds«, sagte er.

Sie ließ den Blick über den Rasen schweifen, wo die Traktoren der Landarmee den Boden umpflügten. »›Selig sind die Trauernden, denn sie sollen getröstet werden.‹ Wissen Sie, wie viele Leute das auf der Beerdigung zu mir gesagt haben?«

»Matthäus 5, Vers 4«, merkte er an.

»Es waren viele wohlmeinende Menschen. Der Einzige, der diese Worte nicht aussprach, war Pfarrer Bilson.«

»Was, vermute ich, der Grund dafür ist, dass der gute Pfarrer weiterhin von Ihnen zum Dinner eingeladen wird«, meinte Pater Devlin.

Sie neigte den Kopf.

»Woran erinnern Sie sich noch von dem Begräbnis Ihres Mannes?«, fragte er.

Das Gefühl, zwischen ihren Eltern auf der einen und Cynthia auf der anderen Seite eingequetscht zu sein. Gefangen auf der Kirchenbank, wo jeder sie beobachtete. Am liebsten wäre sie aus der Kirche gerannt, denn dann hätte sie vielleicht schnell genug davonlaufen können, um allem zu entrinnen.

»Am Ende standen wir alle auf, und ich musste als Erste gehen. Mein Vater legte die Hand unter meinen Ellbogen, um mir beim Aufstehen zu helfen. Ich habe meine Beine kaum gespürt, aber irgendwie setzte ich einen Fuß vor den anderen. Dann, auf halbem Weg im Mittelgang, konnte ich mich nicht mehr rühren.«

»Sie standen unter Schock«, sagte Pater Devlin leise.

Sie schüttelte den Kopf. »Das Gleiche ist mir bei meiner Hochzeit passiert. Ich ging am Arm meines Vaters, und mit einem Mal war ich wie erstarrt. All diese Leute sahen mich an.«

»An Ihrem Hochzeitstag haben die Menschen sich mit der jungen Braut gefreut. Beim Begräbnis Ihres Mannes hat ihnen der Schmerz leidgetan, den Sie empfinden mussten.«

»Diese Leute hatten überhaupt keine Ahnung davon, was ich fühlte.« Ihre Worte klangen schroff und verbittert. »Sie wollten zusehen, wie ich zusammenbreche. Wie die hilflose Witwe schluchzend in den Armen ihrer Eltern liegt, weil ihr Mann tot ist.«

»Bestimmt hat niemand so etwas gedacht«, beschwichtigte er.

Ihr trockenes Auflachen blieb ihr in der Kehle stecken. »Dann besitzen Sie einen größeren Glauben an die Menschheit als ich, Vater. Ich wollte den Leuten nicht die Befriedigung gönnen, mit anzusehen, wie ich die Kontrolle verlor, aber ich war wie gelähmt, bis ich spürte, wie meine Mutter die Finger in meine Taille grub. Sie hatte einen Arm um mich gelegt, sodass es aussah, als würde sie mich stützen, aber ich fühlte, wie sie mich kniff. ›Du bist jetzt Mutter‹, flüsterte sie mir ins Ohr. Ich habe sie dafür gehasst, doch sie hatte recht. Ich musste mich um Robin kümmern. Ich konnte nicht zusammenbrechen, denn ich hatte meinen Sohn.

Ich habe alles getan, um ihm ein normales Leben zu ermöglichen. Er geht mit den anderen Jungen zur Schule. Trotz der Rationierungen fehlt es ihm an fast nichts. Im Haus hat sich nichts verändert, wenn ich das verhindern konnte. Eines Tages wird es ihm gehören.«

Sogar als sie sich nach dem Begräbnis bei den trostlosen Abendessen mit Cynthia nach seiner Gesellschaft gesehnt hatte, hatte sie nicht die Nanny nach ihm geschickt. Sie hatte ihrem Sohn nicht die Last ihrer Trauer aufbürden wollen, daher hatte sie das Kinn gereckt, die Tränen weggeblinzelt und versucht, sich nicht von dem Kummer verschlingen zu lassen, der sie zerriss.

»Wir müssen alle damit zurechtkommen«, erklärte sie. Nun, da sie erst einmal zu reden begonnen hatte, schien sie nicht wieder aufhören zu können. »Da geht es mir genau wie meiner Schulfreundin Marcella, die ihren Mann bei einem U-Boot-Angriff verloren hat, oder der Frau meines Cousins, dessen Flugzeug seit seinem letzten Flug über Frankreich vermisst wird.«

»Da mögen Sie wohl recht haben, Mrs. Symonds, aber denken Sie daran, dass Sie nicht die Last von ganz Highbury auf den Schultern tragen müssen.«

Abrupt stand sie auf. »Sie brauchen mir nicht zu sagen, was ich zu tun oder zu lassen habe. Guten Tag, Pater Devlin.«

Er erhob keine Einwände, als sie durch die Tür ins Haus verschwand.

Venetia

Mittwoch, 3. April 1907
Highbury
Bewölkt

Matthew Goddard hat sich als Mann erwiesen, der sein Wort hält. Heute ist er nach Highbury House gekommen, um mich abzuholen und mit mir zu Mr. Johnston nach Hidcote Manor zu fahren.

Meine Freude über den Ausflug, bei dem ich einen anderen Gärtner kennenlernen sollte, wurde nur durch Mrs. Melcourt gedämpft, die an der Haustür stand und mit aufeinandergepressten Lippen zusah, wie ihr Bruder mich in sein altes, aber zweckdienliches Gig einsteigen ließ. Mr. Goddard nahm neben mir Platz, knallte mit den Zügeln, und schon waren wir unterwegs.

Wir fuhren durch das ländliche Gloucestershire, wo in den Hecken Schlehen und Bergulmen blühten. Auf Hidcote Manor wurden wir von einem Stallburschen begrüßt, der das Pferd hielt, während wir abstiegen. Ein anderer Mann, älter und mit grauen Schläfen, erklärte uns, Mr. Johnston treffe sich gerade mit seinem Verwalter, würde sich aber bald zu uns gesellen. Wenn wir wünschten, könnten wir schon über das Anwesen spazieren.

Wir schlenderten langsam vor uns hin. Mr. Goddard schwieg größtenteils, um mich den Garten studieren zu lassen, den Mr. Johnston hier gestaltete. Aber wenn er eine Frage stellte, war sie intelligent und präzise. Er hatte zwar behauptet, ihm mangle es an Kreativität, doch er besaß einen guten Blick und schien die Struktur des neu angelegten Gartens zu verstehen.

Als wir die Stelle erreichten, an der die Bereiche des kultivierten Gartens in die natürliche Landschaft übergingen, entdeckten wir im Schatten der Bäume am Feldrand noch Schneehügel. Ein schneidender Wind peitschte um den Saum meines Wollmantels, und ich zog mir den gestrickten Schal ein wenig enger um den Hals.

»Ist Ihnen kalt?«, fragte Mr. Goddard stirnrunzelnd.

»Ich habe schon Schlimmeres ausgestanden«, gab ich lächelnd zurück und wandte mich dann um, als hinter uns ein Zweig knackte.

»Hallo, Goddard!«, rief der Mann, der auf uns zukam, in einem monotonen amerikanischen Akzent.

»Johnston.« Mr. Goddard schüttelte ihm die Hand und sprach dann mich an. »Miss Smith, darf ich Ihnen Mr. Johnston vorstellen?«

»Ist mir ein Vergnügen, Sir«, sagte ich und streckte die Hand aus.

»Willkommen auf Hidcote Manor, Miss Smith.« Er schien die Kälte nicht zu spüren, obwohl seine Kleidung viel zu ordentlich war, als dass er soeben von der Arbeit im Garten gekommen sein könnte. Vielleicht hatte die Kälte einfach noch keine Zeit gehabt, ihm in die Knochen zu kriechen.

»Was Sie hier erschaffen, ist wunderschön«, meinte ich.

»Ein ziemlicher Unterschied zum vorherigen Zustand. Hidcote hatte einen kleinen Garten, aber was Sie jetzt sehen, war größtenteils Ackerland«, erklärte Mr. Johnston, während wir den Rückweg in Richtung Haus antraten. »Ich hoffe, dass dieser Bereich eines Tages eine Art Wildnis wird. Alles sorgfältig geplant natürlich«, setzte er mit einem Lächeln hinzu.

»Ein Fantasiebild der Natur zu erschaffen gehört zur Aufgabe eines Gärtners«, erwiderte ich.

»Genau«, sagte Mr. Johnston. »Und dann gibt es noch Goddard, der sich mehr für die Wissenschaft der Pflanzen interessiert als für ihre Schönheit.«

»Sie urteilen zu hart über mich«, protestierte Mr. Goddard gutmütig. »Eine Pflanze zu studieren bedeutet, ihre Schönheit von Grund auf zu verstehen. Es ist eine Erleuchtung zu lernen, wie man zwei Rosen kreuzen kann, um eine noch schönere und robustere Sorte zu erschaffen.«

Mr. Johnston raunte mir in verschwörerischem Ton zu: »Sie sollten Ihn bitten, Ihnen seine Treibhäuser zu zeigen.«

»Mr. Goddard war bereits so freundlich, mich auf die Wisteria Farm einzuladen«, erklärte ich.

Mr. Johnston zog die Augenbrauen hoch. »Ach ja?«

»Miss Smith hat sich die schwere Last aufgebürdet, einige meiner Rosen auf die Bitte meiner Schwester hin in ihren Entwurf zu integrieren«, erklärte Mr. Goddard.

»Das ist keine Last«, gab ich schnell zurück. Und das stimmt. Ich genieße seine Gesellschaft und die Art, wie er seine Begeisterung über etwas, das ihn fasziniert, kaum zurückhalten kann. Und mehr noch, mir gefällt seine Ungezwungenheit. Er behandelt mich weder wie ein Porzellanpüppchen noch wie eine schrullige Dame, die Gärtnerin spielt.

Ich hätte nicht sagen können, ob Mr. Johnston sich bei diesem Austausch etwas dachte. »Erzählen Sie mir von Ihren Plänen für Highbury«, sagte er stattdessen.

Ich beschrieb ihm das Gelände, und er lächelte, als ich den Spiegelteich erwähnte.

»Und die Bepflanzung?«, fragte er.

»Locker und natürlich, als wäre der Garten vollständig ausgewachsen aus dem Nichts heraus aufgetaucht«, erklärte ich und fuhr mit den Fingern über die breiten Blätter einer Hortensie. »Highburys Gartenbereiche sollen durch sich stets wiederholende Pflanzen charakterisiert werden, die Rabatten bilden, aber ich möchte verhindern, dass die Gestaltung zu steif wirkt. Zum Beispiel würde ich diese *Hydrangea aspera ›Villosa‹* in den Dichtergarten oder um die Ränder des Wassergartens setzen, wo sie vielleicht ein wenig Schatten erhaschen kann. In zwanzig Jahren sollte sie ihren eigenen Schatten werfen. Wer weiß schon, was dann darunter sprießen wird?«

»Manche Pflanzen wuchern wie Unkraut, wenn man ihnen den richtigen Boden gibt«, pflichtete Mr. Johnston mir bei.

Als wir uns dem Haus näherten, tauchte ein Mann auf, der Mr. Johnston zuwinkte.

»Bitte entschuldigen Sie mich, aber wie ich sehe, werde ich gebraucht«, sagte dieser. »Fühlen Sie sich frei, nach Belieben auf Erkundung zu gehen. Ich weiß, dass Sie bei Goddard in guten Händen sind, aber ich hoffe, Sie suchen mich noch einmal auf, bevor Sie fahren.«

Während der Besitzer von Hidcote schnellen Schritts davonging, wandte ich mich an meinen Begleiter. »Ich bin sehr froh darüber, dass Sie mich hergebracht haben.«

»Nun, ich sollte Ihnen danken, Miss Smith«, entgegnete Mr. Goddard und nahm meinen Arm.

Ich lachte. »Wofür sollten Sie sich bei mir bedanken? Ich habe doch nichts getan.«

»Sie haben mir das Einzige geschenkt, was ich mir gewünscht habe.«

Als sich unsere Blicke trafen, stockte mir der Atem. Eine solche Eindringlichkeit hatte ich in seinen blauen Augen noch nie gesehen. »Und was wäre das?«

»Einen Nachmittag mit Ihnen.«

»Mr. Goddard …«

Er ergriff meine Hand und drückte sie sanft. »Das wollte ich Ihnen nur sagen. Nichts weiter. Sollen wir jetzt zum Haus zurückgehen?«

Emma

»Ich weiß, Mum«, sagte Emma und umklammerte beim Gehen ihr Handy so fest, dass ihre Fingerknöchel schmerzten.

»Ich verstehe das einfach nicht. Hast du etwas falsch gemacht?«, fragte ihre Mutter zum dritten Mal in zehn Minuten.

»Eileen«, sagte ihr Dad in dem Ton, den er immer anschlug, wenn ihre Mum besonders unmöglich daherredete.

»Sie haben einen Einstellungsstopp. So etwas kommt ständig vor«, erklärte sie, während sie in die Bridge Street einbog und den Tach Brook überquerte, der nach dem Regen im Frühjahr sehr viel Wasser führte.

»Bist du traurig darüber, Emma?«, fragte ihr Dad.

War sie das? Ihr Stolz war verletzt, das konnte sie nicht abstreiten. Und sie konnte auch nicht leugnen, wie verlockend es wäre, für eine Stiftung zu arbeiten, statt selbstständig zu sein: Sicherheit, Sozialleistungen, ein festes Gehalt, Urlaub. Momentan hatte sie nichts davon, aber dafür hatte sie *Turning Back Thyme.*

»Emma?«, hakte ihr Vater nach.

Sie schob sich die Leinentasche mit ihren Einkäufen höher auf die Schulter. »Ich denke gerade darüber nach«, sagte sie.

»Ich könnte Bethany anrufen«, schlug ihre Mutter vor. »Sie ist ziemlich arrogant geworden und erinnert sich nicht immer daran, dass wir in demselben Wohnblock in Croydon aufgewachsen sind, aber ich glaube, der Mann ihrer Cousine spielt Golf mit dem Geschäftsführer der Royal Botanical Heritage Society.«

»Nein danke, Mum. Wenn der Etat für die Stelle nicht reicht, nützen auch Kontakte nichts. Außerdem brauche ich noch Monate für das Projekt auf Highbury«, erklärte sie. Und es würde noch Monate dauern, bis sie einen neuen Auftrag annehmen konnte. Wenn sie sich nur klonen könnte, um an zwei Projekten gleichzeitig zu arbeiten …

Ein Motorrad raste mit aufheulendem Motor an ihr vorbei.

»Wo bist du?«, fragte ihr Dad.

»Nur auf dem Weg nach Hause«, antwortete sie.

»Nach Hause?«, wiederholte ihre Mum verwundert.

»Zum Bow Cottage«, verbesserte sie sich.

»Gut, denn einen Moment lang klang es, als ob –«

»Ach, lass sie doch in Frieden, Eileen«, sagte ihr Dad lachend. Emma konnte sich vorstellen, wie er ihre Mutter scherzhaft mit dem Ellbogen anstieß.

»Ich sage ja nur, dass es besser wäre, wenn du dir in der Nähe von London oder in Surrey etwas suchst, falls du dich dauerhaft niederlassen willst, Emma. Nicht in den Midlands.«

»Ich bin weniger als zehn Meilen von der M40 entfernt, die direkt nach London führt«, wandte sie ein. »Es könnte auch Inverness werden, wo ich meinen letzten Job hatte.«

»Schottland«, stieß ihre Mutter hervor. »Das ist alles Charlies Schuld.«

Die Läden von Highbury kamen jetzt in Sicht. Sie verdrehte die Augen. »Seit ich Charlie kenne, hat er nicht mehr in Schottland gelebt. Außerdem lässt sich keiner von uns dauerhaft irgendwo nieder.«

»Sie weiß, dass sie albern ist«, sagte ihr Vater, dessen Stimme jetzt deutlicher klang, offenbar hatte er die Freisprechfunktion ausgeschaltet.

»Bin ich nicht!«, hörte sie im Hintergrund ihre Mutter protestieren.

»Sie ist albern«, bestätigte Emma.

Sie hörte, wie ihr Vater sich mit dem Telefon in ein anderes Zimmer begab. »Deine Mutter hat nie vergessen, wie es war,

Geldsorgen zu haben. Deswegen wollte sie unbedingt, dass du studierst.«

»Und stattdessen habe ich eine Ausbildung zur Landschaftsgärtnerin gemacht.« Emma erinnerte sich nur zu gut an diese Streitgespräche. »An der Uni wäre ich unglücklich geworden.«

»Ich weiß. Aber deine Mutter meint es nur gut«, sagte er.

Sie seufzte. »Ich weiß.«

»Du bist eine gute Tochter.«

»Ihr könntet doch irgendwann herkommen und euch Highbury ansehen. Vielleicht gefällt es euch ja«, schlug sie vor.

»Ich weiß nicht, ob sich deine Mutter dann mehr oder weniger Sorgen machen würde.«

»Mit Anfang zwanzig hätte mich das wirklich gestört«, sagte sie.

»Und jetzt?«

»Jetzt finde ich, dass ich erwachsen bin und Grenzen setzen kann – und Mum sie bitte respektieren soll.« Meistens.

»Kluges Mädchen«, sagte ihr Dad.

Jemand tippte Emma auf die Schulter. Als sie sich umdrehte, stand Henry vor ihr. Er trug ein schwarzes T-Shirt, auf dem *Jones & Cropper & Steinberg & Jackson* stand. Zur Begrüßung winkte er ihr stumm zu.

»Dad, soll ich morgen zurückrufen? Dann können wir weiter über einen Besuch reden.«

»Jederzeit, Schatz«, antwortete ihr Vater.

»Bedaure, Sie unterbrochen zu haben«, sagte Henry, nachdem sie den Anruf beendet hatte.

»Keine Sorge, ich habe meinen Eltern nur ein kurzes Update gegeben«, erklärte sie und fügte dann hinzu: »Ich verstehe Ihr T-Shirt nicht.«

Er senkte den Blick darauf. »Das sind *Booker T. and the M.G.s*«, sagte er, als wäre es das Offensichtlichste auf der Welt.

»Aha.« Sie nahm sich vor, das im Internet zu recherchieren, wenn sie nach Hause kam.

»Verstehen Sie sich gut mit Ihren Eltern?«, fragte er.

»Überwiegend schon, obwohl meine Mum mich die meiste Zeit in den Wahnsinn treibt. Ständig macht sie sich Sorgen, dass ich mein ganzes Leben für einen Betrieb opfere, der kurz vor dem Zusammenbruch steht.«

»Und, ist das so?«, wollte er wissen.

Ärgerlich lachte sie auf. »Nein. Aber sie war nicht gerade begeistert, als ich ihr erzählt habe, dass ich eine Ausbildung zur Landschaftsgärtnerin machen möchte. Oder ein paar Jahre später, als ich beschlossen habe, mich selbstständig zu machen«, erklärte sie.

»Was hätten Sie denn ihrer Meinung nach tun sollen?«, fragte er.

Sie zuckte mit den Schultern. »Keine Ahnung. Sie hat eine Zeit lang am Empfang einer Anwaltskanzlei gearbeitet, daher war sie während meiner Teenagerzeit ziemlich erpicht darauf, dass ich Anwältin werde.«

»Dass Kinder ihre Eltern enttäuschen, ist ja praktisch Tradition.«

»Ist Ihr Vater denn nicht auch Landwirt gewesen?«, fragte sie.

»Haben Sie je den Monty-Python-Sketch gesehen, wo der Vater, der Theaterautor ist, wütend auf seinen Sohn losgeht, weil der beschlossen hat, Bergarbeiter zu werden?«

»Klar. Er parodiert so ungefähr jeden Roman, den D. H. Lawrence je geschrieben hat.«

Er nickte. »Genauso war mein Dad.«

»Dann wollte Ihr Vater, dass Sie alles tun, nur nicht in die Landwirtschaft gehen …«

»Und weil ich ein Rebell bin, konnte ich mir nichts anderes vorstellen.« Er wies hinter sich. »Kommen Sie mit?«

»Mitkommen?« Sie folgte seiner Geste mit dem Blick und sah, dass er auf das Schild des *White Lion* deutete.

»Ich dachte, Sie haben Sydneys Drängen diese Woche vielleicht nachgegeben«, erklärte er.

»Würde ich sehr gern«, sagte sie, verblüfft darüber, dass das wirklich stimmte, »aber ich habe das hier dabei.« Sie hielt ihre Tasche mit den Einkäufen hoch.

»Haben Sie etwas Verderbliches gekauft?«, fragte er.

»Einen halben Liter Milch und griechischen Joghurt«, erklärte sie.

»Kommen Sie mit.« Er war schon halb an der Tür des Pubs, dann drehte er sich um. »Wenn Sie wollen«, fügte er hinzu.

Kurz zögerte Emma. Sie musste die Tabellenkalkulation für ihr Budget aktualisieren und Firmen kontaktieren, die Skulpturen restaurierten. Und wahrscheinlich sollte sie die Mail ihres Steuerberaters öffnen – etwas, vor dem sie sich schon den ganzen Tag drückte. Doch als sie sah, wie Henry ihr die Tür aufhielt, wurde ihr klar, dass es einfach nicht verlockend klang, in ihr leeres Cottage zurückzukehren.

In dem Pub war es heiß, und die Leute saßen dicht an dicht an runden Tischen und auf hohen Barhockern am Tresen. Auf jedem Tisch warteten zwischen beschlagenen Gläsern ein Stück Papier und ein Bleistift. In der Menge konnte sie Sydney und Andrew nicht entdecken.

Als Henry die Bar erreichte, beugte er sich vor. »Was trinken Sie?«, schrie er über einen Song von Little Mix hinweg.

»Ein Bier, bitte!«, rief sie zurück.

Er streckte die Hand aus. »Geben Sie mir Ihre Einkäufe.«

Sie runzelte die Stirn, reichte ihm aber die Stofftasche. In diesem Moment schob sich die Barfrau, eine ältere Frau mit dickem tiefschwarzem Lidstrich heran.

»Na, was führst du im Schilde, Henry?«, fragte sie.

»Nur Gutes. Dinah, das ist Emma Lovell. Sie arbeitet an der Restaurierung von Sydneys und Andrews Garten«, erklärte Henry.

Dinah streckte ihr über die Bar hinweg die Hand entgegen. »Alle Freunde von Sydney und Andrew sind im *White Lion* willkommen, aber passen Sie bei dem da auf.« Mit einer Kopfbewegung wies Dinah auf Henry. »Den werfe ich schon regelmäßig aus dem Pub, seit er vierzehn ist.«

»Ich werde daran denken«, entgegnete Emma und strich sich das Haar hinter die Ohren zurück.

»Gib uns zwei Bier, ja?«, bat Henry.

Dinah nahm ein Halbliterglas und zapfte routiniert Ale. »In ein paar Minuten fängt Lucy an«, erklärte sie kurz darauf und stellte ein volles Glas vor Emma hin.

»Würde es dir etwas ausmachen, das hier in den Kühlschrank im Hinterzimmer zu legen, Dinah?«, fragte Henry und reichte ihr die Einkäufe. »Von Emma, nicht von mir«, erklärte er, als Dinah ihm einen Blick zuwarf.

»Für Emma mache ich das gern«, sagte sie und stellte auch Henry ein Bier hin. »Das macht dann acht Pfund fünfzig.«

Ehe Emma sich rühren konnte, hatte Henry die Drinks schon bezahlt. Sie wollte schon protestieren, als Dinah sich einschaltete. »Lassen Sie ihn nur. Das ist seine Buße für später. Er wird darauf bestehen, dass er die richtige Antwort weiß, und Sie den Sieg kosten.«

»Wenn es Ihnen nichts ausmacht«, sagte Emma.

»Macht es ihm nicht. Seien Sie nicht schüchtern, und fragen Sie jederzeit nach Ihren Einkäufen, wenn Sie losmöchten. Die Meute hier kann ein paar Minuten auf ihre Drinks warten«, sagte Dinah und zog sich in den hinteren Teil des Lokals zurück.

»Ich finde sie nett«, meinte Emma und trank einen Schluck von ihrem Ale.

»Ich bin gesetzlich dazu verpflichtet, sie zu mögen. Sie ist meine Tante. Ich musste fürs Abitur P. G. Wodehouse lesen. Als Bertie Wooster seine Tante Agatha die ›Niederwerferin von Neffen‹ nannte, wusste ich genau, was er meinte. Kommen Sie, lassen Sie uns sehen, ob wir uns durch diese Massen quetschen können.«

Henry drängte sich mit einer Schulter voran durch die Menge, während Emma sich die größte Mühe gab, weder ihr Bier zu verschütten noch jemandem mit ihrer Tasche, deren Riemen sie quer über dem Körper trug, gegen den Arm zu stoßen. Als sie aus der dicht gedrängten Schar heraustrat, stand sie Sydney, Andrew und einem ihr unbekannten Mann und einer Frau gegenüber, die an einem niedrigen Tisch saßen.

»Hi!«, rief Sydney aus, sprang auf und warf dabei fast ihr Ginglas um. »Ich hatte ja keine Ahnung, dass Sie kommen würden.«

»Ich habe sie direkt vor der Tür des Pubs erwischt und hineingezerrt«, erklärte Henry.

»Willkommen«, sagte Andrew.

»Hier, setzen Sie sich, und ich stelle Sie allen vor«, sagte Sydney und nahm ihre Handtasche von einem freien Platz.

»Danke«, sagte Emma.

»Das ist Jaya Singh. Sie ist leitende Eventmanagerin im Kinton-Tempel, gleich unten an der Straße«, erklärte Sydney.

Emma schüttelte der Frau, die trotz ihrer jugendlichen Erscheinung auffällig grau meliertes Haar hatte, die Hand.

»Und das ist Colby Powell. Er ist Professor an der Universität Warwick«, sagte Sydney.

»Ich bin, wie man in den Staaten sagen würde, Ersatzspieler«, sagte Colby.

»Colby ist unser Gast-Amerikaner«, erklärte Jaya.

»Schön, Sie beide kennenzulernen«, meinte Emma.

»Ladys, Gentlemen und alle anderen«, erklang eine Stimme über das Mikrofon, »wir können anfangen.« Der Lärm im Pub wich einem dumpfen Stimmengewirr, und die Frau auf der Bühne zog die Augenbrauen hoch. »So ist es viel besser. Ich habe das Pech, die meisten von euch schon mein ganzes Leben zu kennen, aber für die, die noch nicht wissen, wer ich bin: Ich heiße Lucy MacFarlane, und ich bin Ihre Quizmasterin.« Die Menge johlte und schrie. »Genug davon. Ihr wisst alle, dass ein Pub-Quiz eine ernste Angelegenheit ist. Spitzt eure Bleistifte, in unserer ersten Runde geht es um Sport.«

Andrew stöhnte, und Sydney zog das Papier näher an sich heran. »Colby und ich übernehmen das, falls Sie nicht über ein geheimes Repertoire an Sportwissen verfügen, mit dem Sie uns gleich überwältigen werden, Emma.«

»Ich schaue ab und zu Fußball, und Dad tut so, als würde er Kricket mögen«, erklärte sie.

»Ausgezeichnet. Mein Mann ist verrückt nach Kricket, aber er ist gerade auf Geschäftsreise«, sagte Jaya.

»Ich gebe mein Bestes«, meinte Emma.

Andrew stieß mit ihr an. »Mit einem Teamnamen wie ›Bedrohung der Nüchternheit‹ können wir uns nicht mehr erhoffen.«

Die »Bedrohung der Nüchternheit« verlor.

Mit Abstand.

»Ich kann nicht glauben, dass ›Künstliche Intelligenz‹ wieder gewonnen hat«, maulte Sydney, während sie neben Emma, Andrew und Henry die Church Street entlangging. Colby, der sich den ganzen Abend an einem einzigen Glas Wein festgehalten hatte, hatte sich schon in der Bar von ihnen verabschiedet und war mit dem Auto zurück zu seinem Haus in der Nähe der Universität gefahren. Und in der Heather Lane hatte sich Jaya von ihnen getrennt und ihnen von der Haustür ihres Cottages nachgewinkt. Bow Cottage lag auf derselben Seite des Dorfs wie die Straße nach Highbury House, daher stellte Emma fest, dass die anderen sie fast bis nach Hause bringen würden. Merkwürdigerweise machte ihr das nichts aus.

»Das sagst du jedes Mal«, meinte Andrew und küsste Sydney auf die Stirn.

»Aber dieses Mal hatten wir Emma. Wir hätten gewinnen müssen«, sagte Sydney und schenkte ihr ein mildes, leicht angetrunkenes Lächeln. »Sie haben sich sehr gut geschlagen. Ohne Sie hätten wir die Geologierunde nie geschafft.«

»Das stimmt«, pflichtete Henry ihr bei, der bisher schweigend neben ihr hergegangen war.

»Und französische Literatur«, betonte Andrew.

»Das war ein Glückstreffer, weil ich das im Abitur hatte. Jeder, der behauptet, *L'Etranger* zu lieben, ist ein Angeber«, sagte Emma. Das dritte Bier, zu dem Andrew sie unbedingt hatte einladen wollen, hatte ihr die Zunge gelöst.

Sydney zeigte auf ihren Mann. »Das ist Andrews Lieblingsbuch.«

»Das trifft natürlich nicht auf jeden zu«, verbesserte sie schnell. »Ich meinte Leute, die damit prahlen, es im Original zu lesen. Wie bei Proust.«

»Er hat gerade den letzten Band von *Auf der Suche nach der verlorenen Zeit* ausgelesen. Auf Französisch«, setzte Sydney hinzu.

Eine kurze Pause trat ein, in der Emma zu jedem Heiligen betete, der Gärtner beschützte, und dann brachen Sydney, Andrew und Henry in schallendes Gelächter aus.

»Oh, Sie sollten Ihre Miene sehen!«, rief Sydney und krümmte sich vor Lachen.

»Wie Sie das gesagt haben«, prustete Henry.

»Es tut mir so leid, Andrew«, brachte Emma hervor.

»Es stimmt ja alles, und ich gebe wirklich damit an, obwohl es Prahlerei ist«, erklärte Andrew liebenswürdig.

Sie schlug sich mit der Hand vor die Stirn. »Ich komme mir idiotisch vor.«

»Wir alle sagen ab und zu Dinge, die wir nicht so meinen«, beschwichtigte Sydney und schlang Emma einen Arm um die Schultern.

Ihr war eigentlich klar, dass es eine Reihe von Gründen gab, weshalb sie sich unter Sydneys Arm hervorwinden sollte. Grenzen in der Beziehung zu ihren Klienten zu setzen und ihr professionelles Verhalten zu bewahren waren nur zwei davon. Doch sie tat es nicht. Ein seit Langem schlummernder Teil von ihr sehnte sich nach freundschaftlichen Berührungen.

»Jedenfalls kommen Sie jetzt nicht mehr so einfach aus dem Team für das Pub-Quiz heraus. Wir brauchen Sie nächste Woche«, sagte Sydney.

»Dann ist Jayas Mann wieder da«, wandte Emma ein.

»Was nur hilfreich sein wird, wenn wir eine ganze Runde Kricketfragen bekommen«, konterte Henry.

»Als das zum letzten Mal passiert ist, hat die Hälfte der Teams Beschwerde eingereicht«, sagte Andrew.

Emma warf Henry einen Blick zu. »Wir haben die Quizmasterin mit Zwischenrufen überhäuft«, erklärte er.

Die Straße gabelte sich, und Sydney ging langsamer. »Wir sind da. Henry?«

»Ich bringe Emma noch nach Hause«, erklärte er.

»Das ist nicht nötig«, gab sie zurück. »Es ist logischer, wenn Sie mit Sydney und Andrew gehen.«

»Ich bestehe darauf. Geben Sie mir die Gelegenheit, so zu tun, als wäre ich ein Gentleman«, sagte er lächelnd.

Sie überlegte, ob sie protestieren sollte, doch dann ließ sie ihm seinen Willen.

Nachdem Sydney und Andrew ihnen zum Abschied gewinkt hatten, schlugen Henry und sie den Weg zum Bow Cottage ein.

»Das hätten Sie wirklich nicht machen müssen«, brach sie schließlich das Schweigen.

»Ich wollte Ihnen auch noch etwas erzählen. Ich hatte endlich Zeit, Nans alte Papiere durchzugehen. Und ich habe ein paar der Skizzenbücher gefunden, nach denen Sie suchen.«

»Sind es Zeichnungen vom Garten?«, fragte sie hoffungsvoll.

Er lächelte. »Ganz genau. Einige Detaildarstellungen von Pflanzen. Auch ein paar der Soldaten.«

»Die würde ich zu gern sehen.«

»Ich könnte sie Ihnen vorbeibringen«, bot er an.

Sie zögerte, nickte dann aber. »Sehr gern.«

»Gut, dann mache ich das.«

»Wir sind da«, erklärte sie, als sie das Bow Cottage erreichten.

Sie schob sich die Einkäufe höher auf die Schulter, damit sie in ihrer Handtasche nach den Schlüsseln suchen konnte, doch als sie das Bund hervorzog, stellte sie sich ungeschickt an und ließ es auf die Straße fallen. Sie bückte sich, um es aufzuheben, doch Henry war schneller. Er umfasste die Schlüssel schon, als sie ihre Hand darauflegte. Ihre Blicke trafen sich, und einen Moment lang hörte sie nur seinen Atem und nahm wahr, wie die nächtliche Brise sein dunkles Haar leicht bewegte.

»Ich bin froh, dass Sie heute Abend mitgekommen sind«, sagte er leise.

»Obwohl das Zufall war?«, fragte sie.

»Manchmal ergeben sich die besten Gelegenheiten aus Zufällen.«

Er richtete sich auf und gab ihr die Schlüssel. Als sie sie annahm, zitterte ihre Hand ein wenig.

»Gute Nacht, Henry«, sagte sie.

Sie drehte sich um und ging den kurzen Gartenweg entlang, der zu ihrem Cottage führte. Es gelang ihr, die Haustür beim ersten Versuch zu öffnen, und sie knipste das Licht im Flur an. Als sie sich umdrehte, um die Tür hinter sich zu schließen, sah sie, dass er immer noch dastand und wartete, bis sie sicher im Haus war. Ihre Blicke trafen sich, und er lächelte leise. Dann steckte er die Hände in die Taschen und wandte sich ab, um die Straße entlangzugehen.

Stella

Das dünne, billige Papier knisterte in Stellas Händen, als sie Joans Brief noch einmal las. Mr. Jeffries, der freundliche Postmeister, hatte ihn direkt zur Küchentür gebracht, als er die Nachmittagspost ausgeliefert hatte.

20. April 1944

Liebe Estrella,
das Schreiben fällt mir nicht leicht, und Papier ist knapper denn je. Nach den neuen Luftangriffen auf London kann ich nicht riskieren, Bobby wieder zu mir nach Bristol zu holen. Die Stadt ist nach den letzten Angriffen ein einziges Trümmerfeld.

Du musst ihn noch ein wenig länger bei Dir behalten. Hier habe ich niemanden, der auf ihn aufpasst. Ich arbeite bis spät in der Munitionsfabrik und habe selten vor Einbruch der Nacht Schluss. Sag ihm, dass seine Mummy ihn sehr vermisst und ich ihn besuchen komme, sobald ich kann. Und bevor Du fragst: Nein, ich weiß noch nicht genau, wann das sein wird.

In Deinem letzten Brief hast Du mich um Geld für seine Sachen gebeten. Hast Du das Geld, das ich Dir vor zwei Wochen geschickt habe, nicht bekommen? Vielleicht gibt es ja Langfinger in Deinem Postamt. Ich habe gehört, dass manche Angestellte Umschläge stehlen, die aussehen, als wären Banknoten darin. Du musst wirklich besser aufpassen, Estrella.

Ich konnte nicht abwarten, Dir davon zu erzählen: Ein paar von uns Mädchen waren neulich zu einem Tanz mit amerikanischen Soldaten eingeladen. Die GIs sahen alle aus wie Filmstars, mit kurz geschnittenem Haar, und sie hatten die schönsten, strahlend weißen Zähne. Ich habe Jitterbug getanzt und …

Stella ließ den Brief auf die Arbeitsplatte fallen. Sie wusste nicht, was sie von ihrer Schwester erwartet hatte, aber zumindest hatte sie gehofft, nicht so etwas zu lesen.

Ein Wunder, dass Joan so lange Witwe geblieben ist. Womöglich hätte sie sich schämen sollen, weil sie ihrer Schwester gegenüber so treulos war, aber es war die Wahrheit. Wenn dieser Krieg zu Ende ging, würde Joan nicht mehr allein sein. Dessen war sich Stella sicher.

Aber was war mit Bobby? Joan hatte vor zwei Wochen kein Geld geschickt, und diesem Brief hatte auch keins beigelegen. Jedes Mal, wenn ihr Neffe etwas brauchte, griff Stella auf ihre hart erarbeiteten Ersparnisse zurück. Das Geld, mit dem sie sich ein neues Leben aufbauen wollte, schwand dahin. Bücher? Das wäre eine Zugfahrkarte nach London gewesen. Er hatte auf dem Schulweg seine Mütze verloren? Davon hätte sie eine Woche lang das Abendessen in einer Pension zahlen können. Ein neues Hemd, nachdem er sich das alte zerrissen hatte, als er mit Robin auf Bäume geklettert war? Da ging ein neuer Fernkurs dahin, zusammen mit kostbaren Coupons für Kleidung.

Sie gab sich schrecklich große Mühe, das Richtige für ihren Neffen zu tun. Er hatte etwas zum Anziehen und zum Essen. Sie ließ ihn spülen, nachdem Dorothy und sie das Abendessen von Mrs. Symonds abgeräumt hatten. Und obwohl sie ihm bei seinen Schulaufgaben helfen konnte, kam sie sich jämmerlich unzulänglich dabei vor, die Fragen zu beantworten, die er momentan in einem stetigen Strom hervorsprudelte. Sie tat alles, was eine Mutter getan hätte, doch sie war nicht wirklich mit dem Herzen dabei.

Das Tappen kleiner Schuhe auf dem gefliesten Korridor kündigte das Eintreffen ihres Neffen an. Rasch faltete Stella den Brief zusammen und steckte ihn in die Tasche.

»Hallo, Bobby!«, rief Mrs. George, die am Herd stand.

Strahlend rannte er zu der Köchin und umarmte ihr Bein. Er wirkte so ganz anders als der verängstigte kleine Junge, der vor zwei Monaten auf Highbury angekommen war.

»Hallo, Mrs. George. Heute habe ich einen Igel gesehen«, verkündete er.

»Ach ja? Am helllichten Tag?«, fragte die Köchin, zerzauste ihm das Haar und schob ihn dann sanft weg, damit sie weiter in einer bräunlichen Suppe rühren konnte.

»Er ist quer über die Straße gelaufen.«

»Und woher weißt du, dass es keine Igelin war?«, fragte Mrs. George.

Er setzte eine ernste Miene auf. »Ich weiß es eben.«

»Hallo, Bobby!«, rief Stella durch die Küche. Als er herüberkam, sie aber nicht umarmte wie Mrs. George, spähte sie geschäftig unter ein Geschirrhandtuch, wo zwei Laibe braunes Brot aufgingen.

»Ich habe heute einen Brief von deiner Mutter bekommen. Sie schreibt, dass sie dich sehr vermisst«, fuhr sie fort. Sie war mit dem Fortschritt des Brots zufrieden, griff nach dem Knust eines alten Laibs und schnitt eine dünne Scheibe ab. Darauf kratzte sie ein wenig Margarine und legte es Bobby hin, der sofort ein großes Stück davon abbiss.

»Bis zum Abendessen gibt es nichts anderes mehr«, erinnerte sie ihn.

Sein nächster Bissen fiel ein wenig kleiner aus. »Wo ist Mummy?«, fragte er mit vollem Mund.

»Sie muss zu Hause bleiben, weil sie jetzt in der Fabrik arbeitet«, erklärte Stella und spürte die gleichgültigen Worte ihrer Schwester wie ein Gewicht in ihrer Tasche.

»Aber wieso kann sie nicht hier arbeiten?«, fragte er.

»Sie hat eine Arbeit, die sehr wichtig für den Krieg ist«, sagte sie. Joan hätte das sicherlich gern gehört.

»Ich will mithelfen.«

»Das ist zu gefährlich, sogar für einen großen Jungen wie dich.«

Er riss die Augen auf. Tränen standen darin.

»Wird Mummy etwas zustoßen?«, fragte er mit verzagter Stimme.

Himmel, nun war sie ins Fettnäpfchen getreten. Ungeschickt umarmte sie ihn. »Sie ist nicht in Gefahr.«

»Sie soll herkommen!«, jammerte er.

»Sie kann nicht, Bobby«, sagte sie.

»Aber sie wird bombardiert!«

Schockiert wich sie zurück. »Warum glaubst du das?«

Sie spürte, dass Miss Grant und Miss Parker auf der anderen Seite des Raums mit großer Mühe vorgaben, nicht zuzuhören. Wenigstens Mrs. George besaß den Anstand, das Gespräch mit unter dem Busen verschränkten Armen offen zu verfolgen.

»Einer der Jungen in der Schule hat gesagt, die Deutschen haben London in die Luft gejagt, und auch Covertee«, schluchzte Bobby an ihrer Brust.

»Coventry«, verbesserte sie. »Wie abscheulich von diesem Jungen, das zu sagen«, setzte sie hinzu, als sie Mrs. Georges missbilligenden Blick auffing.

»Er hat gesagt, Mummy wird bombardiert.« Er weinte weiter.

Entrüstet über die Gemeinheit des anderen Jungen schüttelte Mrs. George den Kopf, und Stella tröstete sich mit dem Gedanken, dass sie sich wenigstens an dieser Front einig waren.

»Bobby.« Sie legte ihm behutsam die Hand auf den Kopf. »Ich verspreche dir, dass deiner Mutter nichts zustoßen wird.« *Dazu hat Joan immer viel zu viel Glück.* »Und bis dahin darfst du hier leben. Gefällt es dir auf Highbury?«

Er nickte, und seine Tränen durchnässten den Vorderteil ihrer Bluse.

»Du kannst mit Master Robin und all seinen schönen Sachen spielen.« Als er sich von ihrer Brust löste, wäre sie angesichts der Bäche aus Tränen und Schnodder auf ihrer Kleidung fast zusammengezuckt. Am liebsten wäre sie sofort nach oben gerannt, um sich umzuziehen, doch stattdessen zog sie ein verwaschenes Taschentuch hervor und wischte ihm das Gesicht ab.

»Er ist nett«, flüsterte ihr Neffe.

»Ich glaube, deine Mum möchte, dass du eine großartige Zeit hier auf Highbury verbringst, damit du, wenn du nach Hause kommst, ganz viele wunderbare Erinnerungen hast. Meinst du nicht?«

»Doch.«

Sie hockte sich hin, sodass sie auf Augenhöhe mit ihm war. »Also, keine Tränen mehr heute?«

Er nickte.

»Gut. So, möchtest du jetzt noch eine Schnitte Brot?«, fragte sie, obwohl sie sich kaum vorstellen konnte, dass das pappige Brot jemand anderen verlocken könnte als einen Fünfjährigen, der noch nie weiches weißes Mehl und gut aufgegangenes Brot gekostet hatte.

»Kann ich auch Marmelade haben?« Er sah zu ihr auf.

Wider Willen prustete sie vor Lachen. »Ja, du kleiner Frechdachs. Aber nur dieses eine Mal.«

Sie ging das Marmeladenglas holen, das auf dem obersten Bord in der Speisekammer stand – außer Reichweite seiner kurzen Arme. Bobby wusste, wie selten er Marmelade aufs Brot bekam. Stella hatte selbst seit fast zwei Jahren kaum noch davon gekostet. Zucker war viel zu teuer, und die wenigen Coupons, aus denen die Rationen der Symonds-Familie bestanden, gaben nicht genug her, um die Ernte einzukochen, ganz zu schweigen von anderen Notwendigkeiten.

Als sie in die Küche zurückkehrte, stellte sie fest, dass Bobby Miss Parker mit Fragen über Igel bestürmte und die junge Frau aus Leeds damit offenbar verwirrte, die wahrscheinlich nie ein solches Tier gesehen hatte, bevor sie nach Warwickshire gekommen war.

Stella schnitt noch eine dünne Brotscheibe ab und drehte den Deckel des Marmeladenglases ab. Sie schaute sich nach einem Buttermesser um, als eines über die Arbeitsplatte auf sie zugeschoben wurde. Sie blickte auf und sah Mrs. George, die ... lächelte.

»Das haben Sie sehr gut gemacht, Miss Adderton«, sagte die Köchin.

Ich habe keine Ahnung, was ich tue!, hätte Stella am liebsten geschrien. *Sagen Sie mir, was ich machen soll!*

»Mit der Zeit wird es leichter werden«, fuhr Mrs. George fort.

»Ich bin nicht seine Mutter«, sagte sie.

Mrs. George schüttelte den Kopf. »Momentan sind Sie das Beste, was der Junge hat.«

Stella nahm das Messer wortlos entgegen.

Sobald Bobby seinen zweiten Snack beendet hatte, scheuchte sie ihn aus der Küche, um Mrs. Symonds' Teetablett herzurichten. Sie hatte zwar frische Teeblätter für die Kanne, aber nicht mehr viel Mehl gehabt, daher hatte sie Hafer-Scones mit Bratfett backen müssen. Mit Butter hatte sie die Scones zuletzt am ersten Weihnachtstag zubereitet.

Vorsichtig trug sie das Tablett die Dienstbotentreppe hinauf. Eigentlich hätten Dorothy oder Mrs. Dibble es hineinbringen sollen, aber beide waren mit der Wäsche beschäftigt. Inzwischen war es unmöglich, sie außer Haus zu geben, da so viele Wäscherinnen dienstverpflichtet waren und die wenigen verbleibenden von der Wäsche des Hospitals überwältigt waren.

Behutsam setzte sie einen Fuß vor den anderen, ging vorbei an dem Raum, der einmal der Doppelsalon gewesen war, über den Flur und blieb dann vor der Tür des Morgensalons stehen. Sie klopfte und schob anschließend die Tür auf, wie Mrs. Dibble es sie gelehrt hatte.

»Ist das der Tee, Miss Adderton?«, fragte Mrs. Symonds von der Sitzgruppe aus, wo sie mit Miss Cynthia, Oberschwester McPherson und einem Geistlichen, der hier Patient war, zusammensaß.

»Ja, Mrs. Symonds«, erwiderte sie.

»Sie dürfen das Tablett hier abstellen«, wies Mrs. Symonds sie an und deutete auf die Anrichte neben ihr. »Möchte jemand von Ihnen Tee?«

»Ich nehme gern eine Tasse.« Der Geistliche lächelte Stella zu, die vorsichtig um den Frühstücktisch herumtrat, auf dem jetzt alle Hauptmahlzeiten der Familie serviert wurden. »Was haben Sie uns denn heute gebacken, Miss Adderton?«

»Hafer-Scones«, sagte sie und war dankbar dafür, dass sie den kleinen Teller voll beladen hatte.

»Köstlich«, meinte der Priester.

»Vielleicht möchten Sie anfangen, Pater Devlin«, sagte Mrs. Symonds und warf ihm einen verwunderten Blick zu.

Als ihre Dienstherrin ihr kaum wahrnehmbar zunickte, vollführte Stella so etwas wie einen Knicks. Sie fühlte sich schrecklich altmodisch und äußerst unwohl dabei.

Doch bevor sie die Tür erreichte, rief Miss Cynthia ihr mit ihrer dünnen Stimme hinterher: »Vielleicht könnten Sie uns helfen, Mrs. …?«

»Miss Adderton«, fiel Mrs. Symonds in einem Ton ein, der besagte, dass Ihre Schwägerin inzwischen wissen sollte, wer ihr jeden Abend das Essen kochte.

»Miss Adderton«, wiederholte Miss Cynthia.

»Wenn Sie wünschen«, sagte Stella und faltete die Hände hinter dem Rücken.

»Wir stecken hier in einer ziemlichen Zwickmühle. Einige der Schwestern haben darum gebeten, in Highbury House einen Tanz zu veranstalten«, erklärte Pater Devlin.

»Ich werde nicht erlauben, dass die Schwestern mit den Patienten, die sie pflegen, tanzen«, sagte Miss Cynthia streng.

»Ich muss Sie darauf hinweisen, dass es in meiner Verantwortung liegt, solche Entscheidungen bezüglich meiner Schwestern zu treffen«, wandte die Oberschwester ein.

»Sie werden doch sicherlich den wenigen Männern, die auf eigenen Beinen stehen können, die Gelegenheit zu einem Tänzchen nicht missgönnen«, meinte Pater Devlin lächelnd.

»Wegen des Tanzens mache ich mir keine Sorgen.« Miss Cynthia faltete steif die Hände über den Knien. »Es wäre aber vollkommen unangebracht, wenn eine Schwester mit einem Mann tanzt, den sie pflegt. Das würde zu Chaos auf den Stationen führen.«

»Ein wenig Spaß muss manchmal sein, aber dies ist weder die Zeit noch der Ort dafür. Außerdem betreut eine Schwester zehn Patienten, was bei dieser Veranstaltung kein gutes Verhältnis ergeben würde«, meinte die Oberschwester.

»Aber genau da kommt Miss Adderton wie gerufen. Wo könnten wir wohl ein paar junge Leute für einen Tanz auftreiben?«, fragte Pater Devlin.

»Ich möchte darauf hinweisen, dass ich mich noch nicht dazu bereit erklärt habe, einen Tanzabend in meinem Haus abzuhalten.«

Stella sah zwischen den vieren hin und her und wusste nicht, was sie antworten sollte.

»Sprechen Sie ganz ungezwungen«, sagte Pater Devlin sanft. »Es ist nur eine freundliche Frage.«

»Na ja, da ist die Landarmee«, begann Stella. »Ich habe eine Freundin, die sagt, dass sie Tanzveranstaltungen organisiert, und die Mädchen kommen dazu aus der ganzen Grafschaft.«

Der Geistliche klatschte in die Hände. »Ausgezeichnete Idee!«

»Sie könnten auch die Männer von der Airforce-Basis einladen. Und die Luftwaffenhelferinnen«, setzte sie hinzu, als ihr die Frauen einfielen, die auf der Basis beim Hilfscorps der Royal Air Force arbeiteten.

»Wenn die Offiziere von der Basis auch kämen, würde das die Männer in Schach halten«, meinte die Oberschwester.

»Es könnte eine Teegesellschaft werden. Nichts ist harmloser als eine Teegesellschaft«, sagte Pater Devlin.

Miss Cynthia sah ihn aus zusammengekniffenen Augen an. »Ich glaube nicht, dass die Kirche das billigen würde.«

»Ich weiß genug über Männer, um nachzuvollziehen, dass sie umso mehr Unsinn anstellen, je langweiliger ihnen ist.«

»Das gilt auch für Frauen«, murmelte die Oberschwester in ihre Teetasse hinein.

»Ein Tanz unter strenger Aufsicht wird sie aufmuntern, und ich wage zu behaupten, Ihre Schwestern ebenfalls, Oberschwester McPherson«, bekräftigte Pater Devlin.

Miss Cynthia schüttelte den Kopf. »Nein. Ich finde nicht, dass das schicklich wäre. Außerdem kann ich wirklich nicht zulassen, dass meine Schwestern mit Piloten umherspringen.«

»Meine Schwestern«, erinnerte die Oberschwester sie.

»Ich kann verstehen, warum der zivile Freiwilligendienst nicht den Eindruck erwecken will, dass er solche Aktivitäten unterstützt, Cynthia«, schaltete sich Mrs. Symonds ein.

Pater Devlin seufzte.

»Danke, Diana. Ich weiß es zu schätzen, wenn sich jemand der Vernunft beugt«, sagte Miss Cynthia.

Stella war noch nicht entlassen worden. Als ihre Dienstherrin sich ihr zuwandte, sah sie etwas in Mrs. Symonds' Augen aufblitzen.

»Wenn ich die Landarmee zu einem Tanz nach Highbury House einladen würde, könnte Ihre Freundin Miss Pedley die Nachricht verbreiten?«

Miss Cynthia zuckte zusammen, und ihre Tasse klapperte auf dem Unterteller. »Aber du hast gerade gesagt …«

»Ich habe nie gesagt, dass es keinen Tanz gibt. Ich habe gesagt, dass du als Leiterin dieses Genesungsheims eine solche Veranstaltung vielleicht nicht befürwortest. Doch Highbury House ist immer noch mein Zuhause, und ich kann trotzdem beschließen, hier einen Tanz abzuhalten.«

Miss Cynthia sog scharf den Atem ein. »Ich erinnere dich daran, dass der Ballsaal derzeit Station C beherbergt. Ich kann nicht erlauben, dass aus einem so oberflächlichen Grund die Betten entfernt werden.«

Mrs. Symonds wedelte mit der Hand. »Der Tanz wird auf der Veranda stattfinden. Mit dem Wetter müssen wir ein kleines Risiko eingehen, aber ich denke, das wird wunderbar. Du nicht auch?«

Stella konnte sich des Grinsens nicht erwehren, das sich auf ihrem Gesicht ausbreitete. Ein Tanz auf Highbury! Das wäre eine große Sache.

»Miss Adderton, das ist jetzt eher Mrs. Dibbles Gebiet, aber Sie wissen nicht zufällig, wie es um die Reserven in unserem Weinkeller steht, oder?«, fragte Mrs. Symonds.

Pater Devlin lachte. »Was ist aus unserer Teegesellschaft geworden?«

»Als ich Debütantin war, konnte ich Teegesellschaften nicht ausstehen. Langweilige, fade Veranstaltungen. Wenn ich schon eine Party gebe, dann eine gute«, erklärte Mrs. Symonds.

Miss Cynthia war regelrecht blass geworden. »Das Pflegepersonal …«

»Wenn ich so frei sein darf, Mrs. Symonds«, begann Stella und fuhr dann fort: »Wenn Sie für Sixpence pro Stück Karten verkaufen würden, könnten Sie das Geld für einen wohltätigen Zweck spenden. Zum Beispiel an das Britische Rote Kreuz oder das Queen-Alexandra-Schwesternkorps bei der Army.«

Mrs. Symonds warf ihr einen Blick zu, und kurz dachte sie, ihre Dienstherrin würde Einwände erheben. Doch stattdessen hellte sich die Miene der Frau auf.

»Ich finde das eine ausgezeichnete Idee«, erklärte Mrs. Symonds.

»Ein sehr edelmütiges Unterfangen, an dem bestimmt jeder in Highbury House gern mitwirken wird«, pflichtete Pater Devlin ihr bei.

Miss Cynthia lehnte sich geschlagen auf ihrem Sessel zurück. »Wenn etwas passiert …«

»Patienten und Schwestern sind keine Tiere, Cynthia. Sie werden in der Lage sein, sich einen oder zwei Foxtrotts lang zu beherrschen.«

»Ich kann gern die Aufsicht führen. In näherer Zukunft werde ich ohnehin nicht tanzen«, sagte Pater Devlin.

»Ich bin mir sicher, Pfarrer Bilson und Mrs. Bilson werden sich ebenfalls anbieten, und ich selbst natürlich auch«, erklärte Mrs. Symonds. »Wären Sie dann zu Ihrer Zufriedenheit davon überzeugt, dass Ihre Mädchen gut beaufsichtigt sind, Oberschwester?«

»Ja«, erwiderte diese.

»Na bitte. Wenn Sie mich entschuldigen wollen, Ladys, aber einige Patienten auf Station A haben ihr Interesse bekundet, gemeinsam die Bibel zu studieren«, erklärte Pater Devlin, während er sich mithilfe seiner Krücken und der Sessellehne hochhievte.

Immer noch kopfschüttelnd stand Miss Cynthia ebenfalls auf. Die Oberschwester folgte ihr nach draußen, ein leises Lächeln auf dem sonst so strengen Gesicht.

»Sie haben uns gerade sehr geholfen, Miss Adderton«, sagte Mrs. Symonds, sobald sie allein waren. »Ich nutze gern die Gelegenheit, die Leiterin des Hospitals bei ihrem eigenen Spiel zu schlagen. Nun muss ich ein wenig herumtelefonieren und herausfinden, wen ich auf der Basis ansprechen kann. Fragen Sie doch bitte Miss Pedley, ob sie ihre Freundinnen einladen kann.«

»Das war Ihr Ernst?«, fragte Stella.

Mrs. Symonds warf ihr einen Blick zu. »Bitte erinnern Sie Miss Pedley auch daran, dass sie den Garten nach Belieben nutzen kann. Sie soll Mrs. Dribble bitten, mich zu holen, dann führe ich sie herum.«

»Danke, Mrs. Symonds. Ich glaube, sie hat ein wenig gezögert, weil sie Ihnen nicht lästig fallen wollte, aber ich sage es ihr.«

Ein weicher Ausdruck trat in die Miene ihrer Dienstherrin, doch ebenso schnell verbarg Mrs. Symonds ihn. »Das ist alles. Sie dürfen das Teetablett abräumen.«

Stella wurde einfach nicht schlau aus ihr. Die Entlassung ging Mrs. Symonds genauso leicht über die Lippen wie das Lob.

Während sie darüber nachdachte, stapelte sie das Geschirr auf das Teetablett, wobei sie sich schmerzlich bewusst war, dass sie weder so elegant noch so leise war wie ein richtiges Stubenmädchen. Mrs. Symonds griff nach einem Buch, schlug es jedoch nicht auf. »Ihr Neffe scheint sich gut einzuleben«, sagte sie stattdessen.

Stella hielt inne. Das schwere Tablett schnitt ihr in die Handflächen. »Ja, Ma'am. Danke, dass Sie ihm erlaubt haben hierzubleiben.«

»Robin mag ihn sehr gern.«

»Ja«, bestätigte Stella vorsichtig.

»Die beiden haben neulich ein Theaterstück für mich aufgeführt, das sie selbst geschrieben haben. Es war sehr pfiffig gemacht. Besonders Bobby ist ein sehr talentierter Schauspieler.«

»Oh, das wusste ich gar nicht.« Bobby hatte sie nicht gebeten, das Stück anzusehen. Vielleicht hatte er sie auch gefragt, und sie hatte zu viel zu tun gehabt, um eine Pause einzulegen. »Das Talent wird er von meiner Schwester haben. Joan war immer gut darin, sich die Lieder aus dem Radio zu merken. Sie kann singen wie Judy Garland oder Dorothy Lamour.«

»Was für Pläne hat Ihre Schwester für den Jungen?«

»Pläne?«, fragte sie.

Mrs. Symonds wedelte mit der Hand. »Für seine Erziehung? Seine Zukunft?«

Stella starrte ihre Dienstherrin an. Bobby war der Sohn eines Bauarbeiters, der im Krieg gefallen war, und einer Mutter, die sich anscheinend mehr für Tanzveranstaltungen interessierte als für ihre Mutterrolle. Was mochte sie sich für Bobby erhoffen?

»Ich schätze, er wird arbeiten, wenn er die Schule verlässt«, meinte sie schließlich.

»Er ist ein kluger Junge. Wenn er ein wenig älter ist, kann ich ihn vielleicht an einem guten Lehrinstitut unterbringen.« Mrs. Symonds unterbrach sich. »Wenn seine Mutter das will, natürlich.«

»Danke. Joan würde das bestimmt sehr zu schätzen wissen.« Während Stella Dienstmädchen geworden war wie ihre Mutter vor ihr, war Joan so weit von Highbury fort geflüchtet, wie sie konnte. Sie bezweifelte, dass ihre Schwester noch etwas mit der Besitzerin des Anwesens zu tun haben wollen würde, sobald sie nicht mehr auf Mrs. Symonds' Wohlwollen angewiesen war.

»Das wäre dann alles, Miss Adderton. Danke«, sagte Mrs. Symonds und schlug ihr Buch auf.

Stella schürzte die Lippen, neigte den Kopf und überließ die Lady ihrer Freizeitbeschäftigung.

Venetia

Dienstag, 25. April 1907
Highbury House
Regen, Regen und noch mehr Regen

Ich habe sogenannte »Gärtner« nie verstanden, die sich weigern, im Garten zu arbeiten, weil es sich für eine Lady oder einen Gentleman nicht schickt, sich die Hände schmutzig zu machen. Vielleicht verstehen sie den Schauer nicht, der einen überläuft, wenn man eine Pflanzschaufel in den weichen Frühlingsboden senkt, um den süßen, erdigen Duft von Laub und Zweigen und aller möglicher Materie emporzuholen. Wenn sie sich weigern, ihre Kittel zu beflecken, entgeht ihnen das Gefühl von feuchter, frischer Erde, die zwischen ihren Fingern zerkrümelt, oder tief eingesogener frischer Luft. Sie kennen die Befriedigung nicht, sich den Staub von den Kleidern zu klopfen, wenn man auf eine wohlverdiente Tasse Tee ins Haus zurückkehrt.

Andererseits ersparen sie sich die Panik, die einen in einem plötzlichen Sturzregen ergreift, vor dem man sich kaum schützen kann.

Heute war ich allein im Dichtergarten und steckte mit kleinen Fähnchen die südliche Rabatte ab, als der Himmel seine Schleusen öffnete. Beinahe augenblicklich durchnässte der Regen meine Bluse, sodass sie mir an Rücken und Brust klebte. Ich zog mir den Hut aus Segeltuch tiefer in die Stirn und sammelte hastig mein Bündel Stöckchen ein. Doch als ein Blitz krachend den Himmel aufriss, dass mir die Zähne klapperten, ließ ich alles fallen, raffte meine Röcke und rannte zu meinem Cottage.

Ich stürmte durch den Waldgarten, wobei sich schwerer Schlamm an meinen Rocksaum heftete. Ein Windstoß riss mir den Hut vom Kopf und blies mir dann das gelöste Haar ins Gesicht.

Als ich um die Hausecke spähte, entdeckte ich eine Gestalt, die unter dem kleinen Vordach kauerte.

»Mr. Goddard?«, fragte ich und versuchte, ihn im Nebel deutlicher zu erkennen.

Unter seinem durchnässten Hut sah er mich an und grinste verlegen. »Guten Tag, Miss Smith. Schönes Wetter heute, nicht wahr?«

»Was machen Sie hier?«, fragte ich.

Er hob eine Ledertasche hoch. »Ich bringe Ihnen etwas, das Sie erfreuen wird.« Sein Lächeln verblasste. »Aber Sie müssen aus dem Regen heraus.«

Er versuchte, zur Seite zu treten, um mir die geschützte Stelle zu überlassen, aber das tat ich mit einer Handbewegung ab. »Ich bin schon völlig durchnässt. Es wäre sinnlos, wenn es Ihnen ebenso erginge.«

Ich zog den Schlüssel aus meiner Tasche und schloss die Tür des Cottages auf. »Angesichts der Umstände täten wir wohl beide gut daran, unsere Stiefel zu trocknen«, sagte ich über die Schulter.

Mr. Goddard zögerte, doch als ich meine Stiefel abstreifte, setzte er vorsichtig die Ledertasche ab und tat es mir nach. Währenddessen trat ich an den Holzofen, um die heruntergebrannte Glut behutsam wieder zum Leben zu erwecken. Als ich mich umdrehte, sah ich, dass er seine Stiefel perfekt an meinen ausgerichtet an die Wand gestellt hatte. Der Anblick ließ mich erstarren. Sicherlich hatte ich schon unzählige Male Adams Stiefel neben meinen gesehen, doch diesmal fühlte es sich anders an.

»Ich könnte uns Tee kochen, während Sie sich umziehen.«

Ich fuhr zusammen. »Verzeihung. Ich vergesse meine Manieren.«

»Vielmehr müsste ich mich entschuldigen, weil ich Sie ohne Vorwarnung in Ihrem Heim überrasche. Vielleicht sollte ich –«

»Nein. Bitte bleiben Sie. Und ich werde den Tee aufsetzen. Dies ist mein Haus, jedenfalls vorübergehend, obwohl es auf Mr. Melcourts Anwesen steht.« Ich ging auf die Tür zu, die in die kleine Küche führte.

Sanft ergriff er meinen Ellbogen, sodass ich vor ihm stehen blieb. »Bitte erlauben Sie, Miss Smith. Ich darf Ihnen versichern, dass ich zwar Junggeselle, doch nicht hilflos bin.«

Die Wärme seiner Hand drang durch den feuchten Stoff meiner Bluse und sandte einen Schauer meinen Arm hinauf. Ich nickte, weil ich wahrscheinlich nichts hätte sagen können, ohne dass meine Stimme gezittert hätte.

In der Abgeschiedenheit meines Schlafzimmers zog ich die nassen Sachen aus und hängte sie über das eiserne Bettgestell. Dann kleidete ich mich wieder an. Alles, von meinem Unterkleid und meinen Strümpfen bis zu meiner Bluse und meinem Rock, fühlte sich herrlich trocken und weich auf der Haut an. Meine Frisur war nicht zu retten – nicht dass sie besonders ansehnlich gewesen wäre, nachdem sie stundenlang unter einem Hut gesteckt hatte. Also kämmte ich mein Haar aus und band es mit einer Schleife zurück, damit es mir nicht ins Gesicht fiel. Nachdem ich auch meine Frisur gerichtet hatte, fühlte ich mich wieder wie ein Mädchen von achtzehn Jahren: frisch und hoffungsvoll.

Als ich zurückkehrte, pfiff in der Küche der Kessel. Das Feuer wärmte langsam die feuchtkalte Luft, doch statt mich davorzusetzen, ging ich zu dem großen Tisch, der in der Mitte des Zimmers stand. Darauf lagen Pläne, Kataloge und Korrespondenzen ausgebreitet.

Ich setzte meine Brille auf und blätterte die Pläne für den Garten durch, bis ich zu einem Detail im Dichtergarten kam. Dann notierte ich eine Veränderung. Ein leises Räuspern riss mich aus meiner Versunkenheit. Mr. Goddard stand vor mir und trug mit beiden Händen ein beladenes Teetablett.

»Wo soll ich das hinstellen?«, fragte er.

Rasch räumte ich ihm einen Platz frei, und er setzte das Teetablett vorsichtig ab. Dann zog er sich einen Stuhl heran.

Automatisch begann ich, die Tassen auszuteilen, und griff nach dem Sieb. »Nehmen Sie Milch?«

»Ja, und einen Würfel Zucker, obwohl Helen das schrecklich kindisch von mir findet«, erklärte er.

Ich gab den Zucker in seine Tasse und reichte sie ihm. »Sie sollten Ihren Tee so trinken, wie Sie wollen.«

»Von Ihnen überrascht mich dieser Ratschlag nicht im Mindesten«, meinte er, lehnte sich auf seinem Stuhl zurück und schlug die Beine so übereinander, dass er sich die Teetasse aufs Knie stellen konnte.

»Was meinen Sie?«, fragte ich.

»Sie kommen mir vor wie eine Frau, die tut, was sie sich vorgenommen hat, ohne sich um die Meinung anderer Leute zu scheren.«

Ich errötete. »Das stimmt nicht. Allein schon die Art meiner Arbeit bedeutet, dass ich die Meinungen einer ganzen Reihe von Menschen in Betracht ziehen muss.«

»Sie vergessen, Miss Smith, dass ich zugesehen habe, wie Sie meine Schwester und ihren Mann um den Finger gewickelt haben.«

»Ich wusste gar nicht, dass das möglich ist«, erwiderte ich, bevor ich mir Einhalt gebieten konnte.

Er lachte nur. »Sie haben doch Helens Salon gesehen! Vergoldet und kostspielig. Wenn es nach ihr ginge, würden wir französische Knotengärten à la Ludwig XIV. anlegen lassen, mit riesigen Springbrunnen aus Carrara-Marmor am Ende jeder Blickachse.

Und Arthur … Meiner Ansicht nach besitzt Arthur keinen Funken Kreativität.«

»Obwohl er Gedichte schreibt?«, fragte ich.

»Sie sind zu nachsichtig mit seiner Poesie«, meinte er. »Arthurs Garten wäre wahrscheinlich eine Rasenfläche mit Statuen und Formschnitthecken und nichts anderem.«

»Sie vergessen, dass ich für die beiden den Skulpturengarten geschaffen habe.«

Er musterte mich einen Moment lang aufmerksam. »Ja, und ich vermute, es verhält sich damit ganz ähnlich wie mit dem Dichtergarten. Sie haben das getan, weil Sie wissen, dass Sie genau das erschaffen können, was Sie wollen, wenn Sie die beiden in ihrer Prahlerei ermuntern. Haben die beiden Sie um einen reinweißen Gartenbereich gebeten?«

Ich lächelte und senkte den Blick auf meinen Tee. »Nein«, sagte ich leise.

»Wissen Sie, ich habe mich gefragt, warum Sie die Gartenbereiche so angelegt haben, und ich glaube, ich kann mir endlich einen Reim darauf machen.«

»Und wie lautet dieser?«, fragte ich.

»Zusammengenommen stellen die Gartenbereiche das Leben einer Frau dar. Im Teegarten trifft sich die feine Gesellschaft, und alles zu dem Zweck, ein Mädchen zu verheiraten. Der Liebesgarten spricht für sich selbst, will ich meinen, und der Brautgarten steht für ihren Übergang vom Mädchen zur Frau. Darauf folgt der Garten der Kinder. Ich würde vermuten, dass der Lavendelweg ihre Weiblichkeit darstellt und der Dichtergarten für eine andere Art von Romantik steht als der Liebesgarten.« Er blätterte die Pläne auf dem Tisch durch und zog die Detaildarstellung des Statuengartens hervor. »Aphrodite, Athena, Hera. Alle Stücke im Statuengarten werden weibliche Darstellungen sein. Habe ich recht?«

Mit leicht geöffnetem Mund sah ich ihn an. Themen in die

Bepflanzung einzuflechten war ein kleiner Trick, den ich manchmal einsetzte, aber nie zuvor hatte ich so etwas Offensichtliches getan. Niemandem war jemals etwas aufgefallen, doch dieser Mann hatte ohne Umschweife den Kern meines Konzepts erfasst.

»Das Einzige, was ich nicht verstehe, ist, wie der Wassergarten und der Garten des Winters da hineinpassen«, erklärte er.

»Ich fand schon immer, dass Wasser zur Kontemplation und Introspektion anregt. Es sollte das Gefühlsleben und die Gedankenwelt der Frau darstellen.«

»Und der Garten des Winters?«, fragte er und beugte sich vor.

»Ihren Tod natürlich.«

Er lehnte sich mit seiner inzwischen fast leeren Tasse auf seinem Stuhl zurück. »Ich habe Ihnen noch nicht gezeigt, was ich Ihnen mitgebracht habe.«

Er holte die Ledertasche, die durch viele Jahre der Nutzung und den Regen dunkel gefleckt war, und ich hielt den Atem an, als er die Klappe hochschlug. Er zog ein mit Musselin umwickeltes Bündel hervor und wickelte es auf seinem Schoß auseinander. Als er schließlich fertig war, sah ich drei Pflanzen, deren Wurzelballen zusammengeschnürt waren.

»Sie haben mir Hortensien gebracht«, hauchte ich.

»*Hydrangea aspera ›Villosa‹*. Als wir Hidcote besucht haben, habe ich zufällig gehört, wie Sie erwähnten, dass sie Ihnen gefallen«, erklärte er, reichte mir eine der Pflanzen und setzte sich wieder. »Mr. Johnston war mir im Austausch für mehrere ›Shailer's White Moss‹-Rosen, die er zu pflanzen gedenkt, gern gefällig.«

»Sie haben mir tatsächlich Hortensien gebracht«, wiederholte ich und berührte eines der Blätter. »Danke.«

Ich blickte auf, und als ich sah, mit welcher Zärtlichkeit er mich betrachtete, stockte mir der Atem. Diesen Ausdruck hatte ich schon zuvor gesehen – bei meinen Eltern in einem ruhigen Moment, in dem sie glaubten, niemand beobachte sie. Nie hätte ich gedacht, dass jemand mich auf diese Weise anblicken könnte, und ich wusste, dass ich mich nicht davon abwenden konnte, ohne seine unausgesprochene Frage zu beantworten.

Bedächtig setzte ich die Pflanze ab und trat um den Tisch herum, bis ich vor ihm stand. Er sah mich unverwandt an, und ich ergriff seine Hände. Sein Daumen ruhte auf meinem Handrücken und beschrieb kleine Kreise auf meiner Haut. Einen Moment lang hielten wir einfach so inne, und dann zog er mich langsam zu sich hinunter, bis die Rückseite meines Schenkels seinen streifte.

»Miss Smith … Venetia …«

Er ließ die rechte Hand an meinem Arm hinaufgleiten, zu meiner Taille. Die andere hob er zu meinem Mund und legte den Daumen sanft an meine Unterlippe.

»Ich bin nicht hergekommen, um …«, flüsterte er. »Das heißt …«

Ich schmiegte die Lippen an seine Handfläche, um seine warme Haut zu küssen. »Ich weiß«, flüsterte ich.

Er neigte mein Kinn zu sich, um meinen Kuss zu erwidern.

Mein letzter Kuss war Jahre her. Ich erinnerte mich an die Verzückung und das Aufwallen der Leidenschaft, die damit verbunden waren, doch ich hatte vergessen, wie tröstlich es sich anfühlte. Die Haut eines Mannes an meiner zu spüren. Die Sicherheit zweier Hände, die mich festhielten.

Schweigend wiegten wir uns wie in einem Tanz. Er breitete die Hände über meinen Rücken aus, und ich schmiegte mich an ihn und schlang die Arme um seinen Hals. So drängend küsste er mich, dass ich den Rücken bog und mich ihm entgegenlehnte. Als ich die Finger in dem feuchten Haar in seinem Nacken vergrub, dankte ich Gott für den Regen.

Ein verrutschtes Holzscheit krachte gegen die metallene Ofentür, und wir fuhren erschrocken auseinander. Zwar lachten wir über unsere Torheit, aber dennoch war der Zauber gebrochen. Ich stand von seinem Schoß auf und vermisste sofort seine Wärme und den behaglichen Duft seiner nassen Wollkleidung.

»Venetia«, begann er nach kurzem Schweigen.

Ich seufzte. »Verstehe, Mr. Goddard. Sie sind der Bruder meines Auftraggebers, und –«

»Ich wünschte, du würdest mich Matthew nennen«, unterbrach er mich. »Ich möchte nicht, dass wir wieder Mr. Goddard und Miss Smith füreinander sind.«

»Aber warum?«, fragte ich, während er seinen immer noch nassen Mantel anzog und sich die Tasche über die Schulter hängte.

»Weil«, er lächelte, »ich mir verzweifelt gewünscht habe, dich zu küssen, seit ich dich zum ersten Mal gesehen habe.«

Beth

5. Mai 1944

Liebste Beth,
danke für Deinen Brief. Du ahnst ja nicht, wie sehr ich die Farm vermisse, und es hilft mir, wenn ich höre, was Du bei Deiner Arbeit anpflanzt.

Ich liege meinem Offizier unablässig in den Ohren, und vielleicht gelingt es mir ja, genug Urlaubstage zusammenzubringen, um bald nach England kommen zu können. Ich wünsche mir so sehr, Dich wiederzusehen.

Sobald ich Heimaturlaub habe, komme ich nach Warwickshire, zu Dir. Ich kann es kaum abwarten.

Dein Dir stets gewogener
Colin

Beth jonglierte ihre Schachtel mit den Graphitstiften und ihr kostbares Skizzenbuch von einer Hand in die andere, um sich die feuchten Handflächen an ihrem Rock abzuwischen, während sie den großen, wie ein Löwenkopf geformten Türklopfer von Highbury House anstarrte. Heute – an ihrem freien Tag – trug sie ihre Zivilkleidung und war entschlossen, endlich das zu tun, wozu sie wochenlang zu ängstlich gewesen war. Heute würde sie in Mrs. Symonds' Garten zeichnen.

»Du musst kommen, sonst glaubt sie, ich hätte es dir nicht ausgerichtet«, hatte Stella bei einer Tasse zum dritten Mal aufgegossenem Tee gesagt, als Beth das letzte Mal ihre Waren beim großen Haus angeliefert hatte.

»Das kann ich nicht! Mrs. Symonds wird sich nicht gern mit jemandem wie mir abgeben. Du hast selbst gesagt, sie sei streng.«

»Streng? Ich weiß nicht. Eigentlich werde ich gar nicht schlau aus ihr. Sie hat sich sehr verändert, seit sie damals nach Highbury gekommen ist.«

»Und wie war sie damals?«, fragte Beth.

»Das Idealbild einer sittsamen Braut. Sie hat Mr. Symonds alles überlassen, nur nicht ihre Harfe.«

»Ihre Harfe?«

»Anscheinend hat sie die damals gespielt. Jedenfalls hat sie bei ihrem Umzug mit Argusaugen zugesehen, wie die Männer sie von ihrem Lastwagen geladen haben. Ich glaube nicht, dass sie Luft geholt hat, bis sie im Musikzimmer provisorisch aufgestellt war.«

»Nun, da du es sagst, kann ich mir gar nicht vorstellen, dass sie ein anderes Instrument spielt. Sie ist so majestätisch, da passt eine Harfe zu ihr«, meinte Beth.

»Na ja, so war sie nicht immer. Ich war Küchenmädchen unter der alten Köchin, Mrs. Kilford. Ich werde nie vergessen, wie schrecklich beunruhigt sie wegen der Menüplanung für ihre erste Dinnerparty war. Mrs. Kilford musste sie fast aus der Küche werfen«, sagte Stella.

»Wenn man sie jetzt sieht, würde man nie erraten, dass sie je den geringsten Selbstzweifel besessen hat«, meinte Beth, was ihre Freundin mit einem kurzen Schnauben quittierte.

Aus dem Augenwinkel nahm Beth wahr, wie sich eine Gardine bewegte, und sah gerade noch, wie ein neugieriger Soldat den Kopf einzog. Sie errötete, griff aber trotzdem nach dem Klopfer an der Haustür. Ein paar Sekunden später öffnete Mrs. Dibble die Tür.

»Miss Pedley!«, rief die Hausdame aus. »Sie tragen ja gar nicht Ihre Uniform.«

»Guten Morgen, Mrs. Dibble. Nein. Hoffentlich macht es

Ihnen nichts aus, dass ich die Vordertür benutze, aber Mrs. Symonds hat mir gesagt, ich solle vorbeikommen, wenn ich –«

»Ach ja, der Garten. Dann kommen Sie besser herein«, sagte die Hausdame und trat zurück. »Irgendwo hat es einen Irrtum gegeben, sodass heute vier Männer aus einem der Krankenhäuser in Birmingham eingetroffen sind. Das Problem ist nur, dass wir keine Betten für sie haben. Der ganze Haushalt ist in Aufruhr. Sogar wir, und dabei haben wir angeblich überhaupt nichts mit dem Hospital zu tun. Obwohl ich gern wissen würde, wie in aller Welt ich mich da heraushalten soll.«

»Ich kann später wiederkommen«, sagte sie und wich zurück.

»Nein, nein, bleiben Sie hier!«, rief Mrs. Dibble und verschwand dann in einem Flur auf der linken Seite der Prachttreppe.

Eine Schwester, die einen Patienten im Rollstuhl schob, warf Beth einen neugierigen Blick zu, und sie trat von einem Fuß auf den anderen. Ein Teil von ihr wünschte sich, Captain Hastings würde auftauchen, doch sie vermutete, dass er um diese Zeit zu einem seiner langen, weit ausgedehnten Spaziergänge aufgebrochen war.

Er schien einen Instinkt dafür zu besitzen, wann Mr. Penworthy auf den Feldern arbeitete, denn er traf den Farmer und sie mehrmals die Woche zufällig dort an. Dann lachte Mr. Penworthy oft und erklärte Beth, sie solle den Captain unterhalten, damit er mit seiner Arbeit fertig werden könne.

Schon bald hatte sie erfahren, wie wenig es brauchte, um Captain Hastings zu unterhalten. Sie hatte sich nicht für ein Mädchen gehalten, das viel zu sagen oder ausgeprägte Meinungen hatte, aber vielleicht lag das nur daran, dass sich bisher niemand genug dafür interessiert hatte, um sie nach ihren Ansichten zu fragen. Captain Hastings wollte natürlich wissen, wie sie ihre Arbeit fand, aber auch, was sie über den Verlauf des Krieges dachte. Was sie getan hätte, wenn sie nicht zur Landarmee gegangen wäre. Wie sie sich als Waise fühlte. Wie das Leben bei ihrer Tante gewesen war. Was ihre Lieblingsfilme waren und welche Bücher sie zuletzt gelesen hatte.

Auf ein Mädchen, das größtenteils mit Schweigen aufgewachsen war, wirkte dieser Ansturm elektrisierend, unbequem und schockierend zugleich. Doch je mehr Fragen sie beantwortete, umso größer wurde ihr Mitteilungsbedürfnis. Es verhielt sich genauso wie mit Mrs. Penworthys Abendessen, Ruths Gejammer und Mr. Penworthys beifälligem Brummen, wenn sie etwas richtig machte, oder der Art, wie eine Gruppe Mädchen von der Landarmee ihren Namen schrie, wenn sie bei einer Tanzveranstaltung oder im Kino auftauchte.

Ihr war gar nicht klar gewesen, wie einsam sie gewesen war, bis sie all diese Menschen gefunden hatte.

Als Mrs. Dibble zurückkam, wirkte sie nicht weniger gehetzt als zuvor.

»Dann kommen Sie.« Die Hausdame wies auf Beth. »Mrs. Symonds empfängt Sie in der Bibliothek.«

Beth verfiel in einen Laufschritt, um mit Mrs. Dibbles Tempo mitzuhalten, während sie die offenen Türen der Räume passierten, die in Krankenstationen verwandelt worden waren. Mitten in Station C stritten unter einem Kronleuchter, der über und über mit Kristall behängt war, zwei Frauen im Flüsterton.

»Das sind Oberschwester McPherson und Mrs. Rhys, die Quartiermeisterin, die für den Betriebsablauf zuständig ist. So geht das schon den ganzen Vormittag«, erklärte Mrs. Dibble.

»Was wollen Sie wegen der zusätzlichen Patienten unternehmen?«

»Das weiß ich nicht. Ich möchte unsere Soldaten so gern unterstützen wie alle anderen, aber es ist nicht meine Aufgabe, mich um ein Haus und ein Hospital zu kümmern.« Vor einer Tür aus geölter Eiche blieb Mrs. Dibble stehen. »Warten Sie. Ich kündige Sie an.«

Beth blieb auf dem Gang zurück und fühlte sich wie ein

Schulmädchen, das darauf wartete, zum Direktor zitiert zu werden. Sie hörte, wie die Hausdame ihren Namen murmelte, und dann wurde die Tür weiter geöffnet, sodass Mrs. Dibble sie hereinwinken konnte.

»Hallo, Miss Pedley«, begrüßte Mrs. Symonds sie von der anderen Seite des Raums aus. Ihr dichtes, dunkles Haar trug sie hochgesteckt – wahrscheinlich, um es vor Staub zu schützen, denn es sah aus, als wäre sie dabei, die Bücher in der Bibliothek in großem Stil umzuräumen.

»Guten Morgen, Mrs. Symonds. Ich hoffe, ich störe Sie nicht«, begann Beth.

»Ganz und gar nicht. Ich bin froh, dass Sie beschlossen haben, den Garten zu nutzen. Zu dieser Jahreszeit ist er am schönsten.«

»Danke.«

»Sie wollen zeichnen?«, fragte Mrs. Symonds.

Sie sah auf ihr Material hinunter, das sie sich an die Brust drückte, und ließ sofort die Hände sinken. »Ja.«

»Ich hatte zur großen Enttäuschung meiner Mutter selbst nie viel Talent dazu. Sie vertrat die viktorianische Meinung, eine Dame solle gut zeichnen, malen, tanzen und singen sowie mindestens ein Instrument spielen können. Als Universaltalent war ich so etwas wie ein Misserfolg.«

»Das kann ich mir nicht vorstellen, Ma'am«, entgegnete Beth.

»Ach, Talent besaß ich durchaus. Es wurde jedoch vollkommen von der Harfe eingenommen. Ich hatte einmal die törichte Vorstellung, vielleicht professionell zu spielen, aber natürlich war das unmöglich.«

»Die Harfe ist ein so schönes Instrument. Spielen Sie noch?«

Mrs. Symonds presste die Lippen zusammen. »Ich habe es nach meiner Heirat aufgegeben. Möchten Sie jetzt einen Rundgang machen?«

Der plötzliche Themenwechsel ließ Beth ein wenig zurückfahren. »Ja, sehr gern«, sagte sie dennoch.

Mrs. Symonds nahm einen großen Schlüssel aus einer Schale, die auf dem Kaminsims stand. »Kommen Sie mit.«

Beth folgte der Dame durch die Flure und beobachtete staunend, wie sie mehr dahinzuschweben, als zu gehen schien. Wahrscheinlich leuchtete das ein: Mrs. Symonds entstammte einer Klasse, in der es immer noch wichtig war, die Tochter eines Gentlemans zu sein. Eleganz musste ihr seit frühester Kindheit anerzogen worden sein.

»Seit dieser Garten damals angelegt wurde, hat sich darin wenig verändert«, erklärte Mrs. Symonds, während sie durch einen Gartenbereich schlenderte, der in zarten Pastellfarben bepflanzt war, auf die Beth nur einmal einen verstohlenen Blick erhascht hatte. »Mein Mann hätte Ihnen mehr über seine Entstehung erzählen können. Ich fürchte, er war der Gelehrte in der Familie. Ich weiß zumindest, dass dies hier der Teegarten ist. Er besitzt einen reizenden kleinen Pavillon, der allerdings aussieht, als könnte er eine Schicht Farbe gebrauchen. Ich muss mit Mr. Gilligan darüber reden.«

»Es ist wunderschön«, meinte Beth, als sie in einen Bereich kamen, in dem sich dicht an dicht rote Tulpen aus dem frühlingshaften Blattwerk erhoben.

Mrs. Symonds schaute sich um und schien sich zu entspannen. »Ja, nicht wahr? Wenn der Jasmin in voller Blüte steht, duftet er göttlich. Jetzt führe ich Sie zu meinem liebsten Teil.«

Auf verschlungenen Pfaden gingen sie durch die verschiedenen Bereiche, bis sie zu einem kiesbestreuten Weg kamen, der zu dem eisernen Tor führte, das Beth bei ihrem ersten Besuch gesehen hatte.

»Das ist der Garten des Winters«, erklärte Mrs. Symonds.

Während die Dame den Garten des Winters aufschloss, blickte sich Beth verstohlen um, doch das Spielzeug, das sie bei ihrer ersten Erkundungstour entdeckt hatte, war nirgendwo zu sehen.

Innerhalb der Mauern des Winter-Gartens schien es leiser zu

sein, ganz so, als wäre auf der ganzen Welt die Lautstärke heruntergedreht worden. Eine Gruppe blutroter Bäume mit blassgrünen jungen Blättern säumte die Nordmauer des runden Gartenbereichs. Alles war still, auch der Teich in der Mitte des Areals.

»Mir gefällt der Friede an diesem Ort«, erklärte Mrs. Symonds und sah sich um.

»Warum schließen Sie ihn ab?«, fragte sie.

»Als ich, nachdem Murray in den Krieg gezogen war, im Garten zu arbeiten begann, habe ich erfahren, dass darin ein paar gefährliche Pflanzen wachsen. Sie sehen schön aus, doch man würde nicht wollen, dass ein Kleinkind sie sich in den Mund steckt. Ich habe mir Sorgen gemacht, Robin könnte hineingehen.« Mrs. Symonds zögerte. »Aber eigentlich habe ich das Tor nach Murrays Tod grundsätzlich abgeschlossen. Als wir nach unserer Heirat nach Highbury gezogen sind, haben wir viele Tage gemeinsam hier verbracht.«

»Für Sie ist der Garten etwas Besonderes«, sagte Beth.

Stirnrunzelnd sah Mrs. Symonds auf den Schlüssel in ihrer Hand hinunter. »Ja. Das ist er.«

Schweigen senkte sich über sie, das zweifellos durch Mrs. Symonds' Erinnerungen bedrückt wirkte. Als die Dame aufblickte, sah Beth, dass sie wieder die unnahbare, perfekte Miene aufgesetzt hatte, die sie für gewöhnlich trug.

»Ich überlasse Sie Ihrer Zeichenarbeit, Miss Pedley. Wenn Sie in den Garten des Winters wollen, bitten Sie Mrs. Dibble um den Schlüssel. Es gibt zwei, also sollte sie Ihnen einen holen können, selbst wenn ich den anderen habe. Sie können ihn ihr zurückgeben, sobald Sie fertig sind. Und falls die Jungen sich hineintrauen, passen Sie bitte gut auf«, sagte Mrs. Symonds.

»Sind Sie sich sicher?«

Mrs. Symonds nickte knapp und reichte ihr den Schlüssel. »Irgendwie, Miss Pedley, habe ich das Gefühl, wenn jemand die Schönheit des Winter-Gartens zu schätzen weiß, dann Sie.«

Beth hatte nun schon zum zweiten Mal eine Pflanze gezeichnet, von der sie glaubte, dass es sich um Eisenhut handelte – obwohl sie sich nicht sicher sein konnte, da sie nicht in Blüte stand. Als sie auch den zweiten Versuch wieder ausradiert hatte und mit einem dritten begann, hörte sie Kinderstimmen. Sie hob gerade rechtzeitig den Kopf, um etwas Blaues und etwas Schwarzes am Tor des Winter-Gartens aufblitzen zu sehen. »Er ist offen! Er ist offen!«, kreischte jemand.

Sekunden später stürmten zwei kleine Jungen in den stillen Garten. Sofort erkannte sie Stellas Neffen Bobby wieder, den sie bei einer seltenen Lieferung an einem Samstag, als er nicht in der Schule war, gesehen hatte. Der zweite Junge, der ebenfalls dunkelhaarig war, aber ein wenig größer, musste Robin Symonds sein.

»Hallo!«, rief sie und faltete die Hände auf ihrem Skizzenbuch.

Die beiden Jungen erstarrten, als wären sie bei etwas Verbotenem erwischt worden.

»Wer sind Sie?«, fragte Robin.

»Ich bin …« Sie stockte und suchte nach Worten. »Eine Bekannte deiner Mutter«, erklärte sie schließlich. »Und wer bist du?«

»Ich bin Robin, und das ist Bobby. Wir sind beste Freunde«, verkündete der Junge.

Bobby grinste, und Beths Herz zog sich zusammen. Sie erinnerte sich daran, wie sehr sie sich in den einsamen Jahren nach dem Tod ihrer Eltern nach einer Freundin oder einem Freund gesehnt hatte. Colin war wahrhaftig ein Rettungsanker und seine Briefe und die gelegentlichen Treffen mit ihm in der Stadt kostbar gewesen. Doch wenn sie jetzt seine Briefe bekam, konnte sie sich eines nagenden Angstgefühls nicht erwehren, weil sie sie beantworten und sich die größte Mühe geben musste, auf alles, was er schrieb, einzugehen.

Sie schüttelte das schlechte Gewissen ab und streckte jedem der Jungen die Hand hin. »Ich bin Beth Pedley.«

»Was machen Sie?«, fragte Bobby, nachdem er ihr wie ein Erwachsener feierlich die Hand geschüttelt hatte.

»Ich zeichne. Und ihr?«

»Wir spielen Piraten. Hier liegt ein Schatz vergraben«, erklärte Robin.

»Was höre ich denn da?«, ließ sich eine dröhnende Stimme auf der anderen Seite der Mauer vernehmen. »Ihr redet schon mit hübschen Damen? Dazu seid ihr noch viel zu jung.«

»Oh!« Hektisch erhob sie sich aus dem Gras und ließ das Skizzenbuch und die Schachtel mit den Stiften fallen. Captain Hastings trat durch das Tor.

»Wir helfen Ihnen!«, rief Robin. Die Jungen bückten sich und wetteiferten darum, die Stifte aufzuheben, während sie nach ihrem Skizzenbuch griff.

»Hallo, Miss Pedley«, sagte Captain Hastings. »Wie es aussieht, haben Sie sich ein paar Märchenprinzen zugelegt, ob Sie sie wollen oder nicht.«

»Sie sind wirklich kleine Ritter«, pflichtete sie ihm lachend bei.

»Was zeichnen Sie?«, fragte Robin.

Sie neigte das Skizzenbuch nach unten, um es den Jungen zu zeigen. »Ich stelle mich schrecklich ungeschickt dabei an, diesen Eisenhut zu zeichnen.«

»Ich will auch malen!«, rief Robin aus.

»Ja!«, schrie Bobby.

»Jungs«, ermahnte Captain Hastings sie, »vielleicht hat Miss Pedley ja nicht genug Papier, um euch etwas abzugeben.«

Sie zogen lange Gesichter.

»Ach, ist schon gut«, versetzte Beth hastig. »Wirklich. Ich teile es gern.«

Sie blätterte die Rückseite ihres Skizzenbuchs auf, wo sie die

Umschläge von Colins Briefen und Papierstücke, die nur auf einer Seite bedruckt waren, aufbewahrte. Es wäre ein Jammer, gutes Papier für schlechte Ideen zu vergeuden, daher fertigte sie oft eine schnelle Probezeichnung auf altem Papier an, bevor sie sie in ihr Skizzenbuch übertrug. Nur die Gelegenheit, im Garten eines Herrenhauses zu zeichnen, hatte sie von ihrer Routine abweichen lassen.

»Hier«, sagte sie und reichte jedem der Jungen ein Stück Papier und einen Bleistift. »Ich fürchte, ihr müsst euch zum Zeichnen eine flache Oberfläche suchen, denn eine Unterlage habe ich nicht dabei.«

Beide rannten zu dem mit Steinplatten belegten Weg, der um den Garten herumführte, und hockten sich mit ihren geliehenen Bleistiften auf den Boden.

»Sie waren ganz aufgeregt, weil das Tor unverschlossen war. Hätte ich geahnt, dass Sie zeichnen, hätte ich die beiden angehalten, Sie nicht zu stören«, sagte Captain Hastings entschuldigend.

»Sie stören mich überhaupt nicht. Ich mag Kinder, und ich hatte schon eine Zeit lang auf eine Gelegenheit gehofft, Robin kennenzulernen.«

»Dann kannten Sie Bobby schon?«

Sie ließ sich wieder auf dem Tuch nieder, das sie auf dem Rasen ausgebreitet hatte, und nach kurzem Zögern tat er es ihr gleich. »Miss Adderton, die Köchin von Highbury House, ist seine Tante. Ich habe sie kennengelernt, als ich die wöchentlichen Lieferungen übernommen habe.«

»Als Sie den Jungen das Papier gegeben haben, konnte ich nicht übersehen, dass Sie mehrere Umschläge mit einer Feldpostnummer mit sich führen. Gibt es jemand Besonderen in Ihrem Leben?«

Ihre Wangen liefen heiß an, doch sie hielt seinem Blick stand. »Sie sind von einem Freund, der sich auf ein nettes Wort aus der Heimat freut.«

Captain Hastings lächelte verhalten.

»Muss ich jetzt damit rechnen, die Jungen bei Ihnen zu sehen, wenn Sie durch Mr. Penworthys Felder spazieren?«, fragte sie schnell.

Lachend schüttelte er den Kopf. »Würde ich in Ihrer Achtung sinken, wenn ich sage, ich hoffe nicht? Sie sind gute Jungs, aber die beiden haben genug Energie, um ganz Birmingham mit Strom zu versorgen.«

Einen Moment lang saßen sie da und beobachteten die Jungen, die mit den Bleistiften auf ihr Papier kritzelten und sich dann doch auf die Suche nach dem vergrabenen Schatz machten, den sie vorübergehend vergessen hatten.

»Wie heilt eigentlich Ihre Schulter?«, erkundigte sie sich. Er trug immer noch die Schlinge, doch er schien viel weniger vorsichtig damit umzugehen als bei ihrer ersten Begegnung.

Er sah auf seinen Arm hinunter, der zur Hälfte aus seiner offenen Jacke ragte. »Komisch, dass Sie fragen. Erst gestern ist der Arzt mit sich zurate gegangen, ob er mich noch einmal operieren muss.«

»Das tut mir leid«, sagte sie, obwohl sie aus egoistischen Gründen erleichtert war. Sie freute sich immer darauf, ihn zu sehen, was an den meisten Vormittagen der Fall war. Es gefiel ihr, wie aufmerksam er ihr zuhörte. Und es hatte ihr ebenfalls gefallen, als er einmal die Hand ausgestreckt und ihr eine verirrte Haarsträhne aus dem Gesicht gestrichen hatte, die sich aus den Nadeln gelöst hatte. Wenn er gesund war, würde er fortgehen, und das mochte sie sich noch nicht vorstellen.

»Glücklicherweise bestand nie die Gefahr, dass ich meinen Arm verliere wie manche armen Teufel, aber der Chirurg macht sich Sorgen, ich könnte einen Teil meiner Beweglichkeit einbüßen. Ich habe ihm erklärt, ich bräuchte keine Heuballen zu werfen oder auf Berge zu klettern. Ich muss nur in der Lage sein, zu meinen Männern zurückzukehren.«

»Zurückzukehren?«

Er neigte den Kopf und musterte sie aufmerksam. »Auf Highbury flicken sie uns zusammen und schicken uns dann zurück.«

»Aber Sie sind verwundet worden.«

Er zog die gesunde Schulter hoch. »Ich würde trotzdem darum bitten, zurückgehen zu dürfen. Ich bin seit acht Jahren Soldat und hatte nie einen anderen Beruf. Die Männer, die unter mir gedient haben, sind immer noch da draußen und riskieren ihr Leben. Ich kann sie nicht im Stich lassen.«

»Aber es gibt doch bestimmt noch andere Menschen, die Sie brauchen«, hakte sie nach.

»Eine Frau habe ich nicht. Meine Eltern machen sich Sorgen, aber ich vermute, das würden sie in jedem Fall, ganz gleich, was ich in diesem Krieg anstelle. Geht es Ihnen gut? Sie sind blass geworden.«

Sie presste eine Hand an ihre Schläfe. »Ich verabscheue den Gedanken, Sie könnten noch einmal verletzt werden.«

Er nahm ihre Hand, und die Zeit schien sofort langsamer zu laufen, wie Zuckersirup, der zäh aus einer Dose fließt. »Miss Pedley, bevor ich diese beiden Schlingel aufgelesen habe, hatte ich gehofft, Sie heute anzutreffen, obwohl heute Ihr freier Tag ist.«

»Warum haben Sie mich gesucht?«, fragte sie.

»Ich genieße die Tage, an denen ich Sie sehe, weit mehr als die, an denen das nicht der Fall ist.« Mit dem Daumen strich er über ihre Fingerknöchel. Als sie sich nicht rührte, legte er seine große Hand auf ihre kleine.

»Miss Pedley – Beth –, ich hatte mich gefragt, ob Sie mir die große Ehre erweisen würden, mich zu dem Wohltätigkeitsball in zwei Wochen zu begleiten.«

»Sie wollen mit mir zu dem Ball gehen?«, fragte sie.

»Falls Sie gehen wollen«, sagte er beinahe schüchtern. Sie erlebte zum ersten Mal, dass er unsicher wirkte. Als glaubte er nicht, dass sie zustimmen würde.

»Ich würde Sie sehr gern begleiten«, erklärte sie.

Er fasste ihre Hand fester. »Großartig.«

So saßen sie beieinander, bis die Jungen das Interesse an der Schatzsuche verloren hatten und sich zwei Stöcke suchten, um Schwertkampf zu spielen.

»Ich sollte einschreiten, bevor Kapitän Hook dort drüben Blackbeard noch ein Auge aussticht.« Er ließ ihre Hand los und schob sich mit der gesunden Körperseite voran wieder auf die Beine. »Wir werden Sie in Ruhe zeichnen lassen.«

Sie murmelte ein Abschiedswort, und Captain Hastings trieb die Jungen zusammen. Robin und Bobby gaben ihr die Bleistifte zurück und bedankten sich, dann scheuchte Captain Hastings sie aus dem Garten. Sie dachte, er würde ebenfalls gehen, doch auf der Schwelle des Tors blieb er stehen, fuhr herum und kam mit ein paar schnellen Schritten zurück zu ihr. Er beugte sich hinunter und küsste sie auf die Wange. Vor Überraschung öffnete sie den Mund ein wenig. Seine Lippen fühlten sich auf ihrer Haut weich an, und kurz schloss sie flatternd ihre Lider. Doch ebenso schnell zog er sich wieder zurück.

»Schön«, murmelte er. Er neigte sich ihr noch einmal entgegen, schien sich jedoch im letzten Moment zurückzunehmen. »Schön.«

Dann ging er fort.

Einen Moment lang saß Beth wie vom Donner gerührt da. Sie war noch nie geküsst worden. Ein leises, ungläubiges Lachen entfuhr ihr, und sie schüttelte den Kopf. Dann griff sie wieder zu ihrem Skizzenbuch und zeichnete zwei Jungen, die eifrig die Köpfe über ihr Zeichenpapier beugten.

Emma

Mai 2021

Emma ließ den Kopf gegen die geflochtene Rückenlehne des Liegestuhls sinken, den sie aus dem Schuppen im Garten von Bow Cottage herbeigeschleppt hatte.

»Wenn du zu lange so sitzt, schläfst du noch ein«, meinte Charlie.

Sie öffnete ein Auge und blinzelte ihn im Sonnenschein des späten Nachmittags an. Der Sommer rückte näher, und die Tage wurden spürbar länger. Nachdem Charlie und sie heute ihre Pflanzen inventarisiert hatten, hatte sie ihn noch auf einen Drink eingeladen.

»Verlockend ist der Gedanke schon«, sagte sie.

Er lachte. »Jetzt weißt du, warum ich letztes Jahr diese Liegestühle gekauft habe.«

»Ich begreife immer noch nicht, wie du auf einem Kanalboot leben kannst. Es ist so …«

»… schmal?«, fragte er grinsend. »Mir gefällt's. Ich brauche mir keine Sorgen zu machen, dass ich neben Nachbarn festsitze, die ich nicht ausstehen kann.«

»Stattdessen bist du also frei, die offenen Wasserwege zu durchstreifen?«, fragte sie.

»Solange ich einen Anlegeplatz finde. Du solltest mich mal wieder besuchen. Wir könnten mit dem Boot den Avon hinauffahren, durch ein paar Schleusen.«

»Wenigstens erwähnst du die Schleusen gleich. Beim letzten Mal bin ich deiner verlockenden Versprechung von Picknicks auf dem Dach und einem langsamen Ausflug auf dem Fluss auf den Leim gegangen, und dann hast du mich alle zwanzig Minuten eine Schleuse öffnen lassen. Und es hat in Strömen geregnet.«

»Das ist das Risiko in einem englischen Sommer«, sagte er und hob die Bierflasche in ihre Richtung, bevor er einen Schluck trank. Dann unterbrach er sich. »Was hören wir da eigentlich?«

Sie griff nach ihrem Handy und warf einen Blick auf das Display. »*Ain't That Terrible* von Roy Redmond.«

»Nicht dein üblicher Musikgeschmack«, meinte er.

»Ich neige immer mehr zu Soul. Es ist fröhliche Musik«, sagte sie.

»Ich kenne dich seit fast zehn Jahren und arbeite seit fünf für dich, und die ganze Zeit habe ich nur mitbekommen, dass du drei Genres hörst.« Er streckte die Finger hoch. »Indie Rock wie die Killers oder Razorlight, Oldies und grauenhafte Popmusik.«

»Lady Gaga macht keine grauenhafte Popmusik. Und mein Musikgeschmack entwickelt sich eben. Du solltest froh sein.«

»Normalerweise bist du in deinen Gewohnheiten zu festgefahren, um etwas zu verändern. Da ist etwas im Busch«, erklärte er mit der ärgerlichen Gewissheit eines besten Freundes.

Sie schloss erneut die Augen. »Ich habe keine Ahnung, wovon du redest. Außerdem stimmt es nicht, was du sagst. Ich verändere mich ständig. Das ist der Vorteil daran, kein Haus zu besitzen.«

»Hast du das Klopfen gehört?«

Sie seufzte, setzte sich auf und lauschte. Da klopfte wirklich jemand.

»Niemand weiß, dass ich hier wohne«, sagte sie.

Charlie schnaubte. »Du lebst in einem Dorf. Jeder weiß, wo du wohnst.«

Sie warf ihm einen Blick zu, stellte ihr Bier ab und rappelte sich auf die Füße. Die Muskeln in ihren Beinen, ihrem Rücken und ihren Armen – eigentlich überall – protestierten. Sie hatte ihren Leuten geholfen, Hunderte Pflanzen vom Ladeplatz in den Garten zu tragen, damit sie morgen mit dem Graben und Einsetzen beginnen konnten. Sie hatte auch geholfen, die Pfosten für den Pavillon aufzustellen, den Kompost umgeschichtet, die Clematis und die Rosen im Braut- und im Liebesgarten hochgebunden und so weiter und so weiter. Die Liste schien nie ein Ende zu nehmen, und jetzt spürte sie die Nachwirkungen am ganzen Körper.

Als sie von der Terrasse ins Cottage trat, blinzelte sie in die Dunkelheit und stieß sich das Schienbein an einem Tischchen, das immer im Weg zu sein schien, egal, wo sie es hinstellte. Fluchend humpelte sie zur Haustür und öffnete sie gerade, als die Person auf der anderen Seite noch einmal klopfen wollte.

»Oh, Sie sind es!«, sagte sie und beugte sich vor, um sich das Schienbein zu reiben.

Henry grinste. »Ja, ich bin es. Alles in Ordnung bei Ihnen?«

»Tut mir leid. Ich freue mich über Ihren Besuch, ich habe mich nur eben am Sofatisch gestoßen.«

»Sofatische sind die bösartigsten aller Möbel. Sie neigen dazu, einen anzuspringen, wenn man am wenigsten damit rechnet.«

Sie lachte kurz auf. »So ähnlich.« Sie entdeckte die Messenger-Tasche, die er über der Schulter trug. »Haben Sie die Skizzenbücher Ihrer Großmutter dabei?«

Er klopfte auf die Tasche. »Schuldig im Sinne der Anklage. Kann ich einen Moment hereinkommen?«

»Entschuldigung, natürlich.«

Als er in die Diele trat, schaute er sich um. »Hier war ich nicht mehr, seit Mr. und Mrs. Mulligan Bow Cottage verkauft haben. Es sieht gut aus.«

»Es ist nur gemietet, daher habe ich alles gelassen, wie es war.« Sie warf einen Blick auf sein Shirt, auf dem in Coca-Cola-Schrift *Lou Rawls* stand. »Wer ist Lou Rawls?«

»Versuchen Sie es mit *Stormy Monday* oder *Love Is a Hurtin' Thing*.«

Noch zwei für die Playlist. »Wir sitzen im Garten hinter dem Haus. Wollen Sie ein Bier?«

»Da sage ich nicht Nein. Wer ist ›wir‹?«

»Charlie und ich. Er ist mein bester Freund und meine rechte Hand. Er war der Erste, den ich bei *Turning Back Thyme* eingestellt habe.«

»Klingt nach einem guten Freund, wie man sich ihn nur wünschen kann.«

»Ich weiß nicht, was ich ohne ihn anfangen würde«, sagte sie. Und das stimmte. Falls Charlie ihr irgendwann erklären würde, er wolle sich anders orientieren, würde sie sich für ihn freuen und wäre doch absolut niedergeschmettert.

»Wir haben Besuch!«, rief sie ihrem besten Freund entgegen, als Henry und sie durch die Terrassentür traten. »Charlie, das ist Henry Jones. Er betreibt die Highbury House Farm und ist der direkte Nachbar der Wilcox'.«

»Ich glaube, Sie haben mich einmal beim Pub-Quiz vertreten. Nett, Sie persönlich kennenzulernen, Kumpel«, sagte Henry.

»Was führt Sie her?«, fragte Charlie. Die Art, wie er sich entspannt zurücklehnte, hätte die meisten Menschen getäuscht, doch Emma kannte ihn zu gut. Er war in höchster Alarmbereitschaft und musterte den Mann durchdringend. Sie zog eine finstere Miene, und Charlie grinste selbstgefällig.

»Emma denkt, dass sich einige Dinge in meinem Besitz befinden, die nützlich bei ihren Recherchen sein könnten. Meine Nan war während des Krieges hier«, erklärte Henry.

»Ach, dann sind Sie der mit den Zeichnungen«, sagte Charlie und warf einen Blick auf Henrys Shirt, als wäre ihm gerade eine Erleuchtung gekommen. Er kippte den Rest seines Biers hinunter und stand auf. »Tja, dann lasse ich euch beide mal allein.«

»Du brauchst nicht zu gehen«, sagte sie.

Charlie lächelte. »Ich weiß. Erzähl mir später, was du herausgefunden hast, ja?«

Nachdem Charlie sich verabschiedet hatte, sah sie wieder Henry an.

»Ich habe mich schon immer gefragt, wie wohl der eigene Garten einer Gärtnerin aussehen würde«, sagte er.

Angesichts der kahlen Stellen im Rasen und der wenigen trostlosen Büsche zuckte sie zusammen. »Das Haus ist nur gemietet, deswegen habe ich nichts damit gemacht.«

Er nickte. »Es muss ein merkwürdiges Gefühl sein, so lange fort von ihrer Heimatbasis zu sein.«

»Ich habe keine. Sobald sich ein Job dem Ende zuneigt und ich mich darauf vorbereite, den Garten an die Gärtner zu übergeben, die die laufenden Arbeiten übernehmen, habe ich für gewöhnlich schon mein nächstes Projekt in Aussicht und suche nach einer neuen Unterkunft.«

»Das ist ja eine regelrechte Nomadenexistenz«, meinte er.

Sie zuckte mit den Schultern. »Ich habe nie wirklich einen Grund gehabt, an einem Ort zu bleiben.«

Er zog eine Augenbraue hoch. »Würden Sie denn bleiben, wenn Ihnen jemand einen Grund dazu geben würde?«

Das Wort »Ja« lag ihr auf der Zunge, doch sie hielt es zurück, bevor es zu mehr werden konnte als einer Vorstellung. Wozu genau sollte sie Ja sagen? Ein Flirt war ja schön und gut, aber was konnte sie sonst von einem Mann erwarten, den sie kaum kannte?

Sie räusperte sich und wies auf die Tasche. »Die Skizzenbücher?«

»Die Skizzenbücher. Es sind drei.« Er rückte seinen Stuhl näher an ihren heran, und sie versuchte, seine Wärme zu ignorieren, die in ihre persönliche Distanzzone drang. Er zog die Skizzenbücher hervor. »Das Papier ist nicht besonders gut.«

»Während des Kriegs war Papier rationiert.«

»Geschichte im Abitur?«, fragte er.

»Und zu viel Zeit mit Archivaren verbracht.«

»Na, dann freut es Sie vielleicht, dass Nan ihre Zeichnungen datiert hat.« Er schlug eines der Bücher auf. »Zum Beispiel hier, in der unteren rechten Ecke.«

»Sehr hilfreich.«

»Einige Zeichnungen zeigen Gesichter und Hände. Ich würde vermuten, dass einige davon Patienten gehören, die hergeschickt wurden, um sich von ihren Kriegsverletzungen zu erholen. Es sieht aus, als hätte Nan sich auch an Landschaften versucht – und dieses Flugzeug stammt vielleicht von dem Luftwaffenstützpunkt in der Nähe. Aber größtenteils hat sie den Garten gezeichnet«, erklärte er und blätterte zu einer ganzseitigen Zeichnung des einstigen großen Rasens vor, dessen Fläche mit ordentlichen Reihen von Gemüse bepflanzt war.

»Ein Teil des Gartens wurde als Ackerland beschlagnahmt. Ich habe Bilder davon gesehen«, sagte sie und fuhr mit einem Finger knapp unterhalb der ersten Reihe der mit Graphitstift gezeichneten Pflanzen entlang.

»Ich fürchte, daran war mein Großvater schuld, obwohl Dad immer erzählt hat, Granddad hätte beim Neueinsäen des Rasens in den 1950ern mitgeholfen.«

»Wir legen den Spiegelteich wieder an, der sich früher hier befand«, erklärte sie und tippte mit dem Fingernagel auf die Zeichnung.

»Wenn Sie weiterblättern, finden Sie viele detaillierte Zeichnungen von Pflanzen«, sagte er.

Sie sah Darstellungen von samtweichem Salbei, weit ausgreifenden Haselsträuchern, elegantem Lavendel, tiefgebeugtem Blaumohn und wolkenähnlichen Hortensien.

»Sie war sehr begabt«, stellte sie bewundernd fest.

Sie hatten das Buch beinahe ganz angesehen, als er eine weitere Seite umblätterte und der Anblick der nächsten Zeichnung sie aufkeuchen ließ. Ein wunderschöner Garten mit geschwungenen Backsteinmauern, hohen Hornsträuchern, die sich in den Himmel reckten, und darunter üppigem Pflanzenwuchs. In der Mitte befand sich ein seichter Teich, der aus einem sanft geneigten Wasserbecken aus Ton bestand. Und über die Zeichnung hatte Henrys Nan *Der Garten des Winters* geschrieben.

»So hat er also ursprünglich ausgesehen«, hauchte sie.

»Was meinen Sie?«

»In diesen Bereich des Gartens konnten wir noch nicht vordringen. Durch das Tor kommen wir nicht hinein, sodass wir uns die Zeit nehmen müssen, uns einen Weg hineinzuschneiden, aber es existieren keine detaillierten Pläne. Ich wollte keinen irreparablen Schaden anrichten, und deswegen rutscht dieser Teil immer wieder auf der Liste nach unten.«

»Und das hier hilft Ihnen?«, fragte er.

Sie nickte. »Jetzt weiß ich, wie er in seiner vollen Pracht aussehen sollte. Das ist nicht genau so, wie Venetia ihn geplant hat – kein Garten sieht jemals genau so aus wie beabsichtigt, weil einige Pflanzen eingehen und andere gedeihen. Aber das hier ist wenigstens ein Hinweis.«

Er lehnte sich zurück. »Gut. Freut mich, dass es eine Hilfe ist.«

Sie musterte die Seite und wünschte sich, in der Mitte des verwunschenen Gartens zu stehen, vor der flachen Wasserschale, und alles wieder in Ordnung zu bringen.

Sie schüttelte den Kopf und kehrte in die Wirklichkeit zurück. »Verbergen sich noch mehr solcher Schätze in diesem Buch?«

»Nur noch das hier.« Er streckte die Hand aus und blätterte zur letzten Seite des Skizzenbuchs vor. Eine Zeichnung erstreckte sich darüber. Sie zeigte zwei Jungen, die vor einigen Büschen saßen. Die Kinder beugten die Köpfe, und einem der Jungen fiel das Haar in die Stirn, während er zusah, wie der andere mit einem Spielzeuglaster spielte.

»Die Details sind wunderbar«, meinte sie und bewunderte die

Art, wie sich die Bleistiftstriche zusammenfügten und ein so klares Bild ergaben.

»Ich frage mich, wer die beiden waren.«

»Sydneys Großvater und einer seiner Spielkameraden, würde ich meinen. Ich könnte Sydney fragen, wenn ich das nächste Mal bei ihnen bin. Wahrscheinlich hat sie Fotos«, überlegte sie.

»Sie sollten die Bücher behalten, solange Sie sie brauchen. So sparen Sie Zeit«, bot er an.

»Ich weiß zu schätzen, dass Sie sie mir anvertrauen.«

Ein neuer Song setzte ein, und Otis Reddings Stimme erfüllte den Garten.

»Gern, aber ich warne Sie: Mein Interesse ist geweckt«, sagte er.

Sie zögerte. »Wissen Sie, wenn Sie das Bedürfnis verspüren, sie zu sehen, könnten Sie einfach vorbeikommen«, erklärte sie dann.

»Seien Sie vorsichtig! Möglicherweise kann ich einem solchen Angebot von einer Frau, die einen so guten Musikgeschmack hat, nicht widerstehen.« Mit einer Kopfbewegung wies er auf den tragbaren Lautsprecher auf dem Gartentisch. »*These Arms of Mine*. Großartiger Song.«

»Da ist dieser Kerl mit den Bandshirts, der ständig vorbeikommt. Er hat mich auf diese Musik gebracht, die ich normalerweise nicht höre. Bestimmt die Macht der Suggestion.«

»Ich hoffe, er ist Ihnen nicht lästig«, sagte er.

Sie lächelte. »Nein. Das ist er nicht.«

»Gut«, meinte er und stand auf. »Ich sollte Sie nicht länger aufhalten.«

»Sie brauchen noch nicht zu gehen«, widersprach sie.

»Wie müde sind Sie gerade?«

»Auf einer Skala von eins bis zehn?«, fragte sie. »Wahrscheinlich eine Elf.«

Er lachte. »Dann sollte ich gehen.«

Sie erhob sich ebenfalls und griff seine Flasche, um sie mit reinzunehmen, während er sich noch einmal umschaute.

»Kübel«, erklärte er.

»Wie bitte?«

»Sie könnten sich ein paar Töpfe besorgen und bepflanzen. Dann könnten Sie sie mitnehmen, zu Ihrem nächsten Cottage im nächsten Dorf und zu Ihrem nächsten Job«, sagte er.

»Ich dachte, Sie wollten nach Hause, Henry.« Sie lachte.

»Schon gut. Ich gehe ja schon.«

Sie brachte ihn zur Haustür und lehnte sich an den Türpfosten, während er unter das Vordach hinaustrat.

»Danke für das Bier«, sagte er.

»Gern wieder.«

Sie erstarrte, als er eine Hand auf ihren Arm legte, sich vorbeugte und sie einmal auf beide Wangen küsste. Er zog sich ein wenig zurück. »Ich freue mich darauf, Sie bald wiederzusehen«, sagte er leise.

Dann ließ er dieses Lächeln aufblitzen, das sie so gern mochte, und schlenderte davon.

Mit verschränkten Armen beobachtete Emma die geschäftigen Aktivitäten im Dichtergarten. Vishal und Zack legten nach den Zeichnungen, die sie basierend auf Venetias Plänen angefertigt hatte, Pflanzen aus. Charlie und Jessa folgten ihnen, nahmen sie methodisch aus den Töpfen und setzten sie ein. Jemand hatte ein Radio mitgebracht, und ein blecherner BBC-Jingle übertönte die Geräusche, die ihr schwer arbeitendes Team erzeugte.

Emma hatte den Tag damit verbracht, die Skizzenbücher durchzugehen. Henrys Großmutter hatte ausgezeichnete Arbeit geleistet, als sie ihre Aufzeichnungen über den Garten, wie er 1944 gewesen war, erstellt hatte. Die vielen sorgfältig beschrifteten Einzelheiten über die Pflanzen waren unschätzbar wertvoll. Pflanzen, auf die sie nie gekommen wäre, wie geflügelter Ziertabak oder Eisenhut, hatten den Garten wahrscheinlich während der Sommersaison interessant gemacht. Zum ersten Mal, seit sie nach Highbury gekommen war, kam Emma der Garten des Winters nicht wie eine unüberwindliche Herausforderung vor, sondern wie eine bewältigbare Aufgabe.

Doch um sie zu erledigen, musste sie natürlich erst einmal damit anfangen.

»Charlie!«, rief sie vom Eingang des Dichtergartens aus.

Er blickte auf und rückte seine Baseballkappe zurecht. »Was?«

»Hilf mir mal, ja?«

Er stieß seinen Spaten in den Boden und hievte sich hoch. Während er zu ihr herüberkam, klopfte er sich die Knie ab. »Was brauchst du?«

»Ich möchte heute versuchen, in den Garten des Winters hineinzukommen.«

Er stieß einen leisen Pfiff aus. »Heute noch?«

»Ich will nicht alles heute machen. Nur hineinkommen. Ich glaube, ich weiß jetzt, wo wir schneiden können, ohne etwas Wichtiges zu beschädigen.« Sie zeigte ihm die Zeichnung von Henrys Großmutter. »Keine Rosen, keine Bäume. Und wenn diese Zeichnung korrekt ist, stehen auch keine Skulpturen an der Mauer.«

Er rieb sich den Nacken und spähte über die Eibe zu dem widerspenstigen Chaos hinauf, das aus dem Garten des Winters wucherte. »Sicher?«

Sie nickte. »Ich bin mir sicher.«

»Dann lass uns die Leitern holen.«

Im Nu hatten sie zwei Leitern, eine Heckenschere, eine Baumschere und eine Machete aus dem alten Gärtnerhäuschen geholt, wo sie einen Teil ihres teureren oder gefährlicheren Werkzeugs aufbewahrten. Eine der Leitern lehnten sie an die Mauer des Winter-Gartens, und Emma stieg Sprosse für Sprosse hinauf.

»Gib acht auf diesen Rosenzweig ungefähr fünfzehn Zentimeter vor deinem Kopf!«, warnte Charlie, während er den Fuß der Leiter festhielt.

»Verstanden!«, rief sie zu ihm hinunter. Weniger als dreißig Sekunden später stieß sie mit dem Kopf gegen die Rose und befreite sich fluchend.

»Sehr geschickt.«

»Ich möchte dich mal sehen!«, rief sie zurück.

»Du machst dich großartig, Chefin«, entgegnete Charlie.

Sie verdrehte die Augen und kämpfte sich in das überhängende Gewirr von Ästen vor, die sie gleichzeitig zurückschnitt. Wenn Charlie sich auf die Zehenspitzen stellte, konnte er ihr gerade noch das Werkzeug anreichen, das sie brauchte – mit Ausnahme der Machete, die sie sich wie Indiana Jones um die rechte Hüfte geschnallt hatte.

Schließlich erreichte sie die Mauerkrone, und Charlie gab ihr vorsichtig die andere Leiter an. Sie ließ sie auf der anderen Seite hinunter und versuchte, sich von dem Blattwerk fernzuhalten. Beim Hinunterklettern wurde sie zweimal von einem Ast gestochen, und einmal legte sie die Hand direkt um eine Rose. Hätte sie nicht Arbeitsstiefel und Handschuhe getragen, hätte sie einige üble Kratzer kassiert.

Als ihre Füße schließlich den Boden berührten, sah sie durch das Laubwerk nach oben und stellte fest, dass die Blätter sich so stark überlappten, dass sie nur kleine Flecken des blauen Himmels erkennen konnte.

»Wie läuft's bei dir?«, drang Charlies Stimme aus dem Dickicht zu ihr herüber.

»Bist du am Tor?«, rief sie zurück.

»Ich bin gerade hingerannt. Wie sieht es aus?«

Sie blickte sich um. Der Geruch des feuchten, fauligen Unterholzes hing in der Luft wie ein schwerer, aufdringlicher Parfümduft. »Als würden wir einen Flaschenzug brauchen, um alles, was wir herunterschneiden, über die Mauer zu transportieren.«

»Wir können immer noch das Schloss aufbrechen«, meinte er.

Sie spähte um sich herum. »Nein. Ich kann es nicht erklären, aber es fühlt sich einfach verkehrt an.«

»Schön. Dann schau, dass du eine Stelle so weit freischneidest, dass wir beide dort hinunterklettern können, und ich tue, was ich kann, um das Werkzeug auf die andere Seite zu schaffen!«, rief er.

Sie zog ihre Machete, ergriff einen Ast und schlug kräftig zu. Eine halbe Stunde später stieg Charlie vorsichtig von der einen Leiter auf die andere um.

»Ich hasse Höhen«, murmelte er.

»Ich weiß, ich weiß.«

Er reichte ihr eine Baumschere an und kletterte dann mit einem Seufzer der Erleichterung zu ihr herunter. »Also das ist der Garten des Winters.«

»Oder auch Celestes Garten.«

»Fragst du dich immer noch, wer Celeste war?«, erkundigte er sich.

»Alles, was Gärtner anlegen, folgt einem Plan, einer Absicht. Wir erschaffen Ordnung aus der Natur. Wenn sie diesen Teil Celestes Garten genannt hat, hatte das einen Grund«, erklärte sie.

»War der Name nicht in einer anderen Handschrift hinzugefügt?«

»Ja, aber Celeste muss dieser Person etwas bedeutet haben, sonst hätte er oder sie den Namen nicht auf die Zeichnungen geschrieben.«

»Du könntest dich an Professor Waylan wenden«, schlug Charlie vor. Der Wissenschaftler hatte ihr schon in der Vergangenheit bei kniffligen Recherchen geholfen.

Emma runzelte die Stirn. »Ich glaube, er ist immer noch im Norden, zu seiner jährlichen Auszeit.«

Der Professor, der ziemlich exzentrisch war, stellte dann jegliche Kommunikation ein und holte nur einmal im Monat im nächsten Dorf die Post und kaufte Vorräte ein.

»Ein Brief von dir wird ihm nichts ausmachen. Von allen anderen vielleicht, aber nicht von dir«, meinte Charlie.

Sie nickte. »Ich schreibe ihm und frage, ob er etwas von einer Verbindung zu einer Celeste weiß.«

Charlie stemmte die Hände in die Hüften und sah sich um. »Das ist ein ziemlicher Dschungel.«

»Eine Herausforderung, die uns Spaß machen wird«, erklärte sie und zog die Augenbrauen hoch.

»Ich glaube, wir beide definieren Spaß ganz unterschiedlich. Frag mich zum Beispiel mal, was ich dieses Wochenende vorhabe«, sagte er und drückte einen Ast hinunter, um ihn zu schneiden.

»Lass mich raten – du fährst mit dem Boot auf einem der Kanäle und gehst dann in den Pub.«

Er warf ihr einen Blick zu. »Okay, schön. Was machst du?«

»Gib mir die Baumschere.« Als er sie ihr reichte, schnitt sie einen Ast ab, der sie in den Rücken stach. »Na also.«

»Was hast du dieses Wochenende vor, Emma?«, fragte er noch einmal.

»Ich hatte überlegt, in ein Gartencenter zu fahren.«

Er lachte. »Das hier reicht dir noch nicht?«

»Eigentlich hatte ich überlegt, mir ein paar Kübel zu besorgen. Für Bow Cottage.«

Er unterbrach sich. »Dann musst du sie aber mitnehmen, wenn du ausziehst«, meinte er.

Sie lächelte. »Dann ist es ja gut, dass du einen Pick-up hast, nicht wahr?«

Venetia

Freitag, 17. Mai 1907
Highbury House
Warm, klarer Himmel

So viel ist heute geschehen – heute Abend. Ich bebe vor Aufregung wie ein junges Mädchen.

Ich hatte noch nie viel Sinn für Mode. Natürlich besitze ich Kleider, die sich für ein formelles Abendessen eignen. Doch ein Ballkleid ist etwas ganz anderes. Daher stieg auch leise Besorgnis in mir auf, als ich vorhin behutsam an den Spitzenärmeln meines besten Abendkleids zupfte. Ich war schon unzählige Male zum Dinner eingeladen gewesen, doch dies war nicht nur ein Essen. Danach würde ein Tanz stattfinden, und der Ballsaal würde voller Frauen sein, die sich in ihren besten Kleidern herausgeputzt hatten.

Wäre da nicht die verlockende Aussicht gewesen, Matthew zu sehen, hätte ich mich vielleicht mit einer Ausrede bei Mrs. Melcourt entschuldigt. Doch in den drei Wochen, seit er mich geküsst hatte, waren wir einander nur kurz und nie allein begegnet. Er trinkt jeden ersten Donnerstag im Monat Tee bei seiner Schwester und legt dann Wert darauf, mit ihr durch den im Aufbau befindlichen Garten zu spazieren. Zweimal hatte ich den Eindruck, er beobachte mich, als ich an der langen Rabatte arbeitete und er mit Mr. Melcourt auf der Veranda Zigarren rauchte, aber sicher war ich mir dessen nicht.

Ich wollte mir eigentlich keine Gedanken über Matthew und die Meinung machen, die er womöglich nach dieser Episode von mir hegte, aber es machte mir doch etwas aus. Jeder Kuss in meinem Leben war ein kalkuliertes Risiko gewesen, aber ich war froh darüber, dass ich es bei ihm eingegangen war. Ich konnte nur hoffen, dass er ebenso dachte.

Er würde heute Abend anwesend sein, ebenso wie einige der bedeutendsten Familien aus Warwickshire, Gloucestershire und Oxfordshire. Gestern beim Abendessen hatte ich schon drei Ehepaare kennengelernt – allesamt prominente Fabrikanten und ihre Frauen –, die aus London hergekommen waren. Man hatte dreimal mit dem Wagen fahren müssen, um sie vom Bahnhof abzuholen. Als ich heute Morgen im Buchladen im Dorf gewesen war, hatte ich mitgehört, wie einige Damen aufgeregt darüber plauderten, was sie anziehen würden.

Während ich mich dem Haus näherte, zog ich ein letztes Mal an meinem Ärmel und rückte die langen weißen Handschuhe zurecht. Dann trat ich durch die Glastüren, die von der Veranda nach drinnen führten. Mrs. Creasley war damit beschäftigt, einer Gruppe von Gästen ihre Umhänge und Hüte abzunehmen, daher legte ich meine Stola auf eine Anrichte und huschte unbemerkt hinein. Doch ich sollte nicht lange unentdeckt bleiben. Ich hatte gerade einmal drei Schritte in den Salon getan, als Mrs. Melcourt herbeistürzte und mir die Hände entgegenstreckte.

»Meine liebe Miss Smith«, sagte sie strahlend, die Leutseligkeit in Person, »Sie sind genau die Frau, die ich sehen wollte. Lady Kinner, darf ich Ihnen Miss Smith vorstellen?«

Ich knickste, sah die andere Frau an und hoffte auf einen Hinweis darauf, warum Mrs. Melcourt nicht ihre übliche frostige Art an den Tag legte. Lady Kinner war offensichtlich eine Dame von Rang und Namen. Sie gab sich, als seien ihr Eleganz und gute Manieren in die Wiege gelegt worden. Ihr sorgfältig gerichtetes silbergraues Haar war zu einer Wolke aus Locken aufgesteckt, und ihr Kleid bestand aus einem diskreten malvenfarbenen Material mit einem Überrock aus schwarzem Netzstoff. Sie war sehr klein, und eine außergewöhnliche Intelligenz lag in ihrem Blick. Lady Kinner war mir sofort sympathisch.

»Miss Smith, als Mrs. Melcourt mir erzählte, Sie seien die Frau, die Mr. Melcourt ausgewählt hat, um den Garten von Highbury House umzugestalten, war ich hocherfreut. Meine liebe Freundin Mrs. Bartholomew hört nicht auf, Loblieder auf Sie zu singen, seit Sie auf Avenlane Ihre Magie gewirkt haben«, sagte Lady Kinner.

Ich lachte leise. »Danke, Lady Kinner. Ich weiß Mrs. Bartholomews Lob zu schätzen, vor allem eingedenk der Lage von Avenlane.« Ich warf Mrs. Melcourt einen Blick zu. »Das Haus liegt nämlich hoch oben auf den Klippen von Dover, und der scharfe Seewind weht durch den Garten. Viele Pflanzen würden in einer solchen Umgebung niemals gedeihen, daher war es von größter Bedeutung, jede einzelne sorgfältig auszuwählen. Wir haben auch auf dem ganzen Besitz Windbrecher aus Mauern und Baumlinien geschaffen, ohne dadurch den Meerblick vom Haus aus zu stören.«

Ganz zu schweigen davon, wie anspruchsvoll Mrs. Bartholomew selbst war. Sie ist eine starrköpfige Frau, die keine Angst hat, ihre Meinung kundzutun, und weiß fast so viel wie ich über die heimischen Bäume Großbritanniens. Mehrmals während des Projekts stritten wir uns heftig, und am Ende hatten wir beide ein herausragendes Wissen über die Küstenflora erworben, und wenn es nur dazu diente, der anderen zu beweisen, dass sie im Irrtum war.

»Ich bin mir sicher, Mrs. Bartholomew hat sich als energische Klientin erwiesen«, meinte Lady Kinner, als hätte sie meine Gedanken gelesen.

»Das könnte man so sagen«, gab ich zurück.

»Laura war schon seit unserer Kindheit so«, sagte Lady Kinner voller Zuneigung. »Haben Sie nachgegeben?«

»Nicht, wenn ich im Recht war. Eine unserer strapaziösesten Auseinandersetzungen hatten wir über eine Reihe von langen Hecken aus echtem Lavendel. Ich habe ihr erklärt, das sei in einem Garten an der Küste sinnlos, aber sie bestand darauf. Daher haben wir eine gepflanzt, um zu sehen, wie der Lavendel sich schlagen würde. Er ist nach fünf Wochen eingegangen.«

»Wie hat sie reagiert?«, fragte Lady Kinner.

»Sie hat gefragt, ob ich jetzt glücklich sei, weil ich recht behalten habe. Ich sagte Ja, woraufhin sie die Hände zum Himmel reckte. ›Das Problem, Miss Smith, ist, dass wir beide einander zu ähnlich sind, und das heißt, dass es mir unmöglich ist, Sie nicht zu mögen‹, erklärte sie dann.«

Während des gesamten Gesprächs beobachtete Mrs. Melcourt uns mit leicht zur Seite geneigtem Kopf, als wöge sie ab, wie weit ich durch diese ungezwungene Unterhaltung mit Lady Kinner gesellschaftlich aufgestiegen war.

Jetzt schaltete sie sich wieder ein. »Lady Kinner«, sagte sie, »es ist ein solcher Jammer, dass Ihre Nichte nicht kommen konnte. Es wäre eine große Freude gewesen, diese englische Rose bei unserem kleinen Tanz heute Abend zu Gast zu haben.«

»Theresa war sehr traurig, die Gelegenheit zu verpassen, aber sie kehrt erst in drei Wochen wieder aus Boston zurück, wo sie ihre Tante mütterlicherseits besucht«, erklärte Lady Kinner mir.

»Matthew wird sie vermissen. Ich weiß, dass er ihre Gesellschaft sehr genossen hat, als die beiden einander letzten Herbst vorgestellt wurden«, sagte Mrs. Melcourt.

Was Lady Kinner davon halten mochte, sollte ich nie erfahren, denn Mrs. Melcourt erhielt ein Zeichen, dass nun das Dinner serviert werden könne. Daher nahm sie die Hand des hochrangigsten Gentlemans – Lady Kinners Mann, Sir Terrance Kinner – und ging voraus.

Überall um mich herum fanden sich Gentlemen und Ladys zu Paaren zusammen. Mrs. Melcourt hatte Erstere zweifellos diskret darüber informiert, wen sie zum Essen führen sollten. Ich stand da, strich meine Röcke glatt und fühlte mich ein wenig verloren. Da tauchte Matthew neben mir auf.

»Ich glaube, ich habe die Ehre, Sie hineinzuführen, Miss Smith«, erklärte er und bot mir seinen Ellbogen an.

Ich biss mir auf die Unterlippe und legte die Hand in seine Armbeuge. »Das ist sehr freundlich von Ihnen, Mr. Goddard. Danke.«

»Ich hätte gedacht«, fuhr ich fort, als wir uns dem Speisezimmer näherten, »dass man Sie als Bruder der Gastgeberin mit einer hochrangigeren Dame zusammengesteckt hätte. Lady Kinners Nichte vielleicht?«

Er schnaubte amüsiert. »Helen drängt mir jetzt schon seit einem ganzen Jahr ebendiese Miss Theresa Orleon auf, eine Frau, die fünfzehn Jahre jünger ist als ich und sich nicht mehr für mich interessiert als ich für sie.«

»Ist sie denn keine gute Partie?«

Er legte die Hand über meine, und dann traten wir durch die Tür, sodass alle Gäste uns sehen konnten. »Sie ist eine ausgezeichnete Partie, aber ich besitze diesbezüglich nicht denselben Ehrgeiz wie meine Schwester.«

»Sicherlich haben Sie schon einmal über eine Ehe nachgedacht. Das wird bestimmt von Ihnen erwartet«, sagte ich.

Er warf mir einen Seitenblick zu. »Sicherlich haben Sie schon über eine Ehe nachgedacht. Wahrscheinlich erwartet man das von Ihnen.«

Ich presste fest die Lippen zusammen.

Er drückte meine Hand. »Ich bin froh, dass Miss Orleon heute Abend nicht hier ist. Ich möchte lieber Sie zum Dinner führen.«

Das ließ ich mir durch den Kopf gehen, während er mich um den Tisch herum zu einem freien Stuhl eskortierte und ihn für mich heranzog. Ich blickte auf, um ihm für seine Aufmerksamkeit zu danken, als ich bemerkte, wie er die geschnitzte Holzlehne des Stuhls neben mir umklammerte. Am Kopfende der Tafel runzelte Mrs. Melcourt die Stirn.

»Ihre Schwester wirkt verärgert«, sagte ich und sah zu, wie er Platz nahm.

Er beugte sich zu mir herüber. »Am frühen Abend habe ich einen der Diener überredet, die Platzkarten auszutauschen. Ich sollte eigentlich zwischen der Pfarrersfrau und Mrs. Filsom sitzen.«

»Mr. Goddard«, sagte ich mit gespieltem Entsetzen, konnte jedoch nur knapp verhindern, dass ich lächelte.

»Ich schwöre Ihnen, Miss Smith, dass ich beim Dinner neben niemandem lieber sitzen würde als neben Ihnen.«

Ich möchte noch mehr schreiben, wirklich, aber ich glaube, ich brauche einen Tag, um über alles nachzudenken, was nach dem Dinner geschah, und zu sehen, wie mutig ich bin. Einstweilen werde ich die Feder weglegen und gute Nacht wünschen. Guten Morgen. Einen guten Tag.

Samstag, 18. Mai 1907
Highbury House
Klarer Himmel

Ich habe mein Tagebuch geflissentlich vernachlässigt, doch ich weiß, dass ich niederschreiben muss, was nach Mrs. Melcourts Dinner geschehen ist. Selbst wenn es nur dazu dient, dass ich eines Tages zurückblicken und mir ins Gedächtnis rufen kann, dass dieses Ereignis keine Ausgeburt meiner Fantasie war.

Nachdem der letzte Gang abgeräumt war und die Damen sich in den Salon zurückzogen, damit die Herren ihrem Portwein zusprechen konnten, trafen nach und nach die Gäste ein, die nur zum Tanz geladen waren. Ich bin keine besonders gute Tänzerin, daher haben Bälle keinen großen Reiz für mich. Ich würde eine Stunde bleiben und dann unauffällig verschwinden, gelobte ich mir, als ich von der Menge mitgezogen wurde, die zum Ballsaal ging.

Doch selbst ich konnte nicht abstreiten, dass Romantik in der Luft lag, als die Paare beim Walzer herumwirbelten. An meinem sicheren Platz am Rand der Tanzfläche wippte ich im Takt zum Geigenspiel mit dem Fuß. Perlendes Lachen klang aus dem Stimmengewirr heraus, und ein jeder schien unter den elektrischen Lichtern des Kronleuchters zu funkeln. Mrs. Melcourts ländlicher Ball war ein voller Triumph.

Beim vierten Tanz erspähte ich die Dame des Hauses am vorderen Ende des Raums. Ihr Mann stand neben ihr, und ein paar Meter weiter tanzte Matthew und hielt eine Frau in Grün im Arm. Sobald die Musik einsetzte, hatte seine Schwester ihm aufgelauert, und seit zwanzig Minuten führte er pflichtbewusst jede junge Dame zum Tanz, die man ihm brachte.

Ich schloss die Augen und fragte mich, ob das ein Zeichen war und ich mich unauffällig zurückziehen, mein Tuch holen und zurück zum Gärtnerhäuschen gehen sollte. Ich hatte am nächsten Morgen viel Arbeit zu erledigen. (Es erscheint kaum möglich, alles bis zum Jahresende zu vollenden.)

Ich drehte mich auf dem Absatz meiner Abendschuhe um und trat auf eine der offenen Türen zu, die vom Ballsaal auf die Veranda hinausführten. Mein Tuch wollte ich am nächsten Morgen holen, wenn die Hausbewohner noch fest schliefen. In diesem Moment wurde die Musik unterbrochen, und die Ladys und Gentlemen wechselten die Tanzpartner.

Ich war schon durch die Tür getreten, als der Klang einer Männerstimme mich innehalten ließ.

»Sie wollen doch nicht gehen, oder?«

Ich warf einen Blick über die Schulter und musterte blinzelnd eine Gestalt, die im Gegenlicht des Ballsaals nur als Silhouette zu erkennen war. »Mr. Goddard?«

Er trat von der Schwelle hinunter. »Matthew hat mir besser gefallen, wenn du erlaubst, Venetia.«

Ich nickte, doch sah mich darauf hastig um, da ich Angst hatte, jemand könnte uns gehört haben. Glücklicherweise waren wir ganz allein, und doch gab es unzählige Gründe, aus denen wir es nicht hätten sein dürfen. Wir befanden uns im Haus meiner Arbeitgeber. Außerdem war ich eine berufstätige Frau, die allein lebte. Nur meine Stellung als Tochter eines Gentlemans und mein untadeliger Ruf erlaubten mir dieses Privileg.

»Du bist noch nicht müde«, befand er.

»Ich kann mir nicht vorstellen, dass ein Tanz mit mir für die Gentlemen dort drinnen reizvoll wäre«, sagte ich.

»Ich würde gern mit dir tanzen.« Er fuhr mit einem Finger an meinem bloßen Arm hinunter und über mein Handgelenk. »Seit dem Essen habe ich versucht, deine Gesellschaft zu suchen. Aber meine Schwester schien entschlossen zu sein, mich zu beschäftigen.«

»Ich frage mich, wieso«, meinte ich und zog die Augenbrauen hoch.

Er streckte die Hand aus. »Komm.«

Ich zögerte nur kurz und ließ mich dann von ihm außer Sichtweite der hohen Fenster des Ballsaals ziehen. Er manövrierte mich am Lindenweg vorbei in den Teegarten.

Mit einem leisen metallischen Klicken fiel das Tor hinter uns zu, aber er führte mich noch tiefer in den Garten hinein.

»Matthew …«

»Nur noch ein wenig weiter«, sagte er.

Im Liebesgarten blieben wir stehen. Ich sah zu, wie er sich einmal im Kreis drehte und sich im silbrigen Licht des Halbmonds nach etwas umsah.

»Wonach suchst du?«, fragte ich.

»Nach anderen Leuten.« Er verzog die Lippen zu einem Lächeln. »Sieht aus, als wären wir allein.«

Er ließ seine Hand an meinem Arm entlang zu meiner Schulter und über meinen Nacken gleiten. Zärtlich legte er die Handfläche an meine Wange. Dann küsste er mich, rückhaltlos und tief. Und ich erwiderte seinen Kuss.

Ihn zu küssen fühlt sich an, als würde ich das Gesicht in die Frühlingssonne halten und mich nach den Monaten des Winters an der Wärme ergötzen, die sich auf meiner Haut ausbreitet. Freundlich, wissbegierig und leidenschaftlich – seine Küsse fühlen sich an wie er selbst. Jeder einzelne eine Offenbarung.

Als er sich schließlich zurückzog, lehnte ich mich an seine Brust, und er schlang die Arme um mich. Ich wusste, ich hätte mich abwenden müssen. Hätte ich das getan, hätte ich am nächsten Morgen aufwachen und zu meinem Leben zurückkehren können, wie es vorher war. Ich hätte so tun können, als wären meine Gärten das Einzige, was meine Leidenschaft erweckt. Doch ich wusste, wie es war, berührt und begehrt zu werden, und sehnte mich schmerzlich nach diesem lange vernachlässigten Teil meiner selbst.

Dieses Mal war ich es, die ihn küsste. Ich ließ die Hände in sein Haar gleiten, sog seinen Duft ein und schmiegte mich an seinen warmen Körper.

Irgendwo in der Nähe lachte jemand. Der Zauber war gebrochen, und wir stolperten beide einen Schritt nach hinten.

Wieder erklang das Lachen, in größerer Entfernung, als uns bewusst gewesen war. Beide atmeten wir erleichtert auf.

Er senkte den Kopf, bis seine Stirn meine berührte, nahm meine Hand und zeichnete mit dem Daumen Kreise auf meinen Handrücken.

»Venetia.« Er sprach meinen Namen aus wie ein Gebet.

Und diese Ehrfurcht in seiner Stimme war es, die mich flüstern ließ: »Komm in mein Cottage.«

»Jemand könnte uns zusammen sehen.«

»Warte hier zehn Minuten, bevor du mir folgst. Niemand wird Verdacht schöpfen, wenn er sieht, dass du zu den Treibhäusern gehst.«

»Mitten in der Nacht?«, fragte er.

»Es wird nur zu deinem Ruf als exzentrischer Gartenkünstler beitragen.«

Er prustete vor Lachen und fuhr sich mit einer Hand durchs Haar. »Ich komme in zehn Minuten nach.«

Das Herz schlug mir bis zum Hals, als ich dem verschlungenen Pfad folgte, der durch die verschiedenen Gartenbereiche und schließlich durch den Waldgarten führte. In meinem Cottage angekommen, trat ich an den Waschtisch und löste den komplizierten Knoten, zu dem das Mädchen mein Haar am frühen Abend aufgesteckt hatte. Eine Nadel nach der anderen ließ ich in eine kleine Porzellanschale fallen, und jedes leise Klirren war wie das Ticken einer Uhr, die mein Warten maß.

An der Tür klopfte es leise – genau zehn Minuten nachdem ich ihn verlassen hatte. Als ich ins Wohnzimmer kam, war er schon eingetreten, hatte die Jacke abgestreift, und die losen Enden seiner Krawatte hingen über seinem Hemd.

Wortlos wandte ich ihm den Rücken zu. Ich lehnte das Kinn an meine Schulter und beobachtete, wie er mit ruhiger, geduldiger Hand jeden einzelnen Knopf an meinem Kleid öffnete.

Beth

21. Mai 1944

Liebste Beth,
ich weiß, mein letzter Brief ist zu lange her. Das liegt nur daran, dass dieser Krieg … einem so schwer aufs Gemüt schlägt.

Die Männer in meiner Einheit reden nicht über so etwas, aber ich merke es ihnen an. Erst neulich ist Parker nach Wochen wie aus einem Nebel aufgetaucht, als er einen Brief von seiner Frau bekam. Er ist stolzer Vater eines kleinen Mädchens, das er noch Wochen oder Monate nicht sehen wird, falls es ihm überhaupt gelingt, diesen Krieg zu überleben.

Manchmal frage ich mich, ob es unfair war, Dich zu bitten, mein Mädchen zu sein. Die Wahrheit ist, dass ich mich immer gefragt habe, was passiert wäre, wenn Deine Tante näher an der Farm gelebt hätte. Wenn Du nicht weggezogen wärest, als wir Kinder waren, oder ich Dir bei den wenigen Gelegenheiten, bei denen wir uns letztes Jahr gesehen haben, das Richtige gesagt hätte.

Das sind zu viele Wenns für einen einzigen Brief. Du sollst nur wissen, dass ich mich stets auf Deine Zeilen freue.

Dein Dir stets gewogener
Colin

»Hör auf, an deinem Rocksaum zu nesteln.« Ruth schlug Beths Hand fort, als sie zum wiederholten Mal an ihrem geliehenen Kleid zupfte.

»Du siehst gut aus«, meinte Petunia lachend. Die Mädchen gingen die lange kiesbestreute Auffahrt von Highbury House hinauf.

Sechs Mädchen der Landarmee hatten sich getroffen, um zusammen zum Tanz zu gehen, und flatterten in ihren Sonntagskleidern umher wie ein Schwarm aufgeregter Papageien. Christine und Anne waren auf alten Fahrrädern zur Temple Foss Farm gekommen, um Beth und Ruth abzuholen. Petunia und ein Mädchen namens Jemima, die neu im Süden von Warwickshire war und noch keine Schwielen an den Händen hatte, hatten sich ihnen ebenfalls angeschlossen.

Captain Hastings – Graeme, wie sie ihn nennen sollte – hatte Beth unbedingt von der Temple Fosse Farm abholen wollen.

»So gehört sich das«, hatte er erst gestern gesagt.

Sie hatte gelacht. »Was gehört sich schon in diesem Krieg? Außerdem ist es unlogisch, wenn du dir den weiten Weg machst und dann gleich wieder umkehrst. Ich gehe mit den anderen Mädchen zu Fuß, und du kannst mich dort treffen. Ich werde mir vorkommen wie Cinderella, die auf den Ball geht.«

Widerstrebend hatte er nachgegeben, und sie war froh, denn es hatte Spaß gemacht, sich gemeinsam mit den anderen zurechtzumachen. Fast als hätte sie eine bunt gescheckte Truppe von Schwestern, die um sie herumwuselten. Ruth hatte Christine beigebracht, sich ihre Locken an den Schläfen hochzustecken, und Anne hatte jeden einzelnen Lippenstift im Farmhaus ausprobiert und sich dann für ein Korallenrot entschieden. Beth hätte nichts für den Moment eingetauscht, in dem sie alle gejubelt hatten, weil Mrs. Penworthy ihren Mann überredet hatte, sie mit Pferd und Karren zum großen Haus zu fahren.

»Ich frage mich, ob Soldaten kommen werden«, meinte Anne mit ihrer rauchigen Stimme, als das Haus in Sicht kam.

»Piloten. Viele, viele Piloten«, beschwor Ruth so entschlossen, dass Beth die Männer beinahe bedauerte.

Sie lächelte ihrer normalerweise mürrischen Zimmergenossin zu. Es war schwer, sich nicht von der Aufregung anstecken zu lassen. Dies war eine richtige Tanzveranstaltung mit Girlanden, die man von den weitläufigen Dachböden des Hauses geholt hatte, und einer Band von der hiesigen Luftwaffenbasis. Gerüchte besagten, Mrs. Symonds habe den Weinkeller geöffnet, obwohl Stella zu Beth gemeint hatte, das glaube sie erst, wenn sie es sehe.

Und das Beste war, dass ein Mann, den sie gern mochte, auf sie wartete.

Vielleicht sollte sie sich schuldbewusster fühlen. Erst heute Morgen war ein neuer Brief von Colin in der Post gewesen. Sie hatte ihn gelesen und dann in die Schachtel an ihrem Bett gelegt, um sich später damit zu beschäftigen.

So konnte sie nicht weitermachen. Sie war bereit gewesen, sein Mädchen zu sein, weil sie nicht Nein sagen konnte. Aber sie hatte bei ihrem Briefwechsel von Anfang an kein gutes Gefühl gehabt. Jetzt war ihre Welt größer geworden, und sie war eine andere als das Mädchen, das er vor seinem Einsatz angerufen hatte. Nun waren ihr seine Briefe nicht mehr genug.

Als sie sich der Eingangstür von Highbury House näherten, drückte Petunia ihre Hand. »Bist du aufgeregt, deinen Captain zu sehen?«

»Ja«, sagte sie, und ihre freudige Erwartung überstrahlte ihr schlechtes Gewissen.

»Dann gehen wir ihn suchen.«

Im Foyer wimmelte es schon von Männern und Frauen in Uniform oder Zivilkleidung. Der Ball würde um sechs Uhr beginnen, um die längeren Tage des späten Frühjahrs auszunutzen und nicht gegen die Verdunklungsvorschriften zu verstoßen. Niemand hier machte sich etwas daraus, dass sechs Uhr in Friedenszeiten undenkbar früh gewesen wäre. Sie alle würden diesem Abend so viel Spaß wie möglich abringen.

Durch die hell erleuchtete Eingangshalle schwebte Beth förmlich zu den offenen Glastüren, die auf die Veranda führten, und auf die Klänge von *I'll Be Seeing You* zu. Schwester Wharton nahm ihnen die Eintrittskarten ab, und sie reichten Dorothy, einem Hausmädchen, das aussah, als sehnte es sich verzweifelt danach, zum Tanz aufgefordert zu werden, ihre Mäntel.

Beth kämpfte mit ihren kleinlichen Ängsten und ließ auf der Suche nach Graeme den Blick über die dicht bevölkerte Tanzfläche schweifen. Was, wenn er krank geworden war? Oder vielleicht war er früher entlassen worden, als er gedacht hatte, und hatte sie nicht benachrichtigen können. Oder er hatte seine Meinung über sie geändert.

»Da bist du ja.«

Mit einem erleichterten Lächeln fuhr sie auf dem Absatz herum. Da stand er, hochgewachsen und in seiner Ausgehuniform, und hielt eine Orchideenrispe in der rechten Hand.

»Du siehst wunderschön aus«, erklärte er, beugte sich vor und küsste sie auf die Wange.

Sie presste sich eine Hand aufs Herz, denn sie hatte sich immer noch nicht an dessen Flattern gewöhnt, das sie überfiel, wenn er ihr so nahe kam. »Danke.«

Er hielt die Blumen in die Höhe. »Für dich.«

»Sie sind wunderschön«, sagte sie und roch daran. Eine Nadel hielt das Band zusammen, das um die Stiele gewickelt war: ein Ansteckstrauß. Dieser Mann hatte es fertiggebracht, im Krieg und mitten im ländlichen Warwickshire ein Ansteckbouquet für sie aufzutreiben.

»Danke«, murmelte sie und befestigte die Orchideen an ihrem dunkelblauen Kleid.

»Sollen wir tanzen?«, fragte er und wies auf die Tanzfläche.

Da bemerkte sie, dass er seine Schlinge nicht mehr trug. »Sie ist weg!«

»Der Arzt hat sich das mit der Operation anders überlegt. Erst heute Morgen hat er mir erklärt, dass ich sie abnehmen darf. Zwar hat er mich ausdrücklich davor gewarnt, den Arm zu belasten, aber er hatte nichts dagegen, dass ich eine schöne Frau über das Parkett führe, solange ein langsamer Song gespielt wird.«

»Dann sollten wir tanzen, um das zu feiern«, sagte sie und nahm seine Hand.

Sie kämpften sich durch die Menge aus Air-Force-Männern, Armeeoffizieren, Luftwaffenhelferinnen, Landarmeemitgliedern, Schwestern und Ärzten. Als sie eine freie Stelle auf der Tanzfläche fanden, legte Graeme die Hand um ihre Taille und zog sie an sich. »Auf geht's«, raunte er.

»Wo hast du denn Orchideen aufgetrieben?«, fragte sie.

»Ich habe da meine Methoden«, entgegnete er mit blitzenden Augen. »Highbury House ist nicht das einzige große Anwesen in der Gegend«, setzte er dann hinzu, als sie lachte. »Ab und zu treffe ich Lord Walford aus Braembreidge Manor, wenn er seine Hunde ausführt. Sein Haus ist beschlagnahmt worden, um dort eine Schule unterzubringen, aber er hat sich geweigert, auszuziehen und seine preisgekrönte Orchideensammlung zurückzulassen. Als ich ihm die Lage erklärt habe, hat er mir ein paar überlassen.«

»Er hat dir seine preisgekrönten Orchideen geschenkt?«, fragte sie.

Er grinste zu ihr herunter. »Ich habe ihm erklärt, die schönste Frau der Welt werde sie heute Abend tragen. Unter seiner rauen Schale ist Lord Walford so etwas wie ein altmodischer Romantiker.«

Er zog sie näher an sich, und es kam ihr wie das Natürlichste auf der Welt vor, ihren Kopf leicht an seine Schulter zu lehnen.

»Das tut dir doch nicht weh, oder?«, fragte sie und blickte zu ihm auf.

»Nicht im Geringsten.«

»Gut«, murmelte sie in den weichen Wollstoff seiner Jacke hinein.

Als der Song endete, trat sie zögernd zurück, denn sie war sich bewusst, dass überall um sie herum die Paare auseinanderwichen. Er ließ zwar ihre Hand sinken und nahm den Arm von ihrer Taille, doch kurz darauf verflocht er die Finger mit ihren. »Lust auf einen Spaziergang im Garten?«, fragte er.

Sie warf einen Blick in die Runde. »Dürfen wir das denn?«

»Ich glaube nicht, dass es Mrs. Symonds etwas ausmachen würde«, erwiderte er und zeigte mit einer knappen Kopfbewegung auf die Hausherrin, die gerade lachend protestierte, als ein hochrangiger Offizier sie nach draußen führen wollte.

»Ich habe sie noch nie so fröhlich gesehen«, meinte Beth staunend.

»Ich glaube nicht, dass sie häufig lacht. Ein Jammer.« Er zog an ihrer Hand. »Gehen wir.«

Sie ließ sich von ihm zum Lindenweg führen. In dem weichen Licht des frühen Abends breitete sich über ihnen das frische Grün der jungen Blätter in den Baumkronen aus.

»Hast du schon einmal über das Ende des Kriegs nachgedacht?«, fragte er sie und legte ihre Hand in seine Armbeuge.

»Haben wir das nicht alle?«

»Ich meine, hast du schon überlegt, was du tun willst? Oder wohin du gehen möchtest?«, fragte er.

Sie hielt inne. »Ich dachte, vielleicht könnte ich Mr. und Mrs. Penworthy fragen, ob sie es sich leisten können, mich zu behalten. Das heißt, wenn sie mich gebrauchen können.« Sie hielt für einen Moment inne. »Ich kann nicht zurück nach Dorking.«

»Warum nicht?«

»Ich habe dort kein Zuhause mehr. Meine Tante hat deutlich zum Ausdruck gebracht, dass sie ihre Pflicht mir gegenüber getan hat. Ich bin auf mich gestellt.«

»Das tut mir leid.«

»Mir nicht. Als sie mich aufgenommen hat, da hatte ich niemanden auf der Welt und wäre sonst wahrscheinlich im Waisenhaus gelandet. Aber sie hat von Anfang an keinen Hehl daraus gemacht, dass sie mich nicht wollte.«

Er schüttelte den Kopf. »Wer könnte dich nicht wollen?«

Sie wehrte sein Kompliment nicht ab. Es gefiel ihr, wenn Graeme so etwas sagte. Colin hatte ihr auch zärtliche Worte geschrieben, aber sie konnte sich des Gefühls nicht erwehren, dass sie nur so taten, als wären sie ein glückliches Paar.

»Was würdest du tun, wenn du mit deinem Leben anfangen könntest, was du möchtest?«, wollte Graeme wissen.

»Ich würde mir wünschen, von Menschen umgeben zu sein, die mich mögen«, erklärte sie, ohne zu zögern. »Vielleicht bleibe ich ja in Highbury. Ich kenne die Menschen auf den benachbarten Farmen. Wenn ich ins Dorf gehe, erkennen mich die Ladenbesitzer. Die Bibliothekarin legt mir Bücher zurück, von denen sie glaubt, sie könnten mir gefallen, und Stella hat immer schon Teewasser für uns aufgesetzt, wenn ich mit meiner wöchentlichen Lieferung komme. Sogar Mrs. Symonds ist nett zu mir. So etwas habe ich noch nie erlebt.«

»Und du träumst nicht davon, in London zu leben?«, erkundigte er sich.

Sie zuckte mit den Schultern, als sie den Weg am oberen Ende des Skulpturengartens einschlugen. »Was soll ich denn in London?«

»Ich dachte, alle Frauen würden sich Mode, Theater, Restaurants und Glamour wünschen«, meinte er lachend.

Sie blieb stehen und legte auch ihre andere Hand auf seinen Arm, um ihn zu unterbrechen. Der berauschende Duft der ersten

Lavendelblüten zog zu ihnen. »Wenn ich das alles wollen würde, wäre das nicht verkehrt, aber ich wünsche mir andere Dinge.«

»Ich möchte so viel über dich erfahren. Dir tausend Fragen stellen. Ich will nicht nur einen Tag mit dir verbringen, sondern tausend Tage.« Jetzt wurde er ernst. »Ich frage mich, Beth, ob ich mir erhoffen darf, dass du diese Tage an meiner Seite verbringst.«

Sie umfasste seinen Arm fester. »Was willst du mich fragen, Graeme?«

Sie sah zu, wie er vor ihr niederkniete und dabei ihre Hand ergriff.

»Ich habe keine Ahnung, wann dieser Krieg zu Ende sein wird, aber ich weiß, dass ich dann zu dir nach Hause kommen will.« Er schluckte. »Elizabeth Pedley, würdest du mir die größte Ehre erweisen und sagen, dass du meine Frau wirst?«

»Wir kennen uns doch kaum, Graeme«, hauchte sie.

»Wenn der Krieg mich eines gelehrt hat, dann dieses: Das Leben ist zu kurz, um zu warten, bis man genau weiß, was man will.«

»Bist du dir sicher?«, fragte sie.

»Ich dachte, ich würde derjenige sein, der die Fragen stellt.«

»Sei ernst. Wir reden hier übers Heiraten. Für immer.«

Er lehnte die Stirn an ihre Hand, die er in seiner hielt. »Du hast ja recht. Es ist nur … Die Tage, an denen ich dich auf den Feldern oder im Garten sehe, sind die glücklichsten meines Lebens. Du bist ein Leuchtfeuer am Nachthimmel, Beth. Bitte werde mein.«

Es gab so viele Gründe, Nein zu sagen. Sie kannte ihn erst seit wenigen Monaten. Sie war seiner Familie noch nicht begegnet. Zudem musste sie die verfahrene Lage mit Colin klären. Und doch war nichts davon wichtig, als sie jetzt auf den Mann hinuntersah, der ihr eindringlich in die Augen schaute. Er war der, den sie wollte.

»Ja«, sagte sie leise.

»Ja?«, fragte er.

Sie lachte. »Ja!«

Er sprang auf, legte den gesunden Arm um ihre Taille und zog sie zu einem Kuss an sich. Einem richtigen Kuss. Ihrem ersten. Sie schmiegte sich an ihn, und er legte die Hand um ihren Hinterkopf und bewegte langsam die Lippen auf ihrem Mund. Sie klammerte sich an das Revers seiner Jacke und versuchte verzweifelt, diesen Moment nicht enden zu lassen.

Als er sich schließlich atemlos von ihr löste, strich er mit einem Daumen an ihrem Kiefer entlang. »Ich habe befürchtet, dass du Nein sagen würdest. Aber da du es nicht getan hast …« Er zog ein schmales Päckchen aus der Innentasche seiner Uniformjacke. »Ich besorge dir noch einen Ring, aber bis dahin könntest du vielleicht das hier nehmen.«

Sie löste die Schnur und wickelte das Päckchen aus dem braunen Papier. Es war eine längliche, schmale Metallschachtel, auf der *Derwent* stand. »Du hast mir Stifte gekauft?«

»Für deine Zeichnungen.«

Sie schlang die Arme um ihn und küsste ihn. »Du wundervoller Mann!« Sie lachte und küsste ihn noch einmal. »Wie bist du bloß auf die Idee gekommen, ich könnte Nein sagen?«

Sanft berührte er mit dem Daumen ihre Lippen. »Weil ich noch nie besonders viel Glück hatte.«

»Das kann nicht sein«, meinte sie leise.

»In der Schule war ich nicht gut. Ich besitze keinerlei Geschäftssinn. Zur Armee bin ich gegangen, weil ich nicht wusste, was ich mit mir anfangen sollte, aber ich war ein guter Soldat. Es hat mir gefallen, meine Männer anzuführen, weil ich wusste, dass es wichtig war, was ich tat. Aber dann bin ich angeschossen worden.«

»Und jetzt geht es dir besser«, sagte sie.

Er küsste sie noch einmal, gab aber keine Antwort, und da ging es ihr auf.

»Du verlässt Highbury?«

»Das Pioniercorps braucht Offiziere.«

»Aber wir haben uns gerade verlobt …«

»Ich muss gehen, wohin die Armee mich schickt, Beth. Ich schreibe dir, und ich werde in jedem Heimaturlaub zu dir nach Highbury kommen«, erklärte er.

Es würde wie mit Colin sein, nur dass Graeme von Angesicht zu Angesicht um ihre Hand angehalten hatte und sie jetzt verlobt waren.

»Was, wenn sie dich wieder in den Kampf schicken?«, fragte sie und umfasste seine Hand. Er schüttelte den Kopf, bewegte probehalber leicht die Schulter und zuckte zusammen. »Es wird noch eine Weile dauern, bis man mich wieder kämpfen lässt.«

»Du hast gesagt, es geht dir besser. Wir hätten nicht tanzen sollen«, meinte sie.

Er strich ihr behutsam übers Haar. »Das war es wert. Ich werde tun, was ich kann, um dich glücklich zu machen. Versprochen. Und bis wir richtig zusammenleben können, werde ich sichergehen, dass du versorgt bist. Meine Eltern wären überglücklich, wenn du zu ihnen nach Colchester ziehen würdest.«

»Ich kann nicht. Ich bin hier bei der Landarmee«, entgegnete sie.

»Nicht jetzt. Nach dem Krieg.«

»Aber dann bist du nicht mehr bei der Armee«, wandte sie ein.

Er lächelte betreten. »Das ist das Einzige, in dem ich jemals gut war.«

»Und was bedeutet das für uns?«, fragte sie. »Wo sollen wir leben?«

»Wenn ich permanent auf einem Stützpunkt stationiert werde, können wir dort zusammenleben.«

»Wenn«, wiederholte sie.

»Meine Mutter hat sich immer eine Tochter gewünscht.«

Weiß deine Mutter überhaupt von mir? Oder dein Vater?, schoss es ihr durch den Kopf.

»Und, sollen wir jetzt zurückgehen und unsere gute Nachricht verkünden?«, fragte er und bot ihr seinen Arm an.

Sie starrte ihn an, und Bedenken stiegen in ihr auf. Für Graeme war alles geregelt. Doch sein Antrag hatte ihr Leben vollkommen auf den Kopf gestellt. Sie musste Colin schreiben. Ihm erklären, was passiert war, während er in der Ferne gekämpft hatte. Ihr Magen zog sich zusammen und brannte. Ihr graute bei der Vorstellung, wie er ihren Brief in dem Glauben öffnete, er werde kleine Geschichten über Highbury und Cartoons von den Menschen um sie herum enthalten, und stattdessen feststellte, dass sie sich für einen anderen entschieden hatte.

Ich liebe dich nicht, Colin.

Sie sah Graeme verstohlen an. Liebte sie ihn? Liebte er sie? Angeblich sollten Männer doch von Liebe sprechen, wenn sie einer Frau einen Heiratsantrag machten, oder? Warum hatte er dann kein Wort davon gesagt?

Und doch war es ihr nun, nachdem sie mit Graeme verlobt war, unvorstellbar, nicht seine Frau zu werden.

Sie holte tief Luft. Sie würden alle Probleme lösen, eins nach dem anderen.

Diana

»Einen Drink für die Gastgeberin dieser schönen Party?«

Diana lächelte Pater Devlin zu und nahm ein Glas Weißwein von Schwester Holt entgegen. »Lassen Sie jetzt die Schwestern Ihre Drinks tragen, Pater Devlin?«

»Die Krücken machen es mir schwer, mich selbst zu versorgen, fürchte ich. Schwester Holt war so nett, mir den Gefallen zu tun, als ich ihr erklärt habe, der Wein sei für Sie.«

»Danke«, sagte Diana zu der jungen Frau, die den Kopf senkte und davonhuschte. Sie warf dem Geistlichen einen Seitenblick zu. »Die Schwestern haben alle Angst vor mir, wissen Sie.«

»Wie kann das sein, wo Sie immer so herzlich sind?«, fragte er.

Sie prustete und schlug sich dann sofort die Hand vor den Mund. »Entschuldigen Sie. Das war alles andere als damenhaft.«

»Es ist gut, Sie lachen zu sehen«, meinte er.

»Ich lache doch.«

»Nicht oft genug.«

»Ist das der Rat eines Geistlichen?«, fragte sie.

»Das ist der Rat eines Mannes, der hofft, dass Sie ihn als Freund betrachten, denn sonst ist er Ihnen seit seiner Ankunft in Highbury House bestimmt lästig gefallen«, entgegnete Pater Devlin.

»Nein, Sie sind mir keineswegs lästig«, beteuerte sie und ließ den Blick über die Feiergesellschaft schweifen. »Es ist gut, ein wenig Spaß im Haus zu haben. So hätte es Murray gewollt.«

»Sie haben heute Abend sehr vielen Menschen eine Freude bereitet und, wie es aussieht, viele Spenden gesammelt.«

Die Vorstellung war ... befriedigend. Als Murray und sie nach Highbury House gezogen waren, war es seit allzu langer Zeit von einer Notbesetzung an Personal unterhalten worden. Murray war die Renovierung begeistert angegangen, doch seine Praxis in London hatte ihn abgelenkt, und Diana hatte die Verantwortung übernommen. Das Anwesen war Dianas Zuhause geworden. Sie hatte hart daran gearbeitet, es wieder zu dem zu machen, was es einst gewesen war, als die Melcourts hier lebten: einem Ort, an dem Menschen zusammenkamen. Einem Ort für Feste, Flirtereien, Freude und Freundschaft. Auch wenn jetzt der Ballsaal voll mit verwundeten Männern und Frauen in Uniform war, hatte sie das Gefühl, dass das Haus wieder so ein Ort werden könnte.

Sie neigte ihr Glas in Richtung Tanzfläche. »Es war jede Mühe wert, um zuzusehen, wie die Oberschwester mit diesem Major von der amerikanischen Airforce über die zivilen Hilfstruppen diskutiert. Er versucht jetzt schon seit einer halben Stunde, sie auf die Tanzfläche zu bugsieren.«

Pater Devlin senkte den Kopf, um die beiden zu mustern. »Sie würden ein schönes Paar abgeben, finden Sie nicht auch?«

»Hm«, meinte sie zustimmend. »Wenn jetzt noch heute Abend Cynthia aus ihrem Büro hervorkommt und tanzt, werde ich nie wieder ein böses Wort über sie verlieren.«

Ein paar Schwestern, die in der Nähe standen, schüttelten sich vor Lachen.

»Hoffen Sie, dass ihr das nicht schon zugetragen wird, bevor der Abend zu Ende ist«, sagte Pater Devlin.

»Sie ist immer noch verärgert, weil ich sie übergangen habe. Wissen Sie, dass ich noch nie viel von Partys und Gesellschaften gehalten habe?« Der Geistliche zog überrascht die Augenbrauen hoch. »Ach, wenn man lange genug dazu gezwungen wird, lernt man schon zu tanzen, zu plaudern und zu lachen«, fuhr sie fort. »Das gehört für eine Debütantin dazu. Aber es fällt mir nicht leicht. Einer der Gründe, aus denen ich mich in Murray verliebt habe, war, weil er das genaue Gegenteil von mir war. Ich war glücklich damit, aus meiner Ecke heraus die Menschen in einem Raum zu beobachten, und er stand am liebsten mitten in der Menge und brachte alle zum Lachen. Ich war mehr daran interessiert, sicher im Musikzimmer zu bleiben.«

»Wie haben Sie sich kennengelernt?«

»Tatsächlich bei einer Tanzveranstaltung. Eine Verwandte, die meine Mutter kannte, hatte ihn dazu verdonnert, mich einzuladen, aber er war ein vollkommener Kavalier. Wir haben getanzt, und dann hat er den Rest des Abends mit mir über Musik geplaudert. Später habe ich erfahren, dass der arme Mann absolut kein Ohr für Musik hatte und keine Melodie halten konnte, aber er hatte bemerkt, dass ich gern darüber sprach. Drei Monate später haben wir uns verlobt, und ich habe festgestellt, dass mir die Bälle und Essenseinladungen nicht mehr annähernd so viel ausmachten. Nicht, wenn er an meiner Seite war.«

»Sie haben ihn sehr geliebt«, stellte Pater Devlin fest.

Die Trauer drückte sie nieder, und sie straffte die Schultern. »Ja. Er hat mir eine neue Welt geschenkt.«

Die alte Diana hatte unter dem Dach ihrer Eltern gelebt, wo ihre Mutter gut gemeinte Entscheidungen für sie getroffen hatte. Davon hatte die Ehe sie befreit.

»Haben Sie noch einmal darüber nachgedacht, wie die nächste Phase Ihres Lebens aussehen soll?«, fragte Pater Devlin.

Sie barg ihr Glas an der Brust, denn das kühle Kondenswasser beruhigte sie. »Vielleicht nach dem Krieg, wenn wir nicht mehr kämpfen müssen.«

Ein hochgewachsener Mann mit rabenschwarzem Haar trat auf die beiden zu.

»Ich hoffe, Sie vergeben mir meine Direktheit«, sagte er zu Diana. »Aber soweit ich weiß, sind Sie die Gastgeberin.«

Diana zog die Augenbrauen hoch, doch bevor sie etwas sagen konnte, meldete sich Pater Devlin hilfreich zu Wort. »So ist es.«

Der Mann legte eine Hand an die Brust und vollführte eine exakte angedeutete Verbeugung. »Ich bin Oberstleutnant Edmund Grayson, und ich wollte Ihnen persönlich für diesen Abend danken. Meine Männer haben nicht oft Gelegenheit, ein wenig Dampf abzulassen, doch dank Ihnen hatten sie etwas, worauf sie sich freuen konnten.«

»Wir tun doch alles für die Royal Air Force«, entgegnete sie ihm. Ihr war durchaus bewusst, dass sie ein wenig schnippisch klang, doch das war ihr gleichgültig.

Oberstleutnant Grayson schwieg kurz. »Ich hatte mich auch gefragt, ob Sie tanzen möchten«, erklärte er dann.

Sie hob ihr Glas. »Ich fürchte, ich habe die Hände voll.«

Pater Devlin manövrierte seine Krücken so, dass er ihr das Glas abnehmen konnte. »Genießen Sie Ihren Tanz, Mrs. Symonds.«

Fast hätte sie Einspruch erhoben, doch sie gebot sich Einhalt. Was konnte ein einziger Tanz schon schaden? Sie nahm die Hand, die der Oberstleutnant ihr entgegenstreckte, und ließ sich von ihm auf die Tanzfläche führen.

»Es ist sehr lange her, dass ich zuletzt getanzt habe. Hoffentlich finden Sie mich nicht allzu unbeholfen«, sagte er.

Sie lachte. »Ich versichere Ihnen, ganz gleich, wie lange das her ist, bei mir war es länger.«

»Das kann nicht sein. Eine schöne Frau wie Sie tanzt doch sicher oft«, meinte er.

Flirtete er etwa mit ihr? »Als ich zum letzten Mal getanzt habe, war ich nach London gefahren, um meinen Mann zu treffen, der Heimaturlaub hatte. Wir waren im Dorchester.«

»Sie müssen ihn bitten, Sie wieder dorthin auszuführen«, sagte er.

»Mein Mann wird nicht aus dem Krieg zurückkehren.«

Sie spürte, wie die Arme des Oberstleutnants erstarrten, doch er tanzte weiter. »Tut mir sehr leid, das zu hören, Mrs. Symonds.

Ich habe keine Ahnung, was ich ohne meine Frau Flora anfangen würde, und ich ertrage den Gedanken nicht, was es ihr antun würde, wenn mir etwas zustößt.«

Warum ziehen Sie dann in den Krieg? Am liebsten hätte sie die Frage herausgeschrien, aber sie kannte die Antwort genauso gut wie er. Trotzdem wurde es dadurch nicht weniger schmerzhaft, die Hinterbliebene zu sein.

»Wann ist Ihr Mann gefallen?«, fragte er.

»Im August 1941.«

»Ich kann mir kaum vorstellen, wie schwer das für Sie gewesen sein muss.«

»Es ist lange her«, sagte sie, obwohl es sich an den meisten Tagen nicht so anfühlte. »Er hat sich freiwillig gemeldet und nicht auf die Einberufung gewartet. Ich …«

»Sie wollten das nicht?«, sprang er ein.

»Nein.«

»Manchmal empfindet ein Mann eine so starke Verpflichtung gegenüber seinem Land, dass er sie nicht ignorieren kann.«

»Etwas in dieser Art hat er einmal gesagt. Ich habe ihm entgegengehalten, er sei unserem Sohn verpflichtet. Mir. Ich glaube, ich habe ihm nie wirklich verziehen.« Sie sah zu dem Oberstleutnant auf. »Ich weiß nicht, warum ich Ihnen das erzähle.«

»Manchmal ist es einfacher, mit einem Fremden zu sprechen«, meinte er.

Über Graysons Schulter hinweg warf sie Pater Devlin einen Blick zu. Sie war sich sicher, dass seine Einmischung der Grund für ihre neu entdeckte Offenheit war. Zu viel Zeit hatte sie damit verbracht, Türen hinter sich zu schließen und sicherzugehen, dass niemand den Schlüssel besaß, um sie wieder zu öffnen. Doch der Geistliche schien entschlossen zu sein, jedes einzelne Schloss aufzubrechen und den Sonnenschein wieder in ihre Welt einzulassen.

»Vielleicht haben Sie recht«, meinte sie.

Schweigend tanzten sie weiter, bis Oberstleutnant Grayson sie in eine Vierteldrehung schob, sodass sie Mrs. Dibble erkennen konnte, die am Rand der Veranda stand und ihr hektisch zuwinkte. »Ich glaube, dort versucht jemand, Ihre Aufmerksamkeit auf sich zu lenken.«

»Was in aller Welt mag wohl über sie gekommen sein?« Diana runzelte die Stirn. Doch als sie erkannte, wer neben der Hausdame stand, wurde ihr das Herz schwer.

»Was ist los?«, fragte Oberstleutnant Grayson.

»Das ist Mr. Jeffries, der Postmeister. Außerhalb der Dienstzeiten kommt er nur hier hinaus, wenn er eilige Nachrichten hat.«

»Zum Beispiel ein Telegramm«, folgerte Grayson.

Der Postmeister hob die Hand, um ihr einen zusammengefalteten Zettel zu zeigen.

Sie hielten an. Langsam senkte sich Schweigen über die Veranda, als um sie herum die Paare aufmerksam wurden. Sogar die Band spielte nicht weiter. Mrs. Dibble bahnte sich einen Weg durch die Menge, die vor ihr auseinanderwich, und Mr. Jeffries folgte ihr mit ernster Miene. Als die beiden vor Diana stehen blieben, reichte der Postmeister ihr das Telegramm.

»Ich dachte mir, das sollte nicht bis morgen früh warten«, erklärte er.

Diana las den Namen auf dem Papier, und ihr stockte der Atem. »Nein.« Ihre Stimme brach. »Da haben Sie recht getan, Mr. Jeffries. Danke.«

»Es tut mir leid, Mrs. Symonds«, murmelte Mrs. Dibble und wich langsam zurück.

Offensichtlich wollte die Hausdame nicht diejenige sein, die die Nachricht überbrachte, doch das konnte ihr Diana nicht verübeln. Sie wünschte sich das ebenso wenig, aber sie war die Hausherrin von Highbury House. Es war ihre Pflicht.

»Bitte entschuldigen Sie mich, Oberstleutnant Grayson«, sagte sie.

Er nickte mitfühlend und deutete eine Verbeugung an.

Sie kniff die Augen zu, holte tief Luft und sah sich auf der Veranda um. Sie erblickte Miss Pedley und Captain Hastings, die die Treppe heraufkamen und angesichts des allgemeinen Schweigens verblüfft stehen blieben, doch sie suchte weiter. Schließlich entdeckte sie die Empfängerin des Telegramms.

Sie trat gerade auf sie zu und sah, wie sich die Vorahnung auf dem Gesicht der Frau abzeichnete. Dann die Hoffnung, dass sie sich vielleicht irrte. Und schließlich das Begreifen, dass Diana sich nicht abwenden und auf jemand anderen zutreten würde.

»Miss Adderton, ich glaube, wir sollten an einem ruhigen Ort miteinander reden«, sagte sie.

Miss Adderton umfasste Dianas Arm. »Nein. Bitte. Nicht Joan.«

Joan. Die Mutter des kleinen Jungen, der sich so schnell mit Robin angefreundet hatte.

Hinter Diana stürzten Miss Pedley und Captain Hastings herbei, um Miss Adderton zu stützen. »Komm, Stella«, sagte Miss Pedley. »Lass uns hineingehen, an einen ruhigen Ort.«

Diana sah zu, wie Miss Adderton nickte und sich von dem Mädchen von der Landarmee davonführen ließ.

»Bringen Sie sie in meinen Morgensalon, die zweite Tür auf dem Gang. Da sind wir ungestörter«, flüsterte Diana Captain Hastings zu.

Sie setzten Miss Adderton auf das Sofa, während Diana sich in der Nähe herumdrückte und sich in ihrem eigenen Haus unwohl fühlte. Miss Pedley nahm neben ihrer Freundin Platz, rieb ihr den Rücken und flüsterte ihr beruhigende Worte ins Ohr. Das langsame, aber stete Klopfen von Pater Devlins Krücken auf dem Teppich des Gangs kündigte das Eintreffen des Geistlichen an. Während sie auf ihn warteten, goss Captain Hastings einen Fingerbreit Brandy aus einer der Karaffen auf der Anrichte in ein Glas.

Als sich alle versammelt hatten, streckte Diana die Hand mit dem Telegramm aus.

Miss Adderton schaute zu ihr auf. Tränen standen in ihren Augen. »Ich kann das nicht lesen. Könnten Sie das tun? Bitte?«

Diana sah sich unter den anderen Gesichtern im Raum um. »Sicher ist jemand anderes besser dazu geeignet. Pater Devlin?«

Miss Addertons Hände bebten so stark, dass der Brandy in ihrem Glas schwappte. »Bitte.«

Mit ebenfalls zitternden Fingern entfaltete Diana das Telegramm und las die getippten Zeilen vor. »›Bedauern, Ihnen mitzuteilen, dass Joan Reynolds' Wohnhaus gestern Abend bei einem Luftangriff getroffen wurde – Stopp. Sofort tot – Stopp.‹«

Miss Adderton sank gegen Miss Pedley, und sie wurde von Schluchzen geschüttelt. Die Männer standen mit grimmigen, ernsten Mienen da.

Diana schaute auf das Telegramm in ihren Händen hinunter. *Der arme kleine Junge,* war alles, was sie denken konnte.

SOMMER

Venetia

Donnerstag, 27. Juni 1907
Highbury House
Heiß

Bevor Matthew in mein Leben trat, hatte ich nie begriffen, wie eine Frau wegen eines Mannes den Kopf verlieren kann. Nun ist es, als könnte ich nach Jahren, in denen ich das Leben nüchtern betrachtet habe, nicht mehr vernünftig denken. Er hat mich mit Zuneigung, Zärtlichkeit und Berührungen geblendet. Von einem anderen Menschen in den Armen gehalten zu werden, ist zutiefst berauschend, und jedes Mal, wenn wir auseinandergehen, sehne ich mich nach mehr.

Ich weiß, dass es ein Fehler war, ihn an jenem ersten Abend zu küssen und in mein Cottage zu bitten. Aber es fühlte sich richtig an. Es ist einfach, ihm wieder und wieder die Tür zu öffnen, wenn sich Dunkelheit und Stille über Highbury House senken. Jedes Mal löschen wir das Licht in meinem Häuschen und umarmen einander in der Finsternis. Er geht erst, wenn sich am Himmel mit orange- und rosafarbenen Streifen die Morgendämmerung ankündigt.

Wir waren uns einig darüber, dass wir vorsichtiger vorgehen müssen, wenn wir nicht entdeckt werden wollen. Und so hinterlasse ich meinem Liebhaber nun Nachrichten in einem hohlen Baumstamm in einer Hecke, der eine Meile weiter an der Straße steht, die von Highbury House fortführt. Dabei komme ich mir vor wie die Heldin eines Groschenromans. Ich kann mit Fug und Recht behaupten, dass ich jetzt Expertin darin bin, Ausreden für einen Ausflug ins Dorf zu finden.

Früher am Nachmittag hatte ich allerdings aus Gründen, die nicht gänzlich erlogen waren, Wisteria Farm einen Besuch abgestattet. Ich brauchte noch mehr Rosen. Eine Sorte namens »Belle Lyonnaise« sollte im Brautgarten an vier Stellen an Bögen hinaufranken, und die *Rosa foetida* »Bicolor«, die »Souvenir d'Alphonse Lavallée« und die »Rosearie de l'Hay« – eine meiner neuen Lieblingsrosen – sollten sich künstlerisch-beiläufig im Dichtergarten verteilen, damit wir nie vergessen, dass »die Liebe wie eine rote, rote Rose ist«, wie Robert Burns einst schrieb.

Matthews Haushälterin hatte frei und besuchte ihre Schwester, daher wusste ich, dass wir fast den ganzen Nachmittag für uns haben würden. Wir genossen ihn so herrlich, wie dies nur heimliche Liebende vermögen.

Als es auf vier Uhr zuging, kleideten wir uns widerstrebend an. Ich nestelte an meinem Korsett und fand, dass die Stangen mich noch stärker einengten als sonst.

»In diesem Sommer ist die Hitze grauenvoll«, stöhnte ich.

Matthew lachte. »Lass mich Zofe spielen.«

Behutsam schnürte er mich ein und zog mir dann Mieder, Rock, Bluse, Strümpfe und Stiefel an.

Während ich ihm zusah, staunte ich darüber, wie sehr ich mich seit jenem ersten Kuss seinetwegen verändert hatte. Ich lese Bücher und überlege, wie wohl seine Meinung darüber wäre. Wenn ich Hufschläge im Hof von Highbury House höre, halte ich den Atem an und warte ab, um zu sehen, ob er es ist.

Als er mir die Stiefel gebunden hatte, küsste er meine Kniekehle. »Wann darf ich dich wiedersehen?«

»Wann kannst du noch einmal dafür sorgen, dass alle Menschen im Umkreis deines Hauses anderweitig beschäftigt sind?«, fragte ich lachend.

Er seufzte. »Venetia, ich will keine solchen verstohlenen Momente mehr.«

Mit einem Mal überrollte mich eine Woge der Erschöpfung, und all meine Nerven fühlten sich überreizt an. Er hatte diese Worte in jedem seiner Briefe geschrieben, aber ausgesprochen hatte er sie noch nie.

»Es geht nicht gut aus, wenn die Leute das herausfinden«, hielt ich dagegen. Ganz gleich, wie sehr er sich bemüht, ebenfalls Verantwortung zu übernehmen, steht hier nur ein Ruf auf dem Spiel – meiner. In dem Moment, in dem ich mit einem Mann, mit dem ich nicht verlobt war, spätabends in den Garten ging, habe ich die Grenzen des Anstands überschritten. Und ich bin voll und ganz und unbestreitbar zu einer gefallenen Frau geworden, als wir einander entkleidet und uns geliebt haben.

»Ich würde nicht zulassen, dass dir etwas zustößt«, erklärte er, lehnte die Stirn an meine und schlang die Arme um meine Taille.

»Ich weiß, du wirst es versuchen.« Mehr kann er nicht tun. Wenn seine Schwester und ihr Mann das herausfinden, würde ich von Highbury verbannt werden.

Doch nicht nur dieser Auftrag wäre dann in Gefahr. Ich könnte alles verlieren. Die jährliche Rente, die mein Vater uns hinterlassen hat, kann Adam kaum ernähren, und mich schon gar nicht. Sosehr ich mich als Künstlerin betrachte, arbeite ich auch, weil ich es muss. Inzwischen sind mein Bruder und ich beide auf mein Einkommen angewiesen.

Für Matthew ist das einfacher. Trotz des exzentrischen Hauchs, der ihn umschwebt wie der Duft einer seiner Rosen, hat er Optionen. Er kann heiraten oder auch nicht. Er kann eine Firma gründen oder darauf verzichten. Er kann einfach er selbst sein.

»Ich wünschte, du würdest mir erlauben, dir zu zeigen, dass du mir vertrauen kannst«, erklärte er, als könnte er meine Gedanken lesen.

»Ich brauche dir nicht zu vertrauen«, sagte ich.

Er umarmte mich. »Wir alle brauchen Vertrauen, Venetia.«

Ich wand mich und ertrug es nicht, wie er mich so offen, ernst und hoffungsvoll ansah. Dennoch ließ ich mir noch einen Kuss entlocken, als er mich nach draußen zu meinem Einspänner begleitete.

»Schreibst du mir?«, fragte er. »Ich sehe jeden Tag in unserem Baumstamm nach.«

Meine Wangen liefen heiß an, und ich konnte nur nicken und schwang die Zügel. Doch als mein Pferd loslief und der Wagen vom Hof polterte, konnte ich nicht widerstehen und sah zu ihm zurück. Er stand am Eingang seiner Auffahrt und schaute mich eindringlich an.

Samstag, 29. Juni 1907
Highbury House
Heiß

Ich hatte Matthew angelogen. Ich habe ihm heute Morgen nicht geschrieben, wie ich es versprochen hatte. Beim Aufwachen hatte ich es vorgehabt, doch sobald ich meine Gartenschürze angelegt hatte und aus der Tür meines Cottages getreten war, hörte ich laute Stimmen und Eselsgebrüll. Ich eilte zu dem Tor, das Highbury House und die Farm verband, und traf den normalerweise unerschütterlichen Mr. Hillock in großer Aufregung an. Eine von Adams Bestellungen musste falsch aufgenommen worden sein, denn statt vier Karren Kies standen dort neun Eselskarren in einer ordentlichen Reihe.

Nachdem ich das Kiesdebakel gelöst hatte, gab es ein Problem mit dem Spiegelteich, und dann gerieten Mr. Hillocks Sohn, der junge John, und ein weiterer Gärtner, Timothy, in einen heftigen Streit, während sie Schilfrohr zu Bögen verflochten. Wie ich hörte, hatte die Auseinandersetzung mehr mit einer jungen Dame aus dem Dorf zu tun als mit dem Bau von Rankbögen für den Garten.

Alles in allem ein anstrengender Tag und der Grund dafür, dass ich gestern Abend nicht einmal mehr zur Feder greifen konnte, um in dieses Tagebuch zu schreiben. Stattdessen nehme ich mir dafür gerade ein paar Minuten bei der Tasse Tee und dem Toast, die das Mädchen mir jeden Morgen bringt, um ein paar Zeilen festzuhalten. Dann werde ich Matthew schreiben.

Stella

Juni 1944

Stella hätte auf Bobby aufpassen sollen, damit er in Mrs. Yarleys Laden nichts aus den Regalen riss, doch sie konnte nur die beiden Koffer anstarren, die in dem Fach vor ihr standen. Besonders schön waren sie nicht, aber sie kam regelmäßig hierher, nur um sie anzusehen und davon zu träumen, dass sie eines Tages ihre Habseligkeiten darin verstauen würde.

Sogar jetzt hätte sie am liebsten einen davon herausgezogen und ihn zurück nach Highbury House getragen. Der Koffer wäre gegen ihr Bein gestoßen, wenn sie die staubige, von der Sonne ausgetrocknete Straße entlanggegangen wäre. Dann hätte sie ihn auf ihr Bett geworfen und bis zum Rand mit Kleidung, ihren Zeitungsausschnitten über alle Orte, zu denen sie reisen wollte, und ihren Fernkursunterlagen vollgestopft. Und anschließend wäre sie mit dem Koffer zum Bahnhof gegangen und davongefahren.

Sie würde alles hinter sich lassen. Warwickshire. Highbury House. Die Streitereien mit Mrs. George. Die Schreie der Männer mitten in der Nacht. Den Geruch nach Desinfektionsmittel und das Klappern des Medizinwagens, die ihrer Küche unangenehm nahekamen.

Aber vor allem würde sie Bobby zurücklassen.

Ein tiefes Schuldgefühl stieg in ihr auf.

Schon bevor Mrs. Symonds das Telegramm vorgelesen hatte, war Stella sich sicher gewesen, was darin stand. In dem Moment, in dem sie Mr. Jeffries draußen auf der Veranda gesehen hatte, war ihr klar gewesen, dass die Nachricht für sie bestimmt war, und doch hatte sie gehofft und gebetet, dass die Tragödie dieses Abends jemand anderen treffen würde.

Sobald Mrs. Symonds das letzte »Stopp« verlesen hatte, war Stella zusammengebrochen. Weil sie ihre Schwester verloren hatte, aber auch weil damit das Leben, nach dem sie sich gesehnt hatte, ein ferner Traum bleiben würde. Jetzt würde sie Highbury nie verlassen. Nie nach London ziehen und nichts von dem, was sie gelernt hatte, je nutzen. Niemals die Orte von ihren Bildern sehen.

Später hatte Beth ihr erzählt, dass Mrs. Symonds in Stellas Dachkammer hinaufgegangen war, um es Bobby zu sagen. Anscheinend hatte die Herrin von Highbury House den Jungen in den Arm genommen, als er zu schluchzen begann.

Seitdem konnte Bobby nicht mehr allein schlafen, daher fand auch Stella keine Ruhe, wenn er leise in sein Kissen schniefte. Nach einer Woche, in der sie Mahlzeiten serviert hatte, die gleichzeitig angebrannt und nicht gar waren, hatte Mrs. Symonds erklärt, Bobby werde unter dem wachsamen Blick der Nanny zeitweilig bei Robin im Kinderschlafzimmer nächtigen.

»Wollen Sie verreisen?«

Als Stella die vertraute Stimme hörte, verdrehte sie die Augen zur Decke von Mrs. Yarleys Laden.

»Miss Adderton?«, fragte ihre Dienstherrin ein wenig kurz angebunden.

Sie setzte ein so freundliches Lächeln auf, wie sie konnte, und drehte sich zu der Frau um, die ihren Lohn zahlte. »Hallo, Mrs. Symonds. Ich wusste ja nicht, dass Sie etwas aus dem Dorf brauchen, sonst hätten Sie mir eine Liste mitgeben können.«

Mrs. Symonds runzelte die Stirn. »Ab und zu genieße ich es, ein wenig aus dem Haus zu kommen. Geht es Ihnen auch gut, Miss Adderton?«

Mein Neffe ist Waise. Ich hasse mein Leben, und jetzt kann ich niemals mehr etwas daran ändern. Aber abgesehen davon …

»Mir geht es gut«, erklärte Stella.

»Wie hat sich Bobby an den neuen Ablauf gewöhnt?«, fragte Mrs. Symonds.

Stella sah ihr forschend ins Gesicht und suchte nach Anzeichen dafür, dass sie verärgert war oder sie verurteilte, doch in der Stimme ihrer Dienstherrin lag kein scharfer Ton.

»Die Nanny hat mir erzählt, dass er manchmal nachts aufwacht, aber er scheint in dem Bett neben Master Robin gut zu schlafen … Danke, dass Sie das erlaubt haben«, setzte sie noch hinzu.

»Machen Sie sich keine allzu großen Sorgen«, sagte Mrs. Symonds. »Kinder sind widerstandsfähig.«

Hinter ihnen krachte es laut, als würde Glas zerschmettert. Die beiden Frauen fuhren herum und erblickten Bobby, der neben einer Lache aus Glasscherben und, wie es aussah, eingelegten Quitten stand.

»Bobby!«, stieß Stella hervor und stürzte auf ihn zu. »Was ist passiert?«

Er brach in Tränen aus.

Verzweifelt musterte sie die vielen Glasscherben. Und all das Obst und den Zucker … Oh, der Zucker!

»Hast du an dem Regal gezerrt?«, fragte sie und hoffte inständig, er werde Nein sagen.

Bei der Frage schluchzte er nur noch heftiger.

»Bitte, Bobby«, sagte sie und wurde sich immer stärker der kleinen Menschenmenge bewusst, die sich um sie versammelte, und des tiefrot angelaufenen Gesichts der Ladenbesitzerin. »Bitte weine nicht.«

»Hör auf, mich anzuschreien«, heulte er.

»Ich schreie nicht!« Doch, sie schrie. Sie strich sich das Haar aus der Stirn und wusste nicht, ob sie ihn schütteln oder umarmen sollte. Vielleicht beides? Sie hatte keine Ahnung. Sie wusste es einfach nicht.

»Bobby«, sagte Mrs. Symonds leise. Die elegante Dame hatte sich einen Weg zwischen den Glasscherben hindurchgebahnt und stand jetzt in einer Pfütze aus Quitten und Sirup. »Bist du verletzt?«

Herrje, Stella hatte nicht einmal daran gedacht, ihn danach zu fragen. Sollte sie nachsehen, ob er sich geschnitten hatte? Oder ob sich eine Beule zu bilden begann?

»Hast du dir wehgetan?«, fragte Mrs. Symonds noch einmal und legte dem Jungen sanft eine Hand auf die Schulter.

Schniefend schüttelte er den Kopf.

»Das ist doch gut, oder? Wir wollen doch nicht, dass du dich verletzt, denn dann kannst du vielleicht nicht mehr mit Robin spielen«, sagte Mrs. Symonds. »Kannst du mir jetzt erzählen, was passiert ist? Alles wird gut. Erzähl es mir einfach.«

»Ich dachte, da wäre Schokolade«, sagte er mit leiser, verzagter Stimme und wirkte wie eine ängstliche Feldmaus.

»Ich muss schon sagen, das wäre sensationell. Schokolade ist heute solch eine Seltenheit. Hast du versucht, auf das Regal zu klettern, um heranzukommen?«, fragte Mrs. Symonds.

Er nickte noch einmal.

Die anderen Kunden schnalzten missbilligend mit der Zunge. Stella warf ihnen einen aufgebrachten Blick zu, und einer oder zwei trat einen Schritt zurück.

»Das war ein Dutzend Gläser Quitten in Sirup, Mrs. Symonds«, erklärte die Ladenbesitzerin und rang die Hände.

Ein Dutzend Gläser? Was das kosten würde, ganz abgesehen von den Zuckermarken!

»Dafür komme ich auf, Mrs. Yarley. Aber vielleicht sollten wir uns zuerst um diese klebrige Angelegenheit kümmern, finden Sie nicht?«, fragte Mrs. Symonds.

Staunend sah Stella zu, wie sich die Ladenbesitzerin tatsächlich zurückzog und mit Kehrblech und Besen zurückkehrte.

»Geben Sie her«, sagte Stella und streckte die Hand aus.

Während sie die Scherben auffegte, damit Mrs. Yarley mit Mopp und Eimer den Sirup beseitigen konnte, untersuchte Mrs. Symonds Bobby auf Schnittwunden. Stella entging nicht, wie behutsam sie ihn berührte und ihm dabei die Tränen abwischte.

»Nun, Bobby«, sagte Mrs. Symonds, nachdem alles aufgewischt war, »weißt du noch, was du in der Schule über Konsequenzen gelernt hast?«

Er zögerte.

»Alles, was wir tun, hat Auswirkungen auf jemanden oder etwas. Du wusstest doch, dass du nicht auf die Regale klettern sollst, oder?«

Seine Unterlippe zitterte, doch er begann nicht wieder zu weinen. »Ja, Mrs. Symonds.«

»Gut. Ich bin froh, dass du dich nicht verletzt hast, aber du wirst eine Strafe bekommen – wenn deine Tante das erlaubt, natürlich.« Mrs. Symonds blickte zu Stella auf, und diese nickte verunsichert. Sie hatte noch nie ein Kind bestraft.

»Also: Ich brauche einen Helfer bei einem großen Projekt in der Bibliothek. In den nächsten zwei Wochen wirst du jeden Nachmittag gleich nach der Schule kommen und mir zur Hand gehen. Hast du verstanden?«

»Ja, Mrs. Symonds«, murmelte er.

»Gut.« Mrs. Symonds wandte sich an Mrs. Yarley. »Bitte schicken Sie die Rechnung nach Highbury House, dann begleiche ich sie.«

»Das Einkochen hat auch eine Menge Zucker verschlungen«, sagte Mrs. Yarley.

»Ich werde Sie auch für den Verlust des Zuckers entschädigen«, versprach Mrs. Symonds und wandte sich dann an Stella. »So, sollen wir nach Hause gehen?«

»Komm, Bobby!«, rief Stella, nachdem sie sich noch einmal leise bei Mrs. Yarley entschuldigt hatte.

Im Dorf blieb der Kleine an ihrer Seite, doch sobald sie die Church Street hinter sich gelassen hatten, versuchte er, sich von ihrer Hand loszureißen.

»Bobby, warum läufst du nicht vor und schaust, ob du Mr. Gilligan auf der Straße siehst? Er wollte ins Dorf gehen, um noch mehr Schnur für die Kletterrosen zu kaufen«, sagte Mrs. Symonds.

Kaum ließ Stella die Hand des Jungen los, da schoss er schon davon wie eine Pistolenkugel. Sie sah zu, wie er davonrannte und ihm das Hemd aus der Hose hing.

»Ich dachte, Mr. Gilligan sei heute Morgen gegangen«, meinte Stella.

»Ist er auch«, sagte Mrs. Symonds.

Schweigend liefen sie eine Weile nebeneinanderher, und Stella war sich der tiefen Kluft zwischen ihnen bewusst.

»Ich habe damals um ein Mädchen gebetet.«

Stella warf ihr einen Blick zu. »Wie bitte?«

»Als ich mit Robin schwanger war, habe ich um ein kleines Mädchen gebetet. Ich dachte, das wäre einfacher, weil ich wenigstens wusste, wie es ist, ein Mädchen zu sein. Doch in dem Moment, in dem ich Robin schreien hörte, wusste ich, dass er alles war, was ich wollte. Das heißt allerdings nicht, dass es nicht schwer gewesen wäre.«

»Als Mr. Symonds gefallen ist …«

Mrs. Symonds stieß ein hohl klingendes Lachen aus. »Schon lange vorher. Sogar vor dem Krieg pendelte Murray ständig zwischen Highbury und seiner Londoner Praxis. Wenn das Kindermädchen mittwochnachmittags frei hatte, fragte ich mich stundenlang, wie ich noch einen weiteren Moment allein mit Robin überstehen sollte. Wenn ich ihm einen Augenblick den Rücken zudrehte, kletterte er an den Vorhängen im Kinderzimmer hoch oder sprang vom Sofa auf den Beistelltisch.«

»Was haben Sie gemacht, wenn es Ihnen zu viel wurde?«, fragte Stella.

»Einmal bin ich mit ihm in den Garten des Winters gegangen und habe uns eingeschlossen, damit er nicht davonlaufen konnte, während ich versuchte, Taschentücher für Murray zu besticken.«

»Hat das geklappt?«

Nun klang Mrs. Symonds Lachen aufrichtig. »Natürlich nicht. Wenn ich eine Sekunde wegsah, versuchte er schon, eine Rose abzureißen oder einen Wurm zu essen, den er gefunden hatte.«

Dies hätte ein unbeschwerter Moment sein sollen – sogar von einer Wärme erfüllt, die sie bei ihrer Dienstherrin zuvor noch nie gespürt hatte –, doch Stella konnte nicht lachen. Stattdessen sprach sie endlich aus, was ihr schon seit Tagen den Hals zuschnürte. »Ich weiß nicht, wie ich das schaffen soll.«

»Was denn?«, erkundigte Mrs. Symonds sich behutsam.

»Ihm eine Mutter zu sein.«

Sie wusste, sie sollte etwas fühlen – und sie empfand wirklich etwas. Ihre Schwester fehlte ihr. Sie war zornig auf die Bomben, die auf Joans Wohnung gefallen waren. Es ärgerte sie, dass Joan gestorben war und sich wieder einmal ihrer Pflicht entzogen hatte. Aber vor allem spürte sie, dass sie diesen kleinen Jungen nicht liebte.

Von Tanten erwartete man doch nicht, dass sie sich mit Leib und Seele für ein Kind aufopferten wie Mütter. Oder?

»Sie brauchen Bobby keine Mutter zu sein. Das war die Rolle Ihrer Schwester«, meinte Mrs. Symonds.

»Er ist ganz allein auf der Welt«, erklärte sie.

»Hat er keine Familie auf der Seite seines Vaters?«, erkundigte sich ihre Dienstherrin.

»Nein. Jedenfalls hat Joan nie davon erzählt.«

»Nun ja, Ihr Neffe ist dennoch nicht allein. Schließlich hat er Sie«, sagte Mrs. Symonds.

»Ich weiß nicht, ob ich gut genug bin«, gestand sie.

»Keine von uns ist das. Ich glaube, Pater Devlin würde sagen, das sei der Grund dafür, dass wir im Leben so vielen Menschen begegnen.«

Stella runzelte die Stirn. In all den Jahren, die sie schon in Highbury House arbeitete, wäre sie nie auf die Idee gekommen, sie könnte einmal solch ein Gespräch mit ihrer Herrin führen.

Als die nackten Backsteinsäulen in Sicht kamen, an denen einst die Flügel des Tors von Highbury House gehangen hatten, entdeckte Stella ihren Neffen, der an einer der Säulen lehnte. Er schnaufte und keuchte, als hätte er ein großes Wettrennen hinter sich. Sie hegte den dumpfen Verdacht, dass der Straßenstaub dank der Sirupspritzer, die er sich in dem Laden geholt hatte, auch an ihm klebte.

»Es wird nicht immer so schwierig bleiben. Es wird einfacher«, erklärte Mrs. Symonds.

»Danke.«

Als sie auf die Einfahrt traten, nickte Mrs. Symonds knapp. »Miss Adderton, ich wollte mit Ihnen noch über den Tee sprechen. Sie müssen wirklich eine andere Lösung für die Scones finden. Die letzten zwei Bleche waren steinhart. Ich kann nicht glauben, dass man in ganz Warwickshire kein gutes Mehl auftreiben kann.«

Jede Verbindung, die Stella soeben über ihr Dienstverhältnis hinaus zu Mrs. Symonds gespürt haben mochte, zerriss urplötzlich.

Das Gleichgewicht war wiederhergestellt.

Beth

Donnerstag, 1. Juni 1944
Southampton

Meine liebe Beth,
ich vermisse Dich jetzt schon, und dabei bin ich gerade erst auf der Basis angekommen. Die Reise von Highbury hierher war lang und stockend und umso schwieriger, da ich wusste, dass jede Meile der Fahrt mich weiter von Dir wegführte. Du wirst mich doch dort oben in den Midlands nicht vergessen, während ich aufs Meer hinaussehe?

In Liebe
Graeme

Samstag, 3. Juni 1944
Highbury, Warwickshire

Mein liebster Graeme,
immer noch kann ich kaum glauben, dass Du fort bist, doch jedes Mal, wenn ich mir Gedanken darüber mache, wann wir uns wohl wiedersehen, kann ich nicht umhin, dankbar dafür zu sein, dass Du in Southampton und nicht in Italien bist. Wenn das egoistisch klingt, musst Du mir verzeihen. Ich weiß, dass Du Dir nichts mehr wünschst, als wieder bei Deinen Männern zu sein, aber Stella sagt mir, eine frisch verlobte Frau dürfe ein wenig eigensüchtig sein.

Ich bin nicht besonders stolz darauf, aber ich muss

zugeben, dass ich nach Deiner Abreise den ganzen Nachmittag geweint habe. Mr. Penworthy, der liebe Mann, hatte Mitleid mit mir und schickte mich zu Mrs. Penworthy. Sie hat nur den Kopf geschüttelt, zu mir gesagt, es tue ihr leid, wenn zwei junge Menschen getrennt würden, und mir einen Berg Zwiebeln hingelegt, die ich für die Suppe schneiden sollte, da ich nicht schlimmer weinen könne als ohnehin schon. Petunia hat ebenfalls vorbeigeschaut und sich eine Weile zu mir gesetzt, und sogar Ruth behandelt mich sehr freundlich.

Aber mach Dir keine Sorgen. Ich habe beschlossen, sehr tapfer zu sein. Ich werde meine Pflichten auf der Farm erfüllen, mit Petunia ins Kino gehen und weiter in Mrs. Symonds' Garten zeichnen. Alle sind unglaublich nett zu mir – sogar Mrs. Yarley im Dorfladen hat aufgehört, mich misstrauisch zu mustern, wenn ich hereinkomme, um Zeichenstifte zu kaufen. (Keine Sorge, Deine spare ich für eine besondere Gelegenheit auf.)

Ich lege diesem Brief eine Zeichnung des Gartens bei, in dem wir uns zum ersten Mal geküsst haben. Vielleicht ist es ein wenig sentimental, Dir so etwas zu schicken, aber ich möchte, dass Du Dich daran erinnerst, wie es hier ist, wenn die Blumen blühen und die Sommersonne die Wege wärmt. Ich glaube, es gibt keinen schöneren Platz auf der Welt.

Für immer in Liebe
Beth

Samstag, 3. Juni 1944
Highbury, Warwickshire

Lieber Colin,
ich habe immer noch nichts von Dir gehört und fürchte, mein letzter Brief könnte verloren gegangen sein. Oder dass Du einfach nicht mit mir reden willst. Das könnte ich nachvollziehen.

Für die Sache mit Graeme habe ich keine Entschuldigung. Du sollst wissen, dass ich das so nicht gewollt habe. Ich wollte Dich nicht verletzen.

Ich kann Dich nur um Verzeihung bitten.

Bitte versuche, mich zu verstehen.

Herzlich
Beth

Montag, 5. Juni 1944
Highbury, Warwickshire

Mein liebster Graeme,
hoffentlich macht es Dir nichts aus, dass ich Dir noch einen Brief schicke, obwohl ich noch keine Antwort von Dir erhalten habe. Ich weiß, das Schreiben muss Dir schwerfallen, während Du Dich auf Deinem neuen Posten einlebst. Ich weiß noch, wie lange ich gebraucht habe, um unter Mr. Penworthys Aufsicht alles zu lernen, was ich zu tun habe.

Heute war ich nicht nur ein Mädchen von der Landarmee, sondern auch Schäferin. Man hat Ruth und mich nach Alderminster geschickt, wo Alice Mr. Becker, dem Schäfer, helfen sollte, die letzten Schafe zu scheren. Petunia war auch da. (Sie lässt Dich grüßen und fragt, wann sie damit rechnen kann, Brautjungfer zu werden.) Es hat etwas gedauert, bis wir gelernt hatten, die Schafe festzuhalten und die Schermaschine zu benutzen. Ein Tier hat Ruth fast ins Gesicht getreten, stattdessen hat der Huf sie an der Schulter getroffen. Ich weiß, ich habe Dir erzählt, dass sie manchmal schrecklich jammert, aber heute hatte sie guten Grund dazu. Als wir nach Hause kamen, war ihre Schulter grün und blau. Hätten wir Rindfleisch übrig gehabt, hätte Mrs. Penworthy ihr bestimmt geraten, ein Steak darauf zu legen.

Obwohl das schwere Arbeit war, hat es mir Freude bereitet. Wir haben geholfen, die Lämmer zu wiegen und auf unterschiedliche Weiden aufzuteilen. Es fällt schwer, sie nicht entzückend zu finden. Es sind so liebe Tiere, und meine Hände fühlen sich durch die viele Wolle so weich an wie noch nie, seit ich bei der Landarmee bin.

Ich habe über unsere Hochzeit nachgedacht. Sie in Dorking zu feiern ist sinnlos. Ich weiß nicht, ob Dir Colchester lieber wäre, aber vielleicht wäre es möglich, hier in Highbury zu heiraten. Ich war erst ein paarmal in der Kirche, aber der Pfarrer scheint ein sehr anständiger Mann zu sein. Außerdem leben so viele meiner Freundinnen in Highbury, und ich weiß, dass die Ärzte und Schwestern des Hospitals sich freuen würden, uns an diesem Tag zu beglückwünschen.

Aber jetzt greife ich schon zu weit vor. Ich sollte diesen Brief beiseitelegen und Mrs. Penworthy helfen, das Abendessen zu kochen.

Immer in Liebe
Beth

Dienstag, 6. Juni 1944
Highbury, Warwickshire

Mein liebster Graeme,
noch ein Tag ohne einen Brief in der Morgenpost. Ich nehme mir vor, mir keine Sorgen zu machen, doch ich kann nicht anders. Wir müssen noch so viel übereinander lernen …

Verzeih, wenn meine Feder zittert. Das Obige hatte ich geschrieben, kurz bevor ich auf die Felder ging, und ich hatte vorgehabt weiterzuschreiben, wenn auch mit der Nachmittagspost nichts kommen sollte. Stattdessen habe ich erfahren, dass die Invasion im Gang ist. Mr. Penworthy nimmt immer ein Radio mit auf den Traktor, und wir haben beim Mittagessen auf dem Feld BBC gehört, als John Snagge eine Sondermeldung verlas. Nie werde ich vergessen, wie sich mein Magen überschlug, als ich die Worte »der D-Day ist da« hörte.

Ich kann mich der Sorge nicht erwehren, dass man Dich an die Strände der Normandie geschickt hat. Dass dies der Grund ist, warum Du mir seit Tagen nicht geschrieben hast, obwohl Du versprochen hast, Dich mindestens an jedem zweiten zu melden. Heute Abend werde ich – wie das ganze Land – die Rede des Königs anhören und beten, dass Du in Sicherheit bist.

Ich liebe Dich. Ich hätte Dir das im Garten sagen sollen, aber ich war so schockiert und glücklich und wie vor den Kopf geschlagen, weil Du mich heiraten wolltest.

Ich liebe Dich, ich liebe Dich,
ich liebe Dich.
Beth

Dienstag, 6. Juni 1944
Highbury, Warwickshire

Lieber Colin,
bitte schreib mir und sag mir, dass Du in Sicherheit bist.

Herzlich
Beth

Mittwoch, 7. Juni 1944
Highbury, Warwickshire

Mein liebster Graeme,
ich rechne nicht damit, dass Du mir antwortest. Ich kann nur hoffen, dass Du nicht in der Normandie bist, doch wegen Deines Schweigens befürchte ich es. Ich bete für Dich und Deine Männer.

Ich liebe Dich.
Beth

Donnerstag, 8. Juni 1944
Highbury, Warwickshire

Mein liebster Graeme,
wir beten alle für Dich. Jeder und jede Einzelne.

Mrs. Symonds war in der Küche, als ich Stella meine Lieferung gebracht habe, und als sie nach Dir fragte, musste ich so sehr schluchzen, dass ich kaum sprechen konnte. Sie hat mich umarmt und schweigend an sich gedrückt.

Komm zurück zu mir, Graeme. Komm zurück zu mir.

Ich liebe Dich.
Beth

»Ich hasse Waschtage«, stöhnte Ruth.

Beth hievte einen Korb mit nassen Laken hoch und balancierte ihn auf der Hüfte. »Mach mir mal die Tür auf, ja?«

Ruth stürzte herbei. Seit der Invasion in der Normandie schienen sich alle zu überschlagen, um nett zu ihr zu sein. Beth wusste das zu schätzen – wirklich –, aber sie hätte gern doppelt so schwer gearbeitet, wenn sie dafür nicht ständig um ihren Verlobten hätte bangen müssen.

Jeden Morgen durchforstete sie die Zeitungen, die Mr. Penworthy im Dorf extra für sie kaufte. Alle Bewohner des Farmhauses versammelten sich täglich um das Radio, in der Hoffnung, die kleinste Information zu erhaschen. Niemand rechnete damit, Graemes Namen oder Einzelheiten über das Pioniercorps, dem er zugeteilt worden war, im Radio zu hören, aber so hatten sie etwas zu tun. Etwas, worauf sie hoffen konnten.

Beth stellte ihren Korb in das süß duftende Gras unter der Wäscheleine, zog einen Schwung Wäscheklammern aus der Tasche und klemmte sie an ihren Blusenärmel. Ruth nahm das oberste Laken vom Stapel und zog den nassen Stoff, der an sich selbst klebte, auseinander. Gemeinsam warfen sie das eine Ende über die Leine, und Beth steckte es fest.

»Morgen Abend findet in Leamington Spa ein Tanz statt«, erklärte Ruth.

Beth murmelte etwas Unverbindliches.

»Petunia kommt auch«, versuchte sie es noch einmal. Das zeigte nun wirklich, welch große Sorgen sie sich um Beth machte. Ihre Zimmergenossin hasste Petunia und hatte sie einmal »eine dieser Pferdenärrinnen, die über nichts anderes als Zuchtlinien und Treibjagden reden können« genannt. Beth vermutete, dass Ruth trotz ihres Grolls auf die Landarmee gern die vornehmste unter den weiblichen Hilfskräften war. Und in Petunias Gesellschaft konnte sie nur schwer mithalten.

»Wenn ich mitgehe, amüsiert sich keine von euch«, sagte Beth.

»Du kannst nicht bloß auf deinem Bett sitzen und Trübsal blasen.«

»Ich kann und ich werde, wenn ich will«, gab sie zurück.

»Schön«, sagte Ruth und warf das nächste Laken so heftig über die Leine, dass es zu Boden gefallen wäre, hätte Beth nicht einen Satz getan und es aufgefangen.

»Ich weiß deine Bemühungen ja zu würdigen«, meinte Beth besänftigt. »Wirklich.«

»Beth! Beth!« Mrs. Penworthy kam aus dem Haus gestürzt und wedelte mit den Armen.

»Was ist?«, fragte Beth und erstarrte mit der Wäsche in den Händen.

»Sie haben Post! Zwei Briefe!«

Das Laken glitt ihr aus den Fingern und blieb im Gras liegen, während sie auf Mrs. Penworthy zurannte. Sie traf sie auf halbem Weg, riss die Briefe an sich und erkannte die Handschrift auf dem obersten.

»Graeme«, hauchte sie und ließ den zweiten Brief achtlos fallen.

Montag, 19. Juni 1944

Meine liebste Beth,
ich darf Dir nicht sagen, wo ich bin oder was ich tue, aber Du sollst wissen, dass ich in Sicherheit bin.

Für immer der Deine
Graeme

PS: Ich liebe Dich, seit ich Dich auf Mr. Penworthys Traktor gesehen habe.

Beths Knie gaben unter ihr nach. »Er ist sicher.« *Er ist sicher, und er liebt mich.*

Ruth und Mrs. Penworthy ließen sich neben sie ins Gras fallen und umarmten sie.

»Ich freue mich so, Kleine«, sagte Mrs. Penworthy. »Wirklich sehr.«

Eine Weile blieben sie so sitzen und wiegten sich leicht vor und zurück, bis Beth die anderen schließlich losließ.

»Der zweite Brief«, sagte sie.

Die beiden gaben sie frei, und Ruth griff hinter sich, um den Umschlag aufzuheben. Als Beth die handgeschriebene Adresse sah, wurde ihr das Herz schwer.

»Er ist von Colin«, erklärte sie.

»Du musst ihn öffnen«, drängte Ruth.

Beth nickte.

»Kommen Sie, lassen wir sie ein wenig in Ruhe«, sagte Mrs. Penworthy, schlang einen Arm um Ruths Schultern und schob sie zum Haus.

Mit zitternden Händen öffnete Beth den Umschlag und zog Colins Brief heraus. Auf dem Blatt stand nur ein einziges Wort:

Nein.

Emma

Juli 2021

Emma nahm ihren Hut ab und trocknete sich die Stirn mit einem Taschentuch – eine Gewohnheit, die sie sich zugelegt hatte, als sie ihrem Vater im Garten geholfen hatte. Er pflegte sich aufzurichten, sich den Schweiß vom Nacken zu wischen und zu verkünden, es sei Zeit für ein kaltes Getränk. Daraufhin war sie stets den Gartenweg entlang und in die Küche gehüpft, wo ihre Mum, die gern am Fenster saß, wenn sie arbeiteten, schon Limonade in hohe Gläser eingeschenkt hatte.

Was hätte sie jetzt nicht für eine Limonade gegeben.

Ganz England und Wales und der größte Teil Schottlands stöhnten unter einer Hitzewelle. In den letzten Jahren war es immer so heiß gewesen, und in diesem Land, in dem man Klimaanlagen nur selten antraf, litten alle darunter. In ihrem Schlafzimmer in Bow Cottage hatte die ganze letzte Nacht die Hitze gestanden, und sie hatte trotz des Ventilators kaum ein Auge zugetan. Als sie Charlie heute einen guten Morgen gewünscht hatte, hatte er ihr erzählt, er habe auf dem Dach seines Kanalboots unter freiem Himmel genächtigt und sei aufgewacht, als der Hund seines Anlegeplatznachbarn ihm übers Gesicht geleckt habe.

Trotzdem war sie froh, in der Wildnis des Winter-Gartens zu stehen. Hier war es friedlich, was auf jeden Fall seinen Reiz hatte, doch es steckte noch mehr dahinter. Die verschiedenen Bereiche strahlten allesamt eine unterschiedliche Atmosphäre aus.

Der Garten der Kinder wirkte mit seinen Wildblumen und den zarten Blüten der Kirschbäume verspielt. Der Teegarten fühlte sich förmlich und geradlinig an. Doch im Garten des Winters herrschte eine schlichte, ernste Stimmung, die ihr das gleiche Gefühl vermittelte, als würde sie eine Kirche betreten. Ganz egal, was ihr draußen begegnete, sie brauchte nur das Bein über die Mauer zu schwingen und auf der anderen Seite hinunterzuklettern, und schon spürte sie, wie sich diese Empfindung auf ihre Schultern legte, sanft und tröstlich.

Charlie spürte das Gleiche, doch im Gegensatz zu ihr fühlte er sich davon nicht angezogen.

»Dieser Teil hat etwas an sich, was ich einfach nicht mag«, erklärte er des Öfteren und erschauerte, sobald seine Füße den Boden berührten. »Er fühlt sich traurig an.«

Eher ehrfürchtig, hatte sie entschieden und dachte an den mit dünnem Bleistift eingefügten Namen auf Venetias Plänen. Celestes Garten. Ein Andenken.

»Klopf, klopf!«

Emma entdeckte Sydney, die oben auf der Leiter stand. »Hi.«

»Hoffentlich macht es Ihnen nichts aus, dass ich hier hochgeklettert bin, aber ich war mir nicht sicher, ob Sie mich hören würden, wenn ich am Tor rufe«, erklärte Sydney.

»Solange Sie nicht herunterfallen. Das könnte sich meine Versicherung nicht leisten«, erwiderte sie.

Sydney lachte. »Ich verspreche, dass ich nicht abstürze.«

»Wollen Sie herunterkommen und sich alles ansehen?«, fragte Emma.

»Sehr gern.«

Sydney schwang sich über die Mauerkrone, bevor Emma sie zur Vorsicht mahnen konnte. Als ihre Auftraggeberin wieder sicheren Boden erreicht hatte, stieß Emma einen Seufzer der Erleichterung aus.

Sydney strich sich das Haar aus dem Gesicht und blickte sich um. »Das ist ja ein richtiger Dschungel. Wenn ich es nicht besser wüsste, würde ich glauben, in einem Wald zu stehen.«

»Ich fürchte, Wälder schaffen es viel besser, sich selbst zu regulieren. Der Bereich hier ist einfach vollkommen zugewuchert«, sagte sie.

»Ich finde es spektakulär. Sehen Sie doch, was Sie schon geschafft haben.«

»Danke«, sagte Emma, die das Lob aufrichtig zu schätzen wusste. »Wollten Sie etwas Besonderes, oder waren Sie einfach neugierig?«

»Eher neugierig. Nein, eigentlich wollte ich Sie doch etwas fragen. Andrew und ich haben uns unterhalten, und wir wollten wissen, ob Sie in Betracht ziehen würden, auch den Küchengarten zu gestalten.«

»Den Küchengarten?«

»Ich weiß, dass er historisch nicht so bedeutend ist wie dieser, aber wir würden ihn sehr gern wieder nutzen. Wir wissen nur wirklich nicht, wo wir anfangen sollen«, erklärte Sydney.

»Ein Küchengarten dieser Größe war dazu da, die Familie und das Personal des Hauses zu versorgen und Nahrungsmittel für ein Dutzend oder mehr Menschen zu erzeugen. Sind Sie sich sicher, dass Sie ihn so groß anlegen wollen?«

»Er wäre nicht nur für uns bestimmt. Ich habe mit einer Lehrerin von der hiesigen Grundschule gesprochen, und sie meinte, die Kinder würden so viel davon haben, wenn sie ein Halbjahr im Garten verbringen und etwas über Pflanzen lernen könnten. Ich dachte, er könnte teils seinen ursprünglichen Zweck erfüllen und teils als Lehrgarten dienen.«

Das war eine fantastische Idee. Je früher Kinder mit einem Garten in Berührung kamen, umso engagierter würden sie wahrscheinlich als Erwachsene bleiben.

»Was haben Sie denn mit dem überzähligen Obst und Gemüse vor?«, fragte sie.

»Henry hat angeboten, es uns abzunehmen. Zusätzlich zu seinen normalen Lieferanten arbeitet er noch mit Erzeugergemeinschaften zusammen und verkauft direkt an Restaurants.«

Bisher war sie nur etwa ein Dutzend Male durch den Küchengarten gegangen, aber sie konnte sich schon jetzt vorstellen, wie man die Fläche aufteilen könnte. Sie würden die Hochbeete neu errichten und ein stabiles System aus Netzen aufbauen, um Kohlweißlinge und Ringeltauben fernzuhalten. Die Fruchtfolge so gestalten, dass es immer etwas zu ernten gab, und …

Nein. Sie vergaloppierte sich. Den nächsten Auftrag nach Highbury House hatte sie bereits zugesagt – die Gestaltung eines modernen Bonsai-Gartens für einen Influencer aus Berwick-upon-Tweed. In ihrem Zeitplan würde sie keinen Platz mehr für den Küchengarten haben, sosehr sie das zusätzliche Geld auch verlockte.

»Es tut mir wirklich leid, Sydney, aber ich glaube, ich kann nicht länger bleiben. Außerdem sind Küchengärten nicht wirklich mein Fachgebiet. Charlie hat allerdings einige Erfahrung mit urbaner Landwirtschaft«, erklärte sie.

Sydney blickte für einen kurzen Moment geknickt drein, setzte jedoch schnell wieder ihr strahlendes Lächeln auf. Emma hatte ihre Enttäuschung trotzdem bemerkt.

»Ich kann Sie an ein paar Kollegen verweisen, die sich sehr gut auf so etwas verstehen«, fuhr Emma entschuldigend fort.

»Das wäre großartig«, meinte Sydney liebenswürdig. »Tut mir leid, wenn ich in Ihre Arbeit geplatzt bin. Aber ich hatte versucht, Ihnen eine Nachricht zu schicken.«

»Tatsächlich?«

Emma zog ihr Handy aus der hinteren Hosentasche und stellte fest, dass sie nicht nur Sydneys Nachricht verpasst hatte, sondern auch eine Reihe Posts in ihrer Familienchatgruppe.

***Mum:** Wir haben beschlossen, Dich in zwei Wochen zu besuchen! Wir kommen am Samstag.*
***Dad:** Wenn das für Dich in Ordnung ist.*
***Mum:** Wir möchten den Garten sehen, an dem Du arbeitest.*
***Dad:** Eileen, Du kannst Dich doch nicht selbst in fremder Leute Gärten einladen.*
***Mum:** Emma regelt das schon.*

Sie stöhnte auf.

»Was ist los?«, fragte Sydney.

»Würde es Ihnen etwas ausmachen, wenn meine Eltern in ein paar Wochen vorbeischauen, um sich den Garten anzusehen? Sie sind neugierig, und es ist schon eine Weile her, dass ich in ihrer Nähe gearbeitet habe und sie sich alles anschauen konnten«, erklärte sie.

»Natürlich sollen sie kommen. Warum bleiben Sie nicht auch alle zum Tee?«, schlug Sydney vor.

»Sind Sie sich sicher? Mum wird Sie mit Fragen über das Haus löchern. Sie ist nicht gerade die taktvollste Person der Welt.«

»Ich glaube, damit werde ich fertig.« Sydney drehte sich zur Leiter um, hielt dann aber inne. »Charlie ist kein Partner bei *Turning Back Thyme*, oder?«

»Nein. Warum fragen Sie?«

»Wenn Charlie Erfahrung mit Gemüsegärten hat … Meinen Sie, er wäre vielleicht interessiert daran, den Küchengarten als einmaligen Auftrag zu übernehmen?«, fragte Sydney.

»Oh. Das weiß ich wirklich nicht«, entgegnete sie verblüfft.

»Hätten Sie denn etwas dagegen, wenn ich ihn frage?«

»Natürlich nicht. Er kann tun, was er möchte«, sagte sie, und dabei wurde ihr klar, dass Charlie sich wahrscheinlich um die Gelegenheit reißen würde, Sydney einen Gefallen zu tun.

»Sind Sie sich sicher, dass es Ihnen nichts ausmacht?«, fragte Sydney noch einmal.

Sie schüttelte den Kopf. »Versuchen Sie es. Und nochmals danke für die Einladung zum Tee.«

»Ich freue mich, dass Sie alle kommen können«, sagte Sydney.

Als Emma wieder allein war, griff sie nach einer Baumschere und nahm erneut das Unterholz in Angriff.

Sydneys Fragen nach Charlie gingen ihr den ganzen Nachmittag und Abend im Kopf herum. Wünschte er sich, eigene Aufträge zu übernehmen? Sie hatte noch nie wirklich darüber nachgedacht, doch vielleicht hätte sie das tun sollen. Er konnte Konzepte entwickeln, aber er hatte ihr immer erklärt, er interessiere sich eher für die praktische Seite ihrer Arbeit.

Vielleicht war das egoistisch, aber sie ertrug die Vorstellung nicht, Charlie könne sich selbstständig machen – nicht weil er dann ein Konkurrent wäre, sondern weil er ihr fehlen würde. Sie hatte jede seiner Freundinnen kennengelernt und in Pubs in allen Teilen Großbritanniens mit ihm angestoßen. Sie war bei der Beerdigung seiner Mutter gewesen, und er hatte sie ins Krankenhaus gefahren, als sie sich bei einem Sturz von einer Leiter den Arm gebrochen hatte. Charlie war ihre rechte Hand, ihr Vertrauter und ihr bester Freund.

Deswegen tauchte sie am Morgen nach ihrem Gespräch mit Sydney mit zwei Kaffeebechern bei der Arbeit auf.

»Hier«, sagte sie und hielt ihm einen hin.

»Was ist das?«, fragte er.

»Kaffee«, erklärte sie.

Er verdrehte die Augen. »Warum?«

»Kann man sich unter Freunden nicht einmal einen Kaffee ausgeben?«

Misstrauisch nahm er den Becher entgegen. »Mit einem extra Schuss Haselnusssirup?«

»Ja. Du trinkst deinen Kaffee immer besonders raffiniert«, meinte sie.

»Ein wenig Raffinesse ist nie verkehrt«, sagte er und nahm den Deckel von dem Pappbecher, um den Dampf herauszulassen. Er trank einen Schluck. »Der ist gut.«

»Freut mich.«

Dann hielt er den Becher hoch und wies auf das grün-weiße Logo. »Die nächste Filiale liegt zehn Minuten mit dem Auto entfernt, und du könntest zu Fuß zur Arbeit gehen. Warum bist du zwanzig Minuten gefahren, um mir einen Kaffee zu holen?«

Sie reckte das Kinn. »Denkst du manchmal darüber nach, *Turning Back Thyme* zu verlassen?«

Er zuckte mit den Schultern. »Klar. Ständig.«

»Was?«, rief sie entsetzt.

»Na ja, letzte Woche hast du eine Schaufel auf mich fallen lassen.«

»Das war ein Unfall«, murmelte sie.

»Und dann hast du einmal mein Boot nicht richtig festgemacht, und wir sind fast gegen die Böschung getrieben.«

Dafür hatte sie keine Ausrede, außer dass sie bei einem Bootsausflug mit dem Team von *Turning Back Thyme* ein paar Gläser Pimm's zu viel getrunken hatte. Eigentlich hätte keiner von ihnen in diesem Zustand Boote vertäuen sollen.

»Dann willst du gehen?«, fragte sie.

»Manchmal denke ich drüber nach. Fünf Jahre bei derselben Firma sind eine lange Zeit – sogar mit dir als Chefin. Ich hätte mich gern an ein paar Projekten versucht, aber unser Zeitplan hat das nicht hergegeben.« Er hielt inne, um von seinem Kaffee zu trinken. »Aber mir gefällt, was wir uns aufgebaut haben. Es ist eine nette kleine Firma.«

»So klein ist sie auch wieder nicht«, murrte Emma.

Er warf ihr ein Lächeln zu. »Was sollen diese ganzen Fragen? Was ist passiert?«

Sie seufzte. »Sydney denkt darüber nach, den Küchengarten zu erneuern. Nach diesem Projekt haben wir den Auftrag in

Berwick, und die Entdeckung von Venetias Plänen hat uns so weit zurückgeworfen, dass wir keine Sicherheitsfrist mehr haben. Ich kann den Küchengarten nicht zwischenschieben.«

»Außerdem hast du mit Gemüse nichts am Hut«, führte er ihren Gedanken zu Ende.

»Sie hat überlegt, dich zu fragen.«

Er neigte den Kopf zur Seite. »Woher will sie wissen, ob ich interessiert wäre?«

»Ich habe ihr gesagt, du hättest Erfahrungen mit Gemüsegärten.«

»Das war nett von dir.«

Ein längeres Schweigen trat ein. »Ich habe es nicht eilig, die Firma zu verlassen«, erklärte er schließlich. »Aber ich wäre ein ziemlich mieser Freund, wenn ich dir nicht ehrlich sagen würde, dass ich nicht ewig in deinem Team glücklich sein werde. Ich habe noch andere Talente.«

»Ich weiß. Ich lasse mir etwas einfallen.«

»Da bin ich mir sicher.« Er hob seinen Kaffee hoch. »Wenn du mich mal wieder bestechen willst, damit wir reden, nur zu.«

Venetia

Montag, 1. Juli 1907
Highbury House
Heiß, trocken. Dieser Sommer wird nie zu Ende gehen.

Seit ich zuletzt geschrieben habe, ist so viel passiert. Ich weiß kaum, wo ich anfangen soll.

In der nachmittäglichen Hitze, in der die Luft stand und mich apathisch machte, nahm ich die Notiz, die ich Matthew geschrieben hatte, aus meiner Schreibschatulle. Da ich nur eben passabel reite, beschloss ich, den Weg zu unserem Geheimversteck in der Hecke zu Fuß zurückzulegen. Es würde mir guttun, mir die Beine zu vertreten, die ich beim Graben so oft unter mir zusammenfaltete.

Doch als sich die heiße Straße vor mir erstreckte, bereute ich meinen Ehrgeiz. Der Geruch nach trockenem Gras umfing mich, und Insekten tanzten im Sonnenschein. Auf einem Feld brüllte eine Milchkuh und musterte mich interesselos, aber der größte Teil der Herde war so vernünftig gewesen, den Schatten einer kleinen Baumgruppe zu suchen.

Es war eine Erleichterung, als ich die Biegung erreichte, an der eine abgestorbene englische Eiche die Hecke teilte. Sie würde noch jahrelang dort stehen, falls kein Sturm sie an den Wurzeln ausriss. In einer Höhlung weit oben im Stamm hatte sich ein Turmfalke ein Nest gebaut. Doch mich interessierte eine tiefere Stelle. Jemandem, der zufällig vorbeikam, wäre nie etwas aufgefallen, aber ich konnte weder vorbeigehen noch -reiten, ohne dass mein Blick darauf fiel, denn hier versteckten Matthew und ich unsere Nachrichten.

Wie immer griff ich in die von uns auserkorene Höhlung und hoffte auf einen Brief. Meine Finger berührten Papier, und als ich sie herauszog, hielt ich zwei Nachrichten in der Hand. Ich zuckte schuldbewusst zusammen. Seit unserer letzten Begegnung hatte er mir zweimal geschrieben, und ich hatte meinen Brief erst heute Morgen verfasst.

Sorgfältig steckte ich die Blätter in meine linke Rocktasche und wollte gerade in meine rechte greifen, als jemand nach mir rief.

»Guten Tag, Miss Smith!«

Ich kniff die Augen zu, denn ich wusste, wenn ich mich umdrehte, würde ich mich Mrs. Melcourt in ihrer offenen Kutsche gegenüberfinden, deren Fahrer, Michaelson, so tat, als lauschte er nicht jedem einzelnen Wort.

Ich griff wieder in meine Tasche und schloss die Finger um mein Taschentuch. Dann zog ich es hervor und tupfte mir beim Umdrehen demonstrativ die Stirn.

»Guten Tag, Mrs. Melcourt«, sagte ich.

Sie runzelte die Stirn. »Geht es Ihnen nicht gut?«

»Ich muss gestehen, ich habe den Sommernachmittag unterschätzt. Ich bin spazieren gegangen, doch dann hat die Hitze mich überwältigt.«

»Es gibt angenehmere Spazierwege als diese Straße«, meinte Mrs. Melcourt.

»Das stimmt, aber Mr. Hillocks Sohn John hat erzählt, er habe nicht weit von hier Kamm-Wachtelweizen gesehen.«

»Was ist das?«

»Eine seltene Blume«, erklärte ich.

Die Frau starrte mich einen Moment lang an. Doch dann wies sie mit einer Kopfbewegung auf die Kutsche. »Wenn Sie genug

Jagd nach Blumen gemacht haben, würden Sie vielleicht gern mit zum Haus zurückfahren. Und zu Ihrer Arbeit.«

Das Wort saß, genau wie sie es beabsichtigt hatte. Nichts wünschte ich mir weniger, als auch nur eine Meile bei dieser Frau mitzufahren, die derzeit meine Anwesenheit in ihrem Haus kaum zu ertragen schien, aber es wäre töricht gewesen, darauf zu beharren, zu Fuß nach Hause zu gehen. Damit hätte ich nur mir selbst und meinen angeschwollenen Füßen geschadet.

Also nickte ich, und Michaelson kletterte vom Kutschbock herunter, um mir die Tür aufzuhalten. Ich raffte meine Röcke und stieg mit seiner Hilfe in den Wagen.

»Ich habe gerade Lady Kinner besucht«, erklärte Mrs. Melcourt, kaum dass ich ihr gegenübersaß. »Sie werden sich vom Ball an sie erinnern.«

»Ja, ich erinnere mich. Ich hoffe, sie ist bei guter Gesundheit.«

»Jede Frau mit so viel Geld und so wenigen Verpflichtungen sollte das sein. Ihre Nichte ist aus Boston zurückgekehrt.«

Meine Aufmerksamkeit war geweckt, obwohl ich den Blick auf die vorbeiziehende Landschaft richtete.

»Miss Orleon ist eine so vollendete junge Dame und sehr charmant. Matthew war ganz eingenommen von ihr, als er letztes Jahr die Ballsaison in London verbrachte.«

Ich konnte nicht verhindern, dass meine Brauen in die Höhe schossen.

»Ist es so amüsant, dass Matthew die Ballsaison ausgekostet hat?«, fragte Mrs. Melcourt.

»Er wirkt auf Wisteria Farm inmitten seiner Rosen so zufrieden.«

»Das Leben besteht aus mehr als Blumen, Miss Smith. Es ist seine Pflicht zu heiraten, und ich poche darauf, dass er eine gute Partie macht. Er kann nicht noch länger von Mr. Melcourts Großzügigkeit leben.«

»Großzügigkeit?«

»Mein Mann lässt Matthew auf Wisteria Farm wohnen und stellt ihm noch weitere zum Leben notwendige Mittel zur Verfügung.«

Wir verfielen in ein unbehagliches Schweigen, bis die Tore von Highbury House in Sicht kamen. Ich warf Mrs. Melcourt einen Blick zu und wollte mich schon für die Rückfahrt bedanken, als sie sich mir entgegenlehnte. »Sie nehmen in diesem Haushalt eine spezielle Rolle ein, Miss Smith.«

»Ich betrachte mich eigentlich nicht als Mitglied des Haushalts, sondern eher als Gast«, entgegnete ich.

Mrs. Melcourt neigte den Kopf zur Seite. »Und doch zahlt mein Mann Ihnen Lohn für Ihre Arbeit. Gäste bezahlt man für gewöhnlich nicht.«

Ich setzte zu einer Antwort an, doch mein Herz raste, und mir wurde schwindlig. Ich hob eine Hand an die Brust.

»Geht es Ihnen nicht gut, Miss Smith?«, fragte mich Mrs. Melcourt zum zweiten Mal an diesem Nachmittag. Ihre Stimme schien die Luft gefrieren zu lassen.

Doch so schnell mich diese Empfindung überkommen hatte, verließ sie mich wieder. Ich schüttelte leicht den Kopf. »Mir geht es gut, danke«, sagte ich und beschloss, mir ein feuchtes Tuch in den Nacken zu legen und mein Korsett zu lockern, sobald ich mich in das Gärtnerhäuschen zurückziehen konnte.

Mrs. Melcourt musterte mich aus zusammengekniffenen Augen. »Sie sehen ein wenig blass aus.«

»Es ist nichts«, erklärte ich, als Michaelson die Kutsche zum Stehen brachte. Ein Bursche kam aus dem Stall gelaufen und hielt die Leitpferde fest.

»Sie lassen sich besser von Michaelson herunterhelfen«, sagte Mrs. Melcourt, als ich schon aufgestanden war.

»Ich bin aus härterem Holz geschnitzt als die meisten Frauen«, erwiderte ich. Zittrig setzte ich einen Fuß auf die kurze Leiter der

Kutsche. Wieder wurde mir schwindlig, aber ich holte tief Luft. Einen Schritt. Zwei Schritte. Drei.

Als mein Stiefel den Boden berührte, zog sich die Welt rasend schnell auf Stecknadelkopfgröße zusammen, und dann wurde es schwarz um mich.

Als ich die Augen wieder aufschlug, sah ich in das Gesicht eines Mannes in einem schwarzen Jackett. So buschige Koteletten, wie er sie trug, waren zuletzt im vergangenen Jahrhundert Mode gewesen.

»Da sind Sie ja wieder, Miss Smith«, sagte er und lehnte sich zurück.

»Wo bin –?« Ich versuchte, mich aufzusetzen, aber nur um zu erkennen, dass ich keine Ahnung hatte, wo ich war oder wie ich dort hingeraten war.

»Ich bin Dr. Irving«, erklärte er.

»Was ist passiert?«

Dr. Irving warf einen Blick über die Schulter, und ich bemerkte, dass Mrs. Creasley mit vor der Brust verschränkten Armen im Türrahmen stand.

»Sie befinden sich in meinem Wohnzimmer. Sie sind im Hof in Ohnmacht gefallen«, sagte die Hausdame.

»Erinnern Sie sich daran, dass Sie ohnmächtig geworden sind?«, wollte Dr. Irving wissen.

Ich kniff die Augen zusammen und versuchte, mich darauf zu besinnen. »Ich weiß noch, dass ich aus der Kutsche gestiegen bin.«

»Mrs. Melcourt sagt, Sie seien ohnmächtig geworden«, erläuterte Mrs. Creasley.

Stirnrunzelnd registrierte ich ihren eisigen Ton. Die Hausdame war stets höflich zu mir gewesen, aber in diesem Moment kam ich mir vor wie ein Dienstmädchen, das beim Bügeln die Wäsche der Herrin angesengt hat.

»Miss Smith würde sicherlich eine Tasse Tee zu schätzen wissen«, sagte Dr. Irving. »Nicht allzu stark, aber mit viel Zucker.«

Mrs. Creasley kniff leicht die Augen zusammen, nickte aber. Als sie die Tür schloss, war die fröhliche Miene des Arztes wie weggeblasen. »Miss Smith, sind Sie schon früher ohnmächtig geworden?«

»Nein.«

»Fällt Ihre Mutter öfter in Ohnmacht?«, fragte er.

»Darüber weiß ich nichts. Sie ist verstorben.«

Er schürzte die Lippen. »Haben Sie noch andere Symptome verspürt?«

»Ich verstehe nicht. Was für Symptome?«

Er seufzte. »Konnten Sie nicht essen oder trinken?«

»Nein.«

»Schwindel?«

»Abgesehen von heute Nachmittag nicht.«

»Ich bitte um Verzeihung, weil ich so offen spreche, aber ist Ihnen aufgefallen, dass Ihre Kleidung nicht mehr so passt wie zuvor?«, wollte er wissen.

Ich runzelte die Stirn. »Einige meiner Kleidungsstücke passen mir besser als andere, aber Sie müssen verstehen, Dr. Irving, dass manche Aspekte meines Berufs ein Ausmaß an körperlicher Bewegung erfordern, das die meisten Damen nicht betreiben.«

»Ich finde an Ihrem Wunsch nach Bewegung nichts auszusetzen, Miss Smith. Ich wünschte sogar, mehr Damen und Herren der feinen Gesellschaft würden sich regelmäßig Bewegung an der frischen Luft verschaffen.«

»Dann sind Sie also auch der Meinung, dass mit mir alles in bester Ordnung ist.«

»Ich entschuldige mich für die persönliche Frage, Miss Smith, aber wann hatten Sie zum letzten Mal Ihre Monatsblutung?«

Ruckartig blickte ich auf. »Wie bitte?«

»Wann hatten Sie zum letzten Mal Ihre Monatsblutung?«,

wiederholte er langsam, als müsste er sich jemandem verständlich machen, der eine andere Sprache sprach.

Ich stellte eine schnelle Kopfrechnung an und gab mir die größte Mühe, mich daran zu erinnern, wann ich zum letzten Mal das Stoffbündel gebraucht hatte, das ich in einer einfachen Schachtel in meinem Kleiderschrank aufbewahrte. Das war doch sicherlich erst ein paar Wochen her. Ich wusste noch, dass ich mich, als die Gartenlauben zwischen dem Dichter- und dem Wassergarten aufgebaut wurden, entschuldigen musste, um nachzusehen, ob …

Das war vor zwei Monaten gewesen, noch vor dem Ball der Melcourts.

»Dr. Irving …«, die zunehmende Panik ließ meine Stimme schrill klingen, »Sie wollen doch sicherlich nicht andeuten …«

»Dass Sie vielleicht ein Kind erwarten? Ich fürchte, wenn eine kerngesunde Frau in Ohnmacht fällt und dann die Hausdame, die zu Hilfe gerufen wird, ihr Korsett lockert und feststellt, dass die besagte Dame es loser geschnürt hat, als die Kerben in den Bändern vermuten lassen, dann muss ich die offensichtliche Frage stellen.«

»Es ist heiß. Keine Frau trägt bei einem Wetter, wie wir es in letzter Zeit hatten, ihr Korsett gern fest geschnürt«, beharrte ich.

Der Arzt sah mich mitfühlend an.

Ich hätte vor Scham im Erdboden versinken können. Es ist eine Sache, wenn ein Arzt andeutet, ich könnte schwanger sein, aber wenn die Hausdame Bescheid wusste …

Ich vergrub das Gesicht in den Händen. Ich brauchte Zeit zum Nachdenken. Zeit, um mir darüber klar zu werden, was ich tun sollte, denn ich durfte weder den Garten auf Highbury noch mein Auskommen verlieren.

»Dann nehme ich an«, sagte der Arzt nach kurzem Schweigen, »dass Sie sich Ihres Zustands nicht bewusst waren?«

Ich war nicht einmal auf die Idee gekommen.

»Ich bin fünfunddreißig Jahre alt«, erklärte ich.

»Sehr viele Frauen, die älter als Sie waren, haben schon wohlbehalten gesunde Kinder zur Welt gebracht.«

Ich schluckte. »Ich bin unverheiratet, Dr. Irving.«

»Aha, so. Ja, das hatte ich schon erraten, als Mrs. Creasley Sie mit Miss Smith ansprach.«

Ich griff nach seiner Hand. »Ich kann dieses Baby nicht bekommen.«

Er wich zurück, und seine onkelhafte Art verflog. »Denken Sie sehr sorgfältig darüber nach, was Sie als Nächstes sagen, Miss Smith. Es gibt Dinge auf dieser Welt, die nicht nur ein Affront gegen Gott sind, sondern auch ein Verbrechen.«

Ich sackte traurig zusammen. Mir wurde bewusst, dass dieser Arzt mir nicht helfen würde, selbst wenn er es könnte.

Er sammelte seine Instrumente ein und legte sie sorgfältig in seine Arzttasche aus braunem Leder.

Als er schon auf halbem Weg zur Tür war, rief ich ihm hinterher: »Dr. Irving, bitte tun Sie mir den Gefallen und erzählen Sie es nicht Mr. und Mrs. Melcourt!«

Der Arzt presste zwei Finger auf seinen Nasenrücken. »Mr. Melcourt wird meine Rechnung sehen wollen.«

»Wenn Sie ihnen sagen könnten, dass Sie mich wegen eines Nervenleidens behandelt haben …«

»Ich würde das Vertrauen einer Dame nicht missbrauchen. Aber Miss Smith, Ihnen ist wohl klar, dass es irgendwann nicht mehr darauf ankommt, was ich den Melcourts sage. Sie werden es erfahren. Alle werden das.«

»Danke, Herr Doktor«, sagte ich matt.

Er ging. In dem Zimmer war es plötzlich still, und ich blieb in meiner Verzweiflung zurück.

Diana

Juli 1944

Dianas hölzerner Gartenkorb stieß an ihre Seite, als sie noch eine langstielige Blüte schnitt und in den flachen Korb legte. Überall um sie herum summten dicke, träge Bienen in der Sommersonne durch den Teegarten und gingen ihrem emsigen Tagwerk ein wenig langsamer nach als sonst.

Diese Jahreszeit hatte sie schon immer geliebt. Mit der Düsternis des Winters wurde sie fertig, doch sie sehnte sich nach schwüler Luft. Sie genoss es, spätabends mit einem kühlen, süßen Getränk in der Hand auf der Veranda zu sitzen. In ihrem Elternhaus hatte sie es nie gewagt, etwas anderes zu tragen als die Baumwollnachthemden, die ihre Mutter für sie aussuchte. Doch in ihrem eigenen Heim hatte sie die wunderbare Freiheit kennengelernt, die es bedeutete, im Sommer nackt zu schlafen.

Eine der wenigen Seiten des Witwendaseins, die sie sich zu genießen erlaubte, war es, das Bett nicht mehr mit einem Mann zu teilen, der bei Nacht glühte wie im Fieber. Natürlich sehnte sie sich danach, beim Einschlafen Murrays schwere Hand auf ihrem Rücken zu spüren, aber sie vermisste es nicht, wie seine bloße Anwesenheit sie zu ersticken drohte. Jetzt ging sie nach ihrem kühlen Bad direkt ins Bett.

Als sie in den Liebesgarten trat, hörte sie hinter der Hecke die Stimme einer Frau.

»Denkt daran, es ist wichtig, dass ihr stillhaltet«, sagte sie, gefolgt von dem Kichern kleiner Jungen.

Neugierig steckte Diana den Kopf in den Garten der Kinder. Robin und Bobby saßen Schulter an Schulter im Gras und lehnten sich an einen der Kirschbäume. In ein, zwei Metern Entfernung saß Miss Pedley mit ihrem Skizzenblock.

»Mummy!«, schrie Robin, sobald er sie erblickte. Blitzschnell war er aufgesprungen und schlang die Arme um ihre Beine. Schon der Blick hinunter auf seinen kleinen blonden Haarschopf ließ ihr Herz weit werden. An manchen Tagen fand sie, es sei ein Wunder, dass sie ihn hatte, an anderen erinnerte er sie so stark an Murray, dass es beinahe schmerzte.

»Hallo, Liebling. Spielt ihr Modellsitzen für Miss Pedley?«, fragte sie.

»Sie zeichnet uns«, erklärte Robin.

Bobby drückte sich in der Nähe herum. »Miss Pedley bringt uns auch das Zeichnen bei.«

»Das ist sehr freundlich von ihr«, meinte Diana und musterte die fallen gelassenen Bleistifte und das mit kindlichen Krakeleien bedeckte Papier der Jungen. »Aber die Lehrerin sollte euch nicht auch mit dem Material versorgen müssen. Ich werde Mrs. Dibble fragen, ob sie auf dem Dachboden stöbern und nach Cynthias alten Skizzenbüchern aus ihrer Mädchenzeit suchen kann. Darin müsste doch noch unbenutztes Papier sein.«

»Danke«, sagte Miss Pedley und verschränkte die Hände über ihrem Skizzenbuch, das sie an ihren Bauch drückte.

»Darf ich es mir ansehen?«, fragte Diana.

»Oh. Ja.« Die junge Frau zögerte und schlug dann das Buch auf. »Es ist nicht viel. Nur kleine Kritzeleien.«

Miss Pedley drehte das Buch, um ihr die halb beendete Zeichnung zu zeigen, die sie von den beiden Jungen angefertigt hatte. Darauf lehnte Robin sich mit dem Kopf an den Baum, und Bobby neigte seinen leicht nach links. Beide trugen Shorts, aus denen spillrige Beine ragten, wie Jungen sie so häufig hatten. Doch trotz der großen Ähnlichkeit unterschieden sie sich auch deutlich. Robin wirkte selbstbewusst, fast arrogant, und Bobby, der unter seinen langen Wimpern hindurchschaute, schüchterner.

»Sehr hübsch. So wie sie posieren, könnten sie Cousins sein«, meinte Diana.

»Mummy.« Robin zupfte an ihrer Hand. »Ich möchte Bobby meine Piratenhöhle zeigen, Mummy.«

»Du weißt genau, dass du ohne mich nicht in den Garten des Winters gehen darfst.«

Er scharrte mit dem Fuß auf dem Boden. »Aber meine Piratenhöhle.«

Sie konnte nicht anders, als sich erweichen zu lassen. »Nun, sie ist bestimmt sehr schön. Sobald ich mit den Blumen fertig bin, hole ich einen der Schlüssel und gehe mit euch hinein.«

Die Jungen jubelten laut.

»Ich wollte Sie noch fragen, Miss Pedley, ob Sie und Captain Hastings noch weiter über Ihre Hochzeitspläne beraten haben«, wandte sie sich noch einmal an die junge Frau.

»Ja. Das heißt, wir haben darüber geschrieben.«

»Ist er noch in der Normandie?«, erkundigte sie sich.

»Er ist dem Pioniercorps zugeordnet, daher reist er hin und her, obwohl er in Southampton stationiert ist. Ich weiß nicht, wann er Urlaub bekommt, aber sobald das der Fall ist, heiraten wir«, erklärte Miss Pedley.

»Das ist für die Planung nicht eben hilfreich«, bemerkte sie.

»Nein.« Miss Pedley seufzte. »Und ich fürchte, es kommt noch schlimmer. Er versucht, zu seiner alten Einheit zurückzukehren.«

»Dem Mann hat eine Kugel fast die Schulter zertrümmert«, meinte Diana.

Miss Pedley kaute auf ihrer Unterlippe. »Ich hatte gehofft, er würde sich als Versorgungsoffizier wohlfühlen. Ich möchte nicht, dass er wieder in den Kampf zieht.«

»Haben Sie ihm das gesagt? Ihn gebeten, sich um eine Versetzung zu bemühen, bei der er in Großbritannien bleiben könnte?«

Miss Pedley ließ den Kopf hängen, was Diana als Antwort genügte.

»Und wie steht es mit Ihnen? Werden Sie bei der Landarmee bleiben?«, fragte sie.

»Ja«, hauchte die junge Frau, als wäre ihr die Knochenarbeit eine Erleichterung und keine Last. »Die Dienstpflicht bedeutet, dass ich bleibe, es sei denn, ich werde schwanger.«

»Was würden Sie dann anfangen?«

»Graeme sagt, er könnte dafür sorgen, dass ich zu seinen Eltern ziehe.«

»Woher stammt denn seine Familie?«, fragte Diana.

Miss Pedleys Schultern sackten noch ein wenig weiter nach vorn. »Colchester.«

»Colchester liegt ziemlich weit von Highbury entfernt, und Sie scheinen hier so viele Freundschaften geschlossen zu haben.«

»Ich weiß.« Miss Pedley hob den Kopf, und Diana sah erstaunt, dass Tränen in ihren Augen standen. »Es tut mir leid. Es ist schrecklich einfältig, mich so aufzuregen. Aber Highbury ist der erste Ort, an dem ich jemals glücklich gewesen bin.«

Das arme Mädchen. Dass sie Hilfe brauchte, war offensichtlich, aber so wie es aussah, standen Miss Pedley nur wenige Frauen bei, die ihr raten konnten.

»Und Sie möchten bleiben?«, fragte Diana.

Die junge Frau nickte. »Aber das ist eine ebenso einfältige Idee. Schließlich bin ich hier nicht zu Hause. Ich weiß einfach nicht, was ich tun soll.«

»Sind Sie sich denn sicher, dass Sie diesen Mann heiraten wollen?«

Miss Pedley zögerte keine Sekunde mit ihrer Antwort. »Ja. Ich kenne ihn erst so kurz, aber ja.«

Wäre Diana ein anderer Mensch gewesen, hätte sie die junge Frau vielleicht umarmt. Sie hatte Miss Pedley einmal in den Arm genommen, als sie während der Invasion alle mit angehaltenem Atem auf Nachricht von Captain Hastings gewartet hatten, aber sie konnte sich nicht so leicht noch einmal von ihrem jahrelang angeeigneten »korrekten« Benehmen freimachen.

»Tja, damit sind wir wieder bei der Frage Ihrer Hochzeit«, erklärte sie stattdessen. »Falls Captain Hastings Urlaub bekommt, werden Sie wahrscheinlich hier heiraten wollen. Wenn Sie möchten, benachrichtige ich den Pfarrer, und er kann Ihnen helfen, einen Termin während Captain Hastings' Heimaturlaub zu finden.«

»Oh, danke, Mrs. Symonds. Das ist sehr freundlich.«

»Wie hatten Sie sich denn den Hochzeitsempfang vorgestellt?«, fragte sie.

»Den haben wir noch nicht geplant«, entgegnete Miss Pedley. »Das ist alles so beängstigend, besonders wegen der Rationierung.«

»Sie brauchen aber einen Hochzeitsempfang. Sie können ihn in Highbury House ausrichten«, sagte Diana, bevor sie es sich anders überlegen konnte – oder in Betracht ziehen konnte, was Miss Adderton dazu meinen würde.

»In Highbury House?«, fragte Miss Pedley.

»Auf der Veranda, wenn Sie mögen, oder im Morgensalon, falls es regnet. Highbury House mag zwar ein Genesungsheim sein, aber ich denke, es hat bewiesen, dass es einer Feier, wenn nötig, noch immer gerecht wird.«

Miss Adderton würde sich schrecklich darüber aufregen, wenn sie aus Luft und den spärlichen Rationen einen Hochzeitsempfang zaubern müsste – nun, vielleicht irrte sie sich in dieser Annahme auch. Schließlich hatte Diana miterlebt, wie freundschaftlich sie Miss Pedley zur Seite gestanden hatte, als das Telegramm gekommen war.

Bei Cynthia würde das etwas ganz anderes werden.

»Sind Sie sich sicher, dass Ihnen Ihr Angebot nicht zur Last fällt?«, fragte Miss Pedley.

»Das wird es ganz und gar nicht«, log Diana lächelnd. Miss Pedleys Hochzeitsempfang würde ein weiteres Schlachtfeld werden, auf dem sich Diana und ihre tugendsame Schwägerin bekämpfen würden. »Nun, dann sollte ich Sie Ihren Zeichnungen überlassen.«

Sie hatte den Garten schon halb durchquert, als Miss Pedley ihr nachrief: »Gebe ich zu viel auf, wenn ich mich bereit erkläre, nach dem Krieg nach Colchester zu ziehen?«

Langsam sah Diana über ihre Schulter. »Liebe kann Frauen dazu bringen, lächerliche Dinge zu tun. Kluge Frauen werden plötzlich töricht und geben vieles auf, obwohl sie das nie vorhatten …« Sie verstummte. »Sie sollen nur wissen, dass Sie ihm sagen dürfen, was Sie sich wünschen. Sie können verlangen, was Sie brauchen.«

»Und was haben Sie für Mr. Symonds aufgegeben?«, fragte Miss Pedley.

Diana rückte den Korb zurecht, sodass er höher auf ihrem Arm saß. »Alles«, erklärte sie dann.

Nachdem Diana an diesem Nachmittag ihre Besuchsrunde bei den Soldaten absolviert hatte, stand sie vor dem Musikzimmer, das beim Einzug des Hospitals zum Vorratsraum degradiert worden war.

Sie strich ihren Rock glatt und straffte die Schultern. Dies war nur ein Zimmer. Es dachte nicht schlecht von ihr.

Und doch hatte sie, als sie die Tür öffnete, den Eindruck, dass ein Gefühl von Bedauern in der Luft lag, so als würde man Tee mit einer entfernten Bekannten trinken, die einst eine liebe Gefährtin gewesen war.

Leise schloss sie die Tür hinter sich. Das Stubenmädchen, Dorothy, schien gelegentlich hier hereinzukommen, um zu lüften, denn es roch frisch, und es schwebte kaum Staub in dem Licht, das durch die Lücke zwischen den dunkelblauen Vorhängen hereinfiel. Und in der Ecke, dort, wo Diana sie zurückgelassen hatte, stand ihre Harfe.

Sie näherte sich ihr wie ein Reiter einem scheuen Pferd. Behutsam strich sie mit den Fingern über die Filzabdeckung. Mit fünfzehn hatte sie sich mit jeder Faser ihres Wesens gewünscht, dieses Instrument zu besitzen und zu beherrschen. Und sie war talentiert gewesen. Ihre Lehrerin hatte sie sogar ermuntert, an einem Konservatorium zu studieren. Also hatte sie ihre Eltern um Erlaubnis gebeten. Sie angefleht. Kurz darauf hatten diese sie stattdessen in die Schweiz geschickt, um »ihre Erziehung abzurunden«.

Ehrfürchtig nahm Diana die Stoffhülle ab. Das Tuch rutschte herunter und enthüllte den tiefen Resonanzboden aus Nussbaumholz und die Messingpedale. Sie zog sich einen Stuhl heran, legte das Instrument vorsichtig an ihre Schulter und hielt inne, um ihren Rock ein wenig hochzuziehen. Dann holte sie tief Luft, legte den Daumen an das eingestrichene C und zupfte.

Ein disharmonischer Ton erklang und ließ sie zusammenfahren.

»Natürlich ist sie verstimmt«, murmelte sie.

Beinahe hätte sie die Harfe wieder aufrecht hingestellt, um sie abzudecken und das Zimmer zu verlassen, aber dann entdeckte sie auf dem Klavier die Noten ihres Sohns. Wenn Robin musizieren durfte, warum sollte sie es ihm nicht gleichtun?

Sie nahm ihre Stimmgabel aus dem Bücherregal. Methodisch machte sie sich an die Arbeit und erweckte die Harfe langsam wieder zum Leben.

Als sie schließlich die letzte Saite so angezogen hatte, dass sie den richtigen Ton erzeugte, legte sie die Hände an die Saiten und begann mit einem Stück von Leduc, das sie früher einmal, als sie hingebungsvoll geübt hatte, im Schlaf hätte spielen können. Doch ihre Hände hatten einen großen Teil ihrer Beweglichkeit verloren, obwohl sie sich noch an die Noten erinnerte.

Sie beendete das Stück und nahm sich vor, die Pedale zu ölen. Dann ging sie zu einem Stück von Schubert über, das sie einst geliebt hatte. Nach der Hälfte hielt sie inne, um ihre schmerzenden Hände auszuschütteln. Ihre Finger bewegten sich nur halb so schnell, wie sie es vor all den Jahren getan hatten, in denen sie nicht gespielt hatte.

Als sie eine Stunde später das Instrument abdeckte und das Musikzimmer verließ, hatte sie beschlossen, dass sie nicht noch einmal so lange warten wollte.

Venetia

Mittwoch, 24. Juli 1907
Highbury House
Heiß und trocken. Wird es denn nie wieder regnen?

In den letzten zwei Wochen habe ich das Schreiben vernachlässigt, aber wer hätte mir das vorwerfen können?

Inzwischen habe ich gelernt, dass es ein Elend ist, ein Kind zu erwarten. Seit Dr. Irvings Diagnose überwältigen mich Übelkeit und Ermattung, als hätte mein Körper jetzt die Erlaubnis, tagtäglich Verrat an mir zu üben.

Heute Morgen fand ich mich auf den Knien hinter einem Sommerflieder im Garten der Kinder wieder, wo ich versuchte, mein mageres Frühstück aus Tee und Toast von mir zu geben. Ich erkenne die Ironie, die darin liegt, einen Garten zu pflanzen, der Kindern Freude bereiten soll, während ich selbst so unglücklich mit meinem Zustand bin, aber das ist auch ein Grund, rasch zu handeln. Man wird es mir ansehen, bevor meine Arbeit auf Highbury abgeschlossen ist.

Der Gedanke, dass ich diesen Garten nie vollendet sehen werde, tut mir im Herzen weh, doch ein wehes Herz und ein intakter Ruf sind besser als Schande. Ich habe einen Plan. Irgendwann im September werde ich anfangen, eine Krankheit vorzutäuschen – welche, habe ich noch nicht entschieden. Sie muss gravierend, aber nicht zu schwer sein und nur einige Zeit ununterbrochener Ruhe erfordern. Wenn ich Glück habe, werde ich eine ärztliche Empfehlung erhalten, sie in einem wärmeren Klima zu kurieren. Ich werde Mr. Hillock Pläne, detaillierte Zeichnungen und Listen von Pflanzen hinterlassen, damit er den Garten vollenden kann. Dann fahre ich für sechs oder acht Monate an einen Ort, wo ich niemanden kenne, und bezahle eine diskrete Frau dafür, mir bei der Geburt beizustehen. Dann werde ich das Kind zu einer Familie geben, die es lieben wird, und nach England zurückkehren.

Das ist der einzige Weg.

Wohin ich mich auch wende, stehe ich vor Opfern, die ich bringen musste. Ich habe Matthew aufgegeben. Es gab keinen Streit, keine große Tragödie. Ich habe nur den Umkreis von Highbury House nicht mehr verlassen. Ich spaziere nicht mehr zur Hecke, und wenn ich an ihr vorbeigehen muss, richte ich den Blick entschlossen auf den Boden vor mir.

Ich wischte mir den Mund mit dem Taschentuch ab, stand in meinem blumigen Versteck auf und klopfte mir die Röcke ab. *Auch das geht vorüber*, sagte ich mir wie jeden Tag.

»Miss Smith!«, rief in einiger Entfernung ein Mädchen.

Ich räusperte mich mit wundem Hals. »Ich bin hier.«

Ein Stubenmädchen, das ich nicht kannte, steckte den Kopf durch die Lücke in der Hecke, hinter der der Brautgarten lag. »Miss Smith, Mr. Melcourt bittet darum, Sie im Salon zu sehen.«

Mein Magen überschlug sich. Er wusste Bescheid.

Steif nickte ich und räumte meine Gartenhandschuhe und mein Werkzeug in den Weidenkorb. Dann raffte ich meine Röcke und folgte dem Mädchen zu meiner Aburteilung.

Sie führte mich in den Doppelsalon. Wie passend, dass meine Kündigung in demselben Raum stattfinden würde, in dem ich eingestellt worden war.

Als ich mich umsah, stellte ich fest, dass Mr. Melcourt nicht allein war. Er stand mit einem kleinen Mann mit ungewöhnlich gebräunter Haut zusammen, die in scharfem Kontrast zu seinem blütenweißen Hemd stand.

»Es tut mir leid, Sie Ihrer Arbeit zu entreißen, Miss Smith«, begann Mr. Melcourt freundlich – ganz und gar nicht im Ton eines Mannes, der gleich seine Landschaftsgärtnerin entlassen würde.

»Das macht doch nichts«, sagte ich vorsichtig.

»Darf ich Ihnen Mr. Schoot vorstellen? Er ist Direktor der Royal Botanical Heritage Society.« Mr. Melcourt lächelte seinem Gast zu. »Er hat dem Wunsch Ausdruck verliehen, Ihre Bekanntschaft zu machen.«

Die Royal Botanical Heritage Society – eine renommierte, wichtigtuerische Gesellschaft, die sich weigerte, Frauen in ihre Reihen aufzunehmen.

Ich versuchte, nicht die Stirn zu runzeln. »Mr. Schoot«, sagte ich, »Sie werden mir vergeben, wenn ich Ihnen nicht die Hand reiche. Ich komme gerade aus dem Garten.«

Er hielt mir weiter die Hand entgegen. »Ein wenig Schmutz wird mir schon nicht schaden, Miss Smith. Ganz im Gegenteil. Ich kann mir vorstellen, dass Sie am glücklichsten sind, wenn Sie in der freien Natur sein dürfen, anstatt sich im Haus aufhalten zu müssen.«

Zögernd nahm ich seine Hand.

»Ich korrespondiere mit Mr. Schoot, seit ich die Idee hatte, dem Garten von Highbury House neues Leben einzuhauchen«, erklärte Mr. Melcourt.

»Ich wollte unbedingt die Frau hinter einem so großen Projekt kennenlernen«, sagte er.

»Überrascht es Sie, dass man einer Frau die Verantwortung für einen Garten wie den von Highbury übertragen hat, Mr. Schoot?«, fragte ich.

Ich rechnete damit, dass er so reagieren würde wie so viele Männer, wenn sie mit der kaum verborgenen Verachtung einer

Frau konfrontiert werden, doch Mr. Schoot lachte. »Gut gekontert, Miss Smith. Ich sehe an der lockeren, natürlichen Struktur Ihrer Bepflanzung, dass Sie William Robinsons Entwürfe sehr schätzen.«

»Und die von Gertrude Jekyll. Mein Vater hat mir nicht lange vor seinem Tod ihr Buch *Wald und Garten* geschenkt«, sagte ich.

»Interessant, dass Sie Miss Jekylls Arbeit erwähnen …«

Bevor Mr. Schoot seinen Gedanken ausführen konnte, schwebte Mrs. Melcourt herein, gefolgt von ihrem Bruder.

Als Matthew mich sah, stolperte er über den türkischen Teppich. Er riss die Augen auf und öffnete den Mund, und dann lächelte er. Er lächelte. Mein Magen schlingerte bei seinem Anblick.

»Müssten Sie nicht im Garten sein, Miss Smith?«, fragte Mrs. Melcourt spitz.

»Das ist meine Schuld. Ich habe dem Interesse Ausdruck verliehen, Miss Smith kennenzulernen, und Ihr Mann war so freundlich, uns einander vorzustellen«, warf Mr. Schoot ein.

Mrs. Melcourt presste die Lippen zusammen und verzog sie dann zu einem gekünstelten Lächeln. »Selbstverständlich. Hat Miss Smith Ihnen erzählt, dass sie eine oder zwei Rosen aus der Sammlung meines Bruders Matthew in den Garten eingearbeitet hat?«

Eine oder zwei Rosen? Inzwischen quoll der Garten von Matthews Rosen über, sodass ich mich kaum drehen und wenden konnte, ohne mit einer Erinnerung an ihn konfrontiert zu werden.

Matthew neigte den Kopf. »Mein Beitrag ist nichts im Vergleich zu Miss Smiths Schöpfung.«

»Also wirklich, Matthew. Du bist zu bescheiden. Sie müssen wissen, mein Bruder ist ein begabter Botaniker«, erklärte Mrs. Melcourt.

»Meine Schwester schmeichelt mir. Ich bin nur ein Mann, dessen Hobby Besitz von seinem ganzen Leben ergriffen hat«, meinte Matthew bescheiden.

»Nein, das stimmt nicht«, widersprach ich scharf. Alle Blicke richteten sich auf mich. Ich hätte nichts weiter sagen sollen, aber ich konnte nicht tatenlos zusehen, wie ein Mann von Matthews Leidenschaft und Engagement seine Leistungen herunterspielte.

»Mr. Goddard besitzt großes Talent für die Zucht von Rosen«, fuhr ich fort. »Er ist viel bewanderter als ich in den Feinheiten des Kreuzens und Aufpfropfens. Es war ein Vergnügen, ihm bei der Arbeit zuzusehen.«

Ich sah, wie Matthew lächelte, und gleichzeitig kniff Mrs. Melcourt die Augen zusammen. »Sie haben ihm bei der Arbeit zugeschaut?«, fragte sie.

»Miss Smith hat Wisteria Farm bei mehreren Gelegenheiten besucht, um Rosen für den Garten auszusuchen. Außerdem hat sie selbst eine oder zwei Kreuzungen vorgenommen. Ich sollte die Samen bald ernten können«, erklärte Matthew.

»Bei mehreren Gelegenheiten?«, fragte Mr. Melcourt und lachte blechern. »Mir war gar nicht bewusst, dass Miss Smith ein solch großes Interesse daran hegt.«

»Miss Smiths Meinung ist für mich von unschätzbarem Wert«, sagte Matthew und sah mir in die Augen.

Wie zum Hohn durchfuhr mich ein tiefer Schmerz. Am liebsten hätte ich die Arme nach ihm ausgestreckt – das Recht gehabt, ihn vor all diesen Menschen zu berühren. Aber das war unmöglich.

»Vielleicht könntest du ja nach Tee läuten, meine Liebe«, wandte Mr. Melcourt sich an seine Frau, und seine harmlose Bitte löste die Spannung im Raum.

Mrs. Melcourt nickte. Doch bevor sie nach dem Klingelzug griff, richtete sie sich an ihren Bruder. »Matthew, du musst mir sagen, wohin ich dieses neue Landschaftsgemälde hängen soll, das Arthur bei seinem letzten Besuch in London gekauft hat.«

Matthew neigte den Kopf. »Ja, Helen.«

Als er sich daraufhin ein wenig zurückzog, um durch den Raum zu schreiten, ließ die Anspannung in meinen Schultern langsam nach. Dennoch fuhr ich zusammen, als Mr. Schoot das Wort ergriff. »Sie erwähnten, dass Sie eine Bewunderin von Miss Jekyll sind, Miss Smith. Haben Sie schon einmal darüber nachgedacht, selbst zu schreiben?«

»Ich führe ein Gartentagebuch, aber das ist nicht zur Veröffentlichung bestimmt.«

»Hätten Sie vielleicht Lust, sich einmal an einem Artikel zu versuchen? Oder sogar an mehreren? Die Gesellschaft ist dabei, eine Zeitschrift zu begründen. Ich würde mich sehr freuen, wenn Sie in Betracht ziehen würden, dafür zu schreiben.«

Ich sah, wie Matthew von der anderen Seite des Raums den Blick zwischen mir und Mr. Schoot hin- und herwandern ließ.

»Ich fühle mich sehr geschmeichelt«, sagte ich.

»Dann werden Sie es in Erwägung ziehen?«, fragte der Direktor.

»Ich fürchte, ich muss ablehnen, Mr. Schoot. Ich könnte es nicht mit meinem Gewissen vereinbaren, für eine Organisation zu schreiben, die mir nicht erlauben würde, ihr beizutreten.«

Mr. Melcourt trat von einem Fuß auf den anderen. »Miss Smith –«

Doch Mr. Schoot hob eine Hand. »Die Lady hat recht. Schon seit einiger Zeit wird der Ausschluss von Frauen immer stärker hinterfragt. Ich fürchte allerdings, dass es sich als schwierig erwiesen hat, die Meinung des Vorstands zu ändern. Ich bin mir sicher, Sie haben Verständnis dafür, Miss Smith.«

Nein. Nicht das geringste.

»Sich eine solche Gelegenheit entgehen zu lassen … Und die

Aussicht, über einen Garten wie den hier auf Highbury zu schreiben«, stammelte Mr. Melcourt.

Aha. Nicht genug, dass ich Mr. Melcourt einen schönen Garten für seine Familie schenkte. Er wollte einen berühmten.

»Dennoch«, sagte ich vorsichtig, »muss ich ablehnen bis zu dem Tag, an dem Frauen als ordentliche Mitglieder zugelassen werden.«

Mr. Schoot fuhr ein wenig zurück. »Vielleicht werden Sie ja feststellen, dass dieser Tag schneller kommt, als Sie glauben, Miss Smith.«

Ich lächelte ihm verhalten zu. »Hoffentlich, Mr. Schoot.«

So schnell ich konnte, flüchtete ich aus dem Salon der Melcourts, strebte eilig über den großen Rasen, vorbei an dem Reflexionsbecken, das wir letzten Monat fertiggestellt hatten, und hinunter zum Seeufer.

Als ich mir sicher war, dass die Bäume mich vor allen Blicken verbargen, presste ich die Hand an die Stirn, um meine Kopfschmerzen zu vertreiben. Ich brauchte Zeit zum Nachdenken. Ich brauchte Freiraum. Ich musste allein sein.

Mein Plan, dieses Kind bis zu einem von mir gewählten Zeitpunkt zu behalten und dann fortzugehen, war mir so klar erschienen, als ich allein gewesen war. Doch nachdem ich Matthew wiedergesehen hatte, war er alles andere als das.

Hätte er sich nur kalt und distanziert oder zornig und empört verhalten! Hätte er nicht so froh gewirkt, mich zu sehen! Nein, nicht froh. Überglücklich. Ich fühlte mich zwischen Scham und Sehnsucht hin- und hergerissen. Obwohl ich keine andere Wahl hatte, wollte ich ihn nicht gehen lassen.

Ich rang nach Luft und ließ mich mit dem Rücken gegen einen Baum sinken, denn ich versuchte verzweifelt, zu Atem zu kommen, und fürchtete, ich könne wieder in Ohnmacht fallen. Ich kniff die Augen zu.

»Venetia?«

Sofort schlug ich die Augen wieder auf. Matthew stand ein, zwei Meter von mir entfernt und streckte die Hand aus. Als er meinen Blick auffing, ließ er sie sinken, als wüsste er, dass es mich überwältigen würde, wenn er mich berührte.

»Du hättest mir nicht folgen sollen«, sagte ich.

»Du warst fort, bevor ich mit dir sprechen konnte. Ich … ich wollte wissen, was ich getan habe.«

Vorsichtig schob ich mich um den Baum herum, wobei sich der Stoff meiner Bluse in der Rinde verfing. »Das war alles ein Fehler.«

»Ein Fehler?«

»Wir wussten beide, dass das, was wir getan haben, falsch war.«

»Wie könnte das, was wir füreinander empfinden, falsch sein?«, fragte er.

»Matthew, ich erwarte ein Kind von dir.«

Ihm klappte der Mund auf. Ich beobachtete ihn und wartete verzweifelt auf irgendein Zeichen von … nun, wovon genau, wusste ich nicht. Das Leben, das ich mir geschaffen hatte – und das ich liebte –, fiel um mich herum in Trümmer.

»Bist du mir deshalb aus dem Weg gegangen?«, fragte er langsam.

»Wir müssen diese Liebschaft beenden, um unser beider willen. Das siehst du doch bestimmt ein.«

Er rieb sich mit einer Hand übers Gesicht. »Seit wann weißt du es schon?«

Ich warf ihm einen harten Blick zu. »Seit Anfang des Monats. Ich bin ohnmächtig geworden, und der Arzt wurde gerufen.«

»Du bist ohnmächtig geworden?«, murmelte er ungläubig. »Ich hätte bei dir sein sollen.«

»Nein, das wäre unmöglich gewesen. Ist unmöglich. Wenn die Melcourts das herausfinden …«

»Ist mir egal, was meine Schwester und ihr Mann dazu sagen würden. Sie haben ohnehin schon zu viel Macht über mein Leben.«

Ich richtete mich zu meiner vollen Größe auf. »Und sie haben die Macht, meines zu ruinieren. Wenn ich Highbury House mit Schimpf und Schande verlasse und die Leute den Grund herausfinden, werde ich nie wieder arbeiten können. Das hier ist mein Lebensunterhalt, Matthew. Und nicht nur ich lebe von den Aufträgen, die ich annehme. Sie schaffen auch einen Arbeitsplatz für Adam. Ich kann meinen Bruder nicht mittellos zurücklassen.«

»Dein Bruder könnte eine andere Anstellung finden«, meinte er.

»Aber was ist mit mir? Wenn ich ein uneheliches Kind zur Welt bringe, ist mein guter Ruf dahin. Ich weiß, du würdest mich nicht zu einem solchen Leben verurteilen wollen.«

»Ich will dir die Welt zu Füßen legen, Venetia«, flüsterte er.

Als er dieses Mal die Hand ausstreckte, um die Entfernung zwischen uns zu überbrücken, ließ ich zu, dass unsere Finger sich streiften, denn ich wusste, dass dies unsere letzte Berührung sein könnte. »Dann denk nicht so hart von mir, wenn ich dir das Folgende sage.«

Und ich offenbarte ihm meinen Plan. Jede Einzelheit, abgesehen davon, wohin ich für die Geburt gehen würde. Er hörte zu, während ich ihm zu verstehen gab, dass ich vorhatte, ihn aus meinem Leben zu streichen. Je länger ich sprach, desto stärker fühlte sich der Abstand zwischen uns an wie eine unüberbrückbare Kluft.

Ich an seiner Stelle hätte mir nicht vergeben.

Als ich geendet hatte, schaute Matthew auf unsere Hände hinunter, die sich mit den Fingerspitzen leicht berührten. »Ich habe die letzten paar Wochen auf Wisteria Farm gesessen und versucht zu begreifen, was ich getan haben könnte. Warum du dich vor mir zurückgezogen hast, obwohl ich nur an dich denken kann.« Er sah zu mir auf. »Es gibt einen anderen Weg, Venetia.«

Ich schüttelte den Kopf. »Ich habe alles abgewogen.«

»Nein, hast du nicht.«

»Doch, ich ha–«

»Werde meine Frau.«

Ich fuhr zurück. »Deine Frau?«

»Bitte werde meine Frau«, wiederholte er, und dann brach ihm die Stimme, als er mein Handgelenk umfasste.

Ich versuchte, mich seinem Griff zu entwinden. »Du brauchst das nicht zu tun. Ich habe einen Plan.«

»Hör auf, von deinem Plan zu reden. Dein verdammter Plan gefällt mir absolut nicht!« Noch nie hatte ich ihn in einem so barschen Ton reden hören.

Ich trat zurück. »Ich kann nicht deine Frau werden.«

»Wieso nicht? Kannst du ehrlich behaupten, dass du nichts für mich empfindest?«, verlangte er zu wissen.

Das konnte ich nicht, und das wussten wir beide.

Er strich mir eine Haarsträhne aus der Stirn. »Ich weiß, dass das mit uns für dich keine vorübergehende Laune war – du bist ein unglaubliches Risiko eingegangen.« Als ich nicht reagierte, probierte er es anders. »Du hast von deinem guten Ruf gesprochen.«

»Er ist das Einzige, was ich habe«, sagte ich.

»Du hast mich. Du hast unser Kind«, erklärte er zärtlich.

Meine Entschlossenheit geriet beinahe ins Wanken. Ich sehnte mich so sehr danach, an seine Worte zu glauben, aber sie waren nichts als das – Worte.

»Deine Schwester wird das nicht dulden. Sie hegt eine Abneigung gegen mich«, entgegnete ich.

»Helen ist nicht meine Aufseherin, Venetia.«

»Ich weiß, dass den Melcourts das Anwesen gehört, auf dem du lebst. Du würdest Wisteria Farm verlieren.«

Er biss sichtlich die Zähne zusammen. »Und das Einkommen, das mein Schwager mir jährlich als Teil des Ehevertrags meiner Schwester gewährt. Aber was für eine Würde als Mann hätte ich, wenn ich mich davon von meiner Pflicht abhalten ließe?«

»Die Leute würden trotzdem reden, selbst wenn wir heiraten«, beharrte ich.

»Die Menschen möchten an die Liebe glauben.«

»Die Menschen wollen die Fehlbarkeit anderer verurteilen«, konterte ich.

»Bis du immer so zynisch?«, fragte er lächelnd

Ich stemmte die Hände in die Hüften. »Bist du immer so idealistisch?«

Statt einer Antwort zog er mich in die Arme.

»Ich habe die Frau gefunden, die ich heiraten will. Welcher Mann wäre da nicht idealistisch?«, flüsterte er in mein Haar hinein.

Obwohl ich es besser wusste, schmiegte ich mich an ihn. Ich sehnte mich nach seiner Bestärkung.

»Wie würden wir das anfangen?«, fragte ich.

Er lachte auf. »Nun ja, wahrscheinlich werden wir nicht in der All-Souls-Kirche im Dorf getraut, falls du das meinst.«

»Man kann eine Schwangerschaft nur eine gewisse Zeit lang geheim halten.«

»Dann halten wir uns an deinen Plan und befolgen ihn. Gemeinsam«, sagte er.

»Wir gehen also fort?«

»Ja. Wir heiraten in aller Stille und unternehmen eine Reise nach Italien oder Spanien. Es wird wie eine Hochzeitsreise aussehen, aber du wirst unser Kind zur Welt bringen können. Nach einem Monat schreiben wir nach Hause und erzählen allen, wir hätten uns in die Landschaft verliebt und beschlossen, noch ein wenig zu bleiben. Du bekommst das Kind. Wir geben die Geburt neun Monate nach der Hochzeit bekannt. Wer wird sich schon etwas dabei denken, wenn wir nach so langer Zeit mit einem Kind zurückkehren, das ein wenig größer ist als andere Zweijährige?«

Gefahren lauerten aber immer noch. Eine falsche Bewegung, ein unachtsam ausgesprochenes Wort und der Skandal könnte unsere beiden Familien vernichten. Wäre ich eine bessere Frau gewesen, wäre ich auf der Stelle gegangen. Stattdessen schluckte ich und nickte. »Dann lass uns heiraten.«

Sanft legte er die Hände um mein Gesicht und lehnte seine Stirn an meine. »Du wirst es nicht bereuen. Das verspreche ich dir«, sagte er nachdrücklich und trat dann einen Schritt zurück. »Ich sollte mich wieder auf den Weg zum Haus begeben. Helen wird schon nach mir suchen.«

Ich sah zu, wie er davonging und gelegentlich den Kopf einzog, um nicht gegen einen Ast zu stoßen, bis er nicht mehr zu erkennen war.

Während ich nun hier sitze und diese Worte schreibe, weiß ich, dass ich glücklich sein sollte. Ein guter, ehrenhafter Mann wird mich heiraten. Ich werde das Kind nicht allein bekommen müssen. Zum ersten Mal in meinem Leben wird jemand an meiner Seite sein. Doch trotz allem kann ich mich des unangenehmen Gefühls nicht erwehren, dass wir naiv in unserem Glauben sind, vor einer tickenden Uhr und dem unvermeidlich folgenden Sturz davonlaufen zu können.

Beth

Samstag, 12. August 1944
Southampton

Meine liebste Beth,
jedes Mal, wenn ich einen Deiner Briefe erhalte, scheint die Sonne wieder. Sie schenken mir Kraft und sagen mir, dass dieser brutale Feldzug es wert gewesen sein wird, wenn ich zu Dir heimkehren kann.

Du hast gefragt, wie es mir gefällt, hinter den Frontlinien zu arbeiten. Viel kann ich Dir, wie Du weißt, nicht erzählen, denn sonst wird dieser Brief vollständig aus geschwärzten Zeilen bestehen, aber ich kann Dir sagen, dass es nicht dasselbe aufwühlende Gefühl ist, wie ich es im Kampf empfunden habe. Nichts kann das ersetzen, doch ich erkenne schon, dass wir Gutes tun. Jedes Mal, wenn ein Tanklaster auf die Straße rollt, weiß ich, dass uns das weiterbringt. Immer wenn Nachschub für die Bäcker oder Metzger eintrifft, weiß ich, dass die Männer Essen haben werden.

Wie steht es auf der Farm? Wie geht es Mr. und Mrs. Penworthy? Hat Ruth endlich einen Piloten gefunden? Diese kleinen Details geben mir das Gefühl, Dir und Highbury nahe zu sein.

Du kannst eines für mich tun: Statte Lord Walford auf Braembreidge Manor einen Besuch ab. Ich weiß, dass Du dem Besitzer eines so prächtigen Anwesens nicht lästig fallen willst, aber er ist ein ziemlicher Einzelgänger, und ich mache mir Sorgen um ihn. Versprich mir nur, dass Du seinem Charme nicht erliegst und an meiner Stelle ihn heiratest. Er ist dreiundsiebzig, aber immerhin ein Earl.

Ich liebe Dich.

Für immer der Deine
Graeme

Beth musterte Ruth, die auf ihrer Bettkante saß und ins verblassende Licht des spätsommerlichen Sonnenuntergangs blinzelte. Ruth hatte ein Rezept für selbst gemachten Nagellack ausprobiert und versuchte jetzt, ihn auf ihre Zehennägel aufzutragen, doch die Farbe war zu klumpig, um eine gerade Linie zu ziehen.

»Meinst du, das hier ist besser?«, fragte sie und streckte den Fuß aus, damit Beth ihn begutachten konnte.

»Ich möchte deine Füße nicht ansehen, Ruth«, sagte sie und hielt sich ihr Buch vor die Nase. »Könntest du wieder auf dein eigenes Bett gehen?«

»Deins steht näher am Fenster. Außerdem brauche ich deine Meinung«, quengelte ihre Zimmergenossin. »Ich bin sowieso halb blind.«

»Das wärest du nicht, wenn du deine Brille tragen würdest«, erwiderte sie.

»Du hast gut reden, du bist ja fast schon verheiratet. Ich kann mich nicht mit Brille sehen lassen.«

»Fast verheiratet ist nicht dasselbe wie verheiratet«, rief sie Ruth ins Gedächtnis.

In den Wochen seit dem Einmarsch der Alliiertentruppen in die Normandie hatte sie sich beruhigen können. Ein wenig. Graemes Briefe waren in den drei Wochen direkt nach der Invasion, als die Nachschublinien aufgebaut wurden, rar gewesen, doch seit er die Transporte zwischen der Normandie und Southampton begleitete, erhielt sie fast jeden zweiten Tag einen. Er durfte ihr nicht viel über seine Tätigkeit verraten, doch es sah aus, als wäre er so sicher, wie ein Soldat nur sein konnte.

In jedem Brief schrieb er ihr, dass er sie liebte. Jedes Mal, wenn sie diese Worte las, wusste sie, dass sie sich den richtigen Mann ausgesucht hatte. Aber sie behielt ständig Mrs. Symonds' Worte im Hinterkopf:

Liebe kann Frauen dazu bringen, lächerliche Dinge zu tun. Kluge Frauen werden plötzlich töricht und geben vieles auf, obwohl sie das nie vorhatten …

Tag für Tag drehte und wendete Beth diese Worte. Sie war nicht naiv. Sie wusste, dass ihre Beziehung mit Graeme nach dem Krieg anders aussehen würde. Zuerst einmal wäre sie dann nicht mehr bei der Landarmee. All ihre Freundinnen – Petunia, Alice, Christine und sogar Ruth – würden nach Hause zurückkehren. Wenn Bobby nicht gewesen wäre, hätte Beth damit gerechnet, dass auch Stella Highbury House so bald wie möglich verlassen würde.

Doch trotz allem wäre Beth am liebsten geblieben. Viele Menschen hatten sie hier freundlich aufgenommen. Die Penworthys, Mrs. Yarley und die Langs, die weiter unten an der Straße Schafe hielten. Sogar der mürrische Mr. Jones konnte an den Tagen, an denen er ihr einen Gruß zubrummte, ein willkommener Anblick sein. Selbst Mrs. Symonds grüßte sie im Dorf, obwohl es zu hoch gegriffen wäre, von einer Freundschaft zwischen ihnen zu reden.

Sie könnte in Highbury glücklich sein – davon war sie überzeugt –, und das wollte sie nicht zugunsten der vagen Aussicht auf eine Existenz aufgeben, die daraus bestehen würde, immer wieder umzuziehen und auf Armeebasen im ganzen Land zu leben. Auf keinen Fall wollte sie sich wieder wie ein Waisenkind fühlen.

»Komm schon.« Ruth wedelte mit dem Fuß vor Beths Gesicht herum.

Sie seufzte und warf einen flüchtigen Blick auf die Zehen.

»Glückwunsch, es sieht aus, als hättest du dir die Nägel mit Johannisbeergelee bemalt.«

Ruth stieß einen entnervten Laut aus. »Ich weiß nicht, warum das nicht funktioniert.«

»Vielleicht weil Nagellack normalerweise nicht in Mrs. Penworthys Küchenspüle hergestellt wird?«, fragte sie.

Ruth ließ sich auf Beths Bett zurücksinken. »Ist es denn zu viel verlangt, sich ein kleines bisschen Glamour zu wünschen?«

Beth lächelte wider Willen. Ihr erster Eindruck von Ruth – dass diese gut angezogene, verwöhnte junge Frau unglücklich sein würde, ganz gleich welche Aufgabe man ihr zuwies – hatte sich nicht geändert. Doch inzwischen begriff auch Ruth, was es hieß einzuschlafen, bevor man das Kissen mit dem Kopf berührte, nachdem man den ganzen Tag Heuballen gepresst hatte. Sie hatte Blasen an den Händen, rissige Fersen und aufgesprungene Lippen überstanden. Ihre gemeinsame Arbeit bei der Landarmee schweißte sie zusammen.

»Sollen wir morgen nach Leamington Spa fahren und sehen, ob wir einen neuen Lippenstift für dich finden?«, fragte Beth.

Ruth wälzte sich auf die Seite. »Wirklich?«

»Ja. Es ist unser freier Tag. Das wird lustig.«

Ruth quietschte vor Freude, und Beth lächelte und widmete sich wieder ihrem Buch.

Und wie Beth es prophezeit hatte, genossen sie ihren Ausflug am nächsten Tag in vollen Zügen. In Leamington Spa, wo es Läden und Menschen gab und kein Traktor in Sicht war, konnte Ruth sie selbst sein.

Beth ließ sich von ihrer Zimmerkameradin durch die Läden schleppen, um nach einem neuen Kleid für eine Tanzveranstaltung zu suchen. Als sie nichts auftreiben konnten, was Ruths Standards entsprach, sahen sie sich zu Beths angenehmer Überraschung stattdessen in der Stoffabteilung eines Kaufhauses um.

»Ich glaube, ich werde das Oberteil vorn mit kleinen stoffbezogenen Knöpfen besetzen und den Rock so weit ausstellen, wie ich angesichts der mickrigen Menge Stoff, die es zu kaufen gibt, kann. Aber dieses Kobaltblau wird zu meinem Haar göttlich aussehen«, erklärte sie und berührte ihre langen roten Locken.

»Bestimmt«, meinte Beth, »aber ich wusste gar nicht, dass du nähen kannst.«

Ruth grinste. »Was glaubst du denn, wie ich an so eine fabelhafte Garderobe komme, obwohl die Mode momentan so trist ist? Ich nähe nur spätabends, wenn alle im Bett sind.«

»Ich hatte ja keine Ahnung.«

»Du schläfst tiefer, als du denkst.« Ruth legte ihr eine Hand auf den Arm, damit sie stehen blieb. »Ich würde mir gern eine Blume kaufen, um sie mir ins Haar zu stecken.«

»Schön«, meinte Beth und sah auf die Uhr. Sie konnten ebenso gut den nächsten Bus nehmen.

Sie schlängelten sich durch die Menschenmenge, die den Bahnhof verließ, um den kleinen Blumenstand zu erreichen, der sich davor befand.

»Der Zug aus London muss gerade eingefahren sein«, meinte Beth.

»Ich frage mich, ob neue Piloten dabei sind. Ich habe gehört, dass einige schon aus der Normandie zurückkommen«, überlegte Ruth laut und musterte die Menge.

»Ruth, wir sind doch nur hier, um –« In diesem Moment trat Graeme aus dem Bahnhofseingang.

Beth rannte los und bahnte sich ihren Weg durch die Schar der Reisenden, um zu ihm zu kommen. Sie hatte ihn schon fast erreicht, als er sie entdeckte. Der Tornister rutschte ihm von der Schulter, und er breitete die Arme aus und hob sie hoch, um sie zu küssen.

»Du bist hier? Wie kommt das?«, murmelte sie an seinem Mund.

»Als mein kommandierender Offizier meinen Urlaub genehmigt hat, habe ich in Southampton den ersten Zug genommen. Ich wollte einfach nur bei dir sein.«

Auf der Stelle, mitten im Bahnhof und obwohl ganz Leamington Spa zusah, küsste sie ihn, als wäre es das letzte Mal.

Als sie schließlich ein wenig atemlos auseinanderwichen, legte Graeme die Stirn an ihre. »Genauso stellt sich ein Mann seine Heimkehr vor.«

»Ich kann nicht glauben, dass du hier bist«, flüsterte sie.

»Schön, Sie zu sehen, Captain Hastings!«, rief Ruth irgendwo hinter Beth.

»Geh weg, Ruth«, sagte Beth, was ihre Zimmergenossin zum Lachen brachte.

»Beth?«

Die glückliche Seifenblase, in der sie schwebte, platzte. Beide drehten sie sich um, und dann sah sie zum ersten Mal seit fast einem Jahr Colin vor sich stehen. Er wirkte größer, aber vielleicht war er auch nur schmaler als in ihrer Erinnerung. Seine Uniform sah sauber, aber abgetragen aus. Doch am bemerkenswertesten war, wie sich sein Gesicht verändert hatte. Es war hager, die Augen lagen tief in ihren Höhlen, und er schien irgendwie … nicht mehr da zu sein.

»Colin«, sagte sie und spürte, wie Graeme den Arm um sie legte.

»Ist er das?«, fragte Colin.

»Wer sind Sie?«, konterte Graeme.

Beth sah Ruth an, deren Mund offen stand.

»Bei allem Respekt, Captain, Sie haben den Arm um mein Mädchen gelegt«, stieß Colin mit zusammengebissenen Zähnen hervor.

Graeme spannte sich an. »Sie irren sich, Private. Das ist meine Verlobte.«

»Beth, sag ihm –«

»Hör auf«, unterbrach sie Colin mitten im Satz scharf. »Hört auf, alle beide.«

»Ich hätte nicht gedacht, dass du diese Art Frau bist«, sagte Colin.

»Was für eine Art Frau?«, fragte sie.

»Die, die einen hinterrücks verrät«, zischte er.

Graeme setzte sich in Bewegung, aber Beth legte ihm fest die Hand auf den Arm. »Bleib, wo du bist.«

Sie trat auf Colin zu und sah ihm gerade ins Gesicht. »Was machst du überhaupt hier?«

»Als ich deinen Brief erhielt, habe ich mich sofort um eine Versetzung beworben, aber sie wurde jetzt erst bewilligt. Ich konnte achtundvierzig Stunden Urlaub nehmen, um zu dir zu fahren.«

»Du hättest ihn nutzen sollen, um deine Eltern zu besuchen. Wir haben es versucht, Colin, aber ich habe dich nie geliebt, und du mich auch nicht.«

»Und jetzt bist du verlobt.« Seine Miene verdunkelte sich. »Ich dachte nicht, dass das dein Ernst ist. Viele Mädchen schreiben Dinge, die sie nicht so meinen.«

Sie schüttelte den Kopf. »Colin, es tut mir leid, wenn ich dich verletzt habe. Ich hätte dir mehr von Graeme und meinen Gefühlen für ihn erzählen sollen, aber es ging alles so schnell. Und ganz unschuldig bist du an alledem auch nicht. Du hast mich am Telefon überrumpelt, kurz bevor du in den Krieg gezogen bist, und mich gebeten, dein Mädchen zu sein. Das war nicht fair.«

Er fiel ein wenig in sich zusammen. »Ich dachte ... ich dachte, wir wären Freunde.«

»Das waren wir, aber das ist alles. Du wolltest nur eine Frau, die zu Hause auf dich wartet. Das wäre mir in Dorking vielleicht genug gewesen, aber jetzt reicht es mir nicht. Ich habe hier ein Leben. Ich habe Menschen, die mich lieben.«

»Ich liebe dich«, sagte er, aber sie sah ihm an, dass er das selbst nicht ganz glaubte.

»Nein, Colin. Du liebst die Vorstellung, jemanden zu haben.«

»Deine Briefe haben mich durchhalten lassen. Die Gewissheit, dass jemand anderes als Ma mir schreibt, hat mir geholfen.«

»Das freut mich. Ich werde dich immer gernhaben, aber ich liebe dich nicht. Ich liebe Graeme«, erklärte sie und sah zu ihrem Verlobten auf, der näher an sie herangerückt war. »Ich werde ihn heiraten.«

Als Colin nicht antwortete, tätschelte Ruth seinen Arm.

»Kommen Sie schon, Private ...«, Ruth warf einen Blick auf das Namensschild an Colins Uniform, »Colin Eccles. Gehen wir eine Blume für mich kaufen.«

Obwohl Colin immer noch wie vom Donner gerührt wirkte, ließ er sich von Ruth zu dem Stand führen.

»Armer Kerl«, meinte Graeme.

Sie zog eine Augenbraue hoch. »Armer Kerl? Du warst kurz davor, dich mitten im Bahnhof mit ihm zu schlagen.«

»Weil ich dachte, er will dich mir wegnehmen.«

»Ich bin kein Gegenstand, den man stehlen könnte. Ich bin eine Frau, die eine Entscheidung getroffen hat«, erklärte sie.

Er lächelte. »Ich würde dich heute noch heiraten, wenn du mich nimmst, Elizabeth Pedley.«

»Wie lange hast du Urlaub?«, fragte sie.

»Vier Tage.«

»Dann heiraten wir am Montag, übermorgen.« In dem Moment, in dem ihr die Worte über die Lippen kamen, wusste Beth, dass sie genau das wollte.

»Ist das wirklich dein Ernst?«, fragte er und legte die Hand an ihre Wange.

Sie wollte nicht mehr auf Graeme warten. Zwar wusste sie nicht, wie ihr Leben aussehen würde, aber sie würden sich etwas einfallen lassen. Gemeinsam.

»Ich werde dich heiraten, Graeme, aber du musst dir darüber im Klaren sein, dass ich mich nicht damit zufriedengeben werde, dir blindlings zu folgen, wo immer die Armee dich hinschickt«, erklärte sie.

»Darüber brauchen wir doch jetzt nicht zu reden«, sagte er.

»Oh doch. Ich will deine Frau werden, aber nur wenn du mir versprichst, dass ich ein Zuhause bekomme. Ein dauerhaftes.«

Er sah auf ihre miteinander verschlungenen Hände herunter und strich mit dem Daumen über ihre Fingerknöchel – genau wie bei seiner ersten Berührung im Garten des Winters. »Okay.«

»Okay?«

»Wenn das wichtig für dich ist, lassen wir uns etwas einfallen, wie wir das verwirklichen können.«

Sie atmete auf. »Danke. Und jetzt müssen wir unsere Hochzeit planen.«

»Wir könnten nach Warwick fahren«, meinte er.

Sie schüttelte den Kopf. »Ich will nicht auf dem Standesamt heiraten. Ich möchte in Highbury getraut werden.«

»Bist du dir sicher?«, fragte er.

»Du wirst feststellen, dass der Pfarrer uns wohlgesonnen ist.«

»Du hast wohl das ganze Dorf um den Finger gewickelt, nicht wahr?«, fragte er.

»Nein«, erwiderte sie. »Ich bin nur hier zu Hause. Das ist alles.«

Er lächelte ihr leise zu und nickte dann. »Verstanden.«

Sie hoffte, dass er das wirklich tat.

Emma

August 2021

Emma saß mit ihren Eltern zu ihrer Rechten und Sydney und Andrew zu ihrer Linken an einem großen Gartentisch. Charlie hätte sich eigentlich auch zu ihrer Gruppe dazugesellen sollen, doch er hatte sich entschuldigt, da er an diesem Wochenende mit seinem Boot nach Birmingham fahren wollte. An seiner Stelle saß ihr Henry gegenüber – in einem kupferorangefarbenen Shirt, auf das ein Bild des verstorbenen Bill Withers gedruckt war. Wann immer ihre Mutter eigenartige Bemerkungen machte, grinste er ungehalten. Wie gerade jetzt, als ihre Mum verkündete: »Das Haus hat schon eine gewisse Ausstrahlung, nicht wahr?«

Ein paarmal hätte Emma am liebsten die Hände vors Gesicht geschlagen und gestöhnt wie ein Teenager, dem die eigenen Eltern peinlich waren. Doch wie sich herausstellte, konnten die zweifelhaften Komplimente ihrer Mum Sydneys unerschütterlichem Optimismus nichts anhaben.

»Wenn es noch größer wäre, würde ich Andrew darin nicht mehr wiederfinden«, meinte Sydney lachend und tätschelte Clydes seidenweiches Fell. Bonnie lag unterdessen einen oder zwei Meter entfernt in der Sonne und gab das perfekte Bild eines sehr braven Hundes ab.

»Das ist eine Menge Platz für zwei Personen«, bemerkte Emmas Mum und brachte es fertig, gleichzeitig zurückzurudern und abwertend zu klingen.

»Daran bin einzig und allein ich schuld. Ich habe es schon immer geliebt und meine Eltern praktisch angefleht, es ihnen abkaufen zu dürfen«, erklärte Sydney. »Lange Zeit war ich wie besessen davon.«

Andrew nahm die Hand seiner Frau. »Außerdem hoffen wir, dass wir nicht mehr allzu viele Jahre lang allein darin bleiben.«

Emma sah, wie Sydneys Augen vor Liebe und Zärtlichkeit aufleuchteten.

»Viel Glück für Sie beide«, meinte ihr Dad. »Haben Sie nach Emmas Restauration noch weitere Pläne für den Garten?«

Sydney und Andrew warfen einander einen Blick zu. »Wir hatten eigentlich gedacht, ihn in ein paar Jahren, wenn er sich gut etabliert hat, im Sommer wieder für die Öffentlichkeit zugänglich zu machen.«

»Wirklich?«, fragte Emma und setzte sich auf. »Und was ist mit dem Projekt, aus dem Küchengarten einen Gemeinschaftsgarten zu machen?«

»Das haben wir ebenfalls vor, aber wir finden es eine Schande, eine so schöne große Gartenanlage zu haben und sie nicht mit anderen zu teilen.« Sydney unterbrach sich. »Ich wusste nicht, wie Sie dazu stehen.«

»Der Garten gehört Ihnen. Ich bin nur die Person, die ein Weilchen darin arbeiten darf. Wenn es Ihnen nichts ausmacht, sich selbst darum zu kümmern, könnten Sie sich ansehen, wie die Besitzer von Kiftsgate Court es organisiert haben. Das Anwesen wird immer noch von der Familie geführt und liegt ganz in der Nähe«, sagte sie.

»Wäre das nicht viel Arbeit?«, fragte ihre Mum.

Emma zog eine Schulter hoch. »Schon, aber wenn Sie ein kleines Eintrittsgeld berechnen, könnte das zu den Kosten für die Arbeiten beitragen, die nötig sind, um den Garten instand zu halten.«

»Das wäre doch sicherlich auch gut für *Turning Back Thyme*, oder, Emma?«, fragte ihr Dad.

»Ja. Falls es Ihnen nichts ausmacht, die Restauration in Ihren Materialien und Presseerklärungen zu erwähnen, wenn Sie öffnen.«

»Ich käme gar nicht auf die Idee, das auszulassen. Es freut mich, dass Ihnen der Plan gefällt.« Sydney schenkte Emmas Eltern ihr strahlendes, gewinnendes Lächeln. »Ihre Tochter leistet hier Unglaubliches. Sie hätten das Gelände sehen sollen, bevor sie hergekommen ist.«

»Es sieht aber ein wenig mager aus, finden Sie nicht?«, fragte ihre Mutter und reckte den Hals, um die lange Rabatte zu betrachten.

Sydneys Augen blitzten auf, doch Emma schüttelte kaum wahrnehmbar den Kopf. Sie war daran gewöhnt.

»Es wird sich entwickeln«, sagte sie.

»Würde es Ihnen etwas ausmachen, wenn wir noch einen Rundgang durch die verschiedenen Gartenbereiche machen? Es ist so viel, dass es fast überwältigend wirkt«, schaltete sich ihr Dad ein, der sich stets bereitzuhalten schien, um peinliche Situationen zu entschärfen.

Sie war sich nicht sicher, ob er vorgehabt hatte, ihre Gruppe aufzuteilen, aber alle standen vom Tisch auf. Sydney, Andrew, Henry und Dad nahmen ihre Teetassen mit, und alle gingen in den Teegarten.

»Seit Jessa und Vishal ihn gestrichen haben, sieht der Pavillon großartig aus«, bemerkte Andrew.

»Was ist das für eine blassrosafarbene Rose, die daran hinaufrankt?«, erkundigte sich ihr Vater.

»Keine Ahnung. Wir haben sie aus einem anderen Teil des Gartens versetzt. Ich habe diese Sorte noch nie gesehen, und es scheint keine Aufzeichnungen über ihren Namen zu geben.« Sie hatte Venetias Pläne sorgfältig durchkämmt, aber die Rose schien an vollkommen unerwarteten Stellen aufzutauchen und war nirgends beschriftet.

Vom Teegarten aus verteilten sie sich. Andrew und Henry

schlenderten mit Bonnie in den Liebesgarten und diskutierten dabei über einen Lieferdienst, der die Bestellungen »von der Farm direkt auf den Tisch« brachte und an Highbury Farm herangetreten war. Emma hatte ihnen nachgesehen und bemerkte erst, dass ihre Mutter sich an ihre Fersen geheftet hatte, als sie sich zu Wort meldete. »Sie sind sogar ganz nett.«

Emma fuhr zusammen und drehte sich um. »Ja.«

»Nicht allzu eingebildet. Und dieser Henry sieht für einen Farmer ganz gut aus.«

Sie seufzte. »Was meinst du mit ›für einen Farmer‹?«

»Du weißt schon, was ich meine.«

»Nein.«

»Braun gebranntes Gesicht und schmutzige Hände. Er sieht aus, als würde er seine ganze Zeit im Freien verbringen«, sagte ihre Mum.

»Seine Hände sind nicht schmutzig, und wenn du so etwas über ihn erzählst, könntest du es ebenso gut von mir sagen«, meinte sie und kraulte Clyde, der ihre Hand mit dem Kopf anstieß, die Ohren.

Ihre Mutter verzog den Mund auf eine Art, die Emma verriet, dass sie das wahrscheinlich wirklich über sie erzählte.

»Ich bin überrascht, dass Sydney so familiär mit dir umgeht. Feine Leute wie sie sind meist zu arrogant, um mit dem Personal zu verkehren.«

Emma verdrehte die Augen. »›Dem Personal‹? Wirklich, Mum? Wir haben nicht 1860. Und Sydney ist ein netter Mensch.«

»Du bräuchtest nicht zum Personal zu gehören, weißt du. Du hättest den Platz an der Universität Bristol nehmen können, dann wärest du genau wie Sydney und Andrew«, fuhr ihre Mutter ungebremst fort. »All deine Lehrer haben gesagt, du hättest Talent für Jura oder Betriebswirtschaft.«

»Ich weiß, dass ich geschäftliches Talent habe, denn ich leite einen Betrieb.«

»Aber er erobert nicht gerade die Welt, oder?«

»Das muss aufhören, Mum!« Mit einem Mal brachen die Worte aus ihr heraus. Ihre Mutter starrte sie an und wirkte verdutzt darüber, dass sie Widerworte gab, aber Emma hatte nicht vor, damit aufzuhören. »Ich habe meine Entscheidungen getroffen. Ich habe beschlossen, lieber eine Ausbildung zu machen, statt zu studieren. Wenn ich gescheitert wäre, hättest du mir vorhalten können, du hättest es ja gleich gesagt, aber das ist nicht passiert. Ich habe mir vom Grund auf etwas aufgebaut. Etwas Erfolgreiches, auf das ich stolz bin.«

»Warum rufst du dann ständig bei uns an und machst dir Sorgen wegen der Gehälter oder der Steuern oder was es gerade ist?«, wollte ihre Mum wissen.

»Weil es schwer ist, das alles allein zu schaffen.« So schwer.

»Du denkst überhaupt nicht daran, wie viel dein Vater und ich geopfert haben, damit du nicht so viel riskieren musst wie wir.«

»Ich habe euch nie gebeten, etwas zu opfern! Mum, ich werde nie eine Frau sein, die Skiurlaub im Winter macht oder am Wochenende Golf spielt. Ich bin gern im Garten. Ich trinke gern nach der Arbeit ein Bier im *White Lion* oder grüße die Menschen in den Läden.«

Mir gefällt es hier in Highbury, fügte sie in Gedanken hinzu.

Ihre Mutter starrte sie einen Moment lang an. »Ich mache mir Sorgen um dich.«

»Ich weiß, aber du musst aufhören, alles, was ich tue, als Versagen zu betrachten, nur weil ich nicht das Leben gewählt habe, das du dir für mich gewünscht hast.«

»Du solltest kein schweres Leben haben. Dein Vater und ich hatten vor deiner Geburt schwer zu kämpfen.«

»Ich führe ein schönes Leben, Mum. Eins, das ich mir ausgesucht hatte. Es sieht nur anders aus als das, das du für mich ausgesucht hattest. Vielleicht werde ich nie einen Job in der Stadt und ein Haus in unserem alten Viertel haben, aber damit musst du dich abfinden.

Und bitte gib nie wieder meine Kontaktdaten an Leute weiter, von denen du glaubst, sie könnten mich beruflich fördern. Nur wenn sie einen Garten haben, den sie umgestalten wollen, sonst will ich nichts davon hören«, erklärte sie. »Also, ist das damit geklärt?«

Ihre Mutter nickte fast unmerklich. »Schön. Gut. Ja, ich verstehe und werde dich nicht mehr bei deiner Karriere unterstützen.«

So hatte es Emma nicht ganz gesagt, aber diese Einsicht war ein Anfang.

»Was noch?«, fragte Emma.

»Ich werde aufhören, mir so viele Sorgen zu machen.«

»Gut. Du könntest mich auch sonst ein wenig mehr unterstützen«, sagte sie.

Ihre Mum zögerte. »Was soll ich tun?«

»Frag mich, wie es bei *Turn Back Thyme* läuft. Erkundige dich nach Charlie, Jessa, Zack und Vishal. Sie fragen immer nach dir.«

»Das könnte ich wohl wirklich tun.«

Sie legte ihrer Mutter einen Arm um die Schultern und drückte sie. »Ich hab dich lieb, Mum. So, und wenn du Sydney darum bittest, wird sie dir sicher die Umbauten im Haus zeigen. Sie ist sehr stolz auf die Arbeit, die sie und ihr Mann hier leisten.«

Ihre Mutter nickte und küsste Emma auf die Wange.

Am Dienstag nach dem Besuch ihrer Eltern taumelte Emma durch die Tür von Bow Cottage und konnte gerade noch einem Saatgutkatalog und einem Brief ausweichen, die auf dem Läufer in der Diele lagen. Sie war erschöpft. Eins der Rohre, die zum Wassergarten führten, war geplatzt, und sie hatten alles, was sie mühsam gepflanzt hatten, ausgraben müssen, um das Leck zu finden und zu beheben. Jetzt würde es sie zwei Tage kosten, alles zu erneuern, wodurch sie hinter dem Zeitplan lagen. Schon wieder. Das hieß auch, dass sie weniger Zeit haben würde, am Garten des Winters zu arbeiten.

Dort hatte sie begonnen, die Flächen abzustecken, die sie auf Grundlage der Zeichnungen von Henrys Großmutter neu bepflanzen würde. Charlie hatte ihr dieses Projekt vollständig überlassen, und das war ihr recht. Jedes Mal, wenn sie auf die Leiter und über die Mauer stieg, fühlte sie sich auf unbestimmte Art ruhiger, als wäre dies ihr persönlicher Rückzugsort.

Doch bevor sie dort weitermachte, brauchte sie zuerst eine anständige Mahlzeit, ein ausgedehntes Bad und ungefähr fünfzehn Stunden Schlaf.

Sie ließ ihre Arbeitstasche auf den Küchentisch fallen und zog ihr Handy hervor, um es aufzuladen. Der Akku hatte irgendwann um die Mittagszeit den Geist aufgegeben. Sie hatte noch überlegt, ob sie zum Haus laufen und Sydney oder Andrew bitten sollte, ob sie es dort aufladen könne, doch die Reparatur hatte sie abgelenkt.

Emma trat an den Kühlschrank, nahm einen Becher Hummus heraus und öffnete eine Tüte Pita-Brot, die auf der Arbeitsfläche lag. Sie steckte die Fladenbrote in den Toaster und machte sich auf die Suche nach Käse, Chorizo und irgendeinem Obst oder Gemüse als gesundem Alibi. Zum Kochen war es zu heiß. Und wenn sie zu oft beim *Golden Swan* bestellte, dem chinesischen Imbiss in Highbury, würde ihre Mahlzeit nur wieder von unnötigen Kommentaren darüber, wie häufig man sie sah, begleitet werden – diese Erfahrung hatte sie bereits gemacht.

Während sie einen Apfel aufschnitt, fiel ihr die Post wieder ein, über die sie hinweggestiegen war. Sie legte das Messer zur Seite und ging sie holen. Offenbar hatte sie sich geirrt, es war nicht ein Saatgutkatalog, sondern zwei, die sich ineinandergeschoben hatten, sowie ein Brief mit einer handgeschriebenen

Adresse, aber ohne Absender. Sie schob einen Finger unter die Lasche, riss ihn auf und zog ein Blatt schweres Büttenpapier hervor.

Ein Grinsen breitete sich über ihr Gesicht. Professor Waylan hatte geschrieben.

20. August 2021

Meine liebe Miss Lovell,
ich hoffe, es geht Ihnen gut. Es hat mich gefreut, Ihren Brief zu erhalten. Ich habe viel Spaß an diesen kleinen Aufgaben, die Sie mir schicken, und Ihrem unersättlichen Interesse an der Vergangenheit. Hätten doch nur mehr Vertreter Ihrer Generation so viel Ehrfurcht vor den Gärten unserer großen Vorfahren!

Ich bin entzückt darüber, dass Sie mir diese kleine Herausforderung bezüglich unserer geliebten Venetia Smith geschickt haben. Dies war eine knifflige Aufgabe. (Wie überaus gescheit von Ihnen!) Ich kann mich in Verbindung mit Venetia an keine Celeste erinnern, aber andererseits habe ich mehr über die große Gärtnerin vergessen, als andere jemals lernen werden. Nachdem meine Suche in den Büchern bei mir zu Hause ergebnislos blieb, habe ich meine glückliche Abgeschiedenheit aufgegeben und bin mit der Fähre zur University of the Highlands and Islands gefahren, wo man so freundlich ist, mir Zugang zu den Forschungseinrichtungen zu gewähren. Nachdem ich drei Tage gründlich recherchiert hatte, bin ich vielleicht auf etwas für Sie gestoßen.

Der Name Celeste taucht in keinem von Venetias Papieren in den Archiven auf. Ich hatte gedacht, sie sei möglicherweise eine Verwandte eines ihrer Klienten, doch das erwies sich als Sackgasse. In Adam Smiths Briefen entdeckte ich allerdings einen Hinweis. Er war lange mit einer jungen Dame verlobt, die er später heiratete, nachdem Venetia Großbritannien verlassen hatte und nach Amerika gegangen war. 1903, nicht lange nach dem Beginn der Karriere seiner Schwester, schrieb er einen Brief an seine zukünftige Frau. Die sachdienliche Passage finden Sie unten:

> *Du hast mich gefragt, ob mir meine Eltern fehlen, nun da ich Waise bin. Schlicht gesagt ja. Manchmal, wenn ich in meinem Stuhl am Kamin sitze, erinnere ich mich, wie mein Vater mit solcher Liebe zu meiner Mutter hinübersah, die an einer kleinen Gobelinstickerei arbeitete und sich seines Blicks überhaupt nicht bewusst war. Dann nannte er sie seine »Celeste«, denn die Ehe mit ihr war für ihn der Himmel selbst.*

Venetias Vater Elliot war ein großer Romantiker!

Der zweite Verweis datiert Jahre später und ist für Ihre Zwecke vielleicht zu weit hergeholt, doch ich weiß ja, dass Sie gern jeden Stein einzeln umdrehen. Spencer Smith, der Mann, den Venetia schließlich geheiratet hat, schickte ihr 1912 aus ihrem Haus in der Umgebung von Boston einen Brief, während sie den Aufbau des Plinth Garden in Minneapolis beaufsichtigte. Darin schreibt er: »Manchmal, wenn Du fort bist, denke ich zurück an den Sternenhimmel, der Dich für immer mit mir verbindet. Die Freude, die uns durch die Finger geronnen ist, hat uns hingeführt, wo wir heute sind. Ich hoffe, Du hasst mich nicht dafür, dass ich nichts bereue, denn jetzt habe ich Dich.« Im Folgenden beteuert er dann recht detailliert seine leidenschaftliche Liebe zu seiner Frau.

Ich hoffe sehr, dass diese kleinen Perlen sich als hilfreich für Ihre Nachforschungen erweisen, meine Liebe. Als Entschädigung bitte ich Sie nur, mir eines Tages zu erzählen, was der Anlass Ihrer Recherchen war. Ich weiß, Sie werden mir wahrscheinlich nicht den kleinsten Hinweis geben, bis Sie bereit sind, doch wenn es so weit ist, flehe ich Sie an, daran zu denken …

Ihr ergebener Diener
Walter Wayland

Wie benebelt und leicht gereizt schüttelte sie den Kopf über den gespreizten Brief des Professors und den Umstand, dass er auf einem Universitätscampus etwas entdeckt, aber ihr keine E-Mail geschrieben hatte. Aber andererseits, was erwartete sie von einem Mann, der sich einmal im Jahr fernab der Welt in einem abgelegenen Haus auf einer einsamen Insel einigelte?

Sie las den Brief noch einmal und hielt bei der Passage inne, die Adam Smith an seine Liebste geschrieben hatte. Celeste – die Himmlische. Vielleicht hatte Charlie ja damals, vor vielen Monaten, richtig geraten. Der Garten war nach Venetias Mutter benannt. Das schien die einzig sinnvolle Verbindung zu sein.

Emma schoss ein Foto von dem Brief, schickte es an Charlie und scrollte durch ihr Handy. Sie runzelte die Stirn, als sie eine Sprachnachricht entdeckte, die von einer unbekannten Nummer stammte. Sie hörte sie ab und schaltete dabei den Lautsprecher ein.

»Hallo, Miss Lovell. Hier ist May Miles von der Royal Botanical Heritage Society. Dieser Anruf wird Sie vermutlich ein wenig überraschen, aber wir haben Anfang des Jahres unser Budget überarbeitet, und ich freue mich, Ihnen mitteilen zu können, dass unser Einstellungsstopp aufgehoben ist. Wenn Sie sich noch für die Stelle der Leitung der Abteilung für Naturschutz interessieren, rufen Sie mich doch zurück. Sie haben uns bei Ihrem ersten Vorstellungsgespräch sehr beeindruckt.«

Die Frau rasselte eine Telefonnummer herunter, bevor Emma überhaupt auf die Idee kam, sich einen Kugelschreiber oder Bleistift zu schnappen. Die Stelle bei der Stiftung war wieder frei.

Stella

»Komm schon, Bobby. Wir haben nicht den ganzen Tag Zeit«, sagte Stella. Sie stand in ihrer Dachkammer und hielt die kleine dunkelblaue Jacke ihres Neffen in die Höhe. Sie hatte sie heute Morgen sauber gebürstet, aber bis zur letzten Minute damit gewartet, sie ihm anzuziehen, damit er sich nicht schmutzig machte. Doch nun liefen sie Gefahr, zu spät zu Beths Hochzeit zu kommen.

»Aber Tante Stella, ich bin kurz davor, den Krieg zu gewinnen«, sagte er und blickte von den Zinnsoldaten auf, die er sich von Robin geliehen haben musste.

»Bobby«, stieß sie scharf hervor.

»Wir marschieren doch in Tahiti ein!«, jammerte er und zeigte auf eine Ansichtskarte der tropischen Insel, die sie in einem Laden der Wohlfahrt gefunden und mit Klebeband an der Wand befestigt hatte.

Sie stemmte die Hände in die Hüften. »Du bist ein sehr unartiger Junge.«

Sobald sie die Worte ausgesprochen hatte, hätte sie diese am liebsten wieder zurückgenommen. Ihr Neffe schien sich augenblicklich in sich zu verkriechen und regelrecht zusammenzuschrumpfen.

Sie strich sich das Haar aus der Stirn. Sie war schlecht in dieser Sache. Richtig schlecht. Obwohl sie sich die größte Mühe gab, das Beste für ihren Neffen zu tun, schien sie immer etwas falsch zu machen, wenn sie allein waren. Erst letzte Woche hatte sie versucht, ihm zu erklären, dass er warten musste, bis er ins

Kinderzimmer gebeten wurde, da Robin vielleicht nicht mit ihm spielen wollte, nachdem er jetzt wieder in dem Bett neben ihrem schlief. Als er weinend aus dem Zimmer rannte, war sie ihm nicht etwa nachgelaufen, sondern war geschlagen auf ihrem Stuhl zusammengesunken. Dabei hatte sie ihren Neffen nur warnen und ihm erklären wollen, dass sich irgendwann eine unüberwindliche Kluft zwischen der Herrschaft und dem Personal auftun würde.

Und doch hatte sie das schlechte Gewissen nicht loswerden können, das sie zerriss, während sie ihn weinen hörte.

»Wir müssen zur Kirche, Bobby. Weißt du noch, Miss Pedley heiratet heute, und du bist eingeladen wie die Großen«, sagte sie.

Unter seinem zottligen Haar, das sie nie richtig dazu bringen konnte, flach zu liegen, blickte er auf. »Ich mag Miss Pedley«, sagte er leise.

»Ich auch«, meinte Stella.

Er streckte die Arme aus, damit sie ihm die Jacke anziehen konnte.

Stella atmete langsam und stetig aus und zog ihm die Ärmel über Arme und Schultern. Dann ging sie rasch noch einmal mit der Kleiderbürste über die Jacke.

»So, jetzt bist du fertig«, verkündete sie und griff nach ihrer Handtasche. »Lass uns zu Beths Hochzeit gehen.«

Stella fand einen Platz in der dritten Bank von vorn. Die Hochzeit war so schnell geplant worden, dass sie nicht wusste, wer eingeladen war. Sie nickte Mrs. Penworthy und mehreren Mädchen von der Landarmee zu. Zwei Krankenschwestern saßen neben Beth und zwei andere bei Graeme – er hatte Stella gebeten, ihn so zu nennen. Die beiden Schwestern, die nicht anwesend waren, waren im Hospital geblieben und kümmerten sich um die Patienten, die zu krank oder nicht in der Lage waren, den kurzen Fußweg zur Dorfkirche, in der die Zeremonie stattfand, zu bewältigen. Sogar Mrs. George war mit ihrem kleinen Trupp von Untergebenen gekommen – eine Erleichterung, denn Stella missfiel es sehr, die Küche schutzlos zurückzulassen, wenn die Frau in der Nähe war.

Verstohlen warf sie einen Blick zum Altarraum der Kirche, wo Graeme in seiner Uniform stand. Ihre Freundin hatte einen gut aussehenden Mann erwischt, das musste Stella ihr zugestehen.

Sie spürte ein leises Zupfen an ihrem Arm. Bobby zog am Ärmel ihres hellgelben Kleids.

»Kann ich mich zu Robin setzen?«, fragte der kleine Junge.

»Robin sitzt heute neben seiner Mutter«, sagte sie gerade, als dieser sich auf seinem Platz in der ersten Reihe umdrehte und Bobby die Zunge herausstreckte.

Bobby brach in Gelächter aus, worauf mehrere Menschen den Kopf wandten. Glücklicherweise schienen alle, die Stella ansah, Verständnis zu haben.

»Er will, dass ich bei ihm sitze.« Bobby rutschte auf seinem Platz herum. »Wirklich!«

»Nach der Trauung habt ihr noch genug Zeit zum Spielen«, erklärte sie. Sie würde ihn auch nicht daran hindern können, denn sie war zwar Gast, bereitete jedoch als Geschenk für das Brautpaar auch den Hochzeitsempfang vor. Dafür würde sie das Beste auffahren, was man mit Rationen zubereiten konnte – auch Mrs. George und das Genesungsheim hatten aus ihren Zuteilungen dazu beigetragen –, und die Krönung war ein zweistöckiger Kuchen, der mit echten Eiern und Butter gebacken war. Sie hoffte nur, dass er groß genug war, damit jeder ein kleines Stück abbekommen konnte.

Bobby blieb mit vor der Brust verschränkten Armen sitzen, gab aber keine Widerworte mehr. Sie hatte festgestellt, dass sie unempfindlich gegenüber einem zum Schmollen verzogenen Mund war und Wutausbrüche meisterhaft aussitzen konnte.

»Braut oder Bräutigam?«

Stella drehte sich zu der Frau um, die die Frage gestellt hatte, und bemerkte ihr feuerrotes Haar und das tadellos geschneiderte Kleid.

»Braut«, antwortete sie.

»Ich auch.« Die Frau lachte unbeschwert. »Woher kennen Sie Beth?«

»Wir haben uns kennengelernt, als sie die Lieferungen für Highbury House übernahm.«

»Diese Lieferungen …«, murrte die andere und schüttelte den Kopf.

»Außerdem kommt sie zum Anwesen, um im Garten zu zeichnen.«

»Und ihren Captain zu besuchen, da bin ich mir sicher. Wer hätte aber auch gedacht, dass sie die Klügere von uns war, als sie zugestimmt hat, sich um die Lieferungen zu kümmern.«

Ihre Worte hatten einen leicht verbitterten Unterton. »Und Sie?«, fragte Stella und versuchte, das Gespräch auf sichereren Boden zu steuern.

»Ich bin ebenfalls auf der Temple Fosse Farm einquartiert.«

Dann sprach sie also mit Ruth. Nun, da Stella ein Gesicht hatte, das sie mit Beths Geschichten in Verbindung bringen konnte, erklärte sich auch die blasierte Langeweile, die Ruth ausstrahlte.

»Freut mich, Sie kennenzulernen«, sagte sie.

»Ich kann immer noch nicht glauben, wie die beiden es geschafft haben, das alles so schnell zu arrangieren.«

»Soweit ich weiß, hat Mrs. Symonds die Vorbereitungen getroffen, und der Pfarrer war zwei Menschen, die beide ihren Beitrag zum Wohl des Landes leisten, gern behilflich«, erklärte Stella in leicht tadelndem Tonfall.

»Ich leiste auch meinen Beitrag«, gab Ruth spitz zurück. »Und was tun Sie?«

»Die Frauenabteilung der Armee und die weiblichen Hilfstruppen der Navy und der Air Force haben mich alle aus medizinischen Gründen für dienstunfähig erklärt. Die Frauen-Landarmee wollte mich auch nicht, also hätte ich nicht die gleiche Arbeit tun können wie Sie.« Hitze kroch ihren Nacken empor. »Ich habe als Freiwillige beim Zivilschutz gearbeitet, aber jetzt ist mein Neffe seit einigen Monaten mein Mündel.«

Am anderen Ende der Kirche dröhnte die Orgel, und Ruth klappte den Mund zu. Stella stieß einen Seufzer der Erleichterung aus.

Schuhleder knarrte auf Stein, als sich alle Gäste erhoben. Umflossen von Sonnenschein stand Beth in der Kirchentür. Sie trug ein dunkelblaues Kleid und einen Hut mit einem weißen Tüllnetz – eine kleine Anspielung auf einen Schleier in einer Zeit, in der durch die Rationierung Brautkleider nicht existent waren. Stella legte die Hand auf ihr Herz, als sie sah, wie Mr. Penworthy stolz Beths Arm hielt.

Dann blickte Stella zum Altar, wo Graeme stand und übers ganze Gesicht strahlte. Als Beth das Ende des Mittelgangs erreichte, schaute sie auf ihren Blumenstrauß hinunter, und ihre Wangen liefen rosig an.

Pfarrer Bilson rückte seine Brille zurecht, lächelte und hob an: »Die Gnade unseres Herrn Jesu Christi und die Liebe Gottes und die Gemeinschaft des Heiligen Geistes sei mit euch allen!«

»Und mich euch«, wiederholten alle in der Kirche.

Nach der Predigt und den Lesungen trat Mrs. Symonds vor, um Beth den Brautstrauß abzunehmen, sobald es Zeit war, die Ringe zu wechseln. Stella runzelte die Stirn. Sie staunte immer noch darüber, wie ihre höfliche Freundin es geschafft hatte, eine so ungezwungene Beziehung zu der hochfahrenden Mrs. Symonds aufzubauen.

Als der Pfarrer Beth und Graeme zu Mann und Frau erklärte, spürte Stella einen Stich in ihrem Inneren. Es war nicht Eifersucht oder Neid, sondern eher das Bewusstsein, dass sie gerade

Zeugin von etwas wurde, das sie selbst vielleicht nie erleben würde. Vielleicht auch nicht für sich wollte.

Ein letztes Mal erhob sich die Gemeinde, um dem Brautpaar zuzujubeln, das den Mittelgang entlangschritt und die Kirche verließ. Als Beth an ihr vorbeiging, fing Stella ihr Lächeln auf. Sie hatte ihre Freundin noch nie so glücklich gesehen.

Ein kleiner Ellbogen bohrte sich in ihren Arm. Stella sah sich um und stellte fest, dass Bobby auf die Bank geklettert war.

»Komm da runter, Bobby«, stieß sie hervor. »Wir sind in der Kirche.«

»Ich kann nichts sehen«, sagte er.

»Wir gehen gleich nach draußen«, gab sie zurück.

»Ich habe Hunger«, jammerte er, als sie seine Jacke zurechtzog.

»Du musst warten, bis wir wieder zu Hause sind.« Dann würde sie ihn Dorothy, dem Stubenmädchen, überlassen, sich die Schürze umbinden und wieder an die Arbeit gehen. Auch mit Mrs. Georges Hilfe mussten noch tausend Dinge für den Hochzeitsempfang vorbereitet werden.

»Nein!«, schrie Bobby mitten auf dem Gang.

Dutzende drehten die Köpfe nach ihm um.

»Nein!«, brüllte Bobby noch einmal.

»Hör auf, Bobby«, zischte sie.

»Neeeeiiiin!« Er zog das Wort in die Länge, bis es vom Gewölbe widerhallte und die Orgel übertönte. Dann warf er sich zu Boden.

Stella wusste, dass sie etwas tun müsste, aber sie konnte ihn nur anstarren. Sie hatte keine Ahnung, wie sie seinem Wutausbruch ein Ende machen sollte. Sie wusste nur, dass sie mit alldem nichts zu tun haben wollte.

Ich will das nicht. Ihr schlechtes Gewissen traf sie wie ein Stein, der auf eine Wasseroberfläche schlägt. Sie hatte nicht um dieses Kind gebeten, obwohl er ihr Neffe war.

Bobby begann sich auf dem Boden zu winden. Die Leute murmelten und blickten zwischen dem Jungen und ihr hin und her. Als erwarteten sie von ihr, dieses Spektakel irgendwie zu beenden.

»Steh auf, Bobby«, sagte sie, doch ihre Stimme klang schwach und mutlos.

Er krümmte sich weiter, und heiße Tränen liefen ihm übers Gesicht.

»Bobby …«

»Wirst du wohl sofort aufstehen, Bobby Reynolds!«

Mrs. Symonds' scharfe Stimme ließ Stellas Neffen erstarren. Aus weit aufgerissenen Augen sah er zu der Herrin von Highbury House auf, als würde ihm erst jetzt klar, dass er Publikum hatte. Wahrscheinlich hatte er Mrs. Symonds immer nur mit der weichen, damenhaften Stimme sprechen gehört, mit der sie sowohl lobte als auch tadelte.

Mrs. Symonds legte Bobby eine Hand auf die Schulter und beugte sich vor, bis sie fast auf ihren Fersen saß. »Du stehst jetzt auf und entschuldigst dich bei Pfarrer Bilson. Weißt du, wofür?«

»Ich habe geschrien«, sagte er leise.

»Ja, du hast in der Kirche geschrien. Solch ein Benehmen ist nicht akzeptabel. Hast du verstanden?«

Er nickte, und Stella sah zu, wie er vom Boden aufstand. Seine Jacke war staubig und seine Augen gerötet, aber er war aufgestanden, was mehr war, als Stella ausgerichtet hatte.

»Es tut mir leid«, sagte Bobby zu dem Pfarrer, der mit vor der Brust verschränkten Armen dastand.

»Ich nehme deine Entschuldigung an, junger Mann. Wir haben alle unsere schwachen Momente, gegen die wir ankämpfen müssen«, entgegnete der Pfarrer.

»Willst du mir jetzt erzählen, warum du diesen Wutanfall bekommen hast?«, fragte Mrs. Symonds.

»Er wollte –«

»Robin, ich habe nicht dich gefragt«, sagte Mrs. Symonds und sah ihren Sohn, der neben ihr stand, nicht einmal an.

»Ich habe Hunger, und meine Jacke juckt, und mir ist heiß und …«

Mrs. Symonds hob eine Hand. »Ich glaube, ich kann mir eine gute Vorstellung machen. Ich fürchte nur, du musst dich mit all diesen Unannehmlichkeiten abfinden, bis wir zu Hause sind. Kannst du ein tapferer Junge sein und das tun?«

Noch ein Nicken.

»Gut, dann geh mit deiner Tante, und sie wird sich um alles kümmern«, sagte Mrs. Symonds.

Als ihre Dienstherrin sich aufrichtete, biss Stella die Zähne zusammen und murmelte ein Dankeswort.

»Kein Grund, mir zu danken«, sagte Mrs. Symonds.

»Sie haben ihn dazu gebracht, mit dem Weinen aufzuhören«, beharrte sie.

Mrs. Symonds lächelte leise. »Es geht nicht darum, dass Kinder aufhören zu weinen. Oft kommt es darauf an, ihnen zuzuhören und zu erfahren, was sie wollen. Wenn sie hungrig sind, sagt man ihnen, dass sie zu essen bekommen. Wenn ihnen heiß ist, teilt man ihnen mit, dass sie bald an einem kühleren Ort sein werden. Bobby ist ein kluger Junge. Er versteht das alles, aber er ist erst fünf.«

»Ich sorge dafür, dass er den Hochzeitsempfang nicht stört«, versprach Stella.

Mrs. Symonds wedelte wegwerfend mit der Hand. »Da wird er sich noch mehr langweilen als hier. Schicken Sie ihn zum Spielen zu Robin. Dann können die beiden sich gegenseitig unterhalten.«

Nach einem kurzen Zögern nickte Stella. Sie hatte einen Hochzeitsempfang vorzubereiten, und es wäre nicht recht, ausgerechnet heute das freundliche Angebot von Mrs. Symonds auszuschlagen.

Diana

Als Diana ihre zukünftige Schwägerin Cynthia Symonds kennenlernte, war sie von deren Makellosigkeit überzeugt gewesen. Murrays zierliche, grazile Schwester war zwar nicht besonders hübsch gewesen, doch sie hatte hellblondes Haar und eine Pfirsichhaut ohne jegliche Unvollkommenheiten. Cynthia konnte sich in vier Sprachen wortgewandt mit jedem Menschen vom Herzog bis zum Diplomaten unterhalten. Sie war außerordentlich belesen und konnte Hetzjagden reiten, ohne dass ihre gelassene Miene ins Wanken geriet. Sie ging zur Kirche, aber nicht zu oft. Sie flirtete, aber nur ein wenig. Sie war genauso, wie eine Lady sein sollte.

Vielleicht war es deswegen so befriedigend gewesen, als sich Risse in Cynthias Fassade gezeigt hatten. Angefangen hatte es, als Cynthias und Murrays Mutter fast, ohne sich von ihren Kindern zu verabschieden, mit dem Mann, mit dem sie jetzt verheiratet war, nach Afrika durchgebrannt war. Damit hatte Murrays Mutter jedes Recht auf Highbury House verwirkt. Diana hatte den Moment miterlebt, in dem Cynthia erfuhr, dass das Anwesen der Familie auf Murray übergehen würde, und das eifersüchtige Aufblitzen in den Augen ihrer Schwägerin gesehen.

Dann war Diana eines Tages bei einer Feierlichkeit klar geworden, dass Cynthias Einführung in die Gesellschaft schon einige Ballsaisons zurücklag und die Anzahl ihrer Tanzpartner geschrumpft war. Aus einer 1936 geschlossenen Verlobung mit dem Sohn eines Barons wurde nie etwas. Als dann im Frühjahr 1939 das Wehrdienstgesetz verabschiedet wurde, waren die jungen

Männer, die einst mit der einzigen Tochter der Symonds geflirtet hatten, zur Armee gegangen und Offiziere geworden.

Danach hatte sich Cynthia verändert. Als die Nation in den Krieg eintrat, hatte sie anscheinend über Nacht einen neuen Lebenssinn gefunden und strebte nicht mehr nach einer Heirat, sondern widmete sich den Kriegsanstrengungen. Diese Leidenschaft hatte sie beinahe tyrannisch gemacht und in ihrer Entschlossenheit bestärkt, von Highbury House aus den Krieg zu gewinnen. Das, zusammengenommen mit Dianas Sturheit gegenüber der Umgestaltung ihres Heims, war der Grund für den größten Teil der Zwietracht zwischen ihnen beiden.

Jetzt jedoch saß Diana da und musterte ihre Schwägerin, auf deren Gesicht dank der Champagnerschale in ihrer Hand und dem Hochzeitsbuffet, das sie gerade genossen hatten, ein entspanntes Lächeln lag.

»Weißt du, ich hatte schon vergessen, wie so etwas schmeckt«, sagte Cynthia und hob ihr Glas.

»Das hattest du bereits erwähnt«, meinte Diana.

»Schmeckt nach Glückseligkeit«, sagte Cynthia.

Gut möglich, dass Cynthia schon vor vier Uhr nachmittags, der traditionellen Cocktailstunde, betrunken ist, dachte Diana.

»So etwas macht der Bollinger mit einem.« Heute hatte sie erneut den Weinkeller geöffnet, ein Akt, bei dem Mrs. Dibble sichtlich mulmig geworden war. Aber was wäre eine Hochzeit ohne etwas zum Anstoßen gewesen? Miss Adderton hatte sich mit dem Essen alle Mühe gegeben, aber das änderte nichts daran, dass die Rationierung weiter in Kraft war. Da war es ein gutes Gefühl, anlässlich einer Feier etwas Luft in den gut ausgestatteten Weinkeller zu lassen.

»Die Braut sieht hübsch aus«, meinte Cynthia und blinzelte in die Richtung der frisch gebackenen Mrs. Hastings.

»Bräute sehen an ihrem Hochzeitstag immer hübsch aus. Das ist so vorgeschrieben«, erwiderte Diana.

»Du warst entzückend.«

Nur Dianas lange antrainierte Selbstbeherrschung verhinderte, dass sie bei diesem Kompliment zusammenfuhr. »Danke.«

»Ich weiß noch, wie ich gedacht habe, dass du wunderschön warst und mein Bruder so attraktiv. Wie komisch, dass ihr beide geheiratet habt.«

»Komisch?«

»Aber ja, findest du nicht auch? Als ich dich kennengelernt habe, habe ich daran gezweifelt, ob ihr überhaupt heiraten würdet«, meinte Cynthia.

»Als ich dich getroffen habe, war ich schon mit Murray verlobt.«

Bevor Cynthia etwas antworten konnte, kam Robin quer über die Veranda auf Diana zugesprungen.

»Mummy! Mummy! Willst du sehen, wie schnell ich rennen kann?«, rief er und schnaufte aufgeregt. Miss Addertons Neffe war ihm dicht auf den Fersen.

»Jetzt passt es gerade nicht, Robin«, sagte sie und warf ihrer Schwägerin einen Blick zu.

»Aber Mummy! Bobby und ich haben geübt«, jammerte er.

»Geht im Garten spielen«, sagte sie, während Cynthia versuchte, aus ihrem bereits geleerten Glas zu trinken.

Ihr Sohn hüpfte zu Bobby hinüber und flüsterte ihm etwas ins Ohr. Die beiden kicherten und rannten zusammen davon.

»Ja, ich konnte mir nicht vorstellen, wie eine Ehe zwischen dir und Murray funktionieren sollte«, fuhr Cynthia fort, ohne dazu aufgefordert worden zu sein.

»Warum?« Diana versuchte, keinen scharfen Ton anzuschlagen. Sie hätte nicht fragen sollen – es kam nie etwas Gutes dabei heraus, wenn man alte Empfindungen aufrührte –, aber sie konnte nicht anders.

Cynthia lachte. »Ist das nicht offensichtlich?«

»Meine Familie genießt einen ebenso guten Ruf wie eure.«

Cynthia schnaubte, was untypisch für sie war. »Oh, sogar einen noch besseren, wenn man deine Mutter fragen würde.«

Sie neigte den Kopf und räumte den Standesdünkel ihrer Mutter ein. Die Wahrheit war, dass die Eddings ihr Vermögen in den Napoleonischen Kriegen gemacht hatten, wogegen die Symonds' erst zu Reichtum gekommen waren, als Murrays und Cynthias Mutter in die Familie eingeheiratet und das Seifenvermögen der Melcourts und Highbury House mit in die Ehe gebracht hatte.

»Was war es dann?«, fragte sie.

Cynthia sah sie durchdringend an. »Ich dachte, mein Bruder würde dich lebendig auffressen. Du warst so ein stilles, ernstes kleines Ding, und mein Bruder ein Tyrann.«

»Murray war nicht tyrannisch«, widersprach sie automatisch.

»Doch, Diana, das war er. Das musst doch sogar du sehen. Er war nicht grausam, aber er musste immer seinen Willen durchsetzen, wenn er das auch mit Liebenswürdigkeit bemäntelt hat.«

»Ich werde nicht hierbleiben und mir das anhören«, erklärte sie und stand auf. »Ich kann nicht fassen, dass du so über deinen verstorbenen Bruder redest.«

»Und ich kann nicht glauben, dass du nicht siehst, dass er dich genauso behandelt hat.« Wie vor den Kopf geschlagen ließ Diana sich langsam wieder auf ihren Stuhl sinken, und Cynthia beugte sich zu ihr herüber. »Wann seid ihr zuletzt in einem Konzert gewesen?«

Diana schluckte gegen ein Gefühl an, das ihr den Hals zuschnürte. »Wir sind nach Highbury gezogen. Hier ist es nicht wie in London.«

»Aber ihr hättet eine Veranstaltung in Leamington Spa oder Birmingham besuchen können, oder du hättest Murray mit dem Zug begleiten können. Er war ständig in London. Ohne dich.«

»Willst du etwa andeuten …«

»Nein, nichts dergleichen. Trotz all seiner Fehler hatte er moralische Grundsätze, aber dennoch hat er dich hier verrotten lassen.«

»Ich bin Mutter geworden. Ich musste die Musik aufgeben«, erklärte sie.

Cynthia schnaubte verächtlich. »Nein, musstest du nicht, und außerdem hattest du ein Kindermädchen.«

»Ich hatte so viel zu tun …«

»Außerdem hattest du schon lange, bevor du Mutter wurdest, aufgehört, vieles zu tun, was dir Freude bereitet hat, stimmt's?«, fragte Cynthia.

»Konzerte können so ermüdend –« Abrupt brach sie ab.

»Meinem Bruder missfiel jede Art von Veranstaltung, bei der er stillsitzen und jemandem oder etwas anderem das Rampenlicht überlassen musste. Konzerte, Oper, Theater – das war alles nichts für ihn, daher hat er dir eingeredet, du wolltest auch nicht gehen.

Ich wette fünfzig Guineen, dass er derjenige war, der unbedingt nach Highbury ziehen wollte – an einen Ort, an dem du keine Seele kanntest –, damit er den Adligen vom Lande spielen konnte. Ich bin mir sicher, dass er dir vorgemacht hat, dass ihr ohne die Ablenkung durch Feiern und Freunde glücklicher wäret.«

»Ich mag Feiern eigentlich nicht besonders«, flüsterte sie. Und das hatte früher auch gestimmt, aber sie hatte sich die größte Mühe gegeben, denn nach ihrer Hochzeit war es Murray wichtig gewesen, dass man sie mochte. Dass sie beliebt waren. Sie scharte eine kleine Gruppe Frauen um sich und freute sich auf die Verabredungen mit ihnen, ganz gleich, ob Murray an ihrer Seite war. Sie baute sich ein Leben auf, doch dann hatte Murray Highbury House geerbt und alles auf den Kopf gestellt. Sie hatten nichts diskutiert, und sie war nicht gefragt worden. London war nicht der richtige Ort, um Kinder großzuziehen, hatte er argumentiert. Highbury war ein Heim. Sie hatte sich von ihm überreden lassen. Es erschien so offensichtlich, dass es das war, was sie sich wünschen sollte. Aber hatte sie das wirklich getan?

Es kam ihr vor, als hätte sie all die Jahre ihre Erinnerungen durch eine Glasscheibe betrachtet und als hätte Cynthia sie jetzt mit einem Hammer eingeschlagen.

»Um Murray gegenüber fair zu bleiben, hat er wahrscheinlich praktischerweise gedacht, das, was du wolltest und das, was er wollte, würde im Einklang stehen. Er hatte Highbury und eine bedeutende Praxis in London, ein großes Haus und eine Frau, die es verschönern würde. Und du hast dir ein Leben genau nach seinen Vorgaben aufgebaut«, sagte Cynthia.

Aber das war nicht wahr. Highbury war ihre Schöpfung, weil Murray das Haus langweilig geworden war. Sie hatte sich mit den Bauarbeitern, Innenarchitekten und Gärtnern herumgeschlagen und ihre Fragen darüber beantwortet, was für Messingbeschläge man einkaufen oder wie hoch man die Bilder hängen solle. Sie hatte sich mit dem Verkäufer gestritten, der die falsche Wanne für das Bad im Elternschlafzimmer geliefert hatte. Zweimal. Sie war jeden Abend erschöpft und ständig mit einer feinen Schicht Baustaub überzogen gewesen.

»Und was in aller Welt ist aus deiner Harfe geworden?«, fragte ihre Schwägerin.

Dianas Magen zog sich zusammen. Tief im Herzen war ihr klar, dass sie das Spielen für Murray aufgegeben hatte, und sie hatte ihm das übel genommen. Warum sonst hatte die tägliche Stunde im Musikzimmer ihr so viel Freude und Schuldgefühle zugleich bereitet? Warum wäre sie sonst so zornig bei dem Gedanken an den Tag geworden, an dem er aus London nach Hause gekommen war und sie in Tränen angetroffen hatte, weil das Kindermädchen seinen freien Tag hatte, Robin unter Krupphusten litt und sie nicht einmal Zeit gehabt hatte, um zu baden, und schon gar nicht zum Üben. Er hatte vorgeschlagen, sie solle die Harfe aufgeben, und so hatte sie das, was ihr die größte Freude bereitete, eingelagert, weil es das war, was eine Frau tat, wenn ihr Ehemann nur das Beste für sie wollte. Sie hatte ihren Mann geliebt, doch wenn sie an jenen Tag dachte, hasste sie ihn auch.

»Warum hast du nichts gesagt?«, fragte Diana.

Cynthia zuckte mit den Schultern. »Hättest du denn zugehört?«

»Vielleicht.«

Das trug ihr ein harsches Auflachen ein. »Das verängstigte kleine Mädchen, das mein Bruder uns allen vorgeführt hat – nicht damit wir euch unseren Segen geben, sondern um zu demonstrieren, dass er sich eine Eddings geschnappt hatte? Wohl kaum. Du hast ja geradezu an seinen Lippen gehangen.«

»Ich habe ihn geliebt«, entgegnete sie.

Cynthia wirkte ernüchtert. »Das freut mich. Mein Bruder hatte viele Fehler, aber ich bin froh, dass er geliebt wurde.«

Diana sah auf ihre Hände hinunter, die sie im Schoß zusammengekrampft hatte. Sie hatte keine Ahnung, ob Cynthia ein Spiel mit ihr trieb oder die Wahrheit sagte, aber eines wusste sie mit einer Gewissheit, die ihr tief in den Knochen zu stecken schien.

Langsam entflocht sie ihre Finger und strich über ihren Rock. »Ich bin aber kein verängstigtes kleines Mädchen mehr. Ganz gleich, was du von mir hältst, ich habe nicht vor, mir diktieren zu lassen, wie ich meinen Haushalt führe oder meinen Sohn großziehe.«

»Ich weiß.«

Diana hob überrascht das Kinn. »Das weißt du? Du bist in mein Haus geplatzt und hast alles an dich gerissen.«

»Weil du nutzlos warst. An dem Tag, an dem der Bescheid über die Requirierung kam, hat mich Mrs. Dibble angerufen, weil du, wie sie sagte, kaum einen Blick darauf geworfen hast.«

»Ich war in Trauer.«

»Ich bin hergekommen, weil nur Gott wusste, was aus diesem Haus geworden wäre, wenn ich nicht eingegriffen hätte. Sieh dir doch Sir Parkers Anwesen in Suffolk an: Es ist praktisch bis auf die Grundmauern niedergebrannt, weil die Truppen es als Übungsgelände benutzt haben«, erklärte Cynthia.

»Aber die Art, wie du über das Haus sprichst …«

»Wie rede ich denn darüber?«, fragte Cynthia.

»Als würdest du glauben, es sollte dir gehören!«, rief sie aus.

Cynthias Miene verdüsterte sich. »Ich bin eine geborene Symonds, und dies hier war mein Zuhause, lange bevor es deines wurde. Mir graut vor der Vorstellung, dass dieses Hospital nach dem Krieg aufgelöst werden wird. Ich werde nicht mehr da sein, und Highbury House gehört dann immer noch dir.«

Diana öffnete den Mund, um etwas zu sagen, aber was? Dass Cynthia sie jederzeit besuchen könne? Keiner von ihnen würde eine solche Regelung angenehm sein.

»Danke, dass du dich für Highbury eingesetzt hast, als ich nicht in der Lage dazu war«, sagte Diana und beherrschte sorgsam ihre Stimme, während sie ihren Drink hob wie einen Schutzschild.

»Wer hätte sonst die Leitung übernommen? Du etwa?« Cynthia lachte verbittert auf.

»Mrs. Symonds!«, schrie jemand auf der Wiese. Ruckartig hob sie den Kopf und erblickte einen jungen Soldaten, der auf seinen Krücken hektisch herbeihumpelte. »Mrs. Symonds!«

»Was ist los?«, fragte sie, während hinter ihr leises Stimmengewirr aufkam.

»Kommen Sie schnell! Es ist Ihr Sohn.«

Ihr fiel das Weinglas aus der Hand. Als es auf dem Boden zerschellte, drängte sie sich bereits durch die Menge.

»Was ist passiert?«, rief sie, während sie auf den Soldaten zurannte. »Wo ist er?«

»In dem Gartenbereich in der Mitte. Dem mit dem Tor«, sagte er und zuckte zusammen.

Der Garten des Winters. Grauen stieg in ihr auf. Robin war etwas zugestoßen. Sie musste zu ihm.

»Diana!«, schrie Cynthia ihr zu, aber sie stürmte schon die Treppe hinunter und über den Rasen.

Es geht ihm gut. Es geht ihm gut. Es muss ihm gutgehen.

Sie sprintete um den Soldaten herum, über den Lindenweg und zu dem Pfad, der zum Garten des Winters führte. Das Schluchzen eines Kindes übertönte das Rauschen des Bluts in ihren Ohren.

Es geht ihm gut. Wenn er weint, geht es ihm gut.

Als sie sah, dass das Tor offen stand, kam sie auf dem Schotter schlitternd zum Halten. Eine Krankenschwester kniete neben einer kleinen Gestalt, die auf dem Boden lag – Robin.

»Nein!«, schrie sie, stürzte herbei und fiel neben ihrem Sohn auf die Knie. Seine Augen waren geschlossen, und in seinen Mundwinkeln klebte Erbrochenes. Sie umfasste seine kleinen, zarten Schultern und schüttelte ihn. »Robin!«

Wie durch einen Nebel hörte sie, wie Bobby zu sprechen versuchte, obwohl er von heftigem Schluchzen geschüttelt wurde. »Wir haben gespielt und – er hat gesagt, diese Pflanzen sind magisch.«

»Es tut mir so leid, Mrs. Symonds.« Der Schwester versagte fast die Stimme. »Ich bekomme ihn nicht wach. Ich glaube, er hat hiervon gegessen.«

Die Schwester wies auf mehrere Stängel mit hübschen violetten Blüten. Eisenhut. So schön und so giftig.

»Holen Sie einen Arzt!«, schrie sie die Schwester an. »Sofort!«

Die Frau sprang blitzschnell auf und rannte aus dem Garten des Winters. Diana nahm ihren Sohn in die Arme und drückte ihn an sich wie damals, als er noch ein Baby gewesen war.

Etwas streifte ihren Arm. Bobby war zu ihr herübergeschlurft.

»Es wird wieder gut, Bobby. Robin wird wieder gesund«, sagte sie.

»Er hat gesagt, es ist magisch«, heulte Bobby und schlang die Arme um sie.

»Alles wird gut«, sagte sie. »Es wird wieder gut.«

So saßen sie da. Diana wiegte ihren Sohn, Bobby klammerte sich an sie, und alles, was von ihrer Welt noch übrig war, zerfiel.

HERBST

Venetia

Donnerstag, 12. September 1907
Highbury House
Bewölkt, ein Geruch nach Regen liegt
in der Luft. Der Herbst kommt.

Heute Morgen lag ich im Bett, und Matthew schlang die Arme so um mich, dass er die Hände auf meinen leicht gerundeten Bauch legen konnte. Ich habe Glück. Selbst im vierten Monat meiner Schwangerschaft sieht man mir kaum etwas an.

»Wir könnten in der Dorfkirche in Wilmcote heiraten«, sagte Matthew und zog mit dem Finger müßig Kreise auf meiner Flanke. »Der Geistliche in St. Andrew's ist ein verständnisvoller Mann und wird sich nichts bei einer kleinen Trauung mit nur zwei Zeugen denken.«

»Angesichts meines Zustands wird die Kirche um mich herum zusammenfallen«, meinte ich.

Er küsste mich seitlich auf den Hals. »Dann gehen wir eben nach London oder an irgendeinen anderen Ort, an dem uns niemand kennt.«

Ich drehte mich zu ihm um. »Bist du dir sicher, dass du Frieden mit der Aussicht gemacht hast, dass die Melcourts sich gegen uns beide wenden könnten?«

»Helen sitzt mir seit Jahren im Nacken, ich solle heiraten, weißt du noch?«, fragte er lächelnd.

»Aber nicht mich.« Mrs. Melcourt würde sich für ihren Bruder eine jungfräuliche Braut wünschen – und eine, die Geld und gesellschaftliche Stellung mitbrachte. Für Frauen wie Mrs. Melcourt ist die Ehe ein Strategiespiel, bei dem ich nicht annähernd eine Chance habe.

»Je schneller wir heiraten, umso früher werden Helen und Arthur dich liebgewinnen«, sagte Matthew. »Du brauchst dir keine Sorgen zu machen.«

»Wir sollten uns beide Gedanken machen.«

Er stieß mich sanft an. »Wir lassen uns schon nicht erwischen.«

»Das ist nicht das Einzige, was wir fürchten sollten, Matthew.«

Er ließ sich wieder auf seine Seite des Betts sinken. »Was denn noch?«

»Unser Leben wird sich verändern.«

»Zum Besseren«, sagte er.

»Was passiert, wenn ich keine Arbeit mehr finde?«, fragte ich.

Er stützte sich auf dem Kissen hoch, um mich anzusehen. »Das wird nicht geschehen. Ich werde es nicht zulassen.«

»Vielleicht hast du ja keine Wahl. Ich könnte keine Wahl haben.«

Darauf sagte er nichts mehr.

Nun, da wir beide im selben Boot sitzen, kann ich mir nicht mehr vorstellen, wie ich meinen ursprünglichen Plan hätte durchführen wollen. Andererseits missfällt es mir ebenso, unter dem Schleier von Lügen und Täuschung zu heiraten. Ich habe sehr lange nicht mehr über eine Ehe nachgedacht, aber ich hätte mir nicht gewünscht, dass sie so beginnt.

Und noch ein anderes Problem lastet mir auf der Seele. Es ist mir peinlich, darüber zu schreiben, aber ich weiß nicht wirklich, was Matthew für mich empfindet. Ich weiß, dass er zärtlich ist. Freundlich. Dass er optimistisch ist, dass wir uns zusammen ein Leben aufbauen können, aber unser Kind hat uns in diese Umstände gestürzt. Ich kann nicht umhin, mich zu fragen, ob nicht ein Teil von ihm genau wie ich das Gefühl hat, in der Falle zu sitzen.

Ich weiß nicht, ob er mich liebt, und ich kann mich nicht dazu überwinden, ihn zu fragen, weil ich die Antwort nicht hören möchte.

Diana

September 1944

Menschen. Nun umgaben sie Diana stets und ständig. Sie starrten sie an oder – schlimmer noch – setzten sich neben sie. Alle wollten ihre Hand halten, aber sie mochte das nicht, obwohl sie nicht die Energie aufbrachte, sie wegzustoßen. Stattdessen saß sie einfach mit einem von Robins kleinen Pullovern auf dem Schoß da und starrte einen Fleck an der Wand an.

Tinte, da war sie sich beinahe sicher. In den letzten drei Wochen war ihr seine Form zutiefst vertraut geworden. In einer anderen Zeit, an einem anderen Ort hätte sie vielleicht Mr. Gilligan gebeten, das Stück Tapete abzukratzen und ein neues einzusetzen, doch jetzt fand sie, dass der Fleck es ihr leichter machte. Wenn sie sich darauf konzentrierte, brauchte sie nicht zu denken.

Sie hätte Abstand von allem gebraucht – aber ein dichter Nebel schien sie zu umgeben und sie manchmal so einzuschnüren, dass sie nach Luft rang. Er ließ die Zeit quälend langsam vergehen.

Irgendwo in den Tiefen dieses Nebels registrierte Diana, dass die Tür zum Kinderzimmer geöffnet und wieder geschlossen wurde. Porzellan klirrte auf einem Tablett. Der Duft nach Toast und Eiern drang zu ihr. Zwei Frauen flüsterten miteinander.

»Diana, Miss Adderton hat dein Tablett gebracht.«

Sie blickte von dem tröstlichen Fleck auf und stellte fest, dass ihre Schwägerin mit gefalteten Händen und verkniffenem Gesicht über ihr stand.

»Ich habe Eier für Sie, Mrs. Symonds«, erklärte Miss Adderton mit aufgesetzter Fröhlichkeit. »Richtige Eier.«

»Ist das nicht ein Leckerbissen?«, fragte Cynthia.

Diana ließ den Blick erneut zu dem Fleck schweifen und krallte die Hände wieder in den Wollpullover. »Ich bin kein Kind.«

Verblüfft richtete ihre Schwägerin sich auf. »Nein, du bist kein Kind.« Als Diana nicht reagierte, sprach Cynthia weiter: »Du benimmst dich allerdings wie eins.«

Diana ballte die Fäuste fester.

»Du hast einen großen Verlust erlitten, und dafür hat jeder Verständnis. Aber viele andere Menschen leiden auch. Einige gleich in diesem Hospital. Du hast die Pflicht –«

»Ich hatte eine Pflicht gegenüber meinem Sohn. Ich hätte für seine Sicherheit sorgen müssen«, sagte sie.

»Was Robin zugestoßen ist, war eine große Tragödie«, versuchte Cynthia es noch einmal.

»Er ist wegen meines Gartens gestorben. Weil ich zu nachlässig dabei war, die Schlüssel zu verstecken. Er ist gestorben, weil ich den Eisenhut nicht herausgerissen habe, obwohl ich wusste, wie giftig er ist. Dass mein Sohn tot ist, ist *meine* Schuld.«

Im Raum wurde es still.

»Du bist nicht du selbst«, meinte Cynthia dann.

Nein, und vielleicht würde sie es nie wieder werden. Robin hatte für alles gestanden, was gut in ihrem Leben war – die Erinnerung an die Zeit vor dem Krieg, aber auch die Verheißung einer Zukunft. Sie hatte ihm ihre ganze Liebe geschenkt. Sie hatte gesagt, dass sie ihn bei sich behielt, weil Murray seine Zeit im Internat gehasst hatte, aber ihre Beweggründe waren tiefer gegangen. Sie hatte geglaubt, in ihrer Nähe sei er sicher.

Doch am Ende hatte sie ihn nicht beschützen können.

Robin war nie wieder zu Bewusstsein gekommen. Die Ärzte hatten nichts unternehmen können, um ihn zu retten. Auch nicht ein ganzes Haus voller Pflegepersonal. Ihr wunderschöner Junge war gestorben, während sie sich über ihn gebeugt hatte und die ganze Nacht schweigend bei ihm gewacht hatte.

»Ich möchte bitte allein sein«, flüsterte sie der Wand des Kinderzimmers zu.

Sie hörte, wie Miss Adderton das Tablett abstellte, doch nur eine Person verließ den Raum.

»Das wird aber jetzt nicht wieder wie bei Murray, oder?«, fragte Cynthia.

Langsam wandte Diana den Kopf. »Wie bitte?«

Ihre Schwägerin schnaubte empört. »Die Art, wie du deine Trauer zelebrierst, Diana, ist wirklich übertrieben. Wie du im Kinderzimmer umgehst wie ein Geist. Miss Adderton hat mir erzählt, dass du seit Wochen keine richtige Mahlzeit mehr zu dir genommen hast, und nach dem Zustand deines Haars zu schließen, kümmerst du dich nicht mehr um dein Äußeres.«

»Warst du nicht diejenige, die uns alle gedrängt hat, Verzicht zu üben, um die Kriegsanstrengungen zu unterstützen?«

»Das ist ungehörig«, meinte Cynthia.

»Ich trauere um meinen Sohn«, sagte sie.

Cynthia reckte die Hände zum Himmel. »Und benimmst dich dabei genauso egoistisch wie immer!«

Diana schoss hoch, und Robins Pullover rutschte fast auf den Boden. Doch sie fing ihn auf und schwenkte ihn. »Er ist tot!«

»Mein Bruder auch, und Private Welthropes Schwester, Mrs. Georges Sohn und die Angehörigen einer ganzen Anzahl von Menschen«, wandte Cynthia ein. »Es ist nicht natürlich, wie du dich wochenlang einsperrst, wenn etwas Schlimmes passiert.«

»Du wirst mir nicht vorschreiben, wie ich um meinen Sohn trauern darf«, stieß sie hervor.

»Das tue ich doch nicht …«

»Murray sollte hier sein.« Diana versagte die Stimme. »Er hatte kein Recht, sich freiwillig zu melden, ohne vorher mit mir zu reden. Er hat keinen Moment an Robin oder mich gedacht, und als er mir erzählt hat, was er getan hatte, war nichts mehr daran zu ändern. Meinem Mann war meine Meinung so unwichtig, dass er in den Kampf gezogen ist und sich hat umbringen lassen. Und jetzt ist mein Sohn tot, und du hältst mich für egoistisch, weil ich mir Zeit nehme, um ihn zu trauern? Wie kannst du es wagen?«

»Mir war nicht klar, dass Murray nicht mit dir geredet hatte, bevor er sich freiwillig meldete«, sagte Cynthia leise.

Diana reckte das Kinn. »Wenn du dir die Mühe gemacht hättest, mich zu fragen, hätte ich es dir erzählt.«

»Das tut mir leid, um Murrays und Robins willen.« Die Worte kamen ihrer Schwägerin schleppend und schmerzhaft über die Lippen, doch sie sprach sie aus. »Ich lasse dich allein.«

Diana wandte sich ab und trat ans Fenster.

Der Nebel der Trauer umschloss sie erneut und drückte sie nieder. Wenig später hörte sie, wie die Tür geöffnet und wieder geschlossen wurde.

»Guten Abend, Mrs. Symonds«, sagte Miss Adderton, als die Uhr auf dem Gang halb acht schlug. Die Köchin brachte Diana so regelmäßig ein Tablett nach oben, dass diese es normalerweise kaum bemerkte. Doch dieses Mal konnte sie nicht verhindern, dass Cynthias Worte in ihrem Kopf widerhallten.

Egoistisch.

»Danke.«

Sie warf Miss Adderton einen Blick zu und sah gerade noch, wie sich unter ihrem blauen Kleid ihre Schultern verkrampften. Diana wurde klar, dass sie die Köchin wahrscheinlich zum ersten Mal seit Wochen direkt angesprochen hatte.

Miss Adderton legte die Hände im Rücken zusammen und

drehte sich um, ein freundliches Lächeln auf dem Gesicht, hinter dem jedoch der Schmerz wahrnehmbar war.

»Es gibt Schweinemedaillon mit Roter Bete und Kartoffeln«, erklärte sie Diana.

Doch das Abendessen war ihr gleichgültig. Sie räusperte sich. »Wie geht es Ihrem Neffen?«

Sofort schlug die Köchin die Augen nieder. »Bobby geht es so gut, wie es unter den Umständen zu erwarten ist.«

»Also angesichts dessen, was er durchgemacht hat, vermutlich nicht sehr gut«, sagte sie.

»Er schläft nicht sehr ruhig. Oft hat er Albträume«, räumte Miss Adderton ein.

»Verstehe.«

Die Köchin zögerte. »Er ist auch wieder so still«, sagte sie dann. »So wie damals, als er angekommen ist, bevor er angefangen hat, mit …«

Miss Adderton verstummte, und Dianas Herz krampfte sich zusammen. Bevor er angefangen hat, mit Robin zu spielen.

Die Köchin sah sie an und wartete darauf, dass sie etwas sagte. Diana wusste, sie hätte es tun sollen. Dies war der Moment, in dem eine Lady irgendeine höfliche Floskel von sich geben sollte. Doch sie brachte es nicht länger fertig, diese würdevolle Art an den Tag zu legen. »Danke, Miss Adderton«, sagte sie stattdessen. »Sie können gehen.«

Die Köchin nickte, und als sie die Tür leise hinter sich schloss, begann Diana zu weinen.

Venetia

Oktober vielleicht?
Highbury House

Ich weiß weder den Wochentag noch das Datum, weil mir das vollkommen gleichgültig ist. Ich habe seit Tagen nichts geschrieben, denn wie soll man den schlimmsten Tag seines Lebens festhalten?

Ich wusste, dass meine Zeit auf Highbury sich dem Ende zuneigte. Als ich mit Mr. Hillock auf dem taufeuchten Boden stand, um die Pläne für den nächsten Frühling zu besprechen, empfand ich es besonders stark: Die Tage waren kürzer geworden.

»Die Narzissen können wir nächste Woche setzen, wenn sie denn geliefert werden«, erklärte er.

»Ich habe meinem Bruder vor vier Wochen geschrieben und ihn um die Zwiebeln gebeten. Ich schreibe ihm heute Abend noch einmal, um festzustellen, warum es zu dieser Verzögerung gekommen ist«, versprach ich.

»O'Malley hat mir heute Morgen mitgeteilt, im Garten des Winters sei der Boden vorbereitet«, sagte er.

Ich weiß noch, dass ich seufzte. »Ich habe die Zeichnungen für Sie in Kürze fertig.«

Mr. Hillock sah mich blinzelnd an. »Wenn Sie mir die Bemerkung erlauben, Miss Smith, es scheint, als wollten Sie nicht an diesem Garten des Winters arbeiten.«

»Unsinn«, sagte ich, obwohl ich wusste, dass er recht hatte.

Das war der letzte Gartenbereich, der bepflanzt werden würde, und ich hatte mir angewöhnt, fast täglich an den Plänen zu feilen und Veränderungen vorzunehmen. Er stand für meinen Abschied von Highbury House, doch noch war ich nicht bereit, ihm Lebewohl zu sagen.

Wir gingen unserer Wege, und ich begab mich zum Garten der Kinder, wo ich seit Neuem viel von meiner Zeit verbrachte. Auf allen vieren jätete und räumte ich auf, so gut ich konnte. Es fiel mir immer schwerer, die Kraft zu diesen Gartenarbeiten aufzubringen. Sobald ich aufstand, protestierten meine Knie und mein Rücken. Doch nach einer Weile nahm ich eine Baumschere zur Hand, um einen Sommerflieder zu beschneiden.

Ich ergriff einen dünnen Zweig der silbrig grünen Pflanze und setzte den ersten Schnitt tief am Ansatz an. Ein stechender Schmerz fuhr mir durch den Rücken, und ich stieß scharf den Atem aus. Aber ich unterbrach mich nicht. Stattdessen schnitt ich den Fliederzweig in drei ordentliche Stücke und ließ sie in die Segeltuchtasche fallen, die einer der Gärtner später zum Komposthaufen schleppen würde.

So arbeitete ich ein paar Minuten weiter und schnitt die Pflanze methodisch auf die Hälfte ihrer Größe zurück. Als ich die Hand nach einem dickeren Ast ausstreckte, verkrampfte sich mein Rücken wieder, dieses Mal heftiger. Ich ließ die Gartenschere fallen, griff an meinen Rücken und grub die Finger in den steifen Stoff meines Korsetts. Ein neuer Schmerz ergriff mich, doch dieses Mal so, als zöge sich tief in meinem Inneren etwas zusammen.

Ich wusste, dass etwas nicht stimmte. Ich musste mich setzen. Zu Atem kommen. Nachdenken. Ich raffte meine Röcke, um vorsichtig über Prachtkerzen und Astern zu steigen, und da sah ich es – frisches Blut, das in einem Rinnsal an der Seite meines Schuhs herabfloss.

Ich verlor mein Kind – eine Tochter, wie Dr. Irving mir erklärte, obwohl ich nicht gefragt hatte und es nicht wissen wollte.

Nach den ersten Schmerzen im Garten der Kinder dauerte es Stunden, bis der junge John mich auf dem Boden kauernd fand, die Arme um meinen Bauch geschlungen und mit blutdurchtränktem Rock. Ich versuchte, ihn daran zu hindern, doch er rannte sofort zu Mrs. Creasley. Sie half mir ins Cottage, und Mr. Hillock stützte mich auf der anderen Seite. Sie schickte nach Dr. Irving.

Und lief dann schnurstracks zu den Melcourts, um ihnen alles zu erzählen.

Glücklicherweise sah ich von dem Moment an, in dem man mich ins Bett legte, niemanden als den Arzt. Um Mitternacht war es vorbei.

Dr. Irving schien eine Ewigkeit zu brauchen, um seine Instrumente zu säubern und sich die Hände zu waschen. Als er endlich fertig war, räusperte er sich. »Es tut mir sehr leid, Miss Smith …«

Ich gab keine Antwort. Ich wollte weder seine Anteilnahme noch sein Mitleid.

»Gut möglich, dass Sie in Zukunft noch Kinder bekommen können.«

Ich kniff die Augen zu. Ich hatte meine Tochter verloren, und es schockierte mich, wie stark mein Kummer war. Bis zu diesem Moment hatte ich mir eingeredet, ich könne objektiv bleiben. Jetzt begriff ich, dass ich in all den Stunden, in denen ich Pläne geschmiedet und mir Sorgen gemacht hatte, ebenso an sie wie mich selbst gedacht hatte. Ich hatte ihr das bestmögliche Leben bieten wollen.

Doch sie war auch Matthews Tochter gewesen, und jetzt war es nur eine Frage der Zeit, bis alle anderen es ebenfalls erfahren würden. Und so trauerte ich nicht nur um sie, sondern um mein Leben, wie es einst gewesen war. Um meinen ruinierten beruflichen und gesellschaftlichen Ruf. Um den Verlust meines Einkommens und meiner Unabhängigkeit. Und um Matthew. Nun gab es keinen Grund mehr für uns zu heiraten. Mich würde man zwingen fortzugehen, und Matthews Leben würde weitergehen wie bisher.

»Danke für Ihre Hilfe, Doktor«, sagte ich und gab mir große Mühe, damit meine Stimme nicht zitterte.

Dr. Irving zögerte, nickte dann aber. Bevor er die Tür öffnete, verbeugte er sich leicht. »Versuchen Sie zu ruhen. Das ist das Beste.«

Sobald ich allein war, wandte ich das Gesicht ab, doch ich wusste, dass ich heute Nacht keinen Schlaf finden würde. Stattdessen dachte ich an Adam und mein kleines Haus, das ich liebte. Ich dachte an meinen wunderschönen Garten, den ich mit Zuwendung überhäufte, wenn ich nicht gerade fern von zu Hause war. Wie einfach war mir alles damals erschienen, als ich mich um wenig mehr zu sorgen brauchte als um mein nächstes Projekt oder die Frage, ob die Samen, die ich aus diesem oder jenem Katalog bestellte, keimen würden. So vieles hatte sich verändert, seit ich nach Highbury gekommen war. Ich selbst war eine andere.

Irgendwo außerhalb des Cottages vernahm ich in der Ferne laute Stimmen. Ich schob mich auf die Ellbogen hoch und zuckte angesichts des tiefen Schmerzes in meinem Körper zusammen.

»Sei doch vernünftig!«, hörte ich Mrs. Melcourt schreien.

Dann wurde an meine Tür gehämmert, und sie flog auf. »Venetia! Venetia!«

»Matthew«, murmelte ich, ließ mich aufs Bett sinken und zog die Decke bis zur Brust hoch.

Eine Sekunde später riss er meine Schlafzimmertür auf, stürzte hinein und kniete auf dem Boden nieder.

»Was ist passiert, Liebste? Was hast du?«, fragte er und umklammerte meine Hände.

Seine Schwester und ihr Mann stürmten hinter ihm durch die Tür. Beide rangen nach Luft. In dem verzweifelten Versuch, ihn von mir fernzuhalten, waren sie ihm auf dem ganzen Weg zu meinem Haus nachgerannt.

»Matthew Goddard, was fällt dir ein, so in Miss Smiths Cottage zu platzen? Das ist äußerst ungehörig.«

»Was ist, Venetia?«, fragte er und ignorierte seine Schwester.

Ich starrte seine Schwester und ihren Mann aufgebracht an. »Sie haben es ihm nicht gesagt?«

»Was sollen sie mir gesagt haben?«, fragte Matthew.

»Das geht dich nichts an, Matthew«, warf Mrs. Melcourt steif ein.

»Was ist los, Venetia? Mrs. Creasley hat mir erklärt, du wärest krank und man habe nach dem Arzt geschickt«, sagte er.

Eine merkwürdige Mischung aus Wut und Dankbarkeit gegenüber der neugierigen Hausdame schnürte mir die Kehle zu. Er hatte ein Recht, es zu erfahren. Schließlich war er der Vater des Kindes gewesen.

Er drückte meine Hände noch fester. »Geht es dem Baby gut?«

Ich hörte seine Schwester aufkeuchen.

»Ich muss schon sagen«, stieß Mr. Melcourt hervor. Aber die beiden waren mir gleichgültig.

»Nein.«

Seine Hände lösten sich von meinen. Er war blass und seine Miene ausdruckslos. Ich hatte ihn verloren.

»Matthew, dies ist höchst unangebracht. Ich muss darauf bestehen, dass du gehst«, sagte Mrs. Melcourt mit schriller Stimme. Sie wusste Bescheid, das sah ich an dem Blick, mit dem sie mich bedachte, aber sie versuchte tapfer, es zu verdrängen.

»Das geht dich nichts an, Helen«, sagte er.

»Also, Matthew –«

»Dich auch nicht, Arthur«, zischte er Mr. Melcourt an.

»Wenn Miss Smith unter unserem Dach einen Fehltritt begangen hat, sehe ich nicht, wie wir sie weiter beschäftigen sollen. Ich muss Sie bitten, unser Anwesen augenblicklich zu verlassen, Miss Smith.«

Matthew sprang auf. »Sie hat gerade ein Kind verloren, Arthur. Hast du denn gar kein Mitgefühl?«

»Bitte, Matthew …«, begann seine Schwester.

»Es ist mitten in der Nacht«, wandte Matthew ein.

»Dann morgen früh«, sagte Mr. Melcourt, als wäre das ein großes Zugeständnis.

Mrs. Melcourt legte ihm eine Hand auf den Arm. »Arthur, ich finde, wir können Miss Smith ein wenig mehr Höflichkeit erweisen. Miss Smith, Sie dürfen für die Dauer Ihrer Genesung bleiben. Sie werden niemanden sehen. Sie werden dieses Cottage nicht verlassen, obwohl ich bezweifle, dass das in Ihrem Zustand überhaupt möglich wäre. Haben Sie verstanden?«

Ich nickte matt, denn was hätte ich sonst tun sollen?

»Jetzt sollten wir Miss Smith ruhen lassen. Du auch, Matthew«, sagte Mrs. Melcourt.

Matthew warf mir einen gequälten Blick zu. »Venetia, wenn du möchtest, dass ich bleibe …?«

Ich wich zurück. »Ich will allein sein.«

Bei diesem Mann konnte ich keinen Trost mehr suchen, denn ich wusste, dass er nur allzu bald aus meinem Leben verschwinden würde. Einmal mehr würde ich allein auf der Welt sein – ich war mir unsicher, ob selbst mein Bruder noch etwas mit mir zu tun haben wollen würde, sobald er herausfand, warum ich von Highbury House verwiesen worden war.

»Ich komme morgen wieder«, versprach Matthew.

»Nein, bitte nicht.«

»Matthew«, versetzte seine Schwester scharf, die den beiden Männern die Schlafzimmertür aufhielt.

Mein Liebhaber warf mir über die Schulter einen letzten Blick zu, und dann war er fort.

Ich rechnete damit, dass Mrs. Melcourt den beiden folgen würde, doch stattdessen schloss sie leise die Tür hinter ihnen. Sie zog sich einen kleinen, mit Gobelinstickerei bezogenen Schemel heran und setzte sich auf den Rand.

»Ich befinde mich in einer ungewöhnlichen Lage, Miss Smith«, erklärte sie, und ihre Stimme verlor gänzlich den schmeichelnden, süßlichen Ton, den sie ihrem Mann gegenüber gebraucht hatte. »Der Herr hat uns zwar mit drei gesunden Kindern gesegnet, aber wir hätten mehr haben sollen. Arthur hält sich nicht groß damit auf, aber ich werde die vielen Kinder, die wir verloren haben, nie vergessen.«

»Das tut mir leid«, murmelte ich.

»Ich will kein Mitgefühl von Ihnen«, gab Mrs. Melcourt scharf zurück. »Ich will nur, dass Sie begreifen, warum ich meinen Mann daran gehindert habe, Sie im Morgengrauen aus diesem Cottage zu werfen. Sie haben ein Kind verloren. Außerdem haben Sie mein Vertrauen missbraucht, indem Sie meinen Bruder verführt haben.«

»Ich habe Ihren Bruder nicht verführt.«

Sie sprach weiter, als hätte sie mich nicht gehört: »Matthew ist ein guter Mensch, aber er kann naiv sein. Er setzt sich über einige der komplizierteren Realitäten des Lebens hinweg, weil er sich nicht auf sie einlassen will.«

»Warum erzählen Sie mir das?«, fragte ich.

»Er wird Sie nicht heiraten.«

Ich schluckte. »Das erwarte ich auch nicht von ihm.«

Sie nickte. »Freut mich, dass wir uns darüber einig sind. Sie können sich hier im Gärtnerhäuschen erholen, bis Dr. Irving glaubt, dass Sie in der Lage sind, mit dem Zug zurück nach London zu fahren. Ich bitte Sie, während Ihres Aufenthalts keinen Kontakt zu meinem Bruder aufzunehmen.«

»Wenn er herkommt, ist das allein seine Entscheidung«, sagte ich.

»Matthew wird sich meinen Wünschen beugen. Das hat er immer schon, weil Mr. Melcourt ihn aushält.«

»Er will das Geld Ihres Mannes nicht«, erwiderte ich.

Sie beugte sich vor. »Warum nimmt er es dann weiter an?«

Darauf wusste ich keine Antwort.

»Vielleicht haben Sie ja recht. Es ist höchste Zeit, dass Matthew sich eine Braut sucht, die eine gute Mitgift mit in die Ehe bringt. Ich werde dafür sorgen, dass das bis Jahresende passiert. Ich werde mich auch darum kümmern, dass mein Mann wegen dieses Skandals zur Besinnung kommt. Wir können Sie nicht entlassen, da zu viele Menschen von Ihrer Arbeit hier wissen. Stattdessen werden Sie alle ausstehenden Planungen abschließen und Mr. Hillock detailliert über alles unterrichten, was er wissen muss, um sie selbst auszuführen.«

Diese grässliche Frau war zu dem gleichen Plan für meinen Abgang aus Highbury gekommen wie ich selbst. Diese Gewissheit stürzte mich in noch tiefere Verzweiflung.

»Danke, Mrs. Melcourt«, sagte ich leise.

Sie zog eine Augenbraue hoch. »Ich tue nur, was notwendig ist, um meine Familie zu schützen. Ich bewahre meinen Bruder davor, mit unlauteren Mitteln zu einer Ehe mit einer unpassenden Frau gezwungen zu werden.«

Ein wenig Widerstandsgeist regte sich in mir. »Unpassend? Ich bin die Tochter eines Gentlemans, genau wie Sie.«

»Wir wissen beide, dass wir nicht gleich sind, Miss Smith. Ich habe einen hohen gesellschaftlichen Rang und Reichtum, den Sie sich nicht einmal vorstellen können. Sie graben im Dreck und spielen mit Pflanzen, um Geld zu verdienen«, sagte sie.

»Ich habe Talent und künstlerisches Geschick.«

»Und ich habe einen Ehemann. Ich halte alle Trümpfe in der Hand, Miss Smith. Jetzt schlage ich vor, dass Sie ruhen. Je schneller Sie genesen, umso rascher sind wir einander los.«

Ich krallte die Fäuste in die Laken, um sie nicht zu schlagen. Stattdessen warf ich ihr einen durchdringenden Blick zu. »Mrs. Melcourt, ich kann Ihnen versichern, dass mir nichts größere Freude bereiten könnte als die Gewissheit, Sie nie wiederzusehen.«

Ich werde diesen Ort verlassen und nie wieder zurückkehren. Hier habe ich mein Auskommen und mein Leben aufs Spiel gesetzt und werde die Folgen vielleicht noch jahrelang zu tragen haben.

Emma

September 2021

Emma wischte sich die Handflächen am Stoff ihres schwarzen Bleistiftrocks ab. In Highbury war es heute Morgen kühl gewesen, als sie statt ihrer normalen Gartenkleidung den Rock und einen dünnen Kaschmirpullover mit dreiviertellangen Ärmeln angezogen hatte, die sie sich am Abend zuvor herausgelegt hatte. Dazu trug sie schwarze Lackschuhe mit Absatz – gerade hoch genug, um ein wenig elegant zu wirken, aber nicht so hoch, dass sie darauf ins Wanken kam. Jetzt war sie froh, dass sie ihren weinroten Mantel im Auto gelassen hatte. Darin wäre sie vor Hitze umgekommen.

Sie saß im Empfangsbereich der Royal Botanical Heritage Society und nestelte am Riemen ihrer Handtasche. Wegen dieses Vorstellungsgesprächs hatte sie alle Argumente endlos hin- und hergewälzt. Wenn sie den Job bekam, hieß das, sie müsste *Turning Back Thyme* verkaufen und zum ersten Mal in ihrem Leben in einem Bürojob arbeiten. Das würde Stabilität und Sicherheit bedeuten. Sie hätte ein festes Gehalt, Zulagen und eine private Krankenversicherung. Sie könnte Urlaubspläne schmieden. Sie könnte sich überhaupt Urlaub nehmen – wann hatte sie das zuletzt getan?

Aber vor allem würde es weniger Stress bedeuten. Sechs Jahre lang hatte sie allein eine ganze Firma geschultert. Sie war erschöpft.

Aber wer hat gesagt, dass du das allein tun musst?

Mit einem »Ping« ging auf ihrem Handy eine Nachricht von Charlie ein.

40 Tüten Mulch zu wenig geliefert. Keine Sorge. Hab schon angerufen und alles geregelt. Viel Spaß an deinem freien Tag!

Sie starrte das Telefon an, bis eine ältere Frau in einem Twinset und gelbbraunen Hosen von den Aufzügen zu ihr herüberkam. »Miss Lovell?«

»Ja?«

»Ich bin Amy, Mr. Rothebys Assistentin. Würden Sie bitte mitkommen?«

Emma stellte ihr Handy auf lautlos, steckte es in die Handtasche und folgte Amy zu ihrem Vorstellungsgespräch.

In einem Dorf namens Cropredy hielt Emma auf dem kleinen Parkplatz am Straßenrand an und zog den Zündschlüssel. Sie öffnete die Wagentür und setzte sich auf den Sitz, um ihre Pumps gegen schlammbespritzte Gummistiefel auszutauschen. Dann versteckte sie ihre Handtasche unter dem Fahrersitz und überquerte die Brücke, die zum Kanalufer führte.

Ungefähr zehn Minuten ging sie über den staubigen Pfad, bis ein vertrautes gelb-blaues Bootsheck in Sicht kam, auf dem in weißer Schrift *Darling Mae* stand.

»Ahoi, Kapitän!«, rief sie nach oben und beschattete ihre Augen, um sie vor der tief stehenden Sonne zu schützen.

Charlie, der in einem Liegestuhl saß und ein Glas Wein in der Hand hielt, schaute zu ihr herunter. »Du hast dich ja herausgeputzt. Ein Date?«

»Wann habe ich schon mal ein Date vor dir geheim halten können?«, fragte sie.

Er lachte, und der goldene Schein des Sonnenuntergangs warf

Reflexe auf seine dunkle Haut, als er dabei den Kopf in den Nacken legte. »Bessere Frage: Wann hattest du zuletzt ein Date?«

»Oh, vielen Dank. Kann ich an Bord kommen?«

»Kannst du denn in diesem Rock hochklettern?«, fragte er.

Sie probierte es und hatte beim zweiten Versuch Erfolg, nachdem sie den Rock bis auf den halben Oberschenkel hinaufgezogen hatte.

»Deinetwegen tratscht jetzt wohl der ganze Kanal über mich, wenn die Sonne untergangen ist«, sagte er, als sie sich auf dem zweiten Liegestuhl niederließ. »Wein?«

»Ja, aber nur ein Glas. Ich bin mit dem Auto gekommen.«

»Woher?«

Sie zog eine Augenbraue hoch. »Du hast mich nicht nach dem Grund gefragt, als ich dir gesagt habe, dass ich mir einen Tag freinehme.«

»Ich habe dir Freiraum gelassen. Warte.« Er duckte sich, trat in die Kabine und tauchte mit einem Glas Wein wieder auf. »Hier.«

»Danke.« Sie trank einen großen Schluck. »Ich war in London.«

Für einen Moment herrschte Schweigen zwischen ihnen, bis ihr Freund schließlich einschob: »Muss ich dich erst danach fragen?«

Sie holte tief Luft. »Ich hatte ein Jobangebot.«

»Du bist heute nicht wirklich wie eine Gärtnerin angezogen«, befand er.

Die Leitung der Abteilung Naturschutz … das fühlte sich nicht wirklich an wie ein Job für eine Gärtnerin. Sie würde Mitarbeiter haben – kein Team. Sie würde die Politik der Royal Botanical Heritage Society mitbestimmen. Sie würde beratend an besonders publikumswirksamen Projekten mitwirken und mit Spendern reden müssen.

Sie hatte in William Rothebys Büro gesessen und zugehört, wie er begeistert von dem Beitrag sprach, den sie durch ihre praktische Erfahrung für die Organisation und das Naturschutz-Bildungsprogramm leisten könne, das die Gesellschaft für kleine Gärtnereibetriebe wie *Turning Back Thyme* ins Leben rufen wolle. Sie könnte deren Mitarbeiter anleiten und sogar selbst einige der Fachkurse unterrichten, wenn sie wollte. Sie würde ein großzügiges Gehalt, Vergünstigungen und Sozialleistungen beziehen.

Aber sie wäre keine Gärtnerin mehr.

»Ich war bei der Royal Botanical Heritage Society.«

»Loraine Jeffers hat mir erzählt, dass sie wieder Vorstellungsgespräche führen. Nach dem Ende des Einstellungsstopps haben sie bei ihr angerufen«, erklärte Charlie. Er sprach von einer ihrer Konkurrentinnen. »Loraine war in der engeren Auswahl, daher wusste ich, dass du ebenfalls im Gespräch sein musstest.«

»Sie haben mich schon kurz nach Neujahr kontaktiert.«

»Warum hast du mir nichts davon erzählt?«, fragte er.

»Ich wollte nicht, dass ihr euch Sorgen macht, du oder das Team, solange nichts daraus wurde. Wir hatten den großen Auftrag in Highbury, und *Turning Back Thyme* war meine Priorität. Ich wollte nicht, dass ihr euch alle Gedanken darüber macht, wo euer nächstes Gehalt herkommen soll.«

»Emma, ich bin bei *Turning Back Thyme*, weil ich gern dort arbeite. Wenn ich wollte, könnte ich mir einen anderen Job suchen. Angebote hatte ich schon.«

»Wirklich?«, fragte sie.

»Natürlich, Dummerchen. Ich kann ein Team leiten. Das ist eine wertvolle Eigenschaft.«

»Tut mir leid. Selbstverständlich kannst du das. Schätze, ich hatte Angst, es könnte unsere Freundschaft ruinieren, wenn ich etwas sage.«

»Ich wäre ein verdammt mieser Freund, wenn ich mir mehr Sorgen um meinen Job als um dein Glück machen würde. Wenn der Job als Leiterin der Naturschutzabteilung der richtige Schritt für dich ist, dann nimm ihn an. Ich will, dass du glücklich bist.«

»Ist das dein Ernst?«

»Ja, aber ich werde ein paar Wochen brauchen, um darüber hinwegzukommen, dass du mir das nicht zugetraut hast.«

»Das ist nur gerecht.« Sie schwieg ein paar Sekunden. »Ich sollte den Job nehmen«, meinte sie dann. »Sie bieten mir so viel, und es wäre viel weniger stressig, als die Firma zu betreiben. Ich wäre schön blöd, würde ich die Stelle ablehnen.«

»Aber …?«, hakte Charlie nach.

Über das Wasser sah sie auf ein Feld am anderen Ufer hinaus, auf dem Kühe standen. »Die Leute in dem Büro haben so nette Dinge gesagt und mir von den Mitarbeitern, die ich haben würde, und allem, was ich tun könnte, erzählt. Und weißt du, was mein einziger Gedanke war? Ich wäre am liebsten zurück im Garten des Winters gewesen, um das große Beet umzugraben.«

Charlie grinste. »Man kann das Mädchen aus dem Garten nehmen …«

»Aber man kriegt den Dreck nicht unter ihren Nägeln raus. Ich habe ihnen erklärt, dass ich meine Bewerbung nicht weiterverfolgen möchte«, erklärte sie.

»Dann bist du noch im Geschäft?«

»Ich dachte sogar, dass es Zeit wäre, dass *wir* ins Geschäft kommen. Miteinander.«

Ruckartig hob Charlie das Kinn. »Was meinst du?«

»Ich hätte dich schon vor Jahren zum Partner machen sollen. Du gehörst genauso zu *Turning Back Thyme* wie ich.«

»Du machst mir einen Antrag – geschäftlich natürlich?«

Sie grinste. »Ich glaube schon. Wenn du mich nimmst.«

»Du willst bloß, dass ich mich um die Kunden kümmere, die du nicht leiden kannst«, meinte er.

»Und um die Gehaltsabrechnungen und gut fünfundsiebzig Prozent von Logistik und Planung«, ergänzte sie.

»Auch wenn du das nicht gern machst, mir bringt es Spaß«, sagte er.

»Außerdem habe ich gedacht, wir könnten dann zwei Aufträge auf einmal übernehmen, wenn wir expandieren und ein zweites Team einstellen. Das würde doppelte Einnahmen bedeuten und dazu beitragen, Reserven für magere Jahre aufzubauen. Das heißt, wenn du willst. Du kannst dir natürlich etwas Bedenkzeit nehmen.«

»Als ob ich darüber nachdenken müsste, Dummerchen.«

Demonstrativ stemmte sie eine Hand in die Hüfte. »Wenn wir Freunde bleiben sollen, musst du dringend aufhören, mich ›Dummerchen‹ zu nennen, du irrer Schotte.«

»Eingebildete südenglische Kuh«, konterte er.

»Ich bin aus Croydon.«

»Ist trotzdem im Süden. Kann ich dir als Geschäftspartner und bester Freund einen ungebetenen Rat geben?«, fragte Charlie.

»Wenn du fragst, wäre das dann nicht ein erbetener Rat?«

»Halt den Mund, Emma.« Er lachte.

»Also raus damit.«

»Etwas an dir ist dieses Jahr anders.«

Sie nickte. »Ich habe Blumenkübel.«

»Ganz genau. Außerdem habe ich beobachtet, wie du auf eine Tasse Tee mit Sydney ins Haus gegangen bist oder dich mit Andrew über die Renovierung unterhalten hast. Du kannst die beiden gut leiden, und du magst dieses Dorf und dein kleines Haus. Du fühlst dich in Highbury zu Hause.«

Zu Hause. Das Wort schien sich auszudehnen und erfüllte ihre Brust. Auch wenn sie nicht wusste, warum, passte sie einfach nach Highbury. Sie liebte das kleine Cottage mit dem Holzofen und den dicken Balken, an denen sie sich manchmal den Kopf anstieß, wenn sie nicht aufpasste. Irgendwie war Lucys Quiz im Pub zu einer allwöchentlichen Tradition geworden, und die Besitzer des kleinen Lebensmittelladens in der Bridge Street kannten Emma mittlerweile beim Namen. Und wenn sie nun in ihrem

Cottage-Garten saß, verbrachte sie einen großen Teil ihrer Zeit damit, ihn im Kopf auf ein Dutzend verschiedene Arten umzugestalten.

»Ich glaube, ich möchte in Highbury bleiben«, sagte sie. »Es fühlt sich richtig an.«

»Das Gefühl habe ich auch bei der *Darling Mae*«, erklärte Charlie.

»Aber mit ihr bist du mobil«, wandte sie ein.

»Die Kanalstrecke ändert sich vielleicht, aber das Boot bleibt dasselbe.«

Sie stellte ihr Glas ab. »Ich fahre zurück zum Cottage. Ich bin erschöpft. Danke für den Wein.«

»Danke für den Geschäftsdeal«, gab Charlie zurück.

Er wartete, bis sie ein Bein über die Reling der *Darling Mae* geschwungen hatte, dann rief er ihr hinterher: »Weißt du, wenn du wirklich in Highbury Wurzeln schlagen willst, dann könntest du damit anfangen, dass du diesen Farmer einlädst!«

Es gelang ihr gerade eben, nicht abzurutschen. »Ich schwöre bei Gott, Charlie, wenn ich in den Kanal falle, bringe ich dich um.«

»Henry war heute im Garten und hat nach dir gefragt.«

»Charlie!«

Es gelang ihr mit knapper Not, vom Bug auf den sicheren, festen Boden zu springen. Ihr Gesicht war rot angelaufen, und das Gelächter ihres Freundes folgte ihr auf dem Rückweg über den Treidelpfad.

Diana

Oktober 1944

Diana lag auf Robins Bett, als Pater Devlin sie aufsuchte.

»Ich dachte, ich setze mich vielleicht eine Weile zu Ihnen, Mrs. Symonds«, erklärte er, als wäre es das Normalste auf der Welt, eine Frau zu begrüßen, die in einem Kinderbett lag und sich einen Pullover wie ein Kissen unter den Kopf klemmte.

Sie hob den Kopf, um ihn anzusehen. »Ich habe inzwischen gelernt, Vater, dass ich wenig tun kann, um Sie aufzuhalten, wenn Sie etwas loswerden wollen.«

Er lachte. »Das ist wahr. Aufdringlichkeit und Einmischung sind zwei Eigenschaften, für die ich gewiss am Himmelstor bestraft werde.«

Seufzend hievte sie sich hoch, setzte sich auf ihren gewohnten Stuhl und rückte ihn ein wenig herum, sodass er nicht zur Wand wies. Pater Devlin zog sich den Stuhl des Kindermädchens heran, der jetzt immer unbesetzt war. Jemand musste die Frau fortgeschickt haben.

»Ich nehme an, Sie wollen mit mir reden«, sagte sie mit belegter Stimme. »Oder nach mir sehen. Momentan scheinen das alle zu wollen.«

Er faltete die Hände und ließ sie auf der Bibel ruhen, die auf seinem Bein lag. »Sollte ich denn nach Ihnen sehen?«

»Ich dachte, es sei die Aufgabe von Geistlichen, trauernde Mütter zu trösten.«

»Ich könnte eine Anzahl Zitate aufsagen. ›Lasset die Kindlein zu mir kommen und wehret ihnen nicht, denn ihrer ist das Himmelreich‹ vielleicht? Oder wäre Matthäus 18, Vers 4 passender? ›So ist's auch nicht der Wille eures Vaters im Himmel, dass auch nur eines dieser Kinder verloren gehe‹.«

»Wenn Sie das täten, würde ich Sie meines Hauses verweisen.«

Er lächelte. »Das dachte ich mir. Sie haben mir einmal erzählt, dass Sie noch mit Pfarrer Bilson sprechen, weil er Ihnen keine solchen Plattitüden aufgetischt hat, als Sie Witwe geworden sind.«

»Der Tod eines Kindes ist etwas anderes.«

Er neigte den Kopf. »Da ich kein Vater bin, kann ich mir Ihren Schmerz nur vorstellen. Und Ihren Zorn.«

Zorn. Ja. Unter der Trauer, dem Selbstmitleid und dem Schmerz brodelte weiß glühender Zorn in ihr. Sie konnte ihn sehen – und spüren –, als hätte dieses eine Wort alles andere zerstreut wie einen Nebel.

»Dieser Krieg«, stieß sie hervor. »Dieser verfluchte Krieg, geführt von Männern, die sich einen Dreck um den Preis scheren. Mein Sohn. Mein Mann. Ich habe niemanden mehr.«

Er saß schweigend da, also fuhr sie fort: »Man hat mir ein schönes Leben versprochen, wenn ich nur brav wäre. Ich habe mich verbogen, um Tochter, Debütantin, Braut, Ehefrau und Mutter zu sein. Angeblich sollte ich versorgt sein. Und jetzt ist all das nicht mehr da.«

»Und Sie wissen nicht, was Sie mit sich anfangen sollen«, folgerte er.

Sie sackte zusammen. Er hatte recht. Ihr Leben hatte keinen Sinn. Sie war nichts, nur eine Frau, die den Namen ihres Mannes trug und in einem von Trauer erfüllten Haus saß.

»Robin hat Ihnen einen Grund gegeben, weiterzumachen wie zuvor«, meinte Pater Devlin. »Für ihn haben Sie das Haus zusammengehalten, so gut Sie konnten. Sie haben ihn in die Schule geschickt. Sie haben versucht, ihm ein normales Leben zu bieten.«

»Und jetzt hat das alles keine Bedeutung mehr«, flüsterte sie.

Er sah ihr eindringlich in die Augen. »Warum nicht? Sie sind noch hier. Eine Frau, die einmal ein eigenes Leben hatte.«

»Mein Leben bestand nur daraus, darauf zu warten, dass ich heirate.«

»Das mag so gewesen sein, aber jetzt sind Sie eine finanziell unabhängige Frau. Sie können das Leben wählen, das Sie führen wollen. Sie könnten zu jeder Stunde des Tages Harfe spielen, oder Sie könnten dieses Hospital leiten.«

»Cynthia ist die Leiterin.«

»Miss Symonds ist aber nicht die Herrin von Highbury House«, meinte Pater Devlin.

Sie schürzte die Lippen. Ein Neuanfang. Das klang verlockend – mehr als alles andere, was sie seit Robins Tod empfunden hatte. Aber es war auch beängstigend. Eine unsichere Zukunft anzunehmen hieß auch, womöglich neuen Schmerz zu erleben.

»Ich wüsste gar nicht, wo ich anfangen sollte«, sagte sie schließlich.

Er stand auf. »Würden Sie mir einen Moment Ihrer Zeit schenken und mit mir kommen?«

Sie betrachtete seine ausgestreckte Hand, als wäre das die skurrilste Bitte, die sie je gehört hatte. Doch nach kurzem Zögern ließ sie sich behutsam hochziehen. Pater Devlin ließ die Stuhllehne los, auf die er sich gestützt hatte, und nahm seine Krücken. Vorsichtig verließen die beiden das Zimmer.

Unten angekommen trug Diana den Kopf hoch, als Schwestern und Patienten sie anstarrten. Sie musste ihnen wie ein Geist vorkommen, eine unerwünschte Erinnerung an eine sinnlose Tragödie.

Trotzdem ging Diana weiter und folgte dem Geistlichen durch die Glastüren und über die Stufen, die in den Teegarten führten.

Sie blinzelte in die Nachmittagssonne. Zum ersten Mal seit

Robins Tod hatte sie das Haus verlassen, und der Garten befand sich inmitten seiner herbstlichen Verwandlung. Aus Rosen wurden Hagebutten, und hohe Gräser zeigten ihre gertenschlanken Wedel. Die frische Luft wurde von dem modrigen Geruch nach welkem Laub überlagert. Innerhalb von Wochen würden die Bäume ihre Blätter verlieren, und bis auf den Garten des Winters würde sich ganz Highbury zur Ruhe begeben.

Der Garten des Winters.

»Wohin gehen wir?«, fragte sie.

»Ich glaube, das wissen Sie«, sagte Pater Devlin.

Reflexartig streckte sie eine Hand aus, um ihn aufzuhalten. »Nein. Ich kann das nicht. Es ist noch zu früh.«

Der Priester nahm beide Krücken in eine Hand, um ihre Finger zu tätscheln. »Ich würde nie etwas tun, bei dem ich mir nicht sicher wäre, dass Sie stark genug dafür sind. Vertrauen Sie mir.«

Sie vertraute ihm ja, daher zwang sie sich, gleichmäßig zu atmen. Als sie um die Backsteinmauer des Winter-Gartens bogen, blieb sie stehen. Auf dem Weg, gleich hinter dem Tor des Winter-Gartens, saß Bobby. Er hielt einen von Robins Blechlastern in der Hand und schob ihn schweigend auf dem Pfad hin und her.

»Hier sollte abgeschlossen sein«, sagte sie.

»Ich kann mir vorstellen, dass jemand die Schlüssel in bester Absicht dorthin zurückgelegt hat, wo Sie sie normalerweise aufbewahren. Er kommt jeden Nachmittag nach der Schule her und sitzt an derselben Stelle. Wenn es dunkel wird, schließt er das Tor wieder ab und geht hinein zu seiner Tante.«

Diana sagte nichts und beobachtete den kleinen Jungen. Miss Adderton hatte recht gehabt. Die Vitalität und Lebhaftigkeit, die in seinem Gesicht gestanden hatten, wenn Robin und er räuberische Piraten oder Soldaten spielten, war verschwunden. Er war zu ruhig und sein Blick zu ernst.

»Ich habe Bobby gefragt, warum er herkommt, und er sagt, weil Robin ihm erzählt hat, das hier sei ihr besonderer Ort.« Pater Devlin unterbrach sich. »Wissen Sie, was ich sehe, wenn ich ihn anschaue? Ich sehe einen kleinen Jungen, der seinen besten Freund verloren hat. Er ist zu jung, um zu verstehen, dass es nicht seine Schuld ist. Er hat schon mehr Tragödien erlebt als die meisten anderen Menschen. Er hat keinen Vater, keine Mutter und jetzt auch keinen besten Freund mehr. Seine Tante wirkt überfordert mit der Verantwortung für ihn. Wenn niemand etwas unternimmt, wächst dieser kleine Junge vielleicht in dem Glauben auf, keinen Platz auf der Welt zu haben. Keinen Lebenssinn.«

Schweigend betrachtete sie Bobby einen Moment lang und rieb sich über den linken Unterarm. Sie dachte daran, was sie sich für Robin erhofft hätte, wenn er der kleine Junge gewesen wäre, der allein auf dem Weg spielte. Sie dachte daran, was sie Pater Devlin über ihr eigenes Leben erzählt hatte. Dass es keinen Sinn habe.

Langsam ging sie über den Pfad auf Bobby zu. Das Gras musste ihre Schritte gedämpft haben, denn er blickte erst auf, als sie direkt vor ihm stand. Immer noch hielt er den roten Laster umklammert.

»Hallo, Bobby«, sagte sie.

»Hallo«, murmelte er und setzte erneut dazu an, den Laster auf seiner unsichtbaren Strecke umherzuschieben.

Sie runzelte die Stirn und ging in die Hocke. »Was machst du da?«

»Lastwagen spielen«, sagte er leise. An diese verzagte Stimme erinnerte sie sich von ihrer ersten Begegnung in der Küche. Er hatte so klein und lammfromm gewirkt, das ganze Gegenteil des aufgeweckten kleinen Jungen, der später Robins bester Freund war.

»Wie bist du in den Garten gekommen?«

Ängstlich sah er zu ihr auf. »Ich habe den Schlüssel nicht gestohlen. Ich lege ihn immer zurück.«

Sanft legte sie eine Hand auf seine Schulter. »Schon gut, Bobby. Ich bin nicht böse. Ich will nur wissen, warum.«

»Wenn Robin und ich Piraten gespielt haben, sind wir in Blackbeards Höhle gegangen, haben den Schlüssel genommen und sind dann hergekommen, um nach vergrabenen Schätzen zu suchen. Wir mussten den Schlüssel zurückbringen, sonst hätten wir Ärger bekommen.«

Sie lächelte. »Es war sehr klug von euch, ihn immer genau dorthin zurückzulegen, wo ihr ihn gefunden hattet. Und habt ihr je vergrabene Schätze gefunden?«

Er schüttelte den Kopf.

»Warum suchst du jetzt nicht nach eurem Schatz?«, fragte sie.

Er sah zu ihr auf, und Tränen traten in seine großen haselnussbraunen Augen. »Robin hatte die Karte.«

Der kleine Junge begann heftig zu schluchzen. Auch in Dianas Brust baute sich Druck auf und presste ihr das Herz zusammen, bis ihr Tränen übers Gesicht rannen. Zuerst wäre sie am liebsten davongelaufen, doch dann sah sie auf den Jungen hinunter, der vor ihr auf dem Boden lag. Sie konnte ihn nicht im Stich lassen.

Nun endlich sah sie ihren Weg vor sich, so klar und deutlich, dass es unglaublich erschien, dass sie noch nicht daran gedacht hatte. Aber in diesem Moment kam es nur darauf an, den besten Freund ihres Sohns zu trösten.

»Bobby«, stieß sie erstickt hervor. »Ich brauche jemanden, der mich in die Arme nimmt. Du auch?«

Der kleine Junge kletterte halb auf ihren Schoß und vergrub das Gesicht an ihrer Brust.

Venetia

Freitag, 18. Oktober 1907
Highbury House

Heute Morgen erklärte mir Mrs. Creasley ungefragt, wir hätten den achtzehnten, was bedeutet, dass ich seit zwei Wochen hier gefangen bin.

Jeden Morgen kommt sie und bringt ein Tablett mit dem Frühstück. Dann hilft sie mir beim Anziehen und setzt mich in einen Sessel vor dem Fenster. Stundenlang sehe ich in den Garten hinaus und betrachte die Vögel und Insekten, die vor mir umherschwirren und ihrem herbstlichen Tagwerk nachgehen. Ich zeichne nicht. Ich lese nicht. Zu tief bin ich in dem Schmerz über meinen Verlust versunken.

Andere Besucher hatte ich nicht, nur Mrs. Creasley und den Arzt. Mr. und Mrs. Melcourt haben keinen Fuß mehr in das Cottage gesetzt, was eine Erleichterung ist.

Auch Matthew kommt nicht mehr vorbei.

Montag, 21. Oktober 1907
Highbury House

Als ich heute Morgen erwachte, fühlte ich mich anders. Meine Trauer ist noch da, kommt mir aber verändert vor. Sie drückt mich nicht mehr so nieder, dass ich mich nicht rühren kann.

»Heute würde ich bitte gern ein Bad nehmen«, sagte ich, als Mrs. Creasley wie jeden Tag hereinkam.

Als sie mich sprechen hörte, ließ sie vor Schreck fast das Tablett fallen, doch dann richtete sie sich auf und deckte den Tisch wie immer. Ich zog meinen Morgenmantel an und nahm zum ersten Mal in den vergangenen zwei Wochen am Tisch Platz, um eine richtige Mahlzeit zu mir zu nehmen. Eine halbe Stunde später brachten zwei Hausmädchen eine Sitzwanne.

In der Wanne schrubbte ich mir Tage, Stunden und Minuten der Trauer herunter und fühlte mich anschließend ein wenig leichter. Ich ließ mein Haar trocknen, steckte es dann hoch und kleidete mich an.

Mrs. Melcourt hatte mich aus dem Garten verbannt, doch das war mir gleichgültig. Ich musste unter freiem Himmel sein.

Ich ging langsam und war mir jeder meiner Schritte bewusst. Mein Körper strafte mich, weil ich ihn vernachlässigt hatte, doch als ich durch den Waldgarten schritt, spürte ich, wie ich im Duft des Herbstlaubs, das unter meinen Füßen knisterte, und in der Kühle des Nieselregens, der meine Stirn berührte, zu mir zurückkehrte.

Den Gedanken an den Kinder-, den Liebes- oder den Brautgarten ertrug ich nicht. Und ich wollte ebenso wenig Matthews Rosen im Dichter- oder Teegarten sehen. Stattdessen ging ich geradewegs zum Garten des Winters und stieß das Tor auf, das Mr. Hillock eingehängt hatte. Im Schlüsselloch steckte schon ein Schlüssel, an dessen Ring ein Duplikat hing. Drinnen traf ich auf kahle, aber frisch umgegrabene Erde, die nur auf meine Anweisungen wartete. Ich setzte mich auf den Steinweg und begann zu weinen.

So traf Mr. Hillock mich an, mit vom Sitzen zerknautschten Röcken und roten Augen. Er stürzte weder auf mich zu, noch versuchte er, mich zu beruhigen. Stattdessen schloss er das Gartentor und setzte sich neben mich.

Er reichte mir ein Taschentuch. »Ein Kind zu verlieren ist schrecklich. Mrs. Hillock und ich wissen das besser als manche, aber wir hatten es nicht so schwer wie andere«, erklärte er mit seiner ruhigen, gemessenen Stimme.

»Das tut mir leid«, sagte ich und tupfte meine Augen trocken.

»Mir auch.«

Er gab mir Zeit, mich zu sammeln, während wir schweigend dort saßen. »Hat Mr. Goddard Sie besucht?«, fragte er, als ich ihm schließlich sein Taschentuch zurückgab.

Mein Herz zog sich zusammen, als er Matthew erwähnte. »Nein.«

Er schüttelte den Kopf. »Ganz gleich, wie alt ein Mann wird, er wird immer töricht wie ein kleiner Junge bleiben.«

»Was meinen Sie damit?«

»Er hat mich aufgesucht, Ihr Mr. Goddard«, sagte Mr. Hillock.

Mein Herz setzte einen Schlag aus. »Warum?«

Der Gärtner hob seine Schirmmütze hoch, fuhr sich mit der Hand durch das schüttere Haar und setzte die Kappe wieder auf. »Diese Geschichte muss er Ihnen selbst erzählen.«

Ich sah über den unvollendeten Garten hinaus. Matthew hatte Mr. Hillock besucht, aber nicht mich. Seine Schwester hatte recht behalten. Er ließ sich von ihr beherrschen, dem Geld ihres Mannes, von allem.

»Es ist schade um diesen Ort«, meinte Mr. Hillock. »Er ist das Herzstück des Gartens.«

»Und Sie sorgen sich, ich könnte ihn nicht vollenden«, sagte ich.

Mr. Hillock schwieg lange. »Ich mache mir keine Sorgen um den Garten, Miss Smith«, gab er dann zurück, »aber wenn Sie Ihre Arbeit auf Highbury nicht beenden, wird es manches geben, mit dem Sie niemals abschließen können.«

»Bei keiner der Zeichnungen, die ich für den Garten des Winters angelegt habe, habe ich ein gutes Gefühl, und die Melcourts werden mir nicht mehr Zeit lassen.«

»Sie haben die Maße und ein Gefühl für den Ort. Und ich habe mir erzählen lassen, die Post funktioniere heutzutage gut. Sie erreicht sogar Gärtner, die in kleinen, unbedeutenden Dörfern leben.«

Als ich aufblickte, sah ich in seinem Gesicht die leiseste Andeutung eines Lächelns.

Langsam wandte ich mich um und ließ den Blick von einer Seite des Gartens zur anderen schweifen.

»Silberbirken allein wären zu offensichtlich, finden Sie nicht?«, fragte ich.

Mr. Hillock neigte den Kopf zur Seite. »Vielleicht.«

»Dann auch Hornsträucher. Dort«, ich wies auf eine Seite des kiesbestreuten Wegs, »und dort. Die rote Rinde wird dem Garten an den kältesten Tagen des Januars ein Gefühl von Tiefe verleihen. Und Gräser. Wir brauchen Gräser, um in die Höhe zu gehen.«

»Wenn wir sie bald pflanzen, haben sie Zeit, sich zu etablieren«, meinte er.

»Außerdem benötigen wir Christrosen«, sagte ich und erkannte allmählich die Möglichkeiten, die sich hier boten. »Und Salbei und Stechpalmen und Hirschzungenfarn und Glockenwinden. Ich werde Adam schreiben und …« Ich verstummte, denn mir war abrupt wieder eingefallen, dass ich nicht mehr auf Highbury beschäftigt war.

»Ich treibe die Pflanzen schon auf«, erklärte Mr. Hillock bestimmt.

Meine Schultern entspannten sich. »Danke.«

»Der Garten braucht einen Blickfang.«

»Woran hatten Sie gedacht?«, fragte ich.

»Ein Teich in der Mitte würde gut aussehen.«

»Vielleicht ein Brunnen mit einer Skulptur.«

Wieder nahm er seine Mütze ab, doch dieses Mal behielt er sie in der Hand. »Er könnte eine Gedenkstätte sein. Falls jemand den Wunsch hätte, ein Andenken zu errichten.«

»Das werden die Melcourts nie erlauben.«

»Die Melcourts brauchen ja nichts davon zu wissen.«

»Sie sind ein guter Mann, Mr. Hillock.« Ich griff nach der faltigen, mit Schwielen überzogenen Hand des Mannes. Im ersten Moment zuckte er zurück, entspannte sich dann aber, und wir saßen noch einige Zeit schweigend zusammen auf dem harten Boden.

Stella

Stella lag da und starrte an die Decke. Bobby war, erschöpft vom Weinen, in dem Kinderbett neben ihr endlich fest eingeschlafen. Tagsüber schien es ihm gut zu gehen – er war still, aber seine Augen blieben trocken –, doch sobald sie ihn abends zudeckte, begann er zu schluchzen.

Zuerst hatte sie versucht, ihn zu trösten. Sie hatte ihm leicht die Hand auf die Brust gelegt. Sie hatte versucht, ihm vorzusingen und vorzulesen. Sie war ärgerlich und streng geworden. Aber nichts davon schien die Flut heißer Tränen aufhalten zu können, die ihm übers Gesicht liefen. Eines Tages war sie einfach aufgestanden, hatte erklärt, sie habe unten noch Pflichten, und war gegangen. Als sie zurückgekommen war, hatte sie Bobby schlummernd und an sein leicht feuchtes Kissen geschmiegt vorgefunden.

Sie schaute auf ihn hinunter. Das Haar war ihm in die Stirn gefallen, und er wirkte friedlich. Sie wusste, irgendein Instinkt hätte sie nötigen sollen, die Hand auszustrecken und sein Haar zurückzustreichen oder die Decke fester um ihn zu stecken, doch sie empfand nichts als blanke Angst. Schon als er einfach nur ein kleiner Junge gewesen war, hatte sie sich kaum in der Lage gesehen, sich um ihn zu kümmern. Doch jetzt hatte er Mutter und Vater verloren und seinen besten Freund sterben sehen. Das musste ja zu viel für ein Kind sein.

Stella presste die Handballen gegen die Augen, sodass sie helle Sterne vor einem schwarzen Hintergrund tanzen sah. Die Wahrheit drückte sie jetzt schon seit Monaten nieder. Sie versuchte, ihr zu entkommen, doch das gelang ihr nicht.

»Ich kann das nicht«, flüsterte sie.

Sie öffnete die Augen und sah sich im Zimmer um. Ihre ordentlichen kleinen Zeitschriftenausschnitte und aus Reiseprospekten gerissenen Seiten schienen sie zu verspotten. Hawaiianische Strände, die sie nie sehen würde. Berggipfel in den Alpen, die sie nie erklimmen würde. Nie würde sie erfahren, wie sich die schwüle Hitze in Südamerika auf ihrer Haut anfühlte, und sie würde auch nie die trockene Glut der Saharawüste spüren. Sie würde für den Rest ihres Lebens hier in Highbury festsitzen.

Ein saures Gefühl stieg in ihrem Magen auf und brannte in ihrem Hals. Mit einem Ruck stand sie vom Bett auf und trat an die Wand, die ihr am nächsten war. *Ratsch!* Sie riss die Niagarafälle von der Wand. Bobby schniefte im Schlaf und regte sich, wachte jedoch nicht auf.

Ratsch! Da gingen die ägyptischen Pyramiden dahin.

Ratsch! Die große chinesische Mauer fiel.

Ratsch! Die Sandstrände von Tahiti schwammen davon.

Sie arbeitete methodisch und stapelte die Seiten auf ihrem Bett. Als die Wände kahl waren, fuhr sie mit ihrem kleinen Schreibtisch fort und nahm ihre Fernkurse heraus, Heft für Heft. Auch die Lehrbücher für Stenografie und Maschinenschreiben kamen auf den Stapel sowie die Zeitungsartikel über moderne Frauen, die sie aufbewahrt hatte.

Als ihr Schreibtisch leer war, nahm sie den Papierberg, ging hinaus und stieg die Hintertreppe hinab, tiefer und immer tiefer bis ins Kellergeschoss des Hauses. Eine Uhr schlug ein Uhr morgens. Gut. Niemand würde in der Küche sein.

Ausnahmsweise war es still in dem Raum, in dem sie den größten Teil ihrer Arbeitszeit verbrachte. Sie ließ ihre Papiere auf die hölzerne Arbeitsplatte fallen und trat an den eisernen Herd, der noch Hitze ausstrahlte, da sie das Feuer nach dem Abendessen mit Asche abgedeckt hatte. Stella öffnete die Vorderklappe, schürte die restliche Glut und fütterte sie mit kleinen Holzstückchen, bis Flammen emporzüngelten. Sie würde kein großes Feuer brauchen.

Die Fernkurshefte lagen ganz oben, doch als sie danach greifen wollte, zögerte sie. Wie viele Stunden hatte sie sich nach der Arbeit über ihren Schreibtisch gebeugt und in die Aufgabenhefte geschrieben? Sie hatte alles auf diese Kurse gesetzt, die sie sich vom Mund abgespart hatte. Sie hatte an ihrem freien Tag Einladungen ins Kino abgelehnt und sich einmal ein Jahr lang keine neuen Schuhe gekauft. So sehr hatte sie sich auf ihren Plan konzentriert, so sicher war sie sich gewesen, sich ein für alle Male von Highbury befreien zu können.

Sie legte das Kursmaterial beiseite und griff nach dem Bild des tahitianischen Strands. Als sie es in den Ofen warf, brannte das Papier und kräuselte sich in grünblauen Flammen. In Sekunden wurde das Bild zu Asche. Sie schürzte die Lippen und stieß lange den Atem aus. Dann griff sie nach einem Bild aus der Schweiz.

»Warum sind Sie so spät noch auf, Miss Adderton?«

Als sie Mrs. Symonds' Stimme hörte, fuhr Stella herum und schlug sich dabei an der offenen Ofentür das Knie an. Sie schrie auf und umfasste ihr rechtes Bein. Mrs. Symonds kam auf sie zugeeilt, legte die Hände um ihre Schultern und schob sie auf einen Stuhl zu, den sie humpelnd erreichte.

»Brauchen Sie einen feuchten Umschlag?«, fragte ihre Dienstherrin.

Stella beugte ihr Knie ein paarmal, um es zu testen. »Nein«, brachte sie heraus.

»Tut mir leid, dass ich Sie erschreckt habe«, sagte Mrs. Symonds bedauernd.

Verstohlen sah Stella zu ihr auf. *Es tut mir leid.* Seltsam, diese Worte von ihrer Arbeitgeberin zu hören.

»Es ist fast viertel nach eins«, stellte Mrs. Symonds fest.

»Ich hatte noch etwas zu erledigen.«

Sie sah, wie Mrs. Symonds' Blick zu dem Papierstapel auf der Arbeitsplatte huschte. »Sind Sie dabei, das hier zu verbrennen?«

»Ja«, stieß sie mit zusammengebissenen Zähnen hervor.

»Nizza, San Sebastián, Kapstadt, Bombay ... Alles Orte, die zu besuchen Sie sich erträumt haben?«, fragte Mrs. Symonds.

Scham überwältigte Stella. »Die Ausschnitte hingen in meinem Zimmer an der Wand. Nur eine dumme Träumerei«, erklärte sie.

Mrs. Symonds blätterte durch die Papiere. »Ich war an ein paar dieser Orte – Paris, Rom –, aber Sie sind viel abenteuerlustiger als ich. Ich wusste ja nicht, dass Sie reisen möchten.«

Mit zusammengepressten Lippen saß Stella da und sah zu, wie ihre Dienstherrin die Hand auf ihre Fernkursbücher legte.

»Sie nehmen Stenografiekurse?«

»Noch so eine dumme Idee.« Noch ein Plan, aus dem nichts geworden war.

»Mir war nicht klar, dass Sie sich etwas anderes als Ihre Stelle als Köchin wünschen«, meinte Mrs. Symonds.

Stellas Herz zog sich zusammen, und sie hätte beinahe gekeucht.

»Ich hasse Kochen.« Die Worte, die sich jahrelang in ihr aufgestaut hatten, platzten aus ihr heraus.

Mrs. Symonds wirkte wie vom Donner gerührt. Sorgfältig legte die Lady das Übungsbuch weg. »Tut mir leid, dass Sie so empfinden.«

Jetzt sieh dir an, was du getan hast, Stella. »Es tut mir leid. Ich bin dankbar für meine Stelle hier.«

Mrs. Symonds kroch tiefer in ihren gesteppten Satinmorgenmantel und setzte sich auf den Holzstuhl gegenüber von Stella. »Es gibt vieles, was ich gern getan hätte«, sagte sie schließlich. »Dinge, die ich bereue ... Darf ich fragen, was Sie mit Ihrem Leben anfangen würden, wenn Sie keine Köchin wären?«

Sie wusste, sie sollte keine ehrliche Antwort geben. Aber sie war einfach zu müde, um zu lügen. »Ich bin auf Highbury geboren worden«, sagte sie.

»Ja, ich weiß. Murray hat erzählt, Ihre Mutter hätte hier als Dienstmädchen gearbeitet, bis ihre Arthritis zu beschwerlich wurde.«

»Ja. Mum hat mir das Kochen beigebracht, und deswegen bin ich Mrs. Kilfod aufgefallen, als ich vierzehn war. Sie hat mich zur Küchenhilfe ausgebildet und mich gelehrt, was Mum nicht wusste.«

»Was hätten Sie denn stattdessen gern getan?«, fragte Mrs. Symonds.

»Fortgehen«, platzte es aus ihr heraus. »Joan hat Glück gehabt. Mum fand, sie sei zu vorlaut, um in Stellung zu sein, daher hat sie sie zum Arbeiten in eins der Kaufhäuser in Leamington Spa geschickt. Mit sechzehn hat sie Jerry kennengelernt, und drei Monate später hat er sie geheiratet. Als sie nach Bristol gezogen ist, war ich so neidisch, dass ich sie kaum anschauen konnte. Ich habe mein ganzes Leben im Umkreis von zwei Meilen um das Cottage, in dem ich geboren wurde, verbracht. Ich wollte nach London gehen. Arbeiten und dann vielleicht noch weiterziehen. Würden Sie denn Ihr ganzes Leben im Keller eines Hauses verbringen wollen, das Ihnen nicht gehört, und für eine Familie kochen, die nicht Ihre eigene ist?«

Mrs. Symonds neigte den Kopf. »Also deswegen all diese Fernkurse.«

»Ja.«

»Ich nehme an, Sie wollten nach London gehen, um Sekretärin zu werden?«, fragte Mrs. Symonds.

»Ja.«

»Und eines Tages wollen Sie reisen.«

Unglücklich musterte Stella den Berg noch nicht verbrannter Papiere auf dem Tisch. »Ich dachte, wenn ich hart genug arbeite, könnte ich vielleicht sparen. Das war eine dumme Idee.«

»Das haben Sie jetzt schon dreimal getan«, versetzte Mrs. Symonds scharf.

»Was?«

»Das Wort ›dumm‹ gebraucht.«

Stella richtete sich auf.

»Wie haben Sie denn Zeit dafür gefunden?«, erkundigte sich Mrs. Symonds.

»Jeden Abend, wenn ich in der Küche fertig war, bin ich auf mein Zimmer gegangen und habe gelernt. Manchmal bin ich auch morgens früher aufgestanden.«

»Können Sie das denn nicht weiterhin tun?«, fragte Mrs. Symonds.

Sie schüttelte den Kopf. »Mit Bobby ist das zu schwierig. Außerdem hat es jetzt keinen Sinn mehr.«

»Keinen Sinn?«

»Den Großteil meiner Ersparnisse habe ich für ihn ausgegeben«, erklärte sie.

Mrs. Symonds wirkte schockiert. »Ihre Schwester ist nicht für ihn aufgekommen?«

»Joan konnte Geld sehr leicht vergessen, wenn es ihr passte«, zischte sie.

»Sie hätten nach Sachen von Robin fragen können, aus denen er herausgewachsen war. Er war ein wenig größer als Bobby, aber mit ein wenig Umnähen hätten sie gepasst«, sagte Mrs. Symonds.

Dieses Mal hielt Stella ihr stolzes Mundwerk.

»Nein, ich verstehe. Das wäre nicht das Richtige gewesen«, meinte Mrs. Symonds.

»Es geht nicht nur ums Geld. Was soll ich denn mit ihm anfangen? Wenn ich nach London ziehe, muss ich eine Unterkunft suchen, in der Kinder erlaubt sind. Ich muss eine Stelle bei einem Arbeitgeber finden, dem es nichts ausmacht, dass ich ein Kind habe, auch wenn er nicht mein eigener Sohn ist. Es ist egal, ob meine Geschichte über Joans Tod die Wahrheit ist. Ich weiß ja, wonach sie sich anhört. Und was ist, wenn er krank wird und gepflegt werden muss?«

»Bobby und Sie haben hier immer ein Zuhause«, sagte Mrs. Symonds.

Nein. Sie spürte das Wort im ganzen Körper. Mrs. Symonds machte ihr ein so freundliches Angebot, wie es sich nur wenige Hausangestellte erhoffen durften, aber es fühlte sich verkehrt an. Sie konnte nicht hierbleiben.

Aber sie durfte nicht nur an sich selbst denken, und es war Zeit, das zu akzeptieren.

»Danke«, sagte sie, und ihre Schultern sackten unter der schweren Last, die ihre Zukunft für sie bedeutete, nach vorn.

Mrs. Symonds nestelte am Einband eines der Übungshefte. »Wenn Sie immer noch nach London gehen wollen, gibt es vielleicht einen Weg.«

»Wie?«

»Lassen Sie Bobby hier bei mir.«

»Was?«

»Er hat sich bereits auf Highbury eingelebt. Er kann wieder ins Kinderzimmer ziehen, und ich könnte die Nanny zurückrufen oder jemand anderen einstellen. Ich kann mich um ihn kümmern, und Sie können nach London gehen.«

»Ich habe kein Geld«, sagte Stella.

Mrs. Symonds zog eine Augenbraue hoch. »Auch dafür könnte ich sorgen.«

»Wäre das denn nach Robin nicht zu schmerzhaft für Sie?«

Mrs. Symonds legte das Heft weg, faltete die Hände übereinander und sah erst dann auf. Ihr Blick wirkte ernst, aber entschlossen. »Es würde mir sehr viel Freude bereiten.«

Da war er, ihr Plan. Er wurde ihr auf einem Silbertablett serviert, und diese Frau, für die sie schon so schrecklich lange arbeitete, würde ihn finanzieren. Sie konnte nach London gehen. Sie konnte sich hocharbeiten und vielleicht eines Tages diese Orte sehen, zu denen sie schon so lange reisen wollte. Doch das würde auch heißen, dass sie sich der einen Verantwortung entzog, die ihr die kostbarste hätte sein sollen.

»Ich weiß nicht, ob ich das kann«, gestand Stella.

»Nun, ich fahre Ende der Woche nach London. Sie können bis zu meiner Rückkehr darüber nachdenken«, erklärte Mrs. Symonds. »So, ich glaube, jetzt möchte ich diese warme Milch aufsetzen, wegen der ich heruntergekommen war.«

Automatisch stand Stella auf. »Es geht ganz schnell.«

»Nein, Miss Adderton, Sie nehmen Ihre Sachen und gehen wieder zu Bett.«

Als sie Mrs. Symonds einen unsicheren Blick zuwarf, lachte die. »Ich bin durchaus in der Lage, einen Topf mit Milchpulver und Wasser zu erwärmen. Ganz hilflos bin ich nicht.«

Stella hatte noch nie gesehen, wie diese feine Lady etwas Derartiges tat, aber wer war sie, dass sie der Hausherrin Widerworte geben würde? Sie nahm ihre Sachen und machte sich auf den langen Rückweg über die Treppen. Doch schon jetzt wusste sie, dass sie kein Auge zutun würde.

Venetia

Samstag, 26. Oktober 1907
Highbury House
Kalt und der erste Frost droht bereits.

Mein Gespräch mit Mr. Hillock holte mich zurück ins Leben. Ich stand auf, klopfte mir die Röcke ab und kehrte an den Schreibtisch zurück, den ich seit meiner Fehlgeburt vernachlässigt hatte. Ich schlug mein Skizzenbuch auf und begann, einen Plan für den Garten des Winters auszuarbeiten.

Vier Tage lang verließ ich meinen Schreibtisch kaum und schlief über meinem Bleistift ein. Aber jeden Morgen wachte ich auf, zog das Papier, das mir am Gesicht klebte, ab, badete und ging dann zurück an die Arbeit.

Zweimal in vier Tagen kam Mr. Hillock zum Haus und brachte mir Brot und Kuchen, die seine Frau gebacken hatte. Dann aß ich wie eine Verhungernde, während er meine Zeichnungen begutachtete, mir Fragen stellte und sich mit dem Entwurf vertraut machte, den er würde umsetzen müssen.

Ich habe Adam noch nicht erzählt, was auf Highbury geschehen ist. Falls er sich überhaupt etwas bei der Lücke in meiner Korrespondenz denkt, hat er in den Briefen, die mir zusammen mit meinem Frühstückstablett gebracht werden, nichts davon erwähnt. Ich werde ihm davon erzählen, wenn ich bereit dazu bin. Oder auch nicht. Das geht niemanden außer mich etwas an.

Und Matthew.

Matthew, der immer noch nicht wieder aufgetaucht ist. Ich kann nicht abstreiten, dass ich gehofft hatte, er werde kommen – und wenn nur, um die Last der Trauer ein wenig zu teilen. Wenn ich mir erlaube, an den schrecklichen Abend zurückzudenken, an dem alles zusammenbrach, sehe ich seine vor Zorn, Verzweiflung und Trauer verzerrte Miene. Doch dann steigen wieder alle Zweifel, die ich je an seinen Gefühlen – bezüglich seines Heiratsantrags, des Babys und allem – gehegt habe, wieder in mir auf.

Zurück zu meinem Garten.

Stella

Peng! Sauber durchschlug das Küchenbeil den Knochen und traf mit einem kräftigen, befriedigenden Knall auf den hölzernen Hackblock. Beth, die sich weit genug weggesetzt hatte, um kein Hühnerblut abzubekommen, musterte Stella mit aufgerissenen Augen.

»Ich werde nie begreifen, wie du es fertigbringst, dir nicht die eigene Hand abzuhacken«, meinte sie. Hinter ihr klapperten Mrs. George und ihre Küchenmädchen mit Töpfen und Pfannen.

»Dank mehr jahrelanger Übung, als mir lieb ist«, erklärte Stella und legte die ordentlich abgetrennte Hühnerkeule an den Rand ihres Schneidebretts. Ihre Schnitte mussten präzise sein, denn jeder Teil dieses Huhns würde verarbeitet werden. Die Brust würde sie flachklopfen, mit Margarine und Kräutern einreiben und mit den letzten braunen Brotkrumen des Laibs von heute Morgen panieren. Dann würde sie sie braten, um Mrs. Symonds zum Abendessen etwas zu servieren, das Ähnlichkeit mit einem Kiewer Kotelett hatte. Die Schenkel würde sie getrennt garen und das Fleisch von den Knochen lösen, um damit eine Pastete zu füllen. Und die Karkasse wollte Stella in einem Topf zu Brühe auskochen und jedes noch verbliebene Fitzelchen Fleisch abzupfen, um daraus mit dem Gemüse, das Beth gerade gebracht hatte, eine Suppe zuzubereiten.

»Irgendwann muss ich wohl auch richtig kochen lernen«, meinte Beth.

Stella blickte auf. »Du kannst nicht kochen?«

Ihre Freundin zuckte mit den Schultern. »Die Grundlagen schon, aber ich habe nicht viel Übung. Meine Tante hat mich nie in die Küche gelassen, wenn sie gekocht hat. Sie hat gesagt, ich lenke sie ab. Du kannst es mir beibringen, wenn ich dann noch in Highbury bin.«

Falls ich *dann noch in Highbury bin*, dachte Stella.

»Hast du von deinem Graeme gehört?«, fragte sie.

»Er schreibt mir fast täglich.«

»Und habt ihr weiter darüber geredet, wo ihr leben werdet?«, erkundigte sie sich.

Beth seufzte. »Nein. Jedes Mal, wenn ich davon anfange, sagt er mir, dass er sich darum kümmern wird und ich mich gedulden soll. Was, wenn er vorhat, nach Norfolk oder Schottland oder sogar noch weiter weg zu gehen?«

»Wann hat er denn wieder Urlaub?«

»In zwei Wochen«, erklärte Beth. »Achtundvierzig Stunden dieses Mal, und die hat er nur bekommen, weil er nach London verlegt worden ist, um irgendein Projekt zu unterstützen. Mehr darf er mir nicht sagen.«

»Du kannst ja dann mit ihm darüber reden, wo ihr euch niederlassen wollt«, schlug Stella vor.

»Oh ja, das werde ich auf jeden Fall«, sagte Beth.

Stella lächelte schief, aber sie konnte sich nur schwer konzentrieren. Sie konnte nur an Mrs. Symonds' Angebot denken. Könnte sie ihren Neffen zurücklassen, um ihr neues Leben anzufangen? Übermorgen würde Mrs. Symonds nach London fahren. Sie musste sich bald entscheiden.

Als Stella das Tapsen kleiner Schuhe auf dem Korridor zur Küche hörte, krampfte sich ihr Magen zusammen. Und natürlich platzte Bobby kurz darauf durch die Tür und hielt ein Schreibheft in seiner schmutzigen Hand.

»Tante Stella! Schau dir nur meine Schrift an!« Er schob ihr das Heft zu.

»Worüber haben wir gesprochen, Bobby?«, fragte Mrs. Symonds, die hinter ihm in die Küche glitt.

Bobby trat einen Schritt zurück. »Hallo, Tante Stella. Wie war dein Tag?«

Sie starrte ihre Dienstherrin an. »Sehr gut, danke.«

»Die ›s‹ sind schwer, aber der Lehrer hat gesagt, das hätte ich gut gemacht«, erklärte Bobby und schob ihr das Heft erneut zu.

»Das ist sehr schön«, sagte sie und tätschelte ihm ungeschickt den Kopf.

»Bobby, würdest du bitte hinauf in den Morgensalon laufen und mir meine Stola holen?«, bat Mrs. Symonds.

Der Junge rannte davon, ohne nach dem Grund zu fragen.

»Er hat sich wirklich gut geschlagen«, erklärte Mrs. Symonds. »Ich habe heute mit dem Direktor gesprochen. Er hatte den Eindruck, dass es ihm diese Woche besser ging.«

»Danke«, sagte Stella. Sie wusste, sie sollte sich eingehender erkundigen, hatte aber keine Ahnung, was sie fragen sollte.

»Keine Überraschungen bei dem Menü für heute Abend, nehme ich an?« Mit einer Kopfbewegung wies Mrs. Symonds auf das Huhn.

»Abendessen wie besprochen«, erwiderte Stella.

Mrs. Symonds nickte. »Dann überlasse ich Sie Ihrer Arbeit.«

»Sie weiß, wie sie mit Bobby umgehen muss«, meinte Beth, sobald Mrs. Symonds gegangen war.

»Ich begreife immer noch nicht, warum sie ihn um sich haben will, obwohl sie gerade ihren Sohn verloren hat. Es muss doch schmerzhaft für sie sein, Kinder in ihrer Nähe zu haben.«

Mrs. George, die am Herd stand, drehte sich um. »Sind Sie schon einmal auf die Idee gekommen, dass sie sich genauso um ihrer selbst willen um Bobby kümmern könnte und nicht nur, um Ihnen oder ihm einen Gefallen zu tun?«

»Wie bitte?«, fragte Stella verdutzt.

Die ältere Frau stemmte die Hände in die Hüften. »Mrs. Symonds braucht jemanden, für den sie sorgen kann. Schätze, ihr fehlt in letzter Zeit das Gefühl, gebraucht zu werden.«

Stella sah auf den Hackblock hinunter und griff erneut nach ihrem Küchenbeil. »Genug geredet. Ich habe zu arbeiten.«

Beth

1. November 1944
Temple Fosse Farm

Sehr geehrter Lord Walford,
bitte verzeihen Sie mir, dass ich so frei bin, mich an Sie zu wenden, aber ich glaube, Sie sind ein Freund meines Mannes, Captain Graeme Hastings. Er hat mich gebeten, Ihnen zu berichten, wie es ihm geht, denn ihm fehlen Ihre Gespräche. Ich entschuldige mich dafür, dass ich nachlässig war und Ihnen nicht früher geschrieben habe, und ich hoffe, Sie finden es nicht aufdringlich, wenn ich meiner Hoffnung Ausdruck verleihe, dass sich unsere Wege eines Tages kreuzen werden.

Ihre sehr ergebene
Mrs. Graeme Hastings

2. November 1944
Braembreidge Manor

Liebe Mrs. Hastings,
dieser Krieg hat wenig Gutes mit sich gebracht, doch eines davon ist, dass wir nicht mehr so an Konventionen gebunden sind wie früher. Ich würde mich sehr freuen, Ihre Bekanntschaft zu machen. Vertun Sie nicht Ihre Zeit, indem Sie an die Haustür klopfen. Ich verbringe einen großen Teil meines Tages im Treibhaus bei meinen Orchideen.

Hochachtungsvoll,
A. W.

7. November 1944
Braembreidge Manor

Meine liebe Mrs. Hastings,
es war mir ein großes Vergnügen, Ihre Bekanntschaft zu machen, und ich habe voller Freude Ihrem Bericht darüber gelauscht, wie es Captain Hastings ergeht. Ich muss gestehen, so etwas erweckt in einem alten Mann den Wunsch, sich nützlich machen zu können.

Ich hoffe, Sie denken über mein Angebot nach. Aber bitte besuchen Sie mich wieder, ganz gleich, wie Sie sich entscheiden. Ich werde meine Köchin bitten, etwas Tee zurückzulegen, damit wir unseren, wenn Sie kommen, frisch aufgebrüht trinken können.

Hochachtungsvoll,
A. W.

Als sie das Kreischen und Rattern von Metall auf Metall hörte, straffte Beth unter der jagdgrünen Jacke ihres besten Kostüms die Schultern.

Kurz darauf strömten Menschen die Treppe herunter, die vom Gleis in die Halle führte. Zwei Offiziere der Royal Air Force gingen in ihren dunkelblauen Uniformen an Beth vorüber, gefolgt von einem Grüppchen aus vier Luftwaffenhelferinnen, die die Köpfe so dicht zusammensteckten, dass sich ihre Uniformmützen beinahe berührten. Eine Frau in einem abgetragenen Tweedmantel zog an der Hand eines kleinen Jungen, der aus seinen Hosen herausgewachsen war, sodass seine mageren Knöchel herausschauten.

Beth konnte es kaum abwarten, ihren Mann zum ersten Mal seit ihrer Hochzeit wiederzusehen, und stellte sich auf die Zehenspitzen. Sie hatten ihre Flitterzeit im Bett verbracht und sich an jeden gemeinsamen Moment geklammert. Doch allzu bald hatten sie auf dem Hof der Temple Fosse Farm Abschied nehmen müssen. Sie hatte zugesehen, wie der Laster, der ihn zum Bahnhof brachte, sich in Bewegung setzte, und sobald er nicht mehr zu sehen war, rannte sie zu Stellas Küchentür. Ihre Freundin hatte nur einen Blick in ihr tränenüberströmtes Gesicht geworfen und den Teekessel aufgesetzt.

Wenn Graeme nun zu seinem ersten Achtundvierzig-Stunden-Urlaub nach Hause kam, hatte sie nicht vor, auch nur einen Augenblick ihrer kostbaren gemeinsamen Zeit zu vergeuden, aber dennoch gab es viel zu besprechen. Und sie war entschlossen, diese Unterhaltung zu führen, bevor sie alles taten, was er ihr geschrieben und dabei riskiert hatte, Anstoß bei der Militärzensur zu erregen.

Gerade begann sie sich zu sorgen, er könne seinen Zug verpasst haben, da entdeckte sie ihn. Als er sie sah, verzog er den Mund zu einem Grinsen. Er rannte die Treppe herunter, und Beth stürmte auf ihn zu und vergaß für einen Moment all ihre Sorgen. Er fing sie in seinen Armen auf und küsste sie.

Beth war sich sicher, dass eine der vorbeigehenden Luftwaffenhelferinnen seufzte, als er sich kurz von ihr löste. »Schön, dich zu sehen«, sagte er und küsste sie noch einmal.

Sie schmiegte sich an ihn, während er die Hand um ihren Hinterkopf legte. Am liebsten hätte sie sich nicht gerührt und diesen Moment so lange ausgedehnt, wie sie konnte. Aber damit hätte sie sich feige davor gedrückt, ihm alles zu sagen, was sie sich zurechtgelegt hatte.

Atemlos zog sie sich zurück. »Du hast mir gefehlt.«

»Und du mir. Acht Wochen sind eine lange Zeit.«

Er legte ihre Hand in seine Armbeuge und führte sie zur Haltestelle des Busses, der sie eine halbe Meile entfernt von der Temple Fosse Farm absetzen würde. Seit Beth nun eine verheiratete Frau war, hatten die Penworthys ihr ein eigenes Zimmer gegeben.

»Sie möchten bestimmt für sich sein, wenn Captain Hastings

Urlaub hat«, hatte Mrs. Penworthy gesagt und gelacht, als Beth sich fast an ihrem Tee verschluckt hätte.

Derweil war Ruth in einen alten Lagerraum gezogen, und Mrs. Penworthy hatte ihr geholfen, ihn einzurichten. Beth war erstaunt gewesen, dass Ruth keine Einwände erhoben hatte. Doch sie hatten jetzt beide ihre Privatsphäre und somit alle etwas gewonnen.

Es war so verlockend, einfach mit Graeme nach Hause zu fahren und sich in ihrem Zimmer einzuigeln, bis er zurück zu seiner Einheit musste.

So verlockend und so feige.

Der Bus kam an der Haltestelle zum Stehen, und die metallenen Türen öffneten sich klappernd.

»Komm«, sagte sie, während sie noch immer Graemes Hand hielt, die sie nicht ein einziges Mal losgelassen hatte.

Sie stiegen ein und bezahlten den Fahrpreis, und der Fahrer nickte anerkennend, als er Graemes Uniform sah. Sie setzten sich auf zwei Plätze im hinteren Teil. Ihre miteinander verschränkten Hände lagen in seinem Schoß.

»Ich möchte alles darüber hören, was du erlebt hast«, sagte Graeme, als der Bus auf die Old Warwick Road hinausfuhr.

Sie lachte. »Ich schreibe dir doch jeden Tag. Das ist noch besser, als Tagebuch zu führen.«

Aber trotzdem erzählte sie ihm alles. Geschichten von der Farm, was die Penworthys anbauten, wie es Bobby in der Schule erging. Doch eines verriet sie ihm nicht. Das würde sie noch ein Weilchen für sich behalten.

Er lehnte sich zu ihr herüber und küsste sie auf die Schläfe. »Sobald wir allein sind …«

Sanft schob sie ihn zurück und griff um ihn herum, um an der Schnur zu ziehen, mit der man den Fahrer bat, an der nächsten Haltestelle stehen zu bleiben. »Wir sind da.«

»Das ist aber zu früh für die Temple Fosse Farm, oder? Es sind noch zwei Haltestellen.«

»Ja. Wir fahren nicht zur Farm«, erklärte sie.

Graeme stieg hinter ihr aus dem Bus und blickte sich dabei um. »Das hier ist Braembreidge Manor.«

»Ja«, sagte sie und zog ihn zur Auffahrt des Herrenhauses.

»Du hast nicht erwähnt, dass du mit Lord Walford gesprochen hast.«

»Wir haben ein paarmal Tee getrunken. Er möchte dich sofort sehen«, sagte sie.

»Lord Walford kann warten. Ich will mit meiner Frau zusammen sein«, wandte er ein und schlang die Hände um ihre Taille.

Sie stellte sich auf die Zehenspitzen, um ihn zu küssen. »Wir können den Earl nicht warten lassen.«

Graeme seufzte gutmütig und bot ihr seinen Arm an.

Sie traten durch das Tor, das sie bei ihrem ersten Besuch so imposant gefunden hatte. Highbury House mochte prächtig sein, aber Braembreidge Manor war ein Palast. Erst nachdem sie ein paarmal hier gewesen war, hatte sie gelernt, den Anblick des alten Herrenhauses zu genießen. Die Grünanlagen waren als Landschaftsgarten gestaltet und nicht in unterschiedliche Bereiche aufgeteilt wie auf Highbury. Zudem hatte es etwas Entzückendes, die Kinder aus der Schule von Coventry aus den Türen strömen zu sehen, wenn ihr Unterricht zu Ende war.

Graeme und Beth hatten die Hälfte der Auffahrt zurückgelegt, als hinter einer Kurve ein Mann in einem schäbigen Tweedanzug und Gummistiefeln auftauchte. Drei Spaniels trotteten neben ihm her, bis sie Beth sahen und herbeigerannt kamen.

»Guten Tag, Mylord!«, rief sie und tätschelte mit der freien Hand abwechselnd die Hunde.

»Guten Tag! Captain Hastings, schön, Sie gesund und munter zu sehen«, sagte der Ältere mit schroffer, aber gebildet klingender Stimme.

»Das Vergnügen ist ganz auf meiner Seite, Lord Walford. Ich

freue mich zu hören, dass Sie meine Frau schon kennen«, erklärte er und legte Beth eine Hand in den Rücken.

»Ich bin Ihnen böse, Hastings, weil Sie mir eine so entzückende Dame vorenthalten haben.«

Beth lächelte ihm zu. »Der Earl hat mir die Feinheiten der Orchideenzucht nähergebracht.«

»Und Mrs. Hastings hat getan, als wäre sie daran interessiert, weil sie keine Spielverderberin ist«, sagte Lord Walford. Dann kramte er in der Tasche seiner gewachsten Jacke und zog einen Schlüssel aus Messing hervor, den er Beth reichte. »Ich teile meiner Haushälterin mit, dass wir in ungefähr einer halben Stunde Tee trinken. Falls Sie mich brauchen, bin ich in den Stallungen.«

»Danke«, sagte Beth und umklammerte den Schlüssel.

Lord Walford ging davon. Seine Hunde tänzelten um seine Beine. »Was wird das?«, fragte Graeme.

Sie lächelte nur. »Hier entlang.«

Ein paar Meter weiter zweigte der Weg, auf dem sie gingen, von der großen Auffahrt ab. Beth führte Graeme weiter, bis ein geräumiges Cottage zwischen den Bäumen in Sicht kam.

»Wir sind da«, erklärte sie.

»Und was ist ›da‹?«, fragte er. »Du weißt mehr als ich.«

»Unser Zuhause. Wenn du es willst«, sagte sie.

Er zog die Augenbrauen hoch. »Unser Zuhause?«

»Als ich Lord Walford besucht habe, wollte er wissen, wo wir später wohnen wollten. Als ich ihm erzählt habe, dass ich es noch nicht weiß, aber in Highbury bleiben möchte, hat er uns dieses Cottage angeboten. Ich habe noch nicht angenommen«, schob sie rasch hinterher. »Ich dachte, wir könnten das gemeinsam entscheiden.«

Sie beobachtete, wie er das schöne Haus aus gelblichem Stein mit seinem Reetdach anstarrte. Auf beiden Giebelseiten erhoben sich Kamine, und sie konnte beinahe den Rauch riechen, der daraus aufsteigen würde, wenn sie das Cottage bewohnen würden.

Eine Rose rankte an der Veranda hoch und am Vordach entlang, und sie fragte sich, welche Farbe die Blüten im Juni haben würden.

»Bist du mir böse?«, fragte sie.

»Nein.«

»Ich weiß, dass du vorgeschlagen hast, ich soll zu deinen Eltern ziehen, aber …«

Er zog eine ihrer Hände an die Lippen und küsste ihr den Handrücken. »Ich bin dir nicht böse. Ganz und gar nicht. Nur überrascht.«

»Würdest du gern hineingehen?«, fragte sie.

Er nickte.

Nachdem sie die Tür aufgeschlossen hatte, ging sie beiseite, um ihm den Vortritt in eine mit bunten Kacheln geflieste Diele zu lassen. Auf beiden Seiten lagen zwei eisenbeschlagene Türen, und vor ihnen führte eine Treppe zu mehreren Zimmern im ersten Stock hinauf.

»Der Earl hat mir erklärt, ein paar der Cottages seien vor ungefähr zehn Jahren modernisiert worden, da sein Verwalter sich weigerte, nach Braembreidge Manor zu ziehen, wenn er nicht heißes Wasser, eine Zentralheizung und richtige Badezimmer bekäme«, erzählte sie.

Er drückte einen Kuss auf ihr Haar. »Hast du das Haus schon gesehen?«

»Nein. Lord Walford wollte es erst reinigen lassen, und ich dachte, es wäre das Beste, wenn wir es uns gemeinsam anschauen.«

Durch eine der Türen trat sie in ein geräumiges Wohnzimmer. Licht fiel durch Bleiglasfenster von draußen herein, als sie sich im Kreis drehte, um es anzusehen. Kein einziges Möbelstück stand in dem Raum, aber sie konnte sich jetzt schon vorstellen, wie man es rund um den eisernen Kamin mit dem breiten Sims einrichten könnte.

»Dort befindet sich noch ein kleineres Wohnzimmer für den Winter, und Lord Walford sagt, das Esszimmer und die Küche liegen nach hinten heraus. Oben gibt es drei Zimmer und einen kleineren Raum, der als Arbeitszimmer dienen könnte«, erklärte sie.

Schwungvoll drehte sie sich zu ihm herum und stellte fest, dass er am Türrahmen lehnte und sie ansah.

»Oder als Kinderzimmer«, sagte er.

Sie lächelte. »Oder als Kinderzimmer.«

»Ich möchte den Rest des Hauses ansehen, aber zuerst muss ich dir etwas erzählen.« Er rieb sich den Nacken. »Ich habe meiner Mutter geschrieben und gefragt, ob du bei meinen Eltern leben kannst, wenn du vor Kriegsende schwanger wirst oder ich nach dem Krieg ins Ausland versetzt werde. Sie hat mich ziemlich unverblümt darauf hingewiesen, dass du eine junge Ehefrau bist und vielleicht nicht bei deiner Schwiegermutter in einem fremden Haus wohnen willst, in dem du noch nie gewesen bist. Außerdem hat sie mich gefragt, ob ich je darüber nachgedacht hätte, wie einsam du dich in Colchester fühlen könntest, wo du niemanden kennst. Sie hat mir erklärt, ich sei egoistisch.«

»Deine Mutter scheint eine Frau zu sein, die entschiedene Meinungen vertritt«, meinte Beth so neutral wie möglich.

»Sie hat ein gutes Gefühl dafür, was falsch und was richtig ist. Und in diesem Fall war ich im Unrecht.«

»Das hätte ich dir auch alles sagen können. Ich habe es sogar getan«, erklärte sie.

»Tut mir leid, wenn ich nicht zugehört habe. Jetzt muss ich mich wahrscheinlich die nächsten paar Jahre dafür entschuldigen«, meinte er verlegen.

»Nicht jahrelang. Vielleicht ein paar Tage«, sagte sie.

»Ich verspreche, mich zu bessern.«

»Ich will ja nur, dass wir Entscheidungen gemeinsam treffen.« Sie durchquerte den Raum und küsste ihn auf die Wange. »Und du bist mir bestimmt nicht böse, weil ich mit Lord Walford gesprochen habe?«

»Wie könnte ich einer so einfallsreichen Ehefrau böse sein?«

Sie gingen von einem Zimmer ins andere, und Beth schrie entzückt auf, wenn sie kleine, reizende Details entdeckte. Das Haus war einfach, aber jemand hatte sich bemerkenswert viele Gedanken über seine Ausstattung gemacht. Als sie es Zentimeter für Zentimeter erkundet hatten, einschließlich eines kühlen, trockenen Lagerkellers, war sie begeistert.

»Könntest du dir vorstellen, dass wir hier leben? Ich weiß, dass es nicht direkt in Highbury ist, aber wir könnten mit den Fahrrädern ins Dorf fahren«, sagte sie.

»Wenn das Benzin nicht mehr rationiert ist, könnten wir auf ein Auto sparen«, schlug er vor.

»Du bist dir so sicher, dass der Krieg bald vorbei ist.«

»Seit dem Einmarsch in die Normandie hat sich vieles verändert.« Er zögerte. »Ich wollte dir das erst heute Abend erzählen, aber ich habe beantragt, auf Dauer dem Pioniercorps zugeteilt zu werden.«

Sie holte tief Luft. »Dann versuchst du nicht mehr, zu deinem Regiment zurückzukehren?«

Er schüttelte den Kopf. »Ich habe mich um eine Versetzung auf einen Posten in London beworben, und mein Vorgesetzter scheint davon auszugehen, dass sie genehmigt wird. Dann muss ich zwar immer noch in der Kaserne übernachten, aber ich kann immer herkommen, wenn ich frei habe. Und es wäre möglich, dass diese Stelle nach dem Krieg noch weiterbesteht.«

»Bist du dir sicher mit dieser Entscheidung?«, fragte sie. »Du hattest doch felsenfest vor, zu deinen Männern zurückzukehren.«

Er lächelte. »Wenn diese Versetzung genehmigt wird, heißt das, dass wir unser gemeinsames Leben umso früher beginnen können.«

Sie fuhr mit den Händen an seinen Armen hinunter, bis sie

die Finger miteinander verflechten konnten. »Ich möchte dieses Haus, und ich möchte dieses Leben mit dir führen.«

»Gut. Sollen wir Lord Walford Bescheid sagen?«, fragte er.

»Ja, aber zuerst …« Sie brach verheißungsvoll mitten im Satz ab, legte den Kopf zurück und küsste ihren Mann in ihrem zukünftigen Heim.

Venetia

Sonntag, 3. November 1907
Highbury House
Frisch und sonnig

Als ich heute Morgen erwachte, fiel blasser, herbstlicher Sonnenschein durch das Schlafzimmerfenster, nachdem ich gestern Abend vergessen hatte, die Vorhänge zuzuziehen. Ich konnte die Ecke eines der Treibhäuser und das gelbliche Laub des Waldgartens erkennen. Mit einem Mal vermisste ich die Kühle und Frische der schweren Morgenluft.

Rasch kleidete ich mich an und schnappte mir Skizzenbuch und Bleistift. Ich wusste, dass die Melcourts mit den Dienstboten im Schlepptau in der Kirche sein würden. Ich würde die Zeit nutzen, um meine endgültigen Zeichnungen für den Garten des Winters vor Ort noch einmal zu überprüfen. Dann würde ich meine Sachen packen.

Draußen fühlte sich der schwache Sonnenschein warm an, als ich den Kopf zurücklegte, um ihn auszukosten. Ein Goldzeisig zwitscherte, und Blätter sanken flüsternd zu Boden. Mir war bewusst, dass unter der Erde Hunderte von Blumenzwiebeln, die Mr. Hillocks Männer und ich stundenlang gesetzt hatten, ihren Lebenszyklus begannen und aus ihrem Schlaf erwachten, um später dem Winter zu trotzen und mit ihren ersten grünen Spitzen den Boden zu durchbrechen.

Ich ließ mir Zeit und genoss die Einsamkeit, während ich

durch den Skulpturengarten schritt. Ich bog ab, um die Hecke zwischen dem Wasser- und dem Dichtergarten zu umrunden, und ging direkt zum Tor des Winter-Gartens. Der Schlüssel steckte, also trat ich ein.

Ich atmete tief durch.

Angefangen mit der rechten Seite des kreisförmig angelegten Gartens begann ich langsam meine Runde und erlaubte mir zu träumen. Der Garten sollte zwar um die kälteste Zeit des Jahres am besten aussehen, doch ich wollte, dass er auch im Frühling, Sommer und Herbst schön war. Mr. Hillock und ich hatten uns auf eine Kletterrose geeinigt, die sich über die Mauer ausbreiten würde – ein Tribut an Matthew. Die silbrigen, stachligen Blätter der Kugeldisteln würden sich recken und im Sommer mit ihren blasslilafarbenen Blüten prunken. Bis zum Winter würden sie absterben, und perfekte Pompons aus Fruchtständen würden im Wind schwanken und ihre Samenfülle verstreuen. Mit Bleistift notierte ich mir, Mr. Hillock zu bitten, die Samen für die Vögel stehen zu lassen, solange er konnte.

Keine Ahnung, wie lange ich blieb. Ich war versunken in meine Arbeit, die zu vollenden ich mich genötigt fühlte. Um mit Highbury House abzuschließen, damit ich versuchen konnte, mein Leben wiederaufzunehmen.

Meine Konzentration wurde gestört, als ich das Tor quietschen hörte. Ich hatte mich hingehockt, um eine Notiz zu kritzeln, und blickte auf.

Matthew.

Die rechte Hand an das eiserne Tor gelegt, blieb er stehen und sah mich an. »Venetia.«

Die herbstliche Brise trug den Klang meines Namens zu mir herüber.

Zögernd stand ich auf. »Was willst du hier?«

»Ich hatte gehofft, dich allein anzutreffen.« Er trat einen Schritt auf mich zu. »Ich musste dich sehen.«

Rasch hob ich die Hand. »Halt! Komm bitte nicht näher.«

Er hielt mitten in der Bewegung inne und betrachtete mich mit gequälter Miene. Der Ausdruck auf meinem Gesicht musste mindestens ebenso schmerzverzerrt sein.

Ich würde diesen Ort hinter mir lassen. Schmerz und Trauer würden mich nie wieder vollständig verlassen, aber sie würden milder werden. Doch ich würde es nicht schaffen, mich abzuwenden und meinen Frieden zu finden, wenn Matthew die Wunde ein ums andere Mal wieder aufriss.

»Aber Venetia –«

»Was immer du zu sagen gedenkst, ich brauche es nicht. Ich will es nicht.« Mir brach die Stimme, und ich sah auf meine zitternden Hände hinunter. »Warum musstest du ausgerechnet jetzt kommen, da ich endlich so weit bin, Abschied zu nehmen?«

»Ich wollte früher kommen«, erklärte er.

»Warum hast du es dann nicht getan?«, schrie ich ihn an. Ich wollte ihn verletzen.

»Helen hat mir gesagt, du möchtest mich nicht sehen«, entgegnete er.

»Das hat deine Schwester gesagt? Und du hast ihr geglaubt?«

Seine Schultern sackten nach vorn. »Warum sollte ich nicht? Du hast keinen meiner Briefe beantwortet.«

»Du hast mir geschrieben? Ich habe nur Adams Briefe erhalten.«

Er raufte sich das Haar. »Sie haben versucht, uns auseinanderzubringen.«

»Und wir haben ihnen geglaubt«, murmelte ich.

»Wieso auch nicht? Da wir nun kein Kind mehr erwarten, bist du frei von deiner Verpflichtung mir gegenüber.«

Meiner Verpflichtung ihm gegenüber? Ich war hier diejenige, die in die Verbannung geschickt wurde.

»Matthew, ich weiß zu schätzen, dass du versucht hast, das Richtige zu tun, als du um meine Hand angehalten hast.«

Er starrte mich so lange an, dass ich unter seinem forschenden Blick begann, von einem Fuß auf den anderen zu treten.

»Du glaubst, das war nur eine noble Geste?«, fragte er schließlich.

»Kein Kind, kein Skandal. Falls du dir Gedanken machst, ich könnte dich auf deinen Antrag festnageln, keine Sorge. Ich entlasse dich aus jeglicher Verantwortung.«

»Dann willst du mich nicht heiraten?«, fragte er.

Ich wandte mich ab. »Ich habe akzeptiert, dass das, was ich möchte, und das, was ich bekommen kann, zwei unterschiedliche Dinge sind. Ich verlasse Highbury heute. Ich kann nicht länger bleiben und wissen, dass unsere Tochter hier gestorben ist.«

Er fuhr zusammen. »Eine Tochter?«, stieß er hervor. »Wir hatten eine Tochter?«

»Das hast du nicht gewusst?«

Tränen traten ihm in die Augen. »Meine Schwester hat gesagt, der Arzt habe das unmöglich erkennen können.«

Ich ballte meine freie Hand zur Faust. »Dann hat deine Schwester gelogen. Wir hatten ein Mädchen. Ich hätte sie Celeste genannt.«

Er wischte sich die Augen. »Das ist ein wunderschöner Name.«

»Mein Vater hat meine Mutter manchmal so gerufen.«

»Dann weiß ich nun, wie diese hier heißen wird.« Er griff in seine Jackentasche, zog einen kleinen Umschlag aus braunem Papier heraus und reichte ihn mir. Zögerlich nahm ich ihn entgegen und öffnete ihn. Ein halbes Dutzend Samenkörner fiel in meine Hand.

»Was ist das?«, fragte ich.

»Unsere Rose. Die, die wir im Frühling gekreuzt haben. Sie ist angegangen, und jetzt haben wir die hier. Mit Glück eine neue Sorte.«

»Aber sicher bist du dir nicht?«

»Nein, das kann ich erst sein, wenn ich sie einpflanze und sehe, wozu sie heranwächst, aber ich bin recht zuversichtlich.« Er räusperte sich. »Ich wollte sie dir zur Hochzeit schenken. Ich hatte daran gedacht, die neue Sorte nach dir ›Schöne Venetia‹ zu nennen. Jetzt überlege ich, ob du sie vielleicht ›Schöne Celeste‹ nennen möchtest.«

Tränen schossen mir in die Augen, und ich schloss die Hand um die Samenkörner. »Das ist eine gute Idee. Wir können Mr. Hillock bitten, die ›Schöne Celeste‹ hier zu pflanzen.«

Ich schlang mir die Arme um den Körper, als meine Tränen zu fließen begannen, und kniff die Augen zu. Doch mit einem Mal war ich nicht mehr allein. Matthew umarmte mich, und mit seiner großen Hand barg er meinen Kopf an seiner Brust. Mein Skizzenbuch und mein Bleistift fielen auf die weiche Erde, und ich klammerte mich weinend an ihn.

»Es tut mir so leid«, flüsterte er in mein Haar.

»Ich habe sie verloren, und jetzt verliere ich dich, und ich weiß nicht, ob ich das noch länger ertrage.«

Er wich ein wenig zurück und wischte mir mit dem Daumen die Tränen von den Wangen. »Du hast mich nie verloren.«

Ich schüttelte den Kopf. »Ich bin schwanger geworden. Wir wollten beide nicht –«

»Ich wollte dich, Venetia. Zuerst nur dich, doch dann, als ich herausfand, dass wir ein Kind bekommen würden … Jener Tag am See war der glücklichste meines Lebens. Ich dachte, endlich könnte ich alles haben, was ich mir wünschte.«

»Du hattest nicht das Gefühl, ich hätte dich in die Falle gelockt?«

Er lachte scharf und ein wenig verbittert auf. »Ganz im Gegenteil. Ich hatte Angst, du hättest den Eindruck, von mir in die Falle gelockt worden zu sein, und schlimmer noch, ich war froh darüber. Ich hatte dich, und ich hatte nicht vor, dich je wieder herzugeben.«

»Was in aller Welt könntest du von mir wollen?«

Er stemmte die Hände in die Hüften und schüttelte den Kopf. »Du bist die starrköpfigste aller Frauen und bringst mich zur Weißglut. Ich liebe dich.«

»Du kennst mich ja kaum.«

Er seufzte. »Ich weiß, dass du einen scharfen, resoluten Verstand besitzt. Ein Streit mit dir ist wie der Versuch, mit einem Zahnstocher Beton aufzubrechen. Wenn du strahlend lächelst, taucht ein Grübchen neben deinem rechten Auge auf, das sich genauso verzieht. Ich weiß, dass du dich in deiner Gartenkleidung wohler fühlst als in einer Abendrobe und dass du dich beim Einschlafen auf die rechte Seite drehst. Aber vor allem weiß ich, dass ich jeden Tag etwas Neues über dich erfahren will. Falls das zu viel verlangt ist, verstehe ich das. Ich habe dir nicht viel zu bieten, aber ich schwöre dir, dass ich dich wahrhaftig und aus tiefstem Herzen liebe und mit jedem Tag mehr lieben werde.«

»Ich weiß nicht, ob ich noch einmal ein Kind bekommen kann«, erklärte ich.

»Dann werden wir eben zu zweit glücklich sein.«

»Deine Familie wird mich nicht akzeptieren.«

Er umarmte mich fester und schlang seinen Mantel um uns beide. »Du bist meine Familie. Muss ich mit Widerstand von deinem Bruder rechnen?«

Ich schüttelte den Kopf. »Adam wird dir wahrscheinlich danken, weil du so mutig bist, mich zu heiraten. Allerdings solltest du vielleicht vermeiden, ihm von unserer Affäre zu erzählen, für den Fall, dass er unterdessen eine altmodische Neigung zu Duellen entwickelt hat.«

Er lächelte. »Ich kenne mich mit Duellpistolen nicht aus, daher werde ich deinen Rat befolgen.«

Ich schwieg kurz. »Die Melcourts, der Arzt, die Dienstboten … es wissen zu viele Menschen Bescheid.«

»Dann ziehen wir eben fort.«

»Bist du dir sicher, dass du dich von Wisteria Farm trennen kannst?«, fragte ich.

Ich sah ihm die Anspannung an den Mundwinkeln an. Mir missfiel der Gedanke, dass er bereuen könnte, das Anwesen aufzugeben. Aber ich konnte mir auch nicht vorstellen, wie wir hierbleiben sollten, wo unser ganzes Leben von der Gunst der Melcourts abhängig sein würde.

»Die Rosen sind im Moment nicht gerade leicht zu transportieren, aber wir lassen uns etwas einfallen. Und wo möchtest du leben?«

Ich dachte einen Moment nach. »Was hältst du von Amerika?«

»Solange ich bei dir bin, ist mir alles recht. So, wie wäre es, wenn wir uns jetzt um dein Gepäck kümmern? Am liebsten würde ich dich ja nie wieder aus den Augen lassen, aber du kannst erst nach Wisteria Farm kommen, wenn wir verheiratet sind. Ich weiß von einer respektablen Pension für Damen in Royal Leamington Spa.«

»Dann wohne ich dort, bis das Aufgebot verlesen werden kann«, meinte ich und nickte ob seines praktischen Vorschlags.

»Gut. Eines noch.«

Als ich zu ihm aufsah, legte er die Hände um mein Gesicht und küsste mich.

»Sag mir noch einmal, dass du meine Frau wirst«, bat er und strich mit den Lippen über meinen Mund.

»Ich werde deine Frau«, murmelte ich.

Wieder küsste er mich und hob dann meinen Bleistift und mein Skizzenbuch auf. »Deine Zeichnungen.«

Hand in Hand verließen wir Celestes Garten.

Diana

Diana zog ihre Handschuhe aus und nahm den kleinen grauen Hut vom Kopf, wobei sie darauf achtete, sich mit dem Netz nicht an der festgesteckten Haarwelle an ihrer Schläfe zu verfangen. Die Rückfahrt von London war lang gewesen, doch sie hatte sich vor Ort vergewissern können, dass alle ungelösten Probleme geklärt waren. Jetzt war es vollbracht, und die krokodillederne Handtasche, die sie kein einziges Mal vom Arm nahm, barg ihre Zukunft.

»Danke, Mrs. Dibble«, sagte sie und reichte der Hausdame ihre Sachen, die Handtasche behielt sie jedoch bei sich. »Wissen Sie, wo Miss Adderton ist?«

»Vorhin war sie mit Mrs. Hastings im Küchengarten. Ich glaube, Mrs. Hastings wollte einen Blick auf die Kartoffeln werfen, um festzustellen, ob sie schon geerntet werden können«, erklärte Mrs. Dibble.

»Könnten die beiden bitte zu mir in den Morgensalon kommen?«

Mrs. Dibble huschte geschäftig davon, um Dianas Mantel in den Schrank zu hängen.

Vor dem großen Foyerspiegel mit dem vergoldeten Rahmen drückte Diana ein paarmal an ihrem Haar herum, um ihre Frisur wieder in Form zu bringen.

»Du siehst sehr elegant aus.«

Sie blickte auf und sah im Spiegel Cynthia und Oberschwester McPherson auf sich zukommen. »Ich bin gerade aus London zurückgekehrt.«

»Ich dachte, du wolltest nur einen Tag bleiben«, sagte Cynthia.

»Meine Angelegenheiten haben mich länger aufgehalten als erwartet. Ich musste über Nacht bleiben«, erklärte sie.

»Wo bist du abgestiegen?«, fragte Cynthia.

Diana ließ die Hand sinken, drehte sich um und setzte ein starres Lächeln auf. »Im Harlan-Club. Ich bin dort immer noch Mitglied.«

»Die Oberschwester hat gerade eine Anmerkung über deine Abwesenheit gemacht. Du hast deine übliche Runde Briefschreiben ausfallen lassen«, sagte ihre Schwägerin.

Die Art, wie die Oberschwester die Augenbrauen hochzog, verriet Diana, dass ihre Bemerkung nicht ganz so abwertend ausgefallen war, wie Cynthia andeutete.

»Ich habe nur gesagt, einige Männer hätten mit der Nachmittagspost Briefe bekommen«, korrigierte die Oberschwester.

»Ich muss mich noch um einige dringliche Angelegenheiten kümmern, doch dann werde ich bestimmt auf die Stationen gehen«, versicherte sie der Oberschwester.

Cynthia seufzte. Ruhig und gemessen ließ Diana den Verschluss ihrer Handtasche aufschnappen und zog den dünneren der beiden Umschläge, die sie aus London mitgebracht hatte, hervor.

»Es interessiert dich vielleicht, dass ich in London einige alte Freundinnen getroffen habe, darunter eine Mrs. Delmonte, die ebenfalls bei meiner alten Harfenlehrerin Unterricht nahm. Sie hat schon vor dem Krieg ehrenamtlich für das Britische Rote Kreuz gearbeitet und hat eine ziemlich hohe Stellung beim Freiwilligencorps. Sie hat sich besonders für deine Arbeit im Hospital von Highbury House interessiert, Cynthia. So sehr sogar, dass sie fand, deine Erfahrung als Leiterin wäre hilfreich bei der Eröffnung eines neuen Genesungsheims in Wales.«

»Ich werde hier gebraucht«, wandte Cynthia ein.

Diana lächelte noch strahlender und reichte ihrer Schwägerin den Umschlag. »Ich glaube, du wirst alle Einzelheiten in Mrs. Delmontes Brief finden.«

Cynthia schnappte sich den Umschlag und riss ihn auf. Eine seltsame Gelassenheit überkam Diana, als sie zusah, wie ihre Schwägerin den Brief überflog und dann wütend zu ihr aufsah.

»Du sollst das Hospital in Highbury House leiten«, stieß Cynthia hervor.

»Ja«, antwortete sie.

»Das ist lächerlich.«

»Damals, als das Hospital hier eingezogen ist, hätte ich dir beigepflichtet. Ich danke dir für all deine harte Arbeit«, sagte sie.

»Dies ist mein Elternhaus«, beharrte Cynthia.

»Du magst deine Kindheit hier verlebt haben, aber dies ist mein Zuhause. Und das wird es auch bleiben, wenn der Krieg zu Ende ist. Du tätest gut daran, das nicht zu vergessen.«

Cynthia wurde blass, doch sie stichelte weiter. »Du hast nicht die geringste Ahnung von der Leitung eines Genesungsheims.«

Oberschwester McPherson trat vor. »Ich zweifle nicht daran, dass Mrs. Symonds dieser Aufgabe mühelos gewachsen ist durch ihre Erfahrung, einem Haus dieser Größe und seinem Personal vorzustehen.«

Diana warf der Oberschwester einen dankbaren Blick zu, den diese mit einem leisen Lächeln quittierte.

»Wie du feststellen wirst, erwartet man dich in einer Woche in Wales, also solltest du besser anfangen zu packen. Dein Büro brauche ich sofort.« Cynthia plapperte weiter aufgebracht vor sich hin, doch Diana nickte der Oberschwester zu. »Ich würde es zu schätzen wissen, wenn Sie heute Nachmittag Zeit für eine Tasse Tee und eine Besprechung hätten. Ich werde sicherlich viele Fragen haben.«

»Das wäre mir ein Vergnügen«, sagte die Oberschwester.

»Jetzt muss ich noch ein Gespräch führen, und dann schreibe

ich Briefe für die Soldaten. Wenn du mich entschuldigen würdest.«

Ein berauschendes Gefühl überkam sie, als sie das Foyer verließ. Zum ersten Mal seit langer Zeit stieg eine überschäumende Freude in ihr auf. Auf einen Streich hatte sie sich ihrer Schwägerin entledigt und sich ihr Zuhause zurückgeholt.

Als sie den Morgensalon erreichte, sah sie, dass die Tür bereits einen Spaltbreit offen stand. Dieses Gespräch würde riskanter werden, der Erfolg weniger wahrscheinlich. Doch versuchen musste sie es.

Sie stieß die Tür auf und lächelte Miss Adderton und Mrs. Hastings zu. »Tut mir leid, falls Sie warten mussten.«

»Guten Tag, Ma'am. Mrs. Dibble sagte, Sie wollten uns beide sehen«, sagte Miss Adderton.

Behutsam stellte Diana ihre Handtasche auf ihren Schreibtisch und zog den dicken, schweren Umschlag mit den Schriftstücken, die ihr Anwalt aufgesetzt hatte, hervor. »Jetzt hätte ich gern Ihre Antwort auf meine Frage, Miss Adderton.«

»Was für eine Frage?«, wollte Mrs. Hastings wissen.

»Mrs. Symonds möchte sich um Bobby kümmern, damit ich nach London gehen kann«, erklärte Miss Adderton.

Diana hob die Hand. »Ich würde sogar gern mehr tun. Ich möchte Ihren Neffen adoptieren.«

Schockiert griff sich Mrs. Hastings an den Hals.

»Sie haben nie etwas von Adoption gesagt«, meinte Miss Adderton.

»Weil ich nicht wusste, ob das möglich wäre. Ich musste zuerst mit meinem Anwalt reden.« Sie unterbrach sich. »Ich wäre mehr als Bobbys gesetzliche Vertreterin. Ich wäre seine Mutter. Er wäre mein Sohn.

Denken Sie darüber nach, Miss Adderton. Ich kann alles Mögliche für ihn tun, was Sie nie könnten. Sie könnten sich nie leisten, ihn auf die besseren Schulen zu schicken oder ihn richtig einzukleiden. Wenn er älter ist, kann ich ihm den besten Lebensweg aufzeigen. Eines Tages wird Highbury House ihm gehören. Ich kann ihm eine außerordentliche Zukunft bieten.«

»Sie können nicht einfach einen Sohn gegen einen anderen austauschen«, meinte Mrs. Hastings.

Diana kniff die Augen zusammen. »Niemand kann meinen Sohn ersetzen, und nichts bringt ihn zurück. Ich wünsche mit jeder Faser meiner selbst, ich hätte die Schlüssel zum Garten des Winters besser verwahrt oder jede giftige Pflanze in diesem Garten ausgerissen. Ich werde für immer bereuen, dass ich meinen Sohn mit meinen letzten Worten an ihn weggeschickt habe. Er war mein *Sohn.*« Ihr versagte die Stimme. »Er war der allerbeste Teil von mir, und lediglich eine weitere Person hier begreift auch nur annähernd, was es für ein Gefühl ist, ihn verloren zu haben.«

»Bobby ist fünf Jahre alt«, sagte Mrs. Hastings.

»Und ich bin die Mutter seines besten Freundes. Bobby und ich werden immer durch unseren Verlust verbunden sein.«

»Ich könnte ja verstehen, dass Sie Bobby adoptieren wollten, wenn er keine Familie hätte, aber er hat eine. Sie steht gleich hier.« Mrs. Hastings wies auf Miss Adderton, die leichenblass geworden war.

Diana schloss die Augen. Wie konnte sie diese Frauen nur überzeugen? Zum ersten Mal seit langer Zeit konnte sie sich ein Leben außerhalb der Mauern dieses Hauses vorstellen. Sie spürte nicht mehr den Wunsch, vor Trauer in sich zusammenzufallen. Sie wollte die Arme ausbreiten. Diesem Kind all ihre Liebe schenken.

»Ist das überhaupt rechtens?«, fragte Mrs. Hastings gerade.

»Miss Adderton, wenn Sie sich einen Moment Zeit nehmen würden, die Dokumente anzusehen, die mein Anwalt aufgesetzt hat …«

»Ich mache es«, unterbrach Miss Adderton sie und schnappte

sich die Papiere vom Schreibtisch. »Ich unterschreibe hier, und Bobby gehört ab dann zu Ihnen?«

»Ja«, hauchte Diana. »Um alles andere kümmert sich mein Anwalt.«

Miss Adderton sah auf die in schwarzer Maschinenschrift verfassten Papiere hinunter.

»Stella …«, begann Mrs. Hastings.

Miss Adderton drehte sich zu ihr um. »Ich kann nicht Bobbys Mutter sein, Beth.«

»Das verlangt ja auch niemand von dir«, sagte Mrs. Hastings.

»Doch, auch wenn ihr es nicht aussprecht. Ich kann ihn zur Schule bringen, daran denken, ihm zu essen zu geben, und dafür sorgen, dass er badet, aber das sind alles Punkte auf einer Liste, die man abhaken kann. Aber ich kann ihn nicht so lieben, wie es richtig wäre. Seit Joans Tod habe ich versucht, mich dazu zu zwingen, doch es gelingt mir nicht«, erklärte Miss Adderton.

»Aber du bist seine Verwandte«, beharrte Mrs. Hastings.

»Ich hätte gedacht, gerade du würdest verstehen, wie furchtbar es ist, mit jemandem zusammenzuleben, der sich nur aus Pflichtgefühl um einen kümmert.«

Mrs. Hastings Augen weiteten sich. »Das mit meiner Tante war etwas ganz anderes.«

»Wirklich? Hättest du dir nicht die Chance gewünscht, bei jemandem aufzuwachsen, der dich liebt?«, fragte Miss Adderton.

»Ich kann Bobby diese Liebe schenken«, warf Diana ein. »Ich liebe ihn schon jetzt dafür, was er meinem Sohn bedeutet hat. Und irgendwann werde ich ihn lieben wie mein eigenes Kind.«

Miss Adderton nickte und starrte immer noch auf die Papiere in ihren Händen. »Ich unterschreibe die hier, und Sie geben mir das Geld, um nach London zu ziehen?«

»Ja«, sagte Diana und atmete auf. »Ich gebe Ihnen Geld für ein Pensionszimmer oder eine Wohnung, wenn Ihnen das lieber ist. Ich helfe Ihnen, sich eine Garderobe zuzulegen, und zahle

Ihre Kurse – keine Fernkurse, sondern eine richtige Sekretärinnenschule. Ich kann meine Freunde in London bitten, Ihnen eine Stelle zu suchen. Sie können reisen. Lassen Sie sich von mir dabei unterstützen, das Leben zu führen, das Sie sich immer gewünscht haben.«

»Das kommt mir nicht wirklich wie ein gerechter Tausch vor«, meinte Miss Adderton mit einem hohlen Auflachen.

Mrs. Hastings blickte zwischen den beiden hin und her. »Ich kann nicht glauben, dass du das wirklich in Betracht ziehst.«

Miss Adderton fuhr zu ihrer Freundin herum. »Ich hasse es hier. Ich hasse es, in Diensten zu sein. Ich hasse es, dass meine Schwester Warwickshire verlassen hat und ich zurückgeblieben bin. Du hast das Leben, das du dir wünschst, Beth. Lass mich versuchen, mir meines aufzubauen.«

Mrs. Hastings sah aus, als wollte sie Einwände erheben, doch dann klappte sie den Mund zu.

»Sie können Bobby sehen, wann immer Sie wollen. Ich kann auch gern mit ihm nach London kommen, wenn das einfacher ist«, bot Diana an.

Miss Adderton verschränkte die Arme vor dem Bauch und zog sie fest um sich. »Eines sollen Sie wissen, Mrs. Symonds: Wenn ich diese Dokumente unterschreibe, werde ich meinen Neffen nie wiedersehen. Aber ich möchte wissen, wie es ihm geht. Werden Sie mir schreiben?«

»Selbstverständlich«, sagte sie.

Die Köchin griff nach einem Stift. »Wo soll ich unterschreiben?«

»Es sind drei Exemplare, eins für Sie, eins für mich und eins für meinen Anwalt, damit er die Adoption registrieren lassen kann«, erklärte sie und nahm Miss Adderton behutsam die Papiere aus den Händen, damit sie ihr zeigen konnte, wo sie unterzeichnen musste. Dann beugte sie sich vor, um selbst ihre Unterschrift unter die Seiten zu setzen.

Sie richtete sich auf und hielt Mrs. Hastings den Stift hin. »Wir brauchen eine Zeugin.«

Mrs. Hastings starrte auf den Stift, und kurz hatte Diana den Eindruck, die junge Frau werde sich weigern.

»Bitte, Beth«, flüsterte Miss Adderton.

Mrs. Hastings riss ihr den Stift aus der Hand. »Na schön.«

»Bitte behalte ihn im Auge, Beth. Du wirst ja ganz in seiner Nähe sein«, sagte Miss Adderton.

Diana zog die Augenbrauen hoch. »Mein Mann und ich haben eine Abmachung getroffen und werden ein Haus auf dem Gelände von Braembreidge Manor mieten«, erklärte Mrs. Hastings. »Wir werden nach Kriegsende dort einziehen.«

»Klingt, als würden wir alle neu anfangen«, meinte Diana.

Mrs. Hastings verzog den Mund, nickte aber.

Diana löschte die Unterschriften ab und trat zurück. Es war vollbracht.

»Was passiert jetzt?«, wollte Mrs. Hastings wissen.

»Ich spreche mit Bobby und erkläre ihm, dass er hier leben wird. Außer, Sie wollen das übernehmen, Miss Adderton.«

»Nein. Ich werde Vorbereitungen dafür treffen, Ende nächster Woche abzureisen«, erklärte Miss Adderton und nahm ihr Exemplar an sich.

»Dann schreibe ich meinem Bankier. Er wird dafür Sorge tragen, dass Sie erhalten, was Sie brauchen«, sagte sie.

Miss Adderton wandte sich zum Gehen, doch dann warf sie noch einen Blick über die Schulter. »Sie können ihn nicht mehr Bobby nennen. Das ist ein viel zu gewöhnlicher Name für den Erben dieses Hauses. Robert wäre besser.«

Für einen kurzen Moment schloss Diana die Augen. »Das war auch Robins Taufname.«

»Es ist ein guter Name«, meinte Mrs. Hastings.

Diana schenkte ihr ein schwaches Lächeln und war dankbar für den Olivenzweig, den die andere ihr reichte. Die junge Frau würde das vielleicht nie verstehen – die meisten Menschen würden das nicht –, doch Diana wusste, dass sie für die drei Personen, auf die es ankam, das Beste getan hatte.

»Wir werden sehen, was Bobby dazu sagt, aber später«, erklärte sie. »Einen Schritt nach dem anderen.«

Emma

Oktober 2021

Emma trat mit ihrem Stiefel auf den Spaten und hebelte noch mehr Erde aus dem Loch, an dem sie schon seit fünf Minuten grub. Beths Zeichnungen hatten zwei schöne Hortensiensträucher vor der Mauer des Winter-Gartens gezeigt. Das waren normalerweise widerstandsfähige Pflanzen, doch die, die sie beim Rückschnitt des Blattwerks entdeckt hatte, waren so verkrüppelt gewesen, dass sie nicht mehr zu retten waren. Ein paar Anrufe und einige eingelöste Gefälligkeiten später hatte sie sich zwei riesige, in Kübeln gezogene Pflanzen zu einem großen Preisnachlass gesichert, um die ursprünglichen Exemplare auszutauschen.

Normalerweise hätte sie nur dreißig Zentimeter tief graben müssen, um die Büsche einzusetzen, aber das umgebende Wurzelgeflecht war so dicht, dass sie tiefer grub, um den Hortensien überhaupt eine Überlebenschance zu geben. Schon zweimal hatte sie nach der Handsäge greifen müssen, um dickes Wurzelgewirr zu durchschneiden, und inzwischen war ihr durch die schwere Arbeit so warm geworden, dass sie ihren Pullover ausgezogen hatte.

»Hi!«

Emma blickte auf, und obwohl es bewölkt war, musste sie die Augen zusammenkneifen, um sie vor dem grellen Gegenlicht zu schützen. Oben auf der Leiter, die in den Garten führte, stand Henry. Sein Haar war wie immer zerzaust, und er schenkte ihr sein übliches schiefes Lächeln – das, bei dem sich ihr Herz überschlug.

»Hi. Suchst du Sydney oder Andrew?«, fragte sie. Am Ende des Nachmittags mit ihren Eltern im Herrenhaus hatten sie beschlossen, sich zu duzen. Sydney und Andrew waren mittlerweile nicht nur ihre Auftraggeber, sie fühlte sich ihnen auch freundschaftlich verbunden. Und Henry – nun, das stand auf einem anderen Blatt …

Er ist vorbeigekommen und hat nach dir gefragt. Charlies neckende Worte hallten in ihrem Kopf wider.

»Eigentlich suche ich dich.« Henry schwang ein langes Bein über die Mauer, und sie sah zu, wie er herunterkletterte. Es enttäuschte sie ein wenig, dass ein schwarzer Zopfmusterpullover sein T-Shirt verdeckte.

Sobald Henry von der Leiter gestiegen war, blickte er sich um. »Das wird wunderschön.«

»Danke. Es wird noch ein ganzes Jahr dauern, bis man richtig sieht, wie sich alles zusammenfügt, aber es wird sich entwickeln«, meinte sie.

»Ich habe gehört, dass Sydney dich dazu gebracht hat, den Küchengarten neu anzulegen und am Obstgarten zu arbeiten«, sagte er.

Sie lachte. »Ich habe Charlie zum Partner der Firma gemacht, und als erste Amtshandlung hat er meine Entscheidung, den Küchengarten nicht zu übernehmen, rückgängig gemacht. Das war ein regelrechter Putsch.«

»Ich hätte Charlie gar nicht für einen Despoten gehalten, aber vielleicht brauchte er nur einen kleinen Vorgeschmack von Macht. Was denkst du über das Projekt?«

»Historisch exakt wird es nicht – wir pflanzen zum Beispiel Gemüse, das resistenter gegenüber Krankheiten ist –, aber es sollte Spaß machen. Zack und Vishal messen gerade den Platz für die Hochbeete aus.«

»Habe ich gesehen. Sydney hat mich herumgeführt.« Henry wies auf ihren Spaten. »Hast du noch so einen?«

Sie nickte und holte den, den Charlie vorhin benutzt hatte. Als sie ihm den Spaten reichte, streiften sich ihre Finger. Noch einmal überschlug sich ihr Herz.

»Wie tief?«, fragte Henry und schien gar nicht zu bemerken, was nur der Gedanke, ihn zu sehen, mit ihr anstellte. Oder vielleicht war es immer so gewesen, und sie hatte sich nur die größte Mühe gegeben, es zu ignorieren.

»Noch dreißig Zentimeter tiefer«, sagte sie.

Er brummte etwas und stieß den Spaten in den Boden. Nach kurzem Zögern tat sie es ihm an ihrem Ende des Lochs nach.

»Warum bist du hierhergekommen?«, fragte sie und neigte den Kopf, damit ihr Pferdeschwanz ihr nicht ins Gesicht fiel, wenn sie ihn anschaute.

»Ich wollte dich einfach nur sehen. Es ist eine Weile her, und ich hatte mich gefragt, wo du geblieben bist. Ich dachte, vielleicht überlegst du schon, welchen Auftrag du nach Highbury annimmst.«

Unwillkürlich lächelte sie. »Ich habe einen neuen Auftrag für einen Garten, aber ich dachte, ich würde Bow Cottage noch ein wenig behalten.«

Ruckartig blickte er auf. »Wirklich?«

»Wirklich. Ich werde in Berwick-upon-Tweed arbeiten, aber am Wochenende komme ich zurück.«

»Was ist aus deinem Nomadenleben geworden?«, erkundigte er sich beiläufig.

»Mir ist klar geworden, dass es durchaus Vorteile hat, eine Weile an einem Ort zu bleiben«, sagte sie und dachte an die Besichtigungstermine in Highbury, die sie schon mit einem hiesigen Immobilienmakler vereinbart hatte.

»Weißt du, wir sind nie zu diesen Willkommensdrinks unter neuen Nachbarn gekommen«, sagte Henry.

Sie lachte. »Wir waren ein paarmal beim Pub-Quiz.«

»Willkommensdrinks müssen allein unter Nachbarn stattfinden. Das ist so Vorschrift«, gab er zurück.

Sie trieb erneut ihren Spaten in die Erde, doch dieses Mal kam sie nicht weiter.

»Alles in Ordnung bei dir?«, fragte er.

»Ich muss auf eine Pfahlwurzel oder einen Stein gestoßen sein«, erklärte sie. Doch als sie den Spaten hin- und herbewegte, hörte sie, wie Metall über Metall kratzte. Sie zeigte auf die Pflanzschaufel. »Gib mir die mal.«

Er tat es, und Emma hockte sich auf den Boden und schaufelte eine Ladung Erde nach der anderen heraus.

»Kannst du auf der anderen Seite graben?«, fragte sie.

Er arbeitete vorsichtiger, um sie nicht anzustoßen, und vergrößerte das Loch, während sie um den Gegenstand herumgrub. Es war etwas mühsam, doch ein paar Minuten später hatten sie die Oberseite einer mit Nieten beschlagenen Kassette freigelegt.

»Was ist das?«, fragte er.

»Keine Ahnung. Hier drüben ist die Erde locker. Ich glaube, ich kann es anheben.«

»Ich hab's«, sagte er.

Sie zerrten beide daran, und der Rest der Kassette tauchte aus dem Boden auf. An einer rostigen Lasche hing ein Vorhängeschloss.

»Probieren wir es mit der Pflanzschaufel?«, fragte Henry.

Sie gab sie ihm, und mit ein paar Schlägen trennte er die Lasche ab.

»Ich kenne ein paar Historiker, die jetzt stinkwütend auf dich wären«, meinte sie.

»Gut, dass die nicht hier sind, was?«, gab er fröhlich zurück. »Möchtest du sie öffnen?«

Sie nickte und klappte vorsichtig den Deckel auf.

Im Inneren stieß sie zuerst auf ein Öltuch. Sie schlug es auf und entdeckte Dutzende alter Fotos, die einen kleinen Jungen zeigten. Auf einigen war er allein zu sehen, doch auf anderen stand er in einer förmlichen Kamerapose neben einer eleganten Frau.

»Wer ist das?«, fragte Henry.

»Keine Ahnung«, entgegnete sie und nahm eins der Bilder heraus.

»Wir sollten das Sydney zeigen«, meinte er, zog sein Handy hervor, wählte und stellte den Lautsprecher an. »Hey, Syd?«

»Alles gut bei dir?«, fragte Sydney.

»Du solltest in den Garten des Winters kommen. Emma und ich haben etwas entdeckt.«

»Was denn?«, fragte Sydney.

»Komm und schau es dir an«, beharrte er.

»Okay, aber ihr müsst es über die Mauer bringen. Ich fühle mich heute nicht danach, auf Leitern zu steigen«, sagte Sydney.

»Wird gemacht.«

Während er das Gespräch beendete, legte Emma die Fotos zurück und schloss den Deckel. Sie banden die Schatulle mit einer Schnur zu, und Henry kletterte hoch und stieg oben auf die äußere Leiter um. Emma warf ihm ein Seil zu, das sie um die Kassette geschlungen hatte, und er zog sie hoch, während Emma hinaufkletterte und auf jeder Sprosse die Schatulle mit der Hand stabilisierte. Als sie oben war, stieg Henry die Sprossen hinab. Sobald er den Boden erreicht hatte, ließ sie die Kassette zu ihm herunter.

Emma trat gerade von der letzten Sprosse der Leiter, als Sydney herbeikam. »Was habt ihr gefunden?«

Wieder öffnete Emma die Schatulle und nahm eins der Fotos heraus. »Weißt du, wer diese beiden sind?«

Sydney runzelte die Stirn. »Das ist meine Urgroßmutter Diana, dann muss das Granddad Robert sein.« Sydney blätterte durch die Fotos und drehte sie dabei um. »Hier, sieh dir das an. Jemand hat ›Robin, drei Jahre‹ auf die Rückseite geschrieben.«

»Da ist noch mehr«, sagte Henry.

Sydney bündelte die Fotos, um sie beiseitezulegen, worauf etwas zutage kam, was wie der Inhalt der Spielzeugschachtel eines Kindes wirkte. Zinnsoldaten in Militäruniformen, ein Spielzeuglaster, ein paar Bücher, ein Paar Babyschühchen, auf deren Fersen jeweils ein Rotkehlchen gestickt war, ein kleiner Pullover …

»Was ist das alles?«, fragte Sydney.

»Schau mal, da steckt ein Umschlag«, sagte Emma.

Sydney öffnete ihn und zog mehrere Blatt Papier hervor. Das oberste stellte ein offizielles Dokument mit einem Aktenzeichen dar. In Rot stand *Beglaubigte Kopie eines Eintrags* quer über der Seite.

Geburtsdatum und -ort: 12. März 1939, Bristol
Name und Vorname des Kindes: Robert REYNOLDS
Name und Vorname: Diana SYMONDS
Adresse: Highbury House, Highbury, Warwickshire
Beruf der Adoptivmutter: Hausfrau
Datum der Adoption: 16. November 1944

»Das kann nicht stimmen«, meinte Sydney. »Mein Großvater war nicht adoptiert. Sein Name steht mit Tinte direkt über dem Todesdatum seines Vaters, und als ich Anfang dieses Jahres seine Papiere durchgesehen habe, da habe ich seine Geburtsurkunde gefunden.«

Doch als Sydney die nächste Seite hervorzog, sprachen die Adoptionspapiere eine klare Sprache.

»Wer hat sie unterschrieben?«, fragte Emma und wies auf den unteren Rand der Seite.

»Diana Symonds, Stella Adderton …«

»Und Beth Hastings?«, fragte Henry. »Warum sollte meine Nan das bezeugt haben?«

»Du hast erzählt, sie sei hier bei der Landarmee gewesen. Sie muss entweder Diana Symonds oder diese Stella gekannt haben. Damit sie die Zeichnungen anfertigen konnte, die du mir gezeigt hast, muss sie Zugang zum Anwesen gehabt haben«, folgerte Emma.

Sydney starrte ins Leere. »Das verstehe ich nicht«, brachte sie hervor, dann machte sie auf dem Absatz kehrt und ging mit der Kassette in den Händen zum Haus zurück.

Henry und Emma warfen einander einen Blick zu und folgten ihr sofort.

Sydney eilte durch die Eingangstür, den Korridor entlang und in die Bibliothek. Sie folgten ihr auf dem Fuß, während sie schnurstracks auf ein dickes Buch zumarschierte, das auf einem holzgeschnitzten Pult lag.

»Das ist die Familienbibel. Auf Helen Melcourts Seite geht sie sieben Generationen zurück.« Sydney schlug den vorderen Einband auf und fuhr mit dem Finger an einer Seite mit handgeschriebenen Namen in verschiedenen Schattierungen schwarzer Tinte hinunter. »Hier, Robert Symonds. Das ist mein Großvater.«

Henry spähte über Sydneys Schulter. »Geboren am 14. Mai 1939.«

»Die Daten stimmen nicht überein«, meinte Emma leise.

»Aber wenn Robert Reynolds adoptiert wurde, wer war dann dieser Junge?«, fragte Sydney und zeigte mit dem Finger auf den Robert in der Familienbibel.

»Henry, erinnerst du dich noch an diese Zeichnung deiner Großmutter von zwei kleinen Jungen unter einem Baum?«, fragte Emma.

»Du denkst, während des Kriegs haben hier zwei Jungen gelebt – einer war Robin und der andere Robert, Sydneys Großvater Robert«, sagte Henry, als hätte er ihre Gedanken gelesen.

»Ja. Ich habe die Zeichnung in Bow Cottage. Ich kann sie holen«, bot Emma behutsam an.

»Das wäre schön«, gab Sydney leise zurück.

»Geht's dir auch gut?«, fragte Emma.

Sydney legte die Hände auf dem Bauch zusammen. »Warum hätte Diana einen Sohn haben sollen und dann einen anderen adoptieren, nur um den ersten Jungen nie wieder zu erwähnen? Ich kann mir das nur so erklären, dass Robin gestorben ist.«

Die drei sahen auf das Foto des dreijährigen Robin hinunter.

»Wahrscheinlich hat in diesen Jahren nicht nur der Krieg Tragödien über Familien gebracht«, meinte Emma leise.

»Wenn Roberts Geburts- und Adoptionsdaten korrekt sind, war er erst fünf, als er adoptiert wurde. Vielleicht hat er sich später kaum noch an sein Leben vor der Adoption erinnert«, sagte Henry.

»Außerdem hat jede Familie ihre Geheimnisse. Vielleicht wurde einfach nicht darüber gesprochen«, ergänzte Emma. »Möglich, dass Diana dachte, es wäre leichter für ihn, ohne Sorgen aufzuwachsen. Ich weiß ja nicht, wer er vorher war, aber für den Sohn einer reichen Familie war das Leben wahrscheinlich einfacher.«

»Sydney?« Henry fuhr sich mit einer Hand durchs Haar. »Ich glaube, ich habe Stella Adderton gekannt. Meine Nan pflegte von Zeit zu Zeit nach London zu fahren, um Kunsthändler zu treffen und ihre Bilder in Ausstellungen unterzubringen. Dann übernachtete sie bei ihrer Freundin Stella. An ihren Familiennamen erinnere ich mich nicht, aber ich weiß, dass sie als Assistentin der Geschäftsführung gearbeitet hat, zumindest würde man es heute so nennen. Sie war beruflich viel unterwegs, deswegen hat sie Nan ihren Wohnungsschlüssel gegeben. Einmal, als ich ungefähr zehn war, hat Nan mich mitgenommen. Wir sind in den Londoner Zoo gegangen.«

»Glaubst du, Beth hat Stella über Robert auf dem Laufenden gehalten?«, fragte Sydney.

»Das hoffe ich.«

Emma hörte nur mit halbem Ohr zu, während sie den Blick weiter auf die Familienbibel gerichtet hielt.

Nein. Das war nicht möglich … Sie konnte nicht glauben, dass die Antwort auf eine über hundert Jahre alte Frage die ganze Zeit hier gestanden hatte, leicht zu entziffern für jeden, der wusste, wonach er zu suchen hatte.

»Macht es dir etwas aus, wenn ich das fotografiere?«, fragte sie.

»Hmm?«, murmelte Sydney und begann, die Schatulle noch einmal durchzusehen.

»Den Stammbaum. Hast du etwas dagegen?«

»Nur zu«, meinte Sydney und wandte ihre Aufmerksamkeit sofort wieder den vergrabenen Erinnerungen an den kleinen Jungen zu.

»Hey, da ist noch etwas anderes«, sagte Henry.

Emmas Handykamera gab ein Knipsgeräusch von sich, und als sie sich daraufhin umdrehte, sah sie, dass er einen großen, eisernen Schlüssel in der Hand hielt.

Sydney blinzelte. »Ist das etwa …«

»Der Schüssel zum Tor des Winter-Gartens. Gehen wir Andrew und Charlie holen«, sagte Emma.

Eine halbe Stunde später standen sie vor dem Tor zum Garten des Winters. Sydney zitterte praktisch vor Aufregung und umklammerte den Schlüssel, doch Emma hielt sich im Hintergrund. Immer wieder sah sie auf ihr Handy, als traue sie dem Foto nicht, das sie aufgenommen hatte.

»Emma!«, rief Sydney.

Ruckartig hob sie den Kopf und steckte das Telefon wieder in die Tasche. »Ja?«

Ihre Freundin streckte ihr den Schlüssel entgegen. »Ich finde, du solltest es öffnen.«

»Nein, es ist dein Garten«, sagte Emma.

Sydney schüttelte den Kopf. »Du bist diejenige, die ihn wieder zum Leben erweckt.«

Emma sah Andrew an, der nickte. Sie schluckte, aber nahm den Schlüssel an sich. Sie steckte ihn ins Schloss und drehte ihn. Zuerst leistete es Widerstand, doch mit ein wenig Druck bewegten die Zylinder im Inneren sich knarrend.

»Helft mir mal, ja?«, bat sie und umfasste die Gitterstäbe.

Henry und Andrew stemmten sich gegen das rostige alte Tor und öffneten es zum ersten Mal seit Jahrzehnten. Dann traten sie einer nach dem anderen hindurch in den Garten des Winters.

Sydney drehte sich langsam im Kreis und ließ Emmas Werk auf sich wirken. »Das wird wunderschön.«

»Bist du dir denn sicher, dass du den Garten weiter restaurieren willst, auch nachdem du die Schatulle gefunden hast?«, fragte Emma und hoffte, ihre Freundin werde Ja sagen.

Sydney nickte. »Er war ein Garten für die Verlorenen. Aber jetzt möchte ich, dass er ein Ort wird, an dem wir neue, glückliche Erinnerungen schaffen.«

Andrew schlang seiner Frau einen Arm um die Taille und küsste sie auf den Scheitel. »Ich finde, wir sollten gleich damit anfangen.«

Sydney lächelte zu ihrem Mann auf. »In ungefähr siebeneinhalb Monaten werden wir zu dritt durch dieses große alte Haus rennen.«

»Na ja, es wird ja nicht gleich rennen«, meinte Andrew und wurde ein wenig blass.

»Oh, Sydney!«, stieß Emma hervor und zog sie in eine Umarmung. Genau danach hatte sie gesucht. Anteil an freudigen Neuigkeiten zu haben. Ein Zuhause.

»Und du wirst hier sein, um es mitzuerleben«, flüsterte Sydney ihr zu.

Emma fuhr zurück. »Wie kommst du darauf?«

»In einem kleinen Dorf kann man nichts geheim halten, weißt du noch? Ich bin neulich im Laden über deinen Immobilienmakler gestolpert.«

»Außer Charlie habe ich niemandem gesagt, dass ich ein Haus kaufen will, aber vielleicht habe ich erwähnt, dass ich noch ein wenig bleibe«, sagte Emma und warf Henry einen Blick zu, der mit Charlie um Andrew herumstand, ihm die Hand schüttelte und ihm auf den Rücken klopfte.

»Ich würde dir ja raten, dir alle Zeit zu lassen, die du brauchst, aber ich bin mir ziemlich sicher, dass er bei seinem nächsten Besuch im *White Lion* davon hören wird.« Sydney trat zurück. »Ich glaube, ich muss mich setzen«, erklärte sie den Versammelten. »Ich habe es nie ernst genommen, wenn mir Leute erzählt haben, wie anstrengend eine Schwangerschaft ist, aber jetzt glaube ich es. Warum trinken wir nicht alle eine Tasse Tee?«

»Mich braucht ihr nicht zweimal zu bitten«, meinte Charlie.

»Lass mich nur noch diese Hortensie in den Boden setzen«, sagte Emma.

»Ich helfe dir«, erbot sich Henry.

Sydney und Charlie wechselten einen Blick, gingen jedoch wortlos davon, gefolgt von Andrew.

»Also«, sagte Emma.

»Wieder an die Arbeit«, meinte Henry.

Sie trat auf ihren Spaten zu, blickte aber noch einmal verstohlen auf ihr Handy.

»Was siehst du dir denn da ständig an?«

Sie drehte das Display so, dass sie ihm das Foto der Seite aus Sydneys Familienbibel zeigen konnte.

Er kam näher, um sich darüber zu beugen, und legte ihr sanft eine Hand auf den Rücken. »Was sehe ich da vor mir?«

»Helen Marie Goddard heiratet 1893 Arthur Melcourt«, las sie vor.

»Ich erkenne immer noch nichts Auffälliges daran.«

»Laut dem Stammbaum heißt Helens Bruder Matthew Spencer Goddard. In der Korrespondenz zwischen Venetia Smith und ihrem Bruder Adam, der ihre geschäftlichen Angelegenheiten regelte, klafft im Herbst 1907 eine Lücke. Dann taucht Venetia anscheinend aus dem Nichts heraus 1908 in den USA auf und ist mit einem Mann namens Spencer Smith verheiratet. Der gleiche Name wie der zweite Vorname von Matthew Spencer Goddard, Helen Melcourts Bruder.«

»Du glaubst, Spencer Smith war in Wirklichkeit Matthew Goddard?«, fragte er.

»Überleg doch mal. Venetia war eine alleinstehende Frau, die für die Familie seiner Schwester arbeitete. Sie verlässt das Land ohne jede Erklärung und kehrt nie zurück. Ich glaube, sie ist geflohen, weil Matthew und sie sich ineinander verliebt haben.«

»Aber warum haben die beiden dann nicht einfach geheiratet?«, fragte er.

»Es muss komplizierter gewesen sein. Womöglich hatten Matthew und sie eine Affäre, und Venetias Ruf stand auf dem Spiel.«

»Und so heiratet Matthew sie und nimmt einen anderen Namen an, damit niemand die Affäre zu ihrem Auftrag auf Highbury zurückverfolgen konnte.«

»Und schau dir das an«, sagte sie aufgeregt, während sie die Bildergalerie auf ihrem Handy durchging, bis sie das Foto von Professor Waylans Brief fand, das sie Charlie geschickt hatte. »Ein Professor, der mich manchmal bei meinen Recherchen unterstützt, hat diesen Brief gefunden, den Spencer Smith Venetia 1912 geschrieben hat. ›Manchmal, wenn du fort bist, denke ich zurück an den Sternenhimmel, der dich für immer mit mir verbindet. Die Freude, die uns durch die Finger geronnen ist, hat uns hingeführt, wo wir heute sind. Ich hoffe, du hasst mich nicht dafür, dass ich nichts bereue, denn jetzt habe ich dich.‹ Jemand hat auf dem endgültigen Plan ›Celestes Garten‹ unter den Namen dieses Bereichs geschrieben. Celeste bedeutet im Lateinischen die Himmlische. Was, wenn der Sternenhimmel dieser Garten ist?«

Ein leises Lächeln trat auf seine Lippen. »Ich finde es toll, wie aufgeregt du darüber bist.«

Sie grinste. »Mir gefällt die Vorstellung, dass ich vielleicht eins von Venetia Smiths Geheimnissen kenne, von dem niemand anderer auf der Welt weiß. Außer dir.«

Henry griff nach seinem Spaten und begann, Erde in das Loch zu schieben, aus dem sie die Kassette gehoben hatten. »Weißt du«, meinte er, während er schaufelte, »du hast mir nie auf meine Frage geantwortet.«

Sie sah ihn mit verschränkten Armen an. »Wie lautete die Frage noch mal?«

»Wann gehen wir etwas trinken?«

»Lädst du mich als guter Nachbar ein oder weil du mit mir ausgehen möchtest?«

Er prustete vor Lachen. »Wenn du das fragen musst, bin ich nicht besonders gut darin, Signale auszusenden.«

Emma überwand die kurze Strecke zwischen ihnen und küsste ihn. Sie spürte seine Überraschung, als er die Lippen öffnete, doch dann legte er die Hand um ihren Hinterkopf und vertiefte den Kuss. Sie fuhr mit den Händen an seinen Armen hinauf, vergrub die Finger in seinem Haar und zog ihn näher an sich. Endlich erlaubte sie sich, das zu tun, was sie sich schon gewünscht hatte, seit er ihr im Pub die Einkäufe abgenommen und sie in seine Welt gezogen hatte.

Als sie sich schließlich von ihm löste, ließ er die Hände auf ihren Hüften liegen und hielt sie fest.

»Lass uns die Drinks überspringen und gleich essen gehen«, hauchte er.

Sie lachte und schlang die Arme um seine Mitte. »Ich dachte, du würdest nie fragen.«

Diana

Dezember 1944

Diana sah zu, wie Bobby den roten Spielzeuglaster mit der abgeplatzten Farbe nahm und ihn in die Blechschatulle legte. Drei Wochen waren vergangen, seit Bobbys Tante Highbury House mit einem verbeulten Koffer und ihrer Handtasche verlassen hatte. Er war ruhig, aber ein lieber kleiner Junge. Mit der Zeit würde er sich wieder in das lebhafte Kind verwandeln, das mit ihrem Sohn gespielt hatte.

Manchmal machte Diana sich Gedanken und fragte sich, ob sie Miss Adderton mit ihrem Geld und ihrer gesellschaftlichen Stellung in Zugzwang gebracht hatte, genau wie sie Cynthia vertrieben hatte. Aber warum hatte Miss Adderton ihr dann die Hand geschüttelt, bevor sie über die Auffahrt von Highbury House davongegangen war? Und warum war der einzige Brief, den sie bis jetzt aus London erhalten hatte, an sie und nicht an Bobby adressiert gewesen? Miss Adderton schrieb, sie habe sich an einer Sekretärinnenschule angemeldet, die viele andere Frauen besuchten, die aus verschiedensten Gründen nicht dienstfähig waren. Sie arbeite stundenweise bei einer ehrenamtlichen Rettungseinheit in Willesden, wo sie eine Wohnung gefunden hatte. Und auch erste Freundschaften habe sie schon geschlossen.

Der ganze Brief enthielt keine einzige Nachricht an Bobby.

Nein. Diana mochte in ihrem Leben viele Fehler begangen haben, aber Bobbys Adoption gehörte nicht dazu.

»Bist du dir sicher, dass du ihn nicht behalten willst, Robert?«, fragte sie und wies mit einer Kopfbewegung auf das Spielzeug.

Er zuckte mit den Schultern auf die Art, mit der er gern seine Verlegenheit überspielte. »Das war Robins Lieblingslaster.«

Tränen brannten in ihren Augen. »Dann hast du recht. Er gehört in die Kiste.«

Schweigend packte sie die anderen Teile, die auf dem Tisch lagen, in die Schatulle. Einen roten Pullover, den sie Robin vor zwei Jahren zu Weihnachten gestrickt hatte. Ein paar Babyfotos von ihm, die sie doppelt hatte. Zinnsoldaten in Militäruniform, die im Gras des Kinder-Gartens tapfer Schlachten geschlagen hatten. Den Ersatzschlüssel zum Garten des Winters.

Zögernd verhielt sie die Hand über einem versiegelten Umschlag zu ihrer Rechten. Vielleicht war es unklug von ihr, die Adoptionspapiere zu verstecken, aber sie wollte sie nicht im Haus haben, wo Bobby sie finden könnte. Er war jetzt ihr Kind.

Sorgfältig legte sie den Umschlag in die Kassette, klappte den Deckel zu und hängte das Schloss ein.

»Dann komm. Es ist Zeit, unseren Schatz zu vergraben«, sagte sie und streckte Bobby ihre Hand entgegen.

Die beiden verließen ihr neues Büro. Auf dem Gang wichen eine Schwester und ein Soldat, die miteinander geflirtet hatten, bei ihrem Anblick auseinander, was sie lächeln ließ. Seit sie die Stelle der Leiterin übernommen hatte, war sie kein Gegenstand der Neugierde mehr, weil sie einen Tanzball und eine Hochzeit ausgerichtet hatte, sondern eine Autoritätsperson, um die herum man auf Zehenspitzen ging – aus Respekt. Mit Hilfe der Oberschwester würde sie allen zeigen, dass sie ihr vertrauen konnten.

Während sie durch das Haus liefen, blieben immer wieder Soldaten stehen, die auf dem Gang auf- oder abgingen, um

Bobby zu grüßen. Er hielt sich dicht an Dianas Seite, erwiderte aber jeden Gruß mit einem höflichen »Hallo«. Als Pater Devlin, der auf Station B am Bett eines Patienten saß, nach ihr rief, verhielten sie den Schritt.

»Ziehst du aus, um die Nazis zu besiegen?«, erkundigte sich der Geistliche an Bobby gewandt.

»Das war gestern«, sagte der.

Nach dem Mittagessen war Diana mit ihm in den Waldgarten gegangen, um Verstecken zu spielen. Es war ihr egal gewesen, ob er sich die Ellbogen seines Hemds schmutzig machte. Bobby hatte gelacht. Sie hatte gelacht. Wie eine Befreiung hatte sich das angefühlt.

»Und was gibt es heute?«, fragte Pater Devlin.

»Wir vergraben einen Schatz«, erklärte Bobby.

»Ist das wahr?«, fragte der Pater. »Was für Schätze versteckt denn ein Pirat in Warwickshire?«

»Einen Spielzeuglaster und Spielkarten und einen Pullover und Bilder«, rasselte Bobby herunter.

Pater Devlin blickte zu Diana auf. »Aha. In der Tat, wahre Schätze.«

Immer noch mit der Kiste in der Hand kauerte sie sich nieder. »Robert, sei ein guter Junge und frage Mrs. Dibble, ob sie uns bitte die Schaufel herausgibt. Und meine Gartenhandschuhe.«

Er hüpfte davon, wie sie erfreut registrierte, und sie richtete sich auf. »Ich dachte, es tut ihm vielleicht gut, ein paar von Robins Sachen zu begraben.«

»Ihm oder Ihnen?«, fragte der Geistliche.

»Uns beiden.«

Er nickte.

»Ich glaube nicht, dass er alles versteht. Er weiß, dass seine Tante fort ist, aber ich weiß nicht, ob er das richtig verarbeitet hat«, meinte sie.

»Haben Sie Geduld mit ihm.«

Sie nickte und dachte daran, was die neue Nanny erzählte: dass Bobby nachts um sich schlug.

»Wo wollen Sie die Kiste vergraben?«, fragte er.

»Im Garten des Winters. Ich habe nie begriffen, warum er Robins Lieblingsplatz war«, meinte sie kopfschüttelnd.

»Für kleine Jungen ist nichts verlockender als ein abgeschlossenes Tor.«

Sie lächelte leise. »Wahrscheinlich haben Sie recht.«

»Vergessen Sie nicht, dass ich auch einmal ein kleiner Junge war, so schwer das heute vorstellbar ist.« Mit einer Kopfbewegung wies er auf etwas hinter ihr. »Ihr Pirat ist zurück.«

Bobby wedelte mit zwei Pflanzschaufeln und einem Paar Gartenhandschuhe. Er streckte ihr alles entgegen.

»Vielen Dank, Robert«, sagte sie und klang jetzt munterer. Sie legte die Gartenutensilien auf die Kiste und ignorierte die Erdkrümel, die von ihren Handschuhen auf ihren Kaschmirpullover rieselten. Als sie den Garten des Winters erreichten, zog sie den Schlüssel hervor, den sie sich in die Tasche gesteckt hatte, und schloss das Tor auf.

»So, und wo würde ein Pirat jetzt seinen Schatz vergraben?«, fragte sie.

»Hier!«, schrie Bobby und rannte auf die Hornsträucher zu.

Sie gab ihm eine der Schaufeln, und zusammen gruben sie ein Loch für die Kiste. Der Großteil der Erde, die Bobby herausschippte, rutschte wieder hinein, doch er arbeitete eifrig, die Zungenspitze in den Mundwinkel geklemmt. Bald waren sie fast dreißig Zentimeter tief gekommen. »Wann kommt Tante Stella zurück?«, fragte er und sah sie an.

Die Frage traf sie ins Herz. »Es tut mir leid, Robert. Deine Tante Stella konnte nicht mehr auf Highbury bleiben, und dorthin, wo sie jetzt ist, konnte sie dich nicht mitnehmen.« Das kam der Wahrheit so nahe, wie ein Kind sie in diesem Alter zu begreifen vermochte.

»Ist sie tot?«, fragte er.

Noch ein schmerzhafter Stich durchfuhr sie. »Wie kommst du darauf?«

Er zog seine Schaufel durch die weiche Erde. »Als Dad gestorben ist, konnte ich ihn nicht besuchen. Mummy auch nicht.«

»Nein, sie ist nicht tot, Robert. Sie ist gesund und munter, sie hat nur viel Arbeit, und du lebst jetzt bei mir in Highbury. Wir sollten diesen Schatz vergraben, bevor es noch regnet.«

Sie stellte die Kiste in das Loch, und Bobby und sie schoben Erde darüber, bis nur noch eine flache Erhebung übrig war, wo sie die Erde aufgebrochen hatten.

Schweigend verließen sie den Garten des Winters und blieben nur stehen, um ein letztes Mal das Tor hinter sich abzuschließen. Dann nahm Diana Bobby bei der Hand und ging mit ihm zum Seeufer hinunter.

Eine kleine Felszunge ragte ins Wasser hinein. Immer wieder drehte sie den Schlüssel in der Hand. Er fühlte sich schwer an.

»Bist du bereit, dich zu verabschieden?«, fragte sie.

Bobby nickte.

Sie holte tief Luft und warf den Schlüssel, so weit sie konnte. Als er auf die Wasseroberfläche traf, breiteten sich Ringe darauf aus.

»Mrs. Symonds?«, fragte Bobby.

Sie sah zu ihm hinunter. »Ja?«

Er zögerte und blickte dann zu ihr auf. »Darf ich Mummy zu dir sagen?«

»Warum möchtest du das?«

»Weil du alles tust, was Mummys so machen.«

Das Schluchzen brach aus ihr heraus, bevor sie ihm Einhalt gebieten konnte, und sie schlug die freie Hand vor den Mund.

»Ja«, flüsterte sie. »Natürlich darfst du.«

»Mummy«, sagte er, als probierte er die Anrede aus, »können wir Kakao trinken?«

Unter Tränen lachte sie und hob ihn hoch, um ihn zu umarmen. »Mal sehen, was wir in der Speisekammer finden.«

Epilog

März 1908

Sie steigt vom Schiff und ist froh, festen Boden unter den Füßen zu haben. Die Atlantiküberquerung war nicht so beschwerlich, wie man sie zuvor gewarnt hatte, aber fünf Tage auf See waren genug.

Jemand legt sanft die Hand um ihren Ellbogen, und sie blickt auf. Er lächelt zu ihr herunter. »Bist du bereit?«

»Ich glaube schon.«

Immer noch tut ihr das Herz weh, wenn sie an alles denkt, was sie in England zurückgelassen hat – ihren Bruder, ihr Haus, ihre Erinnerungen –, doch sie stellt fest, dass der Schmerz mit jedem Tag ein wenig verblasst.

An einem eisigen Sonntag im Januar, als sie wussten, dass die Melcourts nicht zu Hause sein würden, hatten sie sich noch einmal auf das Anwesen gestohlen. Sie waren über die Felder der Highbury House Farm gegangen und durch das Tor ihres alten Cottages getreten.

Sie hatten den Lavendelweg überquert und waren der Taxushecke gefolgt, die direkt zu Celestes Garten führte. Er zögerte ein wenig, doch sie trat zum Tor. Der Obergärtner – der liebe, gute Mann – hatte ihr geschrieben, wo sie den Schlüssel finden würde. Er lag unter einem Stein, genau wie er gesagt hatte. Sie schloss auf und steckte ihn im Gehen in ihre Tasche.

Ein großer Teil des Gartens war erst frisch angepflanzt, aber sie sah schon jetzt, wie er wachsen und den Raum ausfüllen würde. Die Gräser vor der roten Backsteinmauer wirkten bereits hoch und edel. Die Christrosen blühten in reinstem Weiß, und die grünen Stängel von Schneeglöckchen und Krokussen ragten kraftvoll in die Höhe und trugen fest geschlossene Blüten, die sich in den kommenden Wochen und Tagen öffnen würden.

Ein Teil ihres Herzens wird für immer in Celestes Garten zurückbleiben.

Doch nun wendet sie sich ihrer neuen Heimat zu. Hier werde ich Großes vollbringen, denkt sie und berührt das Empfehlungsschreiben, das Mr. Schoot ihr zusammen mit einer Notiz geschickt hat.

Die Royal Botanical Heritage Society hat dafür gestimmt, ab Mai Frauen in ihre Reihen aufzunehmen.

Und so wird sie für Mr. Schoot und seine Zeitschrift schreiben, während sie sich etabliert und ein neues Leben an der Seite des Mannes, den sie liebt, beginnt. Matthew.

So darf sie ihn allerdings nicht mehr nennen. Das hat er ihr erklärt, als sie in ihrer ersten Nacht auf See in ihrer Kabine lagen. Er wollte von nun an lieber seinen zweiten Vornamen führen, Spencer. Denn sie können keine Spekulationen darüber zulassen, was zwischen der Gärtnerin und dem Bruder ihrer Arbeitgeberin vorgefallen sein könnte.

»Ich habe auch überlegt, meinen Familiennamen zu ändern. Ich hänge nicht besonders daran«, erklärte er und legte die Hände um ihr Gesicht.

»Wie möchtest du denn heißen?«, fragte sie, während das Schiff unter ihnen auf- und abschaukelte.

»Vielleicht Smith, dachte ich. Smiths gibt es so viele, da kommt es auf einen weiteren nicht an.« Er unterbrach sich. »Außerdem ist es dein Name. Was könnte ich mir mehr wünschen?«

Sie küsste ihn und war dankbar dafür, einen so unkonventionellen Ehemann zu haben.

Im Lauf der schmerzlichen Herbstmonate hat sie gelernt, solche perfekten Augenblicke voller Hoffnung und Freude zu sammeln und zu bewahren. Diese Nacht in der Kabine gehört zu ebenjenen Momenten, und sie wird sich an sie erinnern, wenn die Trauer und der Schmerz zu stark werden.

Nachdem das Schiff schließlich am Dock angelegt und die Deckmannschaft es mit dicken Tauen festgemacht hat, wird eine Gangway hinuntergelassen. Die Menge der Passagiere, die es eilig haben, an Land zu kommen, schwappt vorwärts. Sie lässt die Hand in die ihres Mannes gleiten, um mit ihm in ihr nächstes gemeinsames Abenteuer aufzubrechen.

Anmerkung der Autorin

Das Geheimnis des Wintergartens ist aus einem Garten erwachsen. Jahrelang trug ich die Idee mit mir herum, ein Buch über mehrere Generationen von Frauen zu schreiben, die durch einen einzigen Garten miteinander verbunden sind. Ich hatte keine Ahnung, wo er liegen, wie er aussehen oder warum sich die Charaktere zu ihm hingezogen fühlen sollten, aber ich wusste, dass die Vorstellung irgendwann zu etwas Besonderem heranreifen würde.

Den Schlüssel zu dieser Geschichte entdeckte ich, als ich mich über beschlagnahmte Häuser informierte. Genau wie im Ersten Weltkrieg brauchte die britische Regierung auch im Zweiten Platz für Militärübungen, Krankenhäuser, Kasernen und Verwaltungszentren. Einige der großen Anwesen des Landes, die eine perfekte Kulisse für Downton Abbey abgegeben hätten, nahmen ganze Schulen, Waisenhäuser und Entbindungsstationen auf, die aus Angst vor Bombenangriffen aus den städtischen Zentren des Landes evakuiert wurden. Aber nicht nur weitläufige Herrenhäuser mit Dutzenden von Zimmern wurden requiriert. Selbst die kleinen Cottages auf den Anwesen, in denen üblicherweise ältere Verwandte lebten, Häuser in Dörfern und Lokale wurden beschlagnahmt und genutzt. Sogar mein Elternhaus diente eine Zeit lang als Quartier für die weiblichen Hilfstruppen der Air Force.

All das war durch das Verteidigungs- und Notstandsgesetz von 1939 abgedeckt. Wenn der Befehl kam, taten Hausbesitzer ihr Möglichstes, um die Invasion durch Fremde abzuwehren, wie man detailliert in Julie Summers' exzellentem Sachbuch *Our Un-*

invited Guests: Ordinary Lives in Extraordinary Times in the Country Houses of Wartime Britain nachlesen kann. Einige hatten guten Grund, das Militär zu fürchten, das sich ihres Zuhauses bemächtigte. Sir Williams und Lady Hyde Parkers Herrenhaus Melford Hall in Suffolk brannte 1942 nieder, nachdem die abendlichen Gelage dort stationierter Offiziere gefährlich aus dem Ruder gelaufen waren. Andere allerdings wie Lady Mabel Grey von Horwick Hall in Northumberland unterstützten die Kriegsanstrengungen nach Kräften.

Lady Grey, die Vorlage für die besseren Charakterzüge von Cynthia Symonds, leitete während beider Weltkriege Militärkrankenhäuser, die in ihrem Haus untergebracht waren. Zu Beginn des Konflikts schätzte das Kriegsministerium seinen Bedarf auf zwanzigtausend Betten ein. Es fand sie in Genesungsheimen wie Horwick Hall, wo Frauen wie Lady Grey, die daran gewöhnt waren, großen Herrenhäusern auf dem Land und Dutzenden von Hausangestellten vorzustehen, eine Idealbesetzung für ihre Leitung waren. Eine solche Frau hätte eine Quartiermeisterin gehabt, um für einen reibungslosen Ablauf der Zusammenarbeit zwischen den Ärzten, der Oberschwester und dem anderen qualifizierten Personal des Hospitals zu sorgen. Dies war ein unverzichtbarer Bestandteil der Kriegsanstrengungen, denn die Räumlichkeiten in beschlagnahmten Häusern erlaubten es den Akutkrankenhäusern, verletzte Männer und Frauen zu behandeln und sie dann an die Genesungsheime auf dem Land zu überweisen.

Während der Recherchen zu diesem Buch stattete ich Upton House and Gardens in Warwickshire einen Besuch ab. Lord Bearstead hatte die Bank seiner Familie mit all ihren Angestellten auf seinem wunderschönen ländlichen Wohnsitz aufgenommen, der heute im Besitz des National Trust ist. Doch mich zog nicht nur die Geschichte von Upton House im Krieg an, sondern auch sein Garten, der wunderschöne, klassische englische Rabatten mit einem ungezähmt wirkenden Moorgarten kombiniert. Und besser noch, er wurde von einer Frau namens Kitty Llloyd-Jones angelegt, die laut ihrem Biografen in den 1920er- und 1930er-Jahren regelmäßig von Klienten hinzugezogen wurde, um den prächtigen Gärten ihrer neu erworbenen Häuser eine Ausstrahlung von gutem Geschmack und Finesse zu geben. In der Figur der Venetia habe ich die begabten Gärtnerinnen der Vergangenheit wie Lloyd-Jones mit der weit bekannteren Gertrude Jekyll verwoben, deren Einfluss auf die Landschaftsgärtnerei so stark war, dass viele ihrer Prinzipien noch heute Anwendung finden.

Nicht weit von Upton House entfernt liegt Hidcote Manor in Chipping Camden, dessen Garten das Werk von Lawrence Johnston war, den es wirklich gegeben hat und dem Venetia und Matthew am Anfang ihrer Beziehung einen Besuch abstatten. Nach einem Besuch in Hidcote an einem heißen Augusttag beschloss ich, eine Reihe von unterschiedlichen Gartenbereichen in den Mittelpunkt von Venetias Vision für Highbury zu stellen. Hidcote ist ganz ähnlich angelegt. Die Areale, in denen sich Johnston jeweils auf eine einzelne Farbe oder ein bestimmtes Thema konzentrierte, sind durch Hecken getrennt. Bei meinem Besuch standen die roten Rabatten in voller Blüte und haben mir als Inspiration für den Liebesgarten in diesem Buch gedient. Es war sogar so, dass ich beim Anblick der roten Rabatten eine Vorstellung davon bekam, wie Highburys erdachter Garten aussehen könnte.

Meine Liebe zu Gärten habe ich als kleines Mädchen entdeckt, als ich neben meinem Dad in der Erde grub. Da ich den größten Teil meines Erwachsenenlebens in New York und mitten in London verbracht habe, hatte ich, als ich dieses Buch schrieb – abgesehen von ein paar Kübelpflanzen, die vor meinem Haus blühen – noch nie das Vergnügen, einen eigenen Garten zu erschaffen. Eventuelle Fehler bei der Schilderung der Bepflanzung gehen allein auf mein Konto. Allerdings hat mich meine sehr beschränkte Erfahrung mit meinen eigenen Pflanzen gelehrt, dass man beim Gärtnern nicht wirklich Fehler machen kann. Manchmal gehen Pflanzen, die perfekt für ihren Standort geeignet sind und verhätschelt werden, ohne guten Grund ein. Bei anderen Gelegenheiten habe ich erlebt, dass eine vernachlässigte Pflanze wuchert wie Unkraut und alle Erwartungen übertrifft, obwohl sie im falschen Boden, im falschen Licht oder am falschen Standort wächst.

Ich bin überzeugt davon, dass Gärten, ganz ähnlich wie Bücher, lebendig und unvorhersehbar sind und ihre Schönheit enthüllen, wie und wann sie wollen. An uns ist es, jeden Tag innezuhalten und diese Schönheit zu genießen.

Dank

Jedes Mal, wenn ich die Danksagungen für ein Buch verfasse, bin ich überwältigt von der Großzügigkeit meiner Freunde und Familie.

Mein Dank geht an Alexis Anne, Lindsay Emory, Mary Chris Escobar, Alexandra Haughton und Laura von Holt, meine Freundinnen und Begleiterinnen zu Schreib-Retreats, die mich ermuntert haben, weiter an diesem Buch zu arbeiten, als ich es am nötigsten brauchte.

Ich danke euch, Sonia, Eric, Zara, Jenn, Jackie, Ben, Mila, Sloane, Jemima, Mary, Beatrice, Christy, Kather, Sean, Amanda, Liam und Andy, die aus der Nähe oder Ferne dafür gesorgt haben, dass ich mit beiden Beinen auf dem Boden blieb.

Mein Dank gilt meiner wunderbaren Agentin, Emily Sylvan Kim. Noch immer muss ich bei der Erinnerung an jenes lange Brainstorming, bei dem keine Idee richtig passen wollte, lachen. Als wir schon Schluss machen wollten, sagte ich: »Ich habe da diese Idee für ein Buch, das sich um einen historischen Garten dreht und mehrere Epochen umfasst.« Ich bin froh, dass wir es schließlich verwirklicht haben!

An Kate Dresser, Molly Gregory, Jen Bergstrom, Aimée Bell, Jen Long, Abby Zidle, Michelle Podberezniak, Caroline Pallotta, Christine Masters, Jaime Putorti, Anabel Jimenez, Lisa Litwack und das ganze Team bei Gallery Books: Ich bin so dankbar dafür, dass ich mit euch an diesem Buch arbeiten durfte.

Schon lange bevor der erste Leser eines meiner Bücher in den Händen hielt, waren die Mitglieder meiner Familie meine größten Cheerleader. Danke, Mum, Justine und Mark, dafür, dass ihr euch meine Frustrationen angehört habt, mit mir Plots durchgegangen seid, erste Entwürfe gelesen habt und allgemein die wunderbarsten Menschen seid, die ich mir nur wünschen könnte.

Ich hätte dieses Buch nicht ohne die lebenslange Inspiration durch meinen Dad schreiben können, der mich als kleines Mädchen neben sich in der Erde spielen und verblühte Rosen abschneiden ließ. Danke, dass Du mir Dein Wissen zur Verfügung gestellt, den Recherchеassistenten gespielt und mir erlaubt hast, auf der Suche nach Inspiration Deine Gartenbücher zu durchwühlen. Ich kann es kaum abwarten, in Deinem wunderschönen Garten weiter von Dir zu lernen.